Inhalt

JASON DARK

JOHN SINCLAIR

Todes-
träume

Acht

spannende

Grusel-

Abenteuer

BASTEI LÜBBE TASCHENBUCH
Band 73 918

Erste Auflage: November 1998

Die Mörder-Blumen

Als Jessica Parker vor dem Blumenladen hielt, ahnte sie nicht, daß ihr schon bald das nackte Grauen begegnen würde. Noch war alles normal. Vielleicht entsprach die Gegend nicht gerade ihrem Geschmack, aber sie brauchte hier ja nicht zu wohnen.

Sie stieg aus ihrem Jaguar. Zuerst sah der Betrachter ein Paar lange Beine, die in modischen, gelben Karottenjeans steckten. Was dann folgte, war ein biegsamer Oberkörper, verdeckt vom Seidenfummel eines teuren Modeschöpfers, und das ebenfalls gelbe Kopftuch auf dem Haar gab Jessica die sportliche Note.

Sie drückte die Tür zu, überquerte die Straße und stand vor dem Blumenladen.

Grillo's Flower Flower.

Sie las die Zeile über dem Schaufenster und mußte lächeln. Grillos Blumenkraft. Ein wenig übertrieben, fand sie, wenn man sich das Geschäft anschaute.

Es lag in einem schmalbrüstigen Haus, das bestimmt schon seine fünfzig Jahre auf dem Buckel hatte. Links neben der Eingangstür befand sich das Schaufenster des Ladens. Dort standen einige Plastikeimer, aus denen ein paar traurige Blumen schauten. Mit der Blumenkraft schien es also nicht weit her zu sein. Aber Jessica wollte nun mal ihrer Freundin Blumen mitbringen, und sie hatte vergessen, welche in der City zu kaufen.

Man beobachtete sie aus den offenen Fenstern.

Klar, sie und ihr Wagen wirkten hier wie zwei Goldfische unter Karpfen. Ein Schauer glitt über ihren Rücken, als sie die Gesichter der Menschen sah. Wie Masken wirkten sie. Stumm und einfallslos.

Jessica nahm sich vor, so rasch wie möglich wieder zu verschwinden. Das war keine Gegend für das braunhaarige Luxus-Girl.

Vor der Tür blieb sie eine Sekunde stehen. In der oberen Hälfte hatte die Tür eine Scheibe. Jessica konnte in den Laden hineinschauen. Sie sah einen Mann im grauen Kittel. Allerdings nur undeutlich, da ihr der auf der Scheibe klebende Schmutz einen großen Teil der Sicht nahm.

Noch einmal atmete sie tief durch, ignorierte eine innere Stimme, die sie warnte, den Laden zu betreten, und öffnete.

Eine Glocke schlug an.

Die Melodie schwang durch den Raum.

Big-Ben-Glockenschlag, wie konnte es auch anders sein. Auf jeden Fall wurde der Mann im Kittel aufmerksam. Er erhob sich aus seiner gebückten Haltung und wandte den Kopf.

Jessica schloß die Tür. Ihre Blicke tasteten durch den Raum, und dabei fiel ihr zuerst der fast schon widerlich zu nennende Blütenduft auf, der die Luft des Geschäftes schwängerte.

Nein, so roch es normalerweise nicht in einem Blumengeschäft. In anderen Läden war der Geruch frischer, aber hier stank es regelrecht. Nach alten, fauligen Blumen.

Wie auf einem Friedhof...

Ja, genau. Jessica erinnerte sich. Neulich erst hatte sie an einer Beerdigung teilgenommen. Auf dem Weg zum Grab waren sie an einem Komposthaufen vorbeigegangen. Dort hatte es ebenfalls so gerochen.

Sie rümpfte die Nase.

Der Mann kam jetzt näher.

Er schälte sich aus dem Halbdunkel des Hintergrundes, passierte die Vasen und Gefäße, in denen seine zum Verkauf angebotenen Blumen standen. Jessica sah Rosen, Veilchen, Gladiolen, Iris, Glockenblumen und sogar Tulpen.

Einige bekam man kaum in dieser Jahreszeit. Und wenn, dann nur zu höheren Preisen.

Drei Schritte von ihr führte eine schmale Wendeltreppe in die oberen Etagen. Daneben blieb der Mann stehen und legte seine linke Hand auf das Geländer.

»Guten Abend, Miss«, sagte er und deutete eine Verbeugung an. »Was kann ich für Sie tun?«

»Ich möchte einen Blumenstrauß.«

»Sehr gut, sehr gut. Hatten Sie da an etwas Bestimmtes gedacht?«

Jessica biß sich auf die Lippe. Sie senkte die Lider, denn sie mochte den Mann nicht, vor allen Dingen nicht den Blick, mit dem er sie anstarrte.

Er war irgendwie lauernd, abschätzend...

Überhaupt war dieser Kerl ein Typ, den Jessica allein schon vom Äußerlichen her ablehnte.

Er war kleiner als sie, ging gebeugt und hatte ein rundes Gesicht, dessen Haut an alten Teig erinnerte. Seine Haare waren schwarz. Sie klebten auf dem Schädel und waren in der Mitte gescheitelt. Die Hände mit den kurzen Stummelfingern wirkten ebenso abstoßend wie der ganze Kerl, und Jessica schüttelte sich.

Sie hatte im Laufe ihrer dreiundzwanzig Jahre zahlreiche Männer kennengelernt, aber selten solch einen widerlichen Typ gesehen. Nur schnell die Blumen aussuchen, und dann weg aus dem Laden.

»Sollen die Blumen für einen Mann oder eine Dame sein?« fragte der Graukittel.

»Für eine Dame?«

»Aha.« Er lächelte. Dabei zog er seine dicken Lippen auseinander, und Jessica sah den Speichel auf seinen Zähnen blitzen. »Ich heiße übrigens Grillo. Gabriel Grillo.«

»Jessica Parker!« Im nächsten Augenblick hätte sich das Girl selbst irgendwo hintreten können, weil sie so einfach ihren Namen gesagt hatte.

Was ging diesen Kerl überhaupt ihr Name an?

»Ein sehr schöner Name, Miss«, sagte Grillo. »Ein Name, der zu Ihnen paßt. Wie eine Blume. Ja, Sie sind wie eine Blume. So schön, so taufrisch, ich sollte wirklich ein Gewächs nach Ihnen benennen. Sie müssen wissen, daß ich ein bekannter Züchter bin. Meine Blumen sind überall angesehen, ich habe zahlreiche Preise errungen.« Er lachte und wies in die Runde. »Nicht diese, die Sie hier sehen, schöne Frau. Nein, meine besonderen Freunde hebe ich woanders auf. Wissen Sie eigentlich, daß Blumen auch leben wie wir? Es sind Geschöpfe, die atmen, die sich untereinander verständigen.« Er sprach zischend und flüsternd. Irgendwie übte seine Stimme einen besonderen Reiz auf Jessica aus. Sie hatte ihn längst unterbrechen wollen, es aber nicht fertiggebracht.

Dieser Gabriel Grillo war zwar abstoßend, doch auf eine gewisse Weise faszinierte er sie.

Oder war es seine Stimme?

Sie wußte es nicht. Sie wußte nur, daß sie anders reagierte als bei ihrem Eintritt. Etwas hatte sie gefangengenommen und beeinflußt. War es der seltsame Duft, der in diesem Raum allgegenwärtig war? Möglich, es sollte ja Menschen geben, die von Düften oder Gerüchen berauscht wurden. Bisher hatte Jessica Parker diese Erfahrung noch nicht gemacht, auch bei Blumengeschäften nicht, und sie kaufte oft Blumen. Aber hier war alles anders.

»Sie möchten also einen Strauß haben?« fragte Grillo. »Und wieviel gedenken Sie anzulegen?«

»Drei Pfund.«

»Oh.« Grillo riß die Augen auf. Jessica sah, daß er völlig glanzlose Pupillen hatte. Er schaute sich um. »Nein, meine Liebe, die Blumen hier werde ich Ihnen nicht verkaufen. Sie bekommen andere. Besondere Blumen.«

»Andere?«

»Ja, wenn Sie sich einige Minuten gedulden würden. Ich bin gleich zurück...«

»Aber ich...« Jessica wollte etwas einwenden, doch sie konnte es auf einmal nicht.

»Ja?« fragte Grillo. Er hatte schon seinen rechten Fuß auf die erste Stufe gesetzt.

Jessica lächelte. »Es ist gut, suchen Sie die Blumen aus.«

»Danke. Sie werden überrascht sein. Sogar sehr überrascht, meine Liebe.« Er nickte und verschwand nach oben.

Jessica wartete, bis er nicht mehr zu sehen war. Plötzlich merkte sie, daß sie schwitzte. Sie wischte sich über die Stirn. Als sie die Hand zurückzog, sah sie, daß sie feucht glänzte.

Was war das nur? Dieser Blumenladen, in dem kaum eine Lampe brannte und der im Dämmerlicht lag, übte auf sie eine seltsame Faszination aus.

Noch war es nicht zu spät. Noch konnte sie verschwinden. Ja, geh raus, sagte eine innere Stimme. Dieser Kerl ist nicht geheuer.

Jessica nickte. Sie wollte ihre Schritte in Richtung Ausgang lenken, doch wie unter einem Zwang ging sie nach links, wo sich das Schaufenster befand.

Dort blieb sie für einen Moment stehen.

Ihren Wagen konnte sie kaum sehen, da die Scheibe aus ziemlich undurchsichtigem Glas bestand. Von oben nach unten liefen lange Wasserstreifen. Eingetrocknete Salze und Kristalle, die das

12

an der Scheibe herunterlaufende kühlende Wasser hinterlassen hatte.

Die Schritte des Blumenhändlers waren verstummt. Eine seltsame Ruhe breitete sich aus, hinzu kam das Dämmerlicht, dann der Duft, eine Atmosphäre, die Jessica überhaupt nicht behagte. Sie bekam plötzlich Atembeschwerden.

Das Girl trat wieder zurück. Mit dem Schuh stieß sie gegen einen auf dem Boden stehenden Plastikeimer, wobei das Wasser überschwappte. Es hinterließ auf den Fliesen eine dunkle Lache.

Beim Umdrehen hatte Jessica noch etwas anderes bemerkt.

Eine Tür.

Sie befand sich neben der halbrunden, schmalen Verkaufstheke und führte wohl in den Lagerraum des Blumenhändlers. Normalerweise hätte das Girl die Tür übersehen, so etwas interessierte sie nicht, aber in diesem Fall übte dieser Durchgang eine nahezu magische Anziehungskraft auf sie auf.

Jessica ging näher.

Abrupt blieb sie stehen.

Sie hatte Stimmen gehört.

Raunende, flüsternde und lockende Stimmen, die urplötzlich da waren und sie ansprachen.

»Komm zu uns! Du bist schön. Du bist wie eine Blume«, wisperte es. »Wir brauchen dich – Jessica...«

Der Name! Himmel, wieso kannten diese Stimmen ihren Namen? Klar, sie hatte ihn dem Blumenhändler gesagt, aber es war doch kein anderer im Raum gewesen.

Woher kannte man dann ihren Namen? Und wer rief sie da?

Jessica zitterte plötzlich. Unbehagen und ein Gefühl der Angst breitete sich in ihrem Innern aus. Nervös huschte ihre Zunge über die spröden Lippen.

Der nächste Schritt.

Jetzt stand sie nur noch wenige Yards vor der Hintertür.

Und wieder vernahm sie die Stimmen.

»Jessica! Jessica, komm zu uns!«

Da wurde ihr klar, wo die Stimmen aufklangen. Hinter der geheimnisvollen Tür. Ja, ganz deutlich hatte sie es vernommen.

Jessica Parker warf einen Blick hoch zur Wendeltreppe. Von Gabriel Grillo war noch immer nichts zu sehen. Sie hörte ihn auch nicht. Wahrscheinlich werkelte er in irgendeinem Raum herum und suchte den Blumenstrauß zusammen. Für diesen Preis bekam sie einen recht ansehnlichen, und sie glaubte, daß es noch ein paar Minuten dauern würde, bis Grillo zurückkehrte.

Zeit für den Raum hinter der Tür.

Jessica erschrak über ihre eigenen Gedanken. Was hatte sie überhaupt dort zu suchen?

Nichts, aber auch gar nichts. Wenn sie den Raum betrat, war das Hausfriedensbruch.

Andererseits lockten die Stimmen. Sie riefen nach ihr, und es wäre unhöflich gewesen, nicht dem Ruf zu folgen. Außerdem war sie neugierig.

Sie legte eine Hand auf die kühle Metallklinke und spürte die rauhe Haut auf ihrem Rücken. Durch die Nase atmete sie die Luft ein, dann gab sie sich selbst einen Ruck und drückte die Klinke nach unten.

Die Tür war offen.

Jessica Parker betrat den geheimnisvollen Raum, und das Verhängnis nahm seinen Lauf...

Zuerst fiel ihr das Licht auf.

Es war ein seltsames Licht. Bunt, klar und doch verwaschen. Die Kundin befand sich plötzlich in einer völlig anderen Welt. In einem Paradies der Blumen.

Jessica schloß die Tür. Sie drückte sie leise und sacht ins Schloß, Grillo sollte nichts hören.

Tief atmete sie ein.

Ja, hier war die Luft klarer. Und auch reiner. Sie mußte mit Ozon angereichert worden sein, damit die Blumen nicht so schnell verwelkten.

Und was für Blumen es waren!

Prachtvolle Züchtungen, die das Herz eines jeden Gärtners hätten höher schlagen lassen. Jessica war beeindruckt. Sie konnte sich gar nicht satt sehen an soviel Schönheit.

Aus großen Glasvasen wuchsen langstielige Rosen. Manche hatten ihre Blüten geöffnet, andere waren noch zu. Sie sah große, gelbe Gerbera, Iris und Gladiolen. Weiterhin Tulpen, Spinnen und auch Orchideen.

Letztere waren die schönsten, die sie je in ihrem Leben gesehen hatte. Nur – wo befanden sich die Menschen, die sie gerufen hatten? Jessica schaute sich um. Sie sah keine Person, es gab auch keine Fenster, durch die sie hätten verschwinden können, sondern nur die eine Tür.

Wer hatte sie dann gerufen?

Jessica hob den Kopf. Das Licht wurde von an der Decke hängenden Lampen abgestrahlt. Kaltes Licht, das die Blumen manchmal blaß aussehen ließ.

Aber nicht nur die Blumen waren vorhanden, sondern auch Gewächse. Sie standen in terrarienförmigen Glasgefäßen, und Jessica sah einen Querschnitt der auf der Erde vorkommenden Moose und Farne.

Einmalig...

»Jessica... komm... komm zu uns...«

Da waren die Stimmen wieder. Diesmal lauter als zuvor. Sehr deutlich vernahm sie ihren Namen.

Aber die Rufer – wo steckten sie?

Jessica verzog das Gesicht, als würde sie unter Qualen leiden. Sie war plötzlich nervös, ihr Herz klopfte schneller, ein dünner Schweißfilm lag auf ihrer Haut. Bis jetzt hatte sie sich noch nicht weiter von der Tür weggetraut, doch nun machte sie die ersten zaghaften Schritte in den Raum hinein und trat näher an die Vasen heran.

Da fiel ihr etwas auf.

Aus den Vasen ragten nicht nur die herrlichen Blumen, sondern zusätzlich schmale, beschriftete Holzstiele.

Da stand Clarissa bei den Rosen, Mary bei den Gerbera, Janine bei den Orchideen.

Seltsam...

Die Blumen hatten Frauennamen.

Warum? Weil sie so außergewöhnlich schön waren? Oder weil dem Züchter die Namen so gut gefielen?

Das braunhaarige Girl ging weiter. Jessica schritt nur auf Zehenspitzen, sie wollte keinen Laut verursachen. Und plötzlich weiteten sich ihre Augen, als sie vor der leeren Vase ihre Schritte stoppte.

Darin befanden sich zwar keine Blumen, dafür steckte dort jedoch ein schmales Stück Holz. Es war ebenfalls mit einem Namen versehen.

Das Mädchen las halblaut und mit zitternden Lippen.

»Jessica!«

Für einen Moment schloß sie die Augen. Schwindel erfaßte sie, und sie mußte ein paarmal tief durchatmen, um sich zu fangen.

Jessica!

Ein Zufall?

Vielleicht – vielleicht auch nicht. Sie glaubte nicht mehr an Zufälle, seitdem sie die Stimmen gehört und diesen Raum betreten hatte. Nein, das war eine Manipulation.

Abermals hörte sie die Stimmen.

»Jessica, jetzt bist du da.«

Das Girl wirbelte herum. Wer hatte da gesprochen?

Und wieder. »Jessica!«

Ihre Augen wurden groß. Ja, auf einmal war ihr alles klar. Die Blumen hatten sie gerufen!

Die Blumen?

Unmöglich. Blumen konnten nicht sprechen. Höchstens im Märchen oder in der Legende, aber nicht in der Wirklichkeit.

Wie ein Pfeil schoß es durch Jessicas Herz. Sie machte auf dem Absatz kehrt und lief zur Tür.

Einen Schritt davor blieb sie abrupt stehen. »Wo willst du denn hin, Jessica? Bitte, lauf nicht fort. Du gehörst doch zu uns. Wir haben alles vorbereitet.«

Jessica warf den Kopf in den Nacken. Ihr Mund öffnete sich, die Hände wurden zu Fäusten. Ein heiseres Stöhnen drang über ihre Lippen. Die Knie gaben nach.

Dann ging sie rückwärts.

Den ersten Schritt, den zweiten, den dritten – bis sie vor den Blumen stand.

Clarissa, stand bei den Rosen. Es war ein gewaltiger Strauß, der sich oberhalb des Vasenrandes kelchförmig ausbreitete. Und er verströmte einen betäubenden Duft.

Jessica Parker senkte den Kopf. Ihr Gesicht näherte sich den herrlichen Rosen. Tief sog sie den Duft der Blumen ein und verdrehte dabei die Augen.

Ja, das tat gut.

Ein zweiter Atemzug.

Schwindel erfaßte sie. Jessica Parker fiel nach vorn, ihr Gesicht berührte die Rosen, aber da waren plötzlich keine Blumen mehr, sondern Arme.

Lange, grüne Arme, die sich aus der Vase reckten und nach ihr griffen. Hände, die über ihr Gesicht fuhren und die Haut streichelten. Und ein Gesicht.

Aus den zahlreichen Blütenkelchen formte sich ein wunderschönes Frauenantlitz, von langen, roten Haaren umgeben, mit hochstehenden Wangenknochen und einem sinnlichen Mund.

Jessica wurde gepackt. Ihr Oberkörper schwebte plötzlich über dem Boden, als wäre er leicht wie eine Feder. Das fremde, schöne Gesicht befand sich dicht vor dem ihren, der Mund öffnete sich, zeigte perlweiße, makellose Zähne – und zwei spitze Eckbeißer.

Vampirzähne!

Urplötzlich schlugen sie zu!

Jessica Parker merkte noch den Stich an ihrem Hals, und dann fühlte sie die Woge der Leichtigkeit, die alles andere überschwemmte und sie hinwegtrug...

Zehn Minuten später!

Die Klinke glitt nach unten. Jemand drückte behutsam die Tür von außen auf.

Gabriel Grillo erschien.

Er betrat den Raum, blieb dicht hinter der Schwelle stehen, stemmte beide Hände in die Hüften und sah sich um. Alles war unverändert, die Blumen standen in den Vasen, das Licht brannte, in der Luft lag der betörende Duft.

Doch der erste Eindruck täuschte.

Es gab eine Veränderung.

Und zwar bei den Rosen.

Dort ragte eine Blume aus dem breiten Strauß, die gar nicht dazugehörte. Es war ein weißviolett schimmernder Fliederzweig.

Eine Frühlingsblume.

Gabriel Grillo lächelte, als er dies sah. Demnach war sein Plan aufgegangen. Er konnte seine Sammlung weiter vervollständigen. Da sich unter seinen Schuhen dicke Kreppsohlen befanden, hörte man seine Schritte nicht, als er sich der Vase mit den Rosen näherte. Einige Sekunden blieb er davor stehen.

Sie sahen so prächtig und so harmlos aus, diese herrlichen Blumen. Ihre wahre Kraft erkannte niemand, und deshalb waren sie so ungeheuer gefährlich.

Grillo streckte die rechte Hand aus. Als bestünde die Blume aus kostbarem Porzellan, so vorsichtig faßte er sie an und hob sie aus der Vase. Das Wasser tropfte noch von ihrem langen Stiel und hinterließ auf dem Boden eine Spur, als Grillo die Blume dorthin brachte, wo die leere Vase stand.

Er stellte den Fliederzweig hinein, nahm die Vase und ließ Wasser einlaufen. Dann brachte er sie wieder zu Platz. Der Holzstab hatte sich etwas verklemmt, so daß Grillo ihn herumdrehen mußte, um den Namen zu lesen.

»Jessica«, murmelte er. »Ein wirklich schöner Name für dich!« Er nickte noch einmal und verließ den Raum...

Allmählich brach der Tag an. Im Osten erschien ein heller Streifen am Horizont und riß eine Lücke in die Dunkelheit des frühen Morgens.

Fünf Männer lagen an Deck eines Bootes und schliefen.

Zwei davon waren Suko und ich.

Die anderen hießen Ernie Swift, Herby Holl und Tom Bridger, der Pilot, der Suko und mich nach Abbey's Island geflogen hatte. Auf dieser Insel hatte es Auseinandersetzungen mit gefährlichen Riesenechsen und gewaltigen Spinnen gegeben. Tiermutationen, die einem unheimlichen Gift ausgesetzt worden waren. Giftgas, auf das auch Dr. Tod, sein Diener Tokata und die Terroristin Lady X scharf gewesen waren.

Das Gas war nicht in ihre Hände gelangt, dafür jedoch mein silberner Bumerang. Ihn war ich los, dafür hatte Tokata seinen linken Arm lassen müssen. Von nun an würde er mich mit noch größerem Haß verfolgen als bisher.

Wir hatten vorgehabt, sofort die Insel zu verlassen, doch nach einem Gespräch mit Suko hatte ich mich entschlossen, noch zu bleiben. Wir wollten die Insel gründlich untersuchen, was wir auch hinter uns hatten.

Monster hatten wir nicht gefunden, wenigstens nicht in der Größe der Echse, dafür jedoch Würmer, die ebenfalls schon mutiert waren. Wir hatten sie getötet und waren erst bei Einbruch der Dunkelheit auf Herby Holls Boot gegangen, das in einer kleinen natürlichen Bucht dümpelte. Dort verbrachten wir die Nacht.

Ein paar Stunden Schlaf taten uns gut. Als die Morgendämmerung hereinbrach, hielt mich nichts mehr in der Waagerechten. Zudem fror ich und stand auf.

Ich war nicht als erster erwacht. Suko stand schon an der Reling und schaute auf das Meer hinaus, das vor uns noch dunkel war, aber fern am Horizont einen helleren Schimmer annahm, so daß es wirkte, als würde über dem Wasser ein Silberstreifen liegen.

»Guten Morgen«, wünschte ich. »Ausgeschlafen?«

»Abgebrochen.«

Ich stellte mich neben Suko. Der Westwind wühlte in meinen Haaren und ließ sie hochflattern.

»Es wird Zeit, daß wir von hier verschwinden«, sagte der Chinese.

Ich nickte.

»Ob sie Dr. Tod schon haben?«

Ich schüttelte den Kopf. »Das glaube ich nicht. Sonst hätten wir längst Bescheid.«

Nach Solo Morassos Flucht hatte ich über Funk die Küstenpolizei alarmiert und eine Beschreibung des Bootes durchgegeben. Die Kollegen hatten mir versprochen, uns zu benachrichtigen, falls irgendein Erfolg eingetreten war. Bis jetzt hatten wir nichts gehört.

Gerechnet hatte ich damit. Dr. Tod war ein Fuchs. Der ließ sich nicht so leicht fangen. Auch mir war er ein paarmal entwischt, und er fand auch immer wieder Verstärkung, fand die richtigen Leute, die sich auf seine Seite stellten, was der Fall Pamela Scott zeigte. Lady X würde ihm treu ergeben sein, das stand für mich fest.

In der nächsten Stunde würde ich die Royal Navy alarmieren, damit das gefährliche Gas abgeholt und für uns ein neuer Hubschrauber bereitgestellt werden konnte. Den anderen hatte die Riesenechse zerschlagen. Seine Trümmer lagen noch am Strand.

»Eigentlich habe ich Hunger«, meinte Suko und grinste.

»Vielfraß«, erwiderte ich, verschwand aber unter Deck, um nach etwas Eßbarem zu suchen. Ich hätte auch Herby Holl wecken können, aber er hatte seinen Schlaf redlich verdient.

Im Bauch des Kahns fand ich eine kleine Kombüse. Sogar einen winzigen Kühlschrank gab es. Er war an einer Batterie angeschlossen und kühlte auch, wenn das Boot ankerte.

Ich öffnete die Tür und schaute mir an, was man so zu bieten hatte.

Vor allen Dingen Dosen.

Ich nahm zwei Dosen Corned beef hervor, etwas Brot und einen Öffner. Zu trinken fand ich auch etwas. Zwei Büchsen Limonade. Alles stellte ich auf ein Tablett, und so bepackt ging ich zu Suko zurück.

Er lächelte, als er die Sachen sah.

»Na dann«, sagte er, griff die erste Dose und öffnete sie.

Wir setzten uns dabei hin. Das Frühstück entsprach zwar nicht dem eines Grand Hotels, und mir fehlte auch ein guter Kaffee, aber wenn man Hunger hat, schmeckt alles.

Ich hatte Hunger.

Brot und Fleisch spülten Suko und ich mit Limonade herunter. Wir waren gerade beim letzten Bissen angelangt, als Tom Bridger erwachte. Er setzte sich hin, schaute sich um und kratzte seinen Kopf.

»Morgen«, sagte ich.

Der Pilot erschrak regelrecht, dann erkannte er uns, und schlagartig fielen ihm die Ereignisse der Vergangenheit wieder ein.

»Mann«, sagte er, »haben wir alles überstanden?«

Ich nickte. »Sieht so aus.«

»Wo haben Sie denn das Essen her?«

»Aus der Kombüse. Es ist noch was da.«

Das brauchte ich Tom nicht zweimal zu sagen. Er verschwand schnell unter Deck.

Auch die anderen beiden wurden wach. Als der erste Sonnenstrahl über das Meer glitt, hatten wir alle bereits gefrühstückt. Ich fuhr über mein Kinn. Der Bart stand dicht und war lang, doch an eine Rasur oder eine Dusche war nicht zu denken. Auf ein Bad im Meer hatte ich keine Lust.

Mit Herby Holl setzte ich mich vor die Funkanlage. Auf allerlei Umwegen gelang es mir, Verbindung mit dem nächsten Marinestandort aufzunehmen. Und mit einem zuständigen Offizier.

Zum Glück schaltete der Knabe schnell. Ich brauchte gar nicht viel zu erklären, mir wurde versprochen, daß innerhalb eine halben Stunde die Kräfte da waren, die ich angefordert hatte.

Wir erwarteten sie auf der Insel.

Zuerst waren es nur drei Punkte fern im Westen. Doch sie wurden schnell größer und entpuppten sich als Hubschrauber, deren Rotorblätter im Morgenlicht in der Sonne blitzten. Wenig später war die Luft vom Dröhnen der Motoren erfüllt, als die Maschinen zur Landung ansetzten.

Aus zwei Hubschraubern sprangen vermummte Männer in Schutzanzügen. Sie nahmen sofort in einer Reihe Aufstellung.

Aus der kleinsten Maschine kletterte ein Mann, der seinen Dienstzeichen nach ein Colonel war.

Auf ihn ging ich zu.

»Mr. Sinclair?« fragte er mich.

»Ja.«

Der Colonel verzog das Gesicht. Vielleicht hatte er erwartet, daß ich strammstehen würde. Aber darauf brauchte er nicht zu hoffen. »Ich bin Colonel Strange.«

»Freut mich.«

»Und Sie haben wirklich dieses Gas gefunden?« In seiner Stimme schwangen Zweifel mit.

Ich blickte ihn von oben bis unten an. Strange war ein richtiger Kommißkopf. Er sah nicht nur so aus, er sprach auch so und handelte danach. Ich schaute in seine dunklen Augen.

»Colonel, ich lüge nicht gern und vor allen Dingen nicht, wenn es sich um Ereignisse handelt, die unsere nationale Sicherheit gefährden. Habe ich mich exakt genug ausgedrückt?«

»Ja, ja.« Er deutete in die Runde. »Ich bin der Leiter einer Spezialeinheit. Meine Männer sind ausgezeichnet geschult und haben Erfahrung im Umgang mit Gas.«

»Die brauchen sie auch.«

»Wo befindet sich das Zeug?«

»Ich werde Sie führen. Haben Sie noch eine Maske?«

»Ja.« Er gab mir eine. Es war eine andere Maske als die, die ich mitgenommen hatte. Bestimmt viel wirksamer. Bisher hatten die Strahlen bei mir noch keine negativen Folgeerscheinungen hinterlassen. Und auch bei Suko nicht.

Der Chinese blieb mit den drei anderen zurück.

»Folgen!« rief ich und grinste, als ich mir die Maske aufsetzte. Die Soldaten marschierten an.

Ich schritt nebenher. Der Colonel hielt sich an meiner Seite. Manchmal warf er einen Blick auf seine Truppe, ob sie auch ordentlich marschierte.

Mich amüsierte das. Doch das Grinsen verbiß ich mir, dafür war die Sache viel zu ernst.

Wenn ich an das Gift dachte, wurde mir fast schlecht. Solch ein Teufelszeug durfte man eigentlich gar nicht herstellen. Ebenso wie biologische Waffen oder Atombomben.

Ich verdrängte die trüben Gedanken, als wir den Innenhof des Klosters erreichten.

Leer lag er vor uns. Kein Monster war zu sehen. Ich hatte von den Riesenechsen erst gar nichts erzählt, man hätte mir sowieso nicht geglaubt.

Der kühle Morgenwind fuhr über den Innenhof und streichelte die herumliegenen Steine. Zielstrebig schritt ich auf das noch erhaltene Klostergebäude zu und öffnete die Tür.

Ich betrat auch als erster die Schreckenskammer. Colonel Strange und seine Soldaten folgten.

Vor der Luke blieb ich stehen und deutete nach unten.

Zwei Soldaten hoben sie hoch.

Der Colonel starrte auf den Inhalt. Dann nickte er. Vier andere Soldaten brachten lange Greifzangen. Ich trat zurück, damit sie

Platz hatten. Sie versenkten die Stangen in das Loch und holten das gefährliche Gas hervor.

Die beiden Kanister wurden in spezielle Kästen gelegt und diese wiederum sorgfältig verschlossen.

Dann verließen wir die Schreckenskammer.

Auch auf dem Rückweg ließ ich die Maske auf. Erst am Hubschrauber nahm ich sie ab.

Die Kisten wurden verstaut.

Colonel Strange sah mich an. Er war blaß im Gesicht. »Noch mal Glück gehabt, daß Sie die Kanister fanden«, sagte er.

»Das will ich wohl meinen.«

»Sie werden sich natürlich noch einer medizinischen Untersuchung unterziehen müssen.«

»Das ist mir klar.«

Der Colonel drehte sich und wies auf den Hubschrauber, mit dem wir hergeflogen waren. »Wie ist das passiert?«

»Fehllandung.«

Er schaute mich ungläubig an. »Und das haben Sie überlebt?«

»Ja, ein Zufall.«

Colonel Strange blickte zu den Trümmern des Hubschraubers hinüber und verzog das Gesicht. »Tut mir leid, Mr. Sinclair, aber ich glaube Ihnen nicht.«

»Ich kann Sie nicht zwingen, Colonel.«

Strange strich sich mit beiden Fingern durch das Gesicht und dachte nach. »Sie scheinen sehr gute Beziehungen zu haben. Normalerweise ist es nicht üblich, daß die Navy einem Zivilisten einen Hubschrauber überläßt.«

»An höherer Stelle weiß man, worum es geht, Sir.«

»Kann sein.«

Die Soldaten blieben noch den Vormittag auf der Insel. Sie suchten mit ihren Meßgeräten den Boden ab.

Strahlung war festzustellen, allerdings keine lebensgefährliche. Wir atmeten auf.

Herby Holl und Ernie Shwift sollten in das nächste Hospital geflogen werden.

Sie verabschiedeten sich von uns. Herby hatte Tränen in den Augen. Er dachte an seinen Freund, den die Riesenechse getötet hatte. Das Boot wollte er später holen.

Zurück blieben Suko, Tom Bridger und ich. Tom konnte auch den anderen Hubschrauber fliegen.

Eine halbe Stunde nach Abflug der Soldaten starteten auch wir. Der Tank war noch zur Hälfte gefüllt. Wir würden bequem das Festland erreichen.

Als wir in der Luft schwebten, atmete ich auf. Abbey's Island lag unter und hinter uns. Eins war sicher. Vergessen würde ich diese Insel nicht.

Jane Collins preßte ihr Auge gegen das Guckloch und musterte den vor der Tür stehenden Mann kritisch.

Ihr Typ war er nicht gerade, und sie fragte sich, was er von ihr wollte.

Sein Alter lag um die fünfzig Jahre, er hatte ein etwas breitflächiges Gesicht, dessen Züge auf eine gewisse Rücksichtslosigkeit schließen ließen. Das Kinn sprang energisch vor, die Augen blickten kalt. Obwohl Jane in der Vergrößerung der unruhige Ausdruck nicht entging.

Was auffiel, war die Kleidung. Der leichte Sommeranzug bestand aus einem vorzüglichen Material, das Hemd schimmerte wie Seide, und die Krawatte saß korrekt.

Der Mann klingelte ein zweites Mal.

Jetzt erst öffnete Jane. »Sie wünschen?« fragte sie.

»Ich bin Samuel D. Parker.« Der Besucher sagte das in einem Ton, als müßte jeder wissen, wer er war.

»Und?«

Die bleistiftdicken Augenbrauen zogen sich enger zusammen. »Sie kennen mich nicht?«

»Nein.«

»Parker. Konserven, Fisch, Fleisch, Suppen.«

»Angenehm, Collins.«

»Privatdetektivin?«

»Genau.«

»Ich habe einen Job für Sie.«

Jane Collins gab die Tür frei. Der Mann war ihr nicht gerade sympathisch, aber sie konnte sich ihre Kunden nicht aussuchen. Außerdem war es ihr Job.

Jane Collins bat den Mann in die Wohnung. Sie hatte sich dort ein kleines Büro eingerichtet, und Parker nahm auf einem der beiden Sessel Platz.

Er schaute sich um.

»Gefällt es Ihnen hier?« fragte Jane, obwohl sie die Antwort schon vorher kannte.

»Ich hatte mir alles exklusiver vorgestellt«, erwiderte Samuel D. Parker. »Bei Ihrem Ruf.«

»Davon ist das meiste übertrieben. Darf ich Ihnen etwas anbieten, Mr. Parker?«

»Nein.«

»Okay, dann kommen wir zur Sache. Was kann ich für Sie tun?«

»Sie sollen meine Tochter wiederfinden!«

»Ist sie entführt worden?«

»Nein, verschwunden.«

»Seit wann?«

»Vor zwei Tagen habe ich Sie zum letztenmal gesehen.«

Jane hielt den Kugelschreiber noch in der Hand, mit dem sie sich Notizen gemacht hatte. Jetzt lehnte sie sich zurück, legte das Schreibgerät aus der Hand und schüttelte den Kopf. »Diesen Job, Mr. Parker, werde ich nicht annehmen.«

Der Konservenfabrikant war erstaunt. »Was sagen Sie da? Sie nehmen den Auftrag nicht an?«

»Ja.«

»Und aus welchem Grund nicht, wenn ich fragen darf?«

»Wie alt ist Ihre Tochter?«

»Dreiundzwanzig.«

»Eben, Sir, das ist es. Wenn eine dreiundzwanzigjährige Frau verschwindet, ist das normal. Das meine ich wenigstens. Seit zwei Tagen ist sie nicht mehr aufgetaucht. Vielleicht schlendert sie gerade durch Rom oder Wien, auch Paris hat seinen Reiz.«

»Nein, nein, nein! Das stimmt alles nicht, was Sie da sagen, Miss Collins.«

»Und warum nicht?«

»Weil Jessica nie zwei Tage von zu Hause wegbleiben würde. Es hört sich zwar komisch an, es ist aber so. Und denken Sie nicht, ich würde auf dem Mond leben. Ich weiß, wie selbstständig die jungen Frauen heute sind, das sieht man ja an Ihnen. Aber bei meiner Tochter ist das etwas anderes. Sie muß nach Hause kommen, denn Jessica ist zuckerkrank, Miss Collins.«

»Sorry, Mr. Parker, das wußte ich nicht. Es tut mir leid, aber...«

»Geschenkt.« Parker holte zwei Dinge gleichzeitig aus der Tasche. Ein Foto und einen Scheck. »Nehmen Sie den Job jetzt an?«

»Ja.«

Parker gab zuerst den Scheck.

Zweihundert Pfund, eine stolze Summe, die dort stand.

»Reicht es?«

Jane nickte. »Natürlich.«

Dann nahm sie das Bild entgegen. Es zeigte eine hübsche junge Frau in einem langen Partykleid. Die braunen Haare waren kurz geschnitten und wehten im Wind. Nur Jessicas Mund gefiel Jane nicht. Er zeigte eine gewisse Hochmütigkeit, wie sie auch bei ihrem Vater zu sehen war.

»Das ist sie«, sagte Samuel D. Parker, und seine Stimme klang plötzlich traurig.

»Haben Sie irgendwelche Anhaltspunkte?« erkundigte sich die Detektivin.

»Nein, das ist es ja. Alles lief normal. Jessica wollte zu einer Freundin fahren. Sie hat ihren dunkelblauen Jaguar genommen, ein Geburtstagsgeschenk. Der Wagen ist gefunden worden.«

»Wo?«

»In Chelsea. Aber – jetzt kommt es. Nicht meine Tochter ist nach Chelsea gefahren, sondern zwei Autodiebe. Sie hatten Pech, daß ihnen auf einer Kreuzung der Sprit ausgegangen ist. Zufällig war ein Bobby in der Nähe. Der sah die beiden, ging auf sie zu, die Kerle wollten flüchten, wurden aber gefaßt. Im anschließenden Verhör gestanden sie, den Wagen gestohlen zu haben. Und zwar in Southwark, auf der anderen Seite der Themse. Vor einem Blumenladen.«

»Sind weitere Nachforschungen angestellt worden?«

»Nein. Dazu bestand kein Grund. Ich rechnete ja damit, daß meine Tochter zurückkommen würde.«

»Und das ist nicht geschehen«, murmelte Jane. »Glauben Sie, daß man Ihre Tochter gekidnappt hat?«

»Nein.«

»Warum nicht?«

»Dann hätte ich von den Entführern schon längst etwas gehört.«

»Das sagen Sie mal nicht. Denken Sie an die Fälle in Italien, wo sich die Kidnapper auch immer sehr spät gemeldet haben.«

»Bis jetzt ist jedenfalls nichts dergleichen geschehen«, sagte Samuel D. Parker.

Jane überlegte. Dann meinte sie: »Können Sie sich einen anderen Grund denken, weshalb Ihre Tochter verschwunden ist?«

»Wie meinen Sie das?«

»Nun, hat sie Ärger mit Freunden gehabt? Vielleicht auch mit Ihnen. Obwohl schon dreiundzwanzig Jahre, soll es so etwas geben.«

Samuel D. Parker schüttelte den Kopf. »Nein, ausgeschlossen«, erwiderte er auf die Frage der Detektivin. »Meine Tochter hat keine Schwierigkeiten innerhalb der Familie. Außerdem war sie kein Playgirl der Luxusklasse, sondern arbeitete im Betrieb mit. Alles, was Sie sich vielleicht jetzt denken, können Sie sich abschminken.«

»Wie sieht es mit der Mutter aus?« fragte Jane.

»Wir sind geschieden. Ich habe meiner Frau eine anständige Abfindung gezahlt, und damit hat es sich.«

»Wie war das Verhältnis Ihrer geschiedenen Frau zur Tochter?«

»Mies.«

»Können Sie das genauer erklären?«

»Natürlich. Meine Tochter wußte, daß ihre Mutter alles andere im Sinn hatte, nur keine Arbeit. Und da trennten sich eben ihre Wege. Ich zahle meiner Frau hin und wieder eine angemessene Summe, damit sie sich amüsieren kann.«

»Sie meinen also, daß Ihre Frau mit dem Verschwinden der Tochter nichts zu tun hat?«

»So ist es.«

»Das wäre eigentlich alles, Mr. Parker. Ach so, wo, sagten Sie, hat man den Wagen gefunden?«

»In Chelsea.«

»Und gestohlen wurde er in Southwark?«

Parker nickte. »Genau. Ich kann Ihnen auch die Straße sagen.

Webber Street. Eine miese Ecke, aber meine Tochter mußte hindurch, um die Freundin zu besuchen.«

»Am Blumenladen, nicht?« fragte Jane.

»Ja, da stand der Wagen.« Samuel D. Parker reichte Jane die Hand und verabschiedete sich. Er machte sich Sorgen um seine Tochter, das sah man ihm an. Und Jane hoffte, daß sie den Fall aufklären konnte.

Sie schloß hinter ihrem Besucher die Tür. Eigentlich ein Routinejob, dachte sie und ahnte nicht, daß sie einem Irrtum erlegen war...

Zum Greifen nahe schien die Küste vor uns zu liegen. Doch das Tageslicht täuschte. Wir hatten noch einige Meilen zu fliegen, bevor fester Boden unter uns lag.

Suko und ich hatten ein wenig die Augen geschlossen. Der Chinese schlief tief und fest, während ich immer wieder aufschreckte und einen Blick nach unten warf. Suko hatte eben die besseren Nerven.

Dann erschien die Stadt Skegness in unserem Blickfeld. Wir sahen wieder die ersten Fahrzeuge, die über die grauen Asphaltbänder der Straßen zu kriechen schienen.

Tom Bridger lenkte den Hubschrauber in eine rasante Linkskurve und steuerte das Militärlager an, wo wir tanken wollten.

Bei der Landung wurde Suko wach. Während das Kerosin in den Tank lief, führte ich ein Telefongespräch mit London.

Ich erklärte Sir Powell, daß das Gas gefunden worden war und sich in gutem Gewahrsam befand.

Der Superintendent atmete auf. »Wenn Sie jetzt Privatmann wären, hätten Sie einen Orden bekommen, John.«

»Danke, aber ich liebe kein Blech.«

Sir James Powell wechselte das Thema. »Wann kann ich Sie wieder in London erwarten?«

»Ich schaue morgen früh mal vorbei.«

»Nicht mehr heute?«

»Nein, ich möchte nämlich noch schlafen.«

Powell murrte zwar, gab aber seine Zustimmung.

Ich legte auf. Aufgetankt war inzwischen. Eigentlich konnten wir starten.

Bis London waren es gut hundertfünfzig Meilen. Die hatten wir in neunzig Minuten geschafft.

»Alles klar?« fragte Tom Bridger.

Ich nickte. »Meinetwegen.«

»Okay.«

Zwei Minuten später befanden wir uns wieder in der Luft. An das Starten hatte ich mich inzwischen gewöhnt. Mein Magen hing auch nicht mehr jedes Mal in den Kniekehlen.

Kurs Süden.

London wartete.

Auf einmal war ich nicht mehr müde. Ich genoß es jetzt, im Hubschrauber zu sitzen. War das Wetter am gestrigen Tag noch mies gewesen, so hatte der Wind die schweren Wolken jetzt vertrieben. Zwar lugte der blaue Himmel nur hin und wieder hervor, doch die Wolken waren höher gestiegen. Wie gewaltige schneeweiße Watteberge hingen sie am Himmel. Die Fernsicht war ausgezeichnet. Wir konnten bereits die East Anglian Heights sehen, eine Bergkette, die wie ein schräger Strich in die Provinz Suffolk hineinragt.

Es waren mehrere Hügel, nur wenige hundert Yards hoch, aber aus der flachen Landschaft ragten sie doch hervor.

Tom Bridger war ein guter Pilot. Er flog ruhig, und wir hatten das Gefühl, als könnte bei ihm gar nichts passieren.

Die Berge rückten näher. Das Gelände unter uns wurde hügeliger. Dichte Waldgebiete lösten sich mit weiten Feldern ab. Wir sahen einsame Gutshöfe, Burgen, Herrensitze, kleine Ortschaften.

Eine idyllische Gegend. Besonders gefielen mir die kleinen Flüsse und Bäche, deren Läufe das satte, sommerliche Grün des Geländes wie Silberstreifen unterbrachen.

Hinter den Bergen würden wir bereits in die Dunstzone der Riesenstadt London gelangen.

Dann hatte Suko eine Idee. »Eigentlich sind wir an keine Zeit gebunden«, sagte er.

»Worauf willst du hinaus?« fragte ich.

»Könnten wir nicht was essen?«

»Du meinst, landen und dann...«

»Genau, John.«

Der Vorschlag war nicht schlecht. Hunger hatte ich nämlich auch. Tom Bridger würde ebenfalls zustimmen. Als ich ihn fragte, hatte er nichts dagegen.

»Ich halte nur nach einem geeigneten Landeplatz Ausschau«, meinte er.

»Die Leute werden denken, wir kämen vom Mars«, grinste der Chinese.

»So am Ende der Welt leben sie hier auch nicht«, hielt ich ihm entgegen und schaute zu, wie Tom Bridger tiefer ging, eine Schleife flog und dicht über ein Waldstück hinwegflog. Manchmal hatte ich das Gefühl, er würde mit den Kufen über die Spitzen der Baumwipfel gleiten.

Doch einem Könner wie Tom Bridger passierte so etwas nicht. Hinter dem Wald befand sich ein hügeliges Gelände, in dessen Windschatten sich die Häuser eines Dorfes duckten.

Wir überflogen die Kämme und sahen auf dem letzten dichtes Buschwerk, durch das die graue Farbe eines Felsens schimmerte. Neben dem Hügel wurde das Gelände eben. Dort konnten wir landen.

Tom drückte die Maschine noch tiefer. Dann blieb er in der Luft stehen, bevor er den Hubschrauber butterweich auf beide Kufen setzte. Der Motor lief aus, die Rotorblätter fielen zusammen.

»Violà«, sagte unser Pilot

Ich klatschte in die Hände. »Ausgezeichnet, Partner. Sie sind wirklich ein Könner.«

»Danke.«

Wir stiegen aus. Böiger Wind empfing uns. Er wehte von vorn und drückte meine Haare nach hinten.

Wir klappten die Türen zu. Da ich einige Schritte vorgelaufen war, wartete ich auf die anderen. Nicht weit entfernt lief ein Weg entlang, der hinunter ins Dorf führte.

Plötzlich stutzte ich.

Am Wegende sah ich zahlreiche Menschen, die sich dort versammelt hatten, als würden sie zu einer Prozession aufbrechen.

Das schien in der Tat so, denn sie setzten sich nach einigen Sekunden in Bewegung und kamen den Weg hoch.

Auch Suko und Tom hatten die Leute gesehen.

»Sieht mir nach einer Dorfflucht aus«, meinte der Chinese.

Ich nickte. »Dann wirst du dein Essen wohl in den Kamin schreiben müssen.«

»Sollen wir wieder starten?« fragte Tom Bridger.

»Nein, ich bin gespannt, was die Leute vorhaben.«

Wir warteten nicht, sondern gingen ihnen entgegen. Der schmale Weg führte in zahlreichen Windungen dem Dorf zu und durchschnitt dabei die hügelige Landschaft.

Auf halber Strecke etwa trafen wir mit den Leuten zusammen.

Sie blieben stehen, ebenso wie wir.

Ich ging einen Schritt vor und setzte mein Sonntagslächeln auf. »Guten Tag«, sagte ich. »Eigentlich wollten wir bei Ihnen im Dorf etwas essen, doch wie mir scheint, entvölkern Sie gerade Ihren Ort.«

Meine Worte standen im Raum, eine Antwort erhielten wir nicht.

Schweigen.

Ich sah mir die Gesichter an. Da war von Freundlichkeit keine Spur. Verschlossene Mienen, zusammengepreßte Lippen, finstere Blicke. Einige Männer hatten ihre Hände unter den Jacken verborgen, als würden sie dort Waffen umklammern.

Ja, und dann fiel mir noch etwas auf. Ich sah keine Frau in der Gruppe. Hatte das vielleicht einen Grund? Bestimmt, und eventuell würden mir die Leute ihn nennen.

Einer trat vor.

Es war ein breitschultriger Mann, der etwa vierzig Lenze zählte und einen dunklen Vollbart hatte. Er trug eine Schirmmütze, Cordhose und eine Fischgrätenmusterjacke.

»Verschwinden Sie besser«, sagte er. »Sie sind doch mit dem Hubschrauber gekommen?«

»Ja«, erwiderte ich lächelnd. »Aber warum sollen wir verschwinden?«

»Weil es gefährlich ist.«

Ich deutete in die Runde. »Diese schöne Gegend soll gefährlich sein? Ich bitte Sie, Mister.«

»Gehen Sie!« Die beiden Worte klangen wie ein Befehl, und die übrigen Männer nahmen eine drohende Haltung ein.

Das gefiel mir überhaupt nicht. Ich zählte genau 13 Dorfbewohner, die vor uns standen. Eine Übermacht, sicher, aber zur Gewaltanwendung wollte ich es nicht kommen lassen.

»Haben Sie irgend etwas zu verbergen?« fragte ich.

»Ich gebe Ihnen genau drei Sekunden. Dann sind Sie und Ihre beiden Freunde verschwunden.«

Das war genau der Tropfen, der das Faß zum Überlaufen brachte. Jetzt wollte ich erst recht wissen, was gespielt wurde.

Ich griff in die linke Innentasche und wollte meinen Ausweis hervorholen, doch der Mann vor mir faßte die Bewegung wohl falsch auf. Er schlug die Schöße seiner Jacke zurück, und plötzlich schaute ich in die Doppelmündung einer abgesägten Schrotflinte.

Ich versteifte. Hinter mir hörte ich Suko scharf atmen. Auch ihm gefiel die Lage nicht, und wie ich ihn kannte, hatte er keinesfalls vor, zu kneifen.

»Reicht das?« fragte der Kerl.

»Sicher, Mister, das reicht. Aber wenn Sie schießen, machen Sie sich des Mordes an einem Polizeibeamten schuldig.«

»Polizei?« echote er.

»Ja, ich war gerade dabei, Ihnen meinen Ausweis zu zeigen.«

Das hatte gesessen. Der Mann senkte die Waffe. Die anderen wurden unruhig. Zwei Männer husteten verlegen.

»Darf ich?« fragte ich.

»Natürlich.«

Ich holte das Dokument hervor und reichte es rüber.

Der Mann nahm den Ausweis und las halblaut. Dann gab er mir das Ding zurück. Er hatte einen roten Kopf bekommen und entschuldigte sich ein paarmal.

Ich winkte ab. »Geschenkt. Jetzt sagen Sie mir bitte erst einmal Ihren Namen.«

»Ich heiße Fuller. Rodney Fuller.« Er räusperte sich. »Ich bin der Bürgermeister des Ortes.«

»Und wie heißt ihr Dorf?«

»Falcon.«

»Also, Mr. Fuller aus Falcon. Wenn man Ihnen als Fremder begegnet, hat man den Eindruck, als würden Sie hier zu einer Suchaktion aufbrechen. Stimmt das?«

»Ja.«

»Was ist der Grund?«

Fuller schwieg. Er senkte den Kopf und starrte auf seine Schuhspitzen.

»Ist es etwas Unrechtes?« wollte ich wissen.

»Nein.«

»Dann können Sie es doch sagen.«

»Sie... Sie sind nicht von hier, Sir. Und Sie kennen nicht die Gegebenheiten. Wir sind mit dem Land verwachsen, wissen Sie.«

»Raus mit der Sprache«, forderte ich ihn auf.

»Die kleine Julie ist verschwunden.«

»Ein Kind? Hat es sich verlaufen?«

»Nein, es ist wahrscheinlich geholt worden. Mitten in der Nacht. Wir wissen es nicht genau.«

»Von wem ist es geholt worden?« hakte ich nach.

Fuller räusperte sich, bevor er weitersprach.

»Sie werden mich jetzt für verrückt halten, aber es stimmt, was ich Ihnen sage. Die Vampir-Blumen haben die Kleine geraubt!«

Vampir-Blumen!

Auf einmal war ich hellwach. Das war doch was für uns. Wenn uns der Zufall da nicht in einen heißen Fall geführt hatte, wollte ich vom nächsten Tag an Verkehrspolizist sein.

»Jetzt lachen Sie, Sir, nicht wahr?«

Sehr ernst schüttelte ich den Kopf. »Nein, Mr. Fuller, ich lache nicht. Diese Sache interessiert uns.«

»Und ob«, sagte auch Suko. Er war näher getreten, nur Tom Bridger hielt sich zurück.

»Aber Sie werden nichts tun können«, sprach Fuller weiter. »Wer glaubt heutzutage schon an Geister und Dämonen. Zudem muß man Vampire mit bestimmten Waffen bekämpfen.«

»Ich weiß«, erwiderte ich und lächelte. »Zum Beispiel mit Eichenpfählen oder Silberkugeln.«

»Sie sind ein Fachmann?«

»So ungefähr. Aber lassen wir das jetzt. Erzählen Sie lieber etwas mehr über die kleine Julie.«

»Sie heißt mit vollem Namen Julie Clough. Fünf Jahre alt ist sie, ein liebes Kind, das alle Bewohner in ihr Herz geschlossen haben. Doch gestern abend ist sie verschwunden. Sie hat das Dorf verlassen und den Weg zum Felsen eingeschlagen.«

»Welcher Felsen?«

Rodney Fuller deutete an mir vorbei. Ich drehte mich halb um und folgte dem ausgestreckten Zeigefinger mit meinen Blicken. »Sehen Sie dort den bewachsenen Hügel?«

»Ja.«

»Da existiert auf dem Hügel ein Felsen, und dieser Felsen ist das Tor zu einer anderen Welt. Alle sieben Jahre wird das Tor für sieben Tage geöffnet. Dann sucht das Land der mordenden Blumen nach neuen Opfern, aber man kann auch in dieser Zeit zahlreiche Opfer befreien, wenn sich ein mutiger Mensch befindet, der das Land betritt.«

»Was weiß man über das Land?« forschte ich nach.

»Es liegt jenseits der Dimensionen und wird in den alten Überlieferungen auch als Garten des Druiden bezeichnet. Sie haben sich dort nach ihren magischen Ritualen erholt, haben Kraft gesammelt, um wieder in die normale Welt zurückkehren zu können. Aber die Blumen dort sind nicht normal. Es sind verwunschene Frauen und Mädchen, die zu blutsaugenden Bestien werden. Wenn diese sieben Tage angebrochen sind, traut sich keiner von uns, in die Nähe des Felsens zu gehen. Die Gefahr ist viel zu groß wegen der Lockungen, die den einsamen Spaziergänger überfallen. Nur die kleine Julie ist gegangen, und nun ist sie verschwunden.«

»Glauben Sie, daß das Mädchen diesen Garten betreten hat?« fragte ich den Bürgermeister.

»Bestimmt.«

»Dann wollen Sie alle ebenfalls zu den Druiden?«

»Nein.« Heftig schüttelte der Mann den Kopf.

»Haben Sie etwas anderes vor?«

»Wir wollten in die Nähe des Tores und dort warten, bis uns eine Vampir-Blume in die Hände fällt, um die anderen damit erpressen zu können, damit man uns Julie zurückgibt.«

34

Sicher, ein Plan, der Erfolg haben konnte. Aber auch nur konnte, denn wie ich die Mächte der Finsternis kannte, ließen sie sich nicht erpressen. Sie opferten lieber eines ihrer Mitglieder, als daß sie nachgaben.

Das gab ich auch dem Bürgermeister zu verstehen.

»Dann«, flüsterte er, »weiß ich nicht, was ich noch tun soll, Mr. Sinclair.«

»Ich habe einen Vorschlag.«

»Und welchen?«

»Schicken Sie die Männer weg. Sie sollen nach Hause gehen.«

»Nein, das ist unmöglich, Sir. Diese Leute sind extra mitgekommen, um uns zur Seite zu stehen. Ich brauche sie, wenn die Übermacht der anderen zu groß wird.«

»Mein Freund Suko und ich werden Ihnen zur Seite stehen.«

»Aber Sie haben doch keine Ahnung, wie...«

»Wir haben, Mr. Fuller. Wirklich, glauben Sie uns. Der Zufall hat uns auf eine Sache gestoßen, die unmittelbar mit meinem Beruf zu tun hat. Ich bin beim Yard Spezialist für übersinnliche Fälle. Man nennt mich auch Geisterjäger. Ich hoffe, dieser Name sagt Ihnen genug.«

Der Bürgermeister nickte. Dabei starrte er mich mit weit aufgerissenen Augen an.

»Sicher«, murmelte er. »Wenn Sie das so meinen, Sir.«

»Vertrauen Sie mir.«

Rodney Fuller nickte. Er drehte sich zu seinen Mitbürgern um und erklärte ihnen die neue Situation. Einige waren zwar nicht einverstanden, doch sie fügten sich. Rodney Fuller besaß noch Respekt.

Ich sprach inzwischen mit Tom Bridger. »Gehen Sie mit ins Dorf, ich möchte nicht, daß Sie sich unnötig in Gefahr begeben. Sie haben auf der Insel schon genug erlebt.«

»Aber ich wäre gern...«

Ich legte ihm meine rechte Hand auf die Schulter.

»Das glaube ich Ihnen, Tom. Vielleicht können Sie auch mit dem Hubschrauber fliegen und irgendwo im Dorf einen freien Platz für ihn finden. Wir werden dann zu Ihnen kommen.«

Begeistert war Tom Bridger zwar nicht, aber er fügte sich.

Die Männer gingen, und der Bürgermeister blieb zurück. Tom

stiefelte zu seiner Maschine. Drei Minuten später hob der Hubschrauber ab. Dicht über unsere Köpfe hinweg nahm er Kurs auf das Dorf.

Der Bürgermeister schaute den Männern von Falcon nach. »Hoffentlich haben wir keinen Fehler gemacht«, murmelte er.

»Das glaube ich nicht. Zeigen Sie uns den Weg«, bat ich ihn.

»Gut.«

Suko und ich hatten uns nicht extra zu bewaffnen brauchen. Suko trug die Beretta, die Gnostische Gemme und die Dämonenpeitsche bei sich. Ich hatte das Kreuz, ebenfalls die Silberkugel-Pistole und noch meinen Dolch.

Ein Stück gingen wir den Weg weiter hoch. Rodney Fuller sprach kein Wort. Er hatte die Lippen fest zusammengekniffen, sein Gesicht glich einer Maske. Es lag auf der Hand, daß sich hinter seiner Stirn schwere Gedanken wälzten. Auch mir bereitete das ungewisse Schicksal des Mädchens Sorgen.

Der Hügel lag rechts von uns. Um ihn zu erreichen, mußten wir durch ein dichtes Waldstück.

Es war wärmer geworden. Zudem hatten sich die hohen, weißen Wolken verzogen. Es roch ein wenig nach Regen, und die Schwüle hatte zugenommen.

Wir bogen vom asphaltierten Weg ab. Er führte rechts am Hügel entlang und verschwand hinter einer Biegung. Wir aber betraten einen schmalen Pfad, der schon bald in den Wald eintauchte.

Es war ein dichter Wald, eine Mischung aus Laub- und Nadelbäumen. Unter unseren Schuhen lag eine dicke Humusschicht. Fuller ging neben mir. Er hatte den Kopf vorgereckt, als würde er auf irgend etwas Bestimmtes lauschen. Sein Bart zitterte, wenn er ging, die Schrotflinte hielt er wieder unter seiner Jacke verborgen.

»Erzählen Sie mir mehr über die geheimnisvollen Blumen«, bat ich ihn.

»Oh, sie sehen so harmlos aus, sind aber in Wirklichkeit Vampire, weil sie das Blut der Menschen trinken.«

»Was geschieht mit den Opfern?«

»Sie werden ebenfalls zu Vampir-Blumen.«

»Keine angenehme Vorstellung.«

»Da sagen Sie was, Sir.«

Suko bemerkte es als erster. »Riechst du nichts, John?«

Ich blieb stehen und schnüffelte wie ein altes Wildpferd gegen den Wind.

»Na?« fragte mein Partner.

Die Antwort erhielt er nicht von mir, sondern von Rodney Fuller. »Es riecht nach Blütenstaub und Blütenduft.«

»Genau«, sagte Suko.

Ich wandte mich an den Bürgermeister. »Haben Sie dafür eine Erklärung, Mister?«

»Kaum, außer die Blumen haben ihren eigentlichen Platz hinter dem Tor verlassen.«

»Was man dort finden kann, wissen Sie nicht?«

»Nein.«

»Ein Tor im Felsen ist schon seltsam«, sagte ich. »Wie kann es so etwas geben? Haben Sie sich schon darüber Gedanken gemacht?«

»Nein. Es geht aber auf eine alte Legende zurück. Bis hinein in die Zeit der Druiden.«

»Hat niemand versucht, das Tor im Felsen zu öffnen?«

»Natürlich. Aber es ist verschlossen. Nur alle sieben Jahre wird es für sieben Tage geöffnet, wie ich Ihnen schon sagte.«

Ja, das hatte er. Ich war wirklich gespannt darauf, was hinter dem Tor lag. Eine andere Dimension? Höchstwahrscheinlich, denn nicht zum erstenmal wurde ich mit solch einem Dimensionstor konfrontiert. Es gab sie, diese transzendenten Durchlässe in fremde Dimensionen und Reiche.

Wir liefen nicht einfach drauflos, sondern schauten uns nach allen Seiten um. Rodney Fuller hielt seine Schußwaffe wieder in beiden Händen. Wie er mir sagte, war sie mit geweihten Silberkugeln geladen. Diese Schrotflinte war ein Erbstück seines Großvaters, auch der hatte schon gegen die finsteren Mächte gekämpft.

Der Blütenduft nahm zu. Seltsam für einen Wald, der normalerweise nur aus Bäumen und Unterholz besteht.

Ich suchte die Blumen, sah sie aber nicht.

Daß wir uns direkt vor dem Ziel befinden mußten, merkte ich daran, wie steil es bergan ging. Es war dämmrig. Die grünen

Blätter filterten über unseren Köpfen das Licht. Nicht mehr lange, dann würden die ersten bereits braun werden und abfallen.

Der Pfad wurde noch schmaler. »Jetzt sind wir gleich da«, sagte der Bürgermeister. Er hatte seine Stimme gesenkt, als hätte er Angst, daß ihn jemand hörte.

Den Felsen hatten wir schon gesehen, als wir über das Gelände flogen. Aber, wo zum Teufel, befanden sich die Blumen?

»Kann der Geruch aus dem Tor dringen?« fragte ich.

Der Bürgermeister schüttelte den Kopf. »Nein, das ist fest verschlossen.«

»Dann befinden sich die Blumen demnach außerhalb?«

»Bestimmt.«

»John!«

Ich drehte mich zu Suko herum, der gerufen hatte. Mein Freund deutete nach rechts.

Da sah ich sie.

Blumen!

Rote, prächtige Gerbera. Ein ganzer Strauß wuchs aus dem Humusboden des Waldes und breitete sich fächerförmig aus.

»Da sind sie«, flüsterte der Bürgermeister.

Ich nickte. Die Blumen sahen harmlos aus, wie sie dort standen, aber ich ließ mich nicht täuschen. Sicherheitshalber zog ich mein geweihtes Kreuz unter dem Hemd hervor und bewegte mich auf die Blumen zu...

Es geschah nichts.

Auch als ich vor den roten Gerbera stehenblieb, passierte nichts. Die Blumen sahen so harmlos aus wie nur irgend etwas. Allerdings störte mich der Duft. Er war so betäubend und betörend.

Ich schaute zurück.

Suko und der Bürgermeister waren stehengeblieben. Der Chinese deckte mir den Rücken, ich konnte beruhigt meine Untersuchungen vornehmen.

Ich hütete mich davor, die Blumen mit den Händen zu berühren, sondern nahm meinen Dolch.

Behutsam führte ich die geweihte Klinge an die Blüten heran, und im selben Augenblick geschah etwas Erstaunliches. Kaum spürten die Blumen die unmittelbare Nähe des geweihten Silbers, da bogen sie sich zurück. Es war wie eine rote Welle, die nach hinten floß.

Die Blumen hatte Angst vor dem Messer.

Warum?

Das wollte ich noch genauer herausfinden.

Blitzschnell hieb ich mit dem geweihten Dolch zu und schnitt dicht unterhalb der Blüte den Stengel durch.

Was dann folgte, trieb auch mir eine Gänsehaut über den Rücken.

Die Blume stieß einen jammernden Schrei aus – wie ein Mensch, wenn er verletzt wird. Ihre Blüte fiel zu Boden und hatte diesen kaum berührt, als sie auch schon verwelkte.

Die prachtvolle Gerbera faltete ihre Blütenränder nach innen und zuckte und wurde langsam grau.

Als Staub blieb sie liegen.

Ich bemerkte Suko, der neben mir stehengeblieben war. »Verstehst du das?« fragte er.

»Nein.«

Auch der Bürgermeister hatte sich genähert. Ich schnitt den Kopf der nächsten Blume ab. Auch sie verwelkte und wurde zu Staub. Einen Blumenvampir jedoch sahen wir nicht.

Ich richtete mich auf, grinste und sagte: »Wenn ihr jetzt eine Erklärung wollt, so bin ich überfragt. Ich weiß nur, daß wir es hier nicht mit den Vampir-Blumen zu tun hatten. Die müssen woanders wachsen.«

»Aber normal sind sie auch nicht«, sagte der Bürgermeister.

»Nein.«

»Es gibt wohl nur eine Chance, um das Rätsel zu lösen«, meinte Suko. »Wir müssen durch dieses Tor in das andere Land gehen. Dort finden wir sicherlich die Erklärung.«

Der Meinung war ich auch.

Nur der Bürgermeister dachte anders darüber. Sein Gesicht zeigte einen panischen Schrecken. »Wollen Sie sich umbringen?« flüsterte er ängstlich.

»Nein«, erwiderte ich, »das haben wir nicht vor.«

»Aber das ist lebensgefährlich.«

»Ich weiß, Mr. Fuller. Aber leider ist es mein Job, mich in lebensgefährliche Situationen zu begeben. So ganz unvorbereitet sind wir deshalb nicht. Auf Sie wartet auch eine Aufgabe.«

»Welche?«

Seine Frage klang so mißtrauisch, daß ich lachen mußte. »Keine Panik, Mr. Fuller. Sie brauchen wirklich nichts Schlimmes zu tun. Ich möchte, daß Sie hier als Wache zurückbleiben und jeden verscheuchen, der zum Felsen will.«

»Das wird wohl keiner wagen.«

»Um so besser für Sie. Abgemacht?«

Er nickte.

»Dann führen Sie uns bitte hin.«

Wir betraten wieder den Weg und stiegen ihn weiter an. Auf dem Weg zu unserem Ziel sahen wir noch andere Blumen, die aus dem Waldboden wuchsen. Unter anderem eine gelbe Sonnenblume, die hell zwischen dem Grün leuchtete. Wir gingen vorbei.

Dann machte der schmale Weg einen Knick, und wenige Schritte später standen wir vor dem Felsen.

Wenn ich ihn so ansah, wurde ich an einen Fall erinnert, der mich nach Deutschland geführt hatte. Damals, im Bayerischen Wald, hatte es eine grauenvolle dämonische Invasion aus einer fremden Dimension gegeben, und dort war solch ein Felsen ebenfalls der Ausgangspunkt gewesen.

Nur hatte der keine Tür.

Ich trat dicht an die Tür heran. Sofort fiel mir auf, daß sie keine Klinke hatte. Fugenlos war sie in den Felsen eingelassen worden.

Auch Suko besah sich die Tür interessiert. Nur Rodney Fuller war zurückgewichen, er traute dem Frieden nicht so recht. Völlig natürlich, er war ein Mann dieser Gegend und hatte schon viel Schlimmes über die geheimnisvolle Tür und den Felsen gehört.

Suko nickte mir zu. »Okay«, sagte er. »Dann wollen wir mal.«

»Seien Sie vorsichtig«, flüsterte der Bürgermeister und trat noch einen Schritt zurück, obwohl er seine Flinte schußbereit in den Händen hielt.

Ich aber streckte meinen rechten Arm aus, legte die Hand flach gegen das Holz und drückte die geheimnisvolle Tür auf...

Samuel D. Parker hatte in einem recht gehabt. Der Stadtteil Southwark war wirklich nichts für Leute, die auf den Shilling nicht zu schauen brauchten. Man merkte hier die Nähe des Hafens. Die zahlreichen Kneipen waren schon äußerlich mies, und weiter vom Fluß entfernt begannen die grauen, trostlosen Wohnblocks der Arbeiter.

Zündstoff lag in dieser Gegend immer in der Luft. Einen großen Teil trugen auch die vielen Zuwanderer bei, Überbleibsel aus Englands glorreicher Kolonialzeit.

An Waterloo Station, dem großen Bahnhof, geriet Jane in einen Verkehrsstau. Zum Glück konnte sie auf der Waterloo Road bleiben, denn die Webber Street zweigte in Höhe des Old Vic Theatre davon ab.

Nach zehn Minuten konnte Jane weiterfahren. Sie hoffte, daß ihr Wagen nicht gestohlen wurde. Aber an einem alten Käfer vergriffen sich die Autodiebe höchst selten.

Die Webber Street führte mitten ins Milieu. Je weiter sie sich von der Waterloo Road entfernte, um so schäbiger wurden die Häuser. Schließlich waren es nur noch alte Mietskasernen, die die Fahrbahn zu beiden Seiten säumten.

Der Käfer rollte im Schrittempo über das alte Kopfsteinpflaster, das an zahlreichen Stellen große Wunden zeigte. Da hatte man die Steine wohl für Straßenschlachten gebraucht, die in dieser Gegend hin und wieder stattfanden.

Jane Collins suchte den Blumenladen. Parker hatte ihr die Hausnummer nicht gesagt, aber solch ein Geschäft war ja normalerweise nicht zu übersehen. ·

Die Privatdetektivin ging von folgender Überlegung aus: Wenn man Jessica Parker in dieser Gegend entführt hatte, dann konnte der Blumenhändler unter Umständen etwas gesehen haben. Und das wollte Jane herausfinden.

Sie sah zwar einige Secondhandläden, zahlreiche Kneipen, aber keinen Blumenladen. Die Webber Street schlug einen weiten Bogen nach rechts und mündete in die Blackfriars Street. Die Hälfte hatte Jane bereits durchfahren und befand sich im Scheitelpunkt der Kurve, als sie den Laden sah.

Er lag auf der gegenüberliegenden Seite.

Jane fuhr ihren VW nach rechts und stellte ihn fast genau dort ab, wo auch der Jaguar geparkt hatte.

Hinter dem Steuer sitzend, schaute sich die blonde Detektivin das Geschäft erst einmal an.

Der Laden paßte in die Gegend. Er war ebenso mies wie die Umgebung. Daß hier überhaupt Blumen gedeihen konnten, grenzte fast schon an ein Wunder.

Ein ziemlich schmales Schaufenster, es war mit Blumen überladen, daneben eine Tür, verwittert und vergammelt, und eine Steinstufe, die zur Tür hinaufführte.

Über dem Laden wohnten Menschen. Einige lagen im Fenster. Jane nahm sich vor, sie auch noch zu befragen, wenn sie bei dem Blumenhändler keinen Erfolg gehabt hatte. Mit Geld konnte man hier so manche Zunge lockern.

Grillo's Flower Power

Jane Collins mußte lachen, als sie diese Überschrift las. Blumenkraft in dieser Gegend. Irgendwie paßte das wie die berühmte Faust aufs Auge.

Jane stieg aus.

Als sie die Tür ins Schloß drückte, wurden die Gaffer aufmerksam.

Die Detektivin ging ein paar Schritte bis zum Laden und öffnete die Tür.

Ein Glockenspiel erklang, und der Verkäufer, wahrscheinlich sogar der Eigentümer, schaute aus seiner gebückten Haltung hoch, als Jane den Laden betrat. Der Mann war gerade dabei, aus einem Eimer ein paar Moosröschen herauszunehmen, die eine Kundin kaufen wollte.

»Moment, Miss«, sagte er. »Ich bin gleich fertig.«

Jane lächelte. »Lassen Sie sich ruhig Zeit, Mister.«

Die Kundin, eine ältere Frau, betrachtete Jane Collins abschätzend. In ihrer Kleidung fiel die Detektivin auch auf. Sie trug ein hellblaues Kleid und darüber einen dunkelblauen Sommerblazer aus leichtem Leinen.

Auch Jane Collins fiel der schwere, süßliche Geruch auf, der über diesem Laden lag. So faulig, so modrig, als würden in irgendeiner Ecke Blumen verfaulen.

So etwas hatte sie noch nie in einem Laden gerochen.

Gabriel Grillo beeilte sich. Ziemlich nachlässig wickelte er den kleinen Strauß ein und überreichte ihn dann der Kundin, die zahlte, sich bedankte und dann verabschiedete, wobei sie Jane mit einem unfreundlichen Blick bedachte.

Grillo brachte die Frau noch bis zur Tür. Er ließ sie hinaus und schloß ab, was Jane Collins allerdings nicht bemerkte.

Händereibend und falsch lächelnd trat er dann auf Jane zu, blieb vor ihr stehen und deutete eine Verbeugung an. »Womit kann ich der schönsten aller Blumen dienen?« fragte er.

O Gott, dachte Jane und schluckte. Dieser Widerling versucht es auf die saufreundliche Tour. Sie mochte den Knaben nicht. Schon allein sein Äußeres war ihr unsympathisch. Die schwarzen, in der Mitte gescheitelten Haare, die glänzten, als wären sie mit Öl eingerieben, der lauernde Blick und der Geruch, den dieser Kerl verströmte.

Er roch auch faulig.

Allerdings nicht wie ein Zombie, sondern nach verwelkten Blumen.

»Wir haben die herrlichsten Blumen frisch reinbekommen«, erklärte er. »Ihnen würde ich zum Beispiel gern Orchideen verkaufen. Der Königin gebührt die Königin der Blumen.«

Jane konnte sich nicht beherrschen und fragte: »Was würden Sie sich dann selbst verkaufen? Einen Kaktus?«

Grillo lachte. Er bewegte dabei seine Finger wie Spinnenbeine. »Nett, wie Sie das sagen. Wirklich. Sie haben Humor, findet man heutzutage selten.«

»Okay, Mr. Grillo, das sind Sie doch – oder?«

»Ja, Miss.«

Jane öffnete die Handtasche und zupfte Jessicas Foto hervor. Sie hielt es aber so, daß der Mann nicht auf die Vorderseite schauen konnte. »Ich bin nicht hier, um Blumen zu kaufen, sondern möchte Ihnen einige Fragen stellen.«

Grillo trat einen Schritt zurück. »Polizei?«

»Nein, Mr. Grillo. Ich bin Privatdetektivin.« Jane war auch bereit, ihren Ausweis zu zeigen, doch Grillo fragte gar nicht danach. »Es geht um eine junge Frau«, erklärte Jane und drehte das Bild um. »Haben Sie diese Person schon einmal gesehen?«

Grillo nahm das Bild entgegen. Seine Hand zitterte etwas, als er das Foto zwischen zwei Fingern festhielt. Er sah es sich an und meinte: »Eine hübsche Person, fürwahr.«

»Darum geht es nicht, Mr. Grillo. Ich möchte gern von Ihnen wissen, ob Sie die junge Frau schon mal gesehen haben.«

»Sollte ich?« erkundigte er sich lauernd.

»Es wäre zumindest möglich.«

»Wie heißt sie denn?«

»Jessica Parker.«

»Tut mir leid, aber mit dem Namen kann ich nichts anfangen, Miss – wie heißen Sie noch?«

»Collins – Jane Collins.«

»Tut mir leid, Miss Collins, aber mit diesem Gesicht kann ich nichts anfangen.«

Jane nahm das Bild entgegen und steckte es wieder in ihre Handtasche. »Das ist sehr merkwürdig«, sagte sie.

»Wieso?«

»Nun, die Dame fuhr einen Jaguar. Einen Wagen, der in dieser Gegend doch relativ selten zu finden ist. Und der hat vorgestern vor Ihrem Geschäft geparkt.«

»Daran müßte ich mich erinnern.«

»Eben.«

»Es tut mir leid, daß ich Ihnen nicht helfen kann.« Grillo lächelte süffisant.

Jane schaute den Mann an. »Gestatten Sie mir eine Bemerkung, Mr. Grillo?«

»Bitte sehr.«

»Ich glaube Ihnen nicht.«

Der Blumenhändler schnappte nach Luft. »Wie kommen Sie darauf, diese ungeheuerliche Behauptung aufzustellen?«

»Mein Gefühl sagt mir dies.«

»Wenn Sie sich da mal nicht täuschen.«

Jane Collins schüttelte den Kopf. »Nein, Mr. Grillo. Ich täusche mich nicht.«

Das Lächeln des Blumenhändlers war verschwunden. Der lauernde Augenausdruck hatte sich auch über sein Gesicht ausgebreitet. »Welchen Grund sollte ich haben, Sie zu belügen?«

»Das kann ich Ihnen sagen, Mr. Grillo. Jessica Parker ist eine

44

reiche Frau. Da Entführungen im Moment modern sind, liegt es auf der Hand, daß sie gekidnappt worden ist.«

»Woher wollen Sie denn wissen, daß der Jaguar vor meinem Geschäft geparkt hat?«

»Wir haben Zeugen.«

Grillo starrte Jane Collins an. Dann senkte er den Kopf. »Okay, Miss Collins, wenn das so ist...«

»Sie wissen also mehr?«

»Vielleicht. Darf ich Sie deshalb bitten, mich nach oben zu begleiten, da können wir besser reden.«

Dieser Vorschlag kam für Jane Collins ziemlich überraschend. Sie beschloß, auf ihn einzugehen, wollte jedoch sehr vorsichtig sein. »Okay, Mr. Grillo, wenn Sie mir mehr sagen können, bitte. Gehen Sie voraus.«

»Natürlich.« Grillo wandte sich der schmalen Wendeltreppe zu, die in die obere Etage führte.

Etwas schwerfällig stiefelte er vor der Detektivin her. Eine Hand lag auf dem schwarzglänzenden Kunststoffgeländer. Jane blieb zwei Stufen hinter dem Mann.

Oben erreichten sie eine schmale Diele, an deren Decke eine trübe Lampe brannte.

Zwei Türen gab es, Grillo schritt auf die linke der beiden zu und öffnete sie.

Sie gelangten in einen Raum, der als Lager diente. In zahlreichen Kübeln und Eimern standen Blumen. Manche sahen schon ziemlich verwelkt aus.

Die Mitte des Raumes wurde von einem großen Holztisch eingenommen. Auf ihm lagen Blumenreste und zwei große Scheren, die zum Schneiden der Stiele benötigt wurden.

Grillo blieb an der Stirnseite des Tisches stehen und stützte beide Hände auf die Platte.

Jane stand ihm gegenüber.

»Ja, Miss Collins, Sie hatten mit Ihrer Vermutung recht. Diese Frau hat wirklich hier geparkt, und sie war sogar bei mir.«

»Hat Sie bei Ihnen etwas gekauft?

»Nein.«

»Sondern?«

Grillo lächelte plötzlich. »Sie hat mein Geschäft noch gar nicht verlassen.«

Eine Alarmglocke schrillte in Janes Gehirn. »Ich verstehe Sie nicht recht. Meinen Sie, daß sich Jessica Parker noch hier befindet?«

»Ja, das meine ich. Und ich kann sie Ihnen auch zeigen, wenn Sie wollen.«

»Natürlich.«

Grillo trat etwas zurück und zog gleichzeitig eine Schublade auf.

Jane war auf der Hut. Sie öffnete ihre Handtasche, um rasch an die Astra gelangen zu können, aber das war nicht nötig, denn Grillo holte nur ein Foto hervor.

»Das ist sie«, sagte er und warf das Foto über den Tisch. Dicht vor Jane blieb es liegen.

Die Detektivin nahm das Bild an sich. Sie schaute darauf und schluckte. Langsam stieg Ärger in ihr hoch. Was sie sah, war ein abfotografierter Fliederzweig. Er ragte aus einer Vase, neben der ein Holzschildchen mit dem Namen Jessica stand.

»Was soll ich denn damit? Wollen Sie mich auf den Arm nehmen?« fragte sie scharf.

»Sie wollten doch Jessica Parker sehen.«

»Ja, aber keine Blume.«

»Das ist Jessica Parker«, sagte Gabriel Grillo langsam und bedächtig.

Plötzlich war Jane Collins still. Sie nahm das Bild, sah es sich noch einmal an, und ein schrecklicher Verdacht keimte in ihr auf. Jane war kein heuriger Hase mehr. Sie wußte genau, wie solch ein Spiel lief. Zudem war ihr bekannt, daß es Dämonen gab. Oft genug hatte sie dagegen gekämpft und war manchmal in lebensgefährliche Situationen hineingerutscht.

Trotzdem wollte sie es genau wissen. »Ich sehe nur eine Blume«, sagte sie leise.

»Sie ist auch eine Blume.«

»Jessica Parker?«

»Genau, schöne Frau. Jessica Parker hat die Verwandlung zu einer Vampir-Blume durchgemacht. Zufrieden?« Während dieser Worte griff Grillo in die offene Schublade, und bevor Jane

Collins reagieren konnte, hielt er einen Revolver in der Hand, dessen Mündung auf die Detektivin wies.

»Und nun hoch mit den Pfoten!« knirschte Grillo.

Jane hob beide Arme.

»All right. Leg deine Tasche vorsichtig auf den Tisch!« befahl der Blumenhändler.

Auch dieser Aufforderung folgte Jane Collins.

Jetzt erst fühlte sich Grillo sicherer. Ein böses Lächeln umspielte seine Lippen. »Ich freue mich schon auf das Zusammentreffen zwischen der Blume Jessica und dir. Aber keine Angst, ich werde dich nicht zu einer Blüte umwandeln. Du wirst als Mensch in das Reich der Vampir-Blumen mitgenommen.«

Jane hatte sich nach dem ersten Schock wieder gefangen. »Sagen Sie mal, Mister, sind Sie eigentlich verrückt, oder wie soll ich das alles hier sehen? Was reden Sie eigentlich für einen Unsinn? Menschen werden zu Blumen. Sie wollen mich in das Reich der Vampir-Blumen schleppen. Ich verstehe das alles nicht. Bin ich in einer Klapsmühle gelandet, oder habe ich einen Irren vor mir?«

»Keins von beiden, Schnüfflerin. Aber durch mich wirst du eine Welt kennenlernen, von der du noch nicht einmal in deinen kühnsten Träumen etwas gesehen hast.«

»Ich glaube immer noch, daß Sie spinnen«, sagte Jane. »Legen Sie endlich die Waffe weg, dann reden wir ruhig und vernünftig miteinander.«

»Wir reden längst vernünftig«, erklärte ihr Grillo, »aber in meinem Sinne.«

Plötzlich spürte Jane einen Luftzug im Nacken. Hinter ihr mußte jemand die Tür geöffnet haben.

Sie wollte sich umdrehen, doch ein zischender Befehl hielt sie davon ab. »Bleiben Sie, wo Sie sind, sonst schieße ich!«

Jane blieb stehen.

Dann hörte sie Schritte.

Schleichend...

Warmer Atem traf ihren Nacken, so daß ihr eine Gänsehaut über den Rücken rieselte.

Im nächsten Augenblick packte der Unbekannte hinter ihr zu.

Er riß sie nach hinten, gleichzeitig fuhr ein Arm vor, und einen Atemzug später spürte Jane einen Wattebausch auf ihren Lippen.

Als sie das Chloroform roch, war es zu spät. Da hatte sie das Zeug bereits eingeatmet.

Plötzlich schwankte das Zimmer vor ihren Augen. Die Gestalt des Blumenhändlers wurde immer größer, verzerrte sich in der Perspektive, und im nächsten Augenblick löste eine grelle Explosion jeden Eindruck aus.

Jane wurde bewußtlos.

Gabriel Grillo aber rieb sich die Hände. »Pack sie, Gorman«, sagte er zu seinem Kumpan, »wir nehmen sie mit!«

Die riesige Gorman nickte nur.

Wir betraten eine andere Welt!

Kaum hatte ich die Tür geöffnet, als ich mich einer matt glänzenden Wand gegenübersah, die eine entfernte Ähnlichkeit mit einem Spiegel hatte.

Mit dem rechten Fuß zuerst trat ich vor, berührte die Wand und verschwand darin.

Dann war alles anders.

Milde, klare Frühlingsluft. Ein Summen in der Luft, ein dunkelblauer Himmel, von einigen helleren Streifen durchzogen, spannte sich über unseren Köpfen.

Nichts roch nach Gefahr. Alles war ruhig, wie in einer Traumlandschaft. Wenn ich durchatmete, drang frische, saubere Luft in meine Lungen.

Ich sah mich nach Suko um.

Mein Partner hatte hinter mir das Land betreten. Auch er war überrascht. Die zum Schlag erhobene Hand mit der Dämonenpeitsche ließ er sinken. Erstaunt blickte er sich um.

»Sind wir hier richtig, John?« fragte er.

»Wahrscheinlich.«

Suko hob die Schultern.

»Kennst du die Geschichte vom Schlaraffenland?« fragte ich ihn. »Das ist das Land, wo Milch und Honig fließen. Da fliegen dir gebratene Tauben in den Mund.«

»Hoffentlich sind es keine Monster«, murmelte Suko. Das

Mißtrauen hatte er ebensowenig überwunden wie ich. Vorsicht war uns zur zweiten Natur geworden.

Wir schauten uns um.

Unter den Füßen wuchs das Gras wie ein hellgrüner Teppich. Es federte bei jedem Schritt.

Es gab keine Wege, sondern nur die Weite eines welligen Hügellandes.

Auch von den Blumen sahen wir nichts. Leer und verlassen lag die Wiese vor unseren Augen.

»Gehen wir!« sagte Suko. Obwohl er leise sprach, klang seine Stimme in der klaren Luft ziemlich laut.

Ich war einverstanden.

Mein Kreuz hielt ich nicht verborgen, sondern hatte es über meinem Hemd hängen. Es sollte und würde mich in diesem Land beschützen, das sich so einladend und harmlos präsentierte und doch voller Gefahren steckte.

An letzteres glaubte ich fest. Schließlich befanden wir uns nicht auf der Erde, sondern in einer anderen Dimension. Noch nie hatte ich eine kennengelernt, in der es keine Gefahren gab.

Es war nicht besonders hell, aber wir konnten uns orientieren.

Wir schritten über die Wiese. Oft blickten wir zu Boden und suchten nach den geheimnisvollen Blumen.

Nichts.

Ich warf einen Blick auf die Uhr. Sie war stehengeblieben. In der Dimension galten andere Zeitgesetze, die wir mit unseren nicht messen konnten. Vielleicht entsprach in diesem Land eine Minute unserer Stunde.

Das war jetzt zweitrangig. Suko deutete plötzlich nach vorn. Sein Zeigefinger wies auf den Horizont, wo er einen helleren Streifen sah. »Dort scheint irgend etwas zu sein«, bemerkte er.

Ich nickte.

Wir beschleunigten unsere Schritte. Nach wie vor war die Luft fantastisch klar, eine Wohltat für unsere Lungen.

Dann senkte sich das Gelände. Wir blieben am oberen Rand stehen und sahen einen schmalen Bach, der das winzige Tal zerschnitt.

»Honig scheint es nicht zu sein«, brummte Suko, als wir auf den Bach zuliefen.

49

»Kannst ja mal probieren«, erwiderte ich.

Zwei Sekunden später verging uns der Humor, denn da steckten wir inmitten eines Gefahrenherdes.

Plötzlich begann sich die Erde um uns herum zu bewegen. Der Grasboden wellte hoch, ich kam mir vor wie auf einem Trampolin und wollte zurück, aber hinter uns war das gleiche Phänomen entstanden.

Im selben Augenblick öffnete sich die Erde.

Blumen sprossen hervor.

Herrliche, wild duftende Blumen, groß wie Menschen. Wie Krakenarme bewegten sie sich auf und nieder, gewaltige bunte Kelche schwebten über unseren Köpfen und öffneten sich.

»Vorsicht!« warnte Suko.

Sein Ruf kam keinen Augenblick zu spät, denn über mir war einer der Blumenkelche dabei, sich über meinen Kopf zu stülpen. Sofort riß ich die rechte Hand hoch, stieß die Faust in den Kelch hinein, und hatte das Gefühl, gegen weiches Wildleder geschlagen zu haben.

Dann wirbelte etwas an meiner linken Schulter vorbei und klatschte gegen den Blütenkelch.

Die Riemen der Dämonenpeitsche. Suko hatte damit zugeschlagen und auch einen Erfolg erzielt.

Die Peitsche schleuderte die Blüten zurück, sie verlor ihre leuchtende grüne Farbe, wurde grau und rieselte als Staub zu Boden. Mir fiel ein Stein vom Herzen. Unsere Waffen waren also auch in diesem geheimnisvollen Land wirksam.

Doch die Gefahr war längst nicht gebannt. Weitere Blumen griffen an. Ja, es war ein regelrechter Angriff, denn sie wollten uns in ihre Gewalt bringen.

Sie beugten sich von allen Seiten vor, um ein Dach über unseren Köpfen zu bilden, das uns zu Boden drücken sollte.

Ich nahm den geweihten Silberdolch.

Schon vor dem Eintritt in dieses Land hatte er seine Wirksamkeit bewiesen, jetzt würde er es auch schaffen.

Über mir fächerte ein Blütenkelch weit auseinander. Auch er wollte mich fangen. Ich hielt den Dolch in der rechten Hand und führte die Klinge in einem Halbbogen, wobei ich mit der scharfen Seite die Blüte völlig aufriß.

Die Blätter trudelten zu Boden. Aus den Schnittstellen quoll Dampf, dann fiel die Blume in sich zusammen.

Hinter mir kämpfte Suko. Ich vernahm das charakeristische Klatschen, wenn er mit der Dämonenpeitsche zuschlug. Diese aus der Welt der Finsternis stammende Waffe hatte uns schon unschätzbare Dienste erwiesen, wie sich jetzt auch wieder bewies.

Auch mit dem Kreuz kämpfte ich. Ich nahm es in die linke Hand und drehte mich auf der Stelle.

Wo das Kruzifix die Blumen berührte, zischte es auf. Blätter und Blüten verwelkten, die Gewächse fielen zusammen. Schließlich lag vor uns ein grauer Teppich auf dem grünen Rasen.

Wir hatten die erste Hürde überstanden.

Suko grinste. »Das war's mal wieder. Diese verdammten Blumen sollen sich zum Teufel scheren. Ist dir was passiert, John?«

»Nein.«

Suko deutete zum Fluß. »Erfrischen wir uns dort ein wenig? Ich bin ganz schön ins Schwitzen geraten.«

»Okay.« Wir mußten, um weiterzukommen, sowieso den Hang hinunter und den Fluß überqueren.

Am Ufer blieben wir stehen.

Kristallklar war das Wasser. Es schäumte über flache Steine, bildete kleine Strudel und lief weiter. Tief war es nicht. Es reichte uns höchstens bis zu den Knien.

Um den Bach zu überqueren, brauchten wir die Schuhe erst gar nicht auszuziehen. Wir konnten ihn so durchqueren.

Ich blickte noch mal zurück. Die Blumen richteten sich nicht wieder auf. Wir hatten alle vernichtet. Ich war gespannt, welche Überraschungen uns dieses Land noch bot.

Suko hatte sich gebückt und tauchte seine Hand in das Wasser. »Kalt«, kommentierte er. »Richtig erfrischend. Als würde es aus dem Gebirge stammen.«

»Vielleicht gibt es so etwas hier«, erwiderte ich und stakste in die Fluten.

Am Ufer umspülte das Wasser meine Knöchel. Als wir weitergingen, stieg es und erreichte fast unsere Schienbeine. Noch zwei Schritte, dann hatten wir das andere Ufer erreicht.

In diesem Augenblick veränderte das Wasser seine Farbe. War es zuvor noch kristallklar gewesen, so wurde es jetzt milchig trüb. Dicke Schlieren trieben durch den Fluß, die mir vorkamen wie helle Würmer.

»Verdammt!« fluchte Suko.

Ich sah auch den Grund seiner Beschimpfung. Sukos Hose begann sich aufzulösen. Dampf stieg von der Oberfläche hoch, und mein Partner beeilte sich, das andere Ufer zu erreichen.

Säure!

Das Wasser war zu Säure geworden! Diese Erkenntnis schoß mir im Bruchteil einer Sekunde durch den Kopf, als ich sah, wie sich meine Hose ebenfalls zu einem Fetzen veränderte.

Suko, der an Land klettern wollte, stieß plötzlich einen Schrei aus, riß beide Arme hoch und wurde zurückkatapultiert, als wäre er gegen eine Wand gelaufen.

Der Chinese konnte sich nicht mehr fangen, er würde unweigerlich in den Säurefluß stürzen.

Ich achtete nicht auf die Schmerzen an meinen Beinen, sondern sprang vor. Im letzten Augenblick hielt ich meine Hände in Sukos Rücken, und es gelang mir, ihn abzustützen. Mit einem Schubs beförderte ich ihn aufs Trockene.

Mit der linken Hand zog ich die Kette über den Kopf und schleuderte das Kreuz gegen die unsichtbare Wand!

Es gab ein Zischen, ein Blitz folgte, der uns blendete, dann hatten wir freie Bahn und konnten ungehindert das andere Ufer betreten.

Suko ließ sich zu Boden fallen. »Teufel, das war knapp«, sagte er und starrte auf seine zerfressenen Hosenbeine.

Ich nahm das Kreuz auf und schaute nach unten. Besser als Suko sahen meine Hosenbeine auch nicht aus. Die geheimnisvolle Säure hatte sie zerfressen. Zum Glück war kaum Haut in Mitleidenschaft gezogen worden. Ich sah einige hellere Flecken, das war auch alles.

Suko ging es schlechter. Bei ihm hatte die Säure Hautpartien zerstört. Mein Partner biß fest die Zähne zusammen, er mußte Schmerzen verspüren, doch kein Laut drang über seine Lippen.

Da hatte ich eine Idee.

Ich nahm das Kreuz, ließ mich neben Suko nieder und strich

mit dem geweihten Kruzifix über die malträtierten Stellen am Bein.

Sie verschwanden.

Als ich den Vorgang bei mir wiederholte, stellte sich der gleiche Erfolg ein. Nur die Hosenbeine blieben zerfetzt.

Suko lächelte. »Wenn wir hier herauskommen, kannst du dich als Wunderheiler selbständig machen.«

»Klar, die sind ja jetzt große Mode.« Ich streckte meine Hand aus und half Suko hoch. Die ersten Abenteuer hatten wir einigermaßen glimpflich überstanden, allerdings war ich sicher, daß wir erst am Anfang standen. Weitere Gefahren würden uns noch erwarten, und diese werden sicherlich schlimmer sein als die vorherigen.

Nach einem letzten Blick auf den heimtückischen Fluß gingen wir weiter. Weiterhin schritten wir über eine weiche Grasebene, die jedoch nach einer Weile verschwand und hartem felsigen Boden Platz machte. Nicht nur der Boden bestand aus Stein, sondern links von uns wuchsen hohe, blanke Felsen wie zu einer Barriere empor.

Wir blieben stehen.

»Fällt dir was auf?« fragte Suko.

»Ja, ich höre erstens ein Rauschen, das auf die Nähe von Wasser schließen läßt, und zweitens sehen die Felsen wie versteinerte Blumen aus.«

»Genau.«

Wir gingen näher heran.

Nicht nur das Rauschen war zu vernehmen, sondern auch ein eigentümliches Singen. Es klang hell und summte in unseren Ohren.

Wer waren diese Sänger?

Der Chinese wies nach vorn auf die Felsen. Sie standen unregelmäßig nebeneinander, und beide sahen wir die geheimnisvollen Eingänge mannshoher Höhlen.

»Ein versteinerter Garten«, murmelte Suko. »Sehen wir ihn uns an?«

Ich war dafür. Wir kamen allerdings nicht dazu, den Plan in die Tat umzusetzen, denn aus einem der Höhleneingänge lösten sich drei Gestalten.

Zwei Frauen und ein Kind.

Letzteres war die kleine Julie!

Der Bürgermeister hatte einen Baumstumpf gefunden, der als Wachplatz sehr günstig stand.

Von dieser Stelle aus konnte Rodney Fuller das Tor im Felsen beobachten, ohne selbst gleich gesehen zu werden. Die unteren Zweige einer großen Fichte verdeckten sein Gesicht.

Von dem Oberinspektor und dem Chinesen war nichts mehr zu sehen. Als dieser Sinclair das Tor öffnete, hatte Fuller durch den Spalt einen Blick werfen können, jedoch nichts gesehen außer einer grauschimmernden Fläche.

Darüber dachte er nach. Was mochte das sein? Eine Wand oder eine weitere Tür?

Wie dem auch sei. Er würde es nie erfahren, denn er hatte zu große Angst, das Tor zu öffnen und die dahinter liegende geheimnisvolle Welt zu betreten.

Denn dort – das sagte die Sage –, wuchsen die mordenden Blumen. Die Vampir-Blumen, die nur auf die ahnungslosen Opfer lauerten, um ihnen den Lebenssaft zu rauben.

Bei diesem Gedanken schüttelte sich Fuller. Er hoffte inständig, daß der kleinen Julie nichts Ähnliches zustieß. Wenn ja, würde er durchdrehen.

Er lauschte auf die Geräusche des Waldes. Seltsam still war es. Die unmittelbare Umgebung der geheimnisvollen Tür im Felsen schien auch die Tiere abzuschrecken. Fuller sah nur Kriechtiere über den mit Humus bedeckten Boden krabbeln.

Seine Flinte hielt er nicht mehr versteckt. Er hatte sich das alte Erbstück über die Oberschenkel gelegt. Wenn jemand auftauchte, war er bereit, die Waffe hochzureißen und sofort abzudrücken.

Zwei Läufe hatte das Gewehr. Zwei verkürzte, mit Silberschrot geladene Läufe.

Fuller fühlte in der rechten Tasche die Blechschachtel mit den Zigarillos. Die Sucht, ein Zigarillo zu rauchen, wurde immer stärker, doch er beherrschte sich.

Die Zeit verging.

Fuller verfiel in ein dumpfes Grübeln, aus dem er hin und wieder aufschreckte, um nach verdächtigen Geräuschen zu lauschen. Er beobachtete auch argwöhnisch die aus dem Boden wachsenden Blumen, die wie Fremdkörper innerhalb des Waldes wirkten.

Sie rührten sich nicht. Manchmal nur bewegten sie ihre Zweige, als würde ein unsichtbarer Dirigent seinen Takt nach einer unhörbaren Musik schlagen.

Als Fuller das linke Bein einschlief, stieß er eine Verwünschung aus. Er stand auf und ging ein paar Schritte, um den Kreislauf wieder in Schwung zu bringen. In seinem Fuß kribbelte es, als wären unzählige Ameisen am Werk.

Der Bürgermeister drehte jetzt seine Runden. Dabei passierte er jedesmal die Sonnenblume, die ihre breite Blüte nach vorn geneigt hielt. Viermal ging alles gut.

Beim fünftenmal blieb Fuller dicht neben der Blume stehen, da eine Mücke auf seiner linken Wange hockte und er sie verscheuchen wollte. Der Bürgermeister hielt sich genau eine Sekunde zu lang unterhalb der Blume auf.

Die Blüte kippte nach vorn, der lange Stiel bog sich dabei durch, und die kleinen, oben wie Pfeile spitz zulaufenden Blätter faßten in Fullers Haar.

Sofort griffen sie zu.

Plötzlich waren sie nicht mehr weich und nachgiebig, sondern hart wie Metall.

Fuller schrie auf.

Die Blüte riß und zerrte an seinen Haaren, und der Bürgermeister wand sich in deren Griff. Er ging in die Knie, nahm die Waffe in beide Hände und führte sie in einem wuchtigen Rundschlag.

Der Lauf donnerte gegen den Stengel der Sonnenblume, bog ihn durch, federte aber wieder zurück. Fuller hatte Glück, daß er nicht getroffen wurde.

Er schlug ein zweitesmal zu, während die Blüten nach wie vor in seinen Haaren wühlten.

Der Schmerz explodierte in seinem Kopf. Fuller wurde fast bewußtlos. Dicht davor fiel ihm ein, daß die Flinte mit geweihtem Schrot geladen war.

Vielleicht nutzte es was.

Er riß sich noch einmal zusammen, schwang die beiden Läufe herum, zielte auf den unteren Teil des dicken Blütenstengels und drückte ab.

Krachend löste sich der Schuß, während gleichzeitig, begleitet vom geweihten Silberschrot, eine handlange Stichflamme aus der Mündung schoß.

Das Schrot zerfetzte den Stiel.

Die magische Wirkung des Silbers breitete sich augenblicklich aus. Die gefährliche Sonnenblume wurde schlaff und knickte zusammen. Der Griff löste sich aus Fullers Haar.

Der Bürgermeister taumelte nach vorn. Er konnte sich nicht mehr halten und fiel zu Boden. Aus seiner Froschperspektive sah er, wie die Blume zusammenfiel.

Keuchend blieb Rodney Fuller liegen. Er schnappte schwer nach Luft, seine Kopfhaut schien in Flammen zu stehen, und als er vorsichtig mit fünf Fingern durch sein Haar fuhr, spürte er Blut.

Fuller war entsetzt. Fast hätte es die Sonnenblume geschafft, ihn umzubringen. Hätte er nicht im letzten Moment noch einen Ausweg gefunden, wäre alles vorbei gewesen.

Der Bürgermeister war nicht mehr in der Lage, sich zu erheben. Auf allen vieren kroch er zu seinem Baumstumpf und ließ sich schweratmend darauf nieder.

Jetzt, wo sich seine Nerven langsam wieder beruhigten, folgte der Schock. Plötzlich begann er am gesamten Leib zu zittern, eine Gänsehaut kroch über seinen Körper, und als er nach seinem Kopf faßte, fühlte er die kahlen Stellen, wo zuvor Haare gesessen hatten.

Die hatte man ihm ausgerissen.

Er legte den Kopf zurück, riß weit seinen Mund auf und atmete keuchend. Fuller versuchte, über seine Schmerzen Herr zu werden. Es war verdammt schwer. Am liebsten wäre er zurück ins Dorf gelaufen, doch er wußte, was man von ihm erwartete.

Daß er die Stellung hielt.

Er hatte einige Jahre gedient, dieser Drill steckte noch immer in ihm. Ein Befehl wurde ausgeführt – so oder so.

Nur allmählich beruhigte er sich. Mit dem Handrücken entfernte er den Schweiß auf seiner Stirn. Er war mit Blut gemischt. Dann holte er sein Taschentuch hervor und drückte es gegen die ärgsten Wunden auf seinem Kopf.

Der Schmerz wurde etwas zurückgedrängt, und Fuller vergaß seinen Plan, ins Dorf zurückzukehren.

Er hielt weiterhin Wache.

Die Sonne wanderte. Stunden vergingen. Im Wald blieb es ruhig, und auch am Felsen rührte sich nichts. Der Oberinspektor und der Chinese tauchten nicht wieder auf.

Fuller machte sich Sorgen um die beiden. Er rechnete damit, daß er sie nie mehr wiedersehen würde. Auch für Julies Leben gab er keinen Shilling mehr.

Der Bürgermeister war nicht sehr gläubig, aber in diesen Minuten faltete er doch die Hände und begann zu beten. Er hoffte, daß der Herrgott den anderen und auch dem Mädchen helfen würde. Das Böse durfte nicht siegen. Es hatte in den Jahren zuvor schon genug Opfer gefordert. Einmal mußte Schluß damit sein.

Diese Gedanken gaben dem Bürgermeister wieder Mut, sich auf seine Aufgabe zu konzentrieren. Er hatte die verdammte Mordblume vernichtet, und er würde auch weiterkämpfen. Keinen Fußbreit Boden wollte er preisgeben, diese Monster sollten verlieren.

Plötzlich horchte er auf.

Er hatte ein Geräusch vernommen, konnte aber noch nicht sagen, was es genau war.

Fuller stand auf. Vorgebeugt blieb er stehen und lauschte. Das Geräusch war ein ziemlich gleichmäßiges Brummen, und es näherte sich vom Dorf her.

Jetzt wollte Rodney Fuller genau wissen, was das zu bedeuten hatte. Er verließ seinen Platz und ging auf den schmalen Pfad, der später in den asphaltierten Weg mündete.

Wenn das seine Frau war, die nach ihm sehen wollte, gab es Ärger. Er hatte jedem verboten, sich auch nur in die Nähe des Felsens zu wagen. Und dieses Verbot bestand noch immer.

Der Bürgermeister versuchte, so wenig Geräusche wie möglich zu verursachen, als er durch den Wald lief. Er achtete darauf, daß kein Zweig unter seinem Fuß knackte, und als er die Stelle erreichte, wo der Pfad in den asphaltierten Weg mündete, schlug er sich in ein Gebüsch.

Es war kühler geworden, gleichzeitig aber auch feuchter. Vom Meer her trieben dünne Schwaden heran, aufsteigender Nebel, der sich am Abend sicherlich verdichten würde. Dann konnte man im Wald nicht mehr die Hand vor Augen sehen.

Vorsichtig bog Rodney Fuller einige Zweige zur Seite und schaute den Weg hinab.

Er konnte zwar noch nichts sehen, aber das Geräusch hatte er bereits identifiziert.

Ein Wagen fuhr vom Dorf her hoch. Kein normaler Pkw, sondern ein Range Rover, das hörte der Bürgermeister am Sound des Motors. Wer im Ort fuhr eine solche Marke?

Niemand. Demnach konnte es auch ein Fremder sein, der sich hier verirrt hatte. Aber wer hatte etwas in dieser verlassenen Gegend zu suchen? Es sei denn, er hatte ein Ziel. Und dieses Ziel konnte der Felsen sein.

Fuller dachte nach. Kollegen dieses Oberinspektors Sinclair konnten es sicherlich nicht sein, dann hätte der was gesagt. Und Fremde verirrten sich das ganze Jahr nicht dorthin, warum gerade heute?

Der Bürgermeister dachte nicht weiter über die Lösung des Rätsels nach, denn in diesem Augenblick rollte der Rover um die letzte Kurve, die ihn noch vor den Blicken des Beobachters verborgen hatte.

Es war ein grüner Wagen.

Tarnfarbe! dachte Fuller.

Mal abwarten...

Der Fahrer hatte keine Mühe, die Kurve zu nehmen. Er saß nicht allein im Führerhaus. Neben ihm hockte ein zweiter Mann, von dem der Bürgermeister nicht viel sah. Dafür bemerkte er, daß der Fahrer schwarze Haare hatte.

Nein, den hatte er noch nie hier gesehen.

Rodney Fuller wartete, bis der Range Rover vorbei war, schaute ihm nach und wunderte sich, als die rechte Blinkleuchte aufflackerte.

»Da schlag doch einer lang hin!« murmelte er. »Die wollen zum Felsen!«

In der Tat war der Rover in den schmalen Pfad eingebogen, der durch den Wald führte.

Den Bürgermeister hielt nichts mehr in seinem Versteck. Hastig verließ er die Deckung und folgte dem fremden Fahrzeug. Fuller kannte sich hier aus. Er wußte vor allen Dingen die Abkürzung, so daß er als Fußgänger dem Wagen letzten Endes überlegen war.

Mit raumgreifenden Schritten bahnte sich der Bürgermeister seinen Weg durch das Unterholz.

Er brauchte nicht leise zu sein, denn der Motor war laut genug. Oft genug heulte er auf, wenn der Mann hinterm Steuer nicht richtig schaltete.

Seinen Stammsitz nahm Fuller nicht ein. Der erschien ihm zu gefährlich. Er zog sich so weit zurück, daß er gerade noch das Tor beobachten konnte.

Der Rover rollte heran.

Wie das breite Maul eines Ungeheuers schob sich die Schnauze durch das Dickicht und kam näher. Das Fahrzeug schaukelte von einer Seite zur anderen, die Federung wurde arg strapaziert, aber der Rover hielt dies aus.

Er passierte auch den in sicherer Deckung lauernden Bürgermeister, wurde noch ein paar Yards weitergefahren und gestoppt. Mit einem letzten Nachlaufen verstummte der Motor.

Sekunden war es still.

Dann schwang die Beifahrertür auf. Ein Mann kletterte aus dem Rover, der kleine Kinder das Fürchten lehren konnte. Er war überdurchschnittlich groß, hatte langes, zottiges dunkles Haar, das ihm bis auf die Schultern fiel, und ein breitflächiges Gesicht, in dem besonders die zerschlagene Nase auffiel. Ferner waren die langen Arme außergewöhnlich; sie erinnerten an einen Affen.

Ein Kerl zum Fürchten.

Er trug über dem nackten Oberkörper nur eine ärmellose Fellweste, hatte aber im Gürtel ein langes Messer stecken, das zu ihm paßte.

Rodney Fuller war beileibe kein Angsthase und selbst ein kräftiger Mann, aber vor dem Kerl hatte er doch Furcht. Mit ihm wollte er nicht in den Clinch gehen. Unwillkürlich umklammerte er den Kolben der abgesägten Schrotflinte fester.

Vom langen Starren begannen seine Augen zu tränen. Er wischte sich die Pupillen frei und beobachtete weiter.

Auch der schwarzhaarige Mann stieg aus. Er war wesentlich kleiner, aber vertrauenerweckend sah auch er nicht aus.

Lauernd schaute er sich um, während der nachgemachte Affe wartete. Erst als nach seiner Meinung die Luft rein war, winkte der dem Komplizen.

»Öffne die Tür, Gorman!«

Der Tarzan ging zum Heck des Rovers und klappte beide Türhälften auf. Dann verschwand er auf der Ladefläche.

Sein Boß zündete sich inzwischen seelenruhig eine Zigarette an. Er paffte den blauen Rauch in die Luft und drehte sich so, daß er die Tür im Felsen beobachten konnte. Dabei wandte er dem Bürgermeister sein Profil zu, und Fuller sah deutlich das Grinsen auf dem Gesicht des Kerls.

Gorman stieg wieder aus. Mit den Beinen zuerst schwang er sich rückwärts aus dem Wagen. Das hatte einen Grund, denn mit beiden Händen hielt er einen Plastikeimer umklammert, in dem ein Rosenstrauß steckte.

»Mach weiter, Gorman!« rief Grillo.

Der Tarzan verschwand wieder.

Fullers Augen aber wurden groß vor Staunen. Da fuhren die Kerle hierher und schleppten Blumen heran. Warum? Waren das vielleicht auch mordende Blumen?

Um Himmels willen, auf was habe ich mich da eingelassen? fragte sich der Bürgermeister und schaute weiter zu, wie dieser Gorman Eimer auf Eimer von der Ladefläche holte und sie nebeneinander auf die Erde stellte. Die Eimer bildeten bereits eine Reihe.

Sechs, zählte der Bürgermeister. Und in jedem Eimer steckte ein Namensschild.

Als letztes las er Jessica...

Zum Schluß kletterte dieser Affenmensch noch einmal in den Wagen. Fuller glaubte, daß er abermals Blumen hervorholen würde, doch er hatte sich getäuscht.

Gorman brachte diesmal eine Frau mit, eine bewußtlose Frau, die er sich über die Schulter geworfen hatte.

»Leg sie auf den Boden!« befahl Grillo.

Gorman ließ die Blondhaarige fallen.

Fuller schluckte. Er wußte nicht, was er tun sollte, war völlig durcheinander. Was er hier sah, deutete auf ein großangelegtes Verbrechen hin, und er war Zeuge.

Er sah sich die blonde Frau genauer an. Sie war hübsch, hatte ein schmales Gesicht und trug ein blaues Kleid. Jetzt erst sah er, daß Arme und Füße gefesselt waren. Man hatte ihr die Stricke um die Handgelenke gebunden, an den Füßen waren sie in Höhe der Knöchel verknotet.

Gorman zog sein Messer. Es schleifte, als er es aus der Scheide riß. Blitzschnell bückte er sich nach dem Mädchen, die Klinge blitzte einmal auf, und der Bürgermeister schloß vor lauter Panik die Augen.

Jetzt! Jetzt passiert es! dachte er. Und du hast versagt, hast dich nicht getraut.

Gorman richtete sich auf. Kein Blut klebte an der Messerklinge, dafür waren die Fesseln der Blondine durchtrennt.

Der Bürgermeister atmete auf. Dieser Kelch war noch mal an ihm vorbeigegangen.

Grillo nickte zufrieden. »Sieh zu, daß sie wieder wach wird, Gorman.«

»Ja, Boß.« Gorman kniete sich hin und tätschelte die Wange der Frau. Was er unter Tätscheln verstand, waren schon regelrechte Schläge, aber sie zeigten einen Erfolg.

Fuller konnte sehen, wie die Frau die Augen öffnete und stöhnte.

Auf eine Handbewegung seines Chefs hin ging Gorman zurück, und Grillo trat neben Jane. Kalt grinsend schaute er auf sie hinab. »Na, Schnüfflerin, wie fühlst du dich?«

»Mies«, krächzte Jane, was bei Grillo einen Lachkrampf verursachte.

»Und wo bin ich hier?« wollte Jane wissen.

»Im Wald.«

»Das hätte mir auch einer sagen können, der noch mieser ist als Sie.«

Grillo zuckte zusammen und hob den Fuß. Er überlegte es sich jedoch und trat nicht zu.

»Du hast sowieso keine Chance mehr, Süße, warum also noch?«

»Was haben Sie mit mir vor?«

»Siehst du die Tür dort?«

Jane mußte sich auf die Seite drehen. Dabei wurde ihr übel, und sie übergab sich. Nachwirkungen des Chloroforms.

Grillo fluchte.

»Ja«, keuchte Jane, die sich halb aufgerichtet hatte. »Ja, ich habe die Tür im Felsen gesehen.«

»Da hinein wirst du geschafft«, versprach Grillo ihr.

»Und was liegt dahinter?«

»Das Land der Vampir-Blumen, meine Liebe. Dort wird dir das Blut abgesaugt, bis du auch eine Blume bist und selbst auf Nahrungssuche gehst.«

Die Eröffnung schockte Jane. Sie sagte nichts, aber auf ihrem Gesicht spiegelten sich deutlich die Gedanken wider.

Furcht, Angst, Entsetzen – aber auch die Suche nach einem Fluchtweg.

Sie schaute sich um, doch Gorman hatte ihre Gedanken erraten und spielte nicht nur aus reiner Lust und Laune mit dem Messer. Daß Grillo nicht log, war ihr klar. Er würde ihr schon zeigen, wo es langging. Jane fragte sich, ob sie in ihm einen Dämon oder einen Menschen vor sich hatte.

»Jetzt hat sie Angst«, stellte Grillo nüchtern grinsend fest und spie aus.

Auch der Bürgermeister hatte die Worte vernommen. Sein Gesicht war eine Maske. In seinen Augen blitzte die Entschlossenheit. Nein, so leicht würde er es den Kerlen nicht machen. Diese Frau sollte nicht in den Felsen geschafft werden. Das würde er verhindern.

»Kannst du laufen?« fragte Grillo.

»Ich werde es versuchen.«

»Dann steh auf.«

Jane erhob sich taumelnd. Als sie auf ihren Füßen stand, schwankte sie. Die Detektivin ließ sich nach links fallen und stützte sich am Kotflügel des Range Rovers ab.

Gorman und Grillo ließen sie keinen Augenblick aus den Augen. Der nachgemachte Tarzan hielt auch immer sein Messer wurfbereit.

Davor hatte der Bürgermeister keine Angst. Er vertraute voll und ganz auf seine Schrotflinte. Mit der noch übriggebliebenen Ladung konnte er beide Typen von den Beinen pusten. Auf keinen Fall wollte er zulassen, daß diese Frau durch das geheimnisvolle Tor geschafft wurde. Zudem interessierte ihn noch, was die beiden Kerle mit den zahlreichen Blumen vorhatten.

Grillo tippte Jane an. »Mach hier kein Theater, Süße. Das bißchen Chloroform wirst du schon noch abkönnen.«

Jane war es wirklich schlecht. Die alte Methode, jemand ins Reich der Träume zu schicken, hatte sie buchstäblich umgehauen. Sie war übernatürlich blaß im Gesicht. Sie hatte große Mühe, sich nicht noch mal zu übergeben.

»Los, Süße, du kennst ja den Weg! Geh auf das Tor zu! Man wird dich mit Freuden empfangen.« Grillo stieß Jane in den Rücken, so daß ihr gar nichts anderes übrigblieb, als sich in Bewegung zu setzen. Auch Gorman ging los.

Das genau war der Augenblick, in dem der Bürgermeister reagierte. Niemand hatte ihn bisher gesehen, um so größer würde die Überraschung für beide sein.

Er schob die Zweige seiner Deckung auseinander und sah, daß sie alle drei mit dem Rücken zu ihm standen. Die blonde Frau hatte sich vom Kotflügel abgestoßen und ging taumelnd auf das Tor zu. Die Männer folgten in kurzem Abstand.

»Verdammt, geh schon!« fluchte Grillo. »Oder soll Gorman dir Beine machen?«

»Dieser Affenmensch wird gar nichts tun!« klirrte die Stimme des Bürgermeisters. »Bleibt ja stehen, ihr Hunde, sonst jage ich euch eine Ladung Schrot in den Rücken...«

Die beiden Frauen hatten das Kind in die Mitte genommen. Es reichte ihnen nicht mal bis zur Schulter.

Julie war ein hübsches Mädchen.

Sie hatte lockiges, blondes Haar, das die Schultern berührte und zu Korkenzieherlocken gedreht war. Deutlich sahen wir das runde Gesicht und die großen blauen Augen. Die kleine Julie trug eine lange, hellblaue Hose und eine kittelähnliche, weiße Bluse darüber.

Wie sahen noch mehr.

Um ihren Hals trug sie eine Kette, vor der ein kleines Kreuz hing. Ein Talisman, der sie beschützen sollte. War sie vielleicht aus diesem Grund noch ein Mensch?

Denn eins war klar: Dämonen nahmen weder auf Frauen noch auf Kinder Rücksicht. Da kannten sie kein Erbarmen.

Unsere Blicke wanderten. Wir schauten uns jetzt die Begleiterinnen des Mädchens an.

Es waren hübsche Frauen. Schwarzhaarig die linke, rötlich blond die rechte. Beide trugen lange, tief ausgeschnittene helle Kleider.

»Gehen wir hin?« wisperte Suko.

»Und wie!«

Die drei hatten uns noch nicht gesehen, da wir in einem für sie ziemlich ungünstigen Winkel standen. Diesen Winkel behielten wir auch bei, als wir uns von der Seite her den drei Personen näherten. Wir hörten sie sprechen.

»Wohin bringt ihr mich?« fragte das Mädchen.

»Zum See.«

»Und was soll ich dort?«

»Du wirst mit den Blumen sprechen können, denn Mr. Grillo kommt bald und bringt neue Blumen.«

»Wer ist Mr. Grillo?«

Ja, das fragten wir uns auch, seit der neue Name aufgetaucht war.

»Mr. Grillo ist ein lieber Mensch«, erwiderte die Schwarzhaarige. »Er wird dir gefallen.«

»Aber ich will ihn nicht kennenlernen. Ich möchte wieder nach Hause. Warum bringt ihr mich nicht zurück?«

»Vielleicht nimmt Mr. Grillo dich mit«, sagte die Rotblonde.

Julie drehte den Kopf und schaute die Sprecherin an. »Wirklich?«

»Es kann sein. Allerdings mag er eins nicht.«

»Was denn?«

Die Frauen und das Mädchen blieben stehen. Über Julies Kopf zwinkerten sie sich zu.

»Sagt es schon, bitte!«

»Er mag nicht, daß du ein Kreuz um den Hals trägst, kleine Julie. Verstehst du das?« Die Frau mit den dunklen Haaren hatte die Antwort gegeben. Sie beugte sich jetzt zu der Kleinen hinunter und schaute sie beschwörend an.

Auch wir waren stehengeblieben. Allerdings hatten wir uns zu Boden geworfen, so daß unsere Körper mit dem Grasteppich verschmolzen. So ohne weiteres waren wir nicht zu entdecken.

»Mag er das wirklich nicht?« fragte Julie.

»Nein.«

»Aber ich kann das Kreuz nicht abnehmen. Es ist ein Geschenk meiner Großmutter. Sie hat es sogar weihen lassen.« Julie nahm das Kreuz und ließ es auf dem rechten Handteller liegen.

Die Frauen ließen das Mädchen los. Unwirsch zuckten sie zurück. »Wir wollen es nicht genau sehen!« zischte die Schwarzhaarige.

»Es tut doch nichts.« Julie lächelte.

»Trotzdem.«

Hätte es noch eines Beweises bedurft, daß wir es mit Dämonen zu tun hatten, so erhielten wir ihn jetzt. Die beiden gutaussehenden Frauen waren Geschöpfe der Finsternis.

»Nimmst du es nun ab oder nicht?«

Julie begann zu weinen. »Meine Großmutter hat gesagt, daß ich es niemals ablegen soll. Es wird mich beschützen.«

»Aber dann kommst du hier nicht raus. Mr. Grillo ist wirklich böse, wenn er so etwas sieht.«

»Glaubt er denn nicht an den lieben Gott?« fragte Julie in ihrer völlig naiven und kindlichen Art.

Die Weiber zuckten zurück, als das Wort Gott fiel. Das konnten sie nicht ertragen.

Ich warf Suko einen Blick zu.

Der Chinese nickte, er hatte verstanden. Diese Frauen würden uns schon den Weg zeigen.

»Nimm endlich das verdammte Dinge ab!« zischte die Schwarzhaarige.

Julie schluckte. »Warum seid ihr denn so böse? Ich habe euch doch nichts getan!«

»Wirklich nicht?« Beide Frauen lächelten, und während sie die Lippen zurückzogen, sahen wir die spitzen Vampirzähne.

Ja, sie waren Blutsaugerinnen!

In mir spannte sich etwas. Vampire, Werwölfe, Ghouls, all diese verdammten Bestien wirkten auf mich wie das rote Tuch bei einem wütenden Stier.

Wir erhoben uns.

Julie sah zwar die Zähne, doch sie dachte sich anscheinend nichts dabei. Sie gab sogar nach.

»Gut«, sagte sie mit ihrer hohen Stimme. »Ich nehme das Kreuz ab, möchte aber nicht, daß ihr meiner Großmutter etwas sagt.«

»Ganz bestimmt nicht«, versprachen die Frauen.

Julie hob ihre Hände und griff nach hinten in ihren Nacken, wo sie die schmale Kette umfaßte.

Das war unser Startsignal.

Suko und ich sprangen gleichzeitig hoch und zogen synchron unsere Berettas.

»Einen Moment noch«, sagte ich und war mit ein paar blitzschnellen Sprüngen bei den Frauen und der kleinen Julie...

Sekundenlang schien die Stille des Waldes wie eine Wand zwischen den Bäumen zu verharren.

Grillo und Gorman rührten sich nicht. Sie blieben stehen, ebenso wie die Detektivin.

Nach einer Weile – es mochten vielleicht zehn Sekunden vergangen sein – lachte Grillo auf.

»Hören Sie mal, Mr. Unbekannt, sind Sie lebensmüde?«

»Nein, das nicht. Aber ihr seid lebensmüde, wenn ihr das Mädchen nicht gehen laßt.«

»Wer sind Sie?« fragte Grillo.

»Ich bewache das Tor im Felsen.«

»Gehören Sie zu uns?«

»Bestimmt nicht.«

»Hm.« Grillo dachte nach. »Darf ich mich umdrehen, Mr. Unbekannt?«

»Nein.«

»Haben Sie Angst? Ich dachte, Sie wären Ihrer Sache so ungeheuer sicher.«

»Bin ich auch. Aber ich sehe lieber eure Rücken als die Vorderseiten.«

»Sie würden uns auch in den Rücken schießen?« stellte Gabriel Grillo fest.

Der Bürgermeister überlegte einige Sekunden. Dann sagte er: »Wenn es sein muß, ja.«

»Dann wären Sie ein Mörder.«

»Hier geht es um die Sache. Sie wollen die blonde Frau in den Tod schicken, das kann ich nicht zulassen.«

Jane hatte sich herumgedreht. Sie konnte zwischen Grillo und Gorman hindurchschauen und erblickte den Bürgermeister, der seine Schrotflinte mit dem Kolben in die Armbeuge gepreßt hielt. Er machte einen sehr sicheren Eindruck. Aber er hatte zwei Gegner vor sich. Gefährliche Männer, zu allem entschlossen.

»Bewegen Sie sich, Miss«, sagte der Bürgermeister. »Gehen Sie vorsichtig zur Seite.«

Jane nickte. Noch immer hatte sie gegen die Übelkeit zu kämpfen, doch sie beherrschte sich. Sie unterdrückte das Würgegefühl.

Schritt für Schritt bewegte sie sich zur Seite. Ihren Blick hatte sie dabei auf die Männer gerichtet.

Gorman verfolgte sie mit kalten, mörderischen Blicken. In seinen Augen las Jane den Tod.

Auch Grillo blickte nicht gerade freundlich. Er hatte die Lippen fest zusammengepreßt und atmete scharf durch die Nase. Welche Gedanken hinter seiner Stirn tobten, war leicht auszurechnen.

Fuller war sicher, daß beide Männer nur auf eine Chance lauerten, um ihn zu überwältigen. Deshalb durfte er sich nicht den geringsten Fehler erlauben.

Jane Collins befand sich inzwischen auf gleicher Höhe mit Gorman. Sie war noch immer nicht richtig auf dem Damm, sah die Bäume manchmal doppelt, und auch der Boden bewegte sich des öfteren unter ihren Füßen, wo er zu einem wogenden Meer wurde.

Normalerweise hätte Jane den kleinen Erdbuckel gesehen, der aus dem Boden wuchs.

Jetzt jedoch nicht.

Sie trat mit der Fußspitze dagegen und stolperte. In ihrem Zustand war das für Jane Collins ein Unglück. Sie konnte sich nicht mehr halten und kippte nach vorn.

Diese Bewegung sah der Bürgermeister. Automatisch folgte er mit seinen Blicken, sein Kopf ruckte sogar herum, und diese Chance nahm Gorman wahr.

Plötzlich ließ er sich fallen. Dies geschah wirklich mit einer affenartigen Geschwindigkeit. Er hatte kaum den Boden berührt, als er schon zur Seite schnellte und seine langen Arme streckte.

Jane hatte keine Chance. Die Hände krallten sich in ihre Hüfte.

Es war ein reiner Reflex, als Rodney Fuller den Finger krümmte. Eine kurze Bewegung nur, aber sie reichte.

Die Schrotflinte schien zu explodieren. Aus der Mündung jagte die volle Ladung an Silberschrot. Doch Fuller hatte viel zu hoch gehalten. Über Gorman hinweg pfiff der Schrot und hakte in einige Blumenstämme. Allerdings hatte Grillo Pech. Einige Stücke drangen in seinen linken Arm, und er begann zu schreien.

»Gorman!« brüllte er. »Verdammt, Gorman, tu was!«

Der Affenmensch lag noch immer auf Jane Collins. Jetzt warf er sich herum, nachdem er die Detektivin mit einem harten Schlag ins Land der Träume befördert hatte.

Er knurrte wie ein wildes Tier, blieb für einen Moment in der Hocke und stand dann auf.

Gorman zog sein Messer!

Diese lange, zweischneidige Klinge, mit der er so perfekt umzugehen wußte. Er grinste wölfisch. Jetzt hatte er das erreicht, was er wollte. Der Kerl hatte sich verschossen.

Aber Fuller gab nicht auf. Seine Schrotflinte war zwar nicht mehr geladen, als Keule jedoch konnte er sie noch benutzen.

Gabriel Grillo war wie von Sinnen. »Bring ihn um!« kreischte er. »Mach ihn fertig, verdammt!« Dabei trat der Blumenhändler mit dem rechten Fuß auf wie weiland Rumpelstilzchen im Märchen.

Gorman schlich näher. Er ging ziemlich breitbeinig. Die Sohlen der Turnschuhe gaben ihm eine gewisse Rutschfestigkeit auf dem ziemlich glatten Humusboden.

Der Bürgermeister wich zurück. Er wollte nicht als erster angreifen, zudem hatte er Angst, in einen tödlichen Konter des Affenmenschen zu laufen.

Am Lauf hielt er die Waffe gepackt. Fuller war kein Schwächling, er hatte Kraft und konnte die schwere Schrotflinte handhaben.

Plötzlich stach Gorman zu.

Seine rechte Hand, in der er das Messer hielt, schnellte vor, und die Klinge blitzte vor Fullers Brust. Sofort zog er das Gewehr zu sich heran, und die Spitze ratschte über den Holzkolben, wo sie einen langen Splitter herausriß.

Der nächste Stoß.

Fuller dachte an seine Militärzeit und an das, was man ihm dort beigebracht hatte. Er drehte sich zur Seite. Haarscharf nur fehlte das Messer und hackte in einen Baumstamm.

Um es herauszuziehen, mußte Gorman an Fuller vorbei. Da sah der Bürgermeister seine Chance.

Kraftvoll hieb er zu, und er legte alles in den Schlag, was er zu bieten hatte.

Der schwere Kolben pfiff durch die Luft, er hätte Gorman den Schädel zerschmettert, doch dieser Kämpfer war ungeheuer flink.

Gedankenschnell fiel Gorman in sich zusammen.

Es gab ein splitterndes und dumpfes Geräusch, als der schwere Gewehrkolben gegen den Baumstamm krachte und dort die Rinde abhieb, so daß sie als kleiner Regen zu Boden rieselte.

Genau darauf hatte Gorman gewartet. Jetzt war die für Fuller tödliche Sekunde da.

Gorman riß das Messer aus dem Stamm, drehte seine Hand, so daß er die Spitze zwischen den Fingern hielt.

Dann sprang er zurück.

Fuller war von der Wucht seines eigenen Schlages gegen den Stamm geprallt, außerdem hatte ihm der Zusammenstoß das Gewehr aus den Fäusten geprellt.

Er kam nicht mehr dazu, es aufzuheben.

Gorman schleuderte das Messer.

Die schwere Klinge zischte durch die Luft und wuchtete in die Brust des Bürgermeisters, wo sie bis zum Heft steckenblieb. Fuller stieß einen krächzenden Laut aus, wurde mit dem Rücken gegen den Stamm getrieben und brach in die Knie.

Tot blieb er liegen.

Gorman hob die Schultern und nahm sein Messer wieder an sich.

Grillo war zufrieden. Er klatschte in die Hände, denn ihn hatte der Kampf fasziniert, so sehr sogar, daß er dabei nicht auf Jane Collins achtgab.

Die Detektivin war aus der kurzen Bewußtlosigkeit erwacht, hatte die Chance erkannt und war in den Wald gelaufen. Bevor sie jedoch im Dickicht verschwinden wollte, fiel Grillo ihre Flucht auf.

»Gorman, die Blonde!«

Der Affenmensch hetzte los. Janes hellblaues Kleid wies ihm den Weg. Mit gewaltigen Sprüngen jagte er hinter Jane her, lautlos, seine Füße schienen den Boden kaum zu berühren.

Jane schaffte es nicht.

Gorman sah ihren Rücken, lachte roh und schleuderte das Messer. Er war ein Künstler in der Handhabung dieser Waffe. Hautnah wirbelte die Klinge an Janes Kopf vorbei, riß noch ein paar Haare mit und hieb in einen Baumstamm.

Jane erschrak – und sie blieb stehen.

Gorman rannte gegen sie und riß sie zu Boden. Blitzschnell kniete er über ihr.

»Soll ich dich noch einmal bewußtlos schlagen?« drohte er.

»Nein.«

»Dann komm mit.« Er riß die Detektivin hoch und schleifte sie hinter sich her wie einen Gegenstand, den man zum Müll schafft.

Gabriel Grillo erwartete sie bereits. Händereibend stand er da und sah zu, wie Gorman das Girl anschleppte.

Dann schlug er zu.

Seine Rechte klatschte gegen Janes Wange, so daß ihr Kopf zur Seite flog.

»Das reicht wohl, nicht wahr? Noch ein dummer Fluchtversuch, und es ergeht dir wie ihm.« Grillo zeigte auf den toten Bürgermeister.

Jane Collins schwieg. Der Schlag hatte in ihrem Kopf ein dumpfes Gefühl hinterlassen. Sie biß die Lippen zusammen und wollte keine Schmerzen zeigen. Zudem tat ihr der Hieb noch weh, mit dem Gorman sie bewußtlos geschlagen hatte.

»Was ist mit ihm?« fragte Gorman. Er meinte damit den Toten.

Grillo winkte ab.

Damit war die Sache erledigt. Jetzt konnte sie niemand mehr aufhalten. Grillo kümmerte sich persönlich um Jane Collins. Er nahm sie in den Polizeigriff und schaffte sie hoch zum Felsen. Gorman trug die Blumensträuße. Er hatte sie aus den Eimern genommen und stiefelte hinter Jane und seinem Boß her.

Vor der Tür blieben sie stehen. »Jetzt«, keuchte Grillo, »jetzt ist es soweit.«

Er legte die Hand gegen die Tür und drückte sie auf.

Im nächsten Augenblick erhielt Jane Collins einen Stoß und flog auf die grausilbern schimmernde Wand zu, die sie verschluckte...

Julie ließ die Kette los, als sie mich sah. Das Kreuz fiel wieder herab, und die beiden Frauen schleuderten uns Verwünschungen entgegen.

»Wer seid ihr?« fragte die Schwarzhaarige.

Ich gab keine Antwort, sondern ging vor, nahm das Mädchen an die Hand und zog es weg. Schützend stellte ich mich vor die Kleine.

Die Rotblonde kreischte los. Sie fletschte ihre Zähne. Grausam verzerrte sich das Gesicht, und mit ihren Fingernägeln wollte sie mir ein Streifenmuster durch das Gesicht ziehen.

Ich schlug ihre Hände zur Seite, packte sie und warf sie mit einem Hüftschwung zu Boden. Dann hebelte ich ihren Arm hoch und setzte ihr die Mündung der Beretta an den Hals.

Julie, Suko und die Schwarzhaarige schauten der Szene zu. Das Mädchen fragte: »Was macht er da?«

»Nichts«, erwiderte Suko, »warte ab.«

Die Vampirin kicherte. »Was willst du Wahnsinniger eigentlich? Mit der Pistole kannst du mich nicht erschrecken. Ich werde dein Blut bis zum letzten Tropfen trinken.«

»Die Waffe ist mit geweihten Silberkugeln geladen«, hielt ich ihr entgegen. »Soll ich noch mehr sagen?«

Sie schwieg. Aber deutlich zeichnete sich das Entsetzen auf ihrem Gesicht ab.

Auch ihre Artgenossin hatte die Worte gehört. Sie wich zurück und streckte beide Arme vor, wobei sie die Finger spreizte.

»Bleib stehen!« befahl Suko. Ein wenig hob er die Beretta an.

Die Untote gehorchte.

»Und nun zu uns«, sagte ich zu der Schwarzhaarigen. »Ihr habt eine Chance, am Leben zu bleiben, wenn ihr mir erzählt, wohin ihr das Mädchen bringen wolltet, und wer dieser Grillo ist.«

Die Untote unter mir zuckte. Noch rückte sie nicht mit der Antwort heraus.

»Wer ist Grillo?« Meine Stimme klang hart und unduldsam. Ich verstärkte den Druck, damit sie merkte, daß ich hier keinen Spaß trieb.

»Grillo bringt eine neue Blume.«

»Was bringt er?«

»Ja, er bringt eine neue Blume. Eine blonde Frau, und er schafft weitere Blumen für den See her.«

»Welchen See?«

»Der Blumensee.«

»Wo liegt er?« wollte ich wissen.

»Nicht weit von hier. Hinter den Hügeln, in einem kleinen Tal.«

»Dahin wolltet ihr auch das Mädchen schaffen.«

»Ja.«

»Sollte es auch zu einer Blume werden?«

Die Vampirin schwieg. Ich wiederholte meine Frage. Als ich eine positive Antwort erhielt, stieg in mir die heiße Wut hoch. Am liebsten hätte ich abgedrückt, doch ich beherrschte mich.

»Was geschieht noch alles an dem See? Wofür ist er gut? Rede, sonst ergeht es dir schlecht!«

»Wir leben dort«, erzählte die Untote. »Tagsüber als Blumen, nachts als Vampire.«

»Dann haben wir jetzt Nacht.«

»Das stimmt.«

»Und wo sucht ihr eure Opfer?«

»Die holt Grillo uns. Manchmal kommt er her und nimmt uns mit. Als Blumen werden wir nach London in seinen Laden geschafft. Wenn ein besonders hübsches Mädchen erscheint, führt er es uns zu, und wir trinken ihr Blut. So erhalten wir uns am Leben. Alle sieben Jahre jedoch ist das Tor im Felsen offen, dann kommen auch andere, die in unsere Falle laufen.«

»Aber Grillo kann immer kommen.«

»Er hat auch einen Pakt geschlossen«, wurde mir erwidert.

»Mit wem?«

»Es ist ein gewaltiger Dämon. Viel stärker, als ihr euch vorstellen könnt. Er heißt Mandragoro und nennt sich Herr der Pflanzen. Dieses Land hier gehört zu seinem Reich.«

Mandragoro! Ich hatte diesen Namen nicht zum erstenmal gehört. Plötzlich entstand vor meinem geistigen Auge das Bild einer Gärtnerei, dann ein Hotel in London, das von Pflanzen überwuchert wurde. Auch damals hatte Mandragoro seine Hand im Spiel gehabt.

Wie sich die Dinge glichen. Irgendwie war alles ein gewaltiger Kreislauf, in den man hineingeriet, und man traf plötzlich auf alte Bekannte.

Mandragoro regierte über die dämonischen Pflanzen, und er war auch der eigentliche Herr der Vampir-Blumen.

Unfaßbar.

»Ist Mandragoro hier?« fragte ich die Untote.

»Ich weiß es nicht. Manchmal kommt er, manchmal auch nicht. Dies hier ist nur ein kleiner Teil seines Reiches. Der andere ist viel, viel größer. Auch ihr habt gegen ihn keine Chance.«

So hatten schon viele Dämonen geredet, und bis jetzt lebten wir immer noch.

»Wann wolltet ihr euch am See treffen?« fragte ich.

»Irgendwann.«

Nach dieser Antwort wurde mir klar, daß die Frage dumm gewesen war, denn in diesem Reich existierte keine Zeit. Wenigstens keine, wie wir sie kannten.

»Steh auf!« befahl ich ihr.

Sie kam auf die Füße. Auf ihrem hellen Kleid sah ich einen Abdruck, der vom Rasen stammte.

Ich schaute zu Suko.

Der Chinese nickte. Auch er war bereit. Ein Handicap hatten

wir allerdings. Wir mußten nicht nur auf uns achtgeben, sondern auch auf die kleine Julie.

Und das inmitten einer menschenfeindlichen Welt...

Sofort fiel Jane Collins die klare Luft auf, nachdem sie den Eingang hinter sich gelassen hatte. Hier konnte sie besser atmen als vor der Tür, wo die Schwüle immer mehr zunahm.

Die Detektivin schaute sich um. Ihre Augen wurden vor Erstaunen groß, und tief atmete sie die reine Luft ein.

Es war ein friedliches Bild. Grüne Hügel. Sanft geschwungen reihten sie sich aneinander. Weit darüber lag wie ein Brett der dunkelblaue Himmel mit seinen helleren Streifen. Die Luft erlaubte eine klare Sicht bis hin zum Horizont.

Aber Jane wußte auch, daß dieser erste Eindruck trog. Die Welt war bestimmt nicht so friedlich, wie sie sich hier präsentierte. Überall lauerten Gefahren, irgendwo hielten sie sich verborgen, und Jane wartete nur darauf, angegriffen zu werden.

Das geschah nicht.

Dafür passierte etwas anderes. Auf Grillos Befehl hin stellte Gorman die Blumen auf den Boden. Es war ein riesiger Strauß, wenn auch die Mischung nicht gerade paßte. Da stand die Rose neben der Orchidee, dazwischen der Fliederzweig und die Gerbera. Ein bunter Strauß, aber geschmacklos zusammengestellt, würde der Fachmann sagen.

Die Blumen kippten um, als Gorman sie auf den Boden stellte. Fächerförmig lagen sie auf dem grünen Rasenboden.

»Geh zurück!« forderte Grillo. Der Affenmensch trat zur Seite.

Grillo stieg über die Blumen hinweg und trat in deren Mitte, wo ein runder Fleck frei war. Während Gorman Jane Collins im Auge behielt, senkte Grillo den Blick und schaute jede einzelne Blume so genau an, als wäre sie von ihm persönlich gezüchtet worden.

»Meine Lieben«, sprach er mit weicher, lockender Stimme. »Wir sind am Tag gekommen und in die Nacht hineingetreten. Die Nacht aber wird euch in einer anderen Gestalt zeigen. Werdet zu den Geschöpfen, die hier gefordert sind.«

Er hatte die Worte kaum ausgesprochen, als es geschah. Die Blumen richteten sich auf.

Sie wurden, wie an unsichtbaren Bändern hängend, in die Höhe gezogen, blieben aufrecht stehen und wuchsen weiter.

Ihre Stiele streckten sich zuerst, wurden dann aber dicker und nahmen Formen an.

Frauenkörper...

Schenkel entstanden, Taillen, Brüste, Arme und Beine entwickelten sich aus Blütenblättern.

Eine unheimliche Metamorphose, die völlig lautlos vonstatten ging. Aus dem Fliederzweig war plötzlich ein braunhaariges Mädchen geworden, und Jane erinnerte sich an den Namen.

Jessica!

Ja, das war die Jessica, die Jane auf Wunsch des alten Samuel D. Parker suchen sollte. – Und jetzt stand sie vor ihr.

Die Detektivin wischte sich über die Augen, als könnte sie das Bild nicht fassen.

Aus der Rose wurde das schwarzhaarige Mädchen Clarissa, aus der Orchidee eine rothaarige Janine und aus der Gerbera ein blondes Geschöpf namens Mary.

Noch standen sie starr. Sie waren auch nicht nackt, denn aus den Blättern hatten sich Kleider gebildet. Lange, wallende Gewänder, die Jane Collins an Totenhemden erinnerten.

Noch standen sie starr, und sie blieben es auch, als Gabriel Grillo zu ihnen ging und sie anfaßte.

Vor jeder blieb er stehen und strich mit den Fingerkuppen über die Gesichter.

»Ja«, sagte er, »ihr seid schön. Ihr seid in eurem Reich. Wir werden zum See gehen, und ihr werdet eine neue Schwester bekommen. Jane. Wie gefällt euch der Name?«

Die Detektivin vernahm die Worte, und eine Gänsehaut rieselte über ihren Rücken.

Sie sollte zu einer Blume werden, nun war es heraus. Plötzlich dachte sie an einen Mann, an John Sinclair. Wenn er hier gewesen wäre, sähe alles anders aus.

Aber John befand sich in London. Jane hatte ihn schon einige Wochen nicht gesehen. Wie sollte er wissen, wo sie zu finden war?

Heiß stieg es in ihrer Kehle hoch.

Diesmal waren es nicht die Nachwirkungen des Chloroforms, die ihr zu schaffen machten, sondern die Angst.

Angst vor einer schlimmen Zukunft.

Noch bewegten sich die Frauen nicht. Sie standen stumm da und schauten Jane nur an. Die Detektivin fühlte ihre Blicke auf der Haut brennen und fröstelte.

Dann trat Grillo zurück.

»Meine Lieben«, rief er. »Die Nacht gehört euch!«

Das war das Stichwort. Plötzlich kam Leben in die vier Frauen. Wie aus einem tiefen Schlaf erwachten sie, schauten sich um, reckten die Schultern und lächelten.

Da sah Jane Collins es.

Um zu lächeln, zogen die Frauen die Lippen zurück und präsentierten ihre Zähne.

Vampirzähne!

Deutlich waren links und rechts die Hauer zu erkennen, die so weit vorstanden, daß die Spitzen schon die Mundwinkel berührten.

Jane Collins erschrak. Sie hatte es hier mit vier Blutsaugern zu tun.

Vier gefährliche, weibliche Vampire.

Plötzlich waren aus den Frauen tödliche Bestien geworden. Jane hatte nicht zum erstenmal mit Vampiren zu tun. Sie wußte, daß diese Geschöpfe nach Menschenblut gierten.

Hier stand ein Mensch.

Nämlich sie!

Grillo trat zurück. Er schaute Jane dabei an. »Sind sie nicht schön, meine Blumen?« fragte er.

»Danke, ich kenne etwas Besseres.«

Der Mann lachte. »Kann ich mir vorstellen, daß Sie Ihnen nicht gefallen, aber Sie müssen sich an sie gewöhnen. Und denken Sie daran, daß Sie ein Mensch sind, und die Vampirinnen brauchen Blut!«

Diese Worte waren ein Signal.

Plötzlich begannen die vier Untoten zu sprechen. »Blut – Blut – Blut«, hörte Jane Collins, und in den Augen dieser Bestien las sie, daß es Ihnen ernst war.

Sie wollten den Lebenssaft.

Ihren Lebenssaft.

»Sie gehört euch!« rief Grillo und trat zur Seite, damit die Vampirinnen freie Bahn hatten.

Darauf hatten sie nur gewartet. Wie ausgehungert stürzten sie Jane Collins entgegen.

Jessica machte den Anfang. Sie stand Jane Collins am nächsten. Ihr Gesicht verzerrte sich, die Finger krümmte sie zu Krallen, dann warf sie sich auf die Detektivin.

Jane Collins bog ihren Oberkörper zurück, ließ Jessica kommen, packte deren Arme, bückte sich und hebelte sie über ihren Rücken hinweg.

Jessica krachte zu Boden. So wuchtig, daß sie sich sogar noch überschlug.

Ausruhen konnte sich Jane nicht. Zwei andere Blutsaugerinnen stürzten sich auf sie.

Jane, zwar bewandert in Karate, hatte Schwierigkeiten, sich wirksam zu verteidigen. Ihr Kleid behinderte sie zu sehr. Sie setzte zwar den Abwehrtritt gut an, aber sie traf nicht so recht.

Die Vampirin ging nicht zu Boden. Sie konnte sich sogar noch an Janes Kleid festklammern und ein Zurückweichen der Detektivin verhindern.

Dadurch hatte Janine freie Bahn. Plötzlich hing sie an Janes Körper. Ihre Hände krallten sich in die langen blonden Haare, rissen den Kopf zur Seite, so daß die Schlagader der Detektivin frei lag.

Sofort trat ein gieriges Leuchten in die Augen der Blutsaugerin. Weit öffnete sie den Mund. So weit, daß sie sich fast die Kinnlade dabei ausrenkte.

Jane nahm den fauligen Geruch wahr, den diese Frauen ausströmten. Den gleichen Gestank hatte sie bereits in dem Blumenladen gerochen. Sie ekelte sich – und schlug zu.

Wenn sie schon hier unterging, dann nicht wehrlos. Ihre kleine Faust traf den Kinnwinkel seitlich, und der Kopf geriet aus der ursprünglichen Richtung, so daß das Gebiß ihren Hals verfehlte.

Dann jedoch griffen die vier weiblichen Unholde zu einem gemeinen Trick.

Zwei packten Janes Beine und rissen die Detektivin kurzerhand zu Boden.

Der Rasen dämpfte zum Glück den Aufprall, aber die Wucht, mit der sich die vier Körper auf Jane Collins stürzten, dämpfte er nicht.

Jane wurde unter den Blutsaugerinnen förmlich begraben.

Überall spürte sie die gierigen, widerlichen Hände, die über ihren Körper fuhren.

Sie zerrten und rissen, wollten sie in die richtige Lage bringen, um ihr das Blut aussaugen zu können.

Jane bäumte sich auf.

Zwei weibliche Vampire rutschten ab. Einer dritten Blutsaugerin gab Jane ihre Faust zu schmecken. Doch da waren einfach zu viele Hände, die die Detektivin nicht loslassen wollten. Man gierte nach ihrem Blut, sie mußte es einfach hergeben.

Jane kämpfte mit dem Mut der Verzweiflung. Bei normalen weiblichen Gegnerinnen hätte sie längst gewonnen, aber Vampire waren mit Karateschlägen nicht auszuschalten, da mußte man andere Geschütze auffahren, doch die standen Jane nicht zur Verfügung.

Die Vampirin Jessica stand plötzlich dicht vor Jane, fletschte die grauenhaften Zähne, breitete die Arme aus und warf sich der Detektivin entgegen.

Jane zog ihre Beine an und ließ sie gerade im richtigen Augenblick vorschnellen.

Jessica wurde von dem Tritt voll getroffen. Sie flog zurück, und schon waren die nächsten Gegnerinnen da. Sie ließen sich kurzerhand auf Jane Collins fallen, und das war die beste Methode, um die Detektivin zu Boden zu zwingen.

Jane schaffte es auch nicht, alle Körper abzuwehren. Sie mußte irgendwann verlieren. Und der Zeitpunkt bahnte sich an, als sie einen Faustschlag gegen die Wange kassierte.

Für einen Moment sah Jane Sterne, war unkonzentriert, und das nutzten die Blutsaugerinnen aus. Schon hingen sie an Janes Hals, wobei sich zwei von ihnen auf die Beine der Detektivin gesetzt hatten.

Janes Kopf war weit nach hinten gereckt. Das Fleisch am Hals spannte. Straffe Haut bot sich den Blicken der weiblichen Vampire. Genau das, was sie haben wollten.

Und unter der Haut pochten die Adern.

Vor allen Dingen die Halsschlagadern, denn durch sie wurde das meiste Blut transportiert.

Okay, Jane hätte keine Chance gehabt. Von allein hätte sie sich nicht aus dieser Situation befreien können, aber da war plötzlich Gorman, der die Vampirinnen wie Hasen am Genick faßte, sie hochriß und wegschleuderte.

Die blutgierigen Weiber prallten zu Boden, überschlugen sich dabei, fauchten und kreischten. Sie versuchten, wieder auf die Beine zu gelangen, doch Grillos Befehl hielt sie unten.

»Bleibt, wo ihr seid.«

Janine und Mary gehorchten.

Gorman kümmerte sich inzwischen um Jessica und Clarissa. Wie auch bei den anderen beiden Vampirinnen packte er sie kurzerhand am Genick und riß sie hoch, bevor er sie zu Boden schleuderte.

Grillo aber lachte. »Sie können aufstehen, Miss Collins.«

Jane erhob sich. Gut ging es ihr nicht, das war deutlich zu erkennen.

Nicht nur sie persönlich war in Mitleidenschaft gezogen worden, sondern auch ihre Kleidung.

Grillos Augen leuchteten auf. Aus diesem Blickwinkel hatte er die Frau noch gar nicht betrachtet. Dann aber schaute er zu den vier Vampirinnen hinüber und wurde wieder an seine eigentliche Aufgabe erinnert. Sie hatten sich erhoben. Daß man ihnen das Opfer vorenthielt, konnten sie nur schwerlich überwinden. Wie Katzen um den heißen Brei, so schlichen sie an der Detektivin vorbei.

Jane war vorerst außer Gefahr, denn Grillo und Gorman hielten ihre schützenden Hände über sie.

Schützende Hände ist gut, dachte Jane. Aber im Moment taten die Blutsaugerinnen nichts.

»Was haben Sie mit mir vor?« fragte die Detektivin.

Grillo musterte sie von oben bis unten. »Sie sind schmutzig, Schnüfflerin, ein Bad wird Ihnen guttun.«

»Ein Bad?«

»Ja, wir bringen Sie zum See!«

Gorman lachte, als er die Worte vernahm. Dieser Kerl wußte mehr über den geheimnisvollen See.

Die Vampirin Jessica trat vor. »Und wann wird sie eine von uns?«

»Bald, meine Liebe, sehr bald. Die Blumen brauchen Nachschub, und dafür werde ich sorgen. Und jetzt laßt sie keinen Moment mehr aus den Augen!«

»Wo gehen wir denn hin?« fragte die kleine Julie. Sie hielt ängstlich Sukos Hand fest. Der Chinese kam mit Kindern ausgezeichnet zurecht. Er war praktisch ein Mensch, auf den die Kleinen flogen. Sie merkten, daß er ihnen Schutz und Vertrauen bot.

Doch das Gegenteil war der Fall, wenn Suko mit unseren Erzfeinden, den Dämonen konfrontiert wurde. Da war er dann ein gnadenloser Kämpfer.

»Wir bringen dich nach Hause«, erklärte Suko dem Mädchen. »Du freust dich doch sicherlich auf deine Eltern?«

»Ja.«

»Wie bist du überhaupt in dieses Land gekommen?« fragte der Chinese?

»Ich bin durch die Tür gegangen.«

»Aber das ist doch verboten.«

»Nein, für mich nicht. Eine nette Frau hat mir alles gezeigt.«

»Kanntest du diese Frau?«

»Nee, ich habe sie nur vorhin im Wald getroffen. Die ist es!« Julie streckte ihren Arm aus und zeigte auf die schwarzhaarige Vampirin.

Da wußte Suko Bescheid!

Ich hatte dem Dialog gelauscht. Die beiden Blutsaugerinnen marschierten vor mir her und wurden von meiner Beretta in Schach gehalten. Jetzt sprach ich die Schwarze an.

»Wieso konntest du dieses Land verlassen?«

Sie drehte sich um. »Weil ich zu den Blumen wollte.«

»Und niemand hat dich gehindert?«

»Nein.«

»Könnten wir auch ohne weiteres verschwinden?« erkundigte ich mich.

»Wenn ihr es noch schafft...«

»Wer sollte uns daran hindern?«

»Mandragoro und seine Diener!« zischte sie haßerfüllt.

Nun, das wollten wir mal sehen. Bisher hatte ich diesen Dämon noch nicht zu Gesicht bekommen. Ich wußte nur, daß er existierte, mehr nicht.

Die Umgebung hatte sich kaum verändert. Aber in der Ferne sah ich die Umrisse bizarrer Felsen, die von uns aus gesehen wie hohe Türme wirkten.

Dort war unser Ziel.

Natürlich hätten wir Julie auch zurückbringen können, nur hätte einer von uns auf sie achtgeben müssen. Sich allein in diesem Land mit all seinen verborgenen Gefahren herumzuschlagen, war eine verflixt riskante und lebensgefährliche Sache.

Die Felsen waren gar nicht so weit entfernt, wie es den ersten Anschein gehabt hatte.

Meiner Schätzung nach waren dreißig Minuten irdischer Zeitrechnung vergangen, als sich der Boden unter uns veränderte. Wir schritten nicht mehr über den Grasteppich, sondern auf rauhem Gestein. Zudem führte der Weg bergauf.

Es wurde schwieriger, die beiden Blutsaugerinnen im Auge zu behalten, weil ich jetzt darauf achten mußte, nicht abzurutschen. Die Vampirinnen führten uns parallel zu einem Berghang entlang. Links neben uns wuchs schroffes Gestein in die Höhe, rechts fiel der mit Steinen bedeckte Hang schräg in die Tiefe.

Und dann sahen wir im Tal etwas schimmern.

Der geheimnisvolle See!

Eine silbrige Fläche, in der Form ein langgestrecktes Oval, auf dem die Wellen ihr Spiel trieben. Im ewigen Rhythmus rollten sie gegen das Ufer an.

An manchen Stellen war es steinig, andere wiederum zeigten einen hellen Sandstreifen.

Da wir uns in der Höhe des Sees befanden, wunderte es mich, daß die beiden Vampirinnen uns noch nicht auf das Wasser zuführten, und mein Mißtrauen wuchs.

Ich sagte aber noch nichts.

Wir gingen weiter.

Immer wieder trafen meine Blicke die Wasseroberfläche, und ich glaubte, am Ufer etwas Buntes schimmern zu sehen.

Das konnte nur eines sein: Blumen!

Vor uns machte der Weg einen Knick nach rechts um einen Felsvorsprung herum.

Da wagten sie es.

Urplötzlich ließen sich beide Vampirinnen fallen. Sie brauchten nur nach rechts zu kippen und waren vom Weg verschwunden. Sie rollten den Hang hinab, überschlugen sich dabei und hatten im Nu einige Yards Vorsprung gewonnen.

Ich jagte hinterher.

Mit einem gewaltigen Sprung überwand ich die erste Distanz, landete etwas unsanft und fiel sofort zu Boden, da ich mich unmöglich auf der schiefen Ebene halten konnte.

Suko stand noch auf dem Weg. Er traute sich nicht, einzugreifen, da er die Kleine bei sich hatte.

»Bleib du oben!« brüllte ich dem Chinesen zu, während ich mich mehrere Male überschlug.

»Okay!«

Ich spreizte Arme und Beine, ohne dabei meine Beretta loszulassen. Wenn ich sie verlor, war alles aus, dann konnten mich die Blutsaugerinnen packen.

Endlich kam ich zur Ruhe.

Die Vampirinnen waren weiter gerutscht als ich. Aber eine Fügung des Schicksals hatte mich in die Nähe der Schwarzhaarigen getrieben, während ihre Artgenossin etwas entfernt hockte.

Beide waren schon auf den Beinen.

Und die erste griff an.

Die dunkelhaarige Vampirin hatte die Arme weit ausgebreitet. Sie wollte mich fertigmachen und mir ihre Nägel durch das Gesicht ziehen, doch da spielte ich nicht mit.

Meine blitzschnell angezogenen Beine wirbelten vor, trafen den weiblichen Unhold und schleuderten ihn zurück.

Die Untote krachte zu Boden.

Noch in derselben Sekunde hatte sie sich wieder erhoben. Zu einem zweiten Angriff ließ ich ihr keine Zeit. Immer noch liegend, schwang ich den Arm mit der Beretta herum und drückte ab.

Auf diese Distanz konnte ich den weiblichen Blutsauger gar nicht verfehlen. Die Silberkugel hieb ihr schräg unter dem Kinn in den Schädel und zerstörte ihr untotes Dasein.

Über meinen Erfolg konnte ich mich nicht lange freuen. Urplötzlich traf mich der Stein.

Ich hatte auf die zweite Vampirin nicht geachtet. Deshalb konnte sie den Stein schleudern. Ich spürte an der Stirn einen reißenden Schmerz, und eine Sonne blitzte vor meinen Augen auf. Daß ich zurückfiel, merkte ich nicht mehr, nur den Aufschlag am Hinterkopf spürte ich. Die Schatten der Bewußtlosigkeit glitten heran, doch sie rissen mich nicht in die Tiefe. Ich kämpfte gegen sie an und schaffte es mit Mühe, nicht bewußtlos zu werden.

Aber wehren konnte ich mich nicht. Wie durch einen dicken Nebel gedämpft, hörte ich das triumphierende Kreischen der zweiten Vampirin, die mich wehrlos sah. Ich wollte meinen rechten Arm heben, doch nicht einmal dazu reichte meine Kraft.

Meine Beretta schien Zentner zu wiegen.

Und schon spürte ich die kalten Totenhände an meinen Wangen, wie sie meinen Kopf zurückbogen, damit die Vampirin die Zähne in meinem Hals schlagen konnte.

Sie tat es nicht.

Eine Kugel hinderte sie daran.

Ich hörte zwar das Peitschen des Schusses, registrierte es aber irgendwie nicht. Nur der Körper der Vampirin wurde auf einmal schwer und fiel auf mich.

Ich blieb liegen, pumpte die Luft in meine Lungen und wartete darauf, daß mir jemand die Last von meinem Körper nahm.

Das geschah bald.

Suko sorgte dafür, daß dieses Höllenwesen weggeschafft wurde. Es löste sich bereits auf. Ich fühlte starke Arme unter meinen Achseln, dann hob mich der Chinese in eine sitzende Stellung.

»Bist du okay, John?« vernahm ich seine Stimme dicht an meinem Ohr.

»Kaum.«

Es ging mir wirklich miserabel. Mein Schädel war eine einzige Schmerzquelle. Wo mich der Stein getroffen hatte, hämmerte und pochte es besonders.

Es bereitete mir sogar Mühe, die Augen zu öffnen. Suko hatte ein Taschentuch hervorgeholt und preßte es auf meine Wunde. Ich biß die Zähne zusammen, als ich den Druck spürte, aber der Chinese mußte das Blut abtropfen.

Dann spürte ich zwei kleine Hände auf den meinen. Julie war da. »Es ist doch nicht so schlimm«, sagte sie mit ihrer weichen Stimme, und trotz der Schmerzen mußte ich lächeln.

»Nein, Julie, es ist nicht so schlimm.« Mittlerweile konnte ich wieder klarer sehen. Ich erkannte Suko und die kleine Julie. Das Mädchen lächelte. Suko, dieser Teufelskerl, der mir mit dem einen Schuß das Leben gerettet hatte, zog aus seiner Tasche ein kleines Pflasterpäckchen hervor.

»Wie kommst du denn daran?«

Suko schaute mich an. »Wenn man mit dir länger zusammen ist, muß man so etwas bei sich tragen.«

Ich grinste.

Geschickt klebte mir Suko das Pflaster auf die Stirn. »So, mein Lieber, du kannst.«

Ich stand auf.

Oh, verdammt, es fiel mir schwer. Da war ja nicht nur die Verletzung, sondern auch der schräge Hang, der meinem Gleichgewichtssinn nicht gerade förderlich war.

Der Chinese stützte mich, und auch Julie half mir.

»Geht es, Mr. Sinclair?« fragte die Kleine besorgt.

»Ja, Julie, aber sag ruhig John zu mir.«

»Dann bist du mein Freund, John. Genau wie Suko.«

»Sicher, Julie, sicher.«

Ich lächelte und drehte den Kopf, um dorthin zu schauen, wo die beiden Vampirinnen lagen.

Sie existierten nicht mehr. Ihre Körper hatten sich verwandelt und gleichzeitig aufgelöst.

Aus ihnen waren Blumen geworden. Große, verwelkte Blumen, die langsam eine graue Farbe annahmen.

Sie starben.

Ich steckte meine Beretta wieder ein und deutete zum See hinunter. »Schätze, jetzt geht es etwas schneller. Wir müssen nur achtgeben, daß wir ungesehen das Ufer erreichen.«

Der Meinung war Suko auch.

Ich war heilfroh, daß die kleine Julie keine Fragen stellte, nachdem die Vampirinnen vernichtet worden waren. Eine Antwort hätte ich nicht gewußt, und die Wahrheit konnte ich ihr nicht sagen.

Nie ließen wir das Seeufer aus den Augen, und vor allen Dingen die Stelle nicht, wo die Blumen wuchsen.

Da tat sich nichts, alles blieb ruhig, fast zu ruhig.

Links von uns aus gesehen klatschte das Wasser gegen fast schwarze Felsen. Dort befand sich die unzugänglichste Stelle des gesamten Sees.

Obwohl kein Wind wehte, bewegten sich Wellen auf der Oberfläche. Sie schimmerten sogar weißsilbern, dabei strich kein Mondlicht über das Wasser.

Als wir uns näherten, entdeckten wir die Ursache dieses seltsamen Schimmerns.

Auf der Wasseroberfläche lagen zahlreiche Blüten. Weiße, kleine Blüten, die fast einen Teppich bildeten und die direkt hinter dem dem Ufer vorgelagerten Schilfgürtel begannen. Das Schilf stand ziemlich dicht, so daß wir kaum ins Wasser konnten und erst den Gürtel durchqueren mußten.

Ich fragte die kleine Julie: »Weißt du mehr über diesen Mr. Grillo?«

»Nein, John, nichts.«

»Wann er dort unten am See erscheinen soll oder will, hat dir auch niemand gesagt?«

Sie schüttelte den Kopf.

Längst war das Gelände flacher geworden, denn wir hatten den Hang hinter uns gelassen. Und schon bald standen wir am Ufer des Sees.

Wir blickten über den Schilfgürtel hinweg. Leise plätschernd lief das Wasser zwischen dem Schilf aus. Die Luft war etwas kühler geworden, und der Boden bestand aus Sand, aus dem hin und wieder ein paar Grasbüschel wuchsen.

Die ganze Gegend wirkte so, als befänden wir uns auf der Erde. Nur der Himmel paßte nicht so recht dazu.

»Geh noch weiter«, meinte Suko. »Dahin, wo die Blumen stehen.«

Das war unser nächstes Ziel. Wir schritten dicht am Ufer entlang. Die Schilfrohre wirkten fast schwarz. Sie standen so dicht, daß man schon von einer Wand sprechen konnte.

Suko faßte einmal ein Rohr an. Sofort zog er die Hand zurück.

»Die Dinger sind klebrig. Wenn du da einmal drinsteckst, bist du verloren.«

Wir sahen keine Tiere und auch keine Menschen. Nicht ein Vogel schwebte in der klaren Luft; bis auf das Klatschen der Wellen war kein Laut zu hören.

Dann standen wir neben den Blumen. Auch sie wuchsen nicht frei, sondern steckten zwischen den Schilfstäben. »Halt mich mal fest«, sagte ich zu Suko und beugte mich weiter vor, während der Chinese meine linke Hand hielt. Ich hatte mein Kreuz in der anderen Hand, führte den Arm vorsichtig zwischen zwei Schilfrohre hindurch und berührte mit dem Kreuz eine Blume.

Es zischte, und sie verging.

Bei der nächsten geschah das gleiche. Und mit jeder Blume, die verwelkte, verdorrte auch ein Stück Schilfrohr. Es war eines der seltsamsten Phänomene, das mir je untergekommen war.

»So kann man Platz schaffen«, meinte Suko, als ich weitermachte und die Horror-Blumen verschmorte.

Allerdings wunderte ich mich, daß keine Vampire zu sehen waren, denn ich glaubte nicht daran, daß es außer den zwei von uns getöteten nicht noch mehr gab.

»Kannst du noch etwas vorgehen?« fragte ich Suko. Ich hatte weiter hinten noch ein paar Rosen entdeckt, die sicherlich keines natürlichen Ursprungs waren.

»Nein, John! Komm zurück.«

Ich gab meinem Körper den Schwung nach hinten, wobei Suko gleichzeitig zog.

Dann stand ich wieder normal.

Der Chinese deutete auf die andere Seite zu den Felsen hinüber, die dunkel und drohend am Ufer standen.

Dort waren einige Personen aufgetaucht.

Zwei Männer und fünf Frauen.

Ich stellte mich auf die Zehenspitzen, um besser sehen zu können. In der klaren Luft zeichneten sich die Gestalten trotz der herrschenden Dämmerung ziemlich deutlich ab. Ich erkannte, daß sich eine der Frauen nicht ganz freiwillig bei den restlichen vier aufhielt! Sie wurde festgehalten.

War sie eine Gefangene?

Noch konnte ich ihr Gesicht nicht erkennen, sah aber, daß sie langes, blondes Haar hatte.

Der kleinere der beiden Männer sagte etwas zu ihr, und die Blonde schaute erst auf das Wasser, dann drehte sie sich zu dem Sprecher um.

Jetzt sah ich ihr Gesicht.

Im selben Augenblick hatte ich das Gefühl, jemand hätte mir einen Eispickel ins Herz gestoßen.

Das... das war doch nicht möglich, das konnte es nicht geben, das durfte es nicht geben.

Und doch war es eine Tatsache.

Die blonde Frau kannte ich verdammt gut. Es war keine andere als Jane Collins!

»Da liegt der See, in dem du deinen Tod finden wirst«, erklärte Gabriel Grillo der blonden Detektivin. Er war wieder zum Du übergegangen und lachte hämisch.

Die Gruppe stand auf einem Felsvorsprung. Daneben führte ein schmaler, kaum sichtbarer Pfad hinunter zum Seeufer. Wenn es nach Grillo ging, sollte es die letzte Wegstrecke in Janes Leben sein.

Die vier Vampirinnen paßten höllisch auf. Sie ließen Jane Collins keinen Moment aus den Augen, im Gegenteil, machte sie nur eine unbedachte Bewegung, waren sie sofort bei ihr.

Jane schaute auf den See.

Auch sie sah die zahlreichen Blüten auf der Wasseroberfläche schwimmen, und bei genauerem Hinsehen erkannte sie noch mehr. Die Blüten waren miteinander verbunden, durch schmale, lianenähnliche Gewächse, die sich wie kleine Schlangen dicht unterhalb der Wasseroberfläche bewegten.

»Das ist unsere Reserve«, verkündete Grillo stolz. »Mandagoros Heer, auf das er sich stützen kann. Jede Blüte ist eine Seele, die er in Tausenden von Jahren gesammelt hat. Und sie werden getragen von Hunderten von Armen, die im tiefen Wasser verborgen sind. Du aber wirst in den See steigen und zu einer Blume werden, denn meine vier Freundinnen begleiten dich.«

Jane schaute Grillo an. »Vampire haben Angst vor Wasser«, erwiderte sie.

»Nur vor fließendem. Das hier ist stehendes Wasser. Außerdem gelten in diesem Land andere Gesetze.« Er streckte die Hand aus und berührte Janes Arm. »Ich bin wirklich gespannt, in welch eine Blume du dich verwandeln wirst, liebe Freundin.«

Die Detektivin zuckte zurück. Die Berührung widerte sie an. Unter ihrem Gewicht löste sich ein Stein vom Rand der Plattform, rollte den Weg hinunter und hatte noch so viel Schwung, daß er in das Wasser klatschte. Er zerstörte dabei eine Blüte, doch sofort geschah etwas Seltsames und Schauriges.

Eine graubraune Hand und ein Teil des Unterarmes schoben sich aus dem Wasser. Die Hand drehte sich, so daß Jane die Blüte sehen konnte, die auf der geöffneten Fläche lag.

Sekunden später war die Hand wieder verschwunden, die weiße Blüte aber schwamm auf dem Wasser.

»Sein Reservoir ist unerschöpflich«, flüsterte Gabriel Grillo und gab Gorman einen Wink.

Der packte zu.

Jane spürte seinen schmerzhaften Griff am Arm. Gorman drehte sie herum und dirigierte sie auf den Weg zu, der schmal und kurvig zum Wasser führte.

Die vier Vampirinnen folgten.

Eine Fluchtchance besaß Jane Collins nicht. Sie hätte nur nach vorn laufen können und wäre damit vom Regen in die Traufe geraten. Rechts und links war ihr der Weg versperrt. Dafür sorgten die hohen, rauhen Felsen.

Sie balancierte mit ausgestreckten Armen den Pfad hinunter. Hin und wieder trat sie auf einen Stein, denn der Boden war voller Geröll. Die Steine rollten jeweils ins Wasser, und Jane sah abermals das Schauspiel der neu entstehenden Blüte und der Hand, die sie aus dem Wasser hob.

Zwischen Wasser und Weg befand sich ein schmaler Streifen, auf dem Jane Platz fand.

Hier blieb sie stehen.

Die vier Blutsaugerinnen umringten sie.

Jane sah die leichenhaften, blassen Gesichter und die gierigen Augen. Sie wußte, was ihr bevorstand.

Dabei waren diese Frauen hübsch. Als Lebende hätten sie alle Chancen gehabt, aber als lebendige Tote waren sie nur widerliche, rücksichtslose Bestien, die eine unerstättliche Gier auf das Blut der Menschen hatten.

Auch im Wasser herrschte Leben. Dort schien man zu spüren, daß ein neues Opfer kam.

Das Wasser begann zu brodeln. Es schlug Wellen, klatschte gegen die Felsen und rann Jane über die Füße. Die Blüten schaukelten vor und zurück. Zwei von ihnen blieben am Strand liegen. Sie wirkten wie weiße Kleckse auf den dunklen Felsen.

Aber nicht das brodelnde Wasser erschreckte Jane Collins, sondern etwas anderes.

Die Hände!

Fünf Klauen ragten aus dem Wasser. Von den erhobenen Fingern rann das Wasser hinab. Einige Blüten hingen auch an den Händen, und Jane sah ebenfalls die schlierenförmigen Gebilde, mit denen die Blüten untereinander verbunden waren.

Eine Hand schnellte vor und faßte nach Jane Collins' Kleid. Sie bekam den Saum zwischen die Finger und zerrte daran.

Die Detektivin riß beide Arme hoch. Sie zuckte zurück. So plötzlich und heftig, daß die Klaue sie losließ.

Grillo aber hatte seinen Spaß. »Sie warten schon auf dich, Süße! Ganz bestimmt!«

Jane schüttelte sich. Die Vorstellung, in dieses Wasser zu steigen, bereitete ihr Angst. Dort lauerten die Hände, um sie zu erwürgen, und die vier Blutsaugerinnen waren ebenfalls bereit, über sie herzufallen.

»Es reicht!« sagte Gabriel Grillo. »Geh jetzt endlich ins Wasser!«

Jane schritt vor.

Sie zitterte, als sie einen Fuß mit der Spitze zuerst auf den Boden setzte. Sie war vorhin etwas zurückgewichen, jetzt stieg sie in das Wasser hinein.

Schon als die Wellen zum erstenmal ihre Füße näßten, hatte sie sich gewundert, wie lau das Wasser war. Sie fror nicht, und der Schauer auf ihrem Rücken wurde nicht von der Kälte erzeugt, sondern von der Angst.

»Na los, weiter!« zischte Grillo, als er sah, daß Jane Collins zögerte.

Die Detektivin ging schneller. Schon umspülte das Wasser ihre Beine, näßte den Kleiderstoff und machte ihn schwer. Die Detektivin ging durch das feine Gespinst, das die Blüten zusammenhielt. Sie hielt sich kerzengerade, hatte den Kopf aufgerichtet, und niemand sah die Tränen, die an ihren blassen Wangen herabliefen.

Es war niemand da, der ihr half. Jane war völlig auf sich allein gestellt.

Vor sich sah sie die gewaltige Fläche des Sees. Aus dieser Perspektive kam er ihr unendlich groß vor, wie ein Meer, dessen Ende man nicht erkennen konnte.

Hinter ihr bewegte sich das Wasser. Ein Zeichen, daß die vier Blutsaugerinnen ebenfalls den See betreten hatten. Sie fächerten sofort auseinander, um Jane Collins in die Mitte zu nehmen.

Jane reichte das Wasser bereits bis an die Hüften. Blüten klatschten gegen ihr Kleid und blieben dort haften. Der Untergrund war weich und schlammig.

Plötzlich streifte etwas Kaltes an ihrem rechten Bein entlang. Unwillkürlich blieb Jane stehen, und ihr Mund öffnete sich zu einem Schrei, wobei jedoch kein Laut über die Lippen drang, denn eine der Vampirinnen preßte ihr von hinten die kalte Totenhand auf die Lippen.

Dann erhielt Jane einen Stoß.

Sie fiel nach vorn. Eine Hand griff nach ihrem Bein, packte es und zog es weg.

Jane Collins sah die Oberfläche des Sees auf sich zurasen und tauchte unter...

»Mann, das ist Jane Collins!« flüsterte ich.

»Du bist verrückt!« Suko war sofort neben mir und stellte sich auf die Zehenspitzen, so daß er etwas besser sehen konnte.

»Tatsächlich. Aber wie kommt sie hierher?« Er schaute mich an, als ob ich eine Antwort wüßte.

»Keine Ahnung. Das interessiert aber jetzt auch nicht. Wichtig ist, daß wir Jane zu Hilfe eilen, denn Bridge wollen die fünf bestimmt nicht spielen.«

»Sieben, du vergißt die Männer.«

Ich nickte. Fieberhaft dachte ich über einen Rettungsplan nach. Wir hatten einen Nachteil zu überwinden, denn wir befanden uns vom Felsenufer des Sees zu weit entfernt. Es hätte keinen Zweck gehabt, hinzulaufen.

Wenigstens nicht für beide.

Was also tun?

Suko erriet meine Gedanken. »Paß auf«, sagte er. »Ich laufe um den See herum. Versuche du, sie vom Wasser aus zu erreichen.«

»Ja, das ist es.«

Noch starteten wir nicht, denn wir sahen, daß man Jane nichts tat. Aber es schien so, das entnahmen wir den Bewegungen der Personen, daß die Detektivin ins Wasser sollte.

Dadurch würde mein Weg kürzer.

»Gib auf die Kleine acht«, sagte ich noch, zog meine Jacke aus, ließ sie in den Sand fallen und verschwand im Schilfgürtel.

Wie Suko schon festgestellt hatte, waren die Schilfrohre verdammt klebrig. Auch mich schienen sie mit langen Fingern festhalten zu wollen. Ich mußte zerren und reißen, um mich davon zu lösen. Allerdings konnte ich mir mit dem geweihten Dolch eine Bresche schlagen. Die Klinge kappte die Schilfrohre, als wären sie nur Strohhalme.

So kam ich gut voran.

Leider verdeckte mir der Schilfgürtel die Sicht auf Jane Collins. Ich sah sie erst wieder, als ich das Hindernis fast hinter mir hatte, und da befand sie sich bereits im Wasser.

Auch mir reichte es bis zur Hüfte. Vor mir lag jetzt die mit Blüten übersäte Fläche des Sees, während Jane Collins langsam in die Fluten schritt.

Ich ging auch. Hinter Jane sah ich diese vier Weiber, von denen ich annahm, daß es sich bei ihnen um Vampire handelte. Sie gingen ebenfalls in das Wasser, teilten sich jedoch hinter Janes Rücken sofort auf, um sie in einen Kreis nehmen zu können.

Plötzlich spürte ich an meinem linken Bein etwas Kaltes vorbeistreichen.

Ich zuckte zusammen, dachte an ein Tier, und im nächsten Augenblick tauchte eine Hand aus dem Wasser auf.

Eine kahle, graubraune, widerliche Hand, deren Finger zur Klaue gekrümmt waren.

Den Dolch hielt ich noch in der Hand. Damit stach ich blitzschnell zu.

Das Messer bohrte sich in den Handteller. Sofort verschwand die Klaue unter Wasser.

Ich ging weiter.

Als ich abermals einen Blick in Janes Richtung warf, sah ich sie schon bis zur Hüfte im Wasser stehen, und dann bewegte sich eine Untote auf sie zu und griff sie von hinten an.

In dem Augenblick hechtete ich vor. Den Griff des Messers nahm ich zwischen die Zähne und kraulte.

Meine Arme durchpflügten das Wasser. Gischt spritzte als perlender Bogen in die Höhe, und als ich abermals den Kopf aus dem Wasser hob, um nach Jane zu schauen, war sie verschwunden...

Das Wasser schlug über Jane Collins zusammen. Sie hatte die Lippen nicht rechtzeitig schließen können, und so drang etwas Wasser in ihren Mund und perlte auf der Zunge.

Jane schluckte es und stellte fest, daß das Wasser des Sees irgendwie süßlich schmeckte.

Fast wie Blut...

Aber das waren nur nebensächliche Gedanken. Wichtig erschien ihr eins: Weg von diesen vier verdammten Blutsaugerinnen, die, bevor sie Jane töteten, erst noch ein Spielchen mit ihr treiben wollten.

Die Detektivin war hineingetaucht in den geheimnisvollen See, dessen Wasser grünlich schimmerte. Schattenhaft und gespenstisch wirkten die Arme, die vom Grund des Sees hochwuchsen und langsam hin- und herschwenkten. Sie bewegten dabei ihre Hände und standen so dicht nebeneinander, daß es sich gar nicht vermeiden ließ, wenn sie hin und wieder über Janes Körper streiften.

Jane streckte sich und tauchte auf. Mit dem Kopf durchbrach sie das Gespinst der Algen, das die einzelnen Blüten untereinander festhielt.

Ihre langen Haare wirkten wie ein nasses Tuch, das bis hinunter zu den Schultern reichte.

Jane Collins schüttelte den Kopf und strich die Haare aus der Stirn. Gleichzeitig schaute sie sich in der näheren Umgebung um.

Die vier Vampirinnen fühlten sich tatsächlich im See wohl. Ihnen tat das Wasser nichts. Sie schwammen wie die Fische und hatten natürlich nur Jane Collins als Ziel.

Clarissa war der Detektivin am nächsten. Mit kraftvollen Zügen bewegte sie sich auf Jane zu, wobei sie den Mund geöffnet hatte, die langen Zähne zeigte und Jane anfunkelte. Es machte auch nichts, wenn Wasser in die Öffnung schwappte, die Vampirin trank es weg wie Blut.

Zwei Stöße, dann hatte sie Jane erreicht.

Die Detektivin wartete eiskalt ab. Die anderen drei Bestien befanden sich noch hinter Clarissa, und als diese zupacken wollte, tauchte Jane weg.

Die Vampirklauen griffen ins Leere. Jane schwamm unter der Blutsaugerin her und trieb beide Fäuste in deren Körper. Als Clarissa sich drehte, wühlte Jane ihre Finger in deren schwarze Haarflut und zog die Bestie unter Wasser.

Sie sah das Gesicht der Vampirin dicht vor sich. Durch das Wasser schimmerte es weißlich-grün, eine regelrechte Leichenfarbe. Die Untote hatte den Mund aufgerissen. Das Wasser drang hinein, und zwischen den Lippen quoll eine Luftblase hervor.

Jane Collins stützte sich an Clarissas Körper ab und schwamm nach oben. Sie durchstieß mit dem Kopf die Oberfläche und sah dicht vor sich die zweite Untote.

Es war Mary.

Die Bestie hob ihren Arm und klatschte Jane Collins die Hand ins Gesicht.

Bevor sie mit der zweiten Hand zugreifen konnte, hatte Jane sie an den Wangen gepackt und den Kopf unter Wasser gedrückt. Sie selbst warf ihren Körper nach vorn, das Wasser gischte auf, als Janes Kraulschläge es durchpflügten, doch die Vampirinnen hatten jetzt erkannt, wie ernst der Fluchtversuch ihres Opfers war.

Entkommen lassen wollten sie Jane auf keinen Fall.

Sie stießen mit ihren Köpfen an die Oberfläche, warfen sich nach vorn und schwammen los.

Diese Bestien hatten Jane gegenüber einen großen Vorteil. Sie konnten bis in alle Ewigkeit schwimmen, ohne daß ihre Kräfte erlahmten. Da waren sie wie Roboter.

Jane Collins riskierte noch einen Blick zurück. Die vier bewegten sich etwa fünf Yards hinter ihr.

Sie schwammen in einer Reihe. Und jede von ihnen war gleich schnell. Keine übernahm die Führung. Jane erkannte mit Schrecken, daß die Blutsaugerinnen sogar aufholten, deshalb verdoppelte sie ihre Anstrengungen.

Jane Collins kraulte um ihr Leben.

Aber da waren nicht nur die Vampire, die eine Gefahr darstellten, sondern auch der geheimnisvolle Tang, der dicht unter der Oberfläche schwamm und die Blüten zusammenhielt. Er wickelte sich um Janes Arme, ebenso wie die Beine, zerrte und zog und behinderte sie beim Schwimmen, so daß auch der größere Kräfteaufwand nichts nutzte. Sie wurde zwangsläufig langsamer.

Hin und wieder sah Jane die Klauenhände, wenn sie die Oberfläche durchbrachen und dicht vor ihrem Kopf erschienen. Sie mußte sie jedesmal zur Seite schlagen, was sie wiederum aufhielt.

Die Blutsaugerinnen holten auf!

Jane überlegte, wo sie hinkraulen sollte. In der Länge konnte sie den See nicht durchqueren, also mußte sie nach rechts schwimmen, wo ein dichter Schilfgürtel vor dem Ufer lag.

Jane änderte die Richtung.

Hoch warf sie ihren Körper aus dem Wasser. Ihre Arme arbeiteten mit dem Rhythmus eines Uhrwerks. Sie schluckte Wasser, hustete, keuchte, aber sie kämpfte.

Und plötzlich weiteten sich ihre Augen. Jane Collins hatte kurz vor dem Schilfgürtel eine Gestalt entdeckt, die genau auf sie zuschwamm.

Noch ein Gegner?

Und da hörte Jane Collins die Stimme und glaubte, zu träumen.

Die Distanz war zu groß.

Ich konnte Jane Collins nicht erreichen, bevor die vier Vampirinnen sie in den Klauen hatten.

Gab es überhaupt noch eine Chance?

Kaum, aber ich hatte noch nie aufgegeben, solange noch ein winziger Hoffnungsschimmer vorhanden war.

Das Wasser spülte über meinen Kopf, drang auch in die Augen und legte einen milchigen Schleier vor die Pupillen. Deshalb konnte ich oft nicht sehen, wie es Jane erging.

Als ich dann meinen Körper aus dem Wasser hob, sah ich sie.

Jane kämpfte verzweifelt gegen die Blutsaugerinnen, tauchte unter und erschien wieder.

Mir fiel ein Stein vom Herzen.

Jane Collins schwamm weiter, in meine Richtung und auf das Ufer zu.

Aber die verdammten Vampirinnen waren stärker. Sie holten auf. Yard für Yard.

Ich schwamm Jane entgegen.

Wer war schneller?

Die Blutsauger – ja, verdammt, sie würden Jane vor mir eingeholt haben.

Ich kämpfte verbissen und war trotzdem nicht schnell genug. Die dicht unter der Oberfläche schwimmenden Lianen hinderten mich, sie drosselten meine Geschwindigkeit. Auch die Hände wollten mich aufhalten, wenn sie aus dem Wasser tauchten.

Ich schlug sie zur Seite.

Weiter, nur weiter...

Jane Collins hatte die Richtung geändert. Sie hielt direkt auf das Ufer zu und verkürzte damit die Distanz erheblich.

Hatte sie mich gesehen?

Ich wußte es nicht und hatte auch nichts bemerkt. Deshalb schrie ich laut ihren Namen.

Noch etwa zwanzig Yards trennten uns.

Und wieder brüllte ich.

»Jane! Jane!«

In diesem Augenblick hatte die erste Untote die blonde Detektivin erreicht...

Suko hatte gewartet, bis ich im Wasser verschwunden war. Am liebsten wäre er selbst mitgeschwommen, aber er wußte genau, daß am Ufer noch zwei Typen lauerten, die unbedingt ausgeschaltet werden mußten.

»Wo gehen wir denn hin?« fragte Julie.

»Zu den beiden Männern.«

»Mr. Grillo?«

Suko nickte. »Ja, der ist auch dabei.«

»Hast du denn keine Angst?« erkundigte sich die kleine Julie und schaute Suko groß an.

»Nein, warum?«

»Wenn die Männer doch böse sind.«

»Ich werde schon auf dich achtgeben«, versprach der Chinese, bückte sich, packte das Mädchen und hob es hoch. Mit Julie auf dem Arm lief er am Ufer entlang und schärfte ihr Verhaltensregeln ein.

»Auf jeden Fall mußt du dich verstecken«, sagte er immer wieder. »Wenn es soweit ist, hole ich dich.«

Julie nickte ernst.

Suko schaute sich bereits nach einem Versteck um. Er sah links, wo der Hang begann, ein Gebüsch, das einen sicheren Schutz gegen fremde Blicke bot.

Dort setzte er Julie ab.

»Und rühr dich nicht von der Stelle«, schärfte er ihr ein. »Versprichst du mir das?«

»Ja, Suko.«

»Dann ist es gut.« Der Chinese lächelte und verschwand.

Geduckt hastete er weiter. Er wollte auf keinen Fall riskieren, daß ihn die Kerle zu früh entdeckten. So etwas konnte böse ins Augen gehen.

Zum Glück warteten die beiden Kerle am Ufer des Sees. Sie standen auf der schmalen Felsplatte und schauten zu, wie Jane Collins vor den Vampirinnen floh. Für ihre unmittelbare Umgebung hatten sie keinen Blick übrig.

Sie fühlten sich verdammt sicher.

Suko hatte es gelernt, sich lautlos zu bewegen. Im Schutze des Hangs arbeitete er sich voran und lächelte schmal, als die ersten Felsen vor ihm hochwuchsen.

Er wollte die beiden Kerle nicht frontal angreifen, sondern sich in ihrem Rücken anschleichen.

Suko kletterte in die Felsen. Sich lautlos zu bewegen war eine verflixt schwierige Aufgabe, denn die Steine unter seinen Füßen waren oft locker und brachen leicht aus dem Gefüge. Der Chinese mußte sich Zoll für Zoll vortasten und jedesmal den Weg mit beiden Händen vorsichtig abtasten.

Nach wenigen Minuten hatte er es geschafft und befand sich nun im Rücken der beiden Männer.

Suko hockte erhöht. Auf einer schmalen Plattform, die unterhalb der Außenkante schräg wegknickte und schon einige Risse zeigte. Von dieser Stelle aus konnte Suko auch auf den See blicken. Er sah, wie Jane Collins um ihr Leben schwamm, und er entdeckte auch mich, wie ich im schrägen Winkel auf Jane zukraulte.

Doch auch die beiden Männer hatten Augen im Kopf.

Suko hörte deutlich, wie der kleinere der Männer einen wilden Fluch ausstieß. »Verdammt, da ist einer!«

Der größere schaute seinen Kumpan an. »Soll ich hinschwimmen?«

»Ja. Kill ihn, Gorman!«

Der Affenmensch zog sein Messer und klemmte sich den Griff zwischen sein Gebiß.

Er gab seinem Körper Schwung, um in den See zu hechten.

»Beeil dich!« zischte Grillo nervös.

Da ließ sich Suko fallen!

John! Mein Gott, das ist Johns Stimme! schrie es in Jane Collins. Sie dachte nicht darüber nach, wie der Geisterjäger hier in dieses Land gekommen war, für sie zählte nur, daß jetzt Rettung nahte.

Aber reichte die Zeit noch?

Denn in diesem Moment griff die erste Untote zu. Eine kalte Totenhand umkrallte Janes linken Fußknöchel, und ihre wilden Schwimmbewegungen wurden gestoppt.

Jane wurde in die Tiefe gezogen.

Von der Seite her schwamm Janine heran. Mit den Beinen stieß sie sich ab, die Arme hatte sie vorgestreckt, die Hände zielten nach Janes Hals. Sie wollte der Detektivin die Luft abdrücken, doch Jane erkannte die Gefahr und rollte sich zur Seite, so daß die zupackenden Klauen sie verfehlten.

Mit dem freien Fuß trat die Detektivin gleichzeitig so hart aus, daß sie die hinter ihr schwimmende Blutsaugerin im Genick traf.

Der Fuß kam frei.

Jane Collins schoß an die Oberfläche. Weit riß sie den Mund auf, schnappte nach Luft und sah durch den Wasserschleier meine Gestalt auf sich zuschwimmen.

»Jane!« brüllte ich und warf meinen Körper nach vorn. »Nimm den Dolch, Jane!«

Ich war plötzlich bei ihr, nahm die Waffe und drückte Jane den Griff in die Hand.

Gerade noch rechtzeitig, denn zwei Blutsaugerinnen zerrten Jane in die Tiefe, während sich die anderen beiden um mich kümmerten.

Jane zog ihren Oberkörper zusammen, vollführte eine Rolle nach vorn und hieb mit dem Dolch zu.

Obwohl das Wasser stark bremste, fand die Klinge doch ihr Ziel. Sie senkte sich in Clarissas Rücken.

Schwarzes Blut quoll aus der Wunde und breitete sich im Nu zu einer Wolke aus. Der Zug an Janes rechtem Fuß ließ nach.

Aber noch umklammerte die zweite Bestie ihren Fuß, und die ließ nicht los. Sie zerrte wild, war nicht zu halten und wollte Jane in die Tiefe reißen.

Die Luft wurde der Detektivin knapp. Zweimal stach sie mit dem Messer zu, und beide Male verfehlte sie, während die von ihr getroffene Untote langsam verging und deren Überreste davongeschwemmt wurden.

Doch Jane hatte Glück.

Um an das Blut des Opfers gelangen zu können, mußte die Untote höher und geriet dabei zwangsläufig in den Stoßkreis des geweihten Silberdolches.

Es war Jessica, ausgerechnet das Mädchen, das Jane suchen sollte. Sie ließ den Fuß plötzlich los und torpedierte sich nach oben, um an Janes Hals zu gelangen.

Jetzt hätte die Detektivin die Chance gehabt, doch sie war zu schwach, um zuzustoßen. Jane mußte erst auftauchen. Sie mußte Luft holen.

Zwei Beinbewegungen brachten sie an die Oberfläche, wo sie gierig die Luft einsaugte. Der Sauerstoff tat ihr gut, er war ein belebender Balsam für die malträtierten Lungen.

Neben Jane Collins schäumte und gischtete das Wasser, wo ich gegen zwei Blutsaugerinnen kämpfte.

Und die dritte tauchte neben der Detektivin auf. Es war ein schauriges Bild, wie sie Jane anstarrte. Ihr Gesicht mit dem weit aufgerissenen Mund schien auf den Wellen zu tanzen. Fauchlaute drangen Jane Collins entgegen, dann ein wildes Kreischen, als sich Jessica auf sie zuwarf.

Jane zog den geweihten Dolch von unten nach oben. Sie hielt dabei ihren rechten Arm unter Wasser, spürte den kurzen Widerstand und sah, wie die Untote ihre Augen weit aufriß. Ein fürchterlicher Schmerz mußte sie zerreißen, die Kraft des Guten tötete ihre schwarze Seele.

Jane zog das Messer wieder heraus, und gleichzeitig quoll die dunkle Blutwolke hoch. Sie trübte in der unmittelbaren Umgebung das Wasser.

Jessica sackte ab. Das Wasser schlug dort zusammen, wo sich eben noch ihr Kopf befunden hatte.

Die Untote existierte nicht mehr.

Aus – vorbei...

Ich aber hatte noch zu kämpfen. Unter Wasser war meine Beretta wertlos, und da ich Jane meinen Dolch gegeben hatte, mußte ich mich mit dem Kreuz verteidigen.

Die beiden Blutsaugerinnen verstanden ihr Handwerk, hatten allerdings eine ungeheure Angst vor dem Kreuz, denn sie trauten sich nie nahe an mich heran.

Wie die Katzen um den heißen Brei streichen, so schwammen sie um mich herum.

Lauernd und von der Gier besessen.

Ich gab höllisch acht, trat Wasser und hielt mein Kreuz immer so, daß sie es auch sahen.

Ein paar Sekunden vergingen, dann riskierte ich einen Angriff. Vielleicht hatten die Blutsaugerinnen damit gerechnet, doch nicht, daß er so überraschend kommen würde.

Urplötzlich schoß ich vor. Mein Kreuz hielt ich in der rechten Hand, und bevor die Untote vor mir noch wegtauchen konnte, hatte ihr ich das geweihte Kruzifix genau auf das Gesicht gepreßt.

Ein grauenhafter Schrei röhrte in meinen Ohren. Als ich das

Kreuz wieder wegzog, sah ich den Abdruck auf der dünnen Haut, wo an einigen Stellen sogar die Knochen durchschimmerten.

Während dieser Attacke hatte ich nicht auf die andere Blutsaugerin achten können. Auf einmal spürte ich ihre Hände in meinem Nacken. Die kalten Finger drückten meinen Kopf unter Wasser. Ich trat mit den Beinen nach ihr, traf auch, wühlte aber zumeist nur Wasser auf.

Die Untote mit dem Stigma des Kreuzes im Gesicht heulte vor Schmerzen, während die zweite mir an die Kehle wollte. Die Hände wanderten auf meinem Rücken weiter, näherten sich bereits gefährlich meinem Nacken, als ich den Kopf nach vorn drehte und dabei in eine Rolle ging.

Ich kam frei.

Wieder drehte ich mich. Diesmal unter Wasser, und da sah ich den Körper dicht über mir.

Meine Chance.

Die rechte Hand wuchtete ich vor, und ich traf mit dem Kreuz die Untote in der Körpermitte.

Die begann im selben Augenblick um sich zu schlagen wie ein Fisch an der Angel. Schwer verletzt ließ sie von mir ab. Ich tauchte sofort auf.

Da sah ich Jane. Sie schnappte nach Luft, entdeckte mich und keuchte: »Tot, sie sind beide tot.«

»Das Messer!«

Jane gab es mir.

Ich wollte den beiden Untoten den Rest geben und auch ihre Leiden abkürzen.

Sie schwammen dicht nebeneinander. Wenn ihre Köpfe über Wasser schaukelten, vernahmen wir die grauenvollen Schreie.

Ich glitt auf die Untoten zu.

Zweimal blitzte mein Dolch auf, und beide Male traf ich haargenau ins Herz.

Letzte Schreie, Gurgeln – dann nichts mehr.

Die Vampire versanken im Wasser.

Geschafft!

Es fehlte mir der Mut, aufzuatmen, denn noch wußte ich nicht, was mit Suko geschehen war...

Wie ein Rammbock krachte der Chinese in Gormans Nacken. Der Affenmensch wurde von diesem Angriff völlig überrascht, fiel nach vorn und schlug mit dem Gesicht gegen einen Felsen.

Er heulte wie ein hungriger Wolf. Dabei warf er sich sofort herum, und es gelang ihm, Suko von seinem Rücken zu schleudern.

Sofort sprang er auf.

Grillo war bei Sukos Attacke zurückgewichen. Seine Augen waren angstgeweitet, er konnte nicht sprechen, der Schreck hatte ihm die Kehle zugeschnürt.

Gorman zog sein Messer blitzschnell aus der Scheide. Zwei Schritte Entfernung nur trennten die beiden Feinde.

Gormans Gesicht war blutverschmiert. Es bot einen grauenhaften Anblick. Aus dem Stand hechtete Gorman vor.

Der Affenmensch war schnell, sehr schnell sogar, aber er wußte nicht, daß Suko ein Karatefighter war. Als die mörderische Klinge auf ihn herabsauste, riß er seinen rechten Arm hoch, parierte den Stoß und trat Gorman gleichzeitig die Füße weg.

Wieder fiel der Kerl. Aber er hatte das Messer nicht losgelassen und selbst diesen Konterschlag verdaut.

Unheimlich...

Gorman saß noch, als er die Klinge gedankenschnell drehte und sie wieder zwischen Daumen und Zeigefingerspitze nahm.

Suko sah die Bewegung und reagierte richtig.

Er zog die Pistole.

Gorman schleuderte die Waffe, er wollte das Messer in Sukos Brust wuchten...

Der Chinese feuerte.

Die Kugel war schneller. Gorman spürte den harten Einschlag in seiner Brust und wurde zurückgeworfen. Das Messer geriet etwas aus der Richtung und pfiff schräg an Sukos Kopf vorbei in den Nachthimmel. Irgendwo klatschte es dann in den See.

Gabriel Grillo sah ein, daß er verloren hatte. Er griff zur letzten Chance.

Flucht.

Drei Schritte kam er weit, da hatte ihn Suko im Genick. Ein Schlag mit der linken Hand reichte. Grillo meldete sich für die nächsten zwei Stunden ab.

»Suko! Suko!« Der Chinese hörte Julies Stimme und sah das Mädchen auf den Felsen.

»Bleibst du wohl da!« rief er.

»Aber ich finde dich so toll!« Die Kleine ließ sich fallen, und Suko fing sie auf.

Arm in Arm fanden wir die beiden vor.

Jane meinte: »Wenn das keine Liebe ist...«

»So etwas hat mir Shao erlaubt«, erwiderte Suko.

Und Julie sagte: »Wenn ich erst groß bin, dann heirate ich Suko. Er ist nämlich soooo stark...«

Von Mandragoro sahen wir nichts. Ich wollte ihm auch nicht begegnen, denn dieses Land wollten wir so rasch wie möglich verlassen. Wir gingen den normalen Weg zurück, und es gab auch keine Schwierigkeiten, als wir das Tor durchquerten.

In unserer Welt war es Nacht.

Plötzlich gingen auch die Uhren wieder.

Genau Mitternacht.

Da geschah das Seltsame. Plötzlich erschien dort, wo die Tür im Felsen war, ein silberner Schimmer, und im nächsten Augenblick war sie verschwunden.

»Die sieben Tage sind vorbei«, sagte Suko.

Ich stimmte ihm zu.

Jane hatte mir auf dem Weg alles erzählt, während Suko auf Gabriel Grillo achtete. Dann fanden wir den Toten.

Erschüttert blieben wir neben der Leiche des Bürgermeisters stehen. »Dafür werden Sie büßen müssen«, machte ich Grillo klar.

»Ich habe ihn nicht umgebracht!« kreischte er.

Das stimmte sicherlich, aber den toten Gorman konnten wir nicht zur Verantwortung ziehen.

Niemand im Dorf war zu Bett gegangen. Als die Menschen Julie sahen, brach ein Jubelsturm los, der jedoch abrupt endete, als sie in dem Toten ihren Bürgermeister erkannten.

Zusammenhänge erklärten wir nicht. Suko lieferte Julie bei ihren Eltern ab, während ich mit Tom Bridger am Hubschrauber wartete.

Wenig später flogen wir bereits auf London zu. Der Pilot drehte noch eine Schleife über dem Dorf, und an einem Dachfenster stand ein kleines Mädchen und winkte.

Julie...

Sie würde ihren großen Beschützer Suko wohl nie vergessen.

ENDE

Der Leichenbrunnen

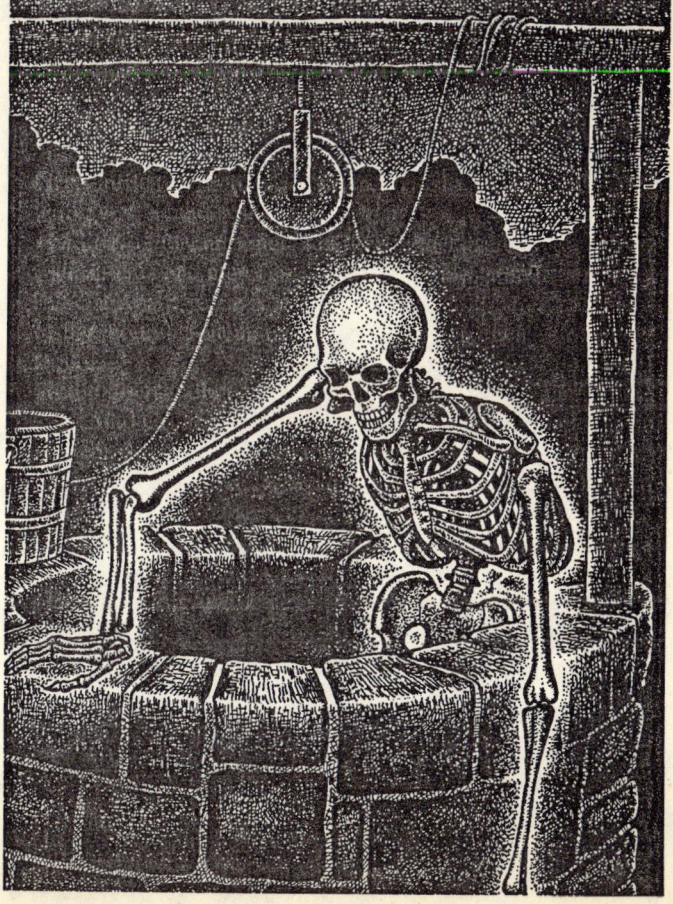

Der schwarze Cora hatte Angst – Todesangst!

Den Häschern des Grafen war sie entkommen, doch nun stand er vor ihr, der Mann, den alle fürchteten. Baxman, das Ungeheuer.

Der Herr über den Leichenbrunnen. Sein Gesicht war eine von unzähligen Pusteln bedeckte Fratze. Sein muskulöser Körper steckte in Lumpen. Um die Hüfte hatte er sich ein Tierfell geschlungen, und mit beiden Händen hielt er sein Mordinstrument umklammerrt, für das er berüchtigt war.

Die Axt!

»Habe ich dich, du schwarze Hexe«, keuchte er und stierte die schöne Cora an.

Ja, sie war wirklich ein hübsches Mädchen. Schwarz wie das Gefieder eines Raben war ihr Haar. Die Figur biegsam und schlank, die Brüste fest, aber nicht zu groß, und die Haut leicht gebräunt.

»Du wirst im Leichenbrunnen verrecken!« keuchte Baxman. »So wie die anderen. Ob Mann oder Frau, das ist mir egal. Sterben werdet ihr. Alle. Wer zu Baxman kommt, der ist verloren. Der Teufel freut sich schon auf deine Seele.« Er kicherte hohl.

Cora wich zurück. »Gnade«, flehte sie. »Habt Erbarmen, Herr. Ich bitte Euch...«

Baxman schüttelte den Kopf. »Nichts da. Der Teufel braucht wieder Nachschub und mein Brunnen auch!«

Mit einem gewaltigen Sprung war er bei ihr.

Cora wich zurück. Doch schon nach einem Schritt stieß sie gegen die Brunnenmauer.

Und dann blitzte die Axt.

Mit beiden Händen hielt Baxman sie umklammert. Er schlug zu wie ein Wahnsinniger und schrie dabei mit sich überschlagender Stimme.

Als er aufhörte, keuchte er laut. Dann packte er den reglosen Körper und warf ihn in den Leichenbrunnen, wo auch schon die anderen lagen...

Baxman ging zurück in seine Hütte. Er lachte und kicherte. Sie sollten nur kommen. Alle sollten kommen. Er würde es ihnen zeigen. Den Häschern des Grafen ebenso wie den Popen und Bauern. Er, Baxman, war unbesiegbar.

Hart warf er die Holztür ins Schloß. Die Axt stellte er in ein Gefäß mit Wasser, damit sie gereinigt wurde. Die Blutspritzer auf seiner Kleidung störten ihn nicht weiter.

Er schob den Vorhang zur Seite und betrat den einzigen Raum. Dort befanden sich der alte Tisch, die aus den rohen Balken zusammengezimmerte Bank und das Schlaflager. Letzteres bestand nur aus Fellen, die Baxman übereinandergelegt hatte. Mittlerweile stanken sie schon.

Aus dem Regal holte er die Flasche. Den Alkohol brannte er meistens selbst. Ein paar volle Flaschen existierten noch. Eine nahm er sich vor.

Nach jedem Mord machte er das so. Dann soff er eine Flasche bis zum Grund leer, und der scharfe Schnaps warf ihn nicht einmal um. Er ließ ihn nur träge werden und verdrängte die manchmal trüben Gedanken.

Den Korken zog er mit den Zähnen heraus und spie ihn kurzerhand auf den schmutzigen Boden. Dann hob er die Flasche an, setzte die Öffnung an die Lippen und trank.

Das scharfe Zeug rann durch seine Kehle.

Anschließend rülpste er satt und ließ seinen Oberkörper nach vorn auf die Tischplatte fallen. Die Flasche war nur noch halbvoll.

Er war auf einmal müde und wollte nur schlafen. Dieses verdammte Leben machte so müde, er hatte überhaupt keine Lust mehr. Wie von selbst fielen ihm die Augen zu.

Sekunden später war er fest eingeschlafen.

Die Zeit verging. Draußen wurde es dunkel. Wind kam auf, fuhr über die alte Brunnenwinde und ließ sie knarren. Der Ledereimer schwankte hin und her. Das Blut der Toten war längst im Boden vertrocknet. Nichts mehr wies auf den grausigen Mord hin.

Es wurde immer dunkler. In den tiefen Wäldern der Grafschaft lastete das Schweigen. Die Luft kühlte ab. Von den kleinen Bächen stiegen Nebelschwaden auf. Hin und wieder raschelte es im Unterholz, wenn die Tiere der Nacht auf Beutesuche gingen.

Aber es waren auch ein paar Männer aus dem nahegelegenen

Dorf unterwegs, unter ihnen ein Pfarrer. Sie hatten sich endlich entschlossen, dem Treiben des Mörders ein Ende zu setzen. Lange genug hatte es gedauert, bis sie sich entschlossen, Baxman endlich zu stellen.

Den Pfarrer hatten sie mitgenommen, weil der Mörder angeblich mit dem Teufel im Bunde stand. Das Kreuz sollte mithelfen, ihn zu vernichten.

Auf verschlungenen Pfaden näherten sich vier Männer der Hütte, die weitab der Überlandstraßen lag. Baxman lebte dort als gefährlicher Einsiedler, der seinen Lebensunterhalt mit dem Verkauf von Holzkohle verdiente.

Für das Geld besorgte er sich dann Schnaps und Brot.

Die Männer sprachen kein Wort. Jeder wußte um seine Aufgabe. Sie wollten einen Mord begehen, doch sie waren sicher, daß dies kein normaler Mord war, sondern eine Bestrafung. Zuviel hatte Baxman bereits auf dem Gewissen.

Wie oft waren Menschen aus der unmittelbaren Umgebung verschwunden. Es machte das Gerücht die Runde, daß diese Opfer tief im Leichenbrunnen lagen, der längst kein Wasser mehr führte. Und wenn, dann war es vergiftet.

Die Hütte lag auf einer Lichtung. Nicht weit entfernt wand sich ein schmaler Pfad durch den Wald. Aus diesem traten die vier Männer mit dem Pfarrer an der Spitze.

Von ihrem Standpunkt aus konnte man bei Tageslicht die Hütte schon sehen, doch jetzt war es dunkel.

Der Einsiedler liebte die Finsternis, kein Licht schimmerte, hinter den Fensterlöchern war es dunkel.

»Ob er schläft?« wisperte der jüngste Mann. Er war gerade 20 geworden und hatte seine Freundin auf rätselhafte Art und Weise verloren. Man nahm an, daß sie im Leichenbrunnen lag.

Deshalb steckte der junge Mann voller Rachegedanken. Er wollte diesen Baxman tot sehen.

Die vier Männer wurden jetzt noch vorsichtiger. Bevor sie einen Schritt machten, suchten sie den Boden ab. Wenn irgendwelche Hindernisse dort lagen, räumten sie sie aus dem Weg.

Das hohe Gras knickte unter ihren Schuhen. Es war feucht, denn ganz in der Nähe befand sich ein Sumpfgebiet, dessen Ausläufer bis zum Wald reichten.

Sie näherten sich der Hütte von der Rückseite. Ein Uhu flatterte hoch. Sie hatten ihn durch ihre Bewegungen aufgeschreckt.

Der Jüngste hatte jetzt die Spitze übernommen. Er konnte es kaum erwarten, bis er dem Feind gegenüberstand. Lionel Finch spürte einen unsagbaren Haß in sich. Am liebsten hätte er sich auf den Köhler gestürzt und ihn getötet, aber er wußte auch, daß unüberlegtes Handeln lebensgefährlich sein konnte, deshalb hielt er sich zurück und blieb bei den anderen.

Schon sahen sie die Umrisse des windschiefen Baus. Da war aber auch nichts gerade. Selbst das Dach kippte nach einer Seite weg, ebenso der Schornstein. Er ragte wie ein abgebrochener Zeigefinger aus den bemoosten Schindeln.

Die letzten Yards war Finch nicht zu halten. Geduckt stürmte er vor und ging unterhalb des schmalen Rückseitenfensters in die Knie.

Die anderen warteten noch, sie ließen Finch gewähren.

Der junge Mann nahm seine Mütze ab. Das hellblonde Haar leuchtete. Vorsichtig schob sich Lionel Finch höher. Mit einem Auge schielte er über die nur noch zur Hälfte vorhandene Fensterbank in das Innere der Hütte.

Sehen konnte er nichts. Die Scheibe war zu schmutzig. Auch als er mit der Hand darüberwischte, wurde es nicht besser. Der Dreck klebte von innen.

Lionel winkte den anderen.

Sie huschten herbei und gingen neben ihm in die Knie.

»Ist er da?« wisperte der Pfarrer.

Lionel Finch hob die Schultern. »Ich hoffe es.«

»Was heißt das?« fragte ein dunkelhaariger stämmiger Mann, der zwei große Messer trug.

»Ich kann nichts sehen.«

»Dann stürmen wir doch diese verdammte Hütte«, schlug der Stämmige vor, und die anderen nickten beifällig.

Sie überprüften ihren Waffen. Messer, Schwerter, Säbel und einen Schädelbrecher – das mußte reichen. Zudem besaß der Pfarrer noch das goldene Kreuz.

»Packen wir diesen Galgenstrick!« sagte der Stämmige und marschierte los.

Lionel Finch bemühte sich, an seiner Seite zu bleiben. Er wollte keine Sekunde versäumen. Der Mörder sollte endlich bestraft werden.

Die Tür war verschlossen, bildete trotzdem kein Hindernis für die Männer, denn mit zwei wuchtigen Tritten wurde sie eingetreten. Die Tür flog dabei aus den Angeln und krachte zu Boden, wo der Staub als eine dichte Wolke hochwallte.

Lionel riß den Vorhang zur Seite, dann stürmten die Männer in den Wohn- und Schlafraum der Hütte.

Baxman schlief.

Die Flasche hatte er im Schlaf umgestoßen. Sie lag auf dem Tisch. Der Rest des scharfen Alkohols war ausgelaufen und bildete auf dem Boden eine Lache.

Eigentlich hätte der Kerl aufwachen müssen, doch selbst das Krachen der Tür störte ihn nicht.

Der Stämmige griff zur Radikalmethode. Seine Finger wühlten sich in Baxmans schmutziges Haar und rissen den Kopf zurück. Mit einem schnellen Griff zog der Mann sein Messer und setzte dem Schlafenden die kalte Klinge gegen die Kehle.

Das half.

Baxman wurde wach.

Verwirrt schlug er die Augen auf, sah die Männer, die ihn eingekreist hatten, und zuckte zusammen, als er auf die blanke Klinge des Messers starrte.

»Beweg dich nicht, du Hundesohn«, zischte der Stämmige, »sonst töten wir dich sofort.«

Baxman saß still. Er hatte seine schwieligen Hände flach auf die rauhe Tischplatte gelegt. Er atmete nur durch die Nase, die Augen waren verdreht.

Schweigen lastete über dem Raum. Der Pfarrer trat etwas zur Seite, damit Baxman das goldene Kreuz sehen konnte, doch er zeigte keine Reaktion.

Schließlich fragte er: »Was... was wollt ihr von mir?«

»Kannst du dir das nicht denken?« schrie Lionel Finch ihn an. »Du verfluchter...«

»Hör auf«, sagte der Pfarrer. »Versündige dich nicht durch dein Fluchen.«

Als nächstes sprach der Stämmige. »Du hast getötet, Baxman.

Nicht nur einen Menschen, sondern mehrere. Du hast sie ermordet und in deinen Brunnen geworfen. Stimmt es?«

»Nein!« keuchte Baxman. »Ihr irrt euch. Ich habe nichts dergleichen getan. Ich schwöre...«

»Bei wem schwörst du? Bei Gott oder beim Teufel?« rief der Pfarrer schneidend.

Baxman verstummte.

»Sag es!« zischte Finch. »Raus damit!«

»Beim...« Baxman holte tief Luft. »Ich schwöre beim... Teufel!«

Nach seinen Worten war es still. Aber nur wenige Herzschläge lang. Dann schrie Lionel Finch auf. »Da seht ihr es. Er hat beim Teufel geschworen, er ist ein Diener des Satans!« Er schaute den Pfarrer an. »Was sagen Sie dazu?«

Der Pfarrer nickte bedächtig.

»Dafür gibt es nur eine Strafe«, fuhr Lionel fort. »Den Tod!«

»Aber ich habe nicht gemordet!« kreischte Baxman. »Ich habe nichts getan!«

»Und woher stammt das Blut an deinen Händen?« erkundigte sich der Pfarrer leise.

Baxman rollte mit den Augen und schaute auf seine Finger. »Ich weiß es nicht...«

Der Stämmige nahm das Messer von der Kehle weg und drehte die Klinge, so daß die Spitze auf Baxmans Gesicht wies. »Weißt du es wirklich nicht?«

»Ja ja, jetzt fällt es mir wieder ein.«

»Und?«

»Ich habe einen Hasen geschlachtet.«

Die vier Männer lachten, was bewies, daß sie dem Kerl kein Wort glaubten.

»Nein!« knirschte der Pfarrer. »Das ist Menschenblut. Und Gott wird dich strafen!«

Der Stämmige griff ein. Mit der freien Hand packte er Baxmans Schulter und schleuderte den Mann vom Stuhl. Schwer fiel er zu Boden.

»Komm hoch!«

Baxman gehorchte.

Wankend blieb er stehen. Sein Blick glitt von einem zum anderen. Angst flackerte in seinen Augen. Er merkte, daß er von den vier Häschern keine Gnade zu erwarten hatte.

Aber hatte er Gnade gekannt?

Nein! Und deshalb würde er seine Strafe erhalten. Die Gesetze in dieser Zeit waren hart, sehr hart sogar.

»Geh raus!«

Baxman drehte sich. Zwei Männer traten zur Seite, damit er eine Lücke fand und zur Tür gehen konnte. Er schritt hindurch, und die Verfolger blieben dicht hinter ihm, wobei Baxman hin und wieder die Messerspitze im Rücken spürte.

Er hatte gewußt, daß es einmal so kommen würde. Lange genug hatten die anderen seinem Treiben zugesehen. Jetzt kam es darauf an, wie der Satan reagierte. Ob er seine Opfer angenommen hatte und ihn belohnen würde.

Wenn er ganz genau darüber nachdachte, so hatte er vor dem Tod keine große Angst – er war nur neugierig, ob der Plan nun endlich aufging oder nicht.

Vor dem Brunnen mußte er stehenbleiben.

»Dreh dich!« befahl der Stämmige.

Baxman gehorchte.

Wie eine Wand standen sie vor ihm. Die drei Dörfler und der Priester. Letzterer hielt das goldene Kreuz, es stammte noch aus der Hochblüte des Rittertums, die bereits einige hundert Jahre zurücklag.

Baxman senkte den Blick. Er wollte das Kreuz nicht ansehen, es bereitete ihm Unbehagen.

»Hast du noch einen Wunsch?« fragte der Priester.

»Ja.«

»Dann rede!«

»Ich hoffe, daß der Teufel mich und meine Seele annimmt. Wenn er es tut, wird irgendwann die Zeit kommen, wo eure Nachfahren das bereuen, was ihr getan habt.«

»Er redet Unsinn!« zischte Lionel Finch und zog sein Schwert.

Der Pfarrer nickte.

Die Männer stießen zu. Auf dieses Zeichen hatten sie nur gewartet. Weit riß Baxman die Augen auf, ein Blutfaden rann aus seinem rechten Mundwinkel, dann brach er zusammen.

Tot...

»Gott verzeih uns«, flüsterte der Pfarrer und wandte sich ab.

Die übrigen drei Männer hievten die Leiche hoch und kippten sie in den Brunnen.

Dann geschah etwas Schreckliches.

Der Tote hatte den Grund noch nicht erreicht, als ein markerschütternder Schrei aufklang.

Er drang aus dem Brunnen und fegte als hohles Echo aus der Öffnung.

»Aber er war doch tot«, flüsterte der Stämmige.

Die anderen nickten, und Lionel Finch sagte: »Lieber Gott, was haben wir getan...?«

Diese Tat geschah im Jahre 1651, zwei Jahre nach Beendigung des zweiten Englischen Bürgerkriegs und der Enthauptung König Karls I. zu Whitehall. Von Baxman hörte man nie wieder etwas.

Doch über dreihundert Jahre später lüftete der Leichenbrunnen sein grauenvolles Geheimnis...

Die Wände waren lindgrün tapeziert, die Sitzmöbel bestanden aus Holz und beigefarbenem Leder, das ausgezeichnet mit dem Teppich harmonierte.

Das Zimmer wirkte beruhigend. Und das sollte es auch, denn es war der Warteraum eines Psychiaters.

Und ich saß als einziger Gast darin.

Gast, wohlgemerkt, nicht Patient. So weit war es noch nicht.

Ich mußte Dr. Stradford dienstlich besuchen. Er hatte beim Yard angerufen, denn es ging um eine Patientin, der er nicht helfen konnte. Mein Chef, Sir James Powell, hatte mich auf die Reise geschickt, weil sich der Psychologe mit ihm in Verbindung gesetzt hatte.

»Hören Sie sich den Fall mal an«, sagte er. »Vielleicht entwickelt sich daraus etwas.«

»Kennen Sie denn diesen Dr. Stradford?«

»Ja, aus dem Club.«

Ich zog ein langes Gesicht.

Mein Chef wußte Bescheid. »Wenn ich einen Gentleman aus dem Club kenne, lege ich meine Hand für ihn ins Feuer. Das sollten Sie sich merken, John.«

»Habe ich was gesagt?«

»Nein, aber gedacht.«

Ich grinste. »Die Gedanken sind frei.«

Sir James trank hastig einen Schluck kohlensäurefreies Wasser. »Verschwinden Sie jetzt, Dr. Stradford wartet. Und benehmen Sie sich! Der Arzt ist ein Gentleman.«

»Ich nicht?«

»Nur manchmal.«

Hin und wieder brauchte ich die Flachserei mit meinem Chef. Jetzt allerdings wurde ich ein wenig sauer. Der Gentleman ließ mich nämlich ziemlich lange warten. Die Illustrierten gefielen mir nicht, es stand sowieso nur immer das gleiche drin.

Ich schaute auf die Uhr. Verdammt, wenn der Knabe nicht bald anrauschte, würde ich verschwinden, denn es ging stramm auf den Feierabend zu, und in den letzten Wochen hatte ich genug Überstunden hinter mir.

Da endlich wurde die Tür zum Sprechzimmer aufgestoßen. Nicht der Doktor erschien, sondern dessen Sprechstundenhilfe. Ich hatte Mühe, einen Pfiff zu unterdrücken. Die Kleine konnte durchaus mit Glenda Perkins oder Jane Collins konkurrieren. Nur daß ihre Haare rotblond waren, und für meinen Geschmack hatte sie ein wenig zuviel Schminke im Gesicht.

»Dr. Stradford läßt bitten.«

»Das wurde auch langsam Zeit«, sagte ich und stand auf.

Die Rotblonde schaute mich an, als hätte ich ihr einen unsittlichen Antrag gemacht. So etwas von Respektlosigkeit war sie wohl nicht gewohnt.

»Nimm es nicht tragisch, Mädchen«, sagte ich, als ich an ihr vorbeiging.

Nach diesem Auftritt hatte ich mir in Dr. Stradford einen blasierten Mode-Psychologen vorgestellt. Das Gegenteil war der Fall. Ich sah mich einem etwa sechzigjährigen Mann mit grauen, dünnen Haaren gegenüber, der ein rundes Gesicht mit rosigen Wangen hatte und mich aus blauen Augen anstrahlte.

»Ich freue mich, daß Sie gekommen sind, Mr. Sinclair. Ihr Chef hat mir schon eine Menge über Sie erzählt. Nur Positives.«

»Davon stimmt die Hälfte nicht.« Ich schloß die Tür. Mein Zorn war schon wieder verraucht.

»Entschuldigen Sie, Mr. Sinclair, daß ich Sie habe warten lassen, es ist sonst nicht meine Art, aber ich war mit der Patientin noch nicht ganz fertig. Ich habe sie in eine tiefe Hypnose versetzt.« Er deutete auf eine schallisolierte Tür. »Dahinter liegt sie in meinem Behandlungszimmer.«

»Was ist sie für ein Mensch?« fragte ich.

»Cora Bendix?«

»So heißt sie?«

»Ja. Wie soll ich sagen? Cora ist zweiundzwanzig Jahre alt und eigentlich völlig normal. Als sie zu mir kam, erzählte sie mir von ihren Alpträumen, die sie quälten. Und durch diese Träume geisterte ein Brunnen, in dem Leichen liegen sollen.«

»Hat sie gesagt, wo der Brunnen zu finden ist?«

»Nein.«

»Was sagte sie noch?«

»Daß dort Leichen herumliegen würden, die sich manchmal bewegen.«

»Mit anderen Worten: die Leichen leben.«

»Genau, Mr. Sinclair.«

Ich knetete mein Kinn und schaute den Psychologen schräg von der Seite her an. »Und was sagen Sie als Fachmann zu den Träumen dieser Cora Bendix?«

»Sie muß irgendein Erlebnis gehabt haben, das sie nicht verarbeitet hat.«

»Kann man das nicht herausfinden?«

»Doch, aber bis jetzt hat es nichts genützt. Ich habe sie in Tiefenhypnose versetzt und bin leider nur bis zur Geburt gekommen.«

Hoppla, jetzt wurde es interessant. »Heißt das, Doc, daß Sie jetzt weitergehen wollen?«

»Ja, Mr. Sinclair. Und deshalb möchte ich Sie dabeihaben. Ich gehe von folgender Voraussetzung aus: Wenn Cora Bendix in ihrem Leben ein so tiefgreifendes Erlebnis gehabt hat, daß es sich in den Alpträumen wiederholt und sie aber nicht weiß, wann dies geschehen ist, dann gehe ich davon aus, daß Cora schon einmal gelebt hat.«

Jetzt war es heraus, und mir, dem abgebrühten Geisterjäger, lief eine Gänsehaut über den Rücken.

Ich hatte schon über Experimente dieser Art gehört. Es stand genug davon in den Zeitungen, aber daß ich selbst so etwas erleben sollte, daran habe ich nie gedacht.

Ich war gespannt wie ein Schulmädchen vor dem ersten Date.

»Möchten Sie zuvor noch einen Schluck Kaffee?« erkundigte sich Dr. Stradford höflich.

»Nein, danke, ich habe meinen Kaffee im Büro getrunken. Und der ist wirklich ausgezeichnet.«

»Gut, dann schicke ich meine Mitarbeiterin weg.« Er verließ den Raum.

Ich konnte es noch immer nicht fassen. Diese Tiefenhypnose, das Zurückerinnern an ein anderes Leben mußte immens interessant und aufregend sein.

Zum ersten Mal erlebte ich es live.

Dr. Stradford kam zurück. Seine Brille war ihm über den Nasenrücken nach vorn gerutscht, und er schielte mich über den Rand hinweg an. »Sie sind nervös, Mr. Sinclair?«

»Ist das ein Wunder?«

»Nein, wirklich nicht. Kommen Sie.« Er führte mich auf die Doppeltür zu, die er behutsam öffnete.

Wir betraten einen abgedunkelten Raum. In der Mitte stand auf einem runden, schwarzen Teppich eine Liege. Auf ihr lag Cora Bendix in tiefer Hypnose.

Die Augen hielt sie geschlossen, die Hände lagen links und rechts neben ihrem Körper, ihre Arme wirkten entspannt. Ich sah noch zwei Sessel und einen kleinen Tisch, auf dem ein Bandgerät nebst Mikrofon stand, das die Gespräche aufzeichnete.

Dr. Stradford schaute mich an. »Ich glaube, die ersten Gespräche können wir uns sparen, oder?«

Ich war einverstanden.

Der Arzt hatte noch etwas auf dem Herzen. »Sie wissen, daß alles, was Sie jetzt hören, streng vertraulich ist.«

»Sie können sich auf mich verlassen.«

»Danke.« Der Arzt deutete auf einen Sessel. »Bitte, nehmen Sie Platz.« Er setzte sich ebenfalls, aber näher an die Liege heran.

Ich konnte von meinem Platz aus die Patientin genau sehen. Cora Bendix war eine hübsche junge Frau.

Sie hatte ein feingeschnittenes, ebenmäßiges Gesicht, hochstehende Wangenknochen und vielleicht einen etwas zu großen Mund. Ihre Haare waren kurz geschnitten, aber so locker frisiert, daß sie eine duftige Haube auf dem Kopf bildeten.

»Würden Sie bitte das Band einschalten?« bat mich Dr. Stradford.

»Natürlich.« Ich drückte auf die Taste. Langsam drehten sich die beiden Spulen.

Dr. Stradford beugte sich vor. »Cora! Cora Bendix, verstehen Sie mich?«

»Ja.« Die Antwort kam leise.

»Erinnern Sie sich noch an unser letztes Gespräch, Cora?«

»Ja.«

»Ich fasse noch einmal zusammen.« Der Doc stellte es geschickt an. Er begann in der Gegenwart und ging langsam hinüber in die Vergangenheit, erreichte das Teenageralter, dann die Pubertätszeit, die Kinderzeit, das Babyalter und dann...

Mir stand plötzlich der Schweiß auf der Stirn, als der Psychologe sagte: »Sie befinden sich jetzt im Mutterleib, Cora. Wie fühlen Sie sich?«

Sie öffnete den Mund.

Und dann erschrak ich bis ins Mark.

Aus dem Mund der Frau drangen helle Töne. Babykreischen, ein Wimmern, wie es Kleinkinder von sich geben, das aber schnell verstummt. Dann sprach die Frau mit flüsternder Stimme weiter.

»Es ist so wahnsinnig dunkel. Wie in einer Höhle. Ich kann nichts sehen, ich bewege mich, ich will raus, aber ich kann nicht.«

»Weiter, Cora, weiter!« forderte der Arzt. »Du mußt reden. Sprich, Cora.«

»Ich... ich kann nicht. Es ist so dunkel, so still...«

»Was passiert denn jetzt?« fragte ich den Psychologen.

Er hob die Hand. Ein Zeichen, daß ich still sein sollte. Nach einer Weile meinte er: »Wir überspringen jetzt Jahre und gehen zurück in die Vergangenheit. Auch für mich ist dies neu. Ich habe den Versuch noch nicht unternommen. Er kann klappen, wollen wir hoffen, daß sie sich an dieses geheimnisvolle Angsterlebnis erinnert.«

Ich nickte. Sprechen konnte ich nicht. Meine Kehle war irgendwie trocken und wie zugeschnürt.

Der Psychologe wandte sich wieder seiner Patientin zu. »Cora, Cora, hörst du?«

Er erhielt keine Antwort. Nur die schweren Atemzüge waren zu hören.

»Cora!«

»Hmmm...« Der Laut klang wie das Brummen eines Schläfers, wenn er gestört wurde.

»Du hörst jetzt nur meine Stimme. Nichts anderes. Verstehst du?«

Wieder der Ton.

Dr. Stradford schaute mich an und nickte mir zu. Dieses Brummen hatte er wohl als ein positives Zeichen gewertet. »Weiter, Cora, wir gehen noch weiter zurück in die Vergangenheit. Alles ist so dunkel, so anders. Da ist die Leere, die Schwärze, in die deine Seele hineingetaucht ist. Sie wandert und ist durch die Unendlichkeit auf der Suche nach einem neuen Körper. Hörst du mich noch, Cora?«

»Ja...« Ein Hauch war die Antwort. Mehr nicht.

»Wir gehen weiter zurück, noch weiter immer weiter.« Die Stimme des Psychologen wurde monoton. Fast hätte sie auch mich eingelullt. Angespannt hockte ich im Sessel, lauschte und beobachtete das Medium.

»Kannst du was erkennen, Cora?«

Kopfschütteln.

»Gut, dann machen wir jetzt einen großen Schritt. Wir werden ein Jahrhundert überspringen. Wir sind jetzt im 18. Jahrhundert. Kriege toben, die Französische Revolution, Napoleon wird geboren, der Freiheitskrieg der amerikanischen Kolonien – und du? Merkst du etwas?«

Gespannt wartete ich auf die Antwort. Cora schwieg.

Dr. Stradford atmete tief ein. Dann wischte er sich über die

Stirn, auf der der Schweiß lag. »Da ist noch nichts. Wir müssen noch weiter in die Vergangenheit.«

»Klappt das denn?« fragte ich.

»Ich hoffe es.«

Der Psychologe wandte sich wieder dem Medium zu. »Noch immer herrscht das Dunkel, und du siehst nichts. Denke zurück, tiefer hinein in dieses Dunkel, noch ein Jahrhundert weiter. Da tobte in England der Krieg gegen den König und William Laud, den Erzbischof von Canterbury...«

Plötzlich veränderte sich das Gesicht der Patientin. Es lief rot an. Cora bäumte sich auf.

Und sie sprach.

Aber mit einer fremden Stimme. Und in einem alten Englisch, das kaum zu verstehen war.

»Ja, ich bin da. Ich bin die schwarze Cora, ein hübsches Mädchen.« Sie lachte kieksend. »Manche meinen, daß ich zu hübsch wäre. Ich verdrehe nämlich den Männern den Kopf, und auf dem Tanzboden bleibe ich nie sitzen. Aber ich habe noch meine Unschuld, verwahre sie für den Liebsten auf...« Wieder lachte sie.

»Cora?«

»Ja?«

»Wie alt bist du denn jetzt?«

»Oh, das weiß ich nicht. Ich kann die Jahre nicht zählen. Bei uns gibt es keine Schule.«

»Wo wohnt ihr denn?«

»In einem schönen Dorf. Nahe am Wald.«

»Weißt du, wie das Dorf heißt?«

»Dorf...«

»Hat es keinen Namen?«

Cora wurde wütend. »Den habe ich schon genannt. Laßt mich endlich in Ruhe. Ich will wieder tanzen. Ich habe ja gearbeitet.«

»Wo hast du gearbeitet?«

»Auf den Feldern. In der heißen Sonne.«

»Und du heißt Cora?«

»Ja, das weißt du doch.«

»Sicher. Entschuldige.« Dr. Stradford schaute mich an. »Eine verrückte, zufällige Namensgleichheit.«

Ich nickte nur.

»Weiter, Cora«, sprach der Arzt. »Wer ist denn dein Herr? Für wen arbeitest du?«

»Oh, für den Grafen.« Jetzt lächelte sie, hob die Arme an und bewegte alle zehn Finger. »Er besitzt ein prächtiges Schloß. Er ist auch immer hinter den Mädchen her. Nur mich, mich hat er nicht bekommen. Noch nicht, aber ich soll zu ihm.«

»Gehst du hin?«

»Ich will nicht.«

»Oder fährst du mit dem Auto?«

»Auto? Was ist das, Auto?«

Der Arzt wandte sich an mich. »War nur ein Test. Sie spielt uns nichts vor.« Er kümmerte sich wieder um das Mädchen. »Wann sollst du zum Grafen kommen?«

»Morgen.«

»Aber du willst nicht?«

»Habe ich doch schon gesagt. Ich verstecke mich einfach.«

»Wo?«

»Oh, der Wald ist groß.«

»Ist er nicht auch gefährlich?« fragte der Arzt.

»Ja, das ist er.«

»Und du hast keine Angst?«

Mit der nächsten Antwort ließ sich Cora Zeit. »Doch«, sagte sie, »ein wenig schon.«

»Wovor fürchtest du dich denn?«

»Ich... ich möchte es nicht sagen.«

»Aber mir, Cora. Du kannst doch Vertrauen zu mir haben. Wirklich. Sag, wovor hast du Angst?«

»Da... da ist etwas im Wald.«

Ich horchte auf. Jetzt schienen wir der Sache langsam näher zu kommen. Sollten die Alpträume der jungen Frau doch einen realen, erlebten Hintergrund haben?

Auch Dr. Stradford war unruhig geworden. Er rutschte auf seinem Sessel hin und her und überlegte sorgfältig die nächsten Worte, bevor er weitersprach.

»Du bist also in den Wald hineingelaufen, Cora? Ist das richtig?«

»Ja. Ich wollte mich verstecken. Die schwarze Cora soll keiner kriegen, auch nicht der Gnädige Herr. Ich gebe mich nur meinem Liebsten hin.«

»Wartet er im Wald auf dich?«

»Nein, Lionel ist bei den Holzfällern am Sumpf. Das ist woanders.«

»Einen Sumpf gibt es auch?«

»Ja, einen großen sogar.«

»Da bist du aber nicht hineingelaufen?«

»Nein, ich habe mich direkt im Wald versteckt, obwohl...« Cora zögerte plötzlich.

»Was ist?«

»Der Wald ist gefährlich. Da... da soll er nämlich wohnen.«

»Und wer ist er?« fragte der Arzt.

»Baxman!«

Cora Bendix sagte uns einen Namen, den wir beide nie zuvor gehört hatten. Auch ich wußte mit Baxman nicht viel anzufangen. Ausgerechnet er sollte im tiefen Wald leben und gefährlich sein?

»Was hat dieser Baxman denn getan?« wollte Dr. Stradford wissen.

»Im Dorf spricht man viel über den Köhler. Er soll getötet und die Leichen in einen Brunnen geworfen haben.«

»Stimmt das?«

»Man spricht davon.«

»Und deshalb hast du vor ihm Angst.«

»Ja.«

»Aber warum bist du zu ihm gegangen?« forschte der Psychologe weiter.

»Weil ich nicht in den Sumpf wollte. Ich kenne ihn nicht, und davor habe ich noch mehr Angst.«

»Du bist also in den Wald und zu diesem Baxman gelaufen. Was hat er mit dir gemacht?«

»Ich... ich traf ihn am Brunnen. Dabei wollte ich gar nicht in sein Haus, aber er kam aus der Tür und sah mich.« Plötzlich begann ihre Stimme zu zittern. Jeder von uns spürte die Angst, die in ihr mitschwang. Kamen wir jetzt zum Abschluß dieser schlimmen Geschichte?

»Rede weiter, Cora, bitte!« forderte der Psychologe sie auf.

120

»Ja, ich... ich will ja...«

»Und warum sprichst du nicht?«

Ich sah, daß Coras Gesicht schweißbedeckt war. Unruhig warf sie sich auf der Liege hin und her. Irgend etwas mußte sie schwer mitnehmen. Sie atmete röchelnd.

»Rede!«

»Aber ich...« Cora war ungeheuer erregt. Sie klammerte ihre Finger ineinander, stöhnte und flüsterte Worte, die wir nicht verstanden. Sie schwitzte noch stärker. Die Kleidung klebte an ihrem Körper. Und plötzlich zuckte sie zusammen, zog ihre Beine an und machte sich so klein wie möglich, wobei sie beide Arme hob, um ihr Gesicht vor unsichtbaren Schlägen zu schützen.

»Nein, bitte, Gnade, Erbarmen...« Stammelnd und stockend flossen die Worte aus ihrem Mund.

»Was ist geschehen?« fragte der Psychologe.

»Er steht vor mir. Baxman...«

»Was ist mit ihm?«

»Er – er will mich töten. Er hat die Axt bei sich!«

Vor zehn Jahren hatte er zur Beat-Generation gehört. Da war nichts vor ihm sicher.

Er hatte sich ausgetobt, stand politisch links und haßte alles, was nach bürgerlichem Mief und Monarchie stank. Er hatte das Oberhaus auflösen und eine Räte-Regierung einführen wollen, und die Queen samt Gefolge sollte auf irgendeine Südseeinsel umziehen.

Nun, die Zeit ging vorbei, und als der Vater ihm den monatlichen Scheck sperrte, weil die Aktivitäten seines Sohnes auch ihm, dem bekannten Anwalt, schadeten, war Lionel Finch zur Besinnung gekommen.

Mit der gleichen Aktivität, die er als Protestler gezeigt hatte, warf er sich nun in sein Studium.

Jura in Oxford.

Und er packte es.

Lionel Finch machte sein Examen mit einer glatten Eins, der Alte war stolz und nahm seinen Sohn mit offenen Armen in die Anwaltskanzlei auf. Hier lernte Lionel schnell. Nach wenigen

Monaten kannte er alle Tricks und Kniffe, lernte die Schlechtigkeiten der Menschen kennen und stellte fest, daß immer der gewann, der das meiste Geld besaß.

Aber verdammt noch mal, es mußte doch Gerechtigkeit geben! Lionel Finch klemmte sich dahinter. Er wurde plötzlich ein Anwalt für die Armen, was seinem Vater gar nicht paßte, der große Konzerne davor bewahrte, Steuerschulden zu bezahlen.

Es kam zu einer Auseinandersetzung zwischen Vater und Sohn.

Lionel reagierte und trat aus der Firma. Er machte sich mit neunundzwanzig Jahren selbständig.

Im Arbeiter- und Farbigenviertel des Londoner Nordens ließ er sich nieder. Und er trat mit ungeheurer Energie für die Rechte der Armen ein. Lionel gewann einige Prozesse. Schon bald las man seinen Namen in den Zeitungen, als er auch die Reichen und die Großkonzerne anging.

Sein Job war verdammt anstrengend. Als Ausgleich spielte er Fußball, und dieser harte Sport hielt ihn fit.

Verheiratet war er mit seinen 30 Jahren nicht, dafür lag eine geplatzte Verlobung hinter ihm. Der schönen, aus einer reichen Familie stammenden Myrna paßte es nicht, daß er sich mit den Armen abgab. Sie heiratete einen Lord.

Sollte sie.

Dann kam die Zeit, die das Leben des jungen Anwalts veränderte. Alpträume plagten ihn.

Es waren immer die gleichen. Er sah sich in einer alten Hütte und einen Mann bedrohen. Aber er war nicht allein. Noch drei Freunde von ihm standen daneben.

Einer war sogar ein Geistlicher.

Was passierte?

Der Mann wurde aus der Hütte getrieben und brutal ermordet. Seine Leiche warfen sie anschließend in einen Brunnen.

Damit endete der Traum.

Lionel Finch erwachte jedesmal schweißgebadet und völlig verwirrt. Aber der Traum hatte noch Folgen. In seinen Hirn hörte er eine fremde Stimme klingen.

Horse Lodge.

Die ersten Male hatte er versucht, die Stimmen zu ignorieren, aber sie wurden stärker und hatten den Anwalt schließlich so weit gebracht, daß er nachforschte.

Horse Lodge lag in der Grafschaft Kent und war ein Pony-Reithof für Touristen.

Das wußte er jetzt.

Nur hörten die Träume nicht auf. Im Gegenteil, sie verstärkten sich noch. Die Stimmen riefen ihn.

Komm nach Horse Lodge...

Schon bald fürchtete er sich vor der Nacht, bis er schließlich einen Entschluß faßte.

Er wollte fahren und dieses Rätsel endlich lösen

An einem Morgen im August setzte er sich in seinen Datsun Cherry und gondelte los. Die Praxis hatte er für eine Woche geschlossen. In der Ferienzeit war sowieso nicht viel zu tun.

Seltsamerweise verstummten nach seinem Entschluß die Stimmen. Es war, als hätten sie ihr Ziel erreicht.

Endlich.

Bevor Lionel Finch fuhr, packte er seine Reisetasche. Er wußte schließlich nicht, wie lange er unterwegs sein würde. Er mußte quer durch London, dann erst kam er auf den Motorway in Richtung Dover und Canterbury.

Die Karte hatte der junge Anwalt neben sich auf den Beifahrersitz gelegt. Von seinem sonstigen Optimismus war nicht mehr viel zu merken. Sein Gesichtsausdruck war ernst und verschlossen.

Was hatten diese geheimnisvollen Stimmen und die Lockungen zu bedeuten? Diese Fragen beschäftigten ihn seit Wochen. Sie mußten irgend etwas mit der Vergangenheit zu tun haben, denn die Stimmen hatten von lang zurückliegenden Schandtaten gesprochen.

Daraufhin hatte der junge Anwalt Ahnenforschung betrieben. In der Tat stammten seine Vorfahren aus der Grafschaft Kent. Allerdings waren sie vor 300 Jahren nach London gezogen und hatten sich dort niedergelassen.

Mit seinen Eltern hatte er über diese Stimmen nie gesprochen. Er wollte allein damit fertig werden. Und er trug etwas bei sich, das er sonst verabscheute. Eine flache Pistole. Der Anwalt besaß einen Waffenschein, er übte das Schießen auch regelmäßig.

Als London hinter ihm lag, atmete er auf. Jetzt konnte er schneller fahren, doch der Datsun Cherry war kein Rennwagen. Lionel wurde von vielen Wagen überholt.

Er hatte sich sportlich angezogen. Lionel trug ein kariertes Hemd, eine Hose aus feinem Cord, und seine leichte Sommerjacke hatte er auf den Rücksitz gelegt.

Es war nicht sehr heiß, aber schwül. Die Sonne kam nie richtig durch, weil die Wolken zu stark waren und ein hellgraues Dach bildeten.

Die Düsen brachten nicht genügend Frischluft, und so kurbelte Lionel das Fenster hinunter.

Seine braunen Haare wurden vom Wind zersaust. Er trocknete auch den Schweiß auf dem etwas hageren Gesicht, in dem besonders die dunklen Augen auffielen und der dichte Oberlippenbart.

Rechts rauschte ein Lastwagen vorbei. Der Fahrer schaltete beim Überholen, und das Auspuffrohr spie eine Abgaswolke aus, die auch durch das offene Fenster in den Datsun drang.

Lionel schimpfte. Er ließ sich zurückfallen, und bald war die Luft wieder rein.

Eine Stunde verging. Mittlerweile war er schon tief in die Grafschaft Kent hineingestoßen.

Ein friedliches Land mit seinen großen, saftigen Grasflächen, den weidenden Pferden, den zahlreichen Herrenhäusern und Schlössern. Eine britische Welt, die noch in Ordnung schien.

Auf einer Spezialkarte hatte er Horse Lodge gefunden. Der Reiterhof lag nicht weit von einer Ortschaft entfernt, die Swampville hieß. Das ließ auf ein Sumpfgebiet schließen.

Kurz vor Canterbury fuhr er ab.

Die Straße wurde schmaler, kurviger. Sie durchschnitt eine brettebene Landschaft mit zahlreichen Wiesen, Wäldern und gewaltigen Koppeln.

Er passierte auch Dörfer. Ihm fielen die gepflegten Steinhäuser auf, denen der Zahn der Zeit offenbar nichts hatte anhaben können. Alles blitzte vor Sauberkeit.

Dann wieder Landschaft. Grün, freundlich, urlaubsfördernd.

Es war etwas Wind aufgekommen, und die Kronen der Bäumen bogen sich. Pappeln säumten die Straße. Der Anwalt hatte das Gefühl, als würden sie sich vor ihm verneigen.

Nur noch wenige Meilen, dann hatte er es geschafft. Die großen Wiesen wurden weniger, bald sah er nur noch kleine Grasflächen, dafür jedoch mehr Wald.

Er wurde dichter, wuchs bis dicht an die Fahrbahn heran. Oft begegneten ihm Reiter, die dicht am Straßenrand entlangritten.

Dann überholte er einen Trecker. Später einen Gemüsewagen. Von den Stimmen hörte er nichts.

Die Straße beschrieb eine lange Kurve. Jetzt war es nur noch eine Meile bis zum Ziel. Horse Lodge mußte hinter der Kurve schon zu sehen sein.

Lionel schaltete zurück, drehte am Lenkrad und zog den Cherry in die Kurve.

Die Straße tauchte ein in den Wald, der durch das Unterholz so dicht war, daß kaum Helligkeit bis auf den Boden fiel.

Richtig unheimlich, dachte Lionel Finch.

Und plötzlich hörte er die Stimmen wieder. Sie waren wie starke Schmerzen, so daß er sich kaum auf das Fahren konzentrieren konnte.

Es ist schön, daß du gekommen bist. Wir erwarten dich schon...

»Wer erwartet mich?« stöhnte der Fahrer.

Sieh nach vorn...

Lionel Finch gehorchte. Er fuhr jetzt nur im Schrittempo, schaute durch die Frontscheibe – und sah die Gestalt.

Ein Skelett!

Es stand mitten auf der Fahrbahn, trug einen langen dunklen Umhang, der einer Mönchskutte glich, und hatte beide Arme ausgebreitet. Der Totenschädel unter der Kapuze grinste den Fahrer höhnisch an.

Lionel schluckte.

Dann tat er das einzig richtige in dieser Situation. Sein Fuß wechselte auf das Gaspedal, trat es voll durch.

Der Motor heulte übertourig auf. Gleichzeitig machte der kleine Datsun einen regelrechten Bocksprung nach vorn und raste auf das Skelett zu.

Die Räder radierten über den Asphalt, ließen Gummispuren zurück, und einen Atemzug später spürte Lionel den Aufprall.

Mit der Kühlerschnauze prallte der Wagen gegen das auf der Straße stehende Skelett, schleuderte es zurück, so daß es auf die Fahrbahn fiel und alle vier Räder über die Knochen malmten.

Sie zerbrachen die Gebeine. Es knirschte häßlich, dann war der Datsun darüber hinweg.

Lionel Finch atmete auf. Er war in Schweiß gebadet, die letzten Sekunden hatten ihn geschlaucht. Er begriff überhaupt nicht richtig, was er getan hatte, bis er die Stimmen vernahm.

Du hast einen von uns getötet. Es wird dir noch leidtun. Du hast dort angefangen, wo dein Ahnherr aufgehört hat. Ihr habt euch nicht geändert, ihr Finchs...

»Nein!« schrie Lionel. »Verdammt, hört auf, ich...« Er spürte den stechenden Schmerz im Schädel und faßte sich mit beiden Händen an den Kopf, wobei er zwangsläufig das Lenkrad loslassen mußte.

Das wurde ihm zum Verhängnis.

Noch stand der Wagen nicht. Ohne lenkende Hände am Lenkrad, driftete er nach rechts, die Räder schlugen ein, und der Cherry fuhr auf den Straßengraben zu.

Lionel konnte ihn nicht mehr stoppen. Er hörte einen dumpfen Schlag unter dem Wagen, etwas brach, und dann wurde er gegen das Lenkrad geschleudert. Der Aufprall war hart. Die viel zu engen Gurte hielten ihn kaum. Sein Kopf knallte wieder zurück und schlug gegen die Nackenstütze. Sie war dem Druck nicht gewachsen und brach.

Dann wurde es still. Der Motor lief nicht mehr. Lionel hatte ihn abgewürgt.

Sekundenlang blieb er im Wagen sitzen. Er tastete seinen Körper ab und atmete beruhigt auf, als er feststellte, daß nichts gebrochen war. Nur beim Atmen stach etwas in der Rippengegend.

Die Tür ließ sich zum Glück öffnen, sie war nicht verklemmt. Zweimal warf sich Lionel dagegen, dann sprang sie so heftig auf, daß er fast aus dem Wagen gefallen wäre, wenn der Gurt ihn nicht gehalten hätte. Er löste ihn und stieg aus.

Mit beiden Füßen stand er im Straßengraben. Restfeuchtigkeit hatte einen schmierigen Film hinterlassen, der seine Schuhe bedeckte.

Den Wagen konnte er wegwerfen. Da war nichts mehr heil.

Die Frontseite glich einer eingedrückten Ziehharmonika. Auch die Scheiben waren zersplittert. An der Stellung der Vorderräder erkannte er, daß die Achse gebrochen war.

Pech auf der ganzen Linie.

Fluchend kletterte Lionel Finch aus dem Graben. Er stand auf der Straße und schaute sich um.

Links von ihm – ein paar Yards entfernt – lagen die bleichen Gebeine auf dem grauen Asphalt. Sie hoben sich sehr deutlich von der Straße ab. Ein Schauer rann über Lionels Rücken, als er die Knochen sah. Die dunkle Kutte war bis an den Rand der Straße geweht worden.

Eingebildet hatte er sich das Ganze also nicht. Aber in was rutschte er da hinein? Ein Skelett, das lebte, Stimmen in seinem Hirn – das war der reinste Horror. Bisher war er noch nie in seinem Leben mit solchen Dingen in Berührung gekommen, zwar kannte er die alten englischen Gespenstersagen, und er wußte auch um das Gebiet der Parapsychologie, doch daß es so etwas in Wirklichkeit geben sollte, entsetzte ihn zutiefst.

Gleichzeitig faszinierte es ihn auch, und er überlegte, ob er der Sache nicht doch nachgehen sollte. Lionel tastete nach seiner Waffe. Sie war noch vorhanden.

Nachdem er den ersten Schrecken überwunden hatte, brach der Anwalt in ihm wieder hervor.

Ja, er wollte versuchen, den Fall zu klären, aber nicht von hier aus, sondern von Horse Lodge.

Vielleicht fand er dort eine Spur.

Lionel Finch wollte sich schon in Bewegung setzen, als er an der anderen Straßenseite, direkt am Waldrand, eine Bewegung wahrnahm.

Er schaute genauer hin.

Da stockte ihm der Atem.

Dort stand ein zweites Skelett!

Nicht nur der Psychologe war geschockt, sondern auch ich. Cora erzählte uns da etwas von einem Baxman, der sie töten wollte. Was würden die nächsten Worte bringen? Erlebten wir jetzt den Tod eines Menschen hautnah mit?

Für mich war diese Szene schockierend. Schlimmer, als würde ich drei Vampiren gegenüberstehen.

Ich hatte meine Hände zu Fäusten geballt und spürte, wie die Fingernägel in mein Fleisch drangen.

Da geschah es.

Cora Bendix begann plötzlich zu toben. Sie warf sich herum, schlug um sich und riß den Mund auf.

»Helfen Sie mir!« rief Dr. Stradford. »Wir müssen sie festhalten, sonst geschieht ein Unglück!«

Ich sprang auf.

Meine Kräfte waren größer. Beide Hände grub ich in die Schultern der jungen Frau und drückte sie gegen die Unterlage. Ich spürte das Zittern ihres Körpers, sie bebte, der Schweiß brach immer stärker aus, und dann drangen die Worte aus ihrem Mund.

»Gnade! Gnade... ahh...«

Cora bäumte sich hoch. Das heißt, sie versuchte es, doch wir hielten eisern fest, obwohl die junge Frau fast übermenschliche Kräfte entwickelte.

»Cora!« schrie der Arzt. »Cora, was ist geschehen?«

»Tot... tot...«, drang es dumpf aus ihrem Mund. »Ich bin... Dunkelheit... das Nichts...«

Im selben Augenblick erschrak ich. Über ihrem Kopf bewegte sich plötzlich die Luft. Sie begann zu flirren und zu tanzen. Umrisse formten sich. Der Arzt als auch ich sahen eine grausame Szene vor uns.

Ein schwarzhaariges Mädchen stand am Brunnen und vor ihr ein Ungeheuer von Mann.

Er hatte eine Axt.

Das war Baxman.

Er schlug zu.

Immer wieder.

Ich sah, wie das Blut spritzte und das Mädchen zusammensank. Es hatte eine entfernte Ähnlichkeit mit Cora Bendix. All dies geschah in einer gespenstischen Lautlosigkeit, die mich regelrecht schockte.

Dann verwischte das Bild.

Cora lag ruhig vor uns, als würde sie tief und fest schlafen.

Wir erhoben uns. Ich schaute Dr. Stradford an. »Verstehen Sie das, Doc?«

»Vielleicht.«

»Und?«

»Ihre Gedanken waren so stark und ausgeprägt, daß sie ein Bild projiziert haben. So etwas gibt es, Mr. Sinclair.«

Ich nickte. Davon hatte ich bereits gehört. »Was geschieht mit Cora Bendix?«

»Ich hole sie wieder zurück.« Dr. Stradford trat dich an die Liege heran und flüsterte Cora einige Worte ins Ohr.

Wenig später schlug sie die Augen auf. Verwirrt schaute sich die junge Frau um, sah mich und erschrak.

Der Psychologe und Hypnotiseur stellte mich vor. Cora war beruhigt. »Haben Sie etwas erfahren können?« erkundigte sie sich.

»Ja, Miss Bendix. Soll ich das Tonband abspielen lassen?«

»Ich bitte darum.«

Das Band lief erst zurück, dann hörten wir zu. Ich beobachtete Cora. Sie war kreidebleich geworden. Kein Wunder bei dem, was sie nun zu hören bekam.

Und als ihre Stimme wechselte, schrie sie auf. »Bin ich das wirklich, Doc?«

»Sie sind es.«

Wir hörten uns das Band bis zum Schluß an. Cora hatte sich auf die Liege gesetzt, die Beine fest zusammengepreßt und die Hände in den Schoß gelegt.

»Das ist ja schrecklich. Kann ich... kann ich wohl eine Zigarette haben und ein Glas Wasser?«

»Ich hole es Ihnen«, sagte der Arzt und verschwand. Die Zigarette erhielt Cora von mir.

Sie bedankte sich, trank und rauchte. Ich hatte mir auch ein Stäbchen angezündet.

»Ich verstehe es nicht«, flüsterte sie zwischen zwei Zügen. »Ich verstehe es wirklich nicht.«

»Sie müssen sich damit abfinden«, sagte der Arzt. »Es ist ja nichts Schlimmes. Außerdem sind Sie nicht die einzige Person, auf die so etwas zutrifft.«

»Schon.« Cora hob den Kopf und schaute uns aus ihren dunklen Augen an. »Dann habe ich bereits gelebt?«

»Ja. Und man hat Sie ermordet. Ein gewisser Baxman.«

Ich mischte mich ein. »Sagt Ihnen der Name etwas, Miss Bendix?«

»Nein.«

»Auch dieser Brunnen nicht?«

Sie schüttelte den Kopf.

»Haben Sie je in Ihrem Leben Ahnenforschung betrieben?«

»Auch nicht. Ich sah keinen Grund. Ich lebe völlig normal und arbeite als Sekretärin in einem Reisebüro. Ich bin nicht verheiratet, habe einige Freunde, eine kleine Wohnung und jetzt dies.« Sie hob die Schultern. »Ich verstehe es nicht.«

Ich auch nicht, wenn ich ehrlich war. Aber wir mußten uns mit diesen Tatsachen abfinden.

Cora drückte die Zigarette aus und sagte: »Trotz dieser Schrecken möchte ich dorthin, wo alles passiert ist. Können Sie das verstehen?«

»Natürlich«, erwiderte der Psychologe.

»Und ich bin froh, daß Sie so denken«, lächelte ich. »Sonst hätte ich Ihnen den Vorschlag gemacht. Wissen Sie vielleicht, wo es sein könnte?«

»Nein.«

»Das werden wir herausfinden, keine Bange.«

»Ich will endlich diese Träume loswerden.« Cora strich über ihre Stirn. »Sie glauben gar nicht, wie schlimm so etwas sein kann.«

»Ich verstehe Sie.«

»Wann soll ich denn fahren?« wollte sie von uns wissen.

Dr. Stradford hob die Schultern. »Das liegt in Ihrem Ermessen, Miss Bendix.«

»Moment!« Ich hob die Hand. »Ich möchte etwas richtigstellen. Miss Bendix fährt nicht allein. Ich werde sie begleiten. Oder haben Sie etwas dagegen?«

»Wie sollte ich, Mr. Sinclair! Ich bin froh, daß ich nicht allein fahren muß. Ich habe nämlich Angst. Nicht nur vor der Vergangenheit, sondern auch vor der Zukunft...«

Lionel Finch wußte nicht, wie er reagieren sollte. Das Skelett stand noch immer dort und starrte ihn an. Unter der Kapuze schimmerte der Schädel.

Der junge Anwalt tastete nach seiner Waffe. Die Hand ließ er auf dem Pistolengriff liegen. Wenn das Skelett über die Straße kam, würde er schießen.

Doch der Knochenmann dachte gar nicht daran. Er überlegte es sich anders, machte auf der Stelle kehrt und verschwand im dichten Unterholz.

Zwei, drei Sekunden blieb Lionel stehen. Dann packte ihn eine Wahnsinnsidee, die er auch sofort in die Tat umsetzte. Er nahm die Verfolgung des Knöchernen auf. Hastig überquerte er die Fahrbahn, sprang über den Graben und warf sich in das Unterholz hinein.

Zwischen abgestorbenen Ästen und hohen Farnkräutern bahnte er sich seinen Weg. Dabei ließ er das Skelett nie aus den Augen, und er hatte auch das Gefühl, daß der Knochenmann es gar nicht wollte. Lionel sollte ihm folgen.

Zum Glück fand der Anwalt einen schmalen Pfad, über den er wesentlich schneller vorankam als bei einem Querfeldeinlauf.

Er beeilte sich sehr, versuchte sogar, dem Knochenkerl den Weg abzuschneiden, doch das gelang nicht, weil das Skelett immer wieder die Richtung wechselte.

Schließlich lichtete sich der Wald, und Lionel Finch erreichte einen freien Platz.

Keine Lichtung, denn auf dem Platz standen die Überreste eines alten Hauses.

Und davor befand sich ein Brunnen!

Abrupt blieb der Anwalt stehen. Ein alter Brunnen mitten im Wald? Das hatte er noch nie gesehen, und es kam ihm auch äußerst merkwürdig vor. Zudem war das Skelett verschwunden.

Lionel Finch ging ein paar zögernde Schritte vor. Dabei schaute er sich um, und er hatte auch seine Pistole gezogen. Lionel wunderte sich, wie ruhig er war, obwohl dieser geheimnisvolle Brunnen eine beinahe magische Anziehungskraft auf ihn ausübte.

Magisch!

Ja, das war das richtige Wort.

Irgendwie hatte alles in der letzten Zeit mit Magie zu tun. Das fing bei seinen Träumen an, ging weiter über die Stimmen bis hin zum Auftauchen der Skelette.

Doch das zweite war verschwunden.

Wohin?

So sehr Lionel sich auch umschaute, er entdeckte den Knöchernen nicht. Er sah nur den Brunnen.

Und der wiederum faszinierte ihn.

Er schien uralt zu sein, doch die Steine hatten die rauhen Zeiten überdauert, jedenfalls zeigten sie kaum Anzeichen von starker Verwitterung.

An den Seiten des Brunnens wuchsen zwei hölzerne, graubraune Balken in die Höhe, die an der Spitze von einem Querbalken gehalten wurden. An dem Querbalken hing ein altes Rad, über das ein Seil lief und in der Tiefe des Brunnens verschwand.

Es war seltsam still. Irgend etwas Geheimnisvolles strömte der Brunnen aus, und dem einsamen Mann rieselte eine Gänsehaut über den Rücken.

Wo steckte das Skelett?

Vielleicht hatte es sich im Brunnen versteckt. Diese Möglichkeit sah Lionel Finch als die Wahrscheinlichste an.

Und er wollte nachsehen.

Die letzten Yards überwand er mit drei entschlossenen Schritten, erreichte den Brunnen und legte seine linke Hand auf den Rand. Dann beugte er sich etwas vor und warf einen Blick in die Öffnung, wobei er die Pistole in der Rechten behielt.

Modrige Verwesungsluft drang aus dem Schacht. Ein bestialischer Gestank, und Lionel verzog das Gesicht.

Er hatte auch keine Lust mehr, weiterhin in den Brunnen hineinzuschauen und das Skelett zu suchen, doch da passierte etwas, womit er nie im Leben gerechnet hätte.

Plötzlich fuhr eine bleiche Knochenhand aus dem Brunnen und umklammerte blitzschnell seine Kehle...

Der Würgegriff dieser fünf knöchernen Finger raubte Lionel Finch augenblicklich den Atem.

Nur noch ein Röcheln drang aus seinem Mund, mehr nicht.

Mit einem Ruck wurde er nach vorn gezogen, auf die Brüstung zu, und die Finger ließen dabei nicht los.

Das Skelett stieg aus dem Brunnen.

Lionel sah den grinsenden Totenschädel dicht vor sich, und das Grauen überschwemmte ihn wie eine Woge. Er wußte nicht, was er tun sollte, denn die ersten Schleier wallten bereits vor seinen Augen. Zeichen eines Zusammenbruchs.

Er schwang den rechten Arm herum. Ihm fiel ein, daß er noch die Pistole hatte.

Die setzte er gegen die Stirn des Schädels und drückte ab.

Der Knall peitschte dicht an seinem Ohr auf, die Kugel zerschmetterte einen Teil des Schädels, so daß die hellen Splitter nach allen Seiten davonflogen.

Doch das Skelett lebte weiter.

Lionel sah es mit Grauen.

Und er wußte, daß diese Horror-Gestalt ihn töten wollte. Hineinziehen in die grausame Tiefe des Brunnens, aus dem es kein Entrinnen mehr gab.

Diese Erkenntnis mobilisierte seine letzten Kräfte. Er wollte sich zurückwerfen, doch das Skelett ließ seine Kehle nicht los. Der Versuch erstickte bereits im Ansatz, und als die zweite Hand aus dem Schacht hervortauchte, glaubte sich Lionel verloren.

Die nächsten fünf Knochenfinger packten unterhalb des Schlüsselbeins zu, gruben sich in den Hemdstoff und rissen ihn entzwei.

Das merkte Lionel kaum noch, weil die Wogen der Bewußtlosigkeit seinen Geist fast überschwemmt hatten.

Seine Abwehrbewegungen verflachten, sie zeigten keinen Erfolg.

Er wurde noch schwächer.

Die Knie knickten ihm ein, und als er dachte, es wäre aus, da hörte er einen schaurigen Schrei und bekam plötzlich wieder Luft. Schwer kippte er nach hinten und fiel zu Boden, wo er mit dem Hinterkopf aufschlug.

Keuchend blieb er erst einmal liegen, saugte die Luft in seine Lungen und machte sich mit dem Gedanken vertraut, noch am Leben zu sein.

Es war wie ein Wunder, denn er hatte wirklich damit gerechnet, sterben zu müssen.

Sein Hals schmerzte. Besonders da, wo die Knochenhand zugepackt hatte. Bestimmt blieben einige Abdrücke zurück. Ein schauriges Mal.

Aber wieso hatte ihn das Skelett am Leben gelassen? Es hätte doch nur ein paar Sekunden länger zu würgen brauchen, und dann wäre es vorbei gewesen.

Der junge Anwalt verstand die Welt nicht mehr. Er erhob sich, und da sah er etwas vor seinen Augen baumeln, das durch die hastige Bewegung in Schwingungen geraten war.

Sein kleines Kreuz.

Und plötzlich ging bei ihm ein ganzer Kronleuchter auf.

Dieses winzige Kreuz hatte ihn gerettet. Als kleiner Junge hatte es ihm seine Mutter geschenkt. Aber erst als es Mode wurde, Kreuze zu tragen, hatte er sich die Kette über den Kopf gestreift.

Aus Gewohnheit behielt er es um. Und jetzt hatte es ihm das Leben gerettet.

Behutsam legte er es auf seinen Handteller und schaute es wie eine Kostbarkeit an. Es war schlicht gearbeitet, ohne Verzierungen, aber geweiht, wie er von seiner Mutter wußte.

In einer unbewußten Geste führte er das Kreuz an die Lippen und küßte es. Dabei konnte er nicht vermeiden, daß seine Augen feucht wurden. Dieser clevere und manchmal abgebrühte Anwalt lernte plötzlich eine ganz andere Welt kennen.

Er warf einen scheuen Blick auf den Brunnen, bevor er kehrtmachte und diesen Ort des Schreckens verließ. Seinen ursprünglichen Plan hatte er nicht aufgegeben. Er würde Horse Lodge einen Besuch abstatten und hoffte, daß er dort die Lösung des Rätsels fand.

Nur im Wald verspürte er wieder etwas Angst. Öfter blickte er sich um, sah von Verfolgern jedoch nichts.

Dafür standen zwei Trecker dort, wo sein Wagen im Graben lag. Die Bauern waren ausgestiegen und sahen sich den zerstörten Datsun an. Der junge Anwalt hütete sich, die Männer aufzuklären, er zog sich sogar zurück, damit er nicht so rasch gesehen werden konnte. Wenn er sich jetzt zeigte und die Leute aufklärte, gab das nur unnötige Fragen, denen er gern aus dem Weg gehen wollte.

Parallel zur Straße schritt er durch den Wald. Dabei hielt er sich immer so in Deckung, daß er nicht zufällig von der Straße aus gesehen werden konnte.

Im Gehen reinigte er auch seine Kleidung. Plötzlich fiel ihm ein, daß er seine Papiere im Wagen vergessen hatte. Er blieb stehen. Und diesmal hatte der junge Anwalt Glück.

Die beiden Bauern waren wieder auf ihre Trecker gestiegen und abgefahren.

Wahrscheinlich würden sie die Polizei benachrichtigen. Lionel Finch hoffte nur, daß sie seine Jacke im Wagen gelassen hatten.

Sie lag tatsächlich dort.

Und auch sämtliche Papiere waren vorhanden. Lionel fiel ein Stein vom Herzen. Rasch nahm er die Jacke an sich und lief weiter. Er blieb jetzt auf der Straße. Am Ende der langen Kurve lichtete sich der Wald, und die Fahrbahn führte schnurgerade weiter.

Linkerhand sah Lionel die Dächer eines kleinen Dorfes. Dort mußte Swampville liegen. Ein staubiger Feldweg führte dorthin. Er wurde durch einen Wegweiser gekennzeichnet.

Ein anderer wies auf Horse Lodge hin.

500 Yards, stand dort zu lesen.

Der Weg zum Reithof führte rechts von der Straße ab. Er sah zahlreichen Hufspuren.

Schon bald konnte Lionel die Gebäude sehen. Es gab ein Haupthaus und einen langen Stall, der sich rechtwinklig an das Hauptgebäude anschloß.

Auf einer Wiese grasten zahlreiche Pferde. Das Areal war durch eine Koppel abgetrennt.

Vor dem Haus parkten drei Wagen. Ein Range Rover, ein Mercedes und ein Austin.

Horse Lodge war also besucht.

Nur ließ sich kein Mensch blicken.

Langsam schlenderte der junge Mann auf den Bau zu. Er gefiel ihm. Das Gebäude war im Fachwerkstil errichtet worden, das rote Dach lief spitz zu und zeigte zwei Pferdeköpfe. Die Kronen der vor dem Haus stehenden Platanen spendeten bei heißem Wetter Schatten. Es gab zwei grün gestrichene Bänke, die unter den Bäumen standen.

Und natürlich entdeckte der junge Anwalt auch eine Gaststube. Man konnte sie durch eine schmale Tür neben dem offiziellen Eingang betreten.

Plötzlich spürte Lionel, daß er Durst hatte. Wie ausgetrocknet war seine Kehle. Auch Nachwirkungen der würgenden Knochenfinger.

Er räusperte sich und versuchte zu sprechen. Es klappte einigermaßen, hörte sich nur etwas heiser an.

Lionel trat seine Füße ab und ging in die Gaststube. Sofort fiel ihm der würzige Geruch eines Tabaks auf.

Der Raum war ziemlich groß und rustikal eingerichtet. An den Wänden hingen Bilder, die allesamt Pferdemotive zeigten. Pferdeköpfe, springende Pferde, weidende Pferde. Und dahinter die typische Landschaft von Kent.

Drei Personen musterten ihn neugierig.

Zwei Männer und eine Frau.

Die Frau war die Wirtin. Sie stand hinter der langen Theke und hatte ihre linke Hand auf den Bierhahn gelegt.

Der junge Anwalt grüßte höflich.

Sein Gruß wurde durch Nicken erwidert.

Lionel Finch ging bis zur Theke, lehnte sich gegen den Handlauf und bestellte ein großes Bier.

»Aber gern«, sagte die Wirtin. Sie war eine resolute Frau, ziemlich korpulent, mit rosigen Wangen und klaren Augen. Das schon leicht ergraute Haar hatte sie im Nacken zu einem Knoten zusammengebunden.

Der junge Anwalt sah zu, wie die Wirtin das Bier in den Krug laufen ließ. Die Männer hinter ihm an den Tischen hatten ihr Gespräch wieder aufgenommen. Lionel Finch hörte, daß sie sich siezten, anscheinend kannten sie sich noch nicht lange.

»Bitte«, sagte die Wirtin. Sie lächelte, als sie den Krug zu dem Anwalt hinschob.

»Danke.« Lionel griff nach dem Glas. Er sah, wie das Lächeln der Wirtin verschwand und statt dessen ein Ausdruck des Entsetzens über ihr Gesicht flog.

Lionel Finch setzte den Krug wieder ab, ohne getrunken zu haben. »Ist etwas?« fragte er.

»Ihr... Ihr Hals...«

Lionel fühlte nach. »Sie meinen die Flecken?«

Die Wirtin nickte.

»Ach, das ist nichts. Nur ein paar Mutterflecken, die ich schon seit meiner Kindheit habe.« Er hob den Krug an und nahm endlich einen langen Schluck. Aufseufzend stellte er den Krug dann zurück und wischte sich den Schaum von den Lippen.

Die Wirtin blickte noch immer auf seinen Hals, was Lionel langsam unangenehm wurde.

»Es sind wirklich nur Muttermale«, erklärte er.

Da bückte sich die Wirtin und griff unter die Theke. Als ihre Hand wieder zum Vorschein kam, hielt sie einen Spiegel. »Sehen Sie selbst, Mister.«

Der Anwalt nahm den Spiegel und blickte hinein. Zuerst hielt er ihn zu hoch, ließ ihn aber dann mehr nach unten wandern und sah es sehr deutlich.

Auf einmal konnte er die Wirtin verstehen. Auf seiner Haut am Hals war der Abdruck einer Knochenhand zu sehen!

Es war wirklich eine Heidenarbeit, und ich fühlte mich wie ein Detektiv der alten Schule.

Ich mußte diesen geheimnisvollen Brunnen finden und einen Mann namens Baxman.

Wenn er ein Verbrecher war, dann hatten wir ihn bestimmt registriert. Sämtliche Verbrechen und Untaten auch aus früherer Zeit waren auf den zahlreichen Bändern im Archiv des Yards gespeichert. Voller Hoffnung ging ich hin und kehrte enttäuscht zurück.

»Über Cromwells Bürgerkrieg haben wir keine Unterlagen«, erklärte mir der Leiter. »Sie haben vielleicht Wünsche, Sinclair.« Er schüttelte den Kopf und hielt mich wahrscheinlich für krank.

Dann fuhr ich zur Uni. Geschichtliche Fakultät. Bei den Historikern und Heimatforschern hatte ich vielleicht mehr Glück.

Ich traf sogar einen Professor, der sich besonders mit dem Englischen Bürgerkrieg befaßt hatte.

Er erzählte mir viel.

Über Cromwell, den Erzbischof von Canterbury, William Laud, der 1645 hingerichtet wurde, von den Independenten, die zusammen mit den Presbyterianern und den Schotten das königliche Heer 1644 bei Marston Moor und 1645 bei Naseby schlugen, und vieles andere mehr.

Nur meinem Problem kamen wir nicht näher.

»Wenn Sie mir so kommen, da bin ich überfragt. Fragen Sie doch mal einen Mann, der sich auf die Gerichtsbarkeit jener Zeit spezialisiert hat.«

»Gibt's denn auch jemanden, der die Sagen kennt?«

»Ja, Professor Rondwite. Er ist Fachmann für beides.«

»Und wo finde ich ihn?«

»In der Bibliothek.«

Ich ging ins Nebengebäude, betrat die riesige Bibliothek und fand Professor Rondwite auf einer Leiter stehend.

Er holte ein Buch aus dem obersten Regal hervor.

Als er schließlich neben mir stand, lächelte ich ihn an.

»Wer sind Sie denn?« fragte er mich mit einer lustigen Fuzzy-Stimme.

»John Sinclair.«

»Nie gehört.« Er strich sein weißes Haar zurück und schob die schmale Brille wieder vor die Augen. »Sind Sie ein neuer Schüler?«

Ich grinste. »Dazu bin ich zu alt.«

Er lachte meckernd. »Sie glauben gar nicht, junger Mann, wer heute so alles studiert. Das ist manchmal erschreckend, sagte ich Ihnen, richtig erschreckend.«

»Erschrecken Sie aber nicht, wenn ich Sie um einen Gefallen bitte. Ich komme von Scotland Yard.«

»Aha, ein Bulle.«

Jetzt mußte ich lachen. Das Wort aus dem Munde des vertrockneten Professors hörte sich wirklich lustig an. »Es kommt daher, daß ich immer mit Studenten zusammen bin«, erklärte er mir. »Kommen Sie mit, Bu... ääh, Mr. Sinclair.«

Er führte mich in sein Büro. Das enthielt so viele Bücher, daß ich kaum Platz zum Sitzen fand. Auf einem Hocker ließ ich mich dann nieder.

»Worum geht es denn?« wurde ich gefragt.

»Baxman!« erwiderte ich.

»Die Comic-Figur?« quäkte der Professor.

»Nein, die heißt Batman!«

Er lachte. »Wußte ich es doch. Wollte Sie nur auf die Probe stellen, Mister.«

Der Professor war ja ganz lustig, aber leider hatte ich nicht viel Zeit. Deshalb erklärte ich ihm in Stichworten, was ich wußte, und er machte sich Notizen.

»Viel ist es ja nicht«, meinte er zum Schluß.

»Mehr kann ich Ihnen leider nicht sagen.«

»Ich werde sehe, was ich für Sie tun kann.« Er stand auf und marschierte an seinen Regalen entlang. Dabei pfiff er den Yankee Doodle.

Dann hatte er gefunden, was er suchte. Eine uralte Schrift mit einem brüchigen Einband. Er trug sie wie ein kostbares Stück Porzellan und legte sie vorsichtig auf den kleinen Schreibtisch.

»Hier könnte es stehen.«

»Und was ist das für ein Buch?« wollte ich wissen.

»Über Prozesse. Alte Kirchenarchive. Hexenverbrennungen, Steinigungen, Folterungen – usw...«

»Aha.«

Während er blätterte, pfiff er einen Western-Song. Plötzlich unterbrach er sein Pfeifen und deutete mit dem Finger auf mich.

»Baxman«, sagte er, »ich habe ihn.«

Ich stand plötzlich unter Spannung.

»Und?«

»Er hat gelebt. War ein Köhler. Soll sich angeblich mit dem Teufel verbündet haben. Er hat zahlreiche Menschen umgebracht und sie in den Leichenbrunnen geworfen. Die Toten sind nie geborgen worden. Vielleicht liegen sie heute noch dort.«

»Und wo ist das passiert?« fragte ich.

»Nicht hier, sondern in der Grafschaft Kent. Der Ort in der Nähe hieß Swampville.«

»Ich danke Ihnen.«

»Keine Ursache. Hin und wieder arbeite ich auch für Bull... nein, für die Polizei.«

Ich verabschiedete mich und fuhr zum Yard. Auf der Karte suchte ich den Ort heraus und rief Cora Bendix an. Wir verabredeten uns für den nächsten Tag. Früh morgens wollten wir starten.

Suko wollte erst mit, doch eine private Angelegenheit kam

ihm dazwischen. Einer seiner zahlreichen Vettern war gestorben. Er mußte zur Beerdigung.

So fuhren Cora und ich allein.

An all die Nachforschungen mußte ich denken, als ich mit der jungen Frau unterwegs war. Mit Waffen hatte ich mich sicherheitshalber eingedeckt. Bis auf den Bumerang war alles in meinem Koffer verstaut. Die letzte Waffe befand sich leider in der Hand von Dr. Tod. Er hatte sie mir weggenommen, nachdem sie Tokata, dem Samurai des Satans, den linken Arm abrasiert hatte.

Das war natürlich ein schwerer Schlag, doch ich war fest entschlossen, mir den Bumerang irgendwann zurückzuholen.

Cora saß neben mir. Sie war still geworden und hing ihren Gedanken nach.

Ich konnte sie verstehen und belästigte sie auch nicht mit Fragen. Wenn sie etwas sagen wollte, tat sie dies freiwillig. Cora trug ein leichtes Sommerkostüm aus hellbeigem Leinenstoff und unter der Jacke eine farbige Bluse.

Den Motorway hatten wir verlassen und fuhren gemütlich durch die reizvolle Landschaft der Grafschaft Kent. Cora hatte die Karte auf den Knien liegen. Das Girl gab mir hin und wieder Anweisungen, wie ich zu fahren hatte.

»Nur noch ein paar Minuten, dann sind wir da«, sagte sie. »Horse Lodge.«

Sie hatte davon geträumt und davon, daß lebende Leichen dort aufgetaucht waren.

Mal sehen, ob es den Tatsachen entsprach.

Vor uns beschrieb die Straße einen großen Bogen und tauchte in einen Wald ein. Ich ging etwas mit der Geschwindigkeit zurück, bog in die Kurve ein und sah im nächsten Augenblick die Polizisten auf der Fahrbahn.

Auch Cora hatte sie entdeckt. »Was ist da los?« fragte sie. Ihre Zunge huschte aufgeregt über die Lippen, sie war blaß geworden.

»Mal sehen«, erwiderte ich und fuhr noch langsamer. Wir rollten heran.

Ein Polizist drehte sich um und hob die Hand. Er war hier die große Respektsperson.

Ich stoppte, löste den Sicherheitsgurt und stieg aus. Cora tat das gleiche.

Der Polizist kam auf uns zu. Er zog ein grimmiges Gesicht. »Fahren Sie weiter«, sagte er barsch. »Für Neugierige ist hier kein Platz.«

Ich zeigte ihm meinen Ausweis.

»Entschuldigen Sie, Sir, aber das konnte ich nicht wissen.«

»Geschenkt. Was ist passiert?«

Der Polizist hob die Schultern. »Keine Ahnung. Bauern haben uns alarmiert. Sie fanden den Wagen.«

»Sind Sie schon lange hier?« forschte ich.

»Nein, Sir. Eben erst eingetroffen.«

Ich besah mir das Autowrack. Der Unfall konnte natürlich eine ganz harmlose Ursache gehabt haben. Der Fahrer hatte nicht achtgegeben und war aus der Kurve getragen worden. Er landete im Graben und flüchtete, weil er vielleicht etwas getrunken hatte.

Wie gesagt, das war die eine Erklärung. Vielleicht hatte dieser Unfall jedoch aber auch etwas mit unserem Fall zu tun.

»Wir werden auf jeden Fall den Halter des Wagens finden«, erklärte mir der Polizist.

Davon war ich überzeugt.

Der zweite Beamte kletterte im Unglückswagen herum, streckte plötzlich seinen Kopf hervor und schlängelte sich aus dem Wagen.

»Ich weiß, wem der Wagen gehört«, sagte er. »Ich habe hier eine Karte im Handschuhfach gefunden.«

»Geben Sie her!« Ich ging dem Beamten ein paar Schritte entgegen, nahm die Karte und las halblaut. »Lionel Finch, Anwalt.«

»Wie lautete der Name?« wurde ich von dem Polizisten gefragt.

Ich wiederholte ihn.

»Nie gehört«, sagte der Mann.

»Der stammt auch aus London«, erklärte ich. »Am besten ist, Sie kümmern sich nicht um den Wagen. Lassen Sie ihn so, wie er liegt. Wenn er abgeschleppt werden soll, gebe ich Ihnen schon Bescheid.«

»All right, Sir«, sagte die beiden Polizisten und grüßten zackig, bevor sie wieder zu ihrem Streifenwagen gingen.

Die Farmer fuhren auch ab.

»Mr. Sinclair!«

Ich hörte Coras Stimme und drehte mich um. »Was gibt es, Miss Bendix?«

»Ich habe vorhin mitgehört«, erklärte sie mir. »Auch als sie den Namen sagten.«

»Und?«

»Ich kenne diesen Namen.«

Das war eine Überraschung. »Haben Sie schon mit ihm zu tun gehabt? Hat er Sie vertreten?«

»Nein, das nicht.« Sie senkte den Kopf und machte Fingerübungen, aus Verlegenheit, wie ich annahm.

»Was ist denn?« Beide Hände legte ich auf die Schultern der jungen Frau. »Reden Sie.«

»Mr. Sinclair, ich kenne den Namen. Aber nicht aus London, sondern von früher, also von meinem ersten Leben her. Der Name ist mir in den Alpträumen begegnet.«

Ich erinnerte mich. Sie hatte in der Hypnose den Namen Lionel erwähnt. War dieser Lionel Finch etwa ihr Liebster in ihrem früheren Leben gewesen? Damit hatte ich nicht gerechnet, doch die Aussage bewies mir, daß wir uns auf der richtigen Spur befanden.

»Was sagen Sie dazu?«

Ich ließ die Arme wieder sinken und hob die Schultern. »Eigentlich nichts. Das heißt, wir können froh sein, denn wir sind auf einer guten Fährte.«

»Sie meinen, daß bei Horse Lodge alle Fäden zusammenlaufen.«

»So ungefähr.«

Cora sah sich scheu um. »Aber wo ist hier der Brunnen?« murmelte sie. »Ich sehe ihn nicht.«

»Irgendwo im Wald oder am Sumpf. Wir werden fragen.«

»Und dann?«

»Weiß ich selbst noch nicht«, erwiderte ich und schaute dem abfahrenden Streifenwagen nach. Er hatte noch gewendet. Die Polizisten winkten aus dem Wagen heraus.

Wir waren wieder allein.

»Ich habe Angst, Mr. Sinclair«, gestand mir das Girl.

»Vor wem?«

»Vor der Zukunft.«

»Das brauchen Sie nicht«, beruhigte ich sie.

»Doch, Mr. Sinclair. Ich habe Angst davor, daß sich die Ereignisse der Vergangenheit wiederholen.«

Ich hörte die Worte zwar, registrierte sie jedoch nicht, denn ich hatte etwas entdeckt. Im Graben, neben der Straße, schimmerte etwas Bleiches durch die hohen Gräser.

»Bleiben Sie zurück«, sagte ich zu Cora, als ich in den Graben sprang. Sie fragte noch etwas, doch ich hörte gar nicht hin, sondern bückte mich.

Mein Fund war makaber.

Vor mir lagen Menschenknochen!

Auch Cora hatte sie gesehen und stieß einen spitzen Schrei aus. Ich fuhr herum. »Bleiben Sie, wo sie sind!« rief ich ihr zu. »Das ist nichts für Sie.«

Ich ging in die Hocke und besah mir die Knochen genauer. Ja, es waren Menschenknochen, daran gab es nichts zu rütteln. Aber man hatte sie zerstört. Von den Armen und Beckenknochen sah ich zersplitterte Reste, ähnlich verhielt es sich mit dem Schädel. Viel war von ihm auch nicht mehr zu sehen. Mir kam es vor, als wäre eine Walze über das Skelett gefahren.

Wie kam das zerstörte Skelett in den Graben? Das war die große Frage. War es überhaupt ein normales Skelett oder eine grausame Horror-Figur, die man ohne weiteres gar nicht töten konnte?

Ich faßte nach einer Hand.

Das hätte ich nicht tun sollen, denn plötzlich bewegten sich die Finger und schnappten zu. Im letzten Augenblick gelang es mir, auszuweichen, sonst hätte die Totenhand es geschafft, meinen Arm zu packen.

Das war erst der Anfang.

Es ging weiter.

Plötzlich bewegten sich sämtliche Knochen. Als würde jemand an Bändern ziehen, so rutschten sie im hohen Gras hin und her, liefen aufeinander zu und wurden zu einer Figur.

Ein Skelett entstand!

Hinter mir schluchzte Cora Bendix auf. »Mr. Sinclair, was ist das? Ich werde noch verrückt...«

»Bleiben Sie ruhig«, erwiderte ich und ließ den Knochenmann nicht aus den Augen.

Er sah schaurig aus. Die Knochen hingen ja nicht ordentlich aneinander. Sie waren zum Teil zerstört, zersplittert und zerbrochen. Das ehemalige Skelett war nur noch ein Fragment.

Aber ein gefährliches.

Ich starrte auf den Schädel. Seine linke Seite war eingedrückt, aus dem Maul stach ein langer Knochensplitter. Nur die Hände waren noch einigermaßen in Ordnung, und die wollte das Skelett an mir ausprobieren.

Dagegen hatte ich etwas.

Als die Klauen zupackten, trat ich zur Seite und zog die Kette mit dem Kreuz über meinen Kopf.

Beinahe lässig warf ich das Kreuz dem Skelett entgegen.

Es traf seinen Brustkorb. Zudem blieb es noch zwischen den Knochen stecken. Es verkantete sich.

Die Wirkung war frappierend.

Ein gleißendes, überirdisch helles Licht hüllte plötzlich das Skelett ein, blendete mich und war eine Sekunde später wieder verschwunden.

Ebenso wie das Skelett.

Kein einziger Knochen lag mehr im Graben. Nur grauer Staub bedeckte die hohen Gräser.

Und dazwischen lag mein Kreuz.

Ich bückte mich, hob es auf und hängte es wieder um. Das Kreuz ließ ich in meinen Hemdkragen rutschen.

Dann kletterte ich aus dem Graben und ging auf Cora zu, die mich ungläubig und aus großen Augen anstarrte.

Ich lächelte.

Das konnte sie auch nicht beruhigen, denn sie fragte flüsternd: »Was war das?«

»Schwarze und Weiße Magie, Miss Bendix. Zum Glück war die Weiße Magie stärker. Sie hat die andere besiegt.«

»Das... das kann ich kaum glauben.« Cora hob die Schultern, als würde sie frösteln.

»Es ist auch schwer, wenn man zum ersten Mal damit konfrontiert wird,« erwiderte ich.

Sie schaute zu mir hoch. »Sie sind nicht zum ersten Mal damit konfrontiert worden?«

»Nein.«

»Dann sind Sie gar kein normaler Polizist?«

»Eigentlich nicht.«

Jetzt lächelte sie.

»Was haben Sie?« fragte ich.

»Komisch, jetzt fühle ich mich irgendwie sicherer«, sagte sie. »Wo ich das gesehen habe. Vorhin wäre ich fast vor Angst gestorben. Dieses – dieses Ungeheuer wollte uns bestimmt töten.«

»Das ist anzunehmen.«

»Schrecklich.«

Ich öffnete die Wagentür. »Steigen Sie ein. Wir wollen auch den Rest der Strecke hinter uns bringen.«

Cora Bendix warf noch einen scheuen Blick auf den Graben und setzte sich neben mich.

Ich startete und fuhr aus der Kurve. Der Wald verschwand, und wenig später entdeckte ich den Wegweiser, der auf unser Ziel hinwies. »Da steht es«, sagte ich.

Cora nickte.

Horse Lodge entpuppte sich als ein gepflegtes Anwesen, das idyllisch in die Landschaft hineinpaßte. Gar nicht künstlich, wie man es sonst oft kannte. Hier hatten sich die Besitzer noch etwas einfallen lassen.

Vor dem Haus standen mehrere Wagen. Ich drehte den Bentley so, daß ich rasch wieder auf die Straße fahren konnte, ohne erst groß wenden zu müssen.

Wir blieben noch im Wagen sitzen. »Haben Sie irgendeine Erinnerung an diese Gegend? Aus dem ersten Leben oder aus Ihren Alpträumen?«

»Nein.«

Ich nickte. »Die einzigen Gäste sind wir nicht.«

»Ob noch mehr diese Träume gehabt haben?«

»Denken Sie an Lionel Finch.«

»Rechnen Sie damit, daß wir ihn hier treffen?«

»Bestimmt.«

»Wie kommen Sie darauf?«

Was hätte ich ihr sagen sollen? Für mich war der ganze Fall sowieso noch ziemlich fremd. Ich mußte erst Informationen sammeln. Wir hatten es hier mit Träumen zu tun. Menschen träumten von vergangenen Ereignissen, das ist an sich nichts Besonderes, aber die träumenden Menschen hatten schon einmal gelebt und während dieser Zeit den Schrecken erlebt, der sich jetzt wiederholen sollte, denn alles wies darauf hin.

Eine Hauptrolle in diesem Gruseldrama spielte ein geheimnisvoller Brunnen, den ich bereits als eine Materialisation gesehen hatte. Wo befand sich der Brunnen, und war in seiner Tiefe wirklich des Rätsels Lösung zu finden?

Ich hoffte es, deshalb machte ich mich auch jetzt bereits mit dem Gedanken vertraut, in den Brunnen hinabsteigen zu müssen.

Kein schönes Gefühl, aber es würde mir wohl nichts anderes übrigbleiben.

»Wollen wir nicht aussteigen?« fragte Cora.

»Natürlich.« Ich lächelte. »Entschuldigen Sie, aber ich war ganz in Gedanken.«

»Das habe ich bemerkt.«

Wir verließen den Wagen.

Unter den starken Ästen der Platanen gingen wir auf die Gaststube zu.

»So alt ist das Haus hier noch nicht«, meinte Cora.

»Ja, das stimmt. Zu Cromwells Zeiten hat es sicher noch nicht gestanden.«

Ich hielt Cora die Tür auf und ließ ihr den Vortritt. Keine Stimmen schallten uns entgegen. Es war ruhig, für eine Gaststätte zu ruhig.

Wir machten die ersten Schritte – und schauten genau in die Mündung eines Gewehres...

Abrupt blieb ich stehen. Mein Magen zog sich zusammen. Ich hatte etwas gegen Schießeisen, vor allen Dingen dann, wenn sie auf meinen Magen wiesen und von einem Skelett gehalten wurden.

Neben mir stöhnte Cora auf.

Verdammt, das war eine Überraschung.

Automatisch hob ich die Hände, denn nicht nur das eine Skelett befand sich im Gastraum, sondern noch zwei andere. Sie hielten sich an strategisch günstigen Stellen auf, so daß sie auch die Gäste und die Wirtsleute in Schach hielten.

Auch die beiden anderen Knochenmänner waren bewaffnet, ich konnte nichts unternehmen, ohne die anderen zu gefährden.

Schweigen lag über dem Raum. Angstvolles Schweigen. Ich spürte deutlich die Anwesenheit des Bösen und ärgerte mich, so blind in die Falle getappt zu sein.

Nun war nichts mehr zu ändern.

»Geh zu den anderen!«

Damit war Cora gemeint. Das Skelett hatte gesprochen, und die Worte drangen dumpf und drohend aus dem knöchernen Maul.

Cora warf mir einen Blick zu.

»Gehen Sie«, sagte ich, ohne die Lippen dabei zu bewegen.

Das Mädchen gehorchte.

Langsam schritt Cora auf die drei anderen Gäste und die Wirtsleute zu, die allesamt um einen runden Tisch saßen und ihre Hände auf die Platte gelegt hatten. Ein Stuhl war noch frei. Auf ihm ließ sich Cora nieder.

Ich schielte nach links und sah mir die Leute an. Sie waren mir alle fremd.

Besonders fiel mir ein jüngerer Mann auf, der braunes Haar hatte und neben Cora saß. Er hockte so auf dem Stuhl, als wollte er jeden Augenblick aufspringen. Er hatte Mühe, sich zu beherrschen.

Links neben ihm saß ein älterer Mann. Seine Haare waren bereits ergraut. Er trug einen braunen Tweedanzug und hatte ein rundes Gesicht. Die Person neben ihm war etwa in meinem Alter. Der Knabe hatte am meisten Angst. Sein längliches Gesicht war bleich wie eine leere Kinoleinwand, die etwas zu dicken Lippen zitterten, die schwarzen Haare hatte er nach hinten gekämmt.

Die Wirtsleute beherrschten sich noch am besten. Obwohl

auch die Frau Mühe hatte, ruhig zu bleiben. Ihr Mann, schon älter, wirkte in seinem kariertem Hemd und den breiten Schultern wie ein Holzfäller.

Das waren also die Geiseln.

Nur ich stand noch an der Tür und schaute in die Mündung. Wußte der Teufel, woher die Knöchernen die Gewehre hatten und wo sie selbst herkamen.

Rosig sah die Lage nicht gerade aus, es sprach auch niemand von uns ein Wort. Das Schweigen lastete schwer, nur die Atemzüge der Menschen waren zu hören.

Ich faßte mich zuerst. »Darf ich fragen, was das zu bedeuten hat?«

»Du weißt es genau!« grollte das Skelett.

»Nein.«

»Du hast einen Bruder von uns getötet. Wir haben es genau gesehen.«

»Den Knochenmann im Graben?«

»Ja.«

»Er wollte mich angreifen«, sagte ich. »Da habe ich mich gewehrt. Es war mein gutes Recht.«

»Dafür wirst du sterben«, hielt mir das Skelett entgegen.

»Willst du mich erschießen?«

»Nein, wir haben etwas anderes für dich. Du bist ein Störfaktor im magischen Spiel, und du mußt ausgeschaltet werden, bevor die Zeit der Rache beginnt.«

»Will Baxman sich rächen?« höhnte ich.

»Du weißt Bescheid, nicht wahr?«

»Ja, ich habe mich informiert.«

»Es nutzt dir nichts.«

Ich hob die Schultern. »Abwarten.«

Das zweite Skelett stand an der langen Theke. Von dort aus konnte es die Geiseln am Tisch gut im Auge behalten.

Auch dieser Knochenmann war bewaffnet, ebenso wie der dritte, der vor einem der Fenster stand.

»Geh jetzt«, sagte der Knöcherne vor mir. »Geh hinaus, wir werden dir folgen.«

Ich hob die Schultern und drehte mich um. Vorher warf ich Cora noch einen Blick zu.

Steif saß das Girl auf seinem Stuhl und zitterte. Cora hatte ebenso Angst wie die anderen.

Verständlich.

Ich ging wieder hinaus.

Das Skelett folgte mir. Diese Gestalten waren nicht nackt. Über ihren Knochenkörpern trugen sie lange, dunkelbraune Kutten, ähnlich wie Mönchsgewänder.

Angst hatte ich nicht. Ich war in meiner Laufbahn schon mit vielen anderen und gefährlicheren Gegnern fertig geworden, und ein Skelett, auch wenn es eine geladene Waffe bei sich trug, bereitete mir keine großen Sorgen. Irgendwann gab es sich bestimmt ein Blöße, dann konnte ich es überwältigen.

Der Himmel war verhangen. Dicke Wolken trieben am Firmament, es war wesentlich dunkler geworden – und kälter.

Aber diese Kälte konnten auch die Skelette ausstrahlen, denn sie waren Geschöpfe der Finsternis.

Hinter mir fiel die Tür ins Schloß. Ich riskierte es und drehte mich halb um.

Da traf mich die erste Überraschung. Hatte ich vorhin noch gedacht, mit einem Skelett fertig zu werden, so sah ich mich jetzt dreien gegenüber.

Sie waren mir gefolgt und hatten die Geiseln allein gelassen. Zuerst wollte ich lächeln, doch das verging mir, wenn ich genauer nachdachte. Die Knöchernen waren sicherlich nicht so dumm, die Menschen ohne Sicherheit zurückzulassen. Bestimmt würden sie sich nicht befreien können. Auf irgendeine Art mußte die Skelette dafür gesorgt haben.

Jetzt wurde es kritisch.

Drei Mündungen glotzten mich an. Und darüber sah ich die häßlichen Schädel der Knochenmonster. Die knöchernen Klauen hielten die Waffen umklammert, Gewehre, die eigentlich gar nicht zu ihnen passen wollten, doch ich war sicher, daß sie damit umgehen konnten.

Sie sagten kein Wort, deshalb sprach ich: »Wie geht es weiter?«

»Das wirst du schon sehen!« antwortete eines der Skelette.

Meine Neugierde war längst nicht gestillt. »Wer seid ihr?« wollte ich wissen.

Diesmal erhielt ich eine konkretere Antwort. »Die Rächer.«

Damit konnte ich zwar auch nichts anfangen, sie gab mir aber Grund für die nächste Frage. »Wen oder was wollte ihr rächen?«

»Du hast gesehen, wer dort alles versammelt war?«

»Ja, vier Menschen. Drei Männer und eine Frau.«

»Genau. Und die vier Vorfahren dieser Männer waren es, die Baxman getötet haben.«

»Moment.« Ich verstand nicht ganz. »Dort saßen nur drei.«

»Einer schmort inzwischen in der Hölle. Er war der Nachfahre desjenigen, dessen Skelett du getötet hast.«

Jetzt begriff ich überhaupt nichts mehr.

»Das müßt ihr mir genauer erklären.« Ich war wirklich neugierig geworden, denn aus Erfahrung wußte ich, daß das Auftauchen dämonischer Wesen nie ohne irgendein Motiv geschah.

So auch hier.

Dann wurde mir die Geschichte aus einer anderen Sicht erzählt. »Es geschah vor 300 Jahren, als vier Männer kamen, um den großen Baxman zu töten. Das haben sie auch geschafft. Sie ermordeten ihn und warfen seinen Körper in den Leichenbrunnen, wo er vermodern sollte. Doch sie wußten nicht, daß Baxman einen Pakt mit dem Satan geschlossen hatte. Er konnte gar nicht richtig sterben und würde irgendwann wieder erscheinen. Die Jahrhunderte vergingen, die Rache war nicht vergessen, denn die Nachkommen der vier Männer sollten dafür büßen. Drei von ihnen hast du gesehen, der vierte ist, wie ich schon andeutete, gestorben. Und heute, an diesem Tag, wird Baxman zurückkehren, um die zu ermorden, die dort versammelt sind.«

Soweit hatte ich verstanden. Ich war mir nur noch über die Rolle der Skelette im unklaren.

»Wer seid ihr?« fragte ich.

»Wir sind die Vorfahren dieser drei! Wir sind aus den Gräbern gestiegen, um Baxman zur Seite zu stehen, denn wir hatten nie Ruhe, nachdem unsere Ahnen Baxman getötet hatten. Unser Geist irrte durch die Dimensionen, wir fanden keinen Frieden, bis wir aus den Gräbern steigen konnten, um Baxman zur Seite zu stehen. Denn erst wenn die vier Nachkommen tot sind, haben wir unsere Ruhe.«

Ich verstand, wenn auch alles ein wenig kompliziert war. Ein unseliger Fluch war Wirklichkeit geworden, der nackte Horror hatte begonnen.

»Was ist mit dem Mädchen? Es hat nicht zu euch gehört?«

»Sie war der auslösende Punkt. Die schwarze Cora, wie sie früher genannt wurde, muß sterben, erst dann ist die Schmach getilgt, und Baxman kann wieder so werden wie früher.«

»Wo ist er denn?«

»Du wirst ihn noch früh genug sehen und sein Opfer werden.«

Mir rann ein Schauer über den Rücken, wenn ich daran dachte, aber im Augenblick konnte ich wirklich nichts tun.

»Dreh dich wieder um!«

Es paßte mir nicht, den Knochenmännern den Rücken zuzukehren, doch mir blieb keine Wahl.

»Geh!«

Ich schritt los. Quer ging ich über den Platz, passierte meinen Bentley und erreichte die Straße. Ich schielte nach rechts und links, doch kein Wagen ließ sich blicken. Zudem fragte ich mich, wieso die Geiseln Horse Lodge nicht verließen. Da mußte irgend etwas passiert sein.

Verdammt auch.

Jetzt ärgerte ich mich, daß Suko nicht in der Nähe war. Zu zweit hätten wir es wirklich eher schaffen können.

Ich überquerte die Fahrbahn. Auf der anderen Seite begann hohes Buschwerk, das schon bald in einen Wald überging. Am Boden merkte ich, daß der Sumpf nicht weit war. Die Erde war weich und nachgiebig. Manchmal bildete sich Wasser in den Trittstellen.

Hinter mir vernahm ich die Schritte meiner Bewacher. Manchmal entstand ein schabendes Geräusch, wenn die Knochen gegeneinanderrieben. Meine Gedanken drehten sich nur um einen Punkt. Wie kannst du die Skelette überwältigen, trotz der drei gefährlichen Waffen in ihren knöchernen Händen?

Mir fiel nichts ein.

Die andere Seite hielt wirklich sämtliche Trümpfe in den Händen.

Sumpfbirken wuchsen aus dem feuchten Boden, mannshohe

Gräser versperrten mir die Sicht, und links von mir stand der Wald wie eine dunkle Wand.

Dort mußte ich hingehen.

Schon bald duckte ich mich unter den Zweigen der Bäume. Sie standen ziemlich dicht, und eigentlich durfte es jetzt nicht schwer sein, durch einen schnellen Sidestep eine gute Deckung zu finden, denn in meinem Schulterholster steckte noch die mit Silberkugeln geladene Beretta.

Verdammt, ich war doch kein Anfänger. Es mußte doch eine Möglichkeit geben, die Skelette zu überwältigen.

Aber die waren raffiniert. Sie bildeten eine Kette, um mich von drei Seiten unter Feuer nehmen zu können, wenn ich etwas wagte.

Zudem war das Gelände eben. Kein Abhang tat sich vor mir auf, über den ich in irgendeine Mulde hätte rutschen können. Es sah also weiterhin mies aus.

Zehn Minuten waren wir sicherlich schon unterwegs, und mir war immer noch nichts eingefallen.

Dann jedoch sah ich meine Chance.

Etwa drei Schritte vor mir wuchs etwa in Kopfhöhe ein starker Ast. Ich mußte in die Hocke gehen, um unter ihm hinwegtauchen zu können.

Das tat ich auch.

Gleichzeitig aber packten meine Finger den Ast und zogen ihn machtvoll zurück.

Als ich weit genug entfernt war, ließ ich den Ast wieder los, der sofort zurückschnellte. Er wirkte wie eine Peitsche und hämmerte gegen den Schädel des Skeletts.

Ich vernahm zwar das Aufprallgeräusch, sah jedoch nicht mehr, wie der Knöcherne zurücktaumelte. Dafür hörte ich den Schuß. Rechts von mir peitschte er auf.

Das Blei jaulte dicht an meinem Kopf vorbei und sauste in den Boden, wo es Blätter aufwarf. Ich rollte hinter einen Baumstamm und zog während der Drehungen meine Beretta. Es war ein verdammtes Spiel, ich konnte nicht schnell genug sein und hatte nicht die Zeit, richtig zu zielen.

Ich feuerte zwar, aber die Kugel hackte in einen Stamm. Dafür schrammte ich mit dem Rücken über eine aus dem Boden hervorstehende Wurzel, der Schmerz lenkte mich für einen Moment ab, und das war ein schwerer Fehler.

Plötzlich stand eines der Skelette neben mir.

Mein Arm fuhr herum, ich wollte abdrücken, im selben Augenblick schlug der Knöcherne mit dem Waffenlauf zu.

Der Hieb fegte mir die Beretta aus der Hand.

Dann folgte der zweite Schlag.

Und der traf mich an der Stirn.

Ich hörte mich schreien, so heftig war der Schlag. Eine Schmerzwelle paralysierte mich. Sie raste durch meinen Kopf, tief in den Körper hinein, erfaßte jedes Glied und lähmte es. Dann war die verdammte Dunkelheit der Bewußtlosigkeit da, die mich mit in ihre unendliche Tiefe riß...

Als die Tür hinter dem Fremden und den drei Skeletten zufiel, war es erst einmal still. Niemand sprach ein Wort, jeder starrte nur vor sich hin und mußte den Schrecken verdauen.

Schließlich war es Cora Bendix, die den Anfang machte. Sie konnte einfach nicht mehr länger sitzen bleiben und sprang heftig auf. »Wir müssen ihnen nach!« forderte sie die anderen auf. »Wir können ihn doch nicht in sein Unglück rennen lassen. Los, Männer, was sitzt ihr denn noch hier so feige herum?«

Die Leute rührten sich nicht.

Cora schaute mit flammenden Blick von einem zum anderen. Das Wirtsehepaar senkte den Kopf, ebenso wie der ältere Mann im Tweedanzug oder der schwarzhaarige Typ mit den dicken Lippen.

Nur der jüngere war Coras Meinung. Er sagte: »Okay, versuchen wir es!«

»Sie werden es nicht schaffen!« mischte sich die Wirtin ein. »Es lohnt sich nicht.«

Cora schaute die Frau an. »Woher wissen Sie das?«

»Weil sie es uns gesagt haben.«

»Wann?«

In der vergangenen Nacht. Da sind sie gekommen und haben uns auf alles vorbereitet. Dieses Haus ist versiegelt. Magisch versiegelt. Wir können nur warten.«

»Auf wen?«

»Darauf, daß die anderen erscheinen und das Schicksal in die Hände nehmen.«

»Nein, das lassen wir uns nicht bieten.« Cora drehte sich entschlossen um und schritt zur Tür.

»Nicht!« rief die Wirtin, und der braunhaarige Mann wollte Cora zurückhalten, doch seine Hand griff ins Leere. Cora wollte nicht hören. Entschlossen schritt sie auf die Tür zu, griff nach der Klinke und brüllte im selben Augenblick auf.

Plötzlich stoben Funken hoch. Sie zogen ihre Bahn über den Arm des Mädchens, erreichten das Gesicht und bewirkten den mörderischen Schmerz.

Cora Bendix hing an der Türklinke wie festgeleimt.

Die anderen schauten nur – bis auf den jungen Anwalt. Lionel Finch konnte das nicht mit ansehen.

Auch er jagte von seinem Sitz hoch. Mit drei gewaltigen Sprüngen überwand er die Distanz zu dem schreienden Mädchen, packte es am Arm und riß die Hand von der Klinke.

Cora Bendix wimmerte noch immer. Sie lag am Boden, schluchzte, und Tränen rannen über ihr Gesicht.

»Okay, okay«, sagte der Anwalt, »es ist ja alles vorbei.« Er faßte Cora unter und hob sie hoch.

Das Girl schüttelte den Kopf. »Es ist so schrecklich«, flüsterte Cora. »Sie glauben gar nicht – ich hatte das Gefühl gehabt, an einer elektrischen Leitung zu hängen. Grausam...«

Lionel Finch legte seinen Arm um ihre Schultern. »Kommen Sie, ich bringe Sie zurück.«

Der Wirt hatte inzwischen ein Glas mit Whisky geholt. Als Cora sich wieder setzte, stand er schon bereit.

Der Mann reichte ihr das Glas. »Trinken Sie.«

Cora trank. Der scharfe Alkohol rann durch ihre Kehle, sie mußte husten, schluckte jedoch weiter. Schließlich war das Glas leer, die Farbe kehrte zurück in ihr Gesicht. Sie stellte das Glas auf den Tisch.

»Ich hatte sie gewarnt«, sagte die Wirtsfrau.

»Ja, ja.« Cora nickte. »Dann ist Mr. Sinclair verloren. Gegen drei Skelette hat er keine Chance.«

»Ja, so ist das«, meinte der ältere Mann im Tweedjackett und strich über sein Gesicht. »Wenn ich mich vielleicht vorstellen darf, Miss. Mein Name ist Fred McMillan.«

Cora sagte ebenfalls ihren Namen.

Der Schwarzhaarige hieß Gavin Nesbitt, und die Wirtsleute hörten auf den Namen Porter.

Fehlte nur noch der Anwalt. Er enthüllte seinen Namen zum Schluß. Als Cora ihn hörte, saß sie zuerst bewegungslos am Tisch, kalkweiß wurde ihr Gesicht.

»Was haben Sie?« fragte Lionel Finch.

»Heißen Sie wirklich so?«

»Natürlich. Warum sollte ich Sie anlügen?«

»Mein Gott, Lionel, sorry, Mr. Finch natürlich. Dann haben wir... nein, das ist ein schrecklicher Zufall.«

Lionel schaute sich verständnislos um. »Wovon reden Sie eigentlich, Miss Bendix?«

»Erinnern Sie sich denn nicht mehr?«

»Woran soll ich mich erinnern?«

»An Ihr erstes Leben!«

Jetzt war es heraus. Und die Worte hatten wie ein Schock gewirkt. Alle Anwesenden waren sprachlos. Auch der Anwalt. Er trat zurück, sein Gesicht nahm einen bestürzten Ausdruck an. Nach einer Weile fragte er: »Sie wissen genau, was Sie da eben gesagt haben, Miss Bendix?«

»Ja.«

»Ich soll demnach schon mal gelebt haben?«

»Das stimmt.«

»Gelesen, daß es so etwas geben soll, das habe ich mal. Aber ich kann mir wirklich nicht vorstellen, daß so etwas tatsächlich möglich ist.«

»Es stimmt aber.« Cora schaute jetzt alle an. »Überlegen Sie doch mal. Weshalb sind Sie hier? Ausgerechnet hier? Fremde Menschen, die nichts miteinander zu tun haben, treffen sich plötzlich in diesem einsamen Gasthaus. Das muß doch einen Grund haben.«

»Ja, sie hat recht«, meinte Fred McMillan.

»Wenn man die Sache so sieht, bestimmt«, gab auch Gavin Nesbitt zu.

»Hatten Sie nicht irgendeinen Traum?« fragte Cora.

Nach dieser Frage wurde es still. Die Blicke senkten sich, niemand schien dies so recht zugeben zu wollen, bis sich der Anwalt ein Herz faßte.

»Ja, ich hatte einen Traum«, gestand er. »Sogar mehrere.«

»Und was träumten Sie? Können Sie das sagen?«

»Natürlich, ist ja nichts Schlimmes.« Er zündete sich eine Zigarette an. »Ich träumte immer wider das gleiche. Drei Männer und ich befanden sich in einer Hütte. Wir haben einen Mann bedroht, ihn dann aus der Hütte zu einem Brunnen geführt und den Mann anschließend hinuntergestoßen. Dieser Traum wiederholte sich mehrmals, er war so intensiv, daß es mich erschreckte.« Er stäubte die Zigarette ab. »Was sagen Sie dazu, Miss Bendix?«

»Es stimmt, Mr. Finch. Der Vorgang existiert nicht nur in Ihren Träumen, sondern hat sich tatsächlich so abgespielt.«

»Das müssen Sie mir erklären«, sagte der Anwalt, und auch die anderen lauschten Coras Worten.

»Es war ein Wahrtraum. Sie, Sie und Sie.« Cora deutete auf den Anwalt, auf Fred McMillan und Gavin Nesbitt. »Sie alle müssen doch den gleichen Traum gehabt haben, der dann so intensiv wurde, daß wildfremde Menschen hierher nach Horse Lodge kamen, um sich zu treffen. Habe ich recht, Gentlemen?«

»Ja«, antwortete Nesbitt.

Und McMillan nickte.

»Das ist unwahrscheinlich«, flüsterte der Anwalt. »Aber weshalb hat man uns hergelockt?«

»Können Sie sich das nicht denken?«

»Es fällt mir schwer.«

»Dann will ich es Ihnen sagen: Damit Sie für die Sünden Ihrer Vorväter büßen. Das ist die Lösung. Der Fluch, mit dem dieser Baxman Sie alle wahrscheinlich belegt hat, soll sich in der kommenden Nacht erfüllen.«

Betroffenes Schweigen breitete sich nach den Worten des Mädchens aus. Schließlich fragte die Wirtin: »Und was haben wir damit zu tun?«

»Wahrscheinlich nichts. Sie kennen doch das Sprichwort: Mitgefangen – mitgehangen.«

»Ja, das stimmt.«

Lionel Finch dachte da am klarsten. »Ich hätte da noch eine Frage, Miss Bendix.«

Lächelnd drehte Cora sich zu Lionel Finch um. »Bitte fragen Sie, Mr. Anwalt.«

»Was haben Sie eigentlich hier auf Horse Lodge zu tun?«

»Ich bin diejenige Person, die den Ausschlag gegeben hat, daß Ihre Vorfahren sich entschlossen, Baxman umzubringen.«

Lionel Finch lächelte, doch das zerbrach sehr schnell, und sein Gesicht wurde wieder ernst.

»Moment, Miss Bendix«, sagte er forsch. »Da stimmt etwas nicht. Ihre Ahnin hat durch irgend etwas den Vorwand geliefert, daß unsere Vorfahren diesen Baxman...«

»Nein, Mr. Lionel Finch.« Cora schüttelte den Kopf. »Sie verstehen immer noch nicht. Das Mädchen, das damals ermordet wurde, bin ich, Cora Bendix. Ich bin nur inzwischen wiedergeboren worden, doch die Rache des Baxman hat auch mich getroffen und konnte auch durch Wiedergeburt nicht aus der Welt geschafft werden. Verstehen Sie nun, Mr. Finch?«

Der Anwalt wankte zurück und ließ sich auf einen Stuhl fallen. Mit der flachen Hand schlug er gegen die Stirn. »O Gott«, stöhnte er. »Oh, mein Gott, die schwarze Cora. Auch von ihr habe ich geträumt.«

»Eigentlich noch mehr, Mr. Finch.«

»Und was, bitte?«

»Ihr Ahnherr war damals unsterblich in die schwarze Cora verliebt. Er hieß damals auch Lionel Finch, ich hieß Cora und trage den Namen jetzt wieder. Eine Kette unheimlicher Zufälle, werden Sie sagen. Aber nur auf den ersten Blick. Bei genauerem Nachdenken stellt man fest, daß wir innerhalb eines magischen Spiels eingekreist sind. Wir sind nur Figuren und müssen nach Befehlen der anderen tanzen.«

Der Anwalt schaute das Girl an und schüttelte den Kopf. Er konnte es nicht fassen. »Mein Ahnherr und Ihre Vorfahrin haben...«

»Nein, nicht meine Vorfahrin, sondern ich persönlich«, erwiderte das Girl.

Plötzlich lächelte Lionel Finch. »Ehrlich gesagt, verstehen

kann ich den guten alten Lionel schon. Wenn die schwarze Cora ebenso hübsch gewesen ist wie Sie, ist das völlig klar.«

Cora Bendix wurde rot und senkte den Kopf.

Dann sprang Fred McMillan auf. »Ich glaube, es ist nicht die richtige Zeit für einen Flirt. Hier geht es wirklich um wichtigere Dinge.« Gavin Nesbitt nickte zu den Worten des Mannes.

»Was wollen Sie?« fragte Lionel Finch.

»Man hat immer von vier Männern gesprochen, die damals diesen Baxman in den Brunnen geworfen haben. Wenn Sie, Mr. Finch, einer davon sind, dann heißt das, daß unsere Vorfahren ebenfalls mitgeholfen haben, Baxman zu töten.«

»Das stimmt«, gab der Anwalt zu.

McMillan fuhr fort. »All right, wir sind unter uns, deshalb kann ich offen sein. Ich habe in der Tat ebenfalls diese Träume gehabt und bin durch sie auf die Spur dieses Hauses gekommen. Frage: Können wir gemeinsam das Unheil abwenden?«

Es wurde still. Niemand wollte sich äußern und über eine Lösung reden, weil doch alles sehr kompliziert ausah.

»Also nein«, sagte McMillan.

»Wenn John Sinclair wenigstens hier wäre«, meinte Cora Bendix.

McMillan winkte ab.

»Hören Sie mir doch mit dem Kerl auf. Der hat sich doch von den drei Skeletten abführen lassen, als wäre er ein Stück Schlachtvieh.«

»Hätten Sie sich gewehrt?« schnappte der Anwalt.

McMillan schwieg.

»Auf jeden Fall sollten wir uns nicht streiten«, schlug Cora vor, »sondern gemeinsam überlegen, was zu tun ist. Was sagen Sie denn dazu, Mr. Nesbitt?«

Der Mann sagte gar nichts. Er zuckte nur mit beiden Mundwinkeln und hob die Schultern.

»Eins steht fest: raus können wir nicht!« Der Anwalt deutete in die Runde. »Wir sind und bleiben gefangen.«

Cora Bendix hatte noch eine Frage. »Wie sind eigentlich die Skelette ins Haus gelangt?«

»Ganz einfach«, erwiderte der Wirt. »Durch die Hintertür.« Seine Frau nickte bestätigend.

»Und dann?« fragte Cora.

»Haben Sie uns gesagt, daß wir sterben müssen«, antwortete Gavin Nesbitt mit zitternder Stimme.

»Noch leben wir«, meinte der Anwalt.

»Sie sollten an sich ruhig sein«, bekam er von der Wirtin zu hören. »Schauen Sie sich mal Ihren Hals an, da sind die Abdrücke ja noch zu sehen. Beim nächstenmal haben Sie bestimmt nicht so viel Glück, Mr. Finch.«

»Falls die Skelette zurückkehren.«

Jetzt lachte McMillan spöttisch. »Warum sollten sie nicht hier erscheinen?«

»Vielleicht wird John Sinclair sie uns vom Hals halten.«

»Ach, gehen Sie doch mit diesem Typ weg. Denken Sie denn, der ist ein Wundermann?«

»Nein, aber...«

Cora mischte sich ein. »Sollten wir jetzt nicht konkret nach einer Lösung suchen?«

»Und wie sieht die aus?« fragte McMillan bissig.

»Wir müssen versuchen, die magische Sperre zu durchbrechen.«

»Das müssen Sie gerade sagen«, mischte sich der Wirt ein. »Ausgerechnet Sie, wo Sie doch...«

»Ich habe nicht gesagt, daß ich den gleichen Weg gehen will«, erwiderte das Mädchen. »Ich nehme an, es gibt noch mehr Ausgänge. Wir sollten es versuchen. Vielleicht sogar über das Dach.«

Der Vorschlag war heraus, und die Menschen schauten sich an. »Ich mache nicht den Anfang«, erklärte Nesbitt mit fester Stimme. »Bin doch nicht lebensmüde.«

»Glauben Sie, die Skelette würden Sie in Frieden leben lassen?« spottete Finch.

»Vielleicht kann man sich arrangieren.«

Der Anwalt nickte. »So sehen Sie aus.«

Gavin Nesbitt sprang auf. »Was erlauben Sie sich eigentlich, Mister. Ich fordere Sie auf...«

»Streitet euch nicht!« rief Cora. »Ihr macht alles nur noch schlimmmer.«

Nesbitt setzte sich wieder. »Aber darüber sprechen wir noch, Mr. Finch. Verlassen Sie sich darauf.«

»Meinetwegen.«

»Gibt es zwischen dem Haus und den Reitställen eine Verbindung?« wollte Cora wissen.

Der Wirt nickte.

»Dann könnten wir es dort probieren.« Cora schaute sich um. Die anderen sagten nichts, nur der Anwalt nickte. Er war einverstanden und stand auf.

»Will jemand hierbleiben?« fragte der Wirt.

Kopfschütteln.

Sie gingen.

Das Wirtsehepaar hatte die Führung übernommen. Es folgte Cora Bendix, dann der Anwalt, und zum Schluß gingen Nesbitt und McMillan. Die letzten beiden hatten am meisten Angst.

Sie durchquerten die Küche und gelangten in einen Gang, der vor einer Doppeltür endete. An den Wänden des Ganges hingen zahlreiche Bilder und Fotografien. Auf beiden waren Pferde zu sehen.

Der Wirt schob einen Riegel zurück und öffnete die Tür. Sofort schlug den Menschen der typische Stallgeruch entgegen. Eine Mischung aus beißendem Pferdeschweiß und Heu.

Der Stall war ziemlich geräumig. Der Wirt machte Licht, und die Eintretenden konnten rechterhand die zahlreichen Boxen sehen, in denen die Pferde standen.

Mit den Köpfen lugten sie über die Türen hinweg und beäugten die Menschen mißtrauisch. Unruhig bewegten sie ihre Schweife und stampften mit den Hufen auf.

Der Wirt blieb stehen und schüttelte den Kopf, wobei er noch das Gesicht verzog.

»Was ist?« fragte der Anwalt.

»Die Tiere sind so unruhig. So kenne ich sie gar nicht. Da stimmt was nicht.«

»Wie meinen Sie das?«

Der Wirt schaute nachdenklich durch den Gang, wobei er sich sein Kinn rieb. »Diese Tiere sind für normale Reiter gedacht, auch für Personen, die zum ersten Mal auf dem Rücken eines Pferdes sitzen. Daß sie sich so unruhig benehmen wie jetzt, habe ich noch nie erlebt. Nicht einmal vor einem Gewitter, und das soll schon was heißen.«

»Sollen wir nicht zurückgehen?« fragte die Wirtin.

»Wäre nicht schlecht.«

Doch dagegen hatte der junge Anwalt etwas. Entschieden schüttelte er den Kopf. »Nein, wir bleiben. Ich will das Rätsel endlich gelöst wissen. Los, kommt mit.«

Entschlossen schritt er den Gang hinunter. Niemand folgte ihm. Nicht einmal Cora.

»Bleiben Sie doch stehen, Mann!« rief McMillan. »Sie stürzen sich ins Unglück.«

Lionel Finch drehte den Kopf und winkte ab. »Hören Sie auf. Ich will endlich Klarheit haben.«

Es war schon ein ganzes Stück entfernt, stoppte aber doch, denn wie auch die anderen hatte er plötzlich den kalten Hauch gespürt, der durch den Stall strich.

Unwillkürlich zogen die Menschen ihre Köpfe ein. Der Hauch hatte keinen normalen Ursprung. Er stammte nicht von dieser Welt, sondern aus einer anderen, fremden – aus dem Jenseits...

Auch die Pferde witterten ihn.

Und sie wurden noch wilder.

Schrill wieherten die ersten auf, warfen sich in ihren Boxen unruhig hin und her, stiegen auf die Hinterhand und trommelten mit ihren Hufen gegen die Türen.

Schon splitterte das erste Holz.

»Verdammt, weg!« schrie der Wirt, riß seine Frau mit und rannte los.

Die anderen folgten.

Bis auf Cora Bendix. Sie blieb stehen, wollte Lionel nicht allein lassen.

»Komm her!« schrie sie. »Komm doch!«

Da zerklirrten die hoch angesetzten Fensterscheiben. Ein Splitterregen prasselte in den Stall, und gleichzeitig zerhämmerten die ersten Tiere ihre Boxen.

Cora Bendix schrie wie von Sinnen.

Der Schlag hatte mich geschafft. Allerdings nicht so stark, daß ich lange bewußtlos gewesen wäre. Mein Geist tauchte aus der tiefen Schwärze wieder an die Oberfläche, und ich öffnete mühsam die Augen.

Trotz der Schmerzen in meinem Schädel gelang es mir, mich umzuschauen, und was ich sah, war nicht gerade ermutigend.

Die drei Skelette hatten mich gepackt.

Zwei von ihnen hielten meine Schultern umklammert, eins hatte meine Beine genommen.

Und so trugen sie mich durch den Wald auf ihr Ziel zu.

Der Leichenbrunnen!

Noch hatten sie nicht bemerkt, daß ich wieder aus der Bewußtlosigkeit erwacht war. Ich hütete mich auch, mir etwas anmerken zu lassen, sondern sammelte meine Kräfte.

Natürlich schritten die drei Knochenmänner nicht gleichmäßig aus. Bei jedem Schritt schaukelte sie mich hin und her, und meine Kopfschmerzen nahmen zu.

Eisern biß ich die Zähne zusammen. Es gelang mir, meine Gedanken zu ordnen, und ich dachte über das nach, was mir widerfahren war. Mit Schrecken erinnerte ich mich an die Menschen, die ich zurückgelassen hatte und die jetzt hilflos waren. Was würden die Skelette oder dieser Baxman alles mit ihnen anstellen? Er wollte seine Rache, und Rache bedeutete für die Menschen Tod.

Es gelang mir, den Arm etwas anzuziehen, so daß ich mit dem Ellbogen dort fühlen konnte, wo normalerweise meine Beretta steckt.

Ja, meine Beretta.

Jetzt war sie weg.

Und bis auf das Kreuz war ich unbewaffnet, denn die anderen Sachen lagen im Koffer.

Ich mußte mir wirklich etwas einfallen lassen, um mich aus dieser Klemme zu befreien. Es lag auf der Hand, daß ich meine Kräfte auch noch nicht wieder erlangt hatte, wenn wir den Leichenbrunnen erreichten. Dafür war der Hieb zu hart gewesen.

Aus diesem Grunde mußte das Überraschungsmoment auf meiner Seite liegen, einen langen Kampf konnte ich auf keinen Fall durchstehen.

Als ich die Beine bewegen wollte, traf mich der zweite Schock. Es ging nicht.

Ich war gefesselt!

Es dauerte Sekunden, bis ich mich mit der Lage abgefunden hatte. Dann öffnete ich die Augen ein wenig weiter und warf einen Blick entlang meines Körpers in Richtung Schuhspitzen.

Sie hatten mich mit Kordeln gefesselt, jenen Dingern, die sie normalerweise um ihre Taille geschlungen trugen. Zum Glück saßen die Stricke nicht so fest, daß sie mir das Blut abschnürten. Wenn es hart auf hart ging, würde ich mich wohl von ihnen befreien können.

Wir hatten den düsteren Wald inzwischen verlassen und näherten uns dem Leichenbrunnen.

Viel heller war es hier auch nicht. Die herangezogenen Wolken hingen ziemlich tief, sie wirkten wie ein graues Tuch.

Der Brunnen war uralt, das konnte man ihm ansehen. Er war aus dicken Steinen gemauert. Ein brüchiges Holzgestänge wuchs an beiden Seiten in die Höhe, das von einem querlaufenden Balken gehalten wurde, an dem wiederum ein Laufrad befestigt war, über das ein Seil lief.

Eine einfache, aber gute Konstruktion, der auch der Zahn der Zeit nichts getan hatte.

Die unmittelbare Umgebung des Brunnens war mit Steinen belegt, sie wiesen eine dicke Moosschicht auf.

Die drei Skelette legten mich ab.

Ich wurde kurzerhand auf die Steine geworfen und hatte Mühe, meinen Schmerz zu unterdrücken, sonst wären die Horror-Wesen noch aufmerksam geworden.

Ich lag auf dem Rücken und war froh, die kalten Totenfinger nicht mehr zu spüren.

Vorsichtig winkelte ich meinen rechten Arm an. Ich wollte an das Kreuz gelangen, das leider noch durch mein Hemd verdeckt wurde. Wenn es offen lag, hatte ich vielleicht eine Chance.

Die Skelette ließ ich dabei nicht aus den Augen. Sie hatten sich um den Leichenbrunnen versammelt. Zwei von Ihnen schauten in die Tiefe, wo sich ein grausames Geheimnis verbarg, falls die Erzählungen stimmten.

Ein Skelett stand direkt neben mir. Ich konnte nicht erkennen, ob es mich beobachtete, denn leider war der Sehwinkel zu ungünstig. Deshalb setzte ich meine Bemühungen fort.

Den Arm brachte ich nicht einmal bis zur Hälfte hoch, als das dritte Skelett einen Schrei ausstieß.

Sofort kreiselten die anderen beiden herum.

Ich ahnte den Grund des Ausrufs. Die Knochenmänner hatten bemerkt, daß ich mein Kreuz hervorholen wollte.

Sie warfen sich auf mich.

Eine kalte Klauenhand packte meinen Arm und bog ihn zurück. Ein anderes Skelett schlug mir seine Knochenfaust gegen den Hals, daß ich kaum noch Luft kriegte.

Das dritte hatte sich auf meine Beine fallen lassen. Ich zog sie an. Trotz der Fesselung gelang es mir, den Knöchernen abzuschütteln. Er fiel zu Seite, doch zwei Gegner reichten auch noch. Ich traf zwar mit den Fäusten die blanken Knochen, erzielte aber keinerlei Wirkung. Mir schmerzten nur die Hände von dieser Aktion.

Dann war auch das dritte Skelett wieder einsatzbereit. Es riß meine Füße vom Boden hoch, und gleichzeitig spürte ich die Klauenhände unter meinen Achseln.

Wild warf ich meine Arme in die Höhe, drehte die Hände nach hinten, und es gelang mir, im Stoff der Kapuze meine Finger zu verkrallen.

Wütend zerrte ich daran.

Der Knochenmann, der meine Schulter hielt, verlor das Gleichgewicht und fiel auf mich. Damit hatte ich kaum etwas gewonnen, denn die andere knöcherne Gestalt schlang mir ihren fleischlosen Arm um die Kehle und drückte zu.

Ich würgte, schnappte nach Luft.

Dumpfe Stimmen drangen an meine Ohren.

Befehle.

Der Boden unter mir verschwand.

Verdammt, sie hatten es geschafft, mich in die Höhe zu hieven. Jetzt wurde es ernst.

Mein Widerstand erlahmte. Durch den Druck an der Kehle wurde mir die Luft abgeschnürt, und schon tanzten die ersten Schatten vor meinen Augen, durchzogen von farbigen Kreisen und Ringen.

Ich erschlaffte plötzlich.

Damit hatten meine Gegner nicht gerechnet. Ich sackte in ihrem Griff zusammen, und einen Atemzug lang kriegte ich wieder Luft.

Himmel, das tat gut.

Aber der Kampf war noch nicht beendet. Als ich meinen Körper hochschnellte, nutzten die Skelette die Bewegung eiskalt aus, verlängerten den wuchtigen Sprung, und plötzlich lag ich auf dem Rand des Leichenbrunnens.

Vor Schreck übersprang mein Herz einen Schlag.

»Runter mit ihm!« vernahm ich den dumpfen Befehl.

Sie stießen mich an.

Ich kippte hinten über und fiel. Doch im letzten Augenblick schnellte mein rechter Arm zur Seite. Ich hatte Glück und konnte einen der Pfosten packen.

Eisern hielt ich fest.

Sie schlugen mir auf die Finger.

Ich gab nicht nach.

Dann bogen die untoten Geschöpfe meine Finger zurück. Einzeln nahmen sie sich jeden vor.

Dem hatte ich nichts entgegenzusetzen.

Der Griff lockerte sich, wurde gelöst.

Ein harter Stoß, ein Schlag gegen die Schulter...

Ich fiel in den Brunnen. Die verdammten Skelette hatten ihr Ziel erreicht...

Alles ging rasend schnell.

Die Beine waren gefesselt, doch die Hände hatte ich frei. Der Schacht war ziemlich eng, fast wie eine Röhre. Ich raste in die Tiefe, hatte dabei das Gefühl, mein Herzschlag würde stehenbleiben, und plötzlich dehnten sich die Sekunden. Die Zeit schien auf einmal stehenzubleiben.

Ich schlug um mich.

Meine Arme prallten gegen die Tunnelwände, gegen glatte, mit Moos bedeckte Steine, aber nicht nur das. Ich schlug plötzlich mit dem Ellbogen gegen einen hervorstehenden und in der Tunnelwand verankerten Gegenstand.

Instinktiv griff ich zu.

Mit beiden Händen!

Meine Fingernägel brachen, ich spürte einen reißenden Schmerz, erst in der Schulter, dann in den Händen.

Ich schrie auf. Die Schmerzen waren kaum zu ertragen.

Der rasende Fall aber wurde gebremst – und ich hing fest.

Jawohl, ich hatte mich fangen können an den Steigeisen, die in der Tunnelwand fest verankert waren.

Zwei Sekunden lang geschah nichts; ich konzentrierte mich auf den Schmerz in den Schultergelenken, während mir die Tränen über die Wangen rannen. Dann fuhr es mir wie ein Eissplitter durch mein Herz. Etwas rieselte mir auf die Handrücken.

Rost!

Panik erfaßte mich. Ich wollte meine Beine bewegen, schaffte es aber wegen der Fesseln nicht, zog sie an und fand ein weiteres Steigeisen. Dadurch konnte ich das Gewicht verlagern, hing nicht nur an einem Eisen.

Erst einmal ausruhen, auch wenn es nur ein paar Sekunden waren. Ein Blick nach oben.

Beinahe winzig sah die Brunnenöffnung von hier unten aus. Im nachhinein erfaßte mich ein Schauder, wenn ich daran dachte, welch eine Strecke ich zurückgelegt hatte.

Von den Skeletten sah ich nichts mehr. Sie hatten sich verzogen. Ich drehte den Kopf und schaute nach unten.

Den Grund den Brunnens konnte ich nicht sehen. Alles verschwamm in der Finsternis.

Kletterte ich nach oben, oder schaute ich mir den Brunnen an? Das war die Frage.

Der gesunde Menschenverstand riet mir, wieder hochzuklettern, doch ich war Polizist, Geisterjäger, was Sie wollen. Und ich hatte einen Fall am Hals, den es zu lösen galt.

Ich mußte über das Rätsel dieses geheimnisvollen Leichenbrunnens Bescheid wissen.

Ich fühlte meine Taschen ab.

Die kleine Bleistiftlampe trug ich bei mir. Ein Lichtblick wenigstens. Vorsichtig holte ich die Lampe hervor, hielt sie nach unten und knipste sie an.

Der feine Lichtstrahl verlor sich aber in der Schwärze. Er erreichte den Grund nicht.

Demnach hatte ich noch eine ganz schöne Strecke vor mir. Ohne lange zu zögern machte ich mich auf den Weg, wobei ich hoffte, daß die Steigeisen mein Gewicht halten würden.

In meinen Schultern hatte ich noch immer kein Gefühl. Zudem zitterten mir die Arme, und auch die Finger schmerzten. Aber ich lebte. Und das war am wichtigsten.

Zuerst mußte ich meine Beinfesseln loswerden. Erst dann konnte ich weitersehen.

Allzu hastig durfte ich mich dabei nicht bewegen, das hätten die Steigeisen auf keinen Fall ausgehalten.

Mit der linken Hand hielt ich mich fest, klemmte die Lampe zwischen die Zähne, beugte meine Oberkörper nach unten und streckte den rechten Arm aus.

Meine Fingerkuppen tasteten nach den Knoten in den Stricken. Es war kein Kunststück, sie aufzupulen, auch nicht mit einer Hand.

Die Fesseln fielen.

Befreit atmete ich auf. Jetzt konnte ich mich endlich besser bewegen. Ich ging etwas in die Hocke, streckte mein Bein aus und suchte mit den Zehen das nächste Steigeisen.

Ich fand es. Eine kurze Prüfung, ob es genügend Halt gab – ich war zufrieden –, dann verlagerte ich mein Gewicht und löste auch die Hand von dem Steigeisen.

Auf diese Art und Weise stieg ich hinab, und das helle Loch über mir wurde kleiner und kleiner.

Gleichzeitig verschlechterte sich die Luft. Vom Boden her stiegen Gase auf, die mir den Atem raubten. Wer für längere Zeit hier unten eingeschlossen war, erstickte mit Sicherheit. Einmal stieß ich mit der Schulter gegen ein weicheres, länglicheres Teil. Ich faßte nach und hielt ein Seil in der Hand.

Es schien bis zum Boden durchzuhängen.

Ich aber kletterte weiter, hangelte mich nicht am Seil hinunter und erschrak bis ins Mark, als ich auf einmal ins Leere trat. Hörten die Sprossen jetzt auf?

Ich nahm die Lampe und leuchtete dicht an der Brunnenwand nach unten.

Diesmal traf das Licht den Grund. Ich sah ebenfalls, daß ein Steigeisen fehlte. Deshalb hatte ich ins Leere getreten.

Weiter.

Über mir rieselte es von der Wand. Rost und Dreck regneten mir ins Gesicht und auf die Haare.

Zum Glück hielten die Eisen.

Ich war gespannt, was und wer mich auf dem Grund erwarten würde. Noch einmal leuchtete ich.

Etwas glänzte dunkel. Eine Wasserpfütze, die das Licht der Lampe zurückwarf. Noch ein Steigeisen hatte ich zu überwinden, dann konnte ich springen.

Ich landete sicher.

Meine Füße versanken bis zu den Knöcheln im Matsch. Ansonsten klebte mir die Kleidung am Körper. In Bächen lief der Schweiß über mein Gesicht, das Atmen wurde zur Qual.

Ich leuchtete den Grund des Brunnens ab. Es lag viel Gerümpel herum. Alte Lappen, Eimer, modrige Holzstücke, Abfall, und ich sah auch Ratten.

Sie huschten weg, als sie in den Strahl der Lampe gerieten. Von diesen Viechern hatte ich die Nase nach meinem Abenteuer mit dem Rattenkönig gestrichen voll.

Die Ratten verschwanden in einem Gang.

Ich ging einen Schritt vor und leuchtete hinein. Der Gang war sehr niedrig angelegt, ich mußte schon kriechen, wenn ich ihn durchqueren wollte.

Von dem geheimnisvollen Baxman sah ich nichts.

Existierte er überhaupt? Oder war alles nur eine Lüge? Wenn ich allerdings an die Skelette dachte, dann glaubte ich doch daran, daß dieser Baxman irgendwie gegenwärtig sein mußte.

Und er war da.

Allerdings hockte er nicht im Gang, sondern ganz woanders. Er überraschte mich mit seinem Auftauchen.

Plötzlich bewegte sich unter meinen Füßen die Erde. Sie wurde von einer unbekannten Gewalt regelrecht aufgeworfen. Eine Klaue griff nach meinem rechten Fuß, zerrte daran. Ich konnte mich nicht rasch genug fangen und fiel hin.

Mit dem Rücken schrammte ich über die Tunnelwand, stützte

mich mit dem linken Arm ab und leuchtete mit der Lampe in die Richtung, wo sich die Erde bewegte.

Ein Kopf, eine Schulter erschienen.

Baxman kam.

Und er war ein Monster!

Der Splitterregen ergoß sich in das Innere des Pferdestalls und bedeckte auch Cora Bendix.

Sie schrie auf, als die kleinen Scherben in ihre Gesichtshaut schnitten, duckte sich dann und preßte beide Hände gegen ihre Wangen.

Im Nu erfüllte der eisige Hauch den gesamten Pferdestall. Die Tiere waren nicht mehr zu halten. Sie rissen sich kurzerhand los und rasten aus ihren Boxen.

Bis zur Wand war kaum Platz. Die ersten Pferde rannten dagegen und warfen sich schrill wiehernd herum.

Es war die Hölle.

Instinktiv tat das Mädchen genau das Richtige. Cora warf sich zurück, sie flüchtete in eine der Boxen, wo sie sich in relativer Sicherheit befand.

Anders als der junge Anwalt. Er registrierte die Gefahr zwar, aber er unterschätzte sie. Lionel Finch kam nicht so schnell von der Stelle. Neben ihm krachte die Tür einer Box auf. Mit hocherhobenen Vorderfüßen schnellte ein Pferd hervor, Panik in den Augen und hellen Schaum vor dem Maul.

Lionel Finch riß beide Arme vor sein Gesicht, als er die schlagbereiten Hufe sah. Gleichzeitig wuchtete er seinen Körper zur Seite, doch er war nicht schnell genug, da das Tier hart ausschlug.

Der junge Anwalt spürte einen mörderischen Schlag an der Schulter und wurde von der Wucht um die eigene Achse gewirbelt. Er schrie, als er auf dem harten Boden landete.

Das Pferd tobte über ihm. Es wieherte schrill. Dieses Geräusch hörte sich für den jungen Anwalt an wie das grausame Rufen der Hölle.

Zum Glück lag er ziemlich weit hinten im Gang. Direkt an der letzten Box, und der Gaul wandte sich zur anderen Seite. Er schlug aber noch seine Beine nach hinten aus, verfehlte den Kopf des jungen Mannes nur knapp, traf dafür dessen Hüfte.

Lionel Finch krümmte sich.

Und durch die zerschlagenen Scheiben wehte weiterhin der eiskalte Odem aus dem Jenseits.

Alle Tiere hatten jetzt die Boxen verlassen. Sechs Pferde tobten in dem engen Gang.

Sie wollten raus.

Im Gegensatz zur Gaststätte war dieser Bau nur aus Holz zusammengesetzt – auch die Wände.

Das schienen die Tiere zu wissen. Sie bäumten sich auf, traten mit ihren Hufen gegen die Wand und wollten sie einschlagen. Wolken von Heu wirbelten hoch und verschlechterten die Sicht. Das schrille Wiehern der Pferde wurde zu einer regelrechten Massenpanik. In ihrer Verzweiflung verletzten sie sich gegenseitig, traten mit ihren harten Eisen zu, rissen sich die Flanken auf und gerieten durch den Schmerz nur noch mehr in Rage.

Cora Bendix hockte zitternd in der Pferdebox und beobachtete die völlig verrückten Tiere. Ihre Augen waren angstgeweitet, sie betete, daß die Pferde es endlich schafften.

Gemeinsam packten sie es. Der geballten Kraft ihrer sechs Hufe hatte das Holz der Außenwand nichts mehr entgegenzusetzen. Es splitterte und krachte.

Die ersten Latten brachen. Sie kippten nach außen, und noch mehr der kalten Jenseitsluft drang in den Pferdestall.

Das erste Tier stürmte nach draußen. Die Öffnung war noch nicht groß genug. An den Latten riß es sich die Haut auf, Blut lief ihm über den Kopf, dann brachen ein paar Streben, und der Gaul stürmte nach draußen.

Er kam nicht weit.

Plötzlich geschah etwas, was Cora Bendix faszinierte und gleichzeitig entsetzte.

Das erste Pferd hatte kaum ein Dutzend Sprünge hinter sich gebracht, als mitten aus dem Boden plötzlich eine Flammenwand in die Höhe schoß.

Cora Bendix schrie, als sie dies sah. Die Flammen wuchsen in Sekundenschnelle himmelan, sie wurden nicht bewegt, sondern standen starr und verströmten auch keine Hitze.

Es war ein kaltes, magisches Höllenfeuer!

Das erste Pferd raste auf die Flammen zu. Es hatte keine Chance auszuweichen und tauchte geradewegs in die feurige Wand hinein.

Ein schrilles, schmerzgepeinigtes Wiehern, hoch bäumte sich das Tier noch einmal auf, und Cora Bendix sah, wie es auf eine grausame Art und Weise verging.

Das Fell des Tieres fiel ab, als wäre es nur ein alter Lappen. Das Fleisch verschmorte zu Asche, ebenso wie die blanken Knochen. In Sekundenschnelle lief der Vorgang ab, und zurück blieb Staub.

Den anderen Pferden drohte dasselbe Schicksal. Sie hatten sich ebenfalls losgerissen und tobten in dem engen Gang. Ihre zustoßenden Hufe hackten das Loch in der Wand noch weiter auf, so daß sie zu zweit nebeneinander ins Freie stürmen konnten.

Wiehernd galoppierten sie auf die Flammenwand zu.

Mit ihnen geschah das gleiche. Sie vergingen und wurden rasch zu Asche.

Cora wischte sich über die Augen. Die Ruhe kam ihr plötzlich gespenstisch vor. Sie hörte nicht mehr das schrille Wiehern und auch kein Prasseln des Feuers. Es brannte ruhig, in blauroten, kalt leuchtenden Farben.

Cora stand auf. Sie zitterte und hatte das Gefühl, jeden Augenblick umfallen zu müssen. Seltsamerweise schaffte sie es, die Box zu verlassen. Sie schaute durch die entstandene Öffnung in der Mauer und warf der Flammenwand einen scheuen Blick zu.

Ihre Befürchtung bestätigte sich nicht. Die Flammen rückten nicht näher.

Cora atmete auf. Sie duckte sich instinktiv, als sie durch die Öffnung nach draußen schritt.

Vorsichtig bewegte sie den Kopf nach links und blickte dorthin, wo sich die Gaststätte befand.

Dort brannte ebenfalls das Feuer. Die Flammen mußten das gesamte Gelände eingeschlossen haben. Sie hatten somit den Menschen jeglichen Fluchtweg versperrt.

Baxman konnte seine Rache ungestört vollenden.

Dieser Gedanke jagte der jungen Frau Angst ein. Sie dachte an ihre Träume und an ihr erstes Leben, und plötzlich lag die Möglichkeit, abermals im Leichenbrunnen zu sterben, gar nicht mehr in so weiter Ferne. Sollte sich ihr Schicksal zweimal innerhalb dieses grausamen Brunnens erfüllen?

Cora konnte nicht weiter darüber nachdenken, denn ein stöhnender Hilferuf ließ sie herumfahren.

Mein Gott, Lionel Finch! An ihn hatte sie überhaupt nicht mehr gedacht in all ihrer Panik. Jetzt machte sie sich Vorwürfe. Dabei war ihr der Mann von der ersten Begegnung her schon sympathisch gewesen. Wenn es so etwas wie Liebe auf den ersten Blick gab, dann hatte es Cora erwischt. Vor 300 Jahren hatten sie nicht zusammenbleiben können, und nun sah es ebenfalls so aus, als würde es in dieser Richtung unüberbrückbare Schwierigkeiten geben.

Cora lief zurück in den Stall.

Die Boxen waren zum größten Teil zerstört. Die Pferde hatten mit ihren scharfen Hufen die Seitenwände der kleinen Ställe regelrecht zerfetzt. Auch einige Stützbalken waren eingeknickt, deshalb hing sogar ein Teil der Decke schief.

Cora fand Lionel Finch am Ende des Ganges. Dort lag er auf dem Boden, schmerzverzerrt war sein Gesicht. Als er Cora sah, versuchte er sich aufzurichten. Er schaffte es kaum, in eine sitzende Stellung zu gelangen.

»Lionel!« rief das Mädchen und rannte zu ihm, wobei es über die am Boden liegenden Holzstücke sprang. »Mein Gott, Lionel, was ist nur geschehen?« Sie ging neben dem Anwalt in die Knie und umfaßte mit beiden Händen das schweißfeuchte Gesicht.

Finch stöhnte auf. »O verdammt, mich hat es erwischt.«

»Wo?« Coras Blicke tasteten den Körper des Verletzten ab.

»An der Hüfte, im Rücken, ich glaube überall.«

»Können Sie aufstehen?«

Lionel quälte sich ein Lächeln ab. »Mit Ihrer Hilfe vielleicht, Cora.«

»Okay, versuchen wir's.« Cora packte den jungen Anwalt und wollte ihn hochhieven, doch der fiel mit einem Laut des Schmerzes wieder zurück.

»Verflucht, mein Bein. Da hat mich auch irgend etwas getroffen.« Er holte tief Luft. »Warten Sie, ich setze mich anders hin.«

Lionel rutschte zur Seite, bis er mit dem Rücken an der noch heilen Wand lehnte. Dabei hatte er die Lippen fest zusammengepreßt. Er wollte vor dem Mädchen keine Schwäche zeigen.

»So, jetzt versuchen wir es noch einmal«, sagte er gepreßt.

Wieder half Cora.

Und diesmal klappte es besser. Dank Coras Unterstützung gelangte der junge Anwalt auf die Beine.

Schweratmend blieb er stehen. »Danke«, keuchte er, »vielen Dank.« Er quälte sich ein Lächeln ab. »Wo sind eigentlich die anderen hin?«

»Geflohen.«

»Und Sie?«

»Ich... ich...« Sie senkte den Blick. »Ich konnte Sie doch nicht allein lassen.«

»Danke. So etwas findet man selten.«

Das Girl wurde rot.

»Und jetzt?« fragte Lionel.

»Gehen wir zu den anderen. Oder?«

»Meinetwegen. Mit Ihrer Unterstützung schaffe ich alles.« Er lächelte wieder.

Langsam gingen sie los. Lionel Finch hatte wirklich Mühe, trotz der Hilfe seine Beine zu bewegen. Zumeist schleiften sie über den Boden, aber er biß die Zähne zusammen und ließ sich nicht hängen.

Sie kamen auch dort vorbei, wo die Wand von den Pferdehufen eingeschlagen war.

Lionel blieb stehen. »Was ist denn hier geschehen?«

»Die Pferde haben sich den Weg in die Freiheit buchstäblich ertrampelt«, erklärte Cora.

»Das darf doch nicht wahr sein.«

»Was?«

»Die Flammen.« Der Anwalt streckte den Arm aus. »Diese Feuerwand – wo kommt sie her?«

»Keine Ahnung.«

»Dann sind wir gefangen.«

Cora nickte. »Es sieht so aus.«

Der Anwalt wischte sich über die Stirn. »Hätte ich das alles vorher gewußt, wäre ich gar nicht hergekommen.« Seine Stimme wurde zu einem Flüstern. »Wie sehen Sie unsere Überlebenschancen, Cora?«

Das Mädchen hob die Schultern.

»So würde auch meine Antwort lauten. Was ist eigentlich mit den Pferden geschehen?«

»Sie sind verbrannt.«

Lionel schaute sie groß an. »Sind die Tiere in die Flammen hineingelaufen?«

»Ja.« Und dann berichtete Cora mit stockender Stimme, was sie gesehen hatte.

»Nein, das ist kein normales Feuer«, sagte Lionel Finch. »Das stammt aus der Hölle.«

»Genau.«

Sie wollten weitergehen, doch Finch hatte etwas entdeckt. Er machte Cora darauf aufmerksam.

»Da, sehen Sie, in den Flammen!«

Cora schaute hin.

Undeutlich sah sie jenseits der still stehenden Feuerwand drei Gestalten. Sie gingen auf die Flammen zu und passierten sie, als wären sie gar nicht vorhanden.

»Die Skelette«, hauchte das Mädchen.

Und Lionel flüsterte: »Jetzt sind wir verloren!«

Endlich sah ich ihn!

Baxman, um den sich alles drehte, die lebende Leiche, der Untote, der die Jahrhunderte überdauert hatte. Er stieg aus der Erde, ein monsterähnlicher Mensch mit breiten Schultern, einem gewaltigen Brustkorb und einem Schädel zum Fürchten.

Meine Lampe erhellte die unmittelbare Umgebung zwar kaum, trotzdem konnte ich sein Gesicht erkennen.

Es war eine grauenhafte Fratze. Breitflächig, mit wulstigen Lippen, einer dicken Haut, auf der fingerdicke Pusteln wuchsen. Augenbrauen hatte Baxman nicht, seine Augen jedoch quollen aus den Höhlen und waren ohne Gefühl.

Wie zwei Steine...

Die Haare hingen wirr an seinem Schädel herab. Sie waren

174

verkrustet. Dreck und Staub hatten ihre Spuren hinterlassen. Man sah diesem Ungeheuer an, welch eine Kraft in ihm steckte.

Ich war weit in die Ecke zurückgewichen und hielt nach wie vor die Lampe.

Als Baxman seinen Kopf schüttelte, flogen mir ein paar Klumpen ins Gesicht. Dann stieß er einen röhrenden Laut aus und drehte sich um.

Er war bewaffnet.

Die gefährliche Axt hielt er in der rechten Hand, ein mörderisches Instrument, das die Jahrhunderte überdauert hatte und mit dem er weitermorden wollte.

Ich löschte die Lampe.

Es wurde dunkel.

Langsam stemmte ich mich hoch. Ich nahm den Modergeruch wahr, der mir entgegenströmte, und mein Magen rebellierte. Mit beiden Händen tastete ich nach meinem Kreuz, die einzige Waffe, dir mir noch geblieben war.

Denn eins war sicher.

Baxman wollte mich töten!

Wild stampfte er mit dem Fuß auf und knurrte drohend. Die Schneide der Axt blitzte.

Mit dieser Waffe, die nicht verrostet war, hatte er vor 300 Jahren bereits getötet, und diesmal wollte er auch wieder damit morden.

Ich holte mein Kreuz hervor. Zum Glück war es dunkel, und Baxman würde die Bewegung kaum wahrnehmen, so hoffte ich wenigstens. Ich war froh, als meine Finger das geweihte Metall umfaßten. Ein Strom von Wärme durchpulste meinen Körper und gab mir Ruhe und Gelassenheit, so daß ich Baxman gegenübertreten konnte.

Er drehte sich.

Ein furchtbares Röcheln drang aus seinem Maul, als er den Körper regelrecht schüttelte, und da griff ich an.

Ich schleuderte mein Kreuz.

Es war ein wuchtiger Wurf. Ich hatte auf das Gesicht des lebenden Toten gezielt, doch Baxman überraschte mich.

Blitzschnell und kaum mit den Augen zu verfolgen, riß er seine Axt hoch. Er hielt die starke Schneide als Deckung vor sein Gesicht, so daß das Kreuz dagegenklirrte.

Ich hörte den hellen, singenden Ton, der regelrecht in mein Innerstes schnitt, dann trudelte das Kruzifix zu Boden.

Jetzt war ich waffenlos.

Mit dem alten Schuh stampfte Baxman auf dem silbernen Kleinod herum. Ein dumpfes Grollen drang über die fransigen Lippen, sein gewaltiger Brustkorb hob sich.

Ich schaltete die Lampe ein.

Messerscharf traf der Strahl sein Gesicht.

Er schüttelte den Kopf und riß seinen Arm hoch. Es war der freie, der linke, mit dem rechten aber schlug er zu.

Ich hatte sekundenlang gezögert, einzugreifen, und das war mein Glück. Hätte ich versucht, das Kreuz aufzuheben, dann hätte mir die Schneide der Axt den Schädel abgetrennt. So aber verfehlte sie mich um Haaresbreite.

Im nächsten Augenblick aber entbrannte in dem engen Brunnenverlies ein Kampf auf Leben und Tod.

Dieses untote Ungeheuer war voll auf Mord und Vernichtung programmiert. Und ich sollte sein Opfer sein.

Baxman fuhr herum. Ich sah nur seinen Schatten, weil ich die Lampe auch nicht mehr halten konnte, denn ich benötigte beide Hände, um die Angriffe abzuwehren.

Baxmans Fäuste umklammerten den Axtgriff. Aus der Drehung heraus schlug er zu.

Ich hörte sogar den Luftzug, als die blitzende Klinge von oben nach unten schräg auf mich zuraste. Wuchtig warf ich mich zur Seite und prallte frontal gegen die feuchte Wand, doch die Axt hatte mich verfehlt. Sie hämmerte in die Wand, sehr tief, und sie blieb mit der Schneide darin stecken.

Bevor Baxman die Waffe wieder hervorziehen konnte, blieben mir ein paar Sekunden. Ich wirbelte herum und warf mich mit vollem Gewicht gegen die Beine des Untoten.

Baxman, der nach dem Griff hatte fassen wollten, verfehlte ihn und geriet ins Wanken.

Er fiel hin.

Wie ein Blitz war ich über ihm. Diesmal gebrauchte ich meine Fäuste. Meine Doubletten kamen knallhart. Links und rechts trafen ihn die Schläge. Das Monster wurde regelrecht durchgeschüttelt, aber es zeigte keinerlei Wirkung.

Statt dessen schmerzten mir die Fäuste, und der Zombie riß plötzlich seinen Schädel hoch.

Ich ahnte die Bewegung mehr, als daß ich sie sah, konnte nicht mehr ausweichen, und seine Stirn krachte gegen die meine. Ein ganzes Feuerwerk blitzte vor meinen Augen auf. Ich fiel nach hinten und hatte erst einmal Sendepause.

Doch das Wissen um die unmittelbare Gefahr trieb mich wieder an. Ich durfte jetzt nicht bewußtlos werden, denn das würde mein Ende bedeuten.

Hart riß ich mich zusammen, atmete tief, schnell und keuchend. Langsam ging es mir besser.

Baxman griff noch nicht an. Er war dabei, die Axt aus der Wand zu zerren.

Ich zog meine Beine an.

Als Baxman an der Axt hantierte, schnellte ich mit meinem gesamten Körper vor. Beide Füße trafen das Monster in den Rücken und wuchteten es nach vorn.

Baxman klatschte gegen die Wand.

Ich aber stützte mich ab und kam wieder auf die Füße. Natürlich war ich nicht fit, ich taumelte, denn der Luftmangel und die Folgen der Schläge machten mir zu schaffen.

Ich dachte nur an mein Kreuz. Wenn ich es in die Hand bekam und richtig einsetzen konnte, war alles gerettet.

Doch in der Dunkelheit das Kruzifix zu finden war verdammt schwer. Zudem hatte Baxman es in den Boden getreten, das Silber leuchtete also nicht.

Ich schaltete wieder die Lampe ein und beobachtete Baxman, der mit einem Knurren herumfuhr.

Er hatte seinen Mund geöffnet. An der Lippe entlang tropfte gelblicher Schleim.

Ekel stieg in mir hoch.

Ich bewegte meine Hand mit der Lampe und zeichnete Zickzacklinien in Baxmans Gesicht.

Er röhrte wütend und schlug wieder zu.

Es lag ungeheuer viel Kraft hinter diesen Hieben. Diesmal

tauchte ich nach rechts weg und jagte ihm die gekrümmte Karatehand gegen den Arm.

Jeden anderen Menschen hätte dieser Schlag ausgeschaltet. Nicht Baxman, den Untoten. Er geriet zwar aus seiner ursprünglichen Angriffsrichtung, aber sein Drang, mich zu töten, war längst nicht gestoppt. Im Gegenteil, beim nächsten Angriff trat er mit dem rechten Fuß zu.

Darauf war ich nun nicht vorbereitet. Ich kassierte den Tritt voll, wurde bis gegen die Wand geschleudert und spürte erst dann den feurigen Schmerz.

Ich hatte das Gefühl, mein Körper wäre in der Mitte auseinandergesägt worden. Unbewußt krümmte ich mich zusammen, die Lampe hielt ich noch fest, der feine Strahl leuchtete jetzt den Boden an.

Ich stöhnte auf. Meine Lungen drohten zu platzen, sie bekamen kaum noch Sauerstoff, und das verdammte Monster war noch immer in blendender Form.

Sein Schatten glitt an der Wand hoch, und ich sah, wie er weit ausholte. Diesmal zu dem alles vernichtenden Hieb, der mich buchstäblich in zwei Hälften spalten sollte.

Noch befand sich der Arm hinten, dann schleuderte er ihn vor. Unheimlich schnell raste die mörderische Schneide auf mich zu. In dieser Sekunde der tödlichen Gefahr wuchs ich über mich selbst hinaus. Plötzlich waren die Schmerzen verschwunden, jede Faser meines Körpers schrillte Alarm, und ich ließ mich im buchstäblich letzten Moment auf die Knie fallen.

Es gab ein dumpfes Geräusch, als die Schneide der Axt in die Wand wuchtete. Von der eigenen Kraft vorangetrieben, fiel der schwere Untote gegen mich und drückte mich mit seinem Gewicht zu Boden.

Ausruhen wollte ich mich nicht. Ich legte beide Fäuste gegeneinander und rammte sie in die Höhe.

Es war ein Schlag, in den ich alles hineingelegt hatte, und er erzielte auch seine Wirkung. Baxman wurde von mir weg und zur Seite geschleudert.

In den nächsten Sekunden reagierte ich automatisch. Meine Tätigkeiten wurden von Reflexen gesteuert. Während Baxman

178

noch am Boden lag, packte ich mit beiden Händen den Stiel der Axt und riß die Waffe aus der Wand.

Ich schaffte es beim zweiten Versuch.

Dann hatte ich die Axt. Mit ihr in der Hand wirbelte ich herum und schlug aus der Drehung zu.

Das Instrument war ziemlich schwer, und – einmal unterwegs – kaum zu stoppen. Das merkte auch ich, aber ich hielt nicht fest genug. Die schwere Axt rutschte mir aus beiden Händen, erhielt durch die Schlagbewegung einen raffinierten Drall und schoß wie eine Rakete hoch in den Brunnen, wo sie einen Bogen schlug und mit der Schneide ausgerechnet zwischen zwei Steinen in einem Spalt steckenblieb.

Es gibt solche Zufälle im Leben, hier hatte ich es mit einem zu tun. Ich hätte heulen können vor Wut, aber jetzt standen die Chancen ungefähr gleich.

Auch Baxman war waffenlos.

Doch hier irgendwo lag noch mein Kreuz. Wenn ich es fand, hatte ich gewonnen.

Der Zombie fuhr herum. Er hatte die Arme ausgestreckt und die Finger gekrümmt. So wollte er mich packen, doch ich schleuderte ihn mit einem Schulterwurf zu Boden. Dicht neben der Lampe blieb Baxman liegen, war aber schnell wieder auf den Beinen, bevor ich nach meinem Kreuz suchen konnte.

Dann tat er etwas, womit ich nie gerechnet hätte.

Baxman floh!

Er packte eines der Steigeisen, das auch sein Gewicht hielt, und zog sich daran in die Höhe. Mit nahezu affenartiger Geschwindigkeit kletterte er den Brunnenschacht hinauf.

Ich fluchte wild und suchte weiter. Verdammt, wo lag das Kreuz?

Ich nahm die Lampe zu Hilfe, suchte den matschigen Boden ab, wühlte ihn auf und fand das Kruzifix.

Ein Stöhnen der Erleichterung drang über meine Lippen. Endlich hatte ich es.

Doch Baxman war verschwunden.

Daß er weiter kletterte, merkte ich daran, wie mir Erde und Rost auf den Kopf rieselten. Die kleine Lampe hielt ich jetzt in der linken Hand und leuchtete hoch.

Ich sah Baxman nicht mehr, so weit war er voraus.

Es hatte keinen Zweck, das Kreuz hinter ihm herzuschleudern, sein Vorsprung war zu groß.

Und verfolgen?

Ich merkte, wie meine Knie zitterten. Auf einmal drehte sich alles vor meinen Augen, ich fiel nach vorn, wollte mich noch an der Wand abstützen, verfehlte sie aber.

Schwer knallte ich zu Boden und blieb erschöpft liegen, während die Finger meiner rechten Hand das Kreuz umklammert hielten...

Der Anblick der durch die Flammenwand schreitenden Skelette faszinierte die beiden Menschen. Sie hatten so etwas noch nie gesehen, und es war auch gegen alle Naturgesetze, daß so etwas überhaupt möglich war.

Aber den Knöchernen konnte das Feuer nichts anhaben. Sie schritten hindurch, als würde es überhaupt nicht existieren.

»Sagenhaft«, flüsterte der junge Anwalt. Er spürte kaum, daß sich Cora fest gegen ihn preßte, so sehr nahm ihn der Anblick der wandelnden Skelette gefangen.

Cora nickte nur.

Die Knöchernen nahmen nicht Kurs auf den Reitstall, sondern bogen ab zum Haupthaus. Sie waren noch immer mit den Gewehren bewaffnet und hielten sie schußbereit.

»John Sinclair ist nicht bei ihnen«, wisperte das Mädchen.

»Was sagst du?«

»Daß John Sinclair nicht dabei ist.«

»Verdammt, du hast recht.« Unwillkürlich waren die beiden zum vertraulichen Du übergegangen. »Aber wo kann er sein?«

»Im Brunnen?«

Der Anwalt nickte.

»Dann ist er auch gestorben«, sagte Cora mit kaum verständlicher Stimme, während Tränen ihre dunklen Augen füllten. »Und wenn er gestorben ist, werden wir alle sterben.«

»Wir können fliehen«, schlug Lionel vor.

»Wie denn? Durch die Flammen?«

»Man müßte es zumindest versuchen. Die Skelette haben es auch geschafft.«

»Sie sind keine normalen Lebewesen. Bei den Pferden war es anders. Die sind verbrannt, ich selbst habe es gesehen. Glaub mir, Lionel.«

»Trotzdem will ich es versuchen.«

»Und wie?«

Als Antwort löste sich der junge Anwalt aus dem Griff des Girls und bückte sich stöhnend. »Halt mich mal«, forderte er Cora auf.

Sie tat ihm den Gefallen.

Der junge Anwalt hob eine der abgebrochenen Latten auf, wog sie kurz in der Hand und ging ein paar Schritte vor, ohne dabei dem Feuer zu nahe zu kommen.

»Nicht!« rief Cora. »Ich...«

Da schleuderte der Anwalt die Latte. Sie drehte sich ein paarmal in der Luft und verschwand in der Flammenwand.

Sofort fing das Holz Feuer. Es loderte kurz auf und explodierte dann, wobei die Funken nach allen Seiten flogen. Zurück blieb nur graue Asche.

Lionel kam wieder zurück. »Das war's wohl«, sagte er und hob die Schultern.

»Wir sind hier gefangen!« erklärte Cora.

»Genau.«

»Und was jetzt? Bleiben wir hier?«

Der Anwalt war dafür. »Allerdings lassen wir die anderen damit im Stich«, meinte er.

Cora hatte Einwände. Sie klammerte sich so hart an ihm fest, daß er das Gesicht verzog. »Haben sie dir geholfen, als es dir vorhin dreckig ging? Nein, also was sollen wir da?«

»Trotzdem, wir müssen hin.«

»All right. Wie du willst.« Sie senkte den Kopf.

Lionel Finch lächelte. »Wenn alles vorbei ist, gehen wir dann nach London?«

»Zusammen?«

»Von mir aus.«

»Ja, Lionel, ich gehe mit dir nach London. Was vor 300 Jahren nicht hatte sein sollen, möchte ich jetzt haben.«

»Sah ich damals schon genauso aus?« fragte der Anwalt.

»Möglich. Aber du hattest den gleichen Namen. Zufälle gibt es, das glaubt man gar nicht.«

»Es ist die Schicksalsfügung«, lächelte Lionel Finch. Er nahm das Mädchen in die Arme. Sekundenlang versank für die beide die Welt, dann drückte Lionel Cora wieder von sich.

»Noch haben wir es nicht geschafft«, sagte er und verzog das Gesicht, weil er seine Hüfte gestoßen hatte. »Wir müssen zu den anderen.«

Das Girl nickte. Es widersprach nicht mehr. Gemeinsam schritten sie den Gang zurück.

Lionel ging vor, während sich Cora knapp hinter ihm hielt.

Sie hatten kaum den Reitstall verlassen, als Cora Bendix leise aufschrie.

Ein Skelett stand vor ihnen.

Es sah wie zuvor aus in seiner wallenden langen Kutte. Der blaßgelbe Totenschädel grinste unter der Kapuze, und die Knochenfinger hielten das Gewehr umklammert.

Als der Unheimliche die beiden Menschen sah, hob er die Waffe an und richtete die Mündung auf Cora und Lionel.

»Kommt mit!«

Die beiden nickten.

Cora zitterte wie Espenlaub, während Lionel überlegte, wie er dem Skelett die Waffe entwinden konnte. Aber in seiner Verfassung schaffte er das nicht, der Gegner würde immer stärker sein.

Sie passierten die gräßliche Gestalt. Cora glaubte den Hauch des Todes zu spüren, der das Skelett umgab. Eine Gänsehaut rieselte über ihren Rücken.

»Ihr kennt den Weg?«

»Ja.«

»Dann geht zu den anderen. Aber gebt acht, ich werde schießen, wenn ihr euch falsch bewegt.«

Die Drohung war unmißverständlich. Beide Menschen dachten auch nicht im Traum daran, Widerstand zu leisten.

Mit zitternden Knien betraten sie die Gaststube. Hier sah noch alles so aus wie zuvor. Kein Feuer hatte gewütet, nichts war zerstört worden.

Aber auch dieses Haus hatten die Flammen eingeschlossen.

Durch die Fenster konnten Cora und Lionel die Flammenwand sehen.

Beiden fiel ein Stein vom Herzen, als sie die anderen Menschen sahen. Sie lebten.

Die Wirtsleute, Gavin Nesbitt und Fred McMillan. Allen stand die nackte Angst ins Gesicht geschrieben. Und Angst konnten sie auch haben, denn die beiden anderen Skelette hatten sich gut verteilt und hielten mit ihren Waffen die Menschen in Schach.

Sie hatten wieder am runden Tisch Platz nehmen müssen und die Hände auf die Platte gelegt.

»Geht zu ihnen!« grollte der Knochenmann hinter Cora und Lionel.

Die beiden steuerten den Tisch an. Sie wurden aus großen Augen angestarrt.

Lionel konnte sich nicht so glatt und sicher bewegen wie sonst. Er humpelte.

»Ist Ihnen was passiert?« Nesbitt stellte diese dumme Frage.

»Nein!« knirschte der Anwalt und nahm auf einem noch freien Stuhl Platz.

Cora setzte sich neben ihn und legte ihre Hand auf seinen Arm. Ein Skelett – es war das, das Cora und Lionel in den Raum geführt hatte – stellte sich ans Fenster.

»Der wartet auf etwas«, wisperte Cora.

Lionel nickte.

Es wurde still. Niemand traute sich, ein Wort zu reden. Nur die Atemzüge der Gefangenen waren zu hören.

Minuten vergingen.

Lionel Finch schaute in die Gesichter seiner Mitgefangenen. Das Wirtsehepaar saß da, hielt sich an den Händen gefaßt und schaute stur zu Boden. Gavin Nesbitt zitterte. Seine dicke Unterlippe war in ständiger Bewegung. Dem Nebenmann, McMillan, rann der Schweiß in Strömen über das Gesicht. Er wagte jedoch nicht, die Hand zu heben und ihn wegzuputzen.

Auch Cora und Lionel spürten die Angst. Jeder von ihnen wußte, daß etwas geschehen würde.

Nur was und wann, das wußten sie nicht.

Plötzlich begann das Skelett an der Theke zu sprechen. »Ihr werdet sterben«, sagte er. »Ihr werdet alle sterben, und er wird euch töten, damit wir zurück in die Gräber können und endlich unsere Ruhe haben.«

Lionel faßte sich ein Herz. »Kommt Baxman?«

»Ja. Er müßte eigentlich schon unterwegs sein. Und er bringt seine Axt mit. Dieselbe Waffe, die er auch vor 300 Jahren besaß. Durch sie werdet ihr den Tod erleiden.«

Das waren harte Worte, und sie verfehlten die Wirkung nicht. Gavin Nesbitt verlor als erster die Nerven. Da er ganz außen saß, sprang er hoch.

»Ich will aber nicht sterben!« stöhnte er. »Ich will nicht!«

»Reißen Sie sich zusammen!« schrie Finch.

»Nein, ich will nicht!«

Er wollte wegrennen, doch dagegen hatten die höllischen Aufpasser etwas. Ein Schlag mit dem Gewehrlauf streckte Gavin Nesbitt zu Boden. Wimmernd blieb er liegen und preßte beiden Hände auf seine getroffene Schulter.

»Darf ich ihm hochhelfen?« fragte Lionel.

»Nein!«

In diesem Augenblick meldete sich das Skelett am Fenster. »Baxman kommt!« rief es grollend...

Ich erholte mich langsam. Immer wenn ich tief einatmen wollte, hatte ich das Gefühl, mich übergeben zu müssen. Dieser widerliche Gestank auf dem Grund des Brunnens brachte mich noch um.

Lange durfte ich hier nicht mehr liegen bleiben.

Ich stemmte mich hoch, sah in der rechten Hand etwas glitzern und erkannte mein Kreuz.

Ich hatte es instinktiv festgehalten wie einen Rettungsanker, was es auch war.

Meine Knie waren weich. Es gab kaum eine Stelle, die nicht schmerzte. Ein paar Blutergüsse und Prellungen hatte ich mir sicherlich zugezogen.

Aber ich lebte.

Und ich war auch bereit, gegen sie anzutreten. Zum Henker, die Mächte der Finsternis sollten keinen Sieg erringen. Ich wollte es ihnen so schwer wie möglich machen.

Baxman war entkommen.

Daran gab es nichts zu rütteln. Und er hatte einen verdammt großen Vorsprung, den ich kaum einholen konnte. Wo er hinwollte, war mir klar. Und was er mit den Menschen vorhatte, das konnte man auch leicht erraten. Sie befanden sich in höchster Lebensgefahr, falls Baxman sie nicht schon getötet hatte.

Der Gedanke daran gab mir neue Kraft und peitschte auch meine Wut gegen diese Wesen hoch. Wenn noch etwas zu retten war, dann mußte ich es versuchen und durfte keine Sekunde mehr verlieren.

Ich begann mit dem Aufstieg.

Noch immer schmerzten die Schultern und zitterten meine Beine, als ich mit den Fußspitzen nach dem ersten Steigeisen suchte. Ich fand es und kletterte hoch.

Mit Schrecken mußte ich feststellen, daß die Axt nicht mehr zwischen den Steinen im Brunnenrand steckte. Baxman mußte sie mitgenommen haben.

Das Klettern wurde zu einer regelrechten Qual, ein mühsames Unterfangen, und ich mußte immer wieder pausieren, um neuen Atem zu schöpfen.

Die Luft allerdings wurde besser, je höher ich kam. Beiß die Zähne zusammen, sagte ich mir. Du schaffst es, du mußt es schaffen.

Ich kletterte weiter.

Mittlerweile spielten auch meine verkrampften Muskeln wieder mit. Yard für Yard überwand ich. Meine Hände fanden mit traumwandlerischer Sicherheit die Steigeisen. Hin und wieder hielt ich inne und blickte nach oben.

Als grauer Schemen zeichnete sich das Ende des Brunnens ab. Ein Kreis, der kaum näher zu rücken schien. Doch als der erste kühle Luftzug mein Gesicht traf, atmete ich auf.

Bald hatte ich es hinter mir!

Irgendwie wurde ich durch den Luftzug beflügelt, auf einmal ging alles schneller, und dann tauchten die letzten drei Steigeisen vor mir auf.

Ich sah den Brunnenrand, streckte meinen rechten Arm aus, umfaßte ihn und stemmte mich hoch.

Mit dem Oberkörper lag ich auf der brüchigen Mauer,

während meine Beine noch in den Schacht baumelten. Dann ließ ich mich nach vorn fallen, rollte mich über die Schulter ab und blieb mit ausgebreiteten Armen und Beinen völlig erschöpft auf dem Rücken liegen.

Luft!

Herrliche, frische Luft. Ich saugte sie gierig in meine Lungen. Ich fühlte mich wie ein König, weil ich eben diese Luft zum Atmen hatte.

Ich war dem Leichenbrunnen entkommen.

Allerdings hatte ich die Leichen nicht gesehen. Ich wollte es auch gar nicht. Wahrscheinlich lagen sie wie auch Baxman irgendwo unter der Erde verschüttet und waren längst vermodert.

Lange konnte und durfte ich mich nicht ausruhen, denn es galt, Menschenleben zu retten.

Falls es nicht schon zu spät war...

Ich rollte auf den Bauch und stemmte mich hoch. Am Brunnenrand hielt ich mich dabei fest, um auf die Beine zu kommen. Erst einmal schwankte die Welt wieder vor meinen Augen, und ich mußte ein paar tiefe Atemzüge durchstehen, um wieder einigermaßen auf der Höhe zu sein.

Voll da war ich noch lange nicht. Dafür hatte ich zuviel einstecken müssen. Jetzt war der Zeitpunkt gekommen, wo ich mich revanchieren konnte.

Die Richtung hatte ich mir gemerkt. Ich wußte, wie man zum Gasthof gelangte, auch durch den Wald.

Es war in der Tat ziemlich dunkel geworden und auch kalt. Der Wind fuhr mir unangenehm durch die Kleidung, bog die Zweige der nahen Bäume und rieb die Blätter raschelnd gegeneinander.

Ich näherte mich meinem Ziel und tauchte dabei in den Wald ein.

Dann hatte ich Glück. Fast wäre ich über meine Beretta gestolpert. Sie lag am Waldrand still und friedlich. Die drei Knochenmänner hatten vergessen, sie mitzunehmen.

Ich hob sie auf.

Plötzlich konnte ich wieder lächeln. Jetzt fühlte ich mich sicherer. Vielleicht kam ich auch noch an meinen im Bentley verstauten Koffer heran und konnte mich mit weiteren Waffen eindecken.

Ich steckte die Beretta in den Hosenbund. Wer mich so sah, mußte mich für einen Penner halten, in der verdreckten und abgerissenen Kleidung. Auch mein Gesicht sah bestimmt nicht besser aus. Ich hatte schließlich ein paarmal im Schlamm gelegen.

Äußerlichkeiten spielten jedoch keine Rolle. Für mich ging es um viel mehr.

Ich mußte die Menschenleben retten!

Der rötliche Schein fiel mir schon von weitem auf. Er füllte die Lücken zwischen den Bäumen aus. Der Farbe nach konnte es sich dabei nur um Feuer handeln.

Ich wurde vorsichtiger, obwohl die Zeit drängte.

Schließlich stand ich vor der Flammenwand und schaute mit großen Augen gegen dieses feurige Hindernis. Ich konnte plötzlich nicht mehr denken. Zu groß war die Enttäuschung, es doch nicht mehr schaffen zu können.

Sekundenlang schloß ich die Augen. Ich hörte mein Herz schlagen, spürte auch noch die Nachwirkungen des Kampfs – und zuckte zusammen, als hätte mir jemand einen Schlag auf die Schulter gegeben.

Warum war mir das denn nicht gleich aufgefallen!

Das Feuer strahlte keine Wärme ab.

Jawohl, Freunde, es war kalt.

Vor mir loderte ein Höllenfeuer.

Und womit löschte man das? Mit Wasser bestimmt nicht, es gab andere Methoden dafür.

Ein Kreuz, zum Beispiel!

Vielleicht konnte mein Kreuz in das Höllenfeuer eine Bresche schlagen. Wenn nicht, war alles verloren.

Leider konnte ich das Haus nicht erkennen. Die Flammen standen zu hoch, sie verbargen selbst das Dach vor meinen Blicken.

Ich holte das Kreuz hervor. So manches Mal hatte es mir geholfen, mich gegen das Böse zu behaupten. Auch diesmal wollte ich mit ihm die Macht der Hölle brechen.

187

Ich nahm es in die rechte Hand, atmete noch einmal tief durch und schritt auf die blaurote, kalt schimmernde Flammenwand zu...

»Baxman kommt!«

Das Skelett wiederholte diesen Ruf, und er wirkte auf die Menschen wie ein Tiefschlag.

Sie schauten sich an.

Entsetzen flackerte in ihren Blicken. Bis jetzt hatten sie noch gehofft, doch nun war der Henker da.

Gavin Nesbitt stemmte sich vom Boden hoch. Schwankend blieb er stehen, schaute mit irrem Blick zum Fenster und wankte dann auf seinen Platz zu.

Es wurde wieder still.

Dann hörten sie die Schritte.

Draußen im Flur.

Tapp, tapp, tapp...

Es waren schwere, aber zielsichere Schritte. Der Ankömmling wußte genau, wo er hinwollte.

Jetzt war er kurz vor der Tür.

Alle Gesichter wandten sich dem Eingang zu. Schweiß schimmerte auf der Haut der Menschen.

Da flog die Tür auf!

Baxman war da!

Die Menschen erstarrten zur Regungslosigkeit. Mit einem Tritt hatte der lebende Tote die Tür aufgestoßen, jetzt blieb er dicht hinter der Schwelle stehen.

Cora konnte einen leisen Aufschrei nicht unterdrücken, als sie den Unheimlichen sah. Dafür war die Gestalt zu schaurig.

Überdurchschnittlich groß, ein wüstes, von Pusteln verunstaltetes Gesicht. Leere und trotzdem grausam wirkende Pupillen. Lumpen hingen um seinen Körper, strähniges Haar bedeckte den Schädel an beiden Seiten, und Baxman hielt eine Axt in der Hand.

Die gefährliche Mordwaffe.

Seine schwieligen Fäuste umklammerten den Griff. Das Gesicht zuckte, und ein böses Grinsen umspielte die lappigen Lippen, als er langsam vorschritt.

»Endlich, endlich bist du da«, sagte das am Fenster stehende Skelett und wandte sich um, um Baxman entgegenzugehen.

Der jedoch knurrte nur. Er schüttelte den Kopf, als wollte er eine Fliege verscheuchen.

Dann ging er weiter.

Für seine Helfer hatte er keinen Blick, er starrte nur die Menschen an.

Seine Opfer...

Zwei, drei Schritte brachten ihn bis in die Nähe der Menschen. Vor dem Tisch blieb er stehen, senkte den Kopf und starrte die Frau und die drei Männer an.

Die Wirtsleute sah er gar nicht. Sie interessierten ihn nicht.

Sekundenlang geschah nichts. Dann löste Baxman eine Hand vom Griff der Axt, streckte den Finger aus und deutete einen Halbkreis an. Er machte es spannend, die Nerven der Dasitzenden vibrierten, auf den Gesichtern hatte sich ein dicker Schweißfilm gebildet, Angst fraß sich in ihre Seelen.

Plötzlich blieb der Zeigefinger stehen. Er deutete genau auf Gavin Nesbitt.

»Du!« sagte Baxman nur...

Ich machte die ersten Schritte. Zaghaft noch, vorsichtig.

Irgendwie hatte ich Angst, die Feuerwand zu betreten. Ich vertraute zwar auf mein Kreuz, aber ob ich mit seiner Hilfe eine Bresche schlagen konnte, war nicht hundertprozentig sicher.

Näher und näher kam ich, spürte noch immer keine Hitze, die meinen Körper ansengen wollte.

Ich streckte den rechten Arm aus.

Das Kreuz hielt ich zwischen zwei Fingern und leicht nach vorn geneigt, damit es als erstes die Flammenwand berühren konnte.

Würde es gelingen? Würde die Kraft der vier Erzengel auch diesmal ausreichen?

Dann berührte das Silber die magische Feuerwand.

Ein Knistern. Im selben Moment sprühten die Funken, bildeten ein wirres Durcheinander, blendeten mich. Für den Bruchteil einer Sekunde spürte ich den eiskalten, aus dem Jenseits stammenden Hauch, dann riß ich die Augen wieder auf.

Die Flammenwand war verschwunden!

Die Weiße Magie des Kreuzes hatte das Feuer geschafft. Es war irgendwohin verschwunden, ich wußte nicht wohin, das war mir auch egal. Ich hatte freie Bahn – nur das zählte.

Ich ging weiter.

Meine Blicke fielen auf Horse Lodge. Die Bäume breiteten bereits ihre langen Schatten aus. Bald würde es dunkel werden.

Erkennen konnte ich nicht, was sich hinter den Scheiben abspielte. Aber ich sah, daß ein Nebengebäude zerstört war.

Hatte Baxman schon derart gewütet? Lebten die Menschen dann überhaupt noch?

Die Stille war schlimm. Sie zerrte an meinen Nerven. Ich ging weiter, hörte meine eigenen Schritte – und dann eine gellende, kreischende Stimme aus dem Haus, die mir eine Gänsehaut über den Rücken peitschte.

»...Mörder! Verdammter Mörder...!«

Gavin Nesbitt wurde noch bleicher, als er ohnehin schon war. Er schien innerlich zu zerbrechen, richtig zusammenzusacken, sein Kopf fiel nach vorn, dann aber ging ein Ruck durch seinen Körper.

»Nein!« brüllte Nesbitt. »Nein, verdammt, ich will nicht sterben. Nein, nein, nein!«

Er sprang auf. So heftig, daß der Stuhl hinter ihm aus dem Gleichgewicht geriet und zu Boden kippte.

Mit gehetztem Blick schaute er sich um. Er suchte nach einem Fluchtweg, wollte wegrennen, sprintete dann an dem wartenden Baxman vorbei, schlug einen Bogen und rannte auf die Tür zu.

Er schaffte nur die Hälfte der Strecke, denn die drei Skelette paßten höllisch auf.

Das erste Skelett schleuderte sein Gewehr. Mit dem Kolben voran flog es durch die Luft und genau zwischen die Waden des Flüchtlings. Nesbitt stolperte, aber wie durch ein Wunder konnte er sich auf den Beinen halten, fiel gegen einen Tisch und stützte sich ab. Das Gewehr war neben ihm zu Boden gefallen.

Da durchzuckte ihn eine verzweifelte Idee. Er hob die Waffe auf, riß sie hoch und fuhr damit herum.

Nesbitt drückte ab.

Er hatte noch nie geschossen, aber die Kugel hieb in Baxmans rechte Brustseite.

Der Untote wankte zwei Schritte zurück. Wo die Kugel getroffen hatte, befand sich ein faustgroßes Loch.

Aber Baxman fiel nicht – er blieb auf den Beinen und schüttelte nur den Kopf.

Nesbitt zitterte. Er begriff nicht, daß jemand trotz des Einschlags überleben konnte.

Dann waren die Skelette da. Sie ließen dem Ärmsten keine Chance und überwältigten ihn im Nu.

Ihre Knochenfinger packten eisern zu und drückten Gavin Nesbitt zu Boden. Die Skelette bogen seine Arme auf den Rücken, der Mann war nur noch ein Angstbündel.

Er weinte und wimmerte, doch die Knöchernen kannten kein Pardon. Sie schleppten ihn vor Baxman.

Breitbeinig hatte sich der Untote aufgebaut. Sein Gesicht war eine grausame Maske, als er lächelte und langsam die rechte Hand mit der Axt hob.

Nesbitt hob den Kopf. Aus tränennassen Augen blickte er den Unheimlichen an.

»Nein, bitte nicht!« wimmerte er. »Laß mich leben. Bitte... ich habe dir doch nichts getan!«

Der Untote schüttelte den Kopf. Es war eine grausame, endgültige Geste.

Die anderen Menschen schauten zu. Sie wagten nicht, sich einzumischen. Selbst Lionel Finch sagte nichts. Aus irren Augen starrte er gegen den Rücken des Henkers.

Baxman hob die Axt.

Da griff Cora ein. Als hätte es nur dieser einen Bewegung bedurft, erwachte sie aus ihrer Erstarrung, schnellte vom Stuhl hoch. Bevor jemand eingreifen konnte, fiel sie Baxman in den Arm.

»Du Tier! Mörder! Verdammter Mörder!« kreischte sie und bog den Arm zurück.

Baxman wurde wütend. Er fuhr herum. Gleichzeitig zuckte seine linke Faust vor. Sie traf das Girl so hart, daß es zu Boden stürzte. »Du kommst auch noch dran!« brüllte er und wandte sich wieder seinem Opfer zu.

Als Lionel Finch das Mädchen aus der Nase blutend am Boden liegen sah, riß auch bei ihm der Faden.

Wild sprang er auf, packte den Stuhl und schlug ihn Baxman über den Schädel.

Im selben Augenblick raste die Axt nach unten.

Ein Schrei, das schaurige Röcheln – ein dumpfer Fall...

Baxman taumelte von der Wucht des Treffers. Dann hob er die Axt und hieb zu.

Lionel hatte Glück, daß er noch den Stuhl in der Hand hielt. Die Axt traf nur das Holz. Sie fegte zwei Stuhlbeine weg wie Streichhölzer.

Cora Bendix schrie auch nicht mehr. Aus schockgeweiteten Augen starrte sie auf den Toten. Dann glitt ihr Blick weiter, hin zu Lionel, der verbissen kämpfte.

Die Skelette griffen nicht ein. Sie sahen zu, wie der junge Anwalt in die Enge getrieben wurde. Lange würde er den Schlägen nicht mehr ausweichen können, und Baxman machte sich einen Spaß daraus, ihn durch die Gaststätte zu treiben.

Wieder riß Lionel einen Stuhl an sich, schwang ihn hoch und schlug damit zu.

Er verfehlte Baxman, dafür aber stellte ihm eines der Skelette ein Bein.

Lionel fiel hin.

Aus. Jetzt waren seine Chancen vorbei.

Baxman lachte auf und hob die Axt zum tödlichen Schlag.

Auch Cora sah dies und schrie markerschütternd ihre Angst hinaus...

In diesem Augenblick betrat ich den Raum!

Die Tür war nicht verschlossen gewesen, ich hatte sie mit einem Ruck aufgetreten, hielt in der linken Hand mein Kreuz und in der rechten meine Beretta.

»Halt!« peitschte meine Stimme.

Die Szene schien einzufrieren. Baxman schlug nicht mehr zu, und auch die Skelette griffen nicht ein.

Alle Anwesenden starrten mich an.

Niemand hatte wahrscheinlich mit meinem Auftauchen gerechnet. Sie hielten mich für tot, zerschmettert am Grund des Leichenbrunnens.

Aber die Knöchernen schienen zu wissen, daß ich Baxman besiegen konnte.

Sie handelten.

Ohne daß sie den Befehl dazu erhalten hätten, glitten sie vor und deckten mit ihren knochigen Körpern den ihres Meisters. Gleichzeitig hoben sie die Gewehre.

Die Mündungen zielten auf mich.

Ich explodierte förmlich. Ich hatte mich selbst in diese Lage gebracht und mußte sie auch meistern. All das, was ich im Trainingscamp des Yard gelernt hatte, spielte ich nun aus.

Zähigkeit, Kampfeswille, Reaktionsschnelligkeit.

Ich hatte kaum den Boden berührt, als die Beretta schon aufpeitschte. Groß zu zielen brauchte ich nicht, denn die knöchernen Gestalten standen ziemlich dicht beieinander. Und während ich weiter feuerte, hörte ich das Krachen der Gewehre und rollte mich verbissen um meine eigene Achse. Der ganze Vorgang lief so schnell ab, daß es kaum möglich erscheint, ihn zu schildern.

Zuerst wurde das linke Skelett getroffen. Mein Silbergeschoß hieb durch die Kutte und riß den Brustkorb auseinander. Die Knochen flogen nach allen Seiten weg.

Das zweite Geschoß wuchtete in das mittlere Skelett. Die Silberkugel riß es fast in zwei Hälften.

Mit dem dritten Schuß fehlte ich. Die Kugel setzte ich in das Tresenholz.

In das hellere Peitschen der Beretta mischte sich das Krachen der Gewehre.

Doch ich hatte Glück. Meine Kugeln trafen einen Sekundenbruchteil zuvor und brachten die Gewehre der Skelette aus der eigentlichen Schußbahn.

Das dritte Skelett hatte aus den Fehlern seiner Artgenossen gelernt. Es bewegte sich zur Seite und suchte hinter einem Tisch Deckung, während niemand mehr auf Baxman achtete.

Auch ich nicht, denn ich hatte mit dem letzten Skelett genügend zu tun.

Ich schnellte mich vom Boden ab, kam gut auf, rollte über die Schulter weg und prallte gegen einen Stuhl, der sofort umkippte.

Zweimal krachte das Gewehr. Beide Kugeln verfehlten mich nur hautnah. Aus den Augenwinkeln sah ich, daß die übrigen Menschen hinter den Tischen Deckung gefunden hatten.

Die Idee war gut.

Ich drückte meinen Handballen unter die Platte und warf den Tisch um. Der dritte Schuß hämmerte in die Platte. Sie war dick genug und hielt die Gewehrkugel auf.

Und dann krachten hinter mir Schüsse.

Hastig drehte ich den Kopf.

Lionel Finch hatte die Initiative ergriffen, sich ein Gewehr geschnappt und feuerte nun auf das letzte Skelett. Er konnte es zwar nicht töten, aber seine Absicht, es in Deckung zu halten, war ausgezeichnet. Ich konnte meine Stellung wechseln und mir einen besseren Standort suchen, während mir Lionel Feuerschutz gab.

Blitzschnell huschte ich auf das Fenster zu, gelangte dadurch fast in eine Höhe mit dem Tisch, hinter dem das Skelett lag, und konnte den Knochenmann auch erkennen.

Er schielte gerade an der anderen Seite der Tischplatte vorbei.

Ich lächelte kalt, als ich noch einen Schritt vorging. Jetzt war ich nah genug.

»Hier spielt die Musik, Freund!«

Das Skelett hörte meine Stimme trotz des Krachens der Schüsse, wirbelte herum und warf sich gleichzeitig nach hinten, wobei es sein Gewehr hochriß.

Ich folgte der Bewegung mit dem Waffenlauf.

Dann drückte ich ab.

Ein Feuerstrahl wischte aus der Mündung. Die Kugel traf haargenau den Schädel des Knöchernen und zertrümmerte ihn.

Das Skelett aber verging. Aus seinen Knochen wurde gelbgrauer Staub wie schon bei den anderen.

Ich stand auf.

Wo steckte Baxman?

Das fragte ich auch die anderen.

Lionel Finch erhob sich ächzend aus seiner knienden Stellung. »Er ist verschwunden.«

»Hat einer gesehen, wohin?«

»Nach draußen nicht«, meinte Lionel.

Da meldete sich der Wirt. »Ich glaube, er ist wieder zurückgelaufen.«

»In den Stall?« fragte ich.

»Vielleicht.«

»Okay, das haben wir gleich.« Ich warf Lionel die Beretta zu. »Sie ist mit geweihten Silberkugeln geladen. Können Sie damit umgehen?«

»Ja.«

»All right, dann beschützen Sie die anderen.« Ich lief nach diesen Worten sofort los.

Neben der Theke passierte ich die Tür, hinter der der Gang lag, durch den man zu den Reitställen gelangte. Es gab zusätzlich eine Treppe zum Dach.

Zum Stall schien Baxman nicht gelaufen zu sein, denn plötzlich vernahm ich über mir Geräusche.

Und im selben Augenblick die schweren, wuchtigen Axtschläge.

Baxman war also oben!

Okay, ich ging vor.

Nur mit dem Kreuz bewaffnet, während Baxman sich mit der Axt verteidigen konnte.

Stufe für Stufe überwand ich, gelangte an den ersten Absatz und sah ihn. Er hatte mit seiner blutbefleckten Mörderaxt einen Teil des Geländers abgeschlagen, wuchtete das Stück Handlauf hoch und schleuderte es mir mit aller Kraft entgegen...

Das Holz flog quer heran. Und wenn es mich traf, würde es mich glatt von der Treppe reißen.

Ich ging auf Tauchstation, fiel flach nach vorn, und das Holz wischte über meinen Körper hinweg. Unten polterte es dann zu Boden und knallte noch gegen die Tür.

Die Sekunden hatten Baxman gereicht. Er warf sich herum und floh. Ich mußte erst den zweiten Absatz hoch, aber diesmal nahm ich drei Stufen auf einmal.

Zwei Atemzüge später war ich oben.

Von Baxman war nichts zu sehen. Dafür ein leerer Gang, an dessen Ende ich eine Holzleiter sah, die zu einer Dachluke führte. Und soeben verschwand Baxmans Bein durch die Luke.

Ich sprintete los – und kam zu spät, denn Baxman zog soeben die Leiter hoch und knallte die Luke zu.

Hätte ich wenigstens die Beretta gehabt, dann hätte eine Kugel ihn einholen können, aber so sah ich dumm aus.

Ich hörte ihn über mir rumoren.

Wahrscheinlich würde er aufs Dach klettern.

Sollte er, denn von dort mußte er irgendwann auch wieder herunter. Ich hatte plötzlich eine andere Idee.

Ich stieß die Nachbartür auf, gelangte in einen kleinen Schlafraum mit geblümter Tapete und lief sofort zum Fenster. Es war ein schmales Quadrat und in zwei Hälften geteilt. Ich ging davon aus, daß Baxman an der Rückseite des Hauses zu Boden springen würde, wenn er es riskierte.

Das Fenster klemmte etwas, aber ich ließ nicht locker – und schaffte es.

Dann horchte ich auf.

Schritte über mir. Ein Untoter wie Baxman konnte einfach nicht leiser gehen, er trampelte über das Dach, die Pfannen knirschten unter seinen Tritten.

Ich drehte meinen Körper so, daß ich mit dem Rücken auf der Fensterbank lag.

So schaute ich in die Höhe.

Das Dach stand etwas vor. Deutlich sah ich die neu angebrachte Regenrinne, die alusilbern schimmerte.

Und ich bemerkte die Bewegung.

Baxman befand sich am Rand.

Im nächsten Augenblick schob sich sein Oberkörper langsam über den Dachrand. Baxman lag auf den Ziegeln. Seine mörderische Waffe hielt er immer noch fest.

Ich von unten – er von oben.

Wir schauten uns an.

Für ein, zwei Sekunden fraßen sich unsere Blicke ineinander. Dann stieß Baxman einen urigen Schrei aus, hob den rechten Arm und wollte mir die Axt ins Gesicht schleudern.

Die lange Waffe wuchtete heran. Die scharfe Klinge wurde von einem letzten Sonnenstrahl getroffen und blitzte auf. Das bemerkte ich noch, als ich dabei war, mich zurück in das Zimmer zu katapultieren.

Die Axt raste vorbei, klirrte gegen die Hauswand und trudelte zu Boden.

Ich war mit dem Rücken gegen das Bett geprallt und hockte so, daß ich das Fenster im Blickfeld hatte.

Ein Schatten flog vorbei.

Baxman war gesprungen.

Ich hechtete wieder zum Fenster, lehnte mich hinaus, und sah, daß sich der Untote am Boden ein paarmal überschlug.

Ich packte das Kreuz an seinem Ende, holte weit aus und schleuderte es auf Baxman zu.

Er richtete sich gerade auf, die Zielfläche wurde noch größer, und dann hämmerte das Kreuz in seinen Rücken.

Die Wucht trieb Baxman nach vorn. Er stolperte zwei, drei Schritte, ich hatte schon Angst, daß er es trotzdem noch schaffen würde, als er zu taumeln anfing.

Dann tauchte plötzlich Lionel Finch vor ihm auf.

Die Beretta hielt er mit beiden Händen fest.

Und er schoß.

Er feuerte so lange, bis keine Kugel mehr im Magazin steckte.

Baxman wurde hin- und hergeworfen, er riß die Arme hoch, schrie gellend, drehte sich im Kreis und brach zusammen.

Er blieb liegen.

Lionel Finch winkte mir zu.

Ich winkte zurück.

Dann ging ich mit zitternden Knie die Treppe hinunter.

Man hatte den Toten zugedeckt. Niemand wollte den schrecklichen Anblick ertragen. Ein Opfer hatte sich Baxman geholt. Genau eins zuviel.

Lionel Finch stand noch immer draußen.

Er sah zu, wie der Körper des Untoten verging und zu Staub wurde. Ein alter Fluch war beendet.

Die anderen verließen das Haus. Cora warf sich in Lionels Arme. Sie weinte vor Glück, wie auch die Wirtin.

Dann mußte ich erzählen. Ich tat es mit knappen Worten und rief anschließend die Polizei an. Sie sollten den toten Gavin Nesbitt wegschaffen.

»Wie kann so etwas entstehen?« fragte mich Lionel Finch, als wir wieder in der Gaststube saßen.

Ich hob die Schultern. »Fragen Sie mich nicht. Ich weiß es auch nicht.«

Er nickte gedankenverloren und streichelte Coras Hand. »Aber ich weiß jetzt, daß es zwischen Himmel und Erde verdammt viele Dinge gibt, von denen wir keine Ahnung haben.«

»Sie sagen es.« Dann wechselte ich das Thema. »Sie beide träumen doch jetzt von etwas anderem.«

Cora Bendix schaute mich groß an. »Und wovon?«

»Von der Ehe, Miß Cora. Schließlich haben Sie über 300 Jahre warten müssen.«

»Das stimmt«, lachte das Girl und strahlte ihren neu gewonnenen Lebenspartner an...

ENDE

Die
Eisvampire

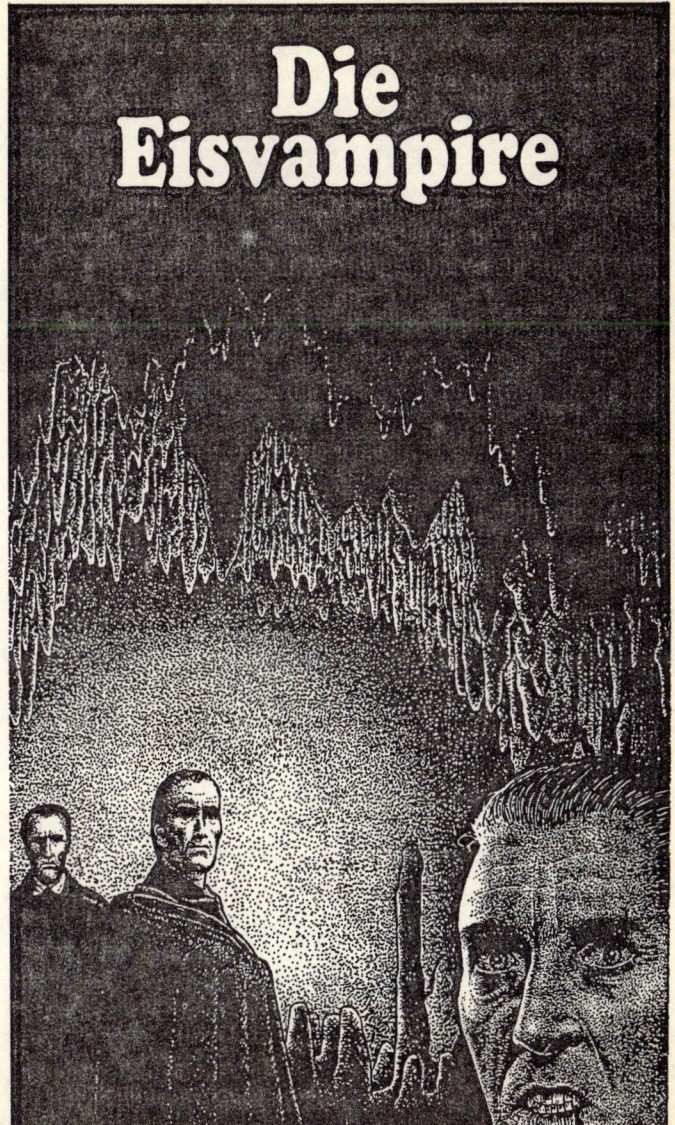

Es gibt sie – die Dämonen, die Geister und Gespenster, die Wesen der Finsternis.

Sie alle bilden einen höllischen Reigen und haben – so verschieden sie sind – nur ein Ziel.

Die Vernichtung des Menschen!

Dafür setzen sie alles ein. Den überraschenden Angriff, das reine Chaos und Entsetzen, aber auch andere Methoden.

Die Infiltration oder Unterwanderung, die Spionage, das raffinierte Überwachen, das Aufspüren von günstigen Gelegenheiten, um dann schnell und grausam zuschlagen zu können.

Überall auf der Erde haben sie ihre Plätze, ihre geheimen Orte, wo sie sich zusammenfinden und beratschlagen. Da werden die neuen Pläne erstellt, werden Befehle entgegengenommen, die aus den Dimensionen des Schreckens zu ihnen gelangen.

Das alles wußte auch Myxin, der Magier. Lange genug war er selbst Dämon gewesen, hatte das Gute bekämpft und sich dann gegen seine eigenen Brüder gestellt. Das nahm man ihm übel. Myxin wurde verbannt. Dafür sorgte in erster Linie Asmodina, die Teufelstochter, sie nahm Myxin praktisch seine magischen Fähigkeiten weg. Eine brutale, grausame Strafe, denn ein Magier ohne Magie ist wie ein Schiff ohne Boden.

Es versinkt.

Doch Myxin wehrte sich. Er wollte nicht untergehen. Irgendwie mußte es ihm gelingen, seine Fähigkeiten wieder zu aktivieren. Er hatte die Demütigungen über sich ergehen lassen, und dann, als ein gewisser Punkt erreicht war, schaltete auch Myxin auf stur.

Er zog sich zurück.

Selbst von seinen jetzigen Freunden. Er meditierte in der Einsamkeit der Berge, versuchte mit anderen Welten Kontakt aufzunehmen und mobilisierte Restkräfte, die noch in ihm schlummerten.

Alles in ihm hatte Asmodina nicht zerstören können. Etwas war zurückgeblieben. Myxin konnte ein wenig aufatmen. Er beherrschte seine Gedanken wieder, konnte auch einfache Beschwörungen durchführen und wurde praktisch ein Magier-Lehrling.

Natürlich hatte er nichts vergessen. Vor allen Dingen Asmodina nicht, der er alles verdankte.

An ihr wollte er sich rächen. Myxin hatte Zeit. Wenn es sein mußte, Hunderte von Jahren. In ihrer Überheblichkeit hatte Asmodina einen Fehler begangen. Sie hätte Myxin töten sollen. Das tat sie nicht, und der kleine Magier wollte fortan nur für seine Rache leben. Vielleicht gab es noch mehr Dämonen, die unzufrieden mit ihrer Führerin waren. Wenn man die finden und, wie man so schön sagt, unter einen Hut bringen konnte, war das bereits der halbe Sieg.

Deshalb war Myxin unterwegs.

Ein ruheloser Wanderer und Sucher, der sein Ziel nie aus den Augen verlor. An das Sinclair-Team hatte er sich lange Zeit nicht mehr gewandt. Er fühlte sich irgendwie schäbig, weil er nicht mehr der gleiche war wie früher. John Sinclair hatte ihm zwar die Freundschaft angeboten – über diese Geste hatte sich Myxin sehr gefreut –, aber er wollte nicht in die Abhängigkeit des Sinclair-Teams geraten. Der kleine Magier mit der leicht grünlich schillernden Haut und dem schmalen Gesicht wollte sein eigener Herr bleiben.

Er war in den letzten Wochen wieder nach England zurückgekehrt. Nach dem großen Sieg über Caligro, den gefährlichen Magier. Daß dieser Sieg überhaupt errungen werden konnte, war nicht zuletzt Myxins Verdienst. Dadurch hatte er Selbstvertrauen gewonnen und sah sich bestätigt.

Caligro Island war Vergangenheit; die Zukunft lag vor ihm. Sie mußte gemeistert werden.

Wie gesagt, Myxin kannte die Stätten, wo sich seine ehemaligen Brüder aufhielten. Und dort wollte er sich umsehen. Vielleicht konnte er Verbündete finden, denn im Reich der Finsternis war es wie bei den Menschen.

Nicht alle waren mit ihrer Regierung einverstanden.

Das wußte Myxin, und daraus wollte er Kapital schlagen.

Meist war er nachts unterwegs. Da suchte er die alten Friedhöfe ab oder durchstöberte verlassene Ruinen und Schlösser. Er hatte einen Riecher dafür, wo sich Dämonen verborgen hielten, und er würde sie finden.

Wie jetzt.

Myxin befand sich in der Nähe von London. Im Highwood Forest, einem Waldgebiet, das in gewissen Kreisen einen besonderen Namen hatte. Denn hier wurden Schwarze Messen gefeiert, und so mancher Dämon war schon beschworen worden.

Dieser Ort war ein Platz des Bösen.

Er lag versteckt, fernab der Schnellstraße. Auf einer Lichtung hatten sie sich getroffen, und die Spuren waren nicht zu übersehen.

Magische Steine bildeten einen Kreis. Es waren sogenannte Teufelssteine, die rötlich schimmerten und angeblich aus der Hölle stammen sollten. Ob es stimmte, wußte selbst Myxin nicht.

Wurde ein Dämon beschworen, so glühten die Steine auf und stellten die Verbindung in eine andere Welt her.

Tagsüber war der Platz harmlos. Spaziergänger, die hin und wieder diesen Ort betraten, hatten den Kreis oft genug gestört, aber sich nie getraut, einen Stein mitzunehmen. Irgend etwas hielt sie immer davon ab. Es schien, als würden die Steine eine Warnung aussprechen.

Als Myxin den Platz erreichte, war alles still. Im Schatten der Bäume blieb der kleine Magier stehen und beobachtete.

Niemand befand sich auf der Lichtung. Aber die Ruhe war trügerisch, Myxin wußte das.

Er witterte wie ein Tier, spürte den Rest Magie, der noch über dem Kreis lag.

Ja, hier hatte er seine Chance.

Myxin löste sich aus der Deckung. Er hatte sich auf seinem Hinweg eine Waffe besorgt. Von einem Baum brach er einen Ast ab, den er zuspitzte. Der Ast war aus Eiche.

Eine tödliche Waffe für Vampire. Diesen Ast verbarg er unter seinem Mantel.

Vor Monaten noch wäre es ein Unding gewesen, daß Myxin seine Brüder mit den Waffen der Weißen Magie attackiert hätte. Jetzt hatten sich die Vorzeichen geändert.

Zu groß war sein Haß auf Asmodina.

Nicht umsonst hatte sich Myxin einen Eichenpfahl zurechtgeschnitzt. Er wußte, daß dieser Platz für eine Vampir-Beschwörung sehr geeignet war. Und Myxin wollte mit irgendeinem Vampir reden, aber auf seine Art und Weise.

Er legte noch zwei Steine zurecht, weil sie sich etwas außerhalb des Kreises befanden, dann blieb er mitten auf der Lichtung stehen. Die Steine glühten noch in einem leichten Rot nach. Es war nur bei genauerem Hinsehen zu erkennen, und Myxin, der Magier, lächelte. Diese Steine brauchten nur aktiviert zu werden, er hatte richtig getippt.

Zwar hätte er eine normale Beschwörung kaum durchführen können, doch mit Hilfe der Steine mußte es ihm gelingen. Er ging in die Hocke.

Myxin konzentrierte sich.

Er kramte die alten Formeln aus seinem Gedächtnis. Böse Worte, die in einem ursächlichen Zusammenhang mit der Entstehung der Hölle standen. Nach jedem ausgestoßenen Satz beugte sich der Magier vor und zog von einem Stein aus eine Verbindungslinie bis zu sich heran, so daß er nach einigen Minuten im Mittelpunkt dieser Linien stand.

Es waren genau zehn.

Und zehn Finger hatte auch Myxin.

Er legte beide Hände flach auf den Boden, daß seine Fingerkuppen die Enden der Linien berührten.

Dann sprach er noch einmal die magischen Worte, und er hatte damit Erfolg.

Es schien, als würden die Worte einen Kraftstrom in Bewegung setzen, der die Steine erfüllte und sie dunkelrot aufglühen ließ.

Plötzlich knisterte die Luft über dem Kreis, während der Wald weiterhin in die Schwärze der Nacht gehüllt war.

Die Beschwörung gelang!

Über Myxin erklang ein hohes Pfeifen in der Luft, das überging in ein Jammern.

Und dann sah er die Gestalt!

Sie materialisierte sich direkt über der Lichtung. Und sie war in der Tat ein Vampir.

Eine Fledermaus!

Noch war sie nur schemenhaft zu erkennen, aber Myxin sah

schon deutlich die beiden großen Flügel, die auf- und nieder-
schwebten, als das Biest heranflog.

Langsam ließ es sich nieder.

Myxin erhob sich und trat bis an den Rand des Kreises zurück.
Seine rechte Hand verschwand unter dem langen Mantel. Die
Finger umklammerten den Eichenstab.

Der Vampir war gelandet. Noch immer strahlten die Steine.
Sie übergossen die riesengroße Fledermaus mit ihrem blutigen
Schein und ließen sie noch schlimmer erscheinen, als sie ohnehin
schon war.

Der Vampir drehte sich und faltete seine Flügel zusammen.
Jetzt wirkte er um die Hälfte kleiner.

Er schaute Myxin an.

Der Magier sah die kleinen, grausamen und tückischen Augen, das im Verhältnis dazu übergroße Maul und die spitzen
Zähne, die so typisch für diesen Blutsauger waren.

Der Vampir schüttelte sich, als hätte ihn jemand mit Eiswasser
übergossen, dann sprach er Myxin an.

»Du hast mich gerufen?«

»Ja.«

Ein heiseres Krächzen drang aus dem Maul der großen Fledermaus. »Was bildest du dir eigentlich ein? Ich kenne dich, ich
weiß, wer du bist: Myxin, der Herr der Schwarzen Vampire.
Doch die gibt es nicht mehr, sie sind vernichtet worden, und du
hast dich gegen Asmodina gestellt, die dir deine Strafe gab. Du
bist ein Ausgestoßener, hast mit uns nichts mehr zu tun. Was
willst du also?«

»Mit dir reden.«

»Es ist uns verboten worden, mit dir Kontakt aufzunehmen.
Es sei denn...« Er sprach nicht mehr weiter, sondern breitete
langsam die Flügel aus.

»Wieso – es sei denn...«

»Ja, es sei denn, wir würden dich töten!«

Jetzt war es heraus, und damit hatte Myxin eigentlich gerechnet. Für ihn wäre es eine Schande gewesen, wenn ein niederer
Dämon, wie dieser Vampir es war, ihn umgebracht hätte. Bewie-
se es doch, warum sich Asmodina nicht mehr mit ihm abgab.

Aber so einfach sollten seine ehemaligen Brüder es doch nicht mit ihm haben. Er war schließlich auf diese Begegnung vorbereitet.

»Dann willst du mich töten?« erkundigte sich Myxin.

»Ich versuche er zumindest.«

Myxin lächelte. »Du redest doch Unsinn. Glaubst du denn, ich wüßte nicht, in welch eine Gefahr ich mich begeben habe, als ich dich anrief? Ich habe damit gerechnet, daß du mich töten würdest. Deshalb bin ich nicht unvorbereitet.«

Jetzt lachte der Vampir. Es klang überheblich und spöttisch zugleich. Myxin erkannte diesen Wesenszug wieder. Er war schließlich nicht anders gewesen. Aber er wußte auch, daß Dämonen ihre Kräfte oft überschätzen, weil sie nicht wahrhaben wollen, daß es Personen gibt, die sie besiegen können.

»Asmodina hat dir sämtliche Kräfte genommen«, höhnte der Vampir. »Was willst du eigentlich?«

»Nur mit dir reden.«

»Da gibt es nichts zu besprechen.«

Sekundenlang schwiegen sie. Zwischen den beiden stand eine Wand aus Schweigen. Dann hob Myxin die Schultern und sagte: »Ich werde diesen Kreis verlassen, du kannst wieder zurückkehren.«

Er hatte diese Worte bewußt so gewählt und wandte sich auch schon ab, als die Fledermaus reagierte.

Sie breitete ihre Schwingen aus. Sie waren so groß, daß sie fast über den Kreis hinausstachen.

Dann stieß sich der Blutsauger blitzschnell ab und segelte auf Myxin zu...

Der kleine Magier hatte mit dieser Attacke nicht nur gerechnet, sondern sie erwartet. Bevor der Vampir ihn erreicht hatte, wirbelte er herum und zog seinen Pfahl.

Blitzschnell stieß er zu.

Der Vampir kreischte auf. Er hatte die Flügel ausgebreitet und präsentierte seine Brust. Voll wäre er in die Falle gelaufen, hätte Myxin zugestoßen.

Mit der linken Hand jedoch umkrallte er den Kopf des Vampirs und zwang den Blutsauger zu Boden, der sofort seine beiden Schwingen wieder eingezogen hatte.

Plötzlich war der kleine Magier über ihm und setzte ihm den Pflock dort, wo das Herz der Fledermaus schlug, hin.

»Eine falsche Bewegung nur, und ich stoße zu!« drohte er.

Der Vampir lag still.

»Können wir jetzt reden?« fragte Myxin.

»Was willst du wissen?«

»Du sollst mir erzählen, welche Attacken deine Brüder vorhaben. Was für Pläne schmiedet Asmodina?«

»Ich... ich weiß es nicht.«

Myxin verstärkte den Druck.

Die Fledermaus wand sich auf dem Boden. »Wenn ich es dir doch sage«, keuchte sie. »Ich... ich bin viel zu unbedeutend, man weiht mich in nichts ein.«

»Das glaube ich dir nicht«, erwiderte Myxin. »Ich habe selbst lange genug in eurem Reich gelebt und weiß, daß über Pläne geredet wird. Und es existieren Tausende solcher Pläne. Aber ich will nur über Asmodina Bescheid wissen. Was hat sie vor?«

»Sie hat sich mit Dr. Tod verbündet.«

»Das weiß ich. Ich will wissen, wo sie zuschlagen!«

»Man hat mir nichts gesagt.«

Myxin überlegte. Das konnte stimmen, denn niederen Dämonen wurde kaum etwas gesagt.

»Du weißt, daß ich dich töten kann«, flüsterte der kleine Magier und schaute dabei in das verzerrte Gesicht der Riesenfledermaus. Sie hatte weiterhin ihr Maul aufgerissen. Myxin sah die langen, spitzen Eckzähne. Am liebsten hätte er sie abgeschlagen. »Ist dir das klar?«

»Ja.«

»Aber ich tue es nicht. Ich lasse dich am Leben, Blutsauger.«

Die kleinen Augen der Fledermaus leuchteten auf. »Soll ich dir dafür danken?«

»Nein, ich will was anderes.«

»Was?«

»Ich möchte mich morgen mit dir treffen. Dann sollst du mir etwas über Asmodina erzählen.«

»Nein!« keuchte der Vampir. »Das kann ich nicht! Ich weiß nichts von der Teufelstochter.«

»Überlege es dir. Und denke nicht einmal daran, mich reinlegen zu wollen. Ich würde dich ein zweitesmal beschwören und dann umbringen.«

»Aber man sagt mir nichts«, stöhnte der Vampir. »Du... du mußt mir glauben.«

Myxin wankte. Wenn dieser Blutsauger sich so gab, dann wußte er vielleicht doch nichts.

Der Vampir wertete Myxins Schweigen als falsch. Er nahm an, daß er sich überlegte, ob er ihn töten sollte, deshalb sagte er schnell: »Aber es gibt da eine andere Sache, über die ich dir etwas sagen kann.«

»Und die wäre?«

»Genaues weiß ich noch nicht. Ich muß erst nachforschen. Es hat aber mit meinen Blutsbrüdern zu tun.«

»Geht es um Vampire?«

»Ja.«

»Gut, wir sehen uns morgen wieder«, lenkte Myxin ein. »Aber nicht hier, sondern in London. Den genauen Ort gebe ich dir noch bekannt.« Der Magier erhob sich. Der Eichenpfahl lag nach wie vor fest in seiner Hand. Myxin erklärte der Fledermaus noch, wo er sie zu treffen gedachte. Dann konnte sie verschwinden.

Myxin hoffte, daß sein Plan aufgegangen war. Wenn ja, stärkte das sein Selbstbewußtsein, was für seine weitere Zukunft ungeheuer wichtig war...

Der Teergeruch störte mich.

Unangenehm spürte ich ihn in meiner Nase, und ich bemühte mich krampfhaft, ein Niesen zu unterdrücken. Es gelang mir kaum, denn auf dem Teerdach lag eine dicke Staubschicht. Bei jedem Ausatmen wurde ein Teil davon aufgewirbelt.

Eine verrückte Idee, hier mitten in der Nacht auf dem Schuppen zu liegen, aber Myxin, der kleine Magier, hatte es nicht anders gewollt. Ich war fast vom Hocker gefallen, als mich sein Anruf erreichte und er mich in die alte Schrebergartenanlage bestellte, wo er mir dann erklärte, daß er Besuch von einem Vampir erhalten würde. Er selbst traute dem Braten nicht so, er glaubte zwar, daß die Riesenfledermaus erscheinen würde, aber nicht allein. Und deshalb wollte Myxin Rückendeckung haben.

Die Rückendeckung war ich.

Ich war auf das Dach einer Laube geklettert, hatte dunkle Kleidung angezogen, so daß ich optisch fast mit der schwarzen Teerpappe verschmolz. Beretta, Kreuz und Dolch trug ich bei mir. Myxin hatte ich meine Druckluftpistole gegeben, damit auch er nicht waffenlos dem Vampir gegenüberstand.

Und jetzt warteten wir.

Um Mitternacht sollte das Treffen stattfinden. Bis zu diesem Zeitpunkt waren es noch zehn Minuten.

Myxin hatte es sich auf einer Bank bequem gemacht. Sie stand vor der Laube, und wer dort saß, konnte einen Blick in den kleinen Garten werfen, in dem das meiste schon geerntet worden war. Nur noch Kohl und Kartoffeln standen dort.

Mir gefielen auch die hohen Sonnenblumen. Leider hatten sie ihre Köpfe gesenkt und blickten irgendwie traurig zu Boden.

Glitt mein Blick weiter, also über den Garten hinweg, so schimmerte in der Ferne Londons Lichterkette. Es war ein faszinierendes Bild, das farbige Spektrum der Weltstadt.

Lange würde dieses Gebiet hier auch nicht mehr den Schrebergärtnern gehören. Man hatte vor, Hochhäuser zu errichten, vor allen Dingen für die farbige Bevölkerung der Millionenstadt, die immer noch in den Slums hauste.

Ich legte mich etwas bequemer hin und schaute auf meine Uhr. Jetzt waren es nur noch fünf Minuten bis zum vereinbarten Treffpunkt. Hoffentlich war der Vampir, von dem Myxin nicht einmal den Namen wußte, auch pünktlich.

Ich suchte den Himmel ab.

Außer einigen Sternen sah ich nichts. Kein Schatten, der das dunkle Blau verdüsterte, alles war glatt und klar. Die Positionsleuchten einer dem Flughafen entgegenstrebenden Maschine wirkten wie unendlich ferne Glühwürmchen.

Da meldete sich Myxin. Ich hörte einen Zischlaut und rutschte ein wenig vor, so daß ich über die Kante des Laubendachs schauen konnte.

»Was ist denn?«

»Er kommt.«

»Ich sehe nichts.«

Myxin lachte leise. »So etwas spüre ich. Völlig habe ich meine alten Fähigkeiten nicht verloren.«

»Wie schön für dich.« Ich mußte grinsen. Myxin stellte oder wollte mir immer wieder unter Beweis stellen, daß er so schwach gar nicht war. Ich freute mich für ihn mit, da es ihm wieder besserging.

Ich rollte mich auf den Bauch und zog meine Beretta. Das Magazin war mit Silberkugeln geladen. Erst vor kurzem hatte ich ein neues Paket erhalten. Der gute Pater Ignatius oben in Schottland vergaß mich eben nicht.

Auch Myxin war aufgestanden. Ich hörte, wie er einen Schritt weiterging. Unter seinen Sohlen knirschte der Sand.

Noch zwei Minuten.

Hoffentlich gelang der Bluff. Der Vampir sollte mich nicht sehen, denn dann würde er mißtrauisch werden.

Und dann hörte ich das Rauschen. Zum Glück in meinem Rücken. Ich preßte mich noch enger gegen die alte Teerpappe und wartete ab. Das Rauschen verstärkte sich. Ein Schatten streifte mich, dann vernahm ich das Klatschen von Flügeln, und im nächsten Augenblick setzte der Vampir dicht neben Myxin zur Landung an.

Seine Schwingen fielen ineinander. Ich rutschte ein wenig vor und konnte über den Dachrand peilen.

Diese Fledermaus war wirklich ein Riesenbiest. Davor konnte man sich schon fürchten, aber ich war gut gerüstet.

Myxin ging dem Untier einen Schritt entgegen. »Ich freue mich, daß du Wort gehalten hast«, sagte er.

Der Vampir blickte sich mißtrauisch um. »Bist du allein?«

»Natürlich«, log Myxin. »Vor dir habe ich keine Angst, das sagte ich bereit.«

»Gut.« Die Fledermaus ging auf das Thema gar nicht ein, sondern kam sofort auf den Kern der Sache zu sprechen. »Wie du weißt, habe ich gestern etwas angedeutet, und darüber möchte ich jetzt mehr berichten.«

Myxin war immer noch mißtrauisch. »Und das hat man dir so einfach gesagt?«

»Warum nicht.«

»Normalerweise ist man mit Informationen vorsichtiger«, hielt ihm Myxin entgegen.

»Es ging ja nicht um Asmodina, sondern um Brüder von mir.«

»Die etwas vorhaben.«

»Ja.«

»Wo?«

»Nicht hier.«

»Die Antwort hätte ich mir auch selbst geben können«, sagte Myxin. »Ich lasse mich nicht von dir für dumm verkaufen. Wo kann ich diesen Vampir finden?«

»Es sind genau drei!« erwiderte der Blutsauger.

»Drei Vampire?«

»Ja, Brüder. Sie stammen aus Ungarn. Man nennt sie auch die Eisvampire.«

»Dann muß ich nach Ungarn?«

»Nein, nach Österreich. In die Eishöhlen des Dachstein-Gebirges. Dort ist ihr Revier. Jahrhundertelang waren sie im Eis eingeschlossen, doch nun ist ihre Zeit gekommen; man will sie aufwecken.«

»Und warum?«

»Das kann ich dir nicht sagen.«

»Aber du weißt die Namen der drei Vampire?« fragte Myxin.

»Es sind die Gebrüder Konya. Sandor, Jarosz und Viri. Sie werden das Gebirge beherrschen und sich dort ihre Opfer holen. Es gibt ja genug davon.«

»Sind sie schon wieder zum Leben erweckt worden?« hakte der kleine Magier nach.

»Keine Ahnung. Ich habe dir alles gesagt, was ich weiß.«

Myxin nickte und legte den Kopf schief. Er war noch immer sehr mißtrauisch. Sein Blick schweifte in die Runde, ihm entging keine Einzelheit, doch von irgendwelchen Helfern des Vampirs war nichts zu sehen. Myxin hatte es insofern gut, daß sich die Laubenwand in seinem Rücken befand. Von hinten würde man ihn nicht angreifen können. Es war Myxin nach wie vor schleierhaft, wieso dieser Vampir seine Brüder verriet. Da stimmte etwas nicht.

»Willst du noch was wissen?« fragte der Vampir.

»Ja. Warum hast du die Gebrüder Konya verraten?«

»Du hättest mich sonst getötet.«

»Aber wenn man es herausfindet, daß du ein Verräter bist, tötet man dich auch.«

»Niemand wird es erfahren.«

Myxin nickte. »Dann ist es gut.«

»Kann ich jetzt wieder verschwinden?«

»Meinetwegen.« Myxin sprach das Wort gelassen aus, am liebsten hätte er den Vampir getötet. Auf der anderen Seite hätte die Fledermaus sicherlich nicht gezögert.

So aber breitete sie ihre Schwingen aus und stieg in den nachtdunklen Himmel. Sie wurde schnell eins mit der Finsternis und war nicht mehr zu sehen.

Das war's also.

Ich verließ meinen luftigen Standort und sprang zu Boden. Myxin schaute mich an.

»Hat dir nicht gefallen, wie?« fragte er mich.

Ich schüttelte den Kopf.

»Mir auch nicht.« Myxin war ehrlich.

»Obwohl er dir einige Namen genannt hat und dich auf die Gefahr im Dachstein hinwies.«

»Stimmt. Aber genau das stört mich. Ich habe lange genug in den Dimensionen des Schreckens gelebt. Verräter werden ungeheuer hart bestraft, und es bleibt unter Garantie nicht geheim, daß dieser Vampir seine Brüder verraten hat, deshalb rechne ich noch mit einer höllischen Überraschung.«

Der kleine Magier war pessimistisch. Wer sein Schicksal kannte, konnte ihm dies nicht verübeln.

»Ich hätte ihn doch töten sollen«, murmelte Myxin. »Schätze, das wäre besser gewesen.«

Da hielt ich mich raus. Dafür klopfte ich meine Kleidung ab. »Sollen wir gehen?«

»Ja, mich hält hier nichts.«

»Dich lockt Österreich, wie?«

Myxin lächelte. »Und ob.«

Ich konnte den kleinen Magier verstehen. Wenn er in Österreich auf die Vampire traf, konnte er sich wieder beweisen. Und das brauchte er.

Meinen Bentley hatte ich am Beginn der Gartenanlage vor dem großen Tor abgestellt. Ich hätte auch über die Wege fahren können, doch ich wollte das Risiko einer vorzeitigen Entdeckung ausschalten.

Wir schritten durch den Garten zurück und waren schon dicht vor dem kleinen, grün gestrichenen Tor, als ich hinter mir das Rauschen hörte.

Ich drehte mich um.

Da stießen sie schon auf uns nieder. Sie kamen aus dem Dunkel der Nacht. Drei Vampire...

Österreich!

Ein Land für Touristen, ein Kleinod zwischen Deutschland und Italien. Mit weiten Ebenen im Nordosten und gewaltigen Gebirgsketten im Mittel- und Südteil.

Ein Land mit zahlreichen Seen, geschichtsträchtigen Städten und einer Tradition, die auch von der Neuzeit nicht übertüncht werden kann. Kurzum, ein Land zum Wohlfühlen.

Aber kein Land für Vampire! Obwohl die Stadt Wien ihre eigene blutige Geschichte hat und es gerade dort zahlreiche Spukhäuser und verwunschene Orte geben soll, wenn man den Einheimischen glauben darf.

Doch an Spukhäuser und Geistergeschichten mochte glauben, wer wollte, ein Mann wie Toni Berger nicht.

Er war ein richtiger Gebirgler. Kernig, mit sonnengebräunter Haut, blitzenden Augen und einem gesunden Schuß Humor. Ein Naturbursche, wie man ihn oft in Heimatromanen findet, obwohl der Berger Toni, wie er von seinen Freunden genannt wurde, schon fünfzig Lenze zählte. Aber die sah man ihm nicht an, und die grauen Fäden im lockigen Haar störten nicht, sie machten ihn höchstens noch interessanter.

Toni Berger lebte in Hallstadt, direkt am Hallstädter See, wo sich Österreich von einer seiner schönsten Seite zeigt. Wenn er aus dem Fenster schaute, sah er hinauf zu den Gipfeln des Dachstein-Gebirges, das wie eine gewaltige Festung auf die kleine Stadt am See niederschaute. Das Tal war eng. Die einzige Straße – von Bad Ischl kommend – führte durch einen schmalen Tunnel, und ängstliche Gemüter konnten in diesem kleinen Tal schon das Fürchten lernen.

Toni Berger fürchtete sich nicht. Er war in Hallstadt geboren und wollte auch hier sterben. Er mochte die Berge ebenso wie den See, wobei es ihm das Gebirge noch mehr angetan hatte.

Und da vor allen Dingen die weltbekannten Eishöhlen. Die liebte er über alles. Kein Wunder, denn die Eishöhlen brachten ihm sein täglich Brot. Toni Berger war Führer für Besichtigungstouren der Dachsteinhöhlen.

Und dies seit fast dreißig Jahren.

Er kannte jeden Eiszapfen in der Höhle, jeden Stein und jede Holzstufe. Die Höhlen waren zu seiner zweiten Heimat geworden. Oft waren es fünf Touren am Tag, und das schlauchte. Sein Sohn, der Max, der führte ebenfalls Touristen durch die Höhlen.

Als Toni Berger an diesem Freitagabend in der ersten Septemberwoche die letzte Führung abschloß, atmete er auf. Wieder hatte er einen Tag hinter sich gebracht. Das fing morgens mit einer Schulklasse an, dann folgten Touristen aus Deutschland und Holland, und schließlich waren es Amerikaner, die sich unbedingt die gewaltigen Zapfen und Eisgebilde anschauen wollten.

Jetzt hatte Toni Berger Feierabend.

Er schaute der Gruppe noch nach, wie sie den Serpentinenweg zur Seilbahnstation hinunterschritt, dann zählte er sein Trinkgeld nach und kam auf die Summe von fast tausend Schilling.

Er betrat seine kleine Bude. Sie war in den Fels gehauen und befand sich links neben dem Eingang. Dort konnte man auch Ansichtskarten kaufen und einige Süßigkeiten.

Toni Berger stellte den Ständer mit den Karten in das Innere der Bude und begann mit der Abrechnung. Die nahm immer mehr als eine halbe Stunde in Anspruch, aber sie mußte sein. Er wollte der Gesellschaft nichts schuldig bleiben.

Auch diesmal stimmte die Kasse. Es hatte bis auf einmal noch nie Unstimmigkeiten gegeben. Und auch die hatte er schnell aufgeklärt.

Man konnte sich auf Toni Berger verlassen. In jeder Hinsicht. Denn Toni war auch ausgebildeter Bergführer und galt auf seinem Gebiet als eine lokale Kapazität.

Während Toni seine Pfeife schmauchte und hin und wieder einen Schluck Tee aus der Thermoskanne trank, trug er gewissenhaft die Einnahmen in sein Buch ein.

Als er zum Schluß einen doppelten Strich unter die Summe zog, nickte er zufrieden.

Wieder mal alles klar.

Es klopfte an der Tür.

Toni Berger schaute hoch. Er hatte abgeschlossen und wollte aufstehen, doch da tauchte das Gesicht seines Sohnes am schmalen Fenster auf. Toni Berger ging zum Fenster. Er öffnete.

»Was ist denn?«

Max deutete ins Tal. »Ich fahre schon hinunter. Bist du fertig?«

»Das schon.«

»Dann können wir ja zusammen fahren.«

Toni schaute seinen Sohn an, der sein Ebenbild war. Nur eben fünfundzwanzig Jahre jünger. »Nein, Max, ich will noch mal zurück in die Höhle. Da ist irgendwo ein Geländer nicht mehr ganz fest. Ich muß die Sache überprüfen.«

»Soll ich dir helfen, Vater?«

»Nein, das ist nicht nötig. Fahr du nur runter. Ich schaffe das schon allein. Und sage dem Spengler Bescheid, daß er noch einmal hochkommt und mich mitnimmt.«

»Wird gemacht, Vater. Grüß dich.« Max verschwand. Stolz schaute Toni Berger seinem Sohn nach, der mit raumgreifenden Schritten den Serpentinenweg hinunterging, der zur Seilbahn-Station führte.

»Ja, er ist schon ein Prachtbursche, der Max. Und die Hanni, seine Verlobte, kann froh sein, ihn zum Manne zu kriegen.« Er lächelte bei diesen Worten und dachte an seine eigene Jugend. Danach verließ er das Häuschen, schloß sorgfältig ab und nahm den Schlüsselbund mit. Er wandte sich scharf nach links und schritt auf die Eisentür zu, die sich vor dem Höhleneingang befand.

Er schloß die Tür auf und gelangte in einen breiten Gang, der etwa dreißig Meter lang war und abermals vor einer Tür endete. Hinter der zweiten Tür begann der grandiose Eispalast innerhalb des Berges.

Toni Berger schloß auch diese Tür auf und machte Licht. Grubenlampen gaben ihren gelben Schein ab. Sie waren in jeweils unregelmäßigen Abständen an den Felsen befestigt. Sie markierten die Gänge und zahlreichen Wege.

Der erste Weg endete in einer gewaltigen Felsenhöhle. Hier war noch kein Eisbrocken zu sehen, die tauchten erst später auf, in der dritten Höhle. Über Bohlen schritt Toni Berger kräftig aus. Hohl hallten seine Schritte von den Wänden wider. Manchmal tropfte ihm Wasser in den Nacken. Es fiel aus den zahlreichen Felsspalten an der Decke dieser gewaltigen Höhle.

Der Weg machte einen Knick nach links, und über Holzstufen ging es in die Höhe. Dann verengte sich die Strecke. Die Wände wuchsen so dicht zusammen, daß man Mühe hatte, sich hindurchzuwinden. Berger mußte sogar den Kopf einziehen.

Er gelangte in eine kleinere Höhle, lief jetzt über den normalen harten Boden weiter und erreichte danach die erste große Eisgrotte.

Sie bot ein fantastisches Bild.

Das Eis war nicht weiß, sondern schimmerte grünlich. Wo zuvor die Felsen hochwuchsen, gab es jetzt nur noch diese meterdicke Eisschicht.

Es war auch um einige Grade kälter geworden. Das Thermometer stand dicht unterhalb des Gefrierpunktes. In dieser Höhle mußte der Fehler am Geländer sein.

Toni Berger wandte sich nach rechts, wo der Weg weiterführte. Diesmal wieder über Holzbohlen, die eine regelrechte Schneise in das Eis schnitten.

Rechts und links schillerten die grünen Felder. Toni Berger hatte immer das Gefühl, ein gewaltiges, erstarrtes Meer vor sich zu haben. Die Strecke war durch ein Holzgeländer gesichert.

Berger ging jetzt langsamer. Er schaute sich das Geländer an und hatte keinen Blick für die Schönheiten der Grotte, wo meterlange Eisstalaktiten von der Decke wuchsen. Von ihren Spitzen tropfte das Wasser auf den Boden.

Toni Berger fand die Stelle.

Da war das Geländer tatsächlich locker. Wenn man härter dagegendrückte, würde es abfallen.

Das ging auf keinen Fall. Die Sicherheit war sehr wichtig. Toni Berger hatte jetzt kein Werkzeug dabei, um die Stelle zu reparieren, er wollte es morgen früh, noch vor der ersten Besichtigung, sofort nachholen.

Innerhalb weniger Minuten würde der Schaden behoben sein. Berger brauchte nur die Latte auszuwechseln.

Eine Kleinigkeit.

Plötzlich horchte er auf. Er hatte ein Geräusch gehört. Als wäre ein Stein über den Boden gerollt. Es passierte schon mal, daß sich irgendein Stein aus dem Verbund löste, an sich nichts Besonderes, nur fiel es ihm jetzt auf, weil es doch sehr still in diesem gewaltigen Höhlenkomplex war.

Toni Berger zeigte sich nicht weiter beunruhigt. Er machte kehrt und wollte wieder zurückschreiten.

Da sah er die Gestalt.

Sie stand plötzlich auf dem schmalen Weg. Berger hatte sie nicht kommen hören, bis auf das verräterische Rollen des Steins, und das hatte er mißachtet.

Angst schoß in Berger hoch.

Die Gestalt sah unheimlich aus. Sie war ganz in Schwarz gekleidet, trug eine hüftlange Jacke und dunkle Hosen. Die Haare waren ebenfalls dunkel. Was Toni Berger allerdings auch bei dieser Beleuchtung auffiel, war das bleiche Gesicht. Als hätte es sich der Mann mit Kreide eingerieben.

Wer war dieser Kerl?

Gesehen hatte Berger ihn noch nie. Nein, auch nicht in den Reisegruppen, die er an diesem Tag geführt hatte. Vor ihm stand ein völlig Fremder.

Seltsam...

Toni Berger war kein ängstlicher Mensch, aber dieser Fremde konnte ihm schon Furcht einflößen.

Er stand nur da und sprach kein Wort.

Toni Berger wollte ihn gerade ansprechen, als er hinter sich ein Geräusch vernahm.

Sofort drehte er sich um.

Da stand ein zweiter. Er hatte sich mitten auf die grün schillernde Eisfläche gestellt und wirkte dort wie ein Denkmal. Er glich dem ersten fast aufs Haar und war ebenfalls so dunkel gekleidet. Auch er sagte kein Wort.

Toni Berger schluckte. Er spürte den Schweiß auf seiner Stirn, und das trotz der Kälte. Etwas stimmte hier nicht, ging nicht mit rechten Dingen zu.

Als er dann das leise Lachen vernahm, zuckte er wie unter einem Peitschenhieb zusammen.

Links von ihm stand auf einem großen unförmigen Felsblock der dritte.

Auch dieser Mann glich den beiden anderen aufs Haar.

Drei Fremde standen gegen Toni. Trotzdem verlor er nicht die Nerven. Er faßte sich ein Herz und sprach die Männer an. »Was wollen Sie hier? Wie sind Sie hereingekommen?«

Seine Stimme hallte unnatürlich laut durch die mit Eis gefüllte Grotte.

Keiner der drei sprach.

»Geben Sie Antwort, verdammt!«

... verdammt... verdammt... Als Echo schwang das letzte Wort noch nach.

Toni Berger erhielt seine Antwort. Allerdings anders, als er erwartet hatte.

Plötzlich lächelten die drei. Doch es war ein falsches, grausames Lächeln.

Und dann öffneten sie den Mund. Auch dies geschah synchron. Und Toni Berger sah ihre Zähne.

Es waren nadelspitze Eckhauer.

Der Berg- und Höhlenführer stand drei blutgierigen Vampiren gegenüber...

Myxin hatte mit seinem Mißtrauen recht gehabt. Der Vampir spielte falsch. Er hatte noch zwei Brüder mitgebracht. Aber da war er bei uns an der richtigen Adresse.

Als hätten wir schon immer gemeinsam gekämpft, reagierten wir. Nach beiden Seiten spritzten wir auseinander – Myxin links, ich nach rechts.

Schon waren die Blutsauger heran. Über mir verdunkelte sich der Himmel. Ich sah gar nichts mehr, denn die ausgebreiteten Schwingen nahmen mir die Sicht.

Das charakteristische Fauchen kannte ich. Es setzte immer vor einem Angriff ein.

Und die Fledermaus griff an.

Sie fiel auf mich herab wie ein großer Stein. Weit hatte sie das Maul aufgerissen, die Zähne würden in der nächsten Sekunde meinen Hals finden und zubeißen.

Ich lag auf dem Rücken, sogar ziemlich ruhig und abgeklärt. Dabei drehte ich nur ein wenig die Mündung...

Dann schoß ich.

Die Beretta peitschte auf. Ich sah den orangefarbenen Blitz vor der Mündung, dann hieb die geweihte Silberkugel in die Brust des Blutsaugers.

Aus dem Fauchen wurde ein Kreischen. Aus dem Kreischen ein entsetztes, schrilles Fiepen. Wild flatterte das gefährliche Tier mit den Flügeln. Es versuchte verzweifelt, sich noch zu halten, doch es hatte keine Chance. Die Kraft des geweihten Silbers zerstörte diesen Sendboten der Hölle. Die Fledermaus fiel zu Boden. Der Verfall war schon im Gang, fing beim Körper an und würde schnell auf die Flügel übergreifen.

Eine war erledigt.

Doch die beiden anderen konnten uns noch gefährlich werden.

Ich suchte Myxin.

Er kämpfte verbissen. Aber nicht mehr im Garten, sondern außerhalb. Wußte der Teufel, wie die beiden den Zaun überwunden hatten, das Tor war nämlich noch verschlossen.

Myxin, der kleine Magier, war unter den Flügeln überhaupt nicht mehr zu sehen. Ich wußte nicht, ob er noch Herr der Lage war, und konnte ihm auch nicht zu Hilfe eilen, denn die andere Fledermaus attackierte mich.

Sie schoß von der Laube her auf mich zu. Dabei flog sie eben über dem Boden und bewegte nur die Außenränder ihrer gewaltigen Schwingen. Es war ein schauriges Bild, wie sie sich mit großer Geschwindigkeit näherte.

Ich hielt die Beretta schußbereit und wartete auf das Biest.

Die Absicht der Fledermaus war klar. Kurz bevor sie mich erreichte, würde sie hochsteigen, um mir die Hauer in den Hals zu schlagen.

Da hatte ich eine Idee. Mit der linken Hand zog ich hastig meinen silbernen Dolch aus der Scheide am Gürtel. Gerade noch im letzten Augenblick, denn die Fledermaus jagte vor mir in die Höhe.

Mein Arm fuhr vor. Ich spürte den Widerstand, dann drang die Klinge in die Brust des Höllentiers.

Ein klagender Schrei.

Ein wildes Flattern mit den lederartigen Schwingen, während ich mich duckte, um von den Flügeln nicht getroffen zu werden, ein verzweifeltes Aufbäumen, dann fiel die Fledermaus zurück.

Erledigt.

Ich schaute auf den Dolch.

Eine dicke, sirupartige Flüssigkeit rann an der Klinge herab.

Vampirblut!

Es war nicht rot wie Menschenblut, sondern grünlich schimmernd.

Die große Fledermaus verging. Ich brauchte ihr gar keinen Blick mehr zuzuwerfen.

Aber was war mit Myxin?

Der kleine Magier hatte sich die Sache wirklich zu einfach vorgestellt. Doch der riesige Blutsauger war zu schnell gewesen, hatte Myxin gepackt und ihn über den Zaun draußen auf den Weg geschleudert. Myxin hatte keine Möglichkeit gehabt, seine Waffe einzusetzen, denn der Vampir preßte den kleinen Magier am Boden fest.

Und er wollte zubeißen.

Sein weit aufgerissenes Maul näherte sich Myxins Hals. Mit einem Biß in die Kehle hätte der Blutsauger als Sieger dagestanden, und Myxin wäre gestorben.

Er wehrte sich.

Seinen linken Arm konnte er hochreißen und ihn anwinkeln. Als der Vampir zubeißen wollte, rammte Myxin ihm den Ellenbogen zwischen die spitzen Zähne.

Der Blutsauger quiekte auf. Das paßte ihm überhaupt nicht. Noch weniger paßte ihm, daß es Myxin gelang, sein rechtes Bein anzuheben und den Fuß in den Leib des Blutsaugers zu rammen.

Myxin drückte zu.

Er wollte den Vampir von sich stemmen, doch die Kraft reichte nicht aus, die Fledermaus war ungeheuer stark.

Ein zähes, verbissenes Ringen begann. Bis zu dem Moment, wo ich über den Zaun setzte und eingriff.

Mein Silberdolch hieb in eine der lederartigen Schwingen. Es war die rechte.

Auf einmal zuckte der Blutsauger zurück. Er ließ Myxin los und stieß ein wildes Heulen aus. Dieser Vampir mußte ungeheure Schmerzen verspüren. Den rechten Flügel konnte er nicht mehr bewegen, versuchte es mit dem linken, doch der hob ihn nicht vom Boden ab. Er flatterte herum wie ein kranker Vogel.

Ich zielte genau.

Da griff Myxin ein. »Nein, John, laß ihn mir!« Der Magier war auf die Beine gesprungen und hielt die Druckluftpistole schußbereit.

Okay, ich tat ihm den Gefallen.

Myxin schritt auf den Vampir zu, um eine noch bessere Schußposition einzunehmen. »Du wolltest mich reinlegen«, sagte er. »Das hast du fast geschafft, aber nur fast. Jetzt erhältst du deine Strafe.«

Die Fledermaus winselte. Sie war schwer verletzt. Der linke Flügel löste sich langsam auf. Wenn Myxin das Tier tötete, tat er ihm damit einen Gefallen.

»Nein!« jammerte die Bestie. »Nein, wir wollten...«

Myxin schoß.

Pfft machte es, als der Eichenbolzen aus der Mündung gepreßt wurde und mitten in den Schädel der riesigen Fledermaus hieb. Das Tier wurde zurückgeworfen und fiel zu Boden. In einem letzten Kraftakt hob es noch einmal seine Schwingen und faltete sie dann über dem Körper zusammen, so daß sein Sterben gnädig verdeckt wurde.

Die Fledermaus löste sich auf.

Myxin drehte sich um. Er lächelte. »Ich habe es geschafft«, sagte er. »Ich habe es tatsächlich geschafft!« Er schaute auf die Waffe und gab sie mir zurück.

Ich zögerte noch. »Willst du sie nicht behalten?«

»Nein, sie gehört dir.«

»Dann bist du wehrlos.«

»Ich werde schon irgendeine Waffe finden.« Er warf einen

letzten Blick auf den sterbenden Vampir. »Laß uns gehen, John. Hier hält mich nichts mehr.«

Nebeneinander schritten wir den Gartenweg in Richtung Ausgang. Ein unterschiedliches Paar. Sowohl in der Größe als auch in der Abstammung. Myxin reichte mir kaum bis zur Schulter. Manchmal schaute er zu mir hoch.

»Was ist?« fragte ich ihn.

»Wenn ich dich ansehe, dann muß ich an früher denken.«

»Inwiefern?«

»Nun, ich habe dich irgendwann schon einmal gesehen.«

»Ja, das stimmt, wir kennen uns einige Jahre.«

Myxin schüttelte den Kopf. »Das meine ich nicht, John. Vor der Zeitrechnung in einem anderen Land.«

Ich blieb stehen. »Wie meinst du das?«

»Atlantis, John. Ich habe das Gefühl, daß du bereits einmal dort gewesen bist.«

»Dann hätte ich auch dem Schwarzen Tod begegnen können?«

»Natürlich.«

So ganz war die These nicht von der Hand zu weisen. Vielleicht war ich wirklich schon mal in Atlantis gewesen.

Möglich war alles.

»Kannst du mehr darüber sagen?«

»Nein, John. Vielleicht später, wenn ich einen Großteil meiner Kräfte wieder zurückhabe.«

»Na ja, warten wir es ab.«

Ich dachte über die ferne Zukunft nicht nach. Hätte ich es getan, würde mich dies nur belasten. Deshalb verdrängte ich auch oft die Gedanken an Dr. Tod und seine finsteren Machenschaften. Ich konzentrierte mich lieber auf die Gegenwart.

Wir erreichten den Wagen. Er stand nahe einer einsam leuchtenden Straßenlaterne. Niemand hatte sich an ihm zu schaffen gemacht. Ich schloß auf und bedeutete Myxin, einzusteigen.

Er schüttelte den Kopf. »Nein, John, ich bleibe hier.«

»Aber du willst doch mit nach Österreich?«

»Das stimmt. Ich schaffe es schon irgendwie.« Er hob grüßend die Hand, drehte sich um und verschwand.

Kopfschüttelnd schaute ich ihm nach. Myxin reagierte immer

noch seltsam. Ich hatte es schwer, mich daran zu gewöhnen. Wie dem auch sei, in ihm hatte ich trotz allem einen guten Partner gefunden.

Ich fuhr langsam an. Meine Gedanken bewegten sich bereits um das nächste Abenteuer.

Drei Vampire waren erweckt worden. Im Dachstein-Gebirge mit seinen Eishöhlen.

Sie waren mein nächstes Ziel, denn diese Brut durfte sich auf keinen Fall ausbreiten.

Ich mußte es verhindern!

Toni Berger war wie vor den Kopf geschlagen. Hatte er vorhin noch Angst verspürt, so verflog diese plötzlich, denn die drei, die ihn da eingekreist hatten, waren sicherlich verkleidete Freunde aus Hallstadt, die sich einen Scherz mit ihrem alten Freund Toni erlauben wollten.

Als Vampire verkleidet – wirklich eine originelle Idee, und im ersten Augenblick hatte sich Toni auch mächtig erschrocken, aber jetzt...

Er streckte den rechten Arm aus und sagte: »Alles klar, ihr drei. Ihr habt mich genug erschreckt. Ihr habt euren Spaß gehabt und gewonnen. Darauf trinken wir ein Glas in der ›Post‹. Aber jetzt laßt mich durch, ich muß die Bahn noch erreichen.«

Die Vampire rührten sich nicht.

Toni Berger ging einen Schritt vor. Er winkte auffordernd mit der Hand. »Los, geht jetzt!«

Keine Reaktion.

Toni wollte weitergehen, da stoppte er mitten in der Bewegung. Das schien doch kein Scherz zu sein, den sich die Männer aus dem Dorf erlaubt hatten. Als er jetzt näher auf den Blutsauger zuschritt, sah er auf dem schwarzen Kleidungsstück einen Buchstaben.

Ein S.

Was bedeutete der Buchstabe?

Dann schaute Berger nach rechts und links, wollte wissen, ob die anderen beiden auch Buchstaben auf ihren Kleidungsstücken hatten.

Er sah sie in der Tat.

Bei dem, der rechts von ihm stand, ein J, und bei dem Kerl links ein V.

Drei Buchstaben!

Was hatte das zu bedeuten?

Er wußte es nicht, und er zermarterte sich auch nicht sein Gehirn darüber. Plötzlich spürte er, daß die drei ihm ans Leben wollten.

Toni Berger spürte die Aura der Gefahr, die von diesen Gestalten ausging. Es war wie ein Eishauch, noch kälter als die Temperatur in der Höhle. Und zum ersten Mal wurde dem Berg- und Höhlenführer klar, daß diese Geschöpfe vielleicht doch nicht von dieser Welt waren, sondern aus irgendeiner alten Sage stammten.

Denn es gab solch eine Sage.

Siedendheiß fiel Toni Berger die Geschichte wieder ein. Die Legende über die drei im Eis gefangenen Vampire.

Es war Jahrhunderte her, da kam aus Ungarn, so erzählte man, das Grauen. Drei Vampire fielen in die Wälder rund um das Gebirge ein und verübten dort schlimme Taten. Doch irgendwie gelang es den Menschen, die Vampire in den Bergen zu treiben. Angeblich sollten sie dort eingefroren sein. Im Berginnern war ein Wasserfall auf sie herabgestürzt, und die drei erstarrten zu Eis.

So die Geschichte.

Und jetzt standen die drei Vampire vor ihm.

Es gab keine Bilder von ihnen, nur diese überlieferte Legende, aber Toni Berger war sicher, die drei Eisvampire vor sich zu haben.

Und sie wollten Blut.

Sein Blut!

Das wurde dem Mann aus den Bergen klar. Bevor die Vampire angriffen und sein Blut aussaugten, wollte er sie attackieren.

Toni Berger senkte ein wenig den Kopf. Dann ballte er die Hände, und urplötzlich warf er sich vor.

Mit zwei langen Schritten erreichte er den vor ihm stehenden Vampir mit dem S auf der Brust. Berger schmetterte dem Typ seine Rechte mitten in das blasse Gesicht.

Der Kopf des Blutsaugers flog zurück. Der Vampir wurde

nach hinten geschleudert, stieß ein unwilliges Fauchen aus und krachte gegen das Geländer, wobei sich das Holz durchbog, jedoch wieder nach vorn federte und die Horror-Gestalt genau in Toni Bergers Fluchtweg schleuderte.

Sie krachten zusammen.

Berger hatte Kraft. Sie war in den Bergen gestählt worden, doch der Untote besaß die Kräfte der Hölle, gegen die Menschen kaum etwas ausrichten konnten, auch Toni Berger nicht.

Etwas donnerte gegen seinen Kopf. Ob es ein Ellbogen oder eine Faust war, wußte er nicht, auf jeden Fall war er für einen Moment ziemlich benommen.

Das nutzte der Untote aus.

Er warf sich herum, packte Berger an den Hüften, hievte ihn hoch und schleuderte ihn wuchtig über das Geländer auf die grünschillernde Eisfläche.

Hart prallte Berger auf. Mit dem Kinn schlug er gegen die eisenharte Unterlage, sah plötzlich Sterne und konnte sich nicht halten. Da die Eisfläche glatt und zudem leicht schräg war, rutschte er nach vorn.

Direkt auf den zweiten Vampir zu, der das J auf der Brust trug.

Der Untote stürzte sich auf Berger. Toni sah über sich etwas Dunkles, dann rissen ihn zwei Hände hoch. Sie schleuderten ihn wie eine Puppe herum. Berger trug Spezialschuhe, mit denen er auch auf dem Eis laufen konnte, doch er kam mit der Absatzkante auf, rutschte aus und fiel der Länge nach hin.

Im nächsten Augenblick waren gleich zwei Vampire bei ihm. Niemand konnte die Ungeheuer halten. Sie rochen das frische Menschenblut, und das machte sie wild.

Sie fielen auf Toni Berger, der, angeschlagen wie er war, gar nicht alles so recht wahrnahm. Eine gekrümmte Hand fetzte den Pullover entzwei. Dolchartige Fingernägel rissen blutige Streifen in seine Haut unter dem Kinn.

Dann lag der Hals frei.

Auch der dritte Vampir stürzte herbei. Er sprang über das Geländer und kreischte.

Die Konya-Brüder waren perfekt.

Plötzlich lichteten sich die Schleier vor Toni Bergers Augen. Er schaute in die schrecklichen Fratzen mit den weit aufgerissenen

Mäulern und sah die Augen, in denen die Gier nach seinem Blut leuchtete.

Dann fielen sie auf ihn herab.

Ein letztes Mal bäumte sich Toni auf. Er spürte den scharfen, beißenden Schmerz an seinem Hals, und die Welt um ihn herum verschwamm in einem dunklen, undurchschaubaren Nebel.

Die saugenden, schmatzenden Geräusche nahm er nicht mehr wahr...

Der Mann in der Mittelstation hockte auf der obersten Stange des grau gestrichenen Absperrgeländers und schaute zu den majestätisch aufragenden Berggipfeln hoch. Wie Watteknäuel trieben helle Wolken um die scharfkantigen Grate, die vom ewigen Schnee bedeckt waren. Etwas unterhalb in einer kleinen Talmulde lag ein Hotel, das gern von Sommerskifahrern besucht wurde.

Die Luft schmeckte schon kühler. Zwischen den Zweigen der Bäume zitterten Spinnweben, Nachzügler eines vergehenden Sommers und erste Anzeichen des nahenden Herbstes.

Bald würde Schnee fallen. Der Mann verzog das Gesicht, als er daran dachte. Der Sommer war in diesem Jahr verdammt kurz gewesen. Bis weit in den Juni hinein hatte noch Schnee gelegen. Zum Glück gab es so etwas nicht alle Jahre.

Jo Spengler zündete sich seine Pfeife an und schaute auf die Uhr. Der gute Toni hatte sich verspätet. Den Worten seines Sohnes nach zu folgen hätte er schon längst da sein müssen, und auch Jo hatte keine große Lust mehr zu warten, denn er war im Gasthaus verabredet. Der Stammtisch lockte.

Wenn Toni Berger in einer Viertelstunde nicht da war, wollte er selbst nachschauen. Vielleicht konnte er ihm dann bei der Reparatur helfen, davon hatte Max ja gesprochen.

Jo Spengler paffte die blaugrauen Wolken in die kühle Abendluft. Er hatte sich seinen Pullover übergezogen und den Hut aufgesetzt, der sein volles blauschwarzes Haar verbarg. Die Lippen und ein Teil des Gesichts verschwanden fast unter dem dichten Bartgestrüpp. Jo war ein richtiges Mannsbild, wie man in Österreich sagte. Kräftig, kernig und noch zu haben. Hanni, seine große Liebe, war mit Max Berger verlobt. Sie hatte ihn vorgezogen. Trotzdem waren die beiden Männer Freunde geblieben.

Die Gondel war fahrbereit. Der leichte Wind bewegte den schweren Kasten, und die Gondel schwankte ganz leicht von einer Seite zur anderen.

Irgendwie wirkt eine leere Seilbahnstation unheimlich, dachte der gute Josef. Wenn keine Fahrgäste mehr da und die Ständer mit den Ansichtskarten längst abgeräumt waren, konnte man sich allein schon fürchten. Überall entstanden Geräusche. Die Blätter der Bäume raschelten gegeneinander, das Gestänge bewegte sich, es ächzte und knarrte, und oft knackten Zweige oder Äste.

Es war schon komisch.

Seine Schwester hatte Jo auf diese Gedanken gebracht. Sie fürchtete sich allein auf einer Station.

Die Zeitspanne war um.

Sicherheitshalber warf Jo Spengler noch einen Blick auf seine Uhr und schaute dann den Serpentinenweg zu den Eishöhlen hoch, ob sich dort nicht schon etwas tat.

Tatsächlich, da war er endlich.

Jo grinste, weil er Berger an seinem roten Pullover erkannt hatte. Er hatte die Höhle schon verlassen und würde in einigen Minuten hier sein. Meist nahm er gar nicht den Weg, sondern kürzte ab, in dem er die Kurven schnitt und quer über das Geröll ging.

Jo Spengler schwang sich von seinem Sitz und schlenderte zum Telefon. Er wollte im Tal Bescheid sagen, daß es nicht mehr lange dauern würde, bis sie eintrafen.

Pfeifend ging er zurück und wartete am Ende des Wegs auf Toni Berger. Rechts davon stand der große Holzkasten, in dem immer das Streugut lag. Er mußte nachgefüllt werden. Über ihm raschelten die Blätter der Bäume im Wind. Es war ein friedliches, stimmungsvolles Bild, das sich ihm bot. Jo dachte daran, daß bald das erste Laub fallen mußte.

Toni Berger ließ sich Zeit.

Das wunderte Spengler, denn normalerweise hatte es der gute Toni mehr als eilig, wenn es schon so spät war. Diesmal jedoch schritt er den normalen Weg hinab.

Und wie er ging.

Spengler sah ihn, als er die letzte Kehre nahm. Normalerweise lief der Toni Berger federnd und irgendwie leichtfüßig, trotz seiner schweren Schuhe. Aber jetzt stakste er regelrecht seinem Ziel entgegen, irgendwie steifbeinig, als hätte man ihm einen Ladestock in den Rücken geklemmt.

Das war ungewöhnlich.

»Da ist doch nichts passiert?« murmelte Spengler und ging dem Freund ein paar Schritte entgegen. Auch ein erfahrener Mann wie Toni Berger konnte einen schwachen Tag haben und fehltreten. Verletzt war man in den Bergen schnell.

Spengler winkte. »Grüß dich, Toni. Alles klar?«

Berger nickte nur.

Auch das wunderte Spengler. Kein Wort zur Begrüßung, nur ein unpersönliches Nicken. Jetzt war er ganz sicher: mit dem Berger-Toni, da stimmte etwas nicht.

»He, hast du die Sprache verloren, Mann? Nicht einmal lachen kannst du. Ich weiß einen neuen Witz. Hör zu: Welche vier Schuljahre sind für die Bayern am schwersten?« Jo schaute Toni Berger an, erhielt überhaupt keine Antwort.

»Na, das erste«, sagte er und lachte selbst lauthals los.

Berger hob nur die Schultern und ging an ihm vorbei.

»Na, dann nicht«, murmelte Spengler. »Möchte nur wissen, welche Laus ihm heute über die Leber gelaufen ist.« Kopfschüttelnd ging er hinter Berger her, der quer durch die Seilbahnstation schritt, das kleine Kassenhäuschen passierte, sich unter den Laufrädern hindurchbückte und dann die Tür zur Kabine aufzog.

Jo Spengler schloß noch ab. Er schaute durch die großen Glasscheiben der Kabine.

Berger hatte ihm den Rücken zugewandt, er blickte ins Tal hinunter, wo im letzten Licht der Sonne der kleine Ort Hallstadt mit dem malerischen See zu erkennen war, dessen Wasser bläulich und silberfarben aufblitzte, wenn die Strahlen über die Wellen glitten. Letzte Segler und Surfer waren noch unterwegs. Am Ostufer des Sees verschwand das graue Band der Straße im Tunnel. Die Autos wirkten wie Spielzeuge.

Jo Spengler riß die Schiebetür der Seilbahn auf und stieg ein. Er schloß sie wieder und gab das Signal zur Abfahrt.

»Verstanden!« klang die Stimme des Mannes an der Talstation.

Die Bahn ruckte an.

Das war immer der Augenblick, vor dem sich die meisten Touristen fürchteten. Dann schwebte die schwere Kabine – sie faßte 20 Personen – über den Gipfeln der hohen Fichten talwärts.

Toni Berger hatte sich noch immer nicht umgedreht. Leicht gebeugt stand er da, die Hände um den seitlich laufenden Griff geklammert. Schräg fiel das Sonnenlicht in die Kabine. Jo Spengler wurde etwas geblendet, während das Licht Berger überhaupt nicht berührte.

»He, Toni, was ist eigentlich los? Verdammt, wir kennen uns jetzt so lange. Sag endlich, was geschehen ist!« Spenglers Stimme klang ärgerlich. Ihm war der Kragen geplatzt.

Toni Berger sprach nicht.

»Redest du nicht mehr mit mir?«

»Doch!« Seine Stimme klang seltsam gepreßt. Er hob die Schultern etwas an, löste zuerst die linke Hand vom Griff, dann die rechte und drehte sich um.

Er schaute Spengler an.

Erst jetzt fiel Jo auf, wie blaß Toni Berger doch war. Als hätte er überhaupt kein Blut mehr in seinen Adern.

Wie leergesaugt...

Spengler schüttelte über sich und seine Gedanken den Kopf. Aber komisch war es schon.

»Warum willst du denn nicht reden, Toni? Habe ich dir etwas getan? Sag es, wir können darüber sprechen...«

Berger erwiderte nichts. Er stierte den anderen nur an. Ja, es war ein Stieren, und Spengler bemerkte mit Erschrecken, daß sich der Ausdruck in Bergers Augen verändert hatte.

Er war schlimm geworden.

Schlimm und grausam.

So schauten Mörder...

Die Seilbahn ruckte, weil sie dicht an einem Mast vorbeischwebte. Wie grüne Schatten huschten die breiten, uralten und hohen Fichten vorbei.

Das alles sah Jo Spengler nicht. Er hatte plötzlich Angst. Angst vor Toni Berger. Aus der Seilbahn, so groß sie auch war, konnte er nicht fliehen.

Toni Berger wollte etwas von ihm.

Jo Spengler lächelte, so schwer es ihm auch fiel. Er wollte keinen Rückzieher machen.

»Gut, Toni, ich merke dir an, daß es dir unangenehm ist, wenn ich dich frage. Also halte ich meinen Mund. Einverstanden?«

Toni lächelte nur spöttisch.

In diesem Moment tauchte die Seilbahn in ein dichtes Waldstück ein.

Die Sonne verschwand.

Schatten füllten das Innere der Kabine. Und Schatten sind gut für die Geschöpfe der Nacht.

Langsam öffnete Toni Berger den Mund.

Jetzt war es Jo Spengler, der sich an der Haltestange festhielt.

Er starrte Berger an, blickte ihm stur ins Gesicht und wollte nicht glauben, was er mit eigenen Augen zu sehen bekam.

Toni Berger entblößte zwei lange Zähne...

Im Hallstädter Dorfkino waren des öfteren Vampirfilme gelaufen. Und diese Blutsauger hatten die gleichen Zähne wie Toni Berger. Deshalb wußte Jo Spengler, mit wem er es zu tun hatte.

Mit einem Vampir!

Toni Berger war ein Blutsauger. Das wollte nicht in seinen Kopf rein. Das durfte doch nicht wahr sein! Nein, niemals. Vampire gab es nicht, das war eine Erfindung. Berger wollte ihn sicherlich nur erschrecken. Für einen Spaß war er immer zu haben. Aber irgendwann hörte auch der Spaß auf.

Wie hier.

»Toni...« Jo lachte krächzend, »mach doch keinen Unsinn. Ich... also, nimm das Ding da aus deinem Mund. Du hast mich erschreckt, aber jetzt sei vernünftig.«

Ein böses Knurren drang aus dem Mund des Vampirs. Dann antwortete Berger.

»Das ist kein Scherz!« rasselte die Stimme des Bergführers. »Ich bin ein Vampir. Und ich brauche Blut, Jo. Dein Blut!« Er lachte grausam und streckte die Arme aus.

Jo Spengler schlug gegen die Hände. Er traf die Haut. Kalt fühlte sie sich an. Wie bei einem Toten. Also doch kein Scherz. Berger war ein Vampir!

Scharf saugte Spengler die Luft ein. Plötzlich tanzte die Kabine vor seinen Augen. Er kannte die Strecke im Schlaf und wußte, daß es noch dauern würde, bis sie die Talstation erreicht hatten.

Viel zu lange für ihn.

Er schlug zu.

Der Schlag war aus einem Reflex geboren, und er traf den Vampir mitten ins Gesicht. Damit hatte Berger nicht gerechnet. Er wurde zurückgeschleudert und krachte zu Boden.

Aus Spenglers Mund drang ein wilder Schrei, als er sich auf Berger stürzte. Er war jünger und kräftiger als Toni. Er würde ihn schaffen.

Doch Berger war schlau.

Blitzschnell zog er die Beine an und stieß sie genau in dem Augenblick von sich, als Spengler auf ihn zuflog.

Beide Füße trafen voll.

Jo flog zurück, versuchte sich noch zu halten und wollte mit einem Ausfallschritt zur Seite hin ausweichen. Dabei ruderte er mit den Armen und geriet der Tür zu nahe. Sein rechter Ellbogen hämmerte mit Wucht gegen den Griff.

Die Tür glitt auf.

Allerdings nur einen Spalt, der gerade so breit wie ein normaler Mensch war. Augenblicklich pfiff der Fahrtwind in die Kabine und heulte in den vier Ecken.

Spengler hatte sich wieder gefangen. Geduckt stand er da und sah sich einem erneuten Angriff des Vampirs gegenüber. »Mich kriegst du nicht!« keuchte er. »Ich laß mich nicht beißen, verdammter Blutsauger!« Seine Fäuste öffneten und schlossen sich, sein Atem war mehr ein pfeifendes Geräusch.

Berger lachte nur. Er verließ sich auf seine höllischen Kräfte. Umbringen im eigentlichen Sinne konnte man ihn nicht mehr, er war schließlich schon tot.

Da fiel Spengler ein, daß er noch eine Waffe bei sich trug. Einen Schraubenschlüssel. Er hatte ihn immer bei sich.

Blitzschnell holte er ihn hervor. Jetzt hatte er seine Angst überwunden.

»Komm nur!« keuchte er. »Komm nur...«

Und Berger kam.

Er sprang Spengler an.

Jo wich nicht aus. Er stellte sich. Als er die Hände an seinem Körper spürte, schlug er zu.

Das Geräusch des Treffers ging ihm durch Mark und Bein. Er sah auch die Wunde am Kopf, aber der Vampir ließ ihn nicht los. Er bog sogar seinen Oberkörper hoch und nahm auch den zweiten Schlag.

Dann fühlte Spengler die kalten Würgefinger an seinem Hals.

Er gurgelte auf.

Sein Kopf wurde nach hinten gedrückt. Er kriegte kaum Luft. Er schlug ein paarmal zu und traf die Schulter des Vampirs, ohne ihn jedoch ausschalten zu können.

Berger drehte sein Opfer so, daß er es in der richtigen Lage hatte, um besser zubeißen zu können. Er wollte an Spenglers Hals.

Jo kämpfte.

Er wand sich unter dem Griff, er trat, riß sein Knie hoch, traf auch, und mit einer wilden, wütenden Bewegung, in die er alle Kraft hineinlegte, gelang es ihm, sich loszureißen.

Plötzlich war er frei – aber er hatte die Übersicht verloren. Spengler erkannte nicht, wie nahe er sich bereits an der offenen Tür befand.

Zu nahe...

Ein falscher Schritt zurück, plötzlich spürte er den kalten Wind im Nacken, sein Fuß trat ins Leere...

Er hätte sich noch fangen können, aber vor ihm stand der Vampir, und der wollte sein Blut. Jo Spengler sah die gierige Fratze, die beiden widerlichen Eckzähne und ließ sich fallen.

Im selben Augenblick schoß die Hand des Vampirs vor. Berger wollte sein Opfer nicht aus den Klauen lassen. Nein, um dieses Blut durfte man ihn nicht betrügen.

Er kam zu spät.

Spengler fiel.

Mit einem lauten Aufschrei stürzte Jo aus der Gondel. Sein Körper drehte sich in der Luft, kippte an einem Wasserfall vorbei, wo er noch besprüht wurde, und krachte voll in den Wipfel einer Bergbirke, die sich bog wie ein Gummiband.

Die Gondel aber war vorbei.

Der Vampir stieß ein wütendes Fauchen aus, weil er sich um sein Opfer betrogen sah. Aber in Hallstadt, da gab es noch genügend Menschen, die wollte er sich holen.

Die Talstation war bereits zu sehen. Berger wollte nicht unbedingt hineinfahren.

Er sprang ab.

Auch sein Körper überschlug sich. Und wie auch der andere, krachte Toni Berger in einen Baum. Er spürte keine Schmerzen, sondern sprang sofort zu Boden.

Die Gondel fuhr leer in die Station ein, wo bei den Männern das große Rätselraten begann.

Toni Berger schlug sich in das Unterholz des Waldes. Er wollte bis zur Dunkelheit warten und dann nach Hallstadt eindringen. Dort wußte er schon ein Opfer.

Max, seinen Sohn!

Hinter Bad Ischl wurde die Gegend schön.

Wir waren von der Autobahn abgefahren, die in Salzburg beginnt und in Wien endet. Gern hätte ich mir Salzburg angesehen, doch die Zeit ließ es nicht zu.

Außerdem waren wir nicht zu unserem Vergnügen unterwegs, wenn Suko auch scheinheilig fragte: »Fahren wir eigentlich in Urlaub?«

»Nein«, knurrte ich. Es war wirklich ein Knurren, denn ich hatte schlechte Laune. Hinter uns lag ein strahlender Tag, und hinter uns lag auch München, wo wir gelandet waren. Dort hatte ich mir einen Wagen geliehen, keinen Bentley, sondern einen silbermetallicfarbenen Volvo 244 GLT, einen bequemen Reisewagen, der auch verflixt spurtschnell war. Da zeigte er, was seine 140 PS hergaben.

Wie gesagt, ein Wetter zum Sündigen oder Urlaubmachen, aber wir gingen auf Vampirjagd.

Ein paarmal mußte ich achtgeben, nicht auf die linke Fahr-

bahn zu geraten. Auf der Insel fährt man links, und die Umge-
wöhnung war gar nicht so einfach.

Wir fuhren auf der Bundesstraße 145 in Richtung Bad Goisern.
Es herrschte noch viel Betrieb. Zahlreiche Urlauber waren unterwegs. Die Fahrzeuge trugen meist deutsche Nummernschilder.

Aus dem Radio hörte ich die Stimme des Sprechers von Ö3
und verstand das meiste nicht, weil er zu schnell redete. Hin und
wieder mußte ich über die Werbung lachen. An die Vampire
dachte ich gar nicht mehr, sondern genoß es, durch die Landschaft zu gondeln.

Wir fuhren direkt auf das Dachstein-Gebirge zu, und die
Straße wand sich durch ein Tal. Manchmal wurde sie direkt eng.
Die Kurven beanspruchten mein ganzes fahrerisches Können.

»Die nächste links«, sagte Suko, der wie immer mein Co-Pilot
war.

Ich nickte nur.

Vor uns tauchte eine massive Bergwand auf. Fast konnte man
meinen, die Straße würde darin verschwinden, dann aber machte sie einen Bogen und führte vorbei.

Auf einem Wegweiser las ich Hallstadt, unser Ziel. Ich fädelte
mich in die linke Spur ein, und weiter ging es auf einer sehr
schmalen Straße.

Das Tal, das wir durchquerten, war sehr eng. Die Wurzeln der
Mischwaldbäume klammerten sich wie mit Riesenhänden an
den rauhen Felsen fest. Weiter oberhalb wurden die Kronen vom
Wind bewegt, und noch höher sah ich hin und wieder den
Schnee glitzern.

Nach einigen Kilometern schimmerte auf der linken Seite bereits der See. Das Wasser zeigte eine Tönung zwischen hell- und
dunkelblau. Surfer zogen gekonnt ihre Bahnen, und die farbigen
Segel der Boote gaben dem See einen fast kitschigen Postkarten-
anstrich.

Ich dachte an Myxin.

Wo er wohl steckte? Wie er es schaffte, nach Österreich zu gelangen, hatte er mir nicht verraten. Das war und blieb sein Geheimnis. Ich war jedoch sicher, irgendwann auf ihn zu treffen.

»Wir fahren gleich in einen Tunnel«, meldete Suko.

Ich schaltete das Licht ein, und dann zischten wir in die enge

Röhre. Das war wirklich der richtige Ausdruck. Ich kannte mehrere Alpentunnel, in diesem jedoch konnten ängstliche Gemüter schon ins Schwitzen geraten.

Gegenverkehr gab es nicht. Ich sah nur die Rückleuchten meines Vordermannes, dann wurde es heller, und wir fuhren wieder ins Freie.

Ich atmete auf.

Hallstadt, las ich auf dem Schild. Wir waren da!

Unwillkürlich senkte ich die Geschwindigkeit und schaute hoch. Das Gebirge stand dort wirklich wie eine wuchtige Wand. Irgendwie kam es mir drohend vor, und dort also sollten die gefährlichen Eisvampire hausen, falls sich Myxin nicht geirrt hatte.

Hier war davon nichts zu spüren.

Die Sonne meinte es gut an diesem Spätnachmittag. Sie tauchte den kleinen Ort in ihr helles Licht. Auf den Gehsteigen herrschte viel Trubel, ebenso auf den Straßen. Um ein Zimmer hatten wir uns noch gar nicht gekümmert. Ich hoffte, daß etwas frei war. Malerisch wirkten die Häuser. Bunte Blumen steckten in den um die Häuser laufenden Balkonen, blitzende Scheiben, alles wirkte ungeheuer sauber und gepflegt.

Ich rollte im Schrittempo durch den Ort. Von offizieller Seite wußte niemand Bescheid. Wir hätten uns lächerlich gemacht, wenn wir irgendeinem von Vampiren erzählt hätten.

Nahe der Hauptstraße fanden wir glücklicherweise ein Hotel. Es sah sehr gepflegt aus. Der untere Teil war aus Stein errichtet worden, während der obere eine Holzfassade zeigte. Dort lagen auch die Zimmer mit den netten Balkonen, wo die Topfblumen in voller Pracht blühten. Einen Parkplatz gab es neben dem Haus, wo sich auch das Café mit der großen gläsernen Front befand.

Wir stellten den Wagen ab, nahmen unser leichtes Gepäck und betraten das Hotel.

Eine angenehme Kühle empfing uns. Irgendwo dudelte leise ein Radio. In der Küche klapperte jemand mit Geschirr. Beides wirkte überhaupt nicht störend.

Durch die Butzenscheiben der Fenster fiel schräg das Sonnenlicht und malte breite Streifen auf die Teppichbrücken. Sie lagen auf sauberem Parkettboden.

Die Rezeption, halbrund und aus dunkel gebeiztem Kiefern-holz, war verwaist. Dafür sah ich eine schmale Tür, die offen-stand.

»Hallo!«

Irgendwie mußten wir uns bemerkbar machen. Der Ruf zeigte Erfolg. Ein junges Mädchen erschien. Und verdammt noch mal, die Kleine sah hübsch aus. Sie hätte auch auf das Titelbild eines Heimatromans gepaßt. Mit ihren braunen, zu zwei Zöpfen ge-flochtenen Haaren, den rosigen Wangen, dem strahlenden Lächeln und der einheimischen Tracht.

Sie sprach uns an.

Ich verstand nichts und bat das Mädchen darum, langsamer zu reden.

»Natürlich gern.«

»Haben Sie Zimmer frei?«

»Ja.«

Wir atmeten auf. »Das nennt man Glück«, sagte ich.

»Ach, gar nicht mal. Wissen Sie, die Ferien sind vorbei, und da ist bei uns längst nicht mehr so viel los.«

»Na, mir kam der Betrieb aber hektisch vor.«

Das Mädchen lachte glockenhell.

»Da müßten sie Hallstadt mal in der Hochsaison erleben.«

Sie zeigte uns die Zimmer. Über eine blank geputzte Holzstie-ge ging es in die erste Etage. Die Räume lagen nebeneinander, waren beides Doppelzimmer und hatten Dusche und Toilette. Was wolle man mehr?

Der Preis war auch zu ertragen. Ich wollte mit den Nachfor-schungen noch nicht sofort beginnen. Die Reise im warmen Wa-gen hatte uns doch etwas geschlaucht, ich sehnte mich nach ei-ner Dusche.

Suko erging es ebenso. Wir trafen uns eine halbe Stunde spä-ter.

»Sollen wir die Kleine mal fragen, ob sie etwas weiß?« fragte der Chinese.

Ich schüttelte den Kopf. »Das ist mir viel zu auffällig.«

Trotzdem fragten wir sie. Wir fanden sie an der Rezeption sit-zend, wo sie eine Zahlenreihe addierte. Lächelnd schaute sie uns an, als wir die Treppe hinabschritten.

An der Theke blieben wir stehen. »Wir hätten da eine Frage, Fräulein...«

»Hanni. Ich heiße Hanni.«

»Okay, Fräulein Hanni. Uns interessieren die Eishöhlen des Dachstein-Massivs. Kann man dorthin?«

»Natürlich.«

Das hörte sich schon gut an. »Und wie kommen wir dort hoch?«

»Mit der Seilbahn. Aber heute fährt keine mehr.«

Eine Enttäuschung. »Wieso?«

Die Erklärung war einfach. »Die Strecke ist weit«, sagte Hanni. »Und die Besichtigung der Höhlen dauert auch ihre Zeit. Bei der größten zwei Stunden. Aber Sie können ja morgen fahren.«

»Natürlich.« Ich nickte.

»Möchten Sie einen Prospekt über die Höhlen?«

»Haben Sie einen Lageplan?« fragte ich dagegen.

»Nein, nur allgemeine Informationen. Aber wieso...?«

»Wir sind Geologen«, klärte ich die schöne Hanni auf. »Deshalb.«

»Ach so«, murmelte sie und überlegte, wie sie uns wohl helfen konnte. »Wenn Sie sich beruflich für die Dachsteinhöhlen interessieren, dann ist es natürlich nicht gut, sich an einer offiziellen Begehung zu beteiligen.«

»Der Meinung sind wir auch.«

Hanni drehte den Kopf, daß ihre Zöpfe flogen. »Ich habe da eine Idee, und die wird sich auch verwirklichen lassen. Mein Verlobter ist der Sohn des Höhlenführers. Er wird bestimmt mit Ihnen eine Privatbesichtigung arrangieren, wenn er hört, daß Sie Geologen sind. Da bin ich ganz sicher.«

Ich strahlte das Mädchen an. »Das wäre fantastisch. Kann man Ihren Verlobten erreichen?«

»Klar, ich rufe gleich an.«

Das brauchte Hanni jedoch nicht, denn die Tür wurde aufgestoßen, und gemeinsam mit einer Touristenfamilie stürmte ein hochgewachsener junger Mann in das Hotel.

»Max!« rief Hanni überrascht und stand auf.

Der junge Mann sah uns gar nicht, sondern blieb an der Rezeption stehen. Er atmete schwer, ein Zeichen, daß er stark gelaufen war. Schweiß glänzte auf seiner Stirn.

»Was ist denn geschehen?« fragte Hanni.

Max schluckte. »Mein Vater und auch Spengler sind nicht zurückgekehrt. Die Gondel fuhr leer in die Talstation ein.«

»Was?«

»Ja. Es ist so.«

»Und was jetzt?« fragte Hanni.

»Ich muß zur Station. Dann stellen wir einen Suchtrupp auf, denn wir müssen ja etwas tun.«

»Ja, ja, sicher, das wird wohl das beste sein«, erwiderte Hanni, die sehr blaß geworden war.

Max wollte gehen. Ich hielt ihn an der Schulter fest. »Würde es Ihnen etwas ausmachen, uns mitzunehmen?« fragte ich.

Er stutzte, schaute in mein Gesicht und zog die dichten Augenbrauen mißtrauisch zusammen. »Sie sind fremd hier?«

»Ja, Geologen.«

»Er auch?« Damit meinte er Suko.

»Natürlich«, erwiderte mein Partner.

»Ich... weiß nicht so recht...«

»Wir hatten mit Ihrer Verlobten gerade über Sie gesprochen. Fräulein Hanni war davon überzeugt, daß Sie uns helfen würden, nicht wahr?«

Das Mädchen nickte.

»Dann kommen Sie«, sagte Max Berger und stürmte schon aus dem Hotel.

»Und seid vorsichtig!« rief Hanni uns nach.

Es gab noch jemanden, der die Wälder das Dachsteins durchstreifte. Eine kleine Gestalt. Sie trug einen langen, grünschwarzen Mantel, hatte ein schmales Gesicht und eine grünlich schillernde Haut.

Myxin, der Magier.

Es war ihm tatsächlich gelungen, nach Österreich zu kommen. Und mit zielsicherem Instinkt hatte er auch das Gebiet gefunden, wo sich die Eisvampire aufhalten sollten.

Die Höhlen hatte Myxin noch nicht erreicht. Er streifte durch die Wälder und hoffte, dabei Spuren der Vampire zu finden. Seine Waffe besaß er immer noch. Es war der Eichenpflock, mit dem er die Blutsauger töten wollte, falls er ihnen begegnete. Daß es drei waren, störte ihn nicht. Myxin wußte, daß sich John Sinclair und dessen Freund Suko in der Nähe befanden. Auch sie würden bestimmt auf die Vampirbrut treffen.

Gesehen hatte Myxin noch niemand. Der kleine Magier hielt sich abseits der Spazier- und Wanderwege. Er schlich durch das Unterholz und hangelte sich an steilen Stellen hoch, indem er die tiefhängenden Äste der Bäume packte und sich so weiterzog. Natürlich hätte sich Myxin auch auf dem offiziellen Weg voranbewegen können, aber er wollte nicht, daß man ihn sah.

Der Magier arbeitete im Hintergrund.

Und er lauerte auf die Nacht. Denn wenn die Dunkelheit hereingebrochen war, wollte er oben bei den Höhlen sein. Irgendwie würde es ihm schon gelingen, einzudringen. Dann war es nur noch ein kleiner Schritt, bis er die Vampire gestellt hatte.

Plötzlich blieb Myxin stehen. Deutlich hatte er das Rauschen gehört. Gar nicht weit entfernt klang es auf, und als Myxin ein paar Schritte voranging, sah er den Wasserfall.

Das Wasser stürzte aus ziemlicher Höhe über den glattgewaschenen Rand eines Felsens und donnerte in die Tiefe, wo es in einer Steinschüssel gefangen wurde, bevor es als Bach weiter talabwärts strömte. Das Wasser war klar, man konnte es trinken.

Myxin verspürte Durst. Er mußte klettern, um den Wasserfall zu erreichen. Die Felsen wirkten wie rohe Treppenstufen. Dann erreicht Myxin die Ausläufer des Wasserfalls, wo die Flüssigkeit zwischen den Steinen schäumte.

Myxin bückte sich und trank langsam.

Das Wasser war eiskalt. Es kam von den großen Gletschern, war Schmelzwasser und sprudelte im Tal in den Hallstädter See. Nach einer Weile richtete sich Myxin auf. Sein Durst war gelöscht.

Er blickte sich um.

Links vom Wasserfall ging es steil in die Höhe. Dort waren im Laufe der Zeit große Brocken aus der Felswand herausgerissen worden. Über der Wand wuchsen wieder die Bergfichten und bildeten dort einen dichten Wald. Die Sonne war schon weitergewandert, im Wald wurde es bereits dämmrig.

Der Magier suchte nach einem geeigneten Aufstieg. Er schaute nach rechts.

Dort schimmerte der Stahlpfosten der Seilbahn. Man hatte beim Bau der Seilbahn eine Schneise geschlagen, dort würde der Weg sicherlich bequemer sein.

Er hatte lange keine Bahn mehr fahren sehen. Wahrscheinlich war der Betrieb für den heutigen Tag eingestellt worden, und so verringerte sich das Risiko einer Entdeckung.

Myxin schritt in die Richtung, in der die Bahn lag. Er balancierte schräg zum Berghang entlang. Über ihm breiteten die Bäume ihre starken Zweige und Äste aus. Sie bildeten ein schützendes Dach, das sogar wenig Regen durchließ.

Dann erreichte Myxin den Träger. Er war fest in den Boden betoniert. Myxin sah auch die Querstreben und die Rollen, über die das Seil geführt wurde.

Der Weg war allerdings beschwerlich, doch das störte den Magier nicht.

Er ging los.

Geradeaus konnte er nie gehen. Immer wieder mußte er nach links oder rechts ausweichen, um die optimale Aufstiegmöglichkeit zu finden.

Manchmal rutschte er auch ab, dann wiederum hielt er sich an den knorrigen, aus dem Boden wachsenden Baumwurzeln fest und zog sich daran weiter.

Es war ein mühseliges Unterfangen, aber Myxin gab nicht auf, er dachte nur an sein Ziel, die Vernichtung der Eisvampire. Und dieser Gedanke gab ihm Kraft.

Nie ließ er die unmittelbare Umgebung aus den Augen und blieb plötzlich abrupt stehen, als er das Bündel sah, das rechts von ihm in den Ästen einer Bergbirke hing.

Myxin schaute genauer hin.

Tatsächlich, das war ein Mensch!

Myxin fragte sich nicht, wie er dorthin gelangt war, er wußte nur, daß er helfen mußte.

Der Magier bewegte sich dorthin.

Zweimal rutschte er auf glatten, scharfkantigen Felsen ab, fing sich wieder und ging weiter.

Zum Glück stand ein Ast der Birke so weit vor, daß Myxin ihn packen und sich an den Baum heranziehen konnte. Jetzt stand er direkt unter dem Mann.

Der Kleidung nach zu urteilen mußte es ein Einheimischer sein. Myxin schüttelte den Kopf. Wie kam der Mann dorthin? Es schien, als wäre er abgestürzt. Entweder von einem Felsen oder aus der Seilbahn. Letzteres war allerdings sehr seltsam, denn wer verläßt schon freiwillig die sichere Kabine? Es sei denn, da hatte jemand nachgeholfen.

Dieser Vorsatz zeigte wiederum, wie sehr sich Myxin gewandelt hatte. Als Dämon wäre es ihm nie eingefallen, einem Menschen, der ja sein Feind war, behilflich zu sein. Doch durch seine Wandlung hatte er sich so weit geändert, daß er nicht anders konnte, als sich mit dem Mann zu beschäftigen. Von seinem Standort aus konnte er nicht sehen, ob er noch lebte.

Auch wenn Myxin seine Arme ausstreckte, konnte er den Mann nicht erreichen. Der Magier war einfach zu klein. Er dachte nach und hatte eine Idee.

Myxin brach einen starken Ast ab, hob ihn hoch und stieß den im Baum hängenden Mann damit an. Er bewegte den Ast ein paarmal hin und her, der Körper rutschte, die Arme kippten nach vorn, und jetzt konnte Myxin die Hände schon fassen.

Sie fühlten sich kalt an, aber nicht so kalt wie die eines Toten. Myxin fiel ein erster Stein vom Herzen. Ein zweiter Stein rollte nach, als er den Puls spürte.

Er schlug schwach.

Myxin zog den Mann aus seiner unbequemen Lage und ließ ihn dabei auf seine Schulter fallen.

Das Gewicht drückte den kleinen Magier zu Boden. Myxin hatte Mühe, sich auf den Beinen zu halten, als er sich wieder aufrichtete. Er schwankte wie ein Halm im Wind.

Als Myxin den Mann zu Boden gleiten ließ, sah er erst dessen Verletzungen.

Sie waren arg, aber nicht lebensgefährlich.

Das Gesicht des Mannes war zerschunden. Es zeigte Risse und Hautabschürfungen. Außerdem blutete der Verletzte an der

Lippe, auch unter dem Auge war die Haut aufgeplatzt. Wie der Verletzte am übrigen Körper aussah, konnte Myxin nicht sehen. Auf jeden Fall mußte er schnellstens in ärztliche Behandlung.

Die gab es nur in Hallstadt.

Es würde eine Schufterei werden, den Mann in den Ort zu schaffen, aber zurücklassen konnte Myxin ihn auch nicht. Natürlich paßte diese Unterbrechung nicht in Myxins Pläne, aber was sollte er tun? Er konnte den Mann nicht sterben lassen. Also lud er ihn sich auf den Rücken und begann mit dem Abstieg.

Es war eine Quälerei, die Myxin auf sich nahm. Jetzt pfiff er sogar auf die Sicherheitsvorkehrungen und sah zu, daß er den ins Tal führenden Weg erreichte.

Hier kam er besser voran.

Der Weg beschrieb oft scharfe Kurven, die gleichzeitig ein starkes Gefälle aufwiesen. Myxin hatte Mühe, den Mann auf der Schulter zu halten, denn bei dem Gefälle rutschte der Verletzte leicht ab.

Auch dieser Weg führte durch den dichten Wald. Und trotz seiner schweren Last ließ Myxin die Umgebung niemals aus den Augen. Das Mißtrauen steckte einfach in ihm.

Deshalb sah er auch links vom Weg, wo abgefallene Fichtenzweige einen dichten Teppich auf dem Boden bildeten, eine hastige Bewegung.

Dort war jemand!

Myxin blieb stehen.

Er drehte sich leicht, und unwillkürlich fuhr seine Hand unter die Jacke, wo der Eichenpfahl steckte. Als er dann wieder hinschaute, war die Person verschwunden.

Eingetaucht in den dichten Wald.

Seltsam...

Myxin ging weiter. Er war jetzt noch vorsichtiger, und er spürte, daß irgendwo in der Nähe etwas lauerte.

Eine Gefahr vielleicht...

Der kleine Magier fühlte sich beobachtet. Leider konnte er sich ·wegen seiner Last nicht so schnell bewegen und auch kein hastiges Umdrehen riskieren. Er wurde nur das Gefühl nicht los, daß man ihn nicht aus den Augen ließ.

Als er Stimmen hörte, schlug er sich seitwärts zwischen zwei dicht belaubte Bäume.

Eine Wandergruppe passierte sein Versteck. Sie kamen vom Berg und redeten von einem kühlen Bier im Hotel.

Myxin ließ die Leute vorbei und ging weiter.

Seltsamerweise blieb das Gefühl, beobachtet zu werden. An eine Täuschung glaubte er nicht. Dazu waren seine Sinne zu sehr geschärft.

Myxin ging weiter.

Hin und wieder hatte er einen freien Blick und konnte bereits den See sowie den Ort Hallstadt erkennen. Die schmucken Häuser glänzten im letzten Licht der Tagessonne.

Auch wurde der Weg breiter. Er war jetzt wesentlich besser zu begehen. Ein Zeichen, daß die Talstation nicht mehr weit entfernt lag.

Allerdings ahnte der Magier nicht, welch eine Überraschung ihn dort erwartete...

Max Berger fuhr einen Jeep.

Ich nahm neben ihm Platz, während sich Suko in den Fond klemmte. Der Wagen stand vor dem Hotel, Berger startete und scheuchte das Gefährt los.

Er fuhr sehr schnell, riß den Jeep hart in die Kurven, so daß wir von einer Seite zur anderen flogen. Die harte Federung schüttelte uns durch, nein, dieser Wagen war nichts für mich.

Berger nahm nicht die Hauptstraßen, sondern fuhr über Nebenwege, die wohl nur die Einheimischen kannten.

Hinter dem Ort tauchten wir in ein Waldstück ein. Über einen pistenähnlichen, aufgerissenen Lehmweg kurvten wir weiter und erreichten bald die offizielle Straße, die zur Seilbahnstation führte.

In Kehren wand sie sich dem Ziel entgegen, war gut ausgebaut und auch für Busse passierbar.

Noch eine Kurve, und wir sahen die Parkplätze.

Berger fuhr quer über den Platz, zog den Wagen dann herum und bremste ihn hart ab.

Wir standen.

»Kommen Sie!« rief Max Berger und sprang aus dem Jeep.

Wir folgten ihm in das Gebäude der Seilbahnstation.

Hier war die Aufregung deutlich zu spüren. Ich sah zwei Polizisten, die mit Einheimischen diskutierten. Einer der Beamten deutete immer wieder durch ein großes Fenster hinaus in die Höhe.

Als die Männer Max Berger sahen, unterbrachen sie ihre Gespräche und schauten ihn an.

»Habt ihr schon eine Spur?« fragte Max.

»Nein.« Einer der Zivilisten trat vor. »Es tut mir leid, aber dein Vater ist noch nicht erschienen.«

»Dann müssen wir einen Suchtrupp zusammenstellen!« rief der junge Berger.

»Darüber sprechen wir gerade.«

»Der Sprengler-Josef ist auch noch nicht zurückgekehrt«, erklärte der Polizist und rieb sich seinen Oberlippenbart.

Max Berger schlug sich auf seinen rechten Oberschenkel. »Das geht doch nicht mit rechten Dingen zu«, schimpfte er. »Da ist was passiert.«

Die Männer nickten.

»Wer geht mit mir?« fragte Max. Sofort schnellten mehrere Hände hoch.

»Okay, dann müssen wir uns beeilen, bevor es dunkel wird und wir nichts mehr sehen.«

Die Männer nickten.

Suko und mich interessierten die Gespräche nicht sonderlich. Die Leute wußten schon, was sie zu tun hatten.

»Sehen wir uns mal draußen um?« fragte ich meinen Partner.

Der Chinese nickte.

Durch das Drehgitter verließen wir die Station und gingen dorthin, wo die Seilbahn stand.

Die Tür stand offen. Ich betrat die Kabine und sah mich sorgfältig um.

Alles war normal, soweit ich das dem ersten Anschein nach beurteilen konnte.

Die Kabine schwankte etwas, als ich sie durchschritt. Ich konnte wirklich nichts Auffälliges entdecken, keine Spuren eines Kampfes.

Alles war normal, zu normal für meinen Geschmack, denn irgend etwas war passiert.

Ich blickte den Weg hoch.

Es ging sofort ziemlich steil in die Höhe. Eine Schneise schnitt durch den Wald. Rechts und links wuchsen die Bäume eines Mischwaldes. zwischen dem nackten Fels schimmerte manchmal das Grün eines Grasteppichs.

Wenn ich genau hinschaute, konnte ich sogar die Mittelstation erkennen. Zwischen ihr und der Station im Tal mußte es passiert sein.

Aber was?

Ich wandte meinen Blick nach links.

Dort führte der Wanderweg den steilen Berg hoch. Er verschwand sehr schnell zwischen den Bäumen, doch dicht vor der Station war das Gelände frei. Plötzlich weiteten sich meine Augen.

Eine Gestalt wankte über den Weg.

Klein, langer Mantel, grünlich schillernde Haut.

Myxin!

Aber er war nicht allein. Auf seinen Rücken hatte er einen Mann geladen.

Ob er tot oder nur verletzt war, konnte ich von meinem Standort aus nicht erkennen.

Suko hatte Myxin ebenfalls entdeckt.

»John!« rief er nur.

Ich verließ schon die Kabine, sah mich kurz um und entdeckte, daß es keinen anderen Weg gab, als die Station zu durchqueren, um Myxin zu treffen.

Um die verwunderten Blicke der Männer kümmerten wir uns nicht, als wir davonhasteten.

Draußen rannten wir.

Myxin sah uns und blieb stehen.

Suko war als erster bei ihm und nahm ihm die Last ab.

»Er ist verletzt«, sagte Myxin, als Suko den Mann vorsichtig zu Boden gleiten ließ.

Der Verletzte stöhnte leise. Er bewegte die Lippen. Leider konnte ich nicht verstehen, was er sagte, doch ich war sicher, daß er einen großen Teil des Rätsels lösen konnte, wenn er redete.

»Wo hast du ihn gefunden?« fragte ich.

»In einem Baum hängend.« Dann erklärte Myxin, was ihm widerfahren war. »Ich ziehe mich jetzt zurück«, meinte er zum Schluß.

»Und wohin?«

»Ich will zu den Höhlen.«

Darüber dachte ich nach. Der Vorschlag war nicht schlecht. Die Menschen brauchten von Myxin nichts zu wissen, deshalb gab ich ihm mit einer Handbewegung zu verstehen, daß er wieder gehen konnte.

Myxin verschwand.

»Und was sagen wir?« fragte Suko.

»Er hat es eben allein geschafft und ist hier zusammengebrochen.«

»Okay. Ob das Berger ist?«

»Keine Ahnung. Das werden wir aber gleich wissen.«

Unser schnelles Hinauseilen war natürlich nicht unbemerkt geblieben, und die Menschen wollten den Grund wissen.

Die beiden Polizisten und Max Berger verließen als erste die Station.

Ich winkte ihnen.

Der junge Berger war als erster zur Stelle. Neben mir ging er in die Knie.

Ich sah, wie er blaß wurde.

»Ist das Ihr Vater?« fragte ich.

»Nein, das ist Jo Spengler. Mein Gott, was muß der hinter sich haben.«

»Da sagen Sie etwas. Der Mann braucht einen Arzt.«

»Natürlich.«

Anweisungen unsererseits waren unnötig, denn ein Polizist rannte schon zum Telefon.

Inzwischen hatten auch die anderen Männer einen Kreis um uns gebildet. Jeder war natürlich entsetzt und fragte sich, wie so etwas hatte geschehen können.

Ich gab eine Erklärung ab.

»Von der Gondel aus habe ich ihn den Weg heruntertorkeln sehen. Er war ziemlich am Ende und ist hier zusammengebrochen.«

»Wenn er nur reden könnte«, meinte Max Berger und knirschte mit den Zähnen. Die Erklärung hatte er mir zum Glück sofort
abgenommen.

»Er ist nicht bewußtlos«, sagte ich.

»Haben Sie ihn schon gesprochen?«

»Nein, das noch nicht. Aber er hat gestöhnt.«

»Soll ich es mal versuchen?«

Ich nickte Max Berger zu. »Bitte.«

»He, Jo.« Berger beugte sich weit vor und strich mit seinen
Fingern über das Gesicht des Verletzten.

Spengler zuckte.

»Jo, hörst du mich?«

Plötzlich schlug der Verletzte die Augen auf. Alle sahen es und
zogen den Kreis noch dichter. Wenn ich den Blick hob, schaute
ich in die gespannten Mienen.

Der Verletzte bewegte die Lippen. »Tot«, murmelte er. »Tot...«

Berger zuckte zusammen. »Wer ist tot? Mein Vater? Rede
doch, Jo. Sag es...«

»Tot – er will mich töten. Ich... ich sah ihn. Vampir... Zähne.
Vorsicht, er ist...«

Der Verletzte schwieg wieder, aber jeder von uns hatte seine
Worte vernommen.

Vampir!

Da hatten wir es. Er mußte auf die Vampire getroffen sein. Also war es höchste Zeit, etwas zu unternehmen. Doch Spengler
hatte es geschafft und war den Blutsaugern entkommen. Wie,
das hätte ich gern gewußt.

»Wo ist mein Vater?« Berger ließ nicht locker. »Hast du ihn gesehen?«

Jo Spengler quälte sich ein »Ja« über die Lippen, verzog aber
sofort das Gesicht. »Seilbahn, wir waren in der Seilbahn. Er... er
wollte mich töten...«

Max erschrak. »Mein Vater.«

»Ja, er ist kein Mensch mehr. Vampir... Vorsicht. Gefährlich.
Ich... ich hatte Angst. Gesprungen...«

Mehr sagte er nicht. Er bäumte sich noch einmal auf und wurde wieder bewußtlos.

Max Berger hob in einer hilflosen Geste beide Schultern. Er

konnte es nicht fassen und begriff die Worte des Schwerverletzten einfach nicht. Das ging über seinen Horizont.

»Der redet im Fieber«, murmelte er.

Da war ich mir gar nicht so sicher, sagte jedoch nichts. Auch ich hatte mir die Worte gut gemerkt. Demnach mußte Max Bergers Vater ein Vampir sein. Wie wurde man das? Ganz einfach. Man mußte auf andere Vampire treffen und sich von ihnen beißen lassen, dann setzte automatisch die Verwandlung ein. Als Ergebnis war ein Geschöpf der Nacht geboren.

Die Sirene des Krankenwagens jaulte auf. Der Wagen kam vom Ort hoch. Er wurde hart gefahren und ging mit radierenden Reifen in die Kurve.

Die Masse der Neugierigen war größer geworden. Spaziergänger blieben stehen und schauten zu, wie der Krankenwagen über den Parkplatz fuhr und hart abgebremst wurde.

Die Türen sprangen auf, und die Sanitäter spritzten aus dem Fahrzeug.

Ein Arzt folgte. Er trug einen weißen Kittel, nickte den Männern aus Hallstadt kurz zu und beugte sich über den Verletzten.

»Können Sie jetzt schon etwas sagen, Doktor?« fragte der junge Berger.

»Schwerlich, aber der Mann hat Glück gehabt. Meiner Schätzung nach wird er durchkommen.« Der Arzt erhob sich und gab den Sanitätern einen Wink.

Sie hatten bereits die Trage aus dem Wagen geholt. Der Verletzte wurde darauf gebettet.

Wenig später fuhr der Wagen ab. Der Arzt war hinten mit eingestiegen.

Wir schauten dem Fahrzeug nach, bis es verschwunden war. Ich warf Max Berger einen Blick zu. Sein Gesicht wirkte wie aus Stein gemeißelt. Er hatte die Lippen fest zusammengepreßt. Sicherlich dachte er an seinen Vater.

Ich auch. Nur drehten sich meine Gedanken um eine andere Sache. Während Max Berger die Worte des Verletzten wohl für Fantastereien hielt, ging ich davon aus, daß Jo Spengler recht hatte. Es war durchaus möglich, daß sich Berger in einen Vampir verwandelt hatte. Wahrscheinlich war er auf die Blutsauger aus dem Eis getroffen, und die kannten kein Pardon. So wie Berger, der neue Vampir, kein Pardon kennen würde.

Er brauchte Blut.

Eine uralte Regel, die auch heute noch ihre Gültigkeit besaß. Max Berger wußte das sicherlich nicht, ich mußte es ihm begreiflich machen.

»Kann ich Sie einen Augenblick sprechen?« fragte ich.

»Natürlich.«

Wir gingen zur Seite. Ich blickte den jungen Mann an. Er war blaß geworden. Seine Lippen zuckten. Kalter Schweiß glänzte auf seinem Gesicht.

»Was halten Sie von den Worten des Verletzten?« fragte ich ihn.

»Nicht viel.«

»Sie glauben also, daß es eine Lüge ist?«

Er nickte.

»Ich würde diese Worte nicht so einfach abtun«, sagte ich leise. »In seinem Zustand lügt man nicht, Herr Berger.«

»Wieso?«

Ich wählte die nächsten Worte sorgfältig. »Es könnte sein, daß er wirklich einen Vampir gesehen hat.«

»Mein Vater ein Vampir?« flüsterte der junge Berger. »Sie... Sie wissen nicht, was Sie da sagen.«

»Doch, das weiß ich.«

»Nein, Herr Sinclair. Vampire, die gibt es doch gar nicht. Das sind Erfindungen von Horror-Autoren und Filmemachern. Hören Sie mir damit auf.«

Ich ließ nicht locker. »Gibt es hier nicht eine Geschichte, die sich mit Vampiren beschäftigt? Ich meine davon gehört zu haben.«

»Wie kommen Sie darauf?«

»Ich hatte Sie gefragt.«

»Ja, es gibt so etwas. Die Alten haben früher mal etwas von Eisvampiren erzählt.« Jetzt lächelte er spöttisch. »Sie glauben doch nicht, daß diese Dinge den Tatsachen entsprechen? Das ist eine Legende, mehr nicht, Herr Sinclair.«

»Trotzdem glaube ich daran.«

»Dann sind Sie für mich ein Spinner. Tut mir leid, Ihnen das sagen zu müssen.«

»Das macht nichts. Nur möchte ich Sie bitten, daß Sie uns in Ihre Wohnung führen. Wenn Ihr Vater wirklich zu einem Vampir geworden ist, wird er dorthin zurückkehren.«

»Lassen Sie mich mit dem Quatsch in Ruhe, Mann. Wer glaubt denn an so etwas?«

»Das ist Ihr letztes Wort?«

»Ja. Ich werde mit der Suchaktion beginnen. Stören Sie mich nicht dabei.« Er drehte sich um und ging.

Dafür trat Suko zu mir. »Keinen Erfolg gehabt, John?«

Ich nickte. »Er kann es nicht glauben, daß sein Vater vielleicht ein Vampir geworden ist.«

»Ist auch schwer. Wie hättest du denn reagiert, wenn man dir so etwas erzählte?«

»Wahrscheinlich ähnlich.«

»Eben. Und nun?«

Ich warf einen Blick auf die Uhr. Es war früher Abend und noch Zeit bis zum Dunkelwerden. »Du kennst mich, Suko. Wenn du anderer Meinung bist, kannst du es sagen. Willst du dich an der Suchaktion beteiligen?«

»Was hast du denn vor?«

»Ich möchte den Bergers einen Besuch abstatten. Das Dorf ist schutzlos. Es darf auf keinen Fall passieren, daß sich dieser Vampir ein Opfer holt.«

»Und die Eismonster?«

»Da ist Myxin.«

»Stimmt. Trotzdem gefällt mir das Ganze nicht«, meinte Suko. Sollten wir uns nicht trennen?«

»Dann fahre ich mit«, sagte ich schnell.

Suko lächelte. »Das war zwar nicht der Sinn der Sache, aber meinetwegen. Ich halte im Ort die Augen auf. Du kannst die Blutsauger aus den Eishöhlen finden und kommst dann zurück. Anschließend erledigen wir sie gemeinsam.«

Mit diesem Vorschlag war ich einverstanden. Nur sollte die ganze Sache anders verlaufen, als wir es uns vorgestellt hatten.

Anders und schlimmer...

Die Bergers wohnten nicht direkt im Ort, sondern ein wenig außerhalb. Sie hatten auch nichts mit dem Touristenrummel zu tun. Ihr Haus lag am Berghang, war schon über 100 Jahre alt und in der Zwischenzeit ein paarmal renoviert worden. Man hatte um- und angebaut, doch die äußere Form war geblieben. Die dicken Holzwände schienen für die Ewigkeit gebaut worden zu sein. Das Dach sprang weit vor, die wuchtigen Balken hielten auch einer größeren Schneelast stand, und das gefällte Holz für den Kamin stand sorgfältig gestapelt an der Westseite des Hauses.

Hinter dem Gebäude begann ein Garten, an den sich eine saftige Wiese anschloß.

Etwas weiter begann schon der Wald.

Aus dem Wohnzimmerfenster hatte man einen prächtigen Blick auf Hallstadt und den See.

Clara Berger wohnte dort mit ihrem Mann und dem jüngsten Sohn Max. Ihr Ältester lebte nicht mehr in Hallstadt. Er arbeitete in Wien als Direktor einer großen Versicherung. Zweimal im Jahr kam er zu Besuch. Aber für Max und seine zukünftige Frau Hanni war das Haus groß genug.

Clara wußte noch nichts vom Schicksal ihres Mannes. Man hatte ihr bewußt nichts gesagt, weil sie sich immer zu leicht aufregte und das ihrem Herzen überhaupt nicht guttat.

Für Frau Berger verstrich ein Jahr wie das andere. Sie sah die Jahreszeiten kommen und gehen, erlebte ihren Wechsel bewußter mit als die Großstadtmenschen und kümmerte sich ansonsten um ihren Mann und den Sohn Max.

Im Ort war sie bekannt und beliebt. Schließlich gehörten die Bergers zu den ältesten Familien von Hallstadt.

An diesem Abend erwartete sie Hanni, Max' Verlobte. Das Mädchen hatte versprochen, noch vorbeizuschauen, wenn ihr Dienst beendet war. Hannis Eltern gehörte das Hotel, und sie würde es einmal erben. Da machte der Max eine gute Partie.

Bevor Hanni kam, wollte Clara Berger noch mal in den Keller gehen, um den selbstgekelterten Wein heraufzuholen. Es war eine Spezialität bei den Bergers. Dieser Kirschwein, der so gut schmeckte, aber sehr schnell ins Blut stieg.

Der Keller war fast so groß wie die Grundfläche des Hauses. Tief in den Berg gebaut, strahlte er auch im heißesten Sommer eine angenehme Kühle aus.

Dort lagerte alles, was die Familie brauchte, wenn sie mal eingeschneit waren. Und das kam schon mal in einem strengen Winter vor. Dann war die Straße für Tage zu, die Verbindung zur Außenwelt unterbrochen.

Im letzten Jahr hatte Clara Berger ihren fünfzigsten Geburtstag gefeiert. Sie war eine typische Frau der Umgebung. Etwas rundlich, mit einer frischen Gesichtsfarbe. Sie trug meist die Tracht des Landes und hatte das dunkelblonde Haar zu einem Knoten im Nacken zusammengesteckt.

Als sie ihren Toni geheiratet hatte, da mußte man noch Kerzen anzünden, wenn man in den Keller ging. Inzwischen jedoch gab es elektrisches Licht.

Clara Berger drehte den Schalter herum, bevor sie die breite Holztreppe nach unten schritt. Sofort merkte sie die Kühle, auf ihren nackten Armen bildete sich eine Gänsehaut.

Am Ende des Kellergangs lag die Waschküche. Dort gab es eine Tür, die nach draußen führte. Über eine außen am Haus entlangführende Steintreppe gelangte man in den Garten.

Die Waschküche war nicht ihr Ziel. Sie wollte in den Weinkeller, wo die Schätze aufbewahrt wurden.

Er lag gleich rechts.

Die Türen waren nicht abgeschlossen.

Bei den Bergers stahl man nicht. Soviel Vertrauen gab es noch in diesem Ort.

Clara öffnete und machte auch hier Licht.

In bis an die Decke reichenden Regalen lagerte der selbst gekelterte Wein. Die Flaschen trugen keine Etiketten, aber Clara wußte genau, wo sie hinzugreifen hatte. Der Wein wurde hier nach Jahrgängen gelagert. Das hatte sich Toni, ihr Mann, ausgedacht.

Überlegend blieb Clara vor dem Regal stehen. Sollte sie eine oder zwei Flaschen herausnehmen?

Sie entschied sich für zwei.

Eine nahm sie in die rechte, die andere in die linke Hand. Dann verließ sie den Kellerraum.

Als sie im Gang die Tür schließen wollte, mußte sie eine Flasche unter den Arm klemmen, um die linke Hand freizuhaben.

Plötzlich hörte sie ein Geräusch.

Sofort blieb Clara Berger steif stehen. Unwillkürlich stellte sie eine Flasche auf den Boden, die andere behielt sie in der Hand. Die Frau lauschte, ob sich das Geräusch vielleicht wiederholen würde, doch vorerst tat sich nichts.

Wird wohl eine Täuschung gewesen sein, dachte sie und bückte sich, um die Flasche aufzuheben, da jedoch wiederholte sich das Geräusch. Diesmal lauter, und nun wußte sie genau, wo es aufgeklungen war.

In der Waschküche!

Es hatte sich angehört, als wäre jemand gegen den großen Kessel gestoßen.

Aber wer?

Fremde kamen nicht in dieses Haus. Wenigstens hatte sie das bis heute noch nicht erlebt. Und ein Mitglied der Familie? Vielleicht Toni, Max oder schon Hanni?

Unsinn, die gingen nicht auf diesen Schleichwegen ins Haus, sondern nahmen den normalen Eingang.

Unwillkürlich dachte sie an einen Einbrecher.

Das waren höchstens Touristen, die sich so etwas erlaubten.

Clara atmete tief ein. Wenn das stimmte, sollte der oder die Einbrecher etwas erleben.

Clara Berger drehte sich, behielt die Weinflasche weiterhin in der Hand und schlich auf die Waschküchentür zu. Der Kerl sollte sie kennenlernen. Soweit kam es noch, einfach bei den Bergers einzubrechen. Wo gab es denn so etwas?

Angst verspürte Clara Berger kaum, nur eine gewisse Neugierde, wer so frech sein konnte und sich diese Tat erlaubte.

Noch war die Tür zur Waschküche verschlossen. Als Clara die Hälfte der Strecke hinter sich hatte, wurde sie aufgestoßen.

Die Frau blieb stehen.

Ihr Herz schlug schneller, als sie auf die Tür starrte. Ein Arm erschien in dem Spalt. Die Hand fuhr an der Wand entlang und fand zielsicher den Lichtschalter.

Es wurde dunkel.

Unwillkürlich schrie Clara Berger auf, als die Finsternis sie einhüllte und sie nichts mehr sehen konnte. Clara mußte erst warten, bis sich ihre Augen an die Dunkelheit gewöhnt hatten, dann erkannte sie die Tür als einen etwas helleren Umriß.

Und sie wurde geöffnet.

Stück für Stück glitt sie weiter auf. Jemand drückte von innen langsam dagegen. Wie immer quietschte sie in den Angeln. Normalerweise machte der Frau das Geräusch nichts aus, jetzt aber erzeugte es auf ihrem Rücken eine Gänsehaut.

Clara Berger bekam Angst.

Sie wußte mit einemmal, daß in diesem Hause eine Gefahr lauerte. Jemand war da, jemand, der sich nicht zeigen wollte und der etwas zu verbergen hatte.

Dann stieß die Tür mit der Klinke gegen die Wand. Sie blieb fast dort und schwang nur ein kleines Stück zurück.

Auf der Schwelle stand eine Gestalt!

Clara Berger konnte sie erkennen, denn durch das Fenster in der Waschküche fiel Licht, so daß sich der Eindringling wie ein Scherenschnitt abhob.

Clara erstarrte.

Ihr Herz klopfte hoch oben im Hals, das Blut rauschte durch ihre Adern, und trotz der Dämmerung erkannte sie plötzlich, wer da aufgetaucht war.

Toni, ihr Mann!

Plötzlich begann sich alles vor Claras Augen zu drehen. Es war die Erleichterung, doch keinen Fremden oder einen gefährlichen Einbrecher vor sich zu sehen.

Toni war da.

Clara öffnete den Mund und flüsterte den Namen ihres Mannes.

Toni reagierte zwar, aber anders, als Clara es sich vorgestellt hatte. Er sprach kein Wort, sondern ging auf seine Frau zu. Seine Schritte waren seltsam schlurfend, die Bewegungen irgendwie abgehackt, steifbeinig.

So ging er normalerweise nicht.

Plötzlich war Clara ihr eigener Mann fremd.

Etwas stimmte nicht mit ihm, das sah sie ganz deutlich. Toni war verändert. Er redete nicht, sondern ging nur stur geradeaus.

»Toni, bitte...«, sie schluckte. »So sag doch etwas, Toni. Mein Gott, was...« Clara stockte und verstummte schließlich. Ihr Mann war jetzt so nah, daß sie sein Gesicht sehen konnte.

Und Clara erschrak.

War das wirklich noch ihr Ehemann, mit dem sie Freud und Leid teilte? Dieses bleiche, hagere Gesicht und die glitzernden Augen, die sie beinahe gierig musterten.

Dann war er vor ihr.

Er blieb stehen.

»Toni, was hast du denn? Warum sagst du denn nichts? Was ist geschehen, Toni?«

Ihr Mann streckte seinen Arm aus. Clara rührte sich nicht, als die Hand auf ihr Gesicht zufuhr und seine Finger die Haut berührten.

Kalte Finger.

Wie Totenhände...

Clara erschrak. Ihre Haut zog sich regelrecht zusammen, und ein Gefühl der Angst durchströmte sie.

Das war zwar Toni, aber dennoch ein Fremder. So hatte sie ihn nie kennengelernt. Er war wie verwandelt, ein anderer, ein gefährlicher...

Clara ruckte zurück. Sie wollte die Finger nicht mehr spüren, sie ekelte sich plötzlich davor, doch Toni stieß ein leises Lachen aus. »Nein«, flüsterte er, »du gehörst mir. Du bist mein Opfer!«

»Toni!« Claras Stimme klang schrill, die ersten Anzeichen einer Panik schwangen bereits mit. Clara schüttelte sich, sie begann am gesamten Körper zu zittern, als sie die kalte Kellerwand im Rücken spürte.

Und dann griff Toni Berger zu.

Sein Arm stieß vor, die Hand war zur Klaue gekrümmt, und sie umklammerte den Hals der Frau.

Clara hatte nie damit gerechnet. Plötzlich wurde ihr die Luft abgeschnitten, ein Würgen drang noch über ihre Lippen, das in einem Röcheln endete.

Berger aber lachte.

Er drückte weiter zu, und seine Frau sank langsam in die Knie. Sie hatte die Augen weit aufgerissen, schaute genau in das Gesicht ihres Mannes und sah plötzlich, wie er die Lippen öffnete und zwei lange, spitze Zähne sehen ließ.

Dieses Gebiß verunstaltete das Gesicht derart, daß es eine reine Fratze war.

Er bringt mich um, dieser Satan!

Der Gedanke schoß wie eine lodernde Flamme in der Frau hoch und aktivierte gleichzeitig Reserven.

Auf einmal konnte sie wieder denken, und ihr fiel ein, daß sie noch die volle Weinflasche in der rechten Hand hielt. Wenn es anders nicht ging, mußte sie eben zu diesem Mittel greifen.

Sie hob den rechten Arm an und schwang die Flasche herum. Clara mußte sich beeilen, denn die Luft wurde immer knapper. Die schreckliche Fratze näherte sich ihrem Gesicht, sie nahm einen widerlichen Geruch wahr und schüttelte sich.

Dann drosch sie zu.

Schräg von der Seite her hämmerte sie die volle Flasche gegen den Schädel des Vampirs.

Es gab einen dumpfen Laut. Von der Wucht des Treffers wurde der Kopf zur Seite geschleudert, doch mehr geschah nicht. Der Vampir ließ nicht los.

Wieder hob Clara den Arm.

Ein zweitesmal traf sie.

Diesmal war der Schlag noch kräftiger geführt worden, die Flasche zerbrach sogar, und der rote Wein ergoß sich über den Kopf des Vampirs, wo er wirkte wie Blut.

Dieser Hieb schüttelte selbst den Blutsauger durch. Er ließ Clara los und hob den freien Arm, um sich mit der Hand über das Gesicht zu wischen.

Jetzt hätte Clara eine reale Fluchtchance gehabt, doch sie war zu schwach, um sich von der Stelle bewegen zu können. Sie stand nur da, atmete keuchend, hatte die Augen weit aufgerissen und starrte auf ihren Mann.

Nein, das war nicht Toni, der da vor ihr stand. Sie sah sich einer blutgierigen Bestie gegenüber.

»Ich kriege dich!« keuchte Berger. »Ich will Blut – dein Blut!«

Diese harten Worte schreckten die Frau auf. Sie löste ihre Starre, und abermals hob sie den rechten Arm.

Diesmal jedoch paßte der Vampir auf. Zwei Schläge hatten ihm gereicht. Den dritten unterlief er.

Der gezackte Flaschenhals zischte an seinem Kopf vorbei und streifte ihn nur an der Schulter.

Dafür ging er die Frau voll an.

Er warf seinen Körper vor und wuchtete Clara gegen die weißgetünchte Kellerwand.

Ihr Kopf flog zurück. Sie spürte einen ziehenden Schmerz im Schädel, der für Sekunden all ihre Gedanken überschwemmte. Sie ächzte leise auf, riß sich aber zusammen und schüttelte die Schwäche ab. Weit öffnete sie die Augen.

Dicht vor ihrem Gesicht sah sie die Fratze ihres Mannes. Ja, es war eine Fratze.

Schaurig sah sie aus. Der Wein hatte sich über die Haut verteilt und erinnerte an kleine Blutbäche. Sie sah die Wunde am Kopf, die der Schraubenschlüssel gerissen hatte, den weit aufgerissenen Mund und die grausamen, spitzen Zähne.

Ihr Tod war eine beschlossene Sache.

Aber noch wehrte sie sich, stemmte das Knie hoch, doch die Bewegung war viel zu lasch, der Vampir nahm es kaum wahr.

Er lachte nur.

Dann biß er zu.

Dieses ging so schnell, daß Clara Berger keine Chance mehr hatte, eine Abwehrbewegung zu machen. Sie spürte den Einstich am Hals, wollte schreien, doch der Laut erstickte bereits in ihrer Kehle. Dann kam die Müdigkeit, und mit ihr eine gewisse Mattheit.

Clara sank zusammen.

Ihr Mann ließ sie nicht los. Sein Gesicht hatte er fest gegen ihren Hals gepreßt...

Suko lief zu Fuß zum Ort zurück. Ich sah ihm nach, bis er hinter der nächsten Wegbiegung verschwunden war.

Dann wurde es auch für mich Zeit. Ich lief wieder in die Station und suchte nach Max Berger.

Er war der Macher und teilte die Suchgruppen ein, die von der Talstation aus starten sollten.

»Und ich nehme den Huber-Karl mit«, sagte er zum Schluß.

Der Huber-Karl war ein verschlossener Mann in Bergsteiger-kluft, einem kantigen Gesicht und einer riesigen Nase, die rot schimmerte. Er schneuzte in ein blauweiß gemustertes Taschen-tuch und nickte dabei.

Ich tippte Max Berger auf die Schulter.

Hastig drehte er sich um. »Sie?« fragte er.

Ich lächelte. »Ja.«

»Was wollen Sie denn?«

»Mit Ihnen gehen.«

Max Berger lachte spöttisch. Dabei musterte er mich von oben bis unten. »Das ist doch lächerlich. Sehen Sie sich nur mal Ihre Kleidung an, Meister. Nee, Sie sind ja ein Flachlandtiroler. Am ersten Hang rutschen Sie ab und brechen sich das Genick.«

»Ist das nicht mein Risiko?«

»Trotzdem kann ich Sie nicht mitnehmen.«

Er wollte nicht. »Gehen Sie denn zu Fuß?« erkundigte ich mich.

»Klar.«

Ich deutete durch die Scheibe nach draußen. »Warum nehmen Sie nicht die Kabine?«

»Weil wir systematisch vorgehen. Von unten nach oben.«

Ich nickte. »Das verstehe ich. Trotzdem wäre es nicht tragisch, wenn eine Gruppe mit der Bahn zur Station hochfährt und von dort aus talwärts geht. Irgendwo in der Mitte treffen Sie sich dann.«

Max Berger knetete sein Kinn. Er blilckte den anderen Suchtrupps nach, die bereits die Station verließen. Nur einer blieb zurück. Der Mann trug einen dunkelblauen Overall und hatte einen Werkzeuggürtel umhängen.

»Sie sind ein Quälgeist, Herr Sinclair«, sagte Max Berger. »aber vielleicht haben Sie recht. Warten Sie mal.«

Ich lächelte innerlich, während Berger zu dem Mann im Overall ging. Ich hörte, wie sie miteinander sprachen. Der Mann war hier unten an der Talstation beschäftigt und kannte sich aus. Er hatte kein Argument gegen eine Inbetriebnahme der Seilbahn.

»Meinetwegen kannst fahren«, sagte er auf gut österreichisch.

»Und du bleibst hier?«

»Sicher.«

»Das ist ein Wort.« Der junge Berger kam wieder zurück. Er nickte mir zu. »Sie haben es ja gehört. Ihr Vorschlag ist akzeptiert.«

»Danke.«

Zu dritt stiegen wir ein. Max Berger, der Huber und ich. Huber sagte kein Wort. Er stülpte die Unterlippe vor und schaute zu Boden.

Bewaffnet war ich. Kreuz, Pistole. Das mußte für die Blutsauger reichen. Die Zeit, weitere Waffen aus dem Wagen zu holen, hatte ich leider nicht.

Max gab das Zeichen.

Der Mann im Overall reagierte prompt. Er schaltete den Motor ein, und die Kabine fuhr an.

Sie ruckte erst ein paarmal, dann schwebten wir sofort höher. Der Boden unter uns glitt weg. Bereits nach wenigen Metern hatten wir viel Luft unter der Gondel.

Max Berger sprach mich an. »Weshalb fahren Sie eigentlich mit, Herr Sinclair?«

»Mich interessieren diese Vampire.«

Berger grinste. »Einen Geologen?«

»Warum nicht?«

»Weil ich glaube, daß Sie gar kein echter Geologe sind.«

»Und warum nicht?«

Er hob die Schultern. »Keine Ahnung, ist nur so ein Gefühl. Darauf verlasse ich mich.«

»Das ist aber schlecht.«

»Wieso?«

»Sie sollten Beweise haben.«

»Haben Sie welche für die Existenz der Vampire? Nur die Aussagen des Verletzten.«

»Das sind Erfahrungswerte«, hielt ich ihm entgegen.

»Verstehe ich nicht.«

»Überlegen Sie mal, Herr Berger. Würden Sie sich, wenn Sie schwerverletzt sind, noch solch eine schaurige Geschichte ausdenken? Ich glaube nicht. Sie würden bestimmt Ihre eigenen Erlebnisse dort zum besten geben.«

»Das stimmt sicherlich. Aufgrund dieser Aussagen bauen Sie Ihre Theorie über die Vampire auf.«

»Genau.«

Max Berger schüttelte den Kopf. »Das ist mir einfach zu hoch. Aber Sie sind Engländer und stammen aus dem Land der Geister und Gespenster. Da glauben bestimmt noch viele Leute an Vampire.«

»Möglich.«

Er wechselte das Thema. »Sagen Sie mal, wo steckt eigentlich Ihr Partner, der Chinese?«

»Er ist in den Ort zurückgegangen.«

»Und?«

»Er spielt dort den Aufpasser«, erklärte ich dem guten Max Berger.

»Für wen?«

»Sollte Ihr Vater wirklich zu einem Vampir geworden sein und es ferner geschafft haben, nach Hallstadt zu gelangen, wird er sicherlich in sein Haus oder Heim zurückkehren. Und dort erwartet ihn mein Partner.«

Berger schaute mich erschreckt an. Er war blaß geworden. Er holte zweimal tief Luft und sagte: »Das glauben Sie doch wohl selbst nicht – oder?«

»Ich glaube daran.«

Sogar der Huber meldete sich. Er sprach sehr schnell, aber das Wort Depp oder Spinner hörte ich heraus. Ich machte den Leuten gar keine Vorwürfe. Sie konnten nicht anders.

Es wurde dunkler. Längst kroch die Dämmerung heran. In den Wäldern nisteten bereits die ersten Schatten, und die Zeit der Vampire war nicht mehr fern. Dunkelheit und Vollmond, das liebten sie. Dann waren sie in ihrem Element.

»Und sie wollen da oben wirklich mitsuchen?« fragte er mich.

»Ja und nein.«

»Was soll das denn wieder heißen?«

Ich wartete mit meiner Antwort, bis der Huber sich geschneuzt hatte. Dann sagte ich: »Sie brauchen von Ihrem ursprünglichen Plan nicht abzugehen. Ich aber sehe mich in den Eishöhlen um.«

Max Berger starrte mich mit weit aufgerissenen Augen und offenem Mund an. »Sie... Sie wollen in die Höhlen?«

»Warum nicht?«

»Das geht nicht.«

»Sagen Sie mir den Grund.«

»Die Höhlen sind verschlossen.«

Ich winkte ab. »Wozu sind Sie denn dabei? Sie brauchen mir die Tür nur zu öffnen, dann ist alles klar.«

»Aber es wäre gegen das Gesetz.«

»Das stimmt, aber in meinem Falle handelt es sich um eine Notlage. Die Vampire werde ich wahrscheinlich nur dort finden.«

»Die kann ich Ihnen auch nicht ausreden, wie?«

»Nein.«

»Gut, dann glauben Sie weiter an diese Märchen.« Er drehte sich um und blickte nach draußen.

Ich lächelte amüsiert. Weit hatten wir es nicht mehr. Die Station war bereits zu sehen. Man hatte eine Plattform in den Berg hineingesetzt. Sie wies einen Einschnitt auf, in den die Kabine genau hineinpaßte.

Die Kabine schüttelte sich noch einmal, als sie an dem letzten Träger vorbeilief, und glitt dann in die Schneise hinein. Rumpelnd blieb sie stehen.

Der Huber telefonierte nach unten und berichtete, daß wir angekommen waren. Dann verließen wir die Kabine.

Diese Station war ähnlich wie die im Tal. Nur wesentlich kleiner. Es gab eine Andenkenbude, die wir passierten. Durch einen schmalen Gang gingen wir auf eine Holztür zu.

Dahinter begann der Serpentinenweg, der zu den Eishöhlen führte, wie ich anhand der Schilder erkannte. Schräg links zweigte noch ein Weg ab. Er führte ins Tal.

Den wollten sicherlich die beiden anderen nehmen.

»Sie bleiben bei Ihrem Entschluß?« fragte Max Berger mich.

»Ja.«

Er wollte etwas sagen, kam aber nicht mehr dazu, denn der Huber Karl stieß plötzlich einen Ruf aus.

»Da, da! A Vampir!« schrie er...

Ich wirbelte herum, griff blitzschnell unter meine Jacke und zog die Beretta.

Vor Schreck sprang Max Berger zwei Schritte zurück und riß die Augen auf, als er die Waffe sah.

Der Huber war etwas in den Knien eingeknickt und deutete

auf einen Felsen, wo im letzten verschwindenden Tageslicht tatsächlich eine Gestalt zu sehen war.

Aber kein Vampir, sondern Myxin.

Er sah uns, wir sahen ihn. Der Magier nickte kurz und war im nächsten Augenblick verschwunden.

Ich atmete innerlich auf. Denn ich wußte einen Partner in meiner Nähe. Während ich die Waffe wieder wegsteckte, schlug der Huber mehrere Kreuzzeichen hintereinander. Er war völlig aufgelöst. Seine Nase glühte.

»Dös... dös war einer«, sagte er und nickte immer wieder. »Himmel, i... i hab' ihn g'sehn.«

»Ja, ja«, sagte Max Berger nur und schielte mich schräg von der Seite her an.

»Hier bleib' i net!« Der Huber schüttelte den Kopf. »Verflucht ist alles. Verflucht.« Auffordernd schaute er Max Berger an, der seine Schultern hob.

»Ob es ein Vampir war, weiß ich nicht.« Dabei blickte er mich an und wartete auf eine Antwort.

Ich tat ihm den Gefallen. »Wahrscheinlich war es einer«, log ich.

»Dann muß die Polizei her!«

»Nein, Herr Berger. Das erledige ich. Suchen Sie weiter das Gelände ab, und geben Sie mir nur den Schlüssel.«

»Den habe ich nicht.«

Er zog ein so zerknirschtes Gesicht, daß ich ihm sogar glaubte. Der Huber Karl wollte überhaupt nicht mehr zu Fuß gehen, solch eine große Angst hatte er. Er wollte die Seilbahn nehmen, doch dagegen war wiederum Max Berger.

»Nein, wir müssen uns an das halten, was wir den anderen gesagt haben.«

Sie redeten hin und her. Schließlich setzte sich Max Berger durch. »Aber seien Sie vorsichtig«, gab ich ihnen noch den Rat mit auf den Weg.

»Da hätten Sie mehr Grund.«

»Ich bin das gewohnt.«

Berger schluckte. Er wollte noch etwas fragen, schüttelte aber den Kopf und ging.

Ich wartete, bis sie nicht mehr zu sehen waren. Karl Huber redete dauernd auf den jungen Berger ein. Der Knabe mit der roten Nase hatte einen Schock fürs Leben bekommen.

Ich schlug den Weg zu den Eishöhlen ein.

Er war gar nicht einfach zu gehen. Der Boden präsentierte sich als steinige Stolperstrecke. Die hellen Steine waren fast im Lehm verwachsen. Von der Station aus schien es nur ein Katzensprung zu den Höhlen zu sein, doch ich war immerhin zehn Minuten unterwegs. So können Entfernungen täuschen. Besonders, wenn der Weg in Serpentinen verlief.

Es war still. Still und dunkel. Von Myxin sah ich keinen Mantelzipfel mehr. Er hatte sich wieder zurückgezogen, würde aber sicherlich zur Stelle sein, wenn er gebraucht wurde.

Der Weg führte von der Höhle zu einem kleinen Plateau. Vor mir ragte eine Felswand steil in die Höhe. Ich schaute an ihr hoch und konnte die Spitze nicht erkennen.

An einem kleinen Kartenhäuschen vorbei ging ich auf die grau gestrichene Eingangstür der Höhle zu

Ein wenig flau war mir schon im Magen. Ich würde bald eine mir völlig unbekannte Gegend betreten und war nicht sicher, ob ich den Berg jemals lebend wieder verließ.

Aber das war das Risiko in meinem Job.

Vor der Tür blieb ich stehen.

Unter der Ritze schimmerte sogar Licht. Demnach mußte schon jemand vor mir in der Höhle gewesen sein.

Ich legte meine Hand auf die Klinke und drückte die Tür auf. Alles schien für einen Besuch vorbereitet. Die Tür schwang leicht nach innen, und ich blickte in einen Gang, der vor einer weiteren Tür endete.

Rasch hatte ich ihn durchquert. Schon hier merkte ich den Temperaturunterschied. Es war wesentlich kälter geworden.

Die nächste Tür war ebenfalls nicht verschlossen.

Dahinter begann die eigentliche Höhle, die ich ein wenig zögernd betrat...

Hanni schaute des öfteren auf ihre Uhr. Himmel, es wurde Zeit, daß sie abgelöst wurde. Ihr Vater wollte die Rezeption übernehmen, damit Hanni den Abend bei ihren zukünftigen Schwiegereltern verbringen konnte.

Endlich kam ihr Vater.

Erich Kerner war ein stattlicher Herr in den Fünfzigern. Sein graues Haar trug er sorgfältig frisiert, und der Trachtenanzug stand ihm ausgezeichnet.

»Hast du schon auf mich gewartet?« fragte er lächelnd.

»Und wie.«

»Ja, ja, die jungen Leute. Haben es immer eilig. Triffst du deinen Max?«

»Sicher.«

»Dann bestell ihm einen schönen Gruß von mir.«

»Mach ich, Vater.« Hanni hatte noch ein paar geschäftliche Dinge mit ihrem Vater zu besprechen. Danach nahm sie ihre Tasche, hauchte dem Mann noch einen Kuß auf die Wange und verschwand.

Ihr VW-Käfer stand hinten in der letzten Reihe des halbleeren Parkplatzes. Sie hätte die Strecke auch zu Fuß gehen können, doch da sie es eilig hatte, wollte sie mit dem Auto fahren.

Oft dachte sie an Toni Berger. Ob man ihn endlich gefunden hatte? Bestimmt, der Toni war ein Mann vom Dachstein. Den brachte so leicht nichts um.

Ein dummes Gefühl blieb trotzdem zurück.

Da Hallstadt in einem engen Tal lag, wurde es auch früher dunkler. Der Betrieb hatte der Zeit entsprechend nachgelassen. Es waren nicht mehr so viele Touristen und auch Wagen unterwegs. Hanni hatte freie Fahrt.

Sie bog von der Hauptstraße links in eine schmale Gasse ein, in der ein Andenkenladen neben dem anderen stand. Hier schoben sich in der Hochsaison die Touristen durch, jetzt aber war alles ruhig.

Hanni rauchte während der Fahrt eine Zigarette, ging vom Gas, als die Kurve kam, und zog den Käfer dann einen steilen Weg hoch, der in Höhe der ersten Häuser abflachte.

Das Haus der Bergers lag ziemlich weit hinten. Fast am Ende der Straße. Es stand etwas erhöht, war auch von der Straße her gut zu erkennen, und Hanni wunderte sich, warum hinter den Fenstern kein Licht brannte.

Alles war dunkel.

Das paßte eigentlich nicht zu den Bergers. Wenigstens nicht um diese Zeit.

Sollte doch etwas mit dem Toni passiert sein? Hanni hoffte es nicht, aber ihr Herz klopfte schneller. Sie war nervös geworden. hastig drückte sie die Zigarette aus und stellte ihren roten Käfer schräg vor dem Haus ab.

Sie stieg aus und warf die Tür hart ins Schloß. Normalerweise hörte man das Geräusch, dann kam immer jemand zur Tür.

Diesmal jedoch nicht.

Hanni Kerner wunderte sich noch mehr. Selbst die Kugellampe über der Tür brannte nicht.

Trotzdem wollte sie nachschauen.

Sie schritt die Treppe hoch und klingelte.

Ein paar Sekunden vergingen. Irgendwo auf der Straße fuhr ein Auto. Es hatte die Scheinwerfer eingeschaltet, und die hellen Lichtfinger streiften Hanni.

Dann wurde aufgedrückt.

Hanni stemmt sich gegen die Tür und betrat das Haus. Alles war ruhig. Zwei Schritte hinter der Schwelle blieb sie stehen.

»Max?« rief sie.

Keine Antwort.

Aber es mußte jemand da sein. Es hatte doch kein Geist die Tür geöffnet.

»Frau Berger!«

Ihre Stimme schallte durch das Treppenhaus, und Hanni wunderte sich noch mehr, daß ihr niemand antwortete.

Sie bekam Angst. Hanni traute sich nicht, weiterzugehen. Vor der Tür blieb sie stehen.

Der Flur führte durch eine Rundbogenmauer, dahinter weitete er sich dann, und man gelangte in den Wohnraum.

Von dort vernahm Hanni ein Geräusch. Es hörte sich an, als hätte jemand einen Sessel über den Boden geschoben oder irgendein anderes Möbelstück.

Waren vielleicht Einbrecher im Haus? Nein, die hätten sicherlich nicht geöffnet.

Eine Tür quietschte.

Hannis Kopf ruckte nach rechts. Sie hatte Mühe, einen Aufschrei zu unterdrücken, als sie die Gestalt sah, die aus dem Keller gekommen war.

Es war Clara Berger. Sie brachte einen Geruch mit, der Hanni an Kirschwein erinnerte. Wie das kam, wußte sie auch nicht.

»Meine Güte, Frau Berger, haben Sie mich erschreckt!« flüsterte Hanni und legte ihre Hand dorthin, wo unter der Brust das Herz klopfte. »Es ist alles so dunkel, das kennt man gar nicht.«

»Das Licht ist ausgefallen. Ich war schon im Keller nachsehen.« Die Stimme der Frau klang flach.

»So ist das also.« Hanni war einigermaßen beruhigt. »Und wer ist im Wohnzimmer?«

»Mein Mann.«

»Dann hat man ihn gefunden?«

»Natürlich.«

»Was ist denn geschehen?« Jetzt war Hanni neugierig geworden. »Der Max kam ganz aufgeregt ins Hotel und sprach davon, daß der Toni, sein Vater, verschwunden sei.«

»Ja.«

»Hat er allein hierhergefunden?«

Clara Berger nickte.

Das irritierte Hanni. Die Bergers waren ansonsten eine muntere Gesellschaft, vor allen Dingen, wenn Hanni kam. Die einsilbigen Antworten kannte sie gar nicht bei Ihnen.

Da schien doch nicht alles so im Lot zu sein.

»Wo ist eigentlich der Max?« fragte sie. Sie ärgerte sich jetzt auch, daß man ihr nicht Bescheid gegeben hatte. Schließlich waren sie und Max verlobt, das Schicksal ihrer zukünftigen Schwiegereltern ging auch sie etwas an.

»Er kommt gleich wieder«, sagte Clara Berger. »Geh inzwischen in die Stube.« Damit war der Wohnraum gemeint.

Hanni schritt los. Sie wunderte sich nur, daß kein Licht angeknipst wurde. Dann hörte sie Frau Bergers Schritte. Sie waren nicht so flott wie sonst, sondern langsamer, schleppend.

Hanni blieb stehen und drehte den Kopf. »Warum macht ihr denn kein Licht?«

»Weil es der Vater nicht vertragen kann.«

»Hat er was?«

»Ja, an den Augen.«

»Dann hättet ihr doch einen Arzt holen müssen.«

»Der schaut auch bald vorbei.«

Das Benehmen der Familie fand die forsche Hanni wirklich sehr seltsam.

Sie betrat das Zimmer.

Es war sehr groß, hatte ein breites Fenster, durch das der Blick auf die Berge fiel. Die Stilmöbel aus Eiche paßten zu den Bergers. Auf dem Parkettboden lagen dicke Teppiche, an den Wänden hingen Bilder mit Motiven aus der Bergwelt.

Toni Berger hockte in einem Sessel. Die hohe Rückenlehne verbarg ihn.

Hanni ging um den Sessel herum, bis sie den Mann anschauen konnte. Durch das große Fenster fiel etwas Licht. Hanni blickte in das Gesicht und sah, wie der Mann seinen Mund langsam öffnete.

Sie merkte dabei nicht, daß Frau Berger dicht hinter sie getreten war.

»Komm doch näher«, flüsterte Toni Berger und grinste grausam.

Da sah das Mädchen die beiden Vampirzähne und schrie gellend auf.

Im selben Augenblick packte Clara Berger zu. Ihre Hände legten sich auf Hannis Schultern und drückten zu.

Clara und ihr Mann, beide Geschöpfe der Hölle, waren zu einem guten Team geworden.

Hannis Schrei erstickte.

Sie spürte die Hände und wehrte sich gegen den Griff der Frau, doch der war zu stark.

Clara drückte das Mädchen dem Boden entgegen.

Und Toni erhob sich langsam aus dem Sessel. »Blut!« keuchte er. »Dein Blut!« Er trat einen Schritt nach vorn. »Wir werden es gemeinsam trinken. Du gehörst uns, Hanni!«

Das Mädchen schüttelte den Kopf. Die Zöpfe flogen. Sie konnte noch nicht begreifen, in welch einer Gefahr sie schwebte. Sie glaubte an einen bösen Scherz und wußte nicht, wie bitterernst es den beiden Blutsaugern war.

»Nimm sie!« zischte die Vampirin. »Du zuerst!«

Diese Worte rüttelten Hanni auf. Sie wußte, daß man ihr ans Leben wollte, aber Hanni wehrte sich.

Sie sprang plötzlich hoch. Das geschah so schnell, daß die Hände des Mannes ins Leere griffen und die der Frau von Hannis Schultern rutschten.

Das Mädchen drehte sich noch auf der Stelle, nahm seine Handtasche und wuchtete sie in das Gesicht des männlichen Vampirs.

Toni Berger fauchte wütend auf. Hanni aber stieß ihn zur Seite und rannte auf die Tür zu. Sie wollte aus dem Haus fliehen, das für sie zu einem wahren Horror geworden war.

Hanni Kerner sprintete. Sie hatte zwar einen Vampir vorläufig ausschalten können, dabei aber die Frau vergessen. Und Clara dachte nicht daran, das Opfer entkommen zu lassen. Sie bückte sich, packte einen kleinen Hocker, von dessen Platte eine Topfblume rutschte, und schleuderte ihn genau zwischen die Waden der Fliehenden.

Hanni spürte zuerst den Aufprall, geriet dann ins Stolpern, wollte sich noch fangen, doch sie fiel über ihre eigenen Füße und krachte schwer zu Boden, wobei sie noch mit dem rechten Ellbogen an der Wand entlangrasierte.

Sie spürte einen ziehenden Schmerz im Arm, hörte das Wutgeheul der beiden Blutsauger und vergaß ihre Angst.

Hanni schnellte hoch. Es war eine geschmeidige Bewegung, und wohl nie in ihrem Leben war sie so rasch wieder auf die Beine gekommen. Trotzdem war es zu spät.

Ein wuchtig geführter Schlag traf sie und schleuderte sie herum. Dabei hatte sie Glück, daß sie genau durch die Tür in die Diele torkelte.

Die Vampire jedoch machten den Fehler sofort wieder wett. Auf einmal bewegten sie sich schnell. Clara Berger huschte an Hanni vorbei und verbaute ihr den Weg zur Tür.

Dem Mädchen blieb noch eine Chance. Der Weg über die Treppe in den ersten Stock.

Sie drehte sich um, sah den männlichen Vampir dicht vor sich und warf sich instinktiv zurück. Dabei stieß sie hart mit der Schulter gegen den untersten Treppenpfosten, hielt sich jedoch auf den Beinen und geriet dabei mit der Hacke an die unterste Stufe. Sie wäre gefallen, da sie sich noch immer in der Bewegung befand, doch glücklicherweise hob sie ihr Bein hoch und stellte ' den Fuß auf die unterste Stufe.

Sie rannte die Treppe hoch.

Es war ein Reflex, und aus einem Gedankenblitz heraus wurde auch ihre nächste Aktion geboren.

Hanni sah die beiden an der Wand über Kreuz hängenden Skistöcke.

»Pack sie doch!« kreischte die Alte. »Los, hol sie dir. Sie darf nicht entkommen!«

Clara war wie von Sinnen. Sie hatte die Zähne gefletscht, bot einen grauenhaften Anblick und zitterte wie Espenlaub.

Toni Berger stachelten die Worte seiner Frau an. Drei Stufen nahm er mit einem gewaltigen Sprung und kam so seinem flüchtenden Opfer näher.

Da hatte das Mädchen bereits den ersten Skistock von der Wand gerissen.

Der Vampir jagte auf sie zu.

Noch ein Sprung, dann war er da.

Hanni zitterte vor Angst, als sie weit ausholte, den Arm nach vorn schwang und den Skistock wie eine Lanze schleuderte. Sie konnte Berger nicht verfehlen. Die Metallspitze drang dem Vampir dicht unter dem Hals in die Brust. Berger wurde gestoppt. Er prallte gegen die Wand, und seine zupackenden Klauen verfehlten das angstzitternde Mädchen.

Hanni hörte das Kreischen der Frau und erwachte aus ihrer sekundenlangen Erstarrung.

Sie riß den zweiten Skistock von der Wand.

»Geh weg!« brüllte sie, warf sich nach links, prallte gegen das hölzerne Geländer, hob den rechten Arm und hämmerte den Skistock wuchtig auf die im Flur stehende Clara Berger zu.

Die sprang zur Seite.

Die Spitze hackte in den Teppich. Mit dem zweiten Angriff hatte das Mädchen nichts erreicht.

Aber auch nicht mit dem ersten, denn schreckensbleich mußte sie mit ansehen, wie sich der Vampir den Skistock aus der Brust riß und kein Tropfen Blut aus der Wunde quoll.

Er lachte böse.

Dann schleuderte er die Waffe. Das geschah aus dem Handgelenk. Das Mädchen hatte gar keine Chance, auszuweichen. Sie spürte nur den heftigen Schmerz im Oberschenkel und knickte mit dem rechten Bein weg.

Es war ihr Pech.

Nicht einmal am Geländer konnte sie sich festklammern. Hanni fiel dem Blutsauger in die offenen Arme.

Der riß sie sofort an sich.

Sein Weib kreischte und schrie, führte verrückte Tänze auf. »Wir haben sie, wir haben sie!«

Toni Berger schleuderte Hanni auf den Boden in der Diele und stürzte sich wie wild auf sie, während Clara zuschaute.

Hanni wehrte sich verzweifelt. Zweimal schlug sie ihre Fäuste in das Gesicht des Blutsaugers, doch seinen Vorsatz konnte auch sie nicht vereiteln.

Die Zähne näherten sich unaufhörlich ihrem zarten Hals.

Genau in dem Augenblick flog die Haustür auf.

Suko war da!

Auch in der Höhle brannte Licht. Es war zwar nicht sehr hell, aber ich konnte alles erkennen.

Ein wenig enttäuscht war ich schon, denn ich hatte Eis erwartet und keine kahlen Felsen, die überall verteilt lagen und manchmal seltsame Formen aufwiesen.

Es war still in diesem gewaltigen unterirdischen Bergtempel. Nur hin und wieder vernahm ich das Tropfen von Wasser.

Der Weg war markiert. Ich brauchte ihn gar nicht erst zu suchen, und die Strecke war auch von Steinen so ziemlich freigeräumt. Stolperfallen fand ich nicht. Dann schritt ich über Bohlen weiter und konnte nicht vermeiden, daß meine Schritte ein hohles Echo auslösten. Das paßte mir gar nicht. Ich mußte wenig später nach links, sah eine Holztreppe vor mir und ging sie hoch.

Ich hatte das Ende der ersten Höhle erreicht, zwängte mich durch einen schmalen Spalt und gelangte in die nächste Höhle. Sie war wesentlich kleiner. Schnell hatte ich sie durchquert und stand wenig später in der dritten.

Hier sah ich das Eis.

Es bot wirklich einen fantastischen Anblick. Durch das Licht schimmerte es grünlich, und es befand sich praktisch überall. Rechts und links an den Wänden und vor allen Dingen unter der Decke, wo es lange, schwere Zapfen bildete, die mich an die Stalaktiten in den Tropfsteinhöhlen erinnerten.

Sekundenlang nahm mich dieses Schauspiel gefangen. Dann dachte ich wieder an meine eigentliche Aufgabe und ging weiter.

Dies war leicht, denn der Weg, durch Holzbohlen trittsicher gemacht, führte mitten durch ein Eisfeld. Zu beiden Seiten des Wegs bot ein Holzgeländer Halt.

Nach wenigen Schritten sah ich einen Bruch im Geländer. Die Stellen waren noch frisch, sie schimmerten hell, also konnte dieser Bruch noch nicht lange existieren.

Ich wurde vorsichtiger und holte meine Waffe hervor. Durchgeladen war sie. Wenn die Vampire mich überraschen wollten, war ich in der Lage, sofort zu schießen.

Ich passierte die Stelle.

Über mir taute und fror es zugleich. Kleine Wassertropfen fielen von der Decke und auch in meinen Nacken, von wo aus sie kalt den Rücken hinunterliefen.

In einer weiten Kurve führte der Bohlenweg auf das Ende der Höhle zu, wo drei gewaltige Zapfen von der Decke hingen, die aussahen wie Figuren aus einer Märchenwelt.

Es war schon seltsam und erstaunlich, was sich im Laufe der Jahrtausende hier abgelagert hatte.

Ich ging weiter über das Holz, blieb manchmal stehen und drehte mich hastig um.

Keine Spur von den drei Eisvampiren.

Aber sie waren da. Davon war ich überzeugt, das spürte ich in meinem Innern. Ein sechster Sinn für Gefahr hatte sich im Laufe der Zeit bei mir entwickelt.

Ich erreichte das Ende der Höhle und blieb für einen Moment auf den Bohlen stehen. Dabei schaute ich zurück. Die Eisfläche flimmerte und glänzte. Fast hätte man meinen können, sie würde leben, was natürlich Unsinn war.

Aber auch von Myxin sah ich nichts. Der kleine Magier hielt

sich aus mir unbekannten Gründen verborgen. Ich wußte nicht, wie groß dieser Höhlenkomplex war, und als ich die dritte oder bereits vierte Höhle betrat, blieb ich überrascht stehen.

Eine kaum zu beschreibende Eispracht breitete sich vor meinen Augen aus.

In regelrechten Wellen lag die Eisschicht auf dem Boden. Ein Steg führte darüber hinweg und fand seinen weiteren Weg über einen zu Eis erstarrten Wasserfall.

Jedenfalls sah er so aus.

Im Hintergrund der Höhle entdeckte ich fantastische Eisfiguren, wie sie ein Künstler nicht besser und origineller hätte schaffen können.

Prächtige Stalaktiten, dazwischen die dicken Eiszapfen, die mit ihren Spitzen über der welligen Fläche schwebten. Ich kam mir vor wie in einem gewaltigen Dom, und der Weg führte auch nicht mitten durch das Eisfeld, sondern rechts daran vorbei.

Durch Treppen wurden die Höhenunterschiede überwunden. Es gab Stege und kleinere Brücken, für alles hatten die Menschen gesorgt.

Steckten hier vielleicht die drei Blutsauger? Ich ließ meine Blicke durch die Höhle wandern, doch alles lag leer vor mir.

Der Atem stand als kleine Wolke vor meinem Mund. In den Eiszapfen spiegelte sich das Licht der unter der Decke angebrachten Lampen.

Und dieses Licht begann plötzlich zu flackern.

Ich zuckte zusammen, als ich das sah.

Dann war es ganz aus.

Stille...

Ich hielt den Atem an und ging in die Knie. Lauschte und konzentrierte mich dabei auf die Geräusche.

Nichts zu hören, bis auf das Platschen der Wassertropfen. Es war in dieser Höhle wirklich stockfinster. Man konnte die berühmte Hand nicht vor Augen sehen, und trotz der gewaltigen Ausmaße fühlte ich mich irgendwie beengt.

Wie würde es weitergehen?

War da nicht ein Knirschen – oder Schritte?

Nein.

Verdammt, jetzt machte ich mir schon selbst etwas vor. Obwohl es kalt war, trat der Schweiß auf meine Stirn.

Dann wurde es wieder hell.

Zuerst das Flackern, im nächsten Moment brannten die Lampen.

Da sah ich sie.

Sie standen vor mir auf dem Eis.

Die drei Vampire!

Ich atmete aus.

Zum erstenmal stand ich ihnen gegenüber, und ich muß ehrlich gestehen, daß mir ein Schauer über den Rücken lief.

Sie sahen gleich aus.

Sie trugen dunkle Kleidung und auf ihren Oberteilen jeweils Buchstaben. Ein S, ein J und ein V.

Sandor, Jarosz und Viri. Wie Myxin es gesagt und von dem sterbenden Vampir erfahren hatte.

Doch wo steckte der Magier?

Ich sah ihn nicht, und es war auch müßig, sich über ihn Gedanken zu machen. Die Vampire waren wichtiger. In einem großen Halbkreis hatten sie sich auf dem Eis aufgebaut.

Sandor stand ganz rechts, Viri in der Mitte und Jarosz links von mir. Über seinem Kopf schwebte ein Eiszapfen, während sich Sandor nahe am gefrorenen Wasserfall aufhielt und Viri etwas tiefer stand. In einem Eistal.

Wir fixierten uns.

Dann sprach Sandor. »Wer bist du? Und wie kommst du hierher?« Seine Stimme hallte durch den gewaltigen Dom aus Eis.

Ich gab meine Antwort gelassen. »Euch wollte ich einen Besuch abstatten, und ich habe euch gefunden.«

»Und was willst du?«

»Könnt ihr euch das nicht denken?«

Plötzlich begann Sandor zu lachen. »Du bist ein armer Wicht, Sterblicher. Willst du es mit uns aufnehmen?«

»Ja.« Langsam hob ich die Waffe.

»Vergiß es.«

Ich hätte schießen können, doch ich war auch neugierig und fragte, woher sie kamen.

»Das weißt du doch. Aus Ungarn.«

»Ja, aber warum seid ihr hergekommen?«

»Weil der Bischof von Buda uns gejagt hat. Überall tobten Kriege, die Pest war ein großer Feind des Menschen, und auch wir Vampire konnten nicht mehr in Ruhe unsere Opfer aussuchen. Ungarn befand sich in Aufruhr. Wir mußten fliehen, aber die Häscher blieben uns auf den Spuren. Wir kamen in dieses Land, in dieses Gebirge und entdeckten die Höhlen.«

Ich schüttelte den Kopf. »Die gab es doch damals noch gar nicht«, sagte ich.

»Nicht so wie heute. Sie waren nur nicht ausgebaut worden. Wir gelangten durch eine Spalte in das Innere des Berges. Dann aber schloß sich der Berg, und wir froren ein. Aber wir starben nicht, wir wußten, daß unsere Zeit noch kommen würde. Jetzt ist sie da, wir sind zurückgekehrt. Das ganze Spiel beginnt von vorn.«

Das dachte er, aber dagegen hatte ich etwas. »Wen habt ihr bereits getötet?« fragte ich.

»Einen nur. Leider.«

»Das ist einer zuviel.«

»Du Narr. Wir werden die Höhlen bald verlassen und hinunter zu den Menschen gehen. Da sitzen unsere Opfer. An die kommen wir heran, und wir hoffen, daß unser erstes Opfer, das ja auch ein Vampir geworden ist, schon gute Vorarbeit geleistet und andere ebenfalls zu Geschöpfen der Nacht gemacht hat. Die Saat ist gelegt, sie wird aufgehen. Und niemand hält uns davon ab. Auch du nicht!«

Dieser Sandor hatte die Worte entschlossen ausgestoßen, aber so etwas kannte ich. Viele Dämonen und Schwarzblüter hatten mir schon des öfteren den Tod versprochen, bisher war es mir immer gelungen, sie zu besiegen.

Auch hier stand es drei gegen einen. Konnte ich sie packen? Mit drei schnellen Schüssen erledigen?

Und wo steckte Myxin? Wenn dieser Zwerg sich wenigstens zeigen würde.

»Woran denkst du?« fragte mich Sandor.

»An euren Tod.«

»Willst du es tatsächlich versuchen?«

»Man nennt mich den Geisterjäger. In meiner Waffe stecken geweihte silberne Kugeln, sie werden euch zerstören. So zerstören, wie sie schon viele eurer Brüder getötet haben.«

»Um so gerechter ist dein Tod, Eindringling!« hielt mir Sandor entgegen.

Und genau da wurde ich böse reingelegt.

Plötzlich rutschte das Brett unter meinen Füßen weg. Ich war auf dieses Loch im Steg überhaupt nicht vorbereitet, stieß sogar einen Ruf der Überraschung aus und klatschte im nächsten Moment auf die harte Eisfläche, wo ich in der Schräge lag und sofort ins Rutschen geriet.

Ausgerechnet auf die drei Vampire zu...

Suko hatte herumfragen müssen, wo die Bergers wohnten. Und nicht jeder gab ihm eine Antwort. Der Chinese sah eben zu fremdländisch aus, da zuckten schon einige Leute zurück.

Doch schließlich hatte er das Haus gefunden. Es lag in tiefer Dunkelheit, was Suko einerseits störte, ihm jedoch auf der anderen Seite genau in den Kram paßte.

Vampire liebten die Dunkelheit. Sie bewegen sich in Lichtnähe nur, wenn es sein mußte.

Lautlos schlich der Chinese auf das Haus zu. Er hatte eine Silberkugel-Beretta eingesteckt und auch die Dämonenpeitsche mitgenommen. Man konnte ja nie wissen...

Vor dem Haus blieb Suko stehen.

Noch vernahm er nichts, doch als er auf die Tür zuging und sein Ohr gegen das Holz legte, hörte er die Kampfgeräusche und das schrille Kreischen.

Da mußte er eingreifen!

Suko rechnete damit, daß die Tür verschlossen war, wunderte sich jedoch, daß er sie offen fand.

Einen Atemzug später stand er im Haus.

Suko sah sofort, welches Drama sich abspielte, obwohl nur wenig Licht in den Flur fiel.

Ein blondes Mädchen lag auf dem Boden und wehrte sich verzweifelt gegen einen Vampir. Ein anderes weibliches Wesen stand daneben, hatte das Gebiß gefletscht und schaute mit gierigem Blick dem Kampf zu.

Und dieses Vampirweib sah Suko auch zuerst.

Es kreischte wild auf und jagte wie eine Furie auf den Chinesen zu. Sie war so schnell, daß Suko es nicht schaffte, seine Beretta zu ziehen, denn da hing ihm das Weib schon an der Kehle.

Karate gegen Vampire!

Suko setzte die Kampfsportart ein. Er hob beide Arme, krümmte die Hände etwas und schlug sie dann von zwei Seiten gegen den Hals des weiblichen Vampirs.

Es waren knallharte Schläge, die den weiblichen Vampir merkwürdigerweise nicht verletzten. Jedoch reichte die Aufprallwucht, um den Griff zu lockern.

Mit einem Drehgriff sprengte Suko ihn dann völlig. Gleichzeitig riß er sein Bein hoch und trat die Blutsaugerin zurück, damit sie auf Distanz kam und er Zeit hatte, seine Waffe zu ziehen.

Das schaffte Suko auch.

Sorgfältig zielte er.

Dann peitschte der Schuß.

Clara Berger rannte genau in die Kugel hinein, die sich in ihre Brust bohrte. Ihr Lauf wurde wie von einer harten Hand gestoppt. Die Blutsaugerin drehte sich, taumelte gegen die Wand und heulte schaurig auf. Sie warf ihre Arme hoch, versuchte die Fingernägel in den Putz zu krallen, um sich abzustützen, doch sie war zu schwach. Das Körpergewicht drückte sie zu Boden.

Schwer stürzte sie und blieb liegen.

Suko sprang über den Körper hinweg. Er mußte das Mädchen retten, und es wurde verdammt Zeit, denn der Kampf gegen den weiblichen Vampir hatte ihn Sekunden gekostet, die der andere Blutsauger insofern ausnutzte, als er dabei war, Hanni in den Wohnraum zu schleifen.

Doch sie hatte durch Sukos Auftauchen wieder Mut gefaßt. Sie wehrte sich verbissen.

Es war Toni Berger nicht gelungen, seine spitzen Zähne in ihren Hals zu bohren. Er hatte die Haut nur einmal gestreift. Zurückgeblieben waren zwei rote Striemen.

Hanni Kerner kämpfte verbissen. Sie wollte sich von diesem

Unhold nicht besiegen lassen und setzte all ihre Kraft ein. Es gelang ihr, die rechte Hand unter Bergers Knie zu stemmen und den Kopf zurückzudrehen, was der Untote mit einem wütenden Fauchen quittierte. Dann warf sich Hanni herum. Ineinanderverkrallt, rollten die beiden um die eigene Achse, wüteten, kämpften, kreischten und schrien.

Es war ein Kampf auf Leben und Tod. Sekunden dehnten sich für das tapfere Mädchen zu Minuten. Hanni war klar, daß sie auf die Dauer gesehen den Kampf nicht gewinnen konnte. Hilfe war dringend notwendig.

Und sie war schon da.

Suko erreichte das Zimmer.

Er überschaute die Sache mit einem Blick. Blitzschnell war er unten und packte den Blutsauger mit der linken Hand am Kragen. Hart riß er ihn hoch, doch der Vampir wollte Hanni nicht loslassen. Er zog sie einfach mit.

Suko schmetterte ihm den Pistolenlauf auf den Arm.

Wütend fuhr der Blutsauger zu dem Chinesen herum, der genau in die schreckliche Fratze starrte.

Da hob Suko die Waffe und feuerte.

Die Silberkugel traf den Vampir aus nächster Nähe mitten ins Gesicht. Er fiel zurück, sofort löste sich der Griff, und der Blutsauger war bereits tot, als er den Boden berührte.

Hanni Kerner lag dicht neben ihm.

Sie weinte.

Ihr Körper zuckte unter dem krampfhaften Schluchzen, sie hatte die Hölle hinter sich.

Suko ließ sie erst einmal in Ruhe und drehte den Vampir auf den Rücken.

Hastig drehte er ihn wieder um. Der Anblick war zu grauenhaft. Suko fand eine Decke und breitete sie über dem toten Blutsauger aus. Dann kümmerte er sich um Hanni.

Als sie seine Hände an ihrer Schulter spürte, schrie sie.

»Sie brauchen keine Angst zu haben«, sagte Suko in seinem etwas holprigen Deutsch. »Die Gefahr ist vorbei. Beide Vampire sind von mir erledigt worden. Gibt es noch mehr Blutsauger hier im Haus?«

»Nein, ich glaube nicht.«

Suko führte das Mädchen zu einem Sessel, wo es Platz nehmen konnte.

»Möchten Sie einen Schnaps?« fragte er.

Hanni nickte.

Suko sah auf dem Teewagen einige Flaschen und Gläser. Er nahm Kirschwasser, goß es in ein Glas und brachte es Hanni.

Sie trank, schluckte und hustete. Das Zeug war verdammt scharf. Aber sie leerte das Glas. Als sie es wegstellte, schaute sie Suko an.

»Wie kommen Sie hierher?«

»Mein Name ist Suko.«

»Und?«

»Ich wußte, daß an diesem Ort etwas passieren würde. Deshalb bin ich zu Ihnen gekommen.«

»Aber woher?«

»Das ist eine lange Geschichte«, erwiderte Suko lächelnd. »Vielleicht erzähle ich sie Ihnen später.«

Hanni Kerner warf einen scheuen Blick auf die Decke, wo sich der Körper abzeichnete. Er war nicht zu Staub verfallen, dafür war dieser Vampir noch nicht lange genug ein Diener der Finsternis. Bei diesem Tod veränderte sich nur die Farbe der Haut. Sie wurde sofort milchigweiß. Kein schöner Anblick. Deshalb auch die Decke.

»Die Bergers sind Vampire«, flüsterte Hanni. »Ich kann es einfach nicht begreifen.« Sie schlug die Hände vor ihr Gesicht und schüttelte den Kopf. Plötzlich schaute sie Suko wieder an. »Aber wo ist Max? Ist er auch...?«

»Nein, Ihr Max ist normal. Er leitet die Suchaktion nach seinem Vater.«

»Der ist doch tot.«

»Das wissen wir, aber nicht Max.«

Sie sprang auf. »Man muß ihm Bescheid geben.«

Suko drückte das Mädchen wieder zurück in den Sessel. »Bleiben Sie erst einmal sitzen und warten Sie gemeinsam mit mir die nächsten Stunden ab. Da wird schon etwas geschehen, dafür sorgt mein Partner. Verlassen Sie sich darauf.«

»Sie... Sie meinen Mr. Sinclair?«

»Ja, allein würde ich es wohl kaum schaffen. Wahrscheinlich befindet sich John, so heißt er, jetzt in den Eishöhlen.«

»O Gott. Und was will er da?«

»Er jagt Vampire.«

»Dort auch?«

»Ja. Denn mit diesen Vampiren, die sich dort oben in den Höhlen verkrochen haben, hat alles gegonnen. Von ihnen ist auch Ihr Schwiegervater angefallen worden.«

»Wie viele Vampire lauern denn dort?«

»Drei!«

Die tränenfeuchten Augen des Mädchens wurden groß. »Und Ihr Freund kann gegen diese drei kämpfen?«

»Ich hoffe es, Fräulein. Ich hoffe es sehr...«

Ich fiel verdammt tief.

Vielleicht schien es mir auch nur so, weil das Eis knochenhart war, auf das ich prallte.

Natürlich fand ich keinen Halt auf der glatten Fläche, sondern rutschte weg.

Dann begann die Fahrt. Ich hatte das Pech gehabt, auf einer Stelle zu landen, wo es ziemlich steil bergab ging. Wie früher in der Kinderzeit rutschte ich auf dem Allerwertesten und halb auf dem Rücken liegend in eine Talmulde aus grünlich schimmerndem Eis.

Die Vampire befanden sich jetzt rechts von mir. Aus den Augenwinkeln bemerkte ich, wie mir der Typ mit dem V auf der Brust den Weg abschneiden wollte.

Er konnte auch nicht normal laufen, sondern balancierte auf dem Eis, wobei er seine Arme seitlich ausgestreckt hatte, um das Gleichgewicht zu halten.

In der Bewegung drehte ich mich und feuerte. Es war ein Versuch, ein Schnappschuß, mehr nicht, und ich traf den Blutsauger nicht. Die Kugel jaulte irgendwo gegen die Eiswand, von wo sie abprallte und als Querschläger durch die Höhle pfiff.

Mit den Füßen zuerst stieß ich gegen die hochlaufende Eishügelwand auf der anderen Seite und blieb liegen.

Ich wälzte mich auf die Seite.

Die Vampire ließen sich nicht blicken. Eiswellen deckten sie. Dafür hörte ich ihre Stimmen. Sie riefen sich gegenseitig die Befehle zu und wollten mich einkreisen, das nahm ich wenigstens an, denn ihre Worte konnte ich nicht verstehen, sie sprachen jetzt ungarisch.

Ich holte mein Kreuz unter dem Hemd hervor und ließ es vor meiner Brust baumeln.

Diese Kruzifix bot noch immer einen ausgezeichneten Schutz, und mit Hilfe des Kreuzes hatte ich schon manchen Gegner erledigt. Ich hoffte auch jetzt darauf.

Ich stand auf.

Das heißt, erst einmal versuchte ich es nur, denn es war ein verdammt schwieriges Unterfangen. Ich konnte das Gleichgewicht kaum halten.

Schließlich stand ich auf den Füßen.

Die Beretta hielt ich in der rechten Hand. Den linken Arm hatte ich ausgestreckt, um mein Gleichgewicht zu halten, wenn ich mich in Bewegung setzte.

Langsam schritt ich vor. Ich hob die Füße nie vom Eis ab, sondern schlurfte wie ein Kranker.

Nach vorn konnte ich nicht. Da wuchsen die Eishügel in die Höhe. Es war mir unmöglich, diese zu erklimmen. Ich würde nach den ersten Schritten wieder abrutschen.

Es gab nur eine Chance.

Zurück auf den Weg!

Ich drehte den Kopf.

Dort hinzugelangen war wesentlich leichter. Die Strecke lief flacher in diese Richtung, von einigen Eisbuckeln einmal abgesehen.

Ich ging wie auf Eiern. Leider mußte ich mich dabei so drehen, daß ich die Blutsauger im Rücken hatte, was mir wiederum überhaupt nicht paßte.

Deshalb drehte ich mich ein wenig zur Seite.

Stück für Stück schob ich mich voran. Von den Vampiren hörte ich nichts mehr, dafür sah ich sie.

Oder einen von ihnen.

Er stand plötzlich auf den Bohlen. Es war Jarosz, und er hielt einen gewaltigen Eisbrocken in beiden Händen, der auch einen

Teil seines Körpers schützte, so daß es schwierig war, ihn mit einem Schuß auszuschalten.

Ich wußte, was er vorhatte.

Da warf er den Brocken schon auf mich zu. Wenn der traf, war es aus.

Ich wich schnell zur Seite und stürzte dabei zu Boden.

Normalerweise wäre es leicht gewesen, zur Seite hin wegzutauchen. Aber nicht bei dieser Unterlage. Die Beine wurden mir buchstäblich weggerissen, und ich lag ausgestreckt auf dem Eis. Instinktiv zog ich den Kopf ein und schützte ihn mit beiden Händen.

Ich hatte unverschämtes Glück.

Der schwere Eisbrocken krachte dicht neben mir auf die schillernde Fläche. Er zersprang zwar nicht, aber ein paar Klumpen trafen trotzdem mein Gesicht.

Sie wirkten wie Nadeln, und ich spürte Blut an meiner Wange herabrinnen.

Der Vampir stieß ein wütendes Heulen aus, und noch bevor ich auf ihn anlegen konnte, war er verschwunden.

Das gab mir Zeit.

Ich stand nicht erst auf, sondern bewegte mich kriechend auf das Geländer am Weg zu.

Würde die Zeit reichen, oder lief ich genau in einen zweiten Angriff des Blutsaugers?

Sie reichte.

Ich konnte die senkrechten Geländerstäbe packen und mich hochziehen. Dabei schaute ich über die Trittfläche hinweg und sah den Vampir, der mich mit einem Eisklumpen beworfen hatte. Er war dabei, einen zweiten hochzuwuchten, stand aber noch in gebückter Haltung, und ich sah dicht über ihm den gewaltigen, spitz zulaufenden Zapfen, dessen Ende genau auf seinen Rücken zeigte.

Mich durchzuckte eine Wahnsinnsidee.

Den Vampir mit einer Kugel zu erledigen, war aus diesem Winkel unmöglich. Aber ich konnte auf den Zapfen feuern.

Das tat ich.

Dreimal hintereinander jagte ich die wertvollen Silberkugeln aus dem Lauf. Sie hieben in den Eiszapfen, der trotz seiner Größe oben nur sehr schwach und dünn unter der Decke hing.

Es klappte. Der Eisbrocken fiel ab.

Der Vampir hatte die Schüsse gehört, war einen Moment irritiert, und als er begriff, war es für ihn zu spät.

Die Spitze des Eiszapfens wuchtete genau in seinen breiten Rücken. Jarosz stieß einen heulenden Schrei aus, verlor den Eisklumpen aus den Händen und wurde zu Boden gewuchtet. Der Zapfen steckte in seinem Körper, hatte ihn jedoch nicht getötet, denn er war aus Eis und nicht aus Eiche.

Aber Jarosz wurde von der natürlichen Waffe gegen den Boden genagelt, was mir wiederum Zeit gab, auf den Weg zu klettern. Da ich beide Hände benötigte, steckte ich die Beretta weg und schwang mich hoch.

Ich stand kaum auf sicherem Boden, als Jarosz sich herumwarf. Er hatte sich von dem Zapfen lösen können, rollte auf den Rücken und schaute noch einen Sekundenbruchteil in die Waffenmündung, bevor es dort aufflammte und ihm der Tod entgegenfuhr.

Die Silberkugel hieb in seine Brust.

Der Vampir verzog das Gesicht in grenzenloser Panik, dann wurde eine Grimasse der Qual daraus, und einen Augenblick später begann die zerstörerische Wirkung des Silbers.

Der uralte Vampir löste sich auf.

Er zerfiel zu Staub.

Ich atmete auf. Einer weniger.

Fieberhaft lud ich die Waffe nach und war noch dabei, als ich einen Schrei hörte.

Ich flirrte herum.

Ich sah Viri.

Er mußte den Tod seines Bruders mit angesehen haben. Der Blutsauger steckte voller Haß, tauchte aus einer kleineren am Rand liegenden Eishöhle auf und hielt ebenfalls einen Eiszapfen mit beiden Händen umklammert. Mochte der Teufel wissen, woher er ihn hatte. Für mich zählte nur, daß er mich damit töten wollte.

Er schleuderte den Zapfen. Wenn er traf, rasierte er mir glatt den Kopf von den Schultern. Mir blieb nur eine Chance. Ich ließ mich fallen und krachte auf die dünnen Planken, die unter meinem Gewicht zwar erzitterten, es aber hielten. Der Eiszapfen sauste über mich hinweg und donnerte irgendwo auf die Eisfläche.

Doch der Vampir hatte noch nicht genug. Er hatte angefangen und wollte seine Tat unbedingt beenden.

Er kam selbst!

Zwischen den Bohlen, auf denen ich stand, und der Eiswand der Höhle befand sich ein noch genügend großer Zwischenraum. Zudem gab es auch kleinere Verstecke in der Eiswand, Minihöhlen gewissermaßen.

Aus einer dieser kleinen Höhlen schob sich jemand hervor.

Myxin, der Magier.

Ich sah ihn, als ich mich aus meiner liegenden Stellung erhob. Myxin war im Rücken des Blutsaugers erschienen, Viri hatte ihn noch nicht bemerkt.

Er lief mir praktisch vor die Mündung, doch ich senkte die Waffe, denn ich sah, daß auch Myxin seinen Eichenpfahl in der Hand hielt. Ihm wollte ich die Chance nicht nehmen.

Viri merkte nichts.

Er war so von seinem Haß beseelt, mich zu töten, daß er auf seine Umgebung nicht achtete. Und er achtete auch nicht auf den Schrei seines anderen Bruders, der schaurig durch die Höhle hallte.

Viri lief weiter. Es war mehr ein Stolpern und Wanken, denn auf dem Eis konnte er sich kaum halten.

Myxin war jetzt hinter ihm.

»Viri!« Der Schrei gellte in höchster Panik, und das Echo zitterte in meinen Ohren.

Ich drehte mich um.

Sandor stand neben einer Eissäule und hatte drohend den rechten Arm erhoben. Er ahnte das Unheil, konnte es aber nicht aufhalten. Zu weit war er von dem Schauplatz entfernt, und außerdem schien er Angst vor meiner Waffe zu haben.

Viri stoppte.

Myxin nicht.

Er war nur noch wenige Schritte hinter ihm, hatte die Hand in

Schulterhöhe, und die Finger umklammerten den vorn zuge-
spitzten Eichenpflock.

Viri drehte sich um.

Da genau warf sich Myxin vor.

Der kleine Magier fiel förmlich auf den Vampir zu. Er traf ihn
mit seinem Eichenpfahl genau in die Brust.

Es war ein ungeheuer wuchtiger Stoß. Myxin rutschte auf der
Eisunterlage noch aus und fiel gegen den Vampir, dessen schauriges, schmerzgepeinigtes Heulen durch die Höhle hallte und
bei mir eine Gänsehaut hervorrief.

Beide Feinde lagen aufeinander, doch es war Myxin, der sich
von dem sterbenden Schwarzblüter herunterrollte, sich mit einer Hand abstützte und langsam auf die Beine kam.

Er schaute mich an.

Ich blickte nur kurz in seine Richtung und lächelte.

»Erledigt«, sagte Myxin.

»Bis auf Sandor.«

»Den kriegen wir auch noch«, behauptete der Magier und
schaute kurz auf den sich langsam auflösenden Vampir Viri.

Dann meldete sich Sandor. Er hatte abermals den Tod eines
Bruders mitansehen müssen. »Du Hund!« brüllte er. »Du verdammter Hund! Ich werde dein Blut bis zum letzten Tropfen
aussaugen! Du entkommst mir nicht. Du nicht!«

Es war ein finsterer Schwur, den er mir da entgegenschleuder-
te, aber ich hatte nicht vor, den Kampf zu verlieren.

Im Gegenteil.

Nach den Worten warf er sich herum und war verschwunden,
bevor ich seine Schreierei mit einer silbernen Kugel stoppen
konnte.

Ich sah ihn jedoch wieder.

Sandor rannte auf die Höhle zu, die ich ebenfalls schon durchquert hatte. Mir war klar, was er wollte.

Weg aus diesem unterirdischen Eispalast. Der Vampir wollte
sich in der dunklen Nacht verstecken. Und draußen hatte er alle
Chancen, mir zu entwischen.

Das durfte auf keinen Fall geschehen.

Augenblicklich nahm ich die Verfolgung auf.

Ich hatte Myxin nichts über mein Vorhaben gesagt, aber er konnte sich denken, was meine Absicht war.

Daß ich mich noch auf der ausgebauten Strecke befand, gereichte mir nun zum Vorteil. So kam ich wesentlich schneller voran als der Blutsauger auf dem Eis. Er hatte mit den Tücken zu kämpfen, ich lief über das Holz.

Rasch hatte ich die Höhle durchquert. Ich suchte immer noch nach einer Möglichkeit, den Vampir zu erwischen, aber er war zu schlau. Sandor hielt sich des öfteren in Deckung der gewaltigen Zapfen auf, so daß es schwer, beinahe unmöglich war, ihn zu treffen.

Dann trickste er mich doch aus.

In der nächsten Höhle sprang er kurzerhand auf das Eis, ließ sich fallen und rutschte ein gewaltiges Eisfeld hinab, so schnell, daß er seinen Vorsprung vergrößerte.

Ich konnte nicht aufs Eis, sondern mußte den Bohlenweg nehmen, der natürlich nicht die schnellste und direkteste Strecke darstellte, sondern die für die Besucher am interessanteste.

Dadurch verlor ich an Boden.

Der Vampir war wesentlich früher in der normalen Steinhöhle als ich. Ich sah in noch. Da stürmte er bereits in den Gang, der direkt zu den Türen führte und damit nach draußen.

Vorher konnte ich ihn nicht stoppen.

Ich hatte längst den Weg verlassen und sprang über die großen Steine. Einmal rutschte ich einen Hang hinab, landete aber glücklicherweise mit beiden Beinen zuerst und befand mich dicht am Höhlenende.

Vor mir rannte Sandor.

Und soeben hämmerte er die erste Tür zu. Es klang wie ein Pistolenschuß oder Startsignal. Letzteres traf auf mich zu, denn nun lief ich noch schneller.

Rasch war ich an der Tür.

Der Vampir besaß zum Glück keinen Schlüssel und auch nicht für die zweite Tür, die er gar nicht mehr hinter sich zugehämmert hatte. Sie schwang nur hin und her.

Sandor gab Fersengeld.

Ich war schneller.

Mit Riesenschritten stürmte ich aus dem Berginnern, passierte das kleine Kassenhäuschen und blieb auf dem Plateau stehen, um mich zu orientieren.

Es war inzwischen dunkel geworden. Zum Glück hatten sich keine Wolken am Himmel gebildet, es sah ganz nach einer klaren Nacht aus, und am Himmel funkelte das Millionenheer der Sterne.

Dazwischen ein fahler Mond, der dabei war, voller zu werden, seine ganze Größe aber noch nicht erreicht hatte.

Wo steckte Sandor?

Meine Blicke glitten über die Felsen. Nur schwach sah ich den Weg zur Bergstation. Der Wind hatte aufgefrischt. Er bewegte die Blätter und riß die ersten bereits ab.

Wo wollte Sandor hin?

Hatte er vor, höher in die Berge zu gehen? Wenn ja, sah ich gebügelt aus, denn dort konnte er sich immer verstecken. Da fand ihn auch eine Kompanie nicht. In den Bergen gibt es zwar die große Einsamkeit, aber keinen Menschen.

Und Menschen brauchte er.

Er wollte ihr Blut!

Deshalb ging ich davon aus, daß sich Sandor auf dem Weg zur Seilbahn fand.

Ich hatte mich nicht getäuscht.

Der Vampir rannte auf die Seilbahnstation zu. Allerdings nahm er nicht den normalen Weg, sondern kürzte ab. Er sprang von Felsen zu Felsen, eine riskante Sache, aber der Vampir war sehr geschickt. Er schaffte es, ohne hinzufallen.

Ich jagte ihm nach.

Dabei setzte ich nicht alles auf eine Karte, das heißt, ich verließ mich auf den normalen Weg, es war mir einfach zu riskant, mich so fortzubewegen wie der Blutsauger. Ein Fehltritt, und es war aus. Da lag ich dann mit einem verstauchten Knöchel oder gebrochenem Bein und konnte sehen, was aus mir wurde.

Nein, dann lieber den Weg.

Und der war schon schwierig genug mit all seinen aus dem Boden wachsenden Steinen, die zu gefährlichen Stolperfallen für mich werden konnten.

Einmal knickte ich um, konnte aber weiterlaufen.

Jetzt erschien mir die Strecke doppelt so weit. Manchmal

mußte ich mich ducken, um unter den weit vorwachsenden Ästen der Bäume zu laufen.

Von Myxin sah ich nichts.

Ich rechnete allerdings damit, daß ihn nichts in der Höhle gehalten hatte, dafür war sein Haß auf den letzten Vampir zu groß.

Es war verdammt gefährlich, in die engen Kurven zu laufen, so nah am Abgrund. Ich kam nicht so schnell voran, wie ich es wollte.

Leider sah ich von meinem Gegner nichts. Dafür hörte ich aber das Schlagen einer Tür.

Verflucht, der Blutsauger befand sich schon an der Station.

Jetzt hielt mich auch nichts mehr auf dem normalen Weg. Ich sprang ebenfalls querfeldein über Geröllhalden, umging aus dem Boden ragende Wurzelstöcke und hatte wirklich Schwein, daß ich nicht auf die Nase fiel.

Das letzte Stück lief ich wieder normal über den Weg. Ein Sprung brachte mich dorthin.

Die Station lag im Dunklen. Nicht eine Lampe brannte. Vielleicht hatte der Vampir auch die Beleuchtung gelöscht.

Schweratmend blieb ich an der Tür einige Sekunden stehen. Ich mußte erst einmal Luft holen nach diesem langen, gefährlichen und auch anstrengenden Lauf.

Mit der linken Hand zog ich die Tür auf, in der rechten hielt ich meine Beretta.

Kaum stand die Tür einen Spalt offen, da hörte ich das Geräusch.

Ein Summen und dazwischen ein Quietschen und Ächzen von Metall.

Die Seilbahn!

Himmel, der Vampir wollte mit der Seilbahn fliehen.

Wie ein Blitz war ich im Innern der Station. Der Blutsauger durfte nicht entkommen. Steckte er erst einmal in der Gondel, war es aus. Dann sah ich ihn so schnell nicht wieder.

Ich flankte wie ein Sportler beim Medaillenkampf über das Gitter an der Kasse, sprang die schmale Eisentreppe zur Seilbahn hinunter und sah die Kabine an der Plattform stehen.

Aber – sie bewegte sich schon!

Für mich wurde es wirklich allerhöchste Eisenbahn. Ich mußte Sandor fassen.

Ich stürmte auf die Plattform, sah hinter den Scheiben der Kabine die Gestalt des Vampirs und feuerte.

Die Scheibe zersplitterte, wurde in Fetzen gerissen, doch Sandor tauchte weg, als hätte er meine Reaktion vorausgeahnt.

Im selben Augenblick fuhr die Kabine an.

Und ich sprang!

Es war eine Verzweiflungstat, ich weiß, aber es gab einfach keine andere Möglichkeit.

Mit dem vollen Gewicht prallte ich gegen die Gondel, die heftig ins Schwanken geriet. Für den Bruchteil einer Sekunde hatte ich das Gefühl, abzurutschen und in die Tiefe zu fallen.

Dafür jedoch verlor ich meine Beretta. Ich hatte keine Zeit mehr gehabt, sie wegzustecken. Meine tastenden Hände fanden irgendwo Halt, und ich klammerte mich eisern fest.

Links neben mir befand sich die zerstörte Scheibe. Der Vampir hatte sich in die äußerste Ecke zurückgezogen und drohte mir. Das war nur egal, ich hatte im Augenblick andere Sorgen.

Sorge Nummer eins war der verdammte Träger. An ihm führte die Kabine ziemlich dicht vorbei. War die Entfernung zu knapp, würde ich von dem Träger abgestreift wie ein lästiges Insekt.

Ich griff in meiner Panik höher, erfaßte den Dachrand, zog mich weiter und schwang mich in einem wahrlich artistischen Akt auf das Dach der Kabine.

Der Träger streifte noch meinen rechten Schuh, und ich spürte den harten Schlag bis ins Knie.

Dann ging es weiter.

Flach lag ich auf dem Dach.

Mit den Händen stützte ich mich ab, denn eine Gewichtsverlagerung meinerseits verursachte ein gefährliches Schwanken der großen Kabine.

Jede dieser Transportbahnen hatte einen Notausstieg am Dach. Auch diese hier.

Ich wollte ihn zweckentfremden und von außen öffnen, um mir den Vampir zu schnappen.

Dazu mußte ich zwei Riegel zurückschieben. Die Zeit saß mir wie ein Alp im Nacken, denn wenn der Vampir schlau war, dann stieg er einfach aus. Ihm konnte ja nicht viel passieren. Durch einen Fall war er bestimmt nicht zu töten.

Die Riegel klemmten etwas, doch mit Kraft brachte ich sie zur Seite. Dann wuchtete ich die Klappe hoch.

Meine Beretta hatte ich nicht mehr, nur noch das Kreuz. Es mußte einfach reichen, um die Bestie auszuschalten.

Ich schaute in die Kabine.

Da traf mich der Hieb.

Es war wirklich ein Volltreffer. Von der Seite her wirbelte etwas auf mich zu, hämmerte gegen meinen Schädel, und ich sah für Sekunden Sterne, bevor es mir schwarz vor Augen wurde. Da ich mich bereits zu weit vorgebeugt hatte, verlor ich das Gleichgewicht und fiel in die Kabine.

Schwer schlug ich auf.

Wie aus weiter Ferne hörte ich das hämische Lachen des Vampirs, während mir das Blut aus der Nase lief. Dieser Hundesohn hatte mich geleimt. Hilflos lag ich auf dem Bauch. Der Blutsauger konnte mit mir machen, was er wollte, auch das Kreuz schützte mich nicht, da es verdeckt wurde.

Mein Glück war, daß ich nicht bewußtlos wurde. Im Laufe der Zeit hatte ich einen Schädel aus Eisen bekommen. Es gelang mir immer wieder, die aufsteigenden Wellen der Bewußtlosigkeit zurückzudrängen.

Dann pfiff plötzlich kalte Luft in mein Gesicht. Gleichzeitig vernahm ich ein metallenes Geräusch. Es entsteht, wenn eine Tür einrastet.

Der Vampir hatte die Tür aufgezogen. Es gab nur einen einzigen Grund für diese Tat.

Er wollte mich aus der Kabine werfen!

Dieses Wissen mobilisierte meine Kräfte. Und schon spürte ich die Klauen des Blutsaugers an meinen Schultern. Sandor Konya wollte mich hochhieven und dann nach draußen schleudern.

Es ging um Sekunden.

Es war mir gelungen, die aufsteigende Bewußtlosigkeit abzuwehren, gab mich aber schlapper, als ich war.

Er hievte mich hoch und stieß einen wilden Fluch aus, als er das Kreuz sah.

Ein halber Schritt trennte uns von der offenen Gondeltür. Ich schaute nach draußen, sah die ineinanderfließenden Schatten der Bäume vorbeihuschen und machte mich schwer.

Der Vampir schleppte mich noch ein Stück näher.

Da reagierte ich.

Mit einer blitzschnellen, schlangengleichen Bewegung wand ich mich aus seinem Griff, duckte mich und stieß meine Faust hoch, die genau sein Kinn traf.

Es war ein Sonntagstreffer, der den Vampir weit zurückschleuderte. Er fiel zu Boden.

Dicht neben dem Hocker, mit dem er zugeschlagen hatte. Er wurde meist vom Kabinenbegleiter als Sitzplatz benutzt.

Sandor war sofort wieder auf den Beinen. Ein Faustschlag tat ihm wirklich nichts.

Wir standen uns gegenüber.

Doch ich hatte das Kreuz!

Hastig zog ich es über meinen Kopf, während die Kabine dem Tal entgegenschwebte und der Wind durch die Dachluke und die ebenfalls geöffnete Tür fegte.

»Komm«, sagte ich, »komm nur!«

Sandor fletschte sein Gebiß. Er schien zu wissen, daß ich der Stärkere war, jetzt suchte er verzweifelt nach einem Weg, wie er entkommen konnte.

Da gab es nichts.

»Es ist aus, Sandor!« hielt ich ihm entgegen. »Du hast keine Chance mehr.«

Er wollte es nicht wahrhaben, fauchte mich an, bückte sich und packte den Hocker.

Diesmal war ich auf den Schlag vorbereitet, er konnte mich nicht mehr überraschen.

Ich riß meinen linken Arm hoch und wehrte ihn ab. Dabei drehte ich mich leicht nach rechts und ging voll in den Blutsauger hinein.

Mit meinem Kreuz!

Ich preßte es auf sein Gesicht.

»Aaagggrrrhhh...!« Ein markerschütternder Schrei drang aus

seinem Mund. Er vereinigte alle Panik und all den Schmerz, den dieser gefährliche Blutsauger empfand.

Sandor fiel zurück. Er ließ den Hocker fallen, preßte seine Hände gegen das Gesicht, in dem mein Kreuz das Brandzeichen hinterlassen hatte.

Schaurig sah dieser Vampir aus. Und plötzlich sah ich zwischen seinen gespreizten Fingern den ersten Staub hindurchrieseln, ein Zeichen, daß er sich bereits auflöste.

Im nächsten Moment fielen die Fingernägel ab, die Hände wurden kleiner, Haut und Knochen zerbröckelten, der Vampir ging dem Ende entgegen, das so typisch für ihn war.

Zwei Minuten dauerte es, bis mit Staub gefüllte Kleidungsstücke vor mir lagen.

Ich trat mit den Füßen dagegen und schleuderte sie aus der Gondel. Sie wurden vom Wind gepackt, hochgehoben, und ich sah noch eine Staubfahne aus den Kleidungsstücken rieseln, die sich über das Blattwerk der Bäume verteilte.

Erschöpft lehnte ich mich gegen die Wand. Meine Nase hatte aufgehört zu bluten, die rechte Gesichtsseite war angeschwollen, mein Ohr schmerzte.

Aber ich hatte gewonnen.

Nur das zählte.

Die Gondel näherte sich langsam der Talstation. Mit nur einem Fahrgast.

Der Mann im Overall staunte mich an, als ich mit weichen Knien die Kabine verließ. Er sah die offene Tür und die hochstehende Klappe am Dach.

»Was haben Sie denn gemacht?« fragte er.

»Fallschirmspringen geübt.«

Nach dieser Antwort hielt er mich für völlig verrückt. Ich gab ihm Bescheid, daß ich bei den Bergers zu erreichen war, wenn die anderen zurückkamen.

Dann lief ich ins Dorf.

Unterwegs sah ich einen Bach, an dem ich notdürftig mein Gesicht reinigte. Wenig später hielt ich ein Taxi an, das mich zu meinem Ziel brachte.

Dort fand ich Suko, Hanni Kerner und zwei Tote.

Das Ehepaar Berger.

Max würde einen Schock bekommen, wenn er seine toten Eltern sah. Leider hatten wir dieses Unglück nicht verhindern können.

Suko berichtete, was vorgefallen war. Im Dorf würde natürlich die große Fragerei beginnen, und wir mußten uns wirklich etwas einfallen lassen, damit die anderen Bewohner nichts merkten.

Zwei Stunden später sprach ich mit Max Berger über das Problem, nachdem er seinen ersten Schock überwunden hatte.

»Ja, das läßt sich machen«, murmelte er. »Wir werden es als einen Unfall hinstellen. Ich kenne den Arzt sehr gut, er ist ein Schulfreund von mir, und er wird mitspielen.«

Mir fiel ein Stein vom Herzen.

»Wollen Sie nicht noch bleiben?« wurde ich von Hanni Kerner gefragt. »Das Dachstein-Massiv eignet sich hervorragend für einen Erholungs- und Aktivurlaub.«

»Danke, aber leider kann ich nicht annehmen. Wissen Sie, mein Partner und ich haben Jobs, die den Urlaub ziemlich hintanstellen. Durch uns werden Hoteliers nicht reich.«

Hanni nickte. »Ich verstehe das schon.«

Nach einem gehörigen Schlaf und nachdem der Arzt sich meine Verletzungen angeschaut hatte, ging es wieder weiter.

Am nächsten Tag fuhren Suko und ich noch einmal zur Bergstation hoch, und tatsächlich fand ich meine Beretta wieder. Ich hoffte, Myxin würde sich uns noch einmal zeigen, aber diese Hoffnung erfüllte sich nicht.

Wir verschwanden so unauffällig, wie wir gekommen waren. Die kleine Stadt am See konnte aufatmen. Die Eisvampire existierten nicht mehr.

Von Myxin hatten wir nichts mehr gesehen. Der kleine Magier war immer noch nicht so weit, daß er sich uns anvertraute. Er würde weiter seinen Weg gehen, auf der Suche nach einem Platz und seiner Identität. Ich war jedoch sicher, daß er sich bald wieder melden würde...

ENDE

Der Zyklop aus der Hölle

September!

Über dem Teufelsmoor lag eine gespenstische Stille. Es schien, als würde die Natur den Atem anhalten. Ein paar Nebelschwaden krochen aus den gefährlichen Tümpeln, breiteten sich aus und umklammerten wie Leichentücher die Büsche, Sträucher und Bäume.

Irgendwo gluckste und schmatzte es.

Unheimliche Geräusche, die für ein Moor typisch waren, aber bei ängstlichen Gemütern eine Gänsehaut erzeugten. Ein paar Möwen, die sich verirrt hatten, flogen über die weiten Flächen. Sie allein sahen die hellen Lichtpunkte in der Ferne, wo die Autobahn die beiden Städte Bremen und Bremerhaven miteinander verband.

Doch das Summen der vorbeifahrenden Wagen drang nicht bis in die Tiefe des Moores. Dort war alles still.

Menschen wagten sich kaum in das Teufelsmoor. Höchstens ein paar Einheimische, die jeden Flecken kannten. Aber Fremde mieden es. Und doch gab es zwei Männer, die sich in diese gewaltige Sumpffläche verirrt hatten.

Ein Killer und ein Kommissar.

Der Kommissar hieß Will Mallmann!

Bert Malik verließ sich auf zwei Dinge im Leben.

Auf sich selbst und auf seine Thompson-Maschinenpistole, die er als seine Freundin und Geliebte bezeichnete.

Er war ein Killer, wie er nur alle zehn Jahre geboren wurde. Aufgewachsen im Hamburger Hafenviertel, die Mutter Hure, der Vater erst Stauer, dann Säufer. Ein kaputtes Familienleben hatte ihn geprägt. Mit dreizehn Jahren schloß er sich einer Bande an, raubte und plünderte, bis man ihn faßte und ins Jugendgefängnis steckte, ohne Bewährung, da er bei seiner Festnahme einen Polizisten mit dem Messer verletzt hatte.

Zwei Jahre saß er im Knast.

Und hier lernte er die letzten Tricks. Außerdem schwor er, sich niemals mehr fassen zu lassen.

Malik tauchte unter.

Er verließ Deutschland und ging nach Italien. In Neapel gelang es ihm, wegen seiner Skrupellosigkeit Karriere zu machen. Er war achtzehn Jahre alt,, als er den ersten Mordauftrag von einem Mafiaboß erhielt. Gnadenlos schoß Malik eine gefährliche Zeugin mit der Lupara nieder. Dann verschwand er wieder von der Bildfläche.

Doch die Mafia wußte, wo sie ihn finden konnte. Er erhielt einen neuen Auftrag, erledigte auch diesen, den dritten ebenfalls, und beim vierten, da hatte er Pech.

Sie erwischten ihn.

Malik wurde registriert, man kannte seinen Namen, und die Polizeiorganisationen der NATO-Staaten wurden eingeschaltet. Ebenfalls Interpol und die Geheimdienste.

Mafiosi holten ihn in einer dramatischen Aktion aus dem Gefängnis, in dem er einsaß. Bei einer »Familie« fand er Unterschlupf. Man ließ ein Jahr vergehen und schickte Malik dann mit einem neuen Mordauftrag los.

Nach Deutschland.

Hier sollte er einen Gewerkschaftler umlegen, der gegen die Mafia wetterte.

Malik schaffte es, doch durch einen dummen Zufall hinterließ er seine Fingerabdrücke.

Jetzt wußten die verantwortlichen Stellen, wer der Killer war. Eine Hetzjagd begann. Die Grenzen wurden für ihn dichtgemacht, und ein gnadenloser Jäger setzte sich auf seine Fährte.

Kommissar Mallmann vom BKA.

Er verfolgte Maliks Spur. Fast hätte er ihn einmal geschnappt. Der Kommissar ließ aber nicht locker. In Bremen stellte er ihn zum zweitenmal. Wieder konnte Malik fliehen. Aber Mallmann hatte seine Kollegen bereits mobil gemacht. Die Ausfallstraßen wurden abgesperrt, Malik blieb nur eine Chance.

Der Weg ins Moor.

Und hier steckte er fest.

Mit seinem Wagen, einem gestohlenen Mercedes Diesel, war er so weit gefahren, bis es nicht mehr ging. Plötzlich packten die Räder nicht mehr. Irgendwie war er von dem schmalen Weg abgekommen, und auch der starke Motor schaffte es nicht, den Wagen wieder aus dem Sumpf zu ziehen.

Aus!

Um ihn herum waren die nächtlichen Geräusche des Moors. Das Gluckern des Wassers, das Zerplatzen von Gasblasen, das Rascheln im hohen Gras, wenn die Tiere durchhuschten, geheimnisvolle Irrlichter, die wie Mücken hin- und hertanzten, und die feuchte, faul riechende Luft, die das Atmen nicht gerade zu einer Wohltat machte.

Geheimnisvolles, unbekanntes Moor.

Und Malik steckte mittendrin.

Er wischte sich über die schweißfeuchte Stirn und strich eine Haarsträhne nach hinten. Er wußte, daß man ihn verfolgt hatte, und sicher kannten die Verfolger auch seinen Fluchtweg ins Moor. Aber zu sehen oder zu hören war nichts.

Es schien, als wäre er völlig allein auf der Welt.

Bert Malik war ein kräftiger Mann mit blauschwarzen Haaren und einem etwas breitflächigen Gesicht, in dem besonders die flache Nase und die starr blickenden Augen auffielen. Er trug Koteletten, die fast bis zu den Mundwinkeln reichten.

Leicht würde er es ihnen nicht machen. Nein, wenn sie ihn tatsächlich stellen sollten, wollte er einige von ihnen mit in die Hölle nehmen. Munition besaß er genug.

Malik wollte schon gehen, da fiel ihm ein, daß er seine Taschenlampe vergessen hatte. Er stieg noch einmal in den Wagen und holte die Stablampe aus dem Ablagefach.

Danach machte er sich auf den Weg.

Der Pfad, den er genommen hatte, führte tiefer in den Sumpf hinein. Und Malik hoffte, daß er irgendwann in den nächsten Stunden dieses verdammte Moor auch mal verlassen konnte. Irgendwo mußte es doch einen Ausweg geben.

Der Mörder schaute auf die Uhr.

Noch eine Stunde bis Mitternacht.

Er grinste. Geisterstunde, hatten sie früher als Jungen immer gesagt. Aber das war vorbei. Malik glaubte nicht an Gespenster oder Geister, er fürchtete sich zwar vor dem Moor, aber nicht vor den Moorgeistern. Malik sah seine Situation sehr realistisch. Die gleichen Schwierigkeiten, die er hatte, die hatten auch seine Verfolger. Wenn er seinen Vorsprung halten konnte, war alles klar.

Zudem hatte er gehört, daß auch im Moor Menschen wohnten. Bauern, die praktisch von der Hand in den Mund lebten, auf einem einigermaßen trockenen Stück Getreide und Obst anbauten und in den malerischen Häusern mit den Reetdächern wohnten.

Gesehen hatte er davon noch nichts, und so leicht würde er auch nichts sehen, denn in diesem Moor war es verdammt finster.

Am Himmel hing zwar ein aufgehender Mond, aber treibende Wolken verdeckten ihn immer wieder, so daß sein fahles, geisterhaftes Licht nur gefiltert zur Erde durchdrang.

Malik blieb stehen und zündete sich eine Zigarette an. Als er den Kopf beugte und die Flamme mit der Hand abschirmte, streifte ein kalter Windhauch seinen Nacken.

Der Killer fröstelte. Tief sog er den Rauch in die Lungen und blies ihn aus.

Dann ging er weiter.

Daß es kaum trockene Pfade durch ein Moor gibt, konnte er an seinen Schuhen feststellen. Sie waren über und über mit Lehm bedeckt, und in jeder Trittspur, die er hinterließ, sammelte sich sofort trübes Wasser.

Er hustete und warf wütend seine Zigarette weg. Gestört durch diesen Laut flatterte erschreckt ein Vogel hoch und verschwand.

Malik war zusammengezuckt, grinste aber dann über seine eigenen Nerven.

Er ging weiter. Hin und wieder schaltete er die Lampe ein und leuchtete den Weg vor sich ab.

Er sah grünbraunes Gras, das bis zu seinen Schienbeinen hochwuchs. Hin und wieder tauchten zu beiden Seiten des Pfads verkrüppelte Bäume auf, die anklagend ihre Zweige und Äste nach allen Seiten ausstreckten.

Malik wußte auch von gefährlichen Sumpflöchern, die urplötzlich da waren. Sie waren mit brackigem Wasser gefüllt und zogen den, der einmal in sie hineingetreten war, gnadenlos in die Tiefe, um ihn nie wieder herzugeben.

Aber daran wollte er nicht denken. Sonst machte er sich noch verrückt.

Malik blieb immer wieder stehen und schaute zurück. Er

nahm an, daß sich auch die Verfolger nicht ohne Licht ins Moor wagen würden, doch der Killer sah keinen Schein.

Höchstens ein Irrlicht, das über den Sumpf zuckte.

Inzwischen veränderte sich die Umgebung. Der Flüchtling sah ab und zu hohe, schlanke Bäume aus dem morastigen Boden ragen. Erlen oder Pappeln, wie er annahm, auch hatte der Wind aufgefrischt und trug den Geruch von Fäulnis und Moder heran.

Der Nebel war nicht mehr zu sehen. Wahrscheinlich hatte ihn der Wind in eine andere Richtung getrieben oder völlig aufgelöst. Darüber war Malik natürlich mehr als froh, denn die milchige Suppe hätte ihn doch sehr behindert.

Er hoffte, daß er irgendwann auf einen Knüppeldamm treffen würde. Diese Holzdämme, oft von Torfstechern angelegt, waren sicher. Auf ihnen konnte man das Moor bequem durchqueren. Doch einen Knüppeldamm sah er nicht. Überhaupt hatte er das Gefühl, sich in einem Teil des Moores zu befinden, wo sich normalerweise überhaupt kein Mensch mehr hin verirrte.

Der Weg wurde schmaler. Malik merkte es daran, daß er einmal abrutschte und sein linker Fuß plötzlich in einem Wasserloch verschwand. Hastig zog er ihn wieder heraus. Als er nachschaute, waren Schuh und ein Teil des Hosenbeins mit kleinen, grünen Algen bedeckt.

»Mist, verdammter!« fluchte der Mörder. »Wenn ich doch endlich aus diesem Scheiß-Moor heraus wäre.«

Langsam ging er weiter. Er ließ die Lampe eingeschaltet und pfiff auf die Sicherheitsvorkehrungen. Sollten sie ihm zu nahe kommen, würde er ihnen mit der Thompson einen heißen Empfang bereiten.

Der Boden unter seinen Sohlen war längst nicht mehr so fest wie zuvor. Er schwankte jetzt, als befände sich Malik auf einem Schiff. Auch wuchs das Gras spärlicher, er sah nur noch die braunschwarze Erde, einen gefährlichen Matsch, der seine Füße festhalten wollte.

Die Erkenntnis, den falschen Weg eingeschlagen zu haben, kam ihm ganz plötzlich.

Es stand fest: Er hatte sich verirrt.

Bert Malik ging nicht mehr weiter. Jetzt wurde auch er, der eiskalte Mörder, nervös. Wie schaffte er es, diesem verfluchten Teufelsmoor zu entkommen?

Er schaute sich um.

Nirgendwo war ein anderer Pfad zu sehen. Der Lampenstrahl glitt über eine harmlos aussehende Grasfläche, die in Wirklichkeit tückisch wie Treibsand war.

Da konnte er nicht rüber.

Also weiter nach vorn, denn ein Zurück gab es für ihn nicht, da lauerten die Bullen auf ihn. Dann lieber in Sumpf verrecken.

Behutsam setzte er einen Fuß vor den anderen. Schritt für Schritt und unendlich vorsichtig schlich er weiter.

Vier Schritte gelangen ihm.

Auch ein fünfter.

Abrupt blieb er stehen.

Direkt vor ihm breitete sich ein Tümpel aus. Malik atmete tief ein. Er leuchtete mit der Taschenlampe die Ränder des Tümpels ab und stellte fest, daß das Wasserloch ziemliche Ausmaße zeigte. Dahinter wuchs wieder das Gras. Malik hatte keine Chance, den Tümpel zu umgehen.

Seltsamerweise war das Wasser nicht von einer Algenschicht bedeckt, sondern es sah pechschwarz aus.

Dunkel und drohend. Gefährlich...

Malik leuchtete mit der Lampe direkt nach unten. Der helle Strahl fiel auf die Wasseroberfläche, drang aber nicht ein. Es sah aus, als würde er schon zuvor verschluckt.

Was hatte das zu bedeuten?

Malik kniete sich hin, schaute genauer nach und sah dicht unterhalb der Oberfläche einen kopfgroßen roten Kreis.

Er schillerte durch die Schwärze des Wassers und schien in dauernder Bewegung zu sein.

Nach einigen Sekunden kristallisierte sich der Punkt genauer hervor, und der Killer hielt den Atem an, denn das, was er unter der Oberfläche sah, war ein riesiges, rotglühendes Auge...

Bert Malik war beileibe kein furchtsamer Mensch, sondern ein brutaler, in zahlreichen Gangsterschlachten gestählter Typ, doch was er jetzt in dem dunklen Tümpel sah, war mehr als unheimlich.

Er bekam Angst.

Und doch ging er nicht zurück, sondern starrte weiterhin auf das dicht unter der Wasserfläche schwimmende Auge, das seltsam rot und gefährlich leuchtete und von dem eine gewisse Grausamkeit ausging, die ihn schaudern ließ.

»Verdammt«, flüsterte er, »was ist das?«

Eine Antwort erhielt er nicht, er wollte auch keine haben. Er wollte nur weg. Dieser Ort war ihm nicht geheuer. Und wenn er einfach zurücklief und damit in die Arme seiner Häscher, das war ihm egal. Hier hielt ihn nichts mehr.

Malik sprang auf.

Bei dieser Bewegung schaute er nicht auf den Tümpel. Er hätte auch die Gefahr nicht sehen, sondern nur ahnen können.

Aber sie war da!

Eine gewaltige erdbraune Klaue schoß plötzlich aus dem Wasser. Bevor sich der Killer versah, hatten die Finger seinen linken Fußknöchel umklammert und hielten eisern fest.

Malik warf sich zurück, verfuhr dabei so ungeschickt, daß ihm die Maschinenpistole und auch die Lampe aus den Händen rutschten und zu Boden fielen. Er wollte noch danach greifen, doch die Klaue war stärker. Sie ließ keine Bewegung zu.

Ruckartig wurde Bert Malik an den Rand des Tümpels gezogen. Dabei konnte er sich nicht mehr auf den Beinen halten und fiel auf den Rücken. Schwer schlug er auf, spürte, wie die Klaue an seinem Knöchel drehte, und schrie.

Beide Arme warf er vor, krallte die Hände in das harte Sumpfgras, schnitt sich dabei ins Fleisch, doch der Kraft der Klaue hatte er nichts entgegenzusetzen.

Der Unheimliche aus der Tiefe des Tümpels zog ihn immer näher dem Wasser zu.

Malik rutschte über den Boden, trommelte mit den Fäusten auf den weichen Untergrund. Seine Fingernägel brachen ab, als er versuchte, sich in der Erde festzukrallen, doch das Verhängnis war nicht mehr aufzuhalten.

Der andere war stärker.

Schon klatschte Maliks Bein ins Wasser. Er spürte die Eiseskälte des Moorwassers, und er tat das, was er noch nie in seinem Leben gemacht hatte.

Er schrie um Hilfe.

Verzweifelt, panikerfüllt.

Schaurig hallten seine Schreie über das verlassene Moor...

Allerdings war das Moor gar nicht so verlassen. Sah man von den zahlreichen Tieren einmal ab, so gab es einen Mann, der sich ebenfalls bei Dunkelheit in das Moor hineingewagt hatte.

Kommissar Mallmann.

Nur er hatte es geschickter angestellt und auch planen können. Seine Handlungen wußte er außerdem durch einen gut funktionierenden Polizeiapparat unterstützt.

Will war dem Killer nicht blindlings gefolgt, er hatte nur achtgegeben, wohin er verschwunden war, und sich an einen einheimischen Polizisten gewandt.

»Kann Malik auf diesem Weg entfliehen?« fragte der Kommissar.

Wachtmeister Nese schüttelte den Kopf. »Nein, Herr Kommissar. Der Weg führt zwar hinein ins Moor, aber nicht mehr hinaus. Er endet vor einem Wasserloch.«

»Das nicht zu umgehen ist?« erkundigte sich der Kommissar skeptisch.

Nese schüttelte den Kopf. »Rundherum ist Sumpf. Wenn er es umgeht, wird er versinken.«

Mallmann nickte zufrieden. »Und wie kann ich ihn kriegen? Muß ich ihm folgen, oder gibt es einen anderen Weg?«

»Ja, es gibt einen anderen, aber Sie müssen sich ein Boot nehmen.«

»Das ist doch kein Problem.«

»Für mich nicht«, meinte der blonde Wachtmeister ruhig. »Aber für Sie, Kommissar.«

»Dann fahren Sie mit.«

Mit diesem Vorschlag war der Wachtmeister einverstanden. Während andere Polizisten das Moor umstellten, schritten Mallmann und Nese durch den Sumpf zu einem der ansässigen Moorbauern, die auch Boote zur Verfügung stellten.

»Am besten wäre ein Luftkissenboot«, sagte der Kommissar.

Frank Nese lachte. »Das gibt es hier nicht. Wir sind ja nicht in den Everglades von Florida. Außerdem brauchen Sie bei uns keine Angst vor Krokodilen zu haben.«

»Danke, der Rest reicht mir.«

Nach einer Viertelstunde Fußmarsch, auf dem Boden hätten sie auch einen Wagen nehmen können, erreichten sie das einsam liegende Gehöft.

Mallmann blieb stehen und blähte witternd die Flügel seiner Römernase. »Hier riecht es nach Moor.«

Nese grinste. »Wir sind auch mittendrin.«

Ein Hund schlug an. Er zerrte wütend an der Kette. Mallmann vernahm das Klirren der Glieder.

Dann ging im Haus das Licht an, und der Bauer erschien. Er leuchtete mit einer Taschenlampe und ließ sein Gewehr sinken, als er Nese erkannte.

»Sie hier, Wachtmeister?«

»Ja, Herr Jaspersen. Sie müssen uns einen Gefallen tun. Leihen Sie uns ein Boot.«

»Jetzt? Mitten in der Nacht?«

»Ja.«

»Was ist denn geschehen?«

»Ein Verbrecher ist ins Moor geflüchtet.«

Jaspersen lachte. »Da wird er wohl kein Glück haben. Aus dem Moor kann er nicht entkommen.«

»Ich will ihn aber lebend haben«, sagte Will.

Der Bauer leuchtete ihn an. »Wer sind Sie denn?« fragte er in seinem etwas kehligen norddeutschen Dialekt.

»Kommissar Mallmann.«

»Wie der im Fernsehen, der da immer am Freitag kommt. Ich sehe nämlich jede Folge.«

Will lächelte. »So ähnlich.«

»Gut, ihr könnt das Boot haben. Ich gebe euch sogar das mit dem Außenborder. Aber paßt auf. Du kennst ja die Stelle, Nese.«

Der Wachtmeister nickte. »Und wie.«

Nachdem der Bauer seinen Hund beruhigt hatte, ging er mit ihnen an den Rand des Moores. »Bis hierher geht mein Land«, sagte er. »Was weiter liegt, ist die Hölle.«

Sie waren vor einem Schilfgürtel stehengeblieben. Der kühle

Nachtwind war so weit aufgefrischt, daß er die Rohre bewegte. Wenn sie gegeneinanderschabten, gab es unheimliche Laute.

Nese ging ein paar Schritte zur Seite und fand den Steg. Der Bauer hatte kurzerhand eine breite Schneise in den Schilfgürtel geschlagen und den Steg dahingesetzt.

Das Holz war feucht und morsch. Mallmann hatte Angst, daß es sein und das Gewicht des Wachtmeisters nicht tragen würde. Wider Erwarten ging alles gut.

Sie fanden das Boot. Es war am Steg vertäut.

Am Rand blieb Will Mallmann stehen. Mißtrauisch betrachtete er den Kahn. Sehr stabil sah er nicht aus.

Jaspersen merkte wohl etwas, denn er fragte: »Was ist? Gefällt er Ihnen nicht?«

»Sie sind sicher, daß der Kahn uns auch trägt?«

»Klar.«

»Na ja.«

Will Mallmann stieg ein. Das Boot schwankte. Die Schilfrohre bewegten sich. An der Bordwand klebten schlierenförmige Algen wie eine zweite Haut. Der Außenborder war hochgekippt.

»Wollen Sie steuern?« fragte Mallmann den Wachtmeister.

Nese nickte und stieg ebenfalls in das Boot.

Instinktiv klammerte sich der Kommissar fest, denn Wachtmeister Nese brachte einiges an Gewicht auf die Waage, und das Boot geriet heftig ins Schwanken.

Dann setzte sich Nese auf die schmale Bank.

Der Bauer Jaspersen war am Steg stehengeblieben. Er kaute auf einem knorrigen Pfeifenstiel. »Ich hoffe, ihr bringt mir den Kahn auch wieder heil zurück.«

»Na klar doch«, sagte Nese und zog an der Schnur.

Der Motor stotterte – sprang aber nicht an.

»Du mußt fester ziehen!« sagte Jaspersen, bückte sich und nahm die Schnur selbst in die Hand.

Ein heftiger Ruck, und der Motor lief. Schnell kippte ihn der Wachtmeister zurück.

»Bis später dann!« rief er und fuhr ab. Er war nicht sehr geschickt und hatte Mühe, seinen Weg durch das Schilf zu finden, auch wenn eine Schneise geschlagen war, denn er mußte den Kahn schließlich auf Kurs halten, was gar nicht so einfach war.

Oft genug schlugen die Schilfrohre gegen die Bordwand und streiften die Schultern der beiden Männer.

Schließlich lag der Schilfgürtel hinter den beiden Männern, und Will Mallmann atmete auf. Er schaute auf die zwei Paddel. Nebeneinander lagen sie auf dem Boden. Sie würden den Motor irgendwann abstellen müssen, um sich möglichst lautlos dem Ort nähern zu können, wo sich der Mörder versteckt hielt.

Wachtmeister Frank Nese hockte im Heck des Bootes und grinste. Dabei kaute er Kaugummi.

Der Wachtmeister war noch jung, etwa fünfundzwanzig Jahre. Unter der Mütze lugte blondes Haar hervor. Er hatte blaue Augen und zahlreiche Sommersprossen im Gesicht.

»Sie kennen das Moor, nicht wahr?« vergewisserte sich der Kommissar noch einmal.

»Sicher.« Nese schob seinen Kaugummi nach links. »Aber die Gegend verändert sich oft. Das geht manchmal von einem Tag auf den anderen. Da ist plötzlich eine neue Untiefe entstanden, von der man vorher nichts wußte.«

»Sie haben eine besondere Art, mir Mut zu machen«, erwiderte der Kommissar.

»Was soll's?« Nese hob die Schultern. »Wissen Sie, das liegt auch an den Torfstechern und an der verdammten Autobahn. Man hätte sie nicht durch das Moor bauen sollen. Das hier ist ein Feuchtgebiet, und es ist ein Jammer, wenn durch die Torfstecherei riesige Flächen langsam austrocknen. Da kommt es eben zu den Veränderungen.«

Mallmann nickte. Er wußte selbst, wie wichtig es geworden war, die Natur zu erhalten. Leider ging das nicht in die Köpfe einiger Beamten und Großindustriellen hinein.

Mallmanns Blick glitt über das dunkle Moor.

Er sah eine weite Fläche vor sich, die mit Gras bewachsen war und ihn an einen dunklen Teppich erinnerte. Manchmal, wenn der Wind darüberfuhr, dachte der Kommissar auch an ein wogendes Feld, weil die Gräser so gebogen wurden.

Eine schöne Landschaft, auch wenn sie etwas Unheimliches, Gefährliches ausstrahlte.

Aber das gehörte dazu.

Hin und wieder sah Will Mallmann kleine Inseln aus dem Grasmeer ragen. Sie waren trockene Oasen im gefährlichen Sumpf.

Auch die berühmten Irrlichter bekam der Kommissar zu Gesicht. Immer wenn sich die Wolken vor den Mond schoben und es besonders dunkel war, tauchten sie auf.

Mit ihren Zickzackflügen schwebten sie dicht über das Moor und verlöschten, als wären sie ins Wasser gefallen.

Der Motor lief ruhig. Der Bug des Bootes zerteilte das Gras.

Manchmal schabten treibende Äste und Zweige an der Bordwand entlang. Hin und wieder gluckerte es geheimnisvoll, und wenn die Gräser gegeneinanderraschelten, hörte es sich an wie das leise Raunen geheimnisvoller Stimmen.

Eine Welt für sich war dieses Moor, das mußte man ohne weiteres zugeben.

Dann schaltete der Wachtmeister den Motor ab. Es gluckerte ein paarmal nach, als er ihn aus dem Wasser holte, danach war es still.

»Jetzt müssen wir rudern«, sagte Frank Nese.

Will nickte. Er warf dem Wachtmeister eines der Paddel zu und nahm das zweite in die Hand.

»Haben Sie das schon mal gemacht?« fragte der junge Polizist.

Schräg schaute Will ihn an. »Für was halten Sie mich eigentlich? Für einen Schreibtisch-Polizisten?«

»Nun, man hört so einiges.«

»Vergessen Sie es. Das meiste davon ist sowieso gelogen. Ob im Positiven oder im Negativen.«

Dabei schätzte der junge Wachtmeister den Kommissar wirklich falsch ein, denn was Will Mallmann bereits hinter sich hatte, hätte andere Menschen an ihrem Verstand zweifeln lassen.

Will Mallmann war im Laufe der Zeit mit Dingen in Berührung gekommen, die man kaum mit dem normalen Verstand erfassen konnte. Er wußte, daß es noch andere Welten außer der normalen gab. Welten, in denen Dämonen und andere abartige Gestalten das Sagen hatten. Er selbst hatte schon gegen sie gekämpft, und damals war seine Frau Karin von einem blutgierigen Dämon getötet worden. Will Mallmann hatte sie dann sogar wiedergesehen, allerdings als Untote, und er hatte sie erschießen müssen, um ihr den endgültigen Frieden zu geben.

Damals wäre er fast zerbrochen, doch seine Freunde, allen voran John Sinclair, hatten ihm immer wieder Mut zugesprochen, und so war Will in seine Aufgabe noch stärker hineingewachsen. Er galt beim BKA als ein harter Verbrecherjäger, und er hielt die Augen auf. Wenn er in Erfahrung brachte, daß irgend etwas Unerklärbares auf der Welt geschah, war Will sofort bereit, den Kampf aufzunehmen, auch gegen die Mächte der Finsternis.

Nur hatte er es schwer, dies seinem Arbeitgeber begreiflich zu machen, doch es gab inzwischen Leute, die sich auch für die Arbeit eines Geisterjägers interessierten, so daß manche organisatorischen Probleme unbürokratisch aus der Welt geschaffen werden konnten.

»Woran denken Sie?« fragte Frank Nese.

»Ach, an nichts.«

»Das glaube ich Ihnen nicht. Ein komisches Gefühl ist es schon, so durchs Moor zu fahren, nicht?«

Mallmann nickte. »Wie weit ist es eigentlich noch?«

»Es dauert nicht mehr lange, dann haben wir es geschafft«, sagte Nese und stach kräftig das Paddel ins Wasser, wobei Will Mallmann den nächsten Stich führte. Der Wachtmeister ließ für einen Augenblick das Paddel sinken und deutete nach links.

»Sehen Sie dort den etwas dunkleren Streifen?«

Der Kommissar schaute angestrengt in die angegebene Richtung.

»Das ist der Weg, den der flüchtende Kerl genommen hat«, erklärte Nese.

»Und wo endet er?«

Wachtmeister Nese tauchte das Paddel wieder in die Brühe. »Wahrscheinlich vor einem Wasserloch.«

»Dann wollen wir nur hoffen, daß Sie recht haben«, sagte Mallmann und paddelte ebenfalls weiter.

Diesmal behielt er den Weg immer im Auge. Plötzlich zuckte er regelrecht zusammen.

»Was ist?« fragte der Wachtmeister, dem die Bewegung natürlich nicht entgangen war.

»Auf dem Weg schimmert ein Licht!«

Nese beugte sich etwas nach vorn. »Ehrlich?«

Will mußte grinsen. »Ja, schauen Sie selbst.«

Der Wachtmeister riß die Augen auf. »Sie haben recht, Kommissar. Jetzt sehe ich es auch. Das bewegt sich sogar. Als würde jemand mit einer eingeschalteten Taschenlampe in der Hand durch das Moor irren. Toll, sagenhaft.«

»Paddeln wir weiter.« Mallmann bremste den Eifer des jüngeren Kollegen. »Aber noch vorsichtiger.«

»Klar.«

Die Männer gaben acht, daß nicht zu viele Geräusche entstanden, wenn die Paddel in die Brühe tauchten. Zwar lag die Dunkelheit über dem Moor, aber fremde Geräusche, die nicht in das Konzert der Natur paßten, waren doch weit zu hören.

Will Mallmann behielt den Weg konstant im Auge. Keinen Blick ließ er davon, und er sah auch das Tanzen des Lichtstrahls. Die Person schritt tiefer in das Moor hinein.

Die Verfolger ruderten schräg auf den Mann zu. Irgendwann würden sie mit ihm zusammentreffen, wenn sie die Geschwindigkeit beibehielten.

Mallmann wollte den Killer fangen. Dieser Kerl gehörte hinter Gitter, das mußte einfach sein. Es durfte nicht frei herumlaufen, zu viele Menschenleben hatte er bereits auf dem Gewissen.

»Jetzt geht er nicht mehr weiter«, sagte Nese plötzlich. Dann lachte er schadenfroh. »Da ist der Weg sicherlich zu Ende. Jetzt muß er die gleiche Strecke wieder zurücklaufen, wenn er noch irgend etwas schaffen will.«

»Aber da sind unsere Kollegen«, sagte Mallmann. Er tastete nach seiner Dienstwaffe. Sie steckte im Schulterholster. Für eine Schießerei war der Kommissar gerüstet, obwohl er hoffte, daß es auch ohne abgehen würde.

Die Männer paddelten jetzt schneller. Synchron stachen sie die Paddel ins Wasser. Der schwerfällig wirkende Kahn glitt plötzlich viel eleganter über das Moorwasser und schob sogar eine kleine Bugwelle hoch.

Und dann hörten sie die Schreie.

»Hilfe! Hilfe!« gellte es über das Moor.

Beiden Männern lief eine Gänsehaut über den Rücken...

»Ob die den gekriegt haben?« fragte Frank Nese ein wenig naiv.

Mallmann schüttelte den Kopf. »Unsinn, Kollege. Das hätten wir mitbekommen. Zudem ergibt sich ein Typ wie Malik nicht freiwillig, der hätte mit seiner MPi geschossen.«

»Stimmt auch wieder.«

Die beiden Beamten paddelten schneller. Will war davon überzeugt, daß Malik nicht aufgepaßt hatte und in ein Moorloch eingesunken war. Er war vielleicht zu hastig gewesen.

Sie achteten jetzt auch nicht mehr auf Lautlosigkeit, sie wollten nur den Menschen retten, auch wenn er ein gemeiner, hinterhältiger Mann war.

Das zählte jetzt nicht.

Noch immer hallten ihnen die Schreie entgegen, und Mallmann brüllte zurück: »Wir kommen, Malik! Halten Sie noch aus! Bewegen Sie sich nicht. Machen Sie keinen Fehler!«

»Hilfeee...!«

»Himmel, das hält ja kein Mensch aus!« flüsterte Wachtmeister Nese und wischte sich mit dem Uniformärmel den kalten Schweiß von der Stirn.

Will erwiderte nichts. Verbissen tauchte er das Paddel ein. Wasser spritzte ihn naß.

Sie kämpften um jede Sekunde. Es wurde immer schwieriger, weiterzupaddeln, denn nicht nur Algen und Gras lagen auf der Wasseroberfläche, sondern auch seerosenartige Gewächse, die die Paddel stoppten, wenn sie eingetaucht wurden.

Dann schabte der Bug plötzlich über festeren Boden.

»Wir sind da«, sagte Nese.

Mallmann stand schon. Er ruderte mit den Armen, um das Gleichgewicht zu halten, und sprang aus dem Boot.

»Vorsichtig, Kommissar!« rief der Wachtmeister.

Der Kommissar landete auf dem weichen Boden. Durch die Wucht des Sprungs sank er sofort bis zu den Knöcheln ein, schimpfte und hatte Mühe, den Fuß wieder hervorzuziehen.

Der Sumpf griff nach ihm...

Die Hilfeschreie waren verstummt. Will Mallmann hörte nur noch ein qualvolles Wimmern.

»Ich komme, Malik!« Mallmann wühlte sich voran. Sein Gesicht zeigte einen verbissenen Ausdruck. In der Hast hatte er sich sogar auf die Unterlippe gebissen. Es schmatzte, wenn er seine Füße hochzog und sich Brackwasser in den Trittstellen sammelte.

Dann hatte er den Weg erreicht.

Scharf wandte sich Mallmann nach rechts. Nur noch wenige Meter trennten ihn von dem gefährlichen Tümpel, wo Malik eingesunken war und noch immer um sein Leben kämpfte.

Die brennende Lampe lag auf dem Boden. Mallmann sah den Schein zwischen den hohen Gräsern leuchten. Leider wurde der Mond wieder von einigen dicken Wolken verdeckt, so daß der Kommissar den Gangster erst sehen konnte, als er dicht am Rand des Wasserlochs stand.

Mallmann bückte sich.

Seinen Augen bot sich ein schauriges Bild.

Maliks Kopf befand sich noch oberhalb der dunklen Wasserfläche. Er hatte einen Arm ausgestreckt und seine Hand in die Gräser gekrallt, doch das half ihm auch nichts mehr.

Der Tümpel war stärker, die Macht zog ihn weiter in die Tiefe.

Will Mallmann streckte seinen rechten Arm aus und öffnete die Hand. »Packen Sie zu, Malik!«

Als der Killer nicht reagierte, ergriff der Kommissar dessen Handgelenk. Dabei mußte sich Will weit vorbeugen, schaute an dem Mörder vorbei und entdeckte das rotschimmernde Auge.

Sein Herz übersprang einen Schlag. Für zwei Sekunden ließ er sich ablenken.

Das war sein Fehler. Als er den Ruck spürte, war es viel zu spät.

Das andere, Unheimliche hatte Bärenkräfte. Es riß sein Opfer aus Mallmanns Griff, und bevor der Kommissar nachfassen konnte, verschwand der Killer im Tümpel.

Ein paar Blasen stiegen hoch und zerplatzten. Mallmann sah noch das entsetzte Gesicht, dann geriet das Wasser so sehr in Bewegung, schäumte und quirlte auf, daß der Kommissar nichts mehr erkennen konnte.

Dafür jedoch wechselte das Schauspiel.

Eine gewaltige Klaue tauchte aus dem Tümpel auf. Es war nicht die Hand des Mörders, sondern die eines Monsters...

310

Will Mallmann reagierte nicht schnell genug. Die Klaue, naß vom Wasser und mit Algen bedeckt, erschien dicht vor seinen Augen und klatschte ihm ins Gesicht.

Will spürte einen scharfen, brennenden Schmerz, als hätte man ihm Säure entgegengekippt, und warf sich zurück. Diesmal hatte er richtig reagiert. Beim zweitenmal verpaßte ihn die Klaue, sie schlug neben ihm zu Boden, wo sie einen gewaltigen Abdruck hinterließ.

Mallmann rollte sich herum. Er dachte nicht darüber nach, wer oder was in dem Tümpel hausen konnte, er zog seine Pistole und feuerte sofort.

Zwei Kugeln hieben dicht über dem Gelenk in die nasse Hand, doch sie taten dem Unhold nichts. Sie blieben stecken, das war alles.

Dafür schäumte das Wasser im Tümpel wieder, und im nächsten Augenblick erschien der Kopf eines schrecklichen Monsters.

Auch hier sah Will die lederartige Haut. Algen und Tang hingen über das Gesicht mit der fleischigen Nase und den wulstigen Lippen. Doch auch sie konnten eines nicht verdecken: Das rotglühende Auge. Es beherrschte das Gesicht voll und ganz.

Es saß mitten auf der Stirn.

Und es brannte im Licht der Hölle.

Das Monster öffnete den Mund. Wasser, Schleim und fauliger Geruch strömten Will Mallmann entgegen, dann hob das Monster eine Pranke und schlug wieder zu.

Will warf sich zur Seite.

Im nächsten Augenblick krachte eine Pistole.

Die erste Kugel klatschte neben dem Schädel in das dunkle Wasser, die nächste hieb gegen die Wange des Zyklopen, doch die Pranke wischte sie weg, als wäre sie nur ein lästiges Insekt.

Wachtmeister Nese hatte geschossen.

Er stand da mit zitternden Knien, hielt den Arm weit ausgestreckt und konnte seinen Blick nicht von der schrecklichen Horror-Gestalt wenden.

Dann drückte der Zyklop beide Pranken auf den feuchten Boden und stemmte sich aus dem Wasser.

Will und der Wachtmeister sahen es mit Entsetzen.

Mallmann federte hoch.

»Weg!« schrie er Nese zu, rannte hin und schlug mit der flachen Hand gegen dessen Schulter.

Der Wachtmeister begriff nicht. Er starrte wie hypnotisiert auf das aus dem Tümpel steigende Monster und ließ den rechten Arm mit der Waffe sinken.

»Schlafen Sie nicht ein!« brüllte Will den Polizisten an.

Der schüttelte nur den Kopf und schaute in das Zyklopenauge. Dort veränderte sich etwas. Kalte Flammen schienen in seinem Innern zu rotieren, das Auge breitete sich aus und wurde noch größer. Ein ungewöhnliches Phänomen, mit dem es die beiden Männer zu tun hatten.

Nese stand wie ein Denkmal.

Bis es dem Kommissar zuviel wurde.

Hart schlug er Frank Nese ins Gesicht. Er hatte seine flache Hand gegen dessen Wange geklatscht.

Der Wachtmeister erwachte aus seiner Erstarrung. Ein Ruck ging durch seine Gestalt, er schaute den Kommissar an und nickte. »Ja, ich komme!«

Auf der Stelle machte Nese kehrt und rannte zusammen mit Mallmann davon.

Will schaute über die Schulter zurück. Das Monster stand am Tümpelrand, hatte sich gebückt und die fallen gelassene Maschinenpistole des toten Gangsters hochgehoben. Plötzlich hatte Mallmann Angst, daß der Zyklop schießen könnte, doch er schaute sich die Waffe nur kurz an und schleuderte sie dann in den Tümpel.

Wachtmeister Nese überholte den Kommissar sogar noch. Ihm stand der Schrecken im Gesicht geschrieben. Die Angst trieb ihn mit Riesenschritten auf das Boot zu.

Der Matsch spritzte auf, als die beiden Beamten durch den Sumpf wateten. Zum Glück lag das Boot noch an derselben Stelle und war nicht abgetrieben worden.

Frank Nese saß schon im Kahn, als Will Mallmann hineinsprang, so heftig, daß der Kahn fast kenterte.

»Lassen Sie den Motor an!« schrie der Kommissar.

Frank Nese zog heftig an der Schnur.

Und diesmal klappte es besser.

Allerdings lagen sie falsch. Kaum hatte sich das Boot bewegt, da stieß der Bug weiter in das Sumpfgelände.

»Verdammt!« fluchte Will, nahm ein Paddel, drückte es in den feuchten Boden und stieß mit aller Kraft ab.

Sie kamen frei.

Der Polizist gab Vollgas, hielt auch das Ruder geschickter, so daß sich der Kahn drehte und wieder die offene Wasserfläche ansteuerte.

Will Mallmann schaute zurück zum Ort des Schreckens. Er hatte beim besten Willen den Tod des Verbrechers nicht verhindern können. Das Monster war zu stark gewesen.

Der Zyklop verfolgte das Boot nicht. Er war stehengeblieben und hatte drohend den rechten Arm erhoben. Seine Hand schillerte bläulich. Pechschwarz und mit grünlichen Algen durchzogen hingen die Haare zu beiden Seiten seines gewaltigen Schädels herab. Der Zyklop hatte gewaltige Muskelpakete, stämmige Beine und dicke Arme. Um die Hüften trug er einen Lendenschurz.

Das Auge glühte weiterhin im düsteren Höllenfeuer, und unter dem Auge schimmerten hell die Zähne eines harten Gebisses.

Der Wachtmeister schaute fasziniert auf das Monster, so fasziniert, daß er sogar das Steuern vergaß.

Mallmann wiegte den Kopf. »Ich könnte mir etwas Schöneres vorstellen, ehrlich.«

Der Wachtmeister lachte nur.

Die Gestalt wurde kleiner, und schließlich wurde sie von der Dunkelheit verschluckt. Abermals umgab die beiden Männer die Eintönigkeit des Moores. Monoton tuckerte der kleine Außenborder. Die beiden Männer wollten so rasch wie möglich diese finstere Stelle verlassen.

Der Kommissar dachte bereits darüber nach, wie er das Verschwinden des Killers erklären sollte. Dieses Monster würde ihm niemand abnehmen. Will entschloß sich, die Sache als Unfall hinzustellen. Der Killer war eben in einem Sumpfloch versunken.

Gleichzeitig jedoch war dem Kommissar ein anderer Gedanke gekommen. Solch ein Monster tauchte ja nicht von ungefähr auf. Da steckte etwas dahinter. Das herauszufinden, war die große Schwierigkeit. Es konnte von Mallmann nicht hingenommen werden, daß dieser Zyklop erschien und mordgierig nach Menschen Ausschau hielt. Nein, dagegen mußte etwas unternommen werden.

Mallmann wußte auch schon, was.

Er wollte mal wieder in London anrufen, denn dort gab es einen Mann, der sich bestimmt für das Geschehen interessierte.

»Jetzt träumen Sie aber, Kommissar«, durchdrang Neses Stimme Mallmanns Gedanken.

»Ich?« Der Kommissar lächelte. »Ja, Sie haben recht.«

»Was sollen wir eigentlich sagen?« schnitt der Wachtmeister das Problem wieder an.

»Sie nichts«, stellte der Kommissar klar. »Das erledige ich allein. Sie halten sich raus.«

Nese grinste. »Ein Glück.«

»Wir werden zu Protokoll geben, daß dieser Bert Malik im Moor versunken ist.«

»Das ist keine Lüge.«

Mallmann nickte.

Der Motor lief ruhig. Das Boot schob sich über die weite Schilffläche. Der Bug teilte die hohen Gräser, Mallmann starrte ins Leere. Seine Gedanken beschäftigten sich mit völlig anderen Dingen.

Ein Zyklop war aus dem Sumpf geklettert. Warum? Und was hatte er vor? Wollte er auf Menschenjagd gehen, und aus welchem Grunde war er auferstanden?

Fragen, auf die Mallmann keine Antwort wußte, die er jedoch so rasch wie möglich zu finden hoffte.

Als er sich umdrehte und der Mond gerade nicht von Wolken verdeckt wurde, sah er die Schneise im Schilf.

Es war nicht mehr weit.

Zum Glück hatte Bauer Jaspersen Licht brennen lassen. So wußten die Männer, wo sich der Anlegesteg befand. Sie lenkten geschickt und schafften es bereits beim ersten Anlauf.

Der Wachtmeister stellte den Motor ab. Mit dem letzten Schwung glitt das Boot auf den Steg zu.

Bauer Jaspersen hatte gewartet. »Na?« fragte er, als er den beiden Polizisten aus dem Boot half. »Haben Sie ihn gefaßt?«

Nese hielt sich tatsächlich an Mallmanns Anweisungen und sagte nichts. Dafür sprach der Kommissar.

»Es tut mir leid, wir haben ihn nicht erwischt.«

»Dann ist er entkommen?«

»Auch nicht. Der Mörder Bert Malik ist im Sumpf verschwunden. Wir kamen zu spät, hörten noch seine Schreie, doch es war bereits aus und vorbei.«

»O Gott.« Jaspersen bekreuzigte sich hastig. »Das gönne ich nicht mal 'nem Mörder.«

»Wo kann ich denn hier telefonieren?« erkundigte sich der Kommissar.

»Da müssen Sie in den nächsten Ort fahren.«

»Sie haben kein Telefon?«

Jaspersen schüttelte den Kopf. »Ich halte nichts von diesem neumodischen Kram.«

Mallmann lächelte. »Irgendwie sind Sie zu beneiden.« Der Kommissar war mit seinem Wagen gekommen. Nach der langen Sitzerei tat das Laufen gut.

Will hatte es eilig. Der junge Wachtmeister konnte kaum Schritt halten. »Sie sind aber noch gut in Form, Kommissar«, sagte er.

»Ja, das muß man.«

Der Opel Manta parkte dort, wo der Absperring der Polizei begann.

Mallmann blies den Einsatz ab.

»Malik ist tot«, erklärte er dem zuständigen Leiter. »Sie können mit Ihren Männern fahren.«

»Haben Sie ihn erschossen?«

»Nein, er ist im Sumpf versunken.«

»Schicksal.«

Der Kommissar trennte sich auch von Wachtmeister Nese. Ihm reichte er zum Abschied die Hand. »Es hat mich gefreut, mit Ihnen zusammenzuarbeiten«, lächelte er.

»Ganz meinerseits, Kommissar.« Nese nickte und ging zu seinem Streifenwagen.

Auch Will Mallmann fuhr ab. Noch ahnte er nicht, daß das Verhängnis bereits über seinem Kopf schwebte...

Will Mallmann traf nach fünf Minuten Fahrt auf die B 6, die wie die Autobahn ebenfalls nach Bremerhaven führte. Der Kommissar war froh, wieder Asphalt unter den Rädern zu spüren.

Er fuhr in Richtung Norden.

Trotz der späten Stunde war er nicht allein auf der Straße. Hinter ihm rollte ein Wagen, der konstant den Abstand einhielt. Da Mallmann Höchstgeschwindigkeit fuhr, dachte er über das andere Fahrzeug nach.

Der Kommissar erreichte den nächsten Ort und suchte eine Polizeistelle. Es gab sie zum Glück. Von dort aus wollte er anrufen. Mallmann parkte seinen Manta vor dem Gebäude, direkt hinter einem Streifenwagen. Die Polizeistation war in einem alten Ziegelbau untergebracht. Hinter den Fenstern im Erdgeschoß schimmerte Licht, und über der Tür brannte eine Lampe.

Der Kommissar stieg die schmale Treppe hoch, klopfte an, betrat das Revier und riß die beiden müden Beamten aus dem Traum.

»Sie wünschen?« wurde Mallmann gefragt.

Als Antwort präsentierte der Kommissar seinen Ausweis. Die Polizisten nahmen sofort Haltung an.

»Ich muß telefonieren«, sagte Will. »Und zwar nach London. Ein Dienstgespräch.«

»Bitte, Herr Kommissar.«

Will Mallmann bat die Polizisten, einen Augenblick den Raum zu verlassen.

Die Männer gingen.

Dann telefonierte der Kommissar. Er redete nicht viel, sondern zählte die Fakten auf und nickte zufrieden, als er auf der anderen Seite eine positive Antwort erhielt.

Mallmann legte auf und rief die beiden Polizisten wieder herein. Einer fragte: »Haben Sie etwas mit dem Einsatz im Moor zu tun gehabt?«

»Ja.«

»Was hat es gegeben?«

»Wir haben einen Mörder gejagt, das ist alles. Er ist aber im Sumpf versunken.«

Die Männer nickten.

Mallmann bedankte sich und ging. Er schaute auf seine Uhr. Schon zwei Stunden nach Mitternacht. Langsam merkte er auch die Müdigkeit. Will gähnte und machte dann ein paar Kniebeugen. Er wollte so schnell wie möglich in sein Hotel.

Will schloß die Wagentür auf. Bevor er den Schlüssel herumdrehte, wurden seine Augen groß.

Jemand saß auf dem Beifahrersitz.

Es war Wachtmeister Nese.

Will Mallmann schüttelte den Kopf und stieg ein. »Was suchen Sie denn hier?« fragte er erstaunt.

Nese lächelte. Seine Mütze hatte er abgenommen. Sie lag auf seinen Knien. »Ich wollte noch mal mit Ihnen reden.«

»Bitte.«

»Sie können ruhig schon fahren, Herr Kommissar.«

Das tat Will auch. Der Auspuff gab einen satten Sound von sich, als der Kommissar startete. Er fuhr quer durch den Ort, und als die Häuser hinter ihnen lagen, begann Frank Nese zu sprechen.

»Haben Sie diesen Sinclair erreicht?«

Will zog die Augenbrauen zusammen. Hatte er mit Nese über John Sinclair gesprochen? Er war sicher, den Namen ihm gegenüber nicht erwähnt zu haben. Dennoch sagte er: »Ja«.

»Kommt er?«

»Sicher. Ich hole ihn im Bremer Ratskeller ab.« Will ging mit der Geschwindigkeit herunter, weil die Straße enger wurde und ein Hase im Licht der beiden Scheinwerfer auftauchte.

»Wie sieht Sinclair denn aus?«

Jetzt lachte der Kommissar. »Wieso interessiert Sie das, Wachtmeister?«

»Nur so.«

»Okay, er ist groß und hat blonde Haare. Reicht Ihnen das?« Will schüttelte den Kopf. »Aus Ihnen wird man auch nicht richtig schlau. Hat die Fahrt durch das Moor Sie so mitgenommen?«

»Halten Sie bitte an«, forderte Nese den Kommissar auf. »Ich möchte aussteigen.«

»Wollen Sie zu Fuß weiter?« fragte Will und fuhr rechts an den Straßenrand.

»Vielleicht.«

Das Benehmen des Mannes irritierte den Kommissar. Er sagte aber nichts und stoppte.

Wachtmeister Nese machte keinerlei Anstalten, die Tür aufzustoßen. Er blieb sitzen.

»Ist noch was?« fragte Mallmann.

»Ja.«

»Dann raus mit der Sprache. Ich bin ein wenig müde, der Einsatz war hart.«

»Ich möchte...« Und nun sprach Nese sehr langsam. »Also, ich möchte, daß Sie und dieser Kerl aus London nicht mehr nachforschen! Ihnen wird es vergehen!«

Mallmann trafen die Worte überraschend, und er wußte nicht, was er sagen sollte.

Dann drehte sich Nese zur Seite.

Mallmann starrte ihn an.

Er sah in sein Gesicht – und...

Wachtmeister Frank Nese war besessen. Auf seiner Stirn prangte ein glühendes Auge!

Wie das, das Will Mallmann bei dem Zyklopen aus dem Moor gesehen hatte...

Der Kommissar war schockiert!

Mit allem hätte er gerechnet, nur nicht mit dieser schrecklichen Verwandlung. Wachtmeister Nese stand, und das war deutlich zu sehen, unter dem Bann eines Dämons.

»Du wirst ihn nicht treffen!« zischte der Wachtmeister. »Du nicht, Kommissar!« Sein Auge glühte immer stärker, und der rote Schein leuchtete das Innere des Mantas aus.

Mallmanns Gesicht wurde starr. Der gute Will überlegte fieberhaft, wie er sich verhalten sollte. Es war klar, daß er einem Kampf nicht ausweichen konnte, aber hier im Wagen war es zu beengt, er mußte nach draußen.

Bedächtig winkelte er seinen linken Arm an und suchte mit den tastenden Fingern den Türverschluß. Wenn er ihn öffnen und sich aus dem Wagen werfen konnte, war viel gerettet.

Doch Nese ahnte, was der Kommissar vorhatte. Und er war darauf vorbereitet.

Plötzlich warf er sich nach links, gegen den Kommissar, und er hielt einen Gummiknüppel in der schlagbereiten Hand.

Im Wagen war es eng, zu eng. Will konnte nicht ausweichen und mußte den ersten Schlag voll nehmen. Beim zweiten Hieb riß er die Schulter hoch, so daß der Knüppel nur die Knochen traf und nicht seinen Hals wie beim erstenmal.

Dann schwang die Tür auf. Mallmann fiel aus dem Wagen.

Er landete hart, rollte sich herum und zog seine Pistole. Er hatte sie kaum aus der Holster, als der dritte Schlag schon seinen rechten Arm traf.

Genau am Gelenk.

Mallmann schrie auf und ließ die Waffe fallen. Er konnte sie einfach nicht mehr halten.

Nese aber lachte böse und setzte sofort nach. Er war schnell und geschickt, zudem hatte er das Überraschungsmoment auf seiner Seite.

Wie eine Schlange wand er sich aus dem Wagen und hechtete auf Will Mallmann zu.

Der Kommissar lag auf dem Rücken. Er konnte den rechten Arm nicht einsetzen, nur den linken.

Und seinen Beine.

Die winkelte er an, doch Will war zu langsam. Nese fiel bereits auf ihn, der Kommissar kam nicht mehr dazu, ihn wegzustoßen. Frank Nese lag auf seinen Knien und hieb bereits wieder mit dem Gummiknüppel zu.

Will riß seinen linken Arm hoch. Mit der Hand wehrte er den Schlag ab und spürte das Brennen in der Fläche, wo ihn der Gummiknüppel getroffen hatte.

Dann rollte sich Will zur Seite. Der Wachtmeister konnte diese schnelle Bewegung nicht rasch genug ausgleichen und fiel zu Boden. Doch wie eine Katze kam er hoch.

Sofort pfiff der Gummiknüppel durch die Luft. Will konnte

noch seinen Arm hochreißen und wehrte den Schlag ab, der ihn sonst im Gesicht getroffen hätte.

Jetzt ging Nese den Kommissar an. Er behielt die Distanz nicht mehr bei, sondern wollte am Mann kämpfen. Sein Auge leuchtete in unheilvoller Glut. Wo sonst die Augen gesessen hatten, blickten die Pupillen starr und weiß.

Mallmann versuchte es mit Treten. Etwas konnte er den Angriff stoppen, aber er verhinderte nicht, daß Nese ihn quer über die Straße trieb. Um diese Zeit fuhr hier kaum ein Wagen vorbei, die beiden Männer waren mutterseelenallein.

Will kämpfte verbissen, doch der Wachtmeister war stärker. Immer weiter trieb er den Kommissar zurück, er griff zu gemeineren Tricks und traf Mallmann mit dem Gummiknüppel hart an der rechten Seite.

Dieser Schlag war zuviel.

Will Mallmann stöhnte auf und sackte in die Knie. Dabei vergaß er, seinen Kopf zu decken.

Nese ließ sich die Chance nicht entgehen. Schräg pfiff der Gummiknüppel durch die Luft und traf die rechte Schläfe des Kommissars.

Der Hieb warf Will Mallmann um. Er stand schon leicht schräg, jetzt fiel er endgültig zu Boden. Für ihn verloschen sämtliche Lichter. Mallmann wurde bewußtlos.

Wachtmeister Nese atmete aus. Er wischte sich den Schweiß von der Stirn und lachte grimmig. Er schaute in die Nacht hinein. Niemand kam, und er bückte sich, um den Kommissar hochzuhieven. Fest unter den Schultern gepackt, schleifte er ihn zum Wagen. Dort drückte er ihn auf den Beifahrersitz und setzte sich selbst hinter das Lenkrad.

Sein Gesicht war wieder normal.

Das Zyklopenauge war verschwunden!

Sechshundert Weine sollte es hier geben. So groß war die Auswahl im Bremer Ratskeller.

Wirklich enorm, einmalig in Deutschland, wenn nicht sogar in Europa. Überhaupt war dieser Ratskeller eine Wucht. Er lag unter dem alten Rathaus, und man mußte eine breite Treppe hinuntergehen, um die zweiflügelige Glastür zu erreichen, die den Eingang bildete. Danach setzte sich die Treppe fort, und erst dann gelangte der Gast in den eigentlichen Keller, in dem es nicht nur einen großen Raum gab, sondern gleich mehrere. Was heißt Raum. Das waren schon Säle.

Ich saß in dem größten, und zwar so, daß ich den Eingang im Auge behalten konnte, denn schließlich wartete ich auf den guten Will Mallmann. Er rief des öfteren an, und wenn ich in einen Fall einstieg, war es immer ein heißes Rennen geworden. Deshalb konnte ich sicher sein, daß mir Will nichts vorgeschwindelt hatte, als er von dem Zyklopen erzählte.

Bestellt hatte ich Wein. Dazu aß ich Käse, den ich mir von einem Buffet geholt hatte. Beides schmeckte ausgezeichnet. Der Wein nicht zu süß, sondern eher etwas trocken, aber gut bekömmlich.

Ich hatte mir deutschen Käse ausgesucht und ließ ihn mir schmecken. Etwa eine halbe Stunde war noch bis zum Treffen Zeit, deshalb brauchte ich das Essen nicht hinunterzuschlingen.

Ruhe herrschte hier unten nicht. Es war ein ständiges Kommen und Gehen. Und nicht nur Gäste trafen ein, sondern auch Touristen, die sich einmal diese historische Stätte mit dem bekannten Lokal anschauen wollten.

Als raffiniert empfand ich auch die schwarzen Holznischen, die sich an einer Wand entlangzogen. Sie erinnerten mich an Beichtstühle, nur hatten die Nischen Türen. Ich hatte mal einen Blick hineinwerfen können. Dort speiste man an einem runden Tisch in einer wirklich intimen Atmosphäre.

Ich nahm wieder einen Schluck Wein und legte erst einmal eine Pause ein. Käse stopft, das bekam ich zu spüren. Außer mir saßen noch vier weitere Personen an dem langen Tisch. Ich kannte ähnliche Möbel aus Wien. Mit meinem Freund Tony Ballard hatte ich an solchen Dingern schon beim Heurigen gesessen und war hinterher ziemlich angetörnt aus dem Lokal gekommen.

Das sollte mir hier nicht passieren.

Suko hatte ich in London gelassen. Er wollte ein wenig bei Shao bleiben.

Ich aß weiter.

Und ich schaffte es, den Käse zu vertilgen. Danach war ich so satt, daß ich kaum noch den Rest des Weins hinunterbrachte. Nach einer Verdauungszigarette ging es mir ein wenig besser.

Mein Tisch hatte sich inzwischen etwas gefüllt. Touristen quetschten sich auf die rückenlehnenlosen Bänke. Der Sprache nach kamen sie aus Dänemark oder Schweden.

Ich warf einen auf die Uhr. Eigentlich müßte Will schon hier sein, denn er kam immer etwas früher. Vielleicht hatte er auch keinen Parkplatz gefunden, denn um diese Nachmittagsstunden war in Bremen allerhand los.

Zwischen meinen Füßen stand ein Koffer. Nicht der Einsatzkoffer, der befand sich nämlich in dem großen. Nur die Beretta trug ich bei mir, alle anderen Waffen waren verstaut.

Ich schaute wieder hoch zur Tür.

Will Mallmann tauchte noch immer nicht auf. Dafür sah ich einen Polizisten in seiner grünen Uniform langsam die Stufen herabsteigen. Der Mann blickte sich suchend um und wurde von mehreren eiligen Gästen ein paarmal angerempelt.

Den Mann störte das offensichtlich nicht. Er ließ die Treppe hinter sich und blieb vor der untersten Stufe suchend stehen.

Drei Tische von der Treppe entfernt saß ich. Und ziemlich an der Ecke.

Zwangsläufig trafen sich unsere Blicke.

Ich sah, wie der Polizist die Stirn runzelte, tief einatmete, sich einen innerlichen Ruck gab und losging, wobei er meinen Tisch anvisierte.

Daneben blieb er stehen.

Ich peilte hoch.

Der Mann lächelte. »Sind Sie vielleicht Herr Sinclair?« fragte er.

»Ja.«

»Ein Glück. Ich hatte schon Angst, daß ich Sie nicht antreffen würde.« Er setzte sich. »Kommissar Mallmann schickt mich.«

Ich war überrascht. »Warum ist er nicht selbst gekommen?«

»Leider verhindert«, erklärte mir der Beamte und legte sein Gesicht in traurige Dackelfalten.

»Wissen Sie den Grund?«

Er schüttelte den Kopf. »Er hat ihn mir wirklich nicht gesagt. Muß wohl 'ne geheime Sache sein.«

Ich nickte. Es wunderte mich zwar, daß Will einen Vertreter geschickt hatte, aber so etwas sollte es ja geben.

Der Polizist schaute auf seine Uhr, und ich verstand das Zeichen. »Ich muß nur noch zahlen.«

»So war es nicht gemeint.«

Ich winkte dem Ober. »Keine Sorge, ich verstehe Sie. Wie heißen Sie eigentlich?«

»Wachtmeister Nese.«

»All right, meinen Namen kennen Sie ja.«

»Sicher.«

Der Ober kam, und ich beglich die Rechnung. Sie betrug fast zwanzig Mark. Ich ließ den Schein liegen, stand auf und nahm meinen Koffer. Der Wachtmeister hatte schon Platz gemacht, so daß ich durchgehen konnte.

Nebeneinander schritten wir die Treppe hoch und gingen durch die rechte Hälfte der Tür nach draußen, wo wir schließlich auf dem Marktplatz standen.

Die Sonne meinte es gut an diesem Tag. Sie schickte ihre wärmenden Strahlen vom Himmel, und die Menschen auf dem berühmten Marktplatz hatten sich wieder sommerlich angezogen.

In jeder Minute klickten mehrere Fotoapparate. Immer wieder wurden dieselben Motive aufgenommen.

Rechts von uns die Bremer Stadtmusikanten und um die Ecke, direkt auf dem Platz, der Roland, Bremens berühmtes Wahrzeichen.

Mir gefiel diese Stadt. Jenseits des Marktplatzes befand sich die Böttcherstraße, und dahinter begann das Altstadtviertel, Schnoor genannt, wo es so enge Gassen gab, daß man nicht einmal einen Regenschirm aufspannen konnte.

Ich war auf dem Hinweg durch dieses Viertel gegangen und wäre am liebsten in jedem der kleinen, hübschen Lokale eingekehrt. Aber mich rief der Dienst. Vielleicht ein anderes Mal.

Wir wandten uns nach rechts.

»Ich habe meinen Wagen am Bahnhof stehen«, erklärte mir der freundliche Wachtmeister.

Wir gingen durch die Hauptgeschäftsstraße, wo ich auch die Schweine in der Fußgängerzone sah. Es waren Skulpturen und zahlreiche Kinder hatten sich auf die Rücken gesetzt, was ihnen einen ungeheuren Spaß bereitete.

Wachtmeister Nese war ziemlich schweigsam. Immer wieder schaute er sich um.

»Sind Sie nervös?« fragte ich.

»Wieso?«

»Sie machen mir den Eindruck.«

»Vielleicht war es etwas viel für mich. Gestern, meine ich.«

Ich schaute zurück. Verfolger konnte ich keine entdecken.

Ich sah nur noch den Brunnen am Marktplatz, wo zahlreiche Leute, wie in Rom sonst die Touristen, Geld hineinwarfen, damit es ihnen Glück bringen sollte.

Eine Ampel hielt uns auf. Die Wagen rauschten vorbei. Hinter der Ampel sah ich eine Brücke. »Dann erzählen Sie mal, Herr Nese. Was ist denn passiert?«

Der Wachtmeister hielt nicht hinter dem Berg. Er berichtete von den Vorfällen, und ich hörte geduldig zu. Als die Brücke hinter uns lag und wir ein Kino passierten, wo sie gerade den neuesten Gruselfilm »Fog« spielten, blieb ich stehen.

»Sie haben wirklich einen Zyklopen gesehen?« hakte ich noch einmal nach.

»Ja, und er hat den Mörder getötet.«

»Werden Sie die Stelle wiederfinden?« wollte ich wissen.

»Natürlich.«

»Das ist gut.«

Am Bahnhof wurde der Trubel noch stärker. Als Fremder mußte man sich verfahren, wenn man die zahlreichen Einbahnstraßen sah. Der Wachtmeister war mit seinem VW Polo gekommen. Der Kleinwagen parkte vor einer Uhr.

Die Zeit war gerade abgelaufen, als wir einstiegen. Deshalb konnten wir der Hosteß mit dem hungrigen Blick auch zugrinsen, die ihren Block bereits gezückt hatte.

»Wohin bringen Sie mich?« fragte ich.

»Direkt zu Kommissar Mallmann.«

»Hat er irgendwo sein Hauptquartier aufgeschlagen?« grinste

ich und hatte etwas Mühe, in dem engen Wagen den Gurt anzulegen.

»So kann man's auch nennen. In einem kleinen Ort mitten im Sumpf.«

Ich war auf diese Gegend gespannt. In der Lüneburger Heide hatte ich mal ein Abenteuer erlebt und auch mal weiter hoch im Norden, aber hier im Teufelsmoor war es mein erster Fall.

Ich war gespannt.

Der Wachtmeister holte einen Zigarillo aus der Schachtel und klemmte ihn sich zwischen die Lippen. Er hatte sich bereits in den Kreisverkehr am Bahnhof eingeordnet.

Die Ampel sprang um, wir fuhren zwar weiter, aber die Grünphase war zu kurz. An der Kreuzung blieben wir stehen.

Nese rauchte hastig. Von der Seite her schaute ich ihn an. Sein Gesicht war bleich, die Muskeln zuckten hinter der dünnen Haut. Auf der Stirn lag Schweiß.

Er bemerkte meinen Blick, lächelte verkrampft und wischte sich den Schweiß weg. Er startete. Der Wagen holperte etwas, rutschte über das Kopfsteinpflaster, und wir kamen endlich weiter.

An der Rückseite des Bahnhofs fuhren wir entlang, passierten den Stadtgarten, und dann ging es schneller. Schließlich mogelten wir uns an einer Baustelle vorbei und landeten auf dem Zubringer zur Autobahn.

Der Wachtmeister hatte seine Nervosität noch immer nicht abgelegt. Einerseits wunderte es mich, andererseits verstand ich ihn. Wer plötzlich mit dem nackten Grauen konfrontiert wurde, drehte halt leicht durch.

Den schweren Mercedes sahen wir, als es fast zu spät war. Plötzlich war an der linken Seite ein Schatten.

Nese erschrak und riß im letzten Augenblick das Lenkrad nach rechts. Hupend jagte die Renommierkutsche an uns vorbei. Den Fahrer konnten wir hinter den getönten Scheiben nicht erkennen.

»Das war knapp!« flüsterte ich.

Nese nickte nur. Er entschuldigte sich.

»Ist ja noch mal gutgegangen. Oder soll ich fahren?«

»Nein, nein, ich passe schon auf.«

Wir hielten uns auf der rechten Seite und wurden zumeist

überholt. Das war allerdings egal, denn wer langsam fährt, erreicht auch sein Ziel, und so eilig hatten wir es nicht.

Ich zündete mir eine Zigarette an, schaute nach draußen und besah mir die Landschaft.

Sie war bretteben. Ich kannte so etwas von der Insel her. Wenn man lange Strecken fuhr, wirkte sie irgendwie einschläfernd und monoton. Starker Betrieb herrschte nicht auf der Autobahn zur Küste.

Nach zehn Minuten sah ich die Ausläufer des Moors. Und ich merkte sie auch, denn gewaltige Fliegenschwärme hingen in der Luft, und als der Polo hindurchraste, war die Frontscheibe im Nu gelb von zerklatschten Insektenleibern.

Nese stellte den Wischer an.

»Ist das immer so?« fragte ich.

»Nein, aber oft. Besonders im Sommer.«

Die Scheibe wurde kaum sauber, die Schmiere verteilte sich nur.

»An der nächsten Ausfahrt müssen wir ab«, erzählte der Polizist. »Dann sind es nur noch einige Kilometer.«

»Gut.« Ich freute mich. »Gibt es in dem Ort auch ein anständiges Gasthaus? Ich habe Hunger.«

»Sie werden zufrieden sein.«

Nese blinkte und fuhr auf die rechte Spur. Noch dreihundert Meter bis zur Abfahrt, das sah ich an den Schildern mit den hellen Querstreifen.

Auf einer großen blauen Tafel las ich einige Ortsnamen, die ich jedoch wieder vergessen habe.

Wieder machte Wachtmeister Nese einen Fehler. Er unterschätzte die Kurve, ging sie mit zu hoher Geschwindigkeit an, und der Polo geriet mit dem Heck ins Schleudern. Durch Gegensteuern fing Nese ihn ab.

Ich war froh, daß wir die Autobahn hinter uns gelassen hatten. Nese war ein wahrer Kamikaze-Fahrer. Er schien seinen Führerschein von einem Versandhaus erhalten zu haben.

Wir gerieten an eine Kreuzung. Rechts führte der Weg zurück nach Bremen, links ging es in Richtung Bremerhaven.

Wir fuhren links.

Etwa fünfhundert Meter weiter wurde die gut ausgebaute

Straße schmäler. Sie teilte schnurgerade einen kleinen Ort, der nur aus ein paar Häusern bestand. Meist waren es Bauerngehöfte, und ich sah die für diese Gegend so typischen Reetdächer.

Ich kurbelte die Seitenscheibe nach unten.

Man roch das Moor.

Irgendwie verbreitete es einen typischen Geruch. Zwar frisch, aber gleichzeitig auch faulig. Schnuppernd zog ich die Nase hoch. Hier war die Luft klar, es gab keine Industrieanlagen.

Schnell hatten wir den Ort durchquert. Rechts und links unendliche Wiesen.

Dann passierten wir ein Torfabbaugebiet. Ich sah die Bagger mit ihren Schaufelrädern und lange Fließbänder.

Wieder durchfuhren wir einen Ort. Dieser war größer. Es gab ein paar Geschäfte und Kneipen, viele Menschen waren mit Fahrrädern unterwegs.

»Vor dem nächsten Dorf müssen wir ab!« erklärte mir mein Begleiter.

Ich nickte mit halb geschlossenen Augen. Die Fahrt machte mich irgendwie schläfrig. Vielleicht war es auch die monotone Landschaft, auf jeden Fall nickte ich ein und wurde unangenehm geweckt, als ich mit dem Kopf gegen das Autodach stieß.

Schuld daran war die holprige Wegstrecke, in die der Wachtmeister eingebogen war. Es war wirklich nur ein Kiesweg mit zwei Fahrspuren.

Sie waren mit Schlaglöchern übersät, so daß das Fahren keinen Spaß machte.

»Hier müssen wir durch?« fragte ich.

Nese nickte. »Eine Abkürzung.«

»Sie sind der Fahrer«, sagte ich lächelnd.

Die Gegend hatte sich zwar nicht verändert, aber was ich von der breiten Straße noch als Wiese angesehen hatte, entpuppte sich nun als tückisches Sumpfgebiet.

Zwischen dem Gras sah ich das braune Wasser, und wenn ich daran dachte, wie leicht man doch vom Weg abkommen konnte, wurde es mir schon ein wenig mulmig.

»Mußten wir hierherfahren?« fragte ich.

»Haben Sie Angst?«

»Das gerade nicht. Aber die Straße hätte es auch getan, und auf ein paar Minuten kommt es nicht an.«

»Ich kenne mich hier aus.«

Wachtmeister Nese kam nicht vom Weg ab, sondern hielt den Wagen gut in der Spur. Auch drehten die Räder nicht durch. Nese fuhr geschickt, viel sicherer als auf der Autobahn.

Von einem Dorf sah ich allerdings nichts. Dabei war das Land flach. Die Dächer der Häuser hätte ich eigentlich längst erkennen müssen, doch das war nicht der Fall.

Ich schaute nach rechts.

Ja, da sah ich ein paar Dächer. Vielleicht einen oder zwei Kilometer entfernt, wo auch hohe Bäume standen. Unter Umständen waren sie unser Ziel, nur führte der Weg bisher noch an ihnen vorbei.

Ich wollte mich gerade beschweren, als wir eine Stelle erreichten, wo sich zwei Pfade kreuzten.

Endlich, dachte ich und lehnte mich entspannt zurück.

Da passierte es. Ich wurde völlig überrascht, denn mit solch einer Attacke hatte ich nie gerechnet.

Plötzlich zog der Fahrer den Polo nach links, ich flog gegen die Tür, stieß mir irgendwo den Kopf, wurde nach vorn gedrückt und hing im Gurt fest. Trotzdem knallte mein Knie gegen die Kante des Armaturenbretts.

Etwas klatschte, der Wagen rumpelte, und da stieß der Polizist die Tür auf und ließ sich aus dem Fahrzeug fallen, nachdem er den Sicherheitsgurt schon vorher gelöst hatte.

Der Polo aber fuhr weiter.

Er raste genau ins Moor!

Sie war schön, schwarzhaarig und hieß Alceste. Sie lebte mit ihrem Vater im Sumpf, weit abgeschieden zwischen zwei Dörfern. Sie wurde behütet wie ein kostbarer Schatz, damit ihr niemand zu nahetreten konnte, und wenn ihr Vater tagsüber unterwegs war und in den Dörfern die Landmaschinen der Bauern reparierte, wurde sie eingeschlossen.

Man kannte sie, aber man mied sie.

Die abergläubischen Leute vom Land wollten mit ihr nichts zu tun haben, denn ihre Mutter war im Sumpf umgekommen, und es hieß, daß der Mann nachgeholfen hatte. Deshalb ging auch die Mär um, daß über der Familie Merkens ein Fluch hing.

Alceste, ein Name wie im alten Griechenland, den das Mädchen seiner Mutter zu verdanken hatte, denn sie schwärmte für die griechische Mythologie. Zahlreiche Bücher – ihre Hinterlassenschaft – zeugten noch heute davon.

Alceste war inzwischen 18 Jahre geworden und eine wahre Schönheit. Sie hatte das gleiche lackschwarze lange Haar wie die Mutter, das ebenmäßige Gesicht mit den hohen Wangenknochen, die dunklen Augen, die vollen Lippen und die kleine Nase.

Wenn sie sich in irgendeinem Dorf blicken ließ, dann wurden die Männer verrückt.

Das wußte auch ihr Vater. Deshalb schloß er sie ein.

Sie war nur wenige Jahre zur Schule gegangen. Danach lernte sie zu Hause weiter. Ihr Vater brachte oft Bücher mit, und so hatte Alceste viel Lernmaterial.

Einmal war sie ausgebrochen. Durch ein schmales Fenster hatte sie sich geschoben, und ausgerechnet an diesem Tage war ihr Vater früher zurückgekommen.

Es hatte Hiebe gegeben, und Alceste mußte das Versprechen einlösen, nie mehr das Haus allein zu verlassen, nur in Begleitung ihres Vaters.

Alceste stimmte zu, doch in Wirklichkeit dachte sie ganz anders darüber.

Sie wollte raus.

Weg von hier. Dieses verdammte Haus, in dem es immer so feucht und muffig roch, fiel ihr auf die Nerven. Und die Weichen waren bereits gestellt.

Sie hatte einen jungen Mann kennengelernt. Einen Biologen, der den Sumpf durchstreifte und nach seltenen Pflanzen suchte, über die er eine Arbeit schreiben wollte. Er war so nett und höflich gewesen, daß Alceste ihre erste Scheu bei der Begegnung vergaß und ihm sogar bei der Suche half. Da kannte sie sich aus. Sie hatte ihn durch den Sumpf zu den versteckten Orten geführt.

Klar, daß die beiden nicht nur über die Biologie gesprochen hatten. Manfred Riegel, der junge Mann hieß so, hatte ihr bewiesen, daß es noch andere Dinge für ein junges Mädchen auf der Welt gab.

Küssen, zum Beispiel...

Es war auch nicht beim Kuß geblieben. An einer einsamen Stelle passierte es dann, und es war so schön gewesen, daß Alceste eine immer stärkere Sehnsucht verspürte, es wieder und wieder zu tun.

Manfred war ihr erster Mann. Sie hatte sich verliebt, er hatte sich verliebt.

Und er war zurückgekommen.

Heimlich hatte sie ihn ins Haus gelassen. Daraus waren Tage wilder Leidenschaft geworden, von denen Alcestes Vater nichts ahnte.

Schließlich hatte Manfred gefragt, ob sie sich nicht verloben sollten.

Alceste war erschrocken. »Aber das geht nicht.«

»Und warum nicht?« fragte der blonde junge Mann mit den hellen blauen Augen.

»Mein Vater.«

»Mit dem werde ich schon fertig.«

Diese letzten Worte gingen Alceste nicht aus dem Kopf. Einerseits liebte sie ihren Vater, andererseits bedeutete ihr auch Manfred ungeheuer viel.

Wie sollte sie sich verhalten?

Einfach verschwinden? Nein, das war nicht ihr Stil, das hätte sie dem Vater nicht antun können.

Manfred hatte dann eine Idee. »Weißt du was? Ich komme einfach vorbei, wenn dein Vater da ist, dann stellen wir ihn vor vollendete Tatsachen.«

»Nein, das kannst du nicht machen!« rief Alceste. »Er... er bringt dich um.«

Manfred Riegel lachte nur. »So einfach ist das nicht. Wir werden sehen.« Er war von seinem Entschluß einfach nicht abzubringen.

Und heute war der Tag, wo er kommen wollte.

Noch befand sich Alceste allein im Haus, und sie hatte sich extra umgezogen. Sie trug ein blaues Kleid mit weißem Kragen.

Richtig züchtig sah sie darin aus. So mußte sie einfach in einem Mann Beschützerinstinkte wecken.

Ruhelos ging sie im Haus auf und ab. Immer wieder ging sie an der Tür vorbei, die zu einem kleinen Zimmer führte, das sie nie betreten durfte. Ebensowenig wie den Keller, zu dem eine alte Stiege hinunterführte. Man sah sie, wenn man eine Luke hochhob.

Oft hatte Alceste Merkens danach gefragt, doch ihr Vater hatte immer wieder abgewunken. »Irgendwann werde ich es dir mal zeigen.«

»Hat Mutter es denn gesehen?«

»Ja.«

»Und?«

»Nichts und.« Mehr sagte ihr Vater nie. Er griff dann zur Schnapsflasche und trank.

Das Haus war klein und aus Holz gebaut. Es gab kein fließendes Wasser, kein elektrisches Licht, und auch die sanitären Anlagen ließen zu wünschen übrig.

Trotzdem wusch sich Alceste jeden Tag in dem alten Zuber.

»Hoffentlich geht alles glatt«, flüsterte sie immer wieder und faltete die Hände. »Hoffentlich.«

Sie ging in die Küche, wo sie schon das Essen vorbereitet hatte. Die Zutaten stammten aus dem Garten hinter dem Haus. Hier wuchs das, was die Merkens' zum Leben brauchten.

Die Arbeitsplatte lief unter dem kleinen Fenster her, das zum Garten führte.

Gedankenverloren blieb Alceste vor der Platte stehen. Sie strich die seidigen Haare nach hinten und schaute auf die kleinen Köstlichkeiten, die sie zubereitet hatte.

Zahlreiche Salate, Tomaten, Gurken und Radieschen. Dazu gab es Kartoffeln und Fisch.

Es war kein teures Mahl, aber alles sah sehr schmackhaft aus und war mit Liebe zubereitet worden.

In der engen Küche konnte man sich kaum drehen. Hinzu kamen noch die alten Möbel, die so mancher Trödler gern in seinen Bestand aufgenommen hätte. Einen kleinen Tisch gab es ebenso wie zwei Stühle.

Das Mädchen schaute auf die Uhr. Für vier waren sie verabredet. Manfred mußte bald da sein. Er hatte noch zehn Minuten Zeit.

Alceste lief zurück in den kleinen Flur und stellte sich vor den Spiegel, der direkt neben der schmalen, nach oben führenden Holzstiege hing.

Sie betrachtete sich.

War sie überhaupt schön genug? Sie, das Mädchen aus dem Moor? Ihr Manfred kam aus Bremen. Dort gab es sicherlich zahlreiche Mädchen, die hübscher waren als sie. Warum sollte er ausgerechnet sie nehmen?

»Bitte«, flüsterte sie. »Bitte, laß es kein Traum sein. Ich möchte einmal nur…«

Ihre Worte verstummten, denn von draußen her hatte sie ein knatterndes Geräusch gehört. Sie kannte es schon, und ein Lächeln huschte über ihre feinen Gesichtszüge.

Manfred war da. Und er kam auf seinem Moped angefahren.

Schnell lief Alceste zur Tür. Sie öffnete, trat nach draußen und sah zu, wie Manfred Riegel vom Moped stieg, seinen Helm abnahm und ihn auf dem Sozius festschnallte.

Alceste schaute ihm zu. Sie mochte diesen jungen blonden Mann, der gar nicht mal groß war, eigentlich zu klein für einen Mann, aber ihr imponierte er. Manfred ließ sich nie unterkriegen, er wußte immer einen Ausweg, war forsch und selbstbewußt. Alles Eigenschaften, die ihr fehlten.

Als er sich umdrehte, sah er das Mädchen. Ein Lächeln glitt über sein Gesicht. »Ah«, sagte er, »meine kleine Moorprinzessin. Du hast auf mich gewartet?«

»Und wie.«

Mit ausgestreckten Armen lief er auf Alceste zu und hauchte ihr einen Kuß auf den Mund. Doch Alceste wollte mehr. Sie drängte sich ungestüm an ihn, und so dauerte es einige Zeit, bis sie sich wieder voneinander lösten.

»Jetzt aber rasch ins Haus«, sagte Alceste ein wenig außer Atem. Sie war rot im Gesicht geworden vor Aufregung.

»Weiß dein Vater eigentlich Bescheid?« fragte der junge Mann.

»Nein.«

Manfred schloß die Tür. »Oh, dann wird er aber überrascht sein. Hoffentlich nicht zu unangenehm.«

Sie waren in der schmalen Diele stehengeblieben. »Angst habe ich schon davor«, gab das Mädchen zu.

Manfred lachte. »Aber nicht, wenn ich bei dir bin.« Da war es wieder, dieses Selbstbewußtsein, das Alceste so an ihm bewunderte. Wenn sie doch auch nur so sein könnte.

»Komm«, sagte sie, »ich zeige dir was.«

»Wo?«

»In der Küche.«

»Ich dachte im Schlafzimmer.«

»Wüstling.«

»Hm, das sieht aber sehr lecker aus«, lobte Manfred das angerichtete Essen. »Fantastisch.«

»Es schmeckt auch so. Willst du mal probieren?«

»Ja.«

Das Mädchen gab ihm von dem Tomatensalat, und Manfred aß, wobei er die Augen verdrehte.

Alceste lachte. »Jetzt tu aber nicht so. Bei deiner Mutter hast du bestimmt besseren Salat gegessen.«

»Nein, ich schwör's dir.«

»Lügner.«

»Er war aber nicht so liebevoll angerichtet«, schränkte der junge Mann ein.

Sie lachten beide. Dann schüttelte Manfred Riegel den Kopf.

»Was hast du?« fragte Alceste.

»Daß du hier so leben kannst.«

»Ich will ja weg.«

Manfred nickte heftig. »Und das so schnell wie möglich. Ich rede nur noch mit deinem Vater.«

Plötzlich verdüsterte sich Alcestes Gesicht. »Ich glaube kaum, daß das viel Zweck haben wird«, sagte sie.

»Abwarten.« Manfred klopfte ihr aufmunternd auf die Schulter und verließ die Küche.

In der Diele blieb er stehen. Und zwar genau vor der Tür, die Alceste nicht öffnen sollte. Was lag dahinter? Manfred war neugierig, und heute wollte er seine Neugierde befriedigen. Er hatte sich extra einen Dietrich mitgebracht, mit dem er das Schloß zu knacken hoffte. Er holte ihn aus der Tasche.

»Was hast du vor?« fragte Alceste, die ihm gefolgt war. Sie sah, daß ihr Freund am Schloß herumwerkte.

»Ich will endlich wissen, welches Geheimnis sich hinter dieser Tür verbirgt.«

Alceste erschrak. »Nein, nicht«, stammelte sie und griff nach Manfreds Arm. »Bitte, das ist gefährlich.«

Manfred richtete sich auf und lachte. »Was soll denn geschehen? Meinst du, hinter der Tür wäre ein Monster?«

»Vielleicht.«

Der junge Mann lachte, bückte sich und stocherte mit dem Werkzeug weiter herum.

»Laß es lieber!« drängte Alceste.

»Nein.« Manfred blieb stur. »Du hast mir soviel von diesem Zimmer erzählt, jetzt will ich endlich wissen, was sich hinter dieser geheimnisvollen Tür befindet.« Er lachte, und Alceste trat resignierend zurück.

Plötzlich schnappte das Schloß auf.

»Geschafft!« flüsterte der junge Mann triumphierend. Er drehte sich zu Alceste um. »Na, wie war ich?«

Das Mädchen hob die Schultern. »Ich weiß nicht so recht, ob das gut ist.«

»Keine Bange.« Er winkte mit dem Zeigefinger. »Willst du vorgehen, oder soll ich zuerst den Raum betreten?«

»Du!« Die Antwort kam wie aus der Pistole geschossen.

»Okay.« Manfred Riegel legte seine linke Hand auf die Türklinke und drückte sie herunter. Dann stieß er vorsichtig die Tür auf. Er hatte damit gerechnet, daß sie in den Scharnieren quietschen würde, doch lautlos schwang sie zurück.

Beide schauten in ein dunkles Zimmer.

»Da ist ja gar kein Fenster«, sagte Manfred enttäuscht.

»Vater hat es zugemauert.«

»Auch eine komische Art. Und elektrisches Licht habt ihr nicht. Aber ich habe eine Lampe.« Manfred griff in die Außentasche seiner blauen Jeansjacke und zog eine schmale Taschenlampe hervor. Er schaltete sie ein und ließ den Strahl wandern.

Überall lag dicker Staub. Auf dem alten Schrank ebenso wie auf dem Sofa. Er bedeckte auch den Tisch und die hohe Rückenlehne des Sessels, der mit seiner Front zum zugemauerten Fenster stand.

Doch nicht nur der Staub störte Manfred. Auch der Geruch. Er war nicht nur schal und muffig, sondern irgendwie anders. Leicht süßlich, wie...

Ihm fiel kein Vergleich ein.

Er machte einen Schritt nach vorn.

»Geh lieber nicht«, warnte das Mädchen.

»Wer A sagt, muß auch B sagen«, erwiderte Manfred Riegel. Auch er hatte seine Stimme gesenkt. Der junge Mann fühlte die unheimliche Aura, die das Zimmer ausstrahlte. Fast hatte er Angst vor seiner eigenen Courage, doch ein Zurück gab es für ihn nicht mehr. Zudem wollte er sich vor seiner Freundin nicht blamieren.

Er schlich weiter.

Hinter sich hörte er die Schritte des Mädchens und bedeutete ihm, zurückzubleiben, doch Alceste schüttelte den Kopf. Sie wollte nicht. Sie wollte einfach sehen, welch ein Geheimnis dieses Zimmer barg.

Obwohl sich der junge Mann vorsichtig bewegte, wurde Staub aufgewirbelt, der wie ein feiner Schleier hochtanzte und in der Nase kitzelte.

Alceste Merkens mußte niesen, und Manfred zuckte zusammen. Er hielt die Lampe jetzt ruhig, und der helle Strahl malte einen Kreis auf die Rückenlehne des Sessels.

Der Stoff befand sich bereits im Stadium der Auflösung. Er wies an einigen Stellen faustgroße Löcher auf, durch die die dunkle Polsterung schimmerte.

Plötzlich stieß der junge Mann einen erstickten Ruf aus.

»Was ist?« fragte Alceste hastig.

»In dem Sessel sitzt jemand!« wisperte er.

»Nein...« Alceste begann plötzlich zu zittern. Das durfte nicht wahr sein, Manfred hatte sich sicherlich nur getäuscht. Sie faßte sich ein Herz, ging an ihm vorbei, trat auf den Sessel zu, und bevor sie der junge Mann daran hindern konnte, drehte sie ihn herum.

Beide packte das nackte Entsetzen.

Auf dem Sessel hockte eine vermoderte Leiche.

Und sie trug das gleiche dunkelblaue Kleid, das Alcestes Mutter immer getragen hatte...

Das junge Mädchen wankte zurück. Plötzlich drehte sich alles vor seinen Augen, und hätte Manfred es nicht aufgefangen, dann wäre es gestürzt.

Auch er wäre am liebsten weggelaufen, doch seine Beschützerinstinkte wurden geweckt, und er blieb.

Das Bild war wirklich grauenhaft.

Die Tote zeigte sich nicht völlig skelettiert, ein Teil der Haut befand sich noch im Gesicht. Sie glänzte seltsam, als hätte man sie mit einem Öl eingerieben.

Selbst die Augen befanden sich noch in den Höhlen, allerdings als stumpfe, glanzlose Klumpen...

Die knochigen Hände lagen auf den Lehnen. Zum Teil war an den Fingern das Fleisch verwest, und die blanken Knöchel schauten daraus hervor. Manfred sah auch die grauen, strähnigen Haare und die Spinnweben, die sich vom Haaransatz bis über die Stirn zogen, wo sie an der Nase endeten.

Der junge Mann war käsig geworden. Solch ein Bild ging auch über seine Kraft. Die Knie zitterten. Nie hätte er damit gerechnet, so etwas vorzufinden. Am liebsten wäre er weggerannt, doch er spürte den weichen Körper seiner Freundin im Arm und wurde an sein Verantwortungsbewußtsein erinnert.

Er mußte Alceste mitnehmen, denn daß ihr Vater die Frau auf dem Gewissen hatte, war ihm längst klar. Keinen Tag länger durfte Alceste bei diesem Teufel bleiben.

Sie hatte ihr Gesicht an seiner Schulter vergraben. »Laß uns gehen«, hauchte sie. »Weg von hier...«

»Ja, Liebling, ja...«

Einen letzten Blick warf Manfred noch auf die grausige Gestalt, und er hatte das Gefühl, als würde ihn der halbverweste Schädel lüstern angrinsen.

Dann drehte er sich um.

Die beiden jungen Menschen stolperten aus dem Zimmer. Erst im Flur holten sie wieder tief Luft und wandten sich nach links, wo es zur Tür ging.

»Ich nehme nur noch einen Mantel mit«, sagte Alceste mit kaum zu verstehender Stimme und ging zu den in der Wand eingelassenen Haken, wo ein paar Kleidungsstücke hingen.

Manfred wandte sich bereits zur Tür, doch nach einem Schritt blieb er abrupt stehen.

Vor der Tür stand jemand.

Karl Merkens, Alcestes Vater!

Ich begriff gar nicht richtig, was geschah. Ich merkte nur, wie durch die offene Tür kältere Luft in den Wagen fuhr und der Polo gleichzeitig nach vorn wegsackte.

Plötzlich war keine Kühlerhaube mehr zu sehen, sondern nur brackiges Wasser, auf dem grüne Pflanzenreste schwammen.

Da wußte ich Bescheid.

Der Wachtmeister hatte den Polo in den Sumpf gefahren, und ich sollte elend umkommen.

Dieses Wissen machte mich mobil. Als erstes schlug ich auf den Verschluß des Sicherheitsgurtes, so daß ich mehr Bewegungsfreiheit hatte. Dann drückte ich die Tür auf.

Sofort schwappte Wasser ins Innere des Polos und näßte meine Hosenbeine. Gleichzeitig sank der Wagen nach hinten weg, so daß ich mitten im Sumpf steckte.

Und auf dem Rücksitz lag mein Koffer.

Den mußte ich haben.

Aber der Wagen sank weiter. Raus konnte ich nicht, sondern ich drehte mich und kniete auf dem Vordersitz. Dabei streckte ich meinen rechen Arm aus, bewegte mich noch ein wenig weiter vor und bekam den Koffergriff zwischen die Finger.

Mit einem Ruck riß ich ihn zu mir heran. Verdammt, das Ding war schwer, denn in dem großen steckte ja noch der kleine Einsatzkoffer. Ich hievte ihn auf den Fahrersitz.

Inzwischen war der Wagen weiter gesunken. Er schaukelte ein wenig, und als ich einen Blick durch das Rückfenster warf, sah ich in der Ferne eine Gestalt laufen.

Wachtmeister Nese.

Dieser Hundesohn gab Fersengeld.

Wenn er mir je wieder über den Weg lief, würde ich ihm ein paar verdammt unangenehme Fragen stellen.

Ich verfiel nicht in Panik, denn nicht zum erstenmal steckte ich in solch einer bescheidenen Lage. Hier gab es nur eins: Ruhe bewahren. Seltsamerweise sorgte ich mich um meinen Koffer mehr als um mich selbst, doch das wurde schnell anders, als der Polo noch ein Stück tiefer sackte und die Sumpfbrühe gurgelnd und schmatzend in das Innere floß.

Ich mußte raus.

Zuerst schwang ich den Koffer aus dem Wagen und legte ihn auf das Dach. Da der Polo ziemlich gerade in die Tiefe sackte, rutschte der Kofer nicht herunter.

Dann kletterte ich selbst aus dem Wagen. An der Regenrinne hielt ich mich fest, verrenkte mir fast den Rücken bei meinen Turnübungen und brachte in der rückwärtigen Lage meinen Oberkörper zuerst aus dem sinkenden Polo.

Dann schwang ich mein rechtes Bein über den Türrand hinweg auf die Kühlerhaube, während sich der Wagen dabei zur Seite neigte, mir der Koffer entgegenrutschte und durch mein über das Autodach schauendes Gesicht gestoppt wurde.

Ich wühlte mich buchstäblich auf das verdammte Dach. Zweimal rutschte ich ab, dann hatte ich es geschafft, und der Koffer lag neben mir, wobei ich auf allen vieren hockte.

Wie ging es weiter?

Der Wagen steckte jetzt bis zur Türhälfte im Sumpf. Er sank nun nicht mehr so schnell nach unten. Wahrscheinlich hatten die Räder schlammigen Grund erreicht.

Ein kleiner Vorteil für mich.

Ich visierte den trockenen Boden an.

Er war so verflucht weit entfernt. Ich hätte es zwar mit einem Sprung schaffen können, aber ich konnte auf dem Dach keinen Anlauf nehmen.

Nur den Koffer schleuderte ich aufs Trockene. Er landete hochkant und kippte dann um.

Jetzt mußte ich mich um mich selbst kümmern.

Zwischen dem versinkenden Polo und dem festeren Weg befand sich der Sumpf.

Ungefähr zwei Meter waren es, hinzu mußte ich noch die Strecke vom Dach rechnen.

Das war nur äußerst schwer zu schaffen.

Ich riskierte den Zeitaufwand und schaute mich um. Es war eine wunderschöne Gegend, besonders jetzt, wo im Westen die Sonne den Horizont in Flammen setzte. Letzte Strahlen fielen über die Sumpflandschaft und gaben ihr einen goldenen Schein. Unzählige Fliegen, Mücken und anderes Getier tanzten über der weiten grünen Fläche. Plagegeister, die einem das Leben zur Hölle machen konnten.

Nur Menschen sah ich nicht.

Der Polo sackte tiefer.

Das ging Zentimeter für Zentimeter und würde auch nicht aufhören, denn das Moor fraß alles.

Auch mich...?

Ein Stück weiter ragte eine trockene Insel aus der tückischen Grasfläche. Sie war jedoch zu weit entfernt, als daß ich sie mit einem Sprung hätte erreichen können.

Wieder nichts.

Langsam wurde ich unruhig. Es fiel mir schwer zu warten, aber erst kurz bevor der Wagen versank, wollte ich springen.

Langsam richtete ich mich auf.

Plötzlich kam mir das Polodach verdammt klein vor, keine große Plattform, um einen Sprung zu wagen.

Ich rechnete aus, wie lange ich eventuell noch Zeit hatte.

Drei Minuten, mehr nicht.

Noch einmal glitt mein Blick über die weite Fläche. Plötzlich stob ein Schwarm Vögel hoch. Irgendein Ereignis hatte die Tiere aufgeschreckt.

Sie blieben dicht beieinander und segelten wie ein dunkler Teppich über meinen Kopf hinweg.

Ich folgte ihnen nicht mit den Blicken, sondern schaute zu der Stelle hin, wo sie aufgeflattert waren.

Und dort sah ich etwas.

Rötlich schimmerte es unter der Wasserfläche. Es war ein zerfließender Kreis, der jedoch nicht stillstand, sondern sich weiterbewegte, und zwar auf mich zu.

Der Kreis war schnell, zu schnell sogar. Ich wußte auf einmal, was es war.

Der Zyklop!

Will Mallmann hatte mir am Telefon davon berichtet, daß dieser Zyklop ein rotes Auge hatte.

»Wie die Glut der Hölle«, hatte er gesagt.

Ich schluckte. Plötzlich befand ich mich in einer doppelt prekären Lage. Nicht nur, daß ich auf dem sinkenden Wagen stand, sondern auch ein gefährlicher Feind wollte mir ans Leben.

Ich kam nicht weg, der Zyklop war schneller.

Auf einmal begann das Wasser rechts neben dem Polo zu brodeln. Es schäumte, Blasen stiegen auf, ein Strahl spritzte fontänenartig über das Dach, und dann tauchte er selbst auf.

Der Zyklop wollte sein Opfer holen!

Ich schaute in ein widerliches, schauriges Gesicht, in dem die Haut wie dunkelblaues Leder aussah, wodurch sich das rote Auge noch deutlicher hervorhob. Die schwarzen Haare klebten aneinander und waren mit zahlreichen Algen durchsetzt.

Und das Auge stierte mich an.

Noch war nichts von den Schultern oder den Armen zu sehen, ich sah nur den Kopf, und der schien auf der Wasseroberfläche zu schweben. Ich wich dem Blick des Zyklopen nicht aus, und da spürte ich die fremden Gedanken in meinem Hirn.

Sie waren urplötzlich da, und es waren böse Gedanken, die sich da ausbreiteten.

Sie sollten in mir die Sehnsucht nach der Hölle und all ihren Schrecken wecken. Ich spürte einen bohrenden Schmerz hinter der Stirn und auch hinter den Augen.

Das erschreckte mich am meisten.

Vor mir das Auge – und dazu die Gedanken hinter den Augen. Stand das eine mit dem anderen vielleicht in Verbindung?

Ich senkte meinen Blick.

Sofort ließ der Schmerz nach.

Tief atmete ich durch und zog gleichzeitig das Kreuz unter meinem Hemd hervor.

Ich hatte es noch nicht ganz herausgeholt, als der Zyklop ein tiefes Grollen ausstieß, sein Maul weit aufriß und mir eine Wolke stinkenden Atems entgegenwehte.

Normalerweise hätte ich mich wesentlich schneller bewegt, aber hier auf dem Dach des Polos mußte ich achtgeben, so daß meine Reaktionen nur in einem Zeitlupentempo abliefen.

Deshalb konnte der Zyklop auch wegtauchen, bevor mein Kreuz seine weißmagischen Kräfte ausspielte.

Plötzlich war er verschwunden. Ein rotes Schimmern noch – aus. Hatte ich ihn verjagt?

Ich starrte auf das Wasser. Wind fuhr durch mein Gesicht und kühlte es ab.

Doch der Zyklop spielte mir noch einen höllischen Streich.

Mit einemmal verlor ich die Balance. Ich kippte nach hinten weg, ruderte hilflos mit den Armen und klatschte im nächsten Augenblick rücklings in das Moor

Keiner von beiden hatte gehört, daß er eingetreten war, und so erlitten die jungen Menschen den zweiten Schock, denn daß sie in dem verbotenen Zimmer gewesen waren, lag auf der Hand, da die Tür noch immer offenstand.

Auch Alceste hatte ihren Vater gesehen, preßte ihre rechte Hand gegen den Mund, als wollte sie einen Schrei unterdrücken, und warf sich in Manfred Riegels Arme.

Ihr Vater lachte. Er stemmte seine Fäuste in die Hüften, ein Zeichen, daß er keinen vorbeilassen wollte.

Manfred und Alceste fühlten sich wie zwei Gefangene, was sie letzten Endes auch waren.

Sekundenlang sprach keiner ein Wort. Wie eine unsichtbare Wand stand das Schweigen zwischen ihnen.

»Vater!« flüsterte das Mädchen nach einer Weile, nachdem es sich ein Herz gefaßt hatte.

»Schweig!« donnerte Karl Merkens.

»Aber laß dir doch erklären...«

»Da gibt es nichts zu erklären«, unterbrach der Mann seine Tochter. »Ich habe genug gesehen. Habe ich dir nicht verboten, das Zimmer zu betreten?«

Manfred Riegel fand es an der Zeit, sich einzumischen. »Das war nicht Ihre Tochter, Herr Merkens. Ich allein habe die Tür geöffnet.«

»Um so schlimmer.« Merkens setzte sich in Bewegung und ging auf Manfred zu.

Er war ein Klotz von einem Mann. Er hatte dunkles, zur Bürste geschnittenes Haar, ein breites Gesicht und einen eckigen Körper. Man sah es seinen Armen an, welch eine Kraft in den Muskeln steckte. Seine Augen glitzerten böse, die Unterlippe war ein wenig vorgeschoben, und das Mädchen kannte diese Zeichen. Immer wenn ihr Vater so aussah, wurde er gewalttätig.

»Nicht!« schrie sie. »Nicht!« Sie löste sich von Manfred und warf sich dem Mann entgegen.

Der hob kurz den rechten Arm und schlug zu. Wie eine lästige Fliege wischte er Alceste zur Seite. Sie stürzte zu Boden und blieb weinend liegen.

Jetzt standen sich nur noch die beiden Männer gegenüber.

Plötzlich kam sich Manfred Riegel ungeheuer klein vor. Dieser Mensch da war ein reines Gebirge. Der konnte ihn mit einem Hieb in den Boden stampfen.

Manfred wich zurück. Er haßte Gewalt. Schlägereien war er möglichst aus dem Weg gegangen. Er überzeugte andere lieber durch Worte als mit den Fäusten.

»Rühren Sie mich nicht an, Sie Mörder!« warnte er.

Merkens lachte nur und ging weiter.

Manfred stieß gegen die Wand. Jetzt konnte er nicht mehr zurück. Er preßte sich mit dem Rücken dagegen und spannte seinen Körper an.

Merkens schlug ohne Ansatz zu. Manfred spürte einen harten Schlag an der rechten Wange und hatte das Gefühl, sein Kopf würde ihm vom Hals grissen.

Sofort folgte die Linke.

Diesmal traf der Mann die andere Wange, und der Kopf des Jungen flog wieder zurück.

»Das war erst der Anfang!« flüsterte er heiser. »Gleich geht es weiter, du Lümmel!«

Da riß bei Manfred Riegel der Faden.

Obwohl er wesentlich schwächer war als sein Gegenüber, ging er ihn an.

Und wie!

Manfred stieß sich ab, zog den Kopf zwischen die Schultern

und rammte ihn dicht über der Gürtellinie dem Mann in den Magen.

Mit diesem Angriff hatte Merkens nicht gerechnet. Er flog zurück. Pfeifend entwich zwischen seinen Lippen die Luft, und unwillkürlich taumelte er zurück.

Manfred Riegel sah seine Chance, aber auch die für Alceste. Er sprang auf die am Boden hockende Freundin zu und riß sie kurzerhand hoch.

»Komm!« schrie er. »Weg!«

Alceste reagierte automatisch. Sie ließ sich von Manfred mitziehen, und beide rannten auf die Tür zu.

Sie schafften es nicht bis dorthin.

Karl Merkens war schneller. Oder vielmehr der kleine Hocker, den er geworfen hatte.

Er knallte dem fliehenden Jungen genau ins Kreuz. Die Wucht des Treffers warf Manfred Riegel nach vorn. Er prallte gegen die Tür, wo er sich seinen Ellbogen stieß und mit der Stirn gegen das Holz knallte. Instinktiv schlug er nach der Klinke, verfehlte sie jedoch und rutschte dabei in die Knie.

Karl Merkens lachte böse. Drei Schritte brachten ihn neben den jungen Mann.

Und dann schlug er zu.

Die Hiebe hagelten nur so auf Manfred herab, der zu keiner Gegenwehr kam. Er rutschte am Türblatt hinab und fiel zu Boden, wo er sich zusammenkrümmte und mit angewinkelten Armen sein Gesicht zu schützen versuchte.

Dann hob Karl Merkens das rechte Bein. Er wollte Manfred buchstäblich zusammentreten.

Bis jetzt hatte seine Tochter nichts unternommen. Die Angst lähmte sie. Doch als sie sah, was mit ihrem Freund passieren sollte, warf sie sich gegen das Bein ihres Vaters und klammerte sich dort fest.

»Nein, das machst du nicht!« schrie sie. »Du wirst ihn nicht treten! Du nicht!«

»Laß los!«

Alceste schüttelte nur den Kopf. Sie griff noch fester zu. Ihr Vater schlug ihr ins Gesicht, doch Alceste überwand die Schmerzen und dachte nur an ihren Manfred. Sie biß sich vor Trotz auf die Lippen, daß sie Blut schmeckte.

»Du bist wahnsinnig«, keuchte der Alte. »Du und bei ihm bleiben. Hier bleibst du, hier bist du geboren, hier wirst du begraben.«

»Wie Mutter?« kreischte sie.

Plötzlich wurde das Gesicht des Mannes starr. »Was weißt du denn schon davon, welch eine Hexe deine Mutter war? Was weißt du? Gar nichts weißt du!«

»Aber du hast sie umgebracht!«

»Ich mußte es tun. Ich mußte es...« Er atmete keuchend, schaute auf seine Tochter und konnte ihrem Blick nicht standhalten. Er senkte die Augenlider.

»Was willst du tun?« fragte das Mädchen. »Willst du mich auch töten?«

»Du wirst mich verraten.«

»Nein, Vater. Ich sage nichts.« Alceste sah plötzlich ihre Chance. »Ich sage wirklich nichts. Bitte, glaube mir. Kein Wort dringt über meine Lippen.«

»Dein Schwur nützt mir nichts«, erwiderte der große Mann düster.

»Aber willst du dich mit noch einem Mord belasten? Einem Mord an deinem eigenen Fleisch und Blut?« Alceste merkte, wie schlecht ihre Chancen standen, und ihre Stimme kippte fast über.

»Es geht nicht anders. Ich sitze schon zu tief drin. Er verlangt es.«

»Wer ist er?«

»Du wirst ihn kennenlernen.«

»Ich will es jetzt wissen!«

»Nein!« brüllte der Mann. »Nein und abermals nein. Hast du mich verstanden?«

»Ja, es ist gut, Vater, ich habe dich verstanden. Und ich wünsche, daß Gott dir verzeiht.«

Plötzlich begann Karl Merkens, gellend zu lachen. »Gott! Wer ist schon Gott? Der Teufel regiert.« Er machte eine weitausholende Armbewegung. »Hier regiert der Teufel. Glaubst du das nicht? Ich bin sein Partner!«

»Ja, Vater, ich glaube dir.« Alceste ließ den Mann los. Ihr Gesicht streifte dabei dicht am Stoff seines Hosenbeins entlang, und sie roch den faulen Geruch. So, als wäre ihr Vater im Moor gewesen.

Merkens wandte sich ab, bückte sich und rüttelte Manfred Riegel an der Schulter.

»Los, hoch mit dir!«

Der Junge stöhnte. Die Schläge hatte er noch nicht verdaut. Jede Stelle an seinem Körper tat weh.

Das Gesicht des Mannes lief vor Wut noch röter an, als Manfred nicht sofort reagierte. Er wollte den Jungen treten, als Alceste eingriff.

»Warte, Vater, ich mache das schon.« Sie kniete sich hin und streichelte mit beiden Händen Manfreds Gesicht.

Der Student lächelte, auch wenn es in seinen Augen feucht schimmerte.

»Steh auf, bitte!« flüsterte Alceste und reichte Manfred die Hand, die er gern ergriff und sich willig auf die Beine ziehen ließ.

Dann stand er.

Mit einem Knall sauste die Tür ins Schloß. Es war die Tür, hinter der die Leiche der Frau aufbewahrt wurde.

Wieder standen die beiden jungen Leute nebeneinander. Sie hielten sich fest, und obwohl die Angst auf ihren Gesichtern zu lesen war, fragte Manfred: »Was haben Sie mit uns vor?«

»Du wirst du schon sehen!« Er ging auf die beiden zu und blieb dicht vor ihnen stehen. Seine Tochter klammerte sich noch enger an Manfred, was den alten Merkens zu einem Grinsen veranlaßte. Er deutete auf die Luke.

»Weißt du, was darunterliegt?« wandte er sich an seine Tochter.

»Der Keller.«

»Richtig. Und dort werdet ihr bald sein. Vor allen Dingen will er dich haben.«

»Wer ist er?«

Karl Merkens lachte. »Du wirst ihn noch kennenlernen. Keine Bange.« Er ließ seine Blicke an ihrem Körper hinabgleiten.

»Schön bist du, Kind. Sehr schön. Er wird sich freuen. Und jetzt zieh dich aus!«

Das Mädchen zuckte zusammen. »Was soll ich?«

»Ausziehen!«

»Nie, Vater. Ich...« Sie schüttelte den Kopf. »Das kann ich nicht, Vater.«

»Dann mach ich es.«

»Nein!« rief Manfred. »Vergreifen Sie sich nicht...«

Merkens schlug zu. Sein Handrücken knallte quer über das Gesicht des Jungen. Manfreds Nase begann zu bluten.

Damit war auch sein Widerstand gebrochen. Er sackte in die Knie.

Karl Merkens aber fluchte und holte ein Handschellenpaar aus seiner Tasche. Blitzschnell schloß er es um die Gelenke des Jungen.

Dann wandte er sich seiner Tochter zu, die ihn aus angststarren Augen anschaute.

Wieder griff er in die Tasche.

Für einen Moment hatte Alceste das Gefühl, ihr Vater wollte sie umbringen, doch er holte nur ein zweites Handschellenpaar hervor. Hastig griff er zu, bekam Alcestes Gelenk zu fassen und drehte den rechten Arm nach hinten.

Das Mädchen konnte sich nicht rühren, es hing im Polizeigriff fest. Der Rest war Routine. Merkens drehte den Arm wieder nach vorn und fesselte seine Tochter.

»So«, sagte er, wobei seine Stimme sehr zufrieden klang. »Das reicht wohl fürs erste.«

»Was bist du nur für eine Bestie!« keuchte Alceste. »Nie hätte ich gedacht, daß du dich an deiner eigenen Tochter...«

»Halt den Mund, es muß sein!« Er trat zur Seite und bückte sich. Manfred und auch das Mädchen sahen zu, wie er die Luke hochhob und auf die Öffnung deutete.

»Rein mit euch!« befahl er.

Manfred ging als erster. Er schaute den Mann nicht an, als er die schmale Holzstiege hinabschritt. Merkens ging es zu langsam. Er schlug Manfred in den Rücken, so daß der junge Mann die letzten drei Stufen hinunterpolterte.

Auf dem feuchten Boden blieb er liegen.

Das Mädchen folgte. Auch Alceste bedachte ihren Vater mit keinem Blick, als sie in den Keller schritt.

Manfred richtete sich stöhnend auf. »Verdammt, verdammt!« fluchte er.

Und eine andere Männerstimme antwortete: »Willkommen in der Vorhölle, Freunde!«

Es war Will Mallmann, der gesprochen hatte!

Die Sumpfbrühe schlug über meinem Kopf zusammen, und für einen winzigen Augenblick erfaßte mich die Panik. Ich dachte daran, jetzt elendig steckenzubleiben, als meine Hände im zähen Schlamm wühlten, doch ich konnte sie wieder herausziehen.

Das Kreuz ließ ich nicht los. Wie im Krampf hielt ich es umklammert. Dann tauchte ich auf.

Mit einer Kopfbewegung schüttelte ich mir das Wasser aus den Haaren, in denen jedoch weiterhin die verdammten Algen und Kleinpflanzen kleben blieben.

Ein paarmal holte ich tief Luft.

Da versackte neben mir der Wagen. Es gab gurgelnde, schmatzende Geräusche, ein paar Luftblasen stiegen der Oberfläche entgegen, und im nächsten Augenblick war das Fahrzeug verschwunden.

Ich hütete mich, mit den Beinen auf Grund zu gehen, denn wenn ich einmal im Schlamm feststeckte, kam ich nicht mehr los. Dann würden mich tausend Arme in die Tiefe zerren.

Wie ein junger Hund paddelte ich vor und klatschte mit meiner Hand gegen den Außenspiegel des Polos. Daran hielt ich mich fest, zog mich weiter vor und war froh, daß meine Füße auf der Kühlerhaube Halt fanden.

Der Wagen sackte jetzt langsamer. Ich kniete mich hin und schätzte die Entfernung zum trockenen Land ab.

Das waren gut zwei Meter.

Okay, ich riskiere es. Einmal hatte ich ja schon im Wasser gelegen. Wie ein Weitspringer auf dem Brett stieß ich mich ab, rutschte jedoch mit dem Fuß weg und schaffte den verdammten Sprung nicht ganz.

Mit dem Bauch landete ich auf dem Trockenen, der untere Teil des Körpers hing noch im Wasser, wobei meine Füße bis zu den Knöcheln im Schlamm steckten.

Und der zog.

Dieser verdammte Schlamm wollte mich, sein Opfer, einfach nicht loslassen. Was er einmal hatte, das verschlang er – wie den Polo.

Ich kämpfte.

Meine Hände griffen zu, die Finger wühlten sich in den weichen Boden, versuchten, Halt zu finden, auch an den Grasbüscheln, die aus dem Boden wuchsen.

Das Zeug riß.

Ich rutschte zurück.

Und an meinen Füßen packte die zähe Masse zu, wollte mich auf keinen Fall freigeben.

Für Sekunden blieb ich ruhig liegen, unterdrückte das Gefühl der aufkeimenden Panik und konzentrierte mich auf den verdammten Sumpf.

Ja, es stimmte.

Der Schlamm zog weiter. Ich hatte das Gefühl, mit meinen Knöcheln im Teig zu stecken oder wie von Hunderten von Händen festgehalten zu werden, die kein Pardon kannten.

Ich hielt den Atem an. Dann unternahm ich einen zweiten Versuch, streckte meinen Oberkörper vor, so weit, wie es ging, wühlte mit den Fingern der rechten Hand den Boden auf, packte dann mein Kreuz – ich hatte es aus der Hand fallen lassen – und rammte es in den Boden.

Danach klammerten sich meine Hände um den waagerecht laufenden Balken. Ich hoffte, mich an dem Kreuz etwas festhalten zu können, so daß ich wenigstens die Gewalt des ziehenden Schlamms ausgleichen konnte.

Ich biß die Zähne zusammen.

All meine Kräfte setzte ich ein. Hoffentlich hatte ich das Kreuz tief genug in den Boden gerammt.

Mit dem rechten Bein versuchte ich es. Langsam, unendlich langsam zog ich es an, wobei ich mein Gewicht auch auf diese Seite hin verlagerte.

Es war die Hölle.

Der verdammte Sumpf wollte mich einfach nicht freilassen. Er erinnerte mich an zähen Leim, der, einmal gepackt, auch weiterhin kleben blieb.

Ich keuchte wie eine alte Dampflok, aber ich zog mich selbst aus dem Moor.

Immer weiter brachte ich mein rechtes Bein aus der zähen Soße, und plötzlich ging alles leicht.

Ich hatte es frei.

Sekundenlang blieb ich liegen und holte tief Luft. Das Kreuz war umgekippt und hatte die Erde aufgewühlt. Ich winkelte das rechte Bein an, brachte mein Knie auf festen Boden, stützte es ab und begann damit, auch das linke Bein freizuarbeiten.

Diesmal ging es leichter. Ich rutschte auch nicht mehr in das Loch zurück und lag eine Minute später ziemlich ausgepumpt flach auf der Erde.

Geschafft!

Es dauerte, bis sich mein Atem normalisiert hatte. Die Kleidung war mal wieder ruiniert, ansonsten ging es mir den Umständen entsprechend gut.

Ich lebte, das war am wichtigsten.

Als ich mich aufrichtete, das Kreuz nahm und schwankend dastand, sah ich erst, wieviel Zeit doch vergangen war. Die Sonne konnte ich kaum noch erkennen. Wie eine graue Wand zog die Dämmerung heran. Das Licht über dem Moor hatte eine seltsame Farbe angenommen. Es war zwar noch hell, aber trotzdem schon grau, und in der Ferne sah ich die erste Feuchtigkeit aufsteigen, die sich sehr schnell zu einem dünnen Film verdichtete, aus dem später Nebel wurde.

Nebel im Moor – das hatte mir gerade noch gefehlt.

Ich nahm meinen Koffer auf. In der Ferne hatte ich zwar ein paar Dächer gesehen, aber ich wußte nicht, wie lange es dauern würde, bis ich diesen Ort erreicht hatte.

Und was war mit Kommissar Mallmann geschehen? Erst jetzt, wo ich etwas Ruhe fand und nicht mit meinen eigenen Problemen beschäftigt war, dachte ich an den guten Will.

Man hatte mir eine Falle gestellt. Und nicht nur mir, sondern auch Will Mallmann, denn sonst hätte mich dieser falsche Wachtmeister nicht abholen können.

Ein teuflisches Spiel, in das wir da hineingeraten waren.

Nur – wo hatte man den Kommissar hingeschafft? Das war die Frage, die mich quälte. Ich befand mich in einem fremden Land, dazu mitten in einer Sumpfgegend, und kannte mich nicht aus. Eine verdammte Sache, in die ich da hineingeraten war.

Mit den Blicken suchte ich die Fläche um mich herum ab.

Keine Spur von dem gefährlichen Zyklopen. Es schien, als hätte er sich zurückgezogen. Warum hatte er nicht weiter angegriffen? Ich war schließlich wehrlos. Vielleicht hatte ihn mein Kreuz abgeschreckt. Als ich daran dachte, fielen mir wieder meine Waffen ein, die noch im Koffer steckten.

Ich legte das Gepäckstück auf den Boden, öffnete den Deckel und nahm den kleinen Koffer hervor. Auch bei ihm ließ ich den Deckel hochschnappen.

Da lagen meine Waffen.

Ich nahm den Dolch hervor und die Gemme. Sie schützte unter Umständen auch.

Die Dämonenpeitsche ließ ich im Koffer zurück. Ich schloß ihn wieder und ging, den Koffer in der rechten Hand haltend, den Weg zurück.

Was mit dem Wagen sehr schnell gegangen war, dauerte zu Fuß lange. Zudem ließ es sich im Sumpf schlecht laufen, denn der Untergrund war nicht hart, sondern immer noch weich.

Nie schaute ich nur zu Boden, sondern ließ meine Blicke weiterhin über das Moor schweifen. Hin und wieder schlug ich auch nach den verdammten Fliegen, die mich manchmal zu Hunderten umschwärmten. Es waren eklige Plagegeister, ebenso wie die Mücken.

Es wurde dunkler.

Und auch stiller. Die zahlreichen Vögel – ich hatte sogar Möwen gesehen – stellten ihr Krächzen ein und suchten einen Schlafplatz für die langsam anbrechende Nacht.

Dafür hörte ich die anderen Geräusche intensiver.

Da waren das geheimnisvolle Gluckern und Schmatzen, das Klatschen des Wassers, wenn Frösche oder Kröten in den Sumpf sprangen, und das Zirpen der Grillen und Insekten.

Eine für mich fremd klingende Musik, an die ich mich erst gewöhnen mußte.

Ich sah kein Licht. Auch dort, wo ich die Dächer der Häuser entdeckt hatte, schillerte kein heller Schein.

Alles war ruhig, wie tot...

Und ich begann zu frieren. Die nasse Kleidung klebte an meinem Körper. Ich machte ein paar Gymnastikbewegungen, um den Kreislauf wieder anständig in Gang zu bringen, schlug die Arme über dem Kopf zusammen, sprang hoch und mußte niesen. Eine Erkältung?

Ich hatte vor, bis zur Straße zu laufen und dort einen Wagen anzuhalten, der mich in den nächsten Ort brachte.

Dazu sollte es nicht kommen.

Im letzten Licht des schwindenden Tages sah ich plötzlich ein Boot. Ein Mann saß darin und ruderte über den Sumpf. Er konnte mich nicht sehen, da er mir den Rücken zuwandte, aber das Boot bewegte sich in meine Richtung.

Sollte mir der Zufall einen Helfer gebracht haben?

Ich schrie.

Meine Stimme hallte über das flache Land, und der Mann hörte mich auch. Er ließ die Ruder los und drehte sich um. Dabei sah er mein Winken.

»Hallo!« rief ich ihm entgegen. »Kommen Sie! Hierher!«

»Verstanden!« brüllte der Mann zurück.

Er ruderte los. Und er verstand etwas von der Sache, denn das Boot glitt über die mit Pflanzen bewachsene Wasserfläche.

Dann stieß es mit dem Bug gegen den festeren Boden, und der Mann stieg aus.

Er war ein Fremder für mich. Er trug hohe Stiefel und eine derbe Kleidung.

»Wer sind Sie denn?« fragte er.

Ich stellte mich vor.

»Ausländer?«

»Ja, ich komme aus England.«

»Und dann fahren Sie in diese Gegend?«

»Mich hat ein unglücklicher Zufall hierher verschlagen.«

Der Mann musterte mich. »Sind Sie in den Sumpf gefallen?«

»Leider.«

»Dann steigen Sie mal ein. Ich werde Sie zu einem trockenen Plätzchen rudern. Mein Name ist übrigens Karl Merkens.«

»Danke, Herr Merkens.« Ich lächelte und stieg ein. Den Koffer nahm ich mit. Sofort sank das Boot tiefer ein.

Merkens schaute mich an. »Wir werden zu mir rudern. Dort können Sie sich aufwärmen.«

Ich war dankbar, solch einen netten Menschen kennengelernt zu haben, und ahnte nicht, daß ich Idiot genau in die Falle gelaufen war...

Eine Tür schlug zu. Stille breitete sich oberhalb der Luke aus.

»Er ist gegangen!« flüsterte Manfred Riegel.

Das Mädchen begann zu weinen, und der junge Mann ging zu ihm, um es zu trösten.

»Du brauchst keine Angst zu haben, wir schaffen es schon«, tröstete er sie.

»Das genau ist die richtige Einstellung«, meldete sich Kommissar Mallmann, »nur nicht den Mut verlieren.«

Jetzt erst fiel den beiden wieder ein, daß sie nicht allein hier unten waren. Heftig fuhren sie auseinander.

Will lächelte. Er war ebenso mit Handschellen gefesselt wie Alceste und Manfred.

»Ich bin Kommissar Mallmann«, stellte er sich vor.

Die beiden Menschen schwiegen überrascht. »Kommissar?« fragte Manfred nach einer Weile.

»Ja.« Mallmann lächelte. »Mich hat man ebenso geleimt wie euch.«

»Auch mein Vater?« erkundigte sich das Mädchen.

»Ist Ihr Vater Wachtmeister?«

»Nein, ihm gehört das Haus.«

Will hob die Schultern. »Es tut mir leid, aber ich weiß nicht, wo ich bin. Ich bekam eins über den Schädel gezogen und wachte erst in diesem Verlies hier auf.«

»Das verstehe, wer will, ich auf jeden Fall nicht.«

»Du mußt eine Erklärung abgeben«, forderte Manfred seine Freundin auf. Er hielt sich dabei ein Taschentuch vor die Nase, weil sie immer noch blutete.

Das Mädchen berichtete. Es redete sich dabei all seinen Kummer von der Seele. Alceste hatte zu diesem Kommissar irgendwie Vertrauen gefaßt. Obwohl der Mann von einigen Schlägen gezeichnet war, hatte er sein Lächeln und seinen Optimismus doch nicht aufgegeben.

»Dann sind Sie hier zu Hause?« stellte er zum Schluß erstaunt fest.

»Ja.«

»Das ist doch wunderbar.« Will hob seine gefesselten Hände und deutete in die Runde, »da wissen Sie sicherlich einen Ausweg aus dieser Misere?«

Alceste schüttelte den Kopf. »Auf keinen Fall, Herr Mallmann. Ich bin ebenso schlau wie Sie.«

»Was heißt das?«

»Ich kenne mich in diesem Keller nicht aus. Ich bin zum erstenmal hier unten. Mein Vater hat mir verboten, die Luke zu öffnen.«

»Woran Sie sich auch gehalten haben?«

»Natürlich.«

Will Mallmann wollte noch etwas fragen, verschluckte die Worte jedoch, weil er von oben Schritte hörte. Auch die anderen hatten sie vernommen, und Manfred Riegel meinte: »Da ist jemand gekommen. Sicherlich dein Vater.«

»Nein, der läuft anders«, widersprach Alceste.

Manfred Riegel runzelte die Stirn. »Wer kann es dann sein?« Unwillkürlich senkte er seine Stimme.

Schulterzucken, aber alle drei schauten zur Luke hoch, deren Umrisse sich schwach unter der Decke abhoben.

Dann knirschte oben der Riegel.

Die Menschen hielten den Atem an.

Langsam wurde die Luke hochgezogen. Undeutlich zeichnete sich in dem Rechteck ein Gesicht ab.

Ein Gesicht, das Will Mallmann kannte.

Es gehörte Wachtmeister Nese!

»Das ist er!« zischte Will. »Das ist der Mann, der mich hergeschafft hat!«

Nese hörte die Worte und lachte kichernd. »Ja, das war ich.

Und ich will sehen, wie ihr sterben werdet.« Wieder lachte er, und auf seiner Stirn glühte es dunkelrot auf.

Das Auge!

Plötzlich war von dem Gesicht nichts mehr zu sehen. Es wurde nur noch von dem Auge beherrscht, mit dem der Wachtmeister in die Tiefe starrte.

Das Mädchen schrie auf und klammerte sich ängstlich an seinem Freund fest, während Will Mallmann reagierte, die Köpfe der beiden packte und sie nach unten drückte.

»Seht nicht hin!« befahl er. »Ihr dürft nicht in das verdammte Auge schauen!«

Nese lachte wieder. »Das nützt euch nichts. Ihr seid sowieso verloren. Wenn der Zyklop aus der Hölle kommt, gibt es kein Entrinnen mehr. Nicht für euch!«

Nach diesen Worten schmetterte er die Luke wieder zu.

»Die Gefahr ist gebannt«, sagte der Kommissar, »aber wer, zum Henker, ist der Zyklop aus der Hölle? Wißt ihr das?« Er schaute die beiden jungen Leute fragend an.

Sie schüttelten die Köpfe. Ratlosigkeit zeichnete sich auf ihren Gesichtern ab.

Über ihnen wurde der Riegel wieder vor die Luke geschoben. Damit war die Chance vorbei, die sich Will Mallmann ausgerechnet hatte. Der Kommissar war davon ausgegangen, auf die Schultern des Jungen zu steigen und die Luke hochzudrücken, doch mit dem Riegelverschluß konnte er seine Hoffnungen begraben.

Will schaute sich um. Was er sah, war nicht gerade ermutigend. Es brannten zwei Kerzen, die den Keller unter dem Haus erhellten, aber es gab keinen zweiten Fluchtweg.

Die Wände waren feucht, kein Wunder in dieser Gegend. An einigen rann sogar Wasser herab und sammelte sich auf dem Boden zu einer dicken Pfütze. An einer Stelle wurde die Decke durch zwei dicke Holzstempel abgestützt, ähnliche Dinger, wie man sie früher in den Bergwerken verwendet hatte. Auch sie zeigten bereits Risse und die ersten Anzeichen von Fäulnis.

Der Mittelpunkt des unterirdischen Verlieses war jedoch ein kreisrunder Mühlstein, der irgendwie an einen Altar erinnerte. Er stand auf einem kleinen Sockel und war an den Rändern sorgfältig abgeschliffen. Das Licht der brennenden Kerzen fiel auf die dunkle Steinplatte, die mit fingerhohem Staub bedeckt war.

Will Mallmann interessierte die Platte besonders. Er trat näher und blies den Staub zur Seite.

Ein paar Linien, in den Stein eingeritzt, kamen zum Vorschein. Mallmann nahm jetzt seine Hand und putzte einen Teil der runden Platte blank.

Aus den Linien formte sich eine Figur. Eine Figur, die jeder schon einmal gesehen hatte. Auf irgendeinem Bild oder einer Zeichnung.

Es war der Teufel!

Seine Fratze nahm die gesamte Fläche der Platte ein. Dieser dreieckige Ziegenbockschädel mit den beiden Hörnern auf der breiten Stirn. Dazu das gebleckte Gebiß, die langen, stiftartigen Zähne und das böse Grinsen.

Ja, so wurde der Höllenfürst seit altersher gezeichnet, und Will Mallmann hatte nun keine Zweifel mehr, daß der Teufel in diesem Haus eine große Rolle spielte.

Die beiden jungen Leute traten neben ihn und sahen sich ebenfalls die Platte an.

»Das ist ja der Schädel des Teufels«, flüsterte das Mädchen.

Will nickte nur. Dabei blickte er auf Manfred Riegel, der sich gebückt hatte und unter den Rand der Steinplatte schaute.

»Haben Sie was entdeckt?« fragte der Kommissar.

»Ja, einen Eisenring und eine Manschette.« Er hob sie hoch, bis sich die Kette straffte.

Mallmann sah an der anderen Seite nach.

Dort befand sich ebenfalls solch ein Ring.

»Wofür sind die?« fragte das Mädchen.

»Ich weiß es nicht«, log Will Mallmann.

Da lachte Manfred Riegel auf. »Warum sagen Sie ihr nicht die Wahrheit, Kommissar? Diese Platte ist doch nichts anderes als ein Opferstein, und ich kann mir auch vorstellen, wer hier sein Leben verlieren soll. Wir – oder?«

»Keine Ahnung. Dann sind Sie schlauer als ich.«

Manfred schüttelte den Kopf. »Ist doch klar, Herr Mallmann. Wir wollen uns nichts vormachen. Das hier ist eine Brutstätte des Satans.«

»Sie kennen sich aber aus.«

Manfred nickte. »Ja, ich habe genügend Horrorromane gelesen und auch entsprechende Filme gesehen. Meine Freundin sollte sich vorhin ausziehen, jetzt weiß ich, warum. Nackt für den Teufel, so lautet die Devise. Ich habe mal aus Spaß eine Schwarze Messe besucht. Dort waren die Menschen unter ihren Kutten auch nackt, und auf den schwellenden Kissen war überall die Fratze des Teufels abgebildet. Meine Güte, die haben es getrieben...«

»Seid mal still!« zischte Mallmann. Er hatte Geräusche gehört und sich auch nicht getäuscht, denn wenig später wurde die Luke zum zweitenmal geöffnet.

Sie schauten hoch.

Diesmal sahen sie den Unheimlichen mit dem einen Auge nicht. Dafür aber einen großen Gegenstand, den sie nicht identifizieren konnte. Die Zeit reichte nicht, denn der Gegenstand wurde gekippt.

Etwas polterte in die Tiefe und knallte zu Boden. Dicht neben dem Altar blieb die Gestalt auf dem Rücken liegen.

Alceste erlitt einen Schreikrampf. »Mutter!« schrie sie, als sie die leeren Augenhöhlen der Toten auf sich gerichtet sah.

Dann brach sie zusammen.

Das Boot hatte auch einen Motor, aber der freundliche Helfer stellte ihn noch nicht an, sondern ruderte erst einmal weg, hinaus in die Mitte des grasbewachsenen Moors.

Er war schweigsam, sprach in den nächsten zwei Minuten kein einziges Wort, sondern tauchte nur im gleichmäßigen Rhythmus die Ruder an.

Wieder malmte der Kiefer des Mannes, als würde er auf Gummi kauen. Dann schob er die Oberlippe vor und ließ seine kräftigen Zähne sehen. Er hatte stark behaarte Arme – die Ärmel waren hochgekrempelt –, und seine Haut zeigte einen etwas ungesunden Schimmer.

Nun ja, keiner konnte sich malen, auch ich war nicht der Schönste. Um überhaupt etwas zu sagen, bot ich ihm eine Zigarette an.

Er schüttelte den Kopf.

Ich steckte die Schachtel ebenfalls wieder weg.

Dann fragte ich: »Wohnen Sie schon lange hier im Moor?«

»Einige Zeit.«

Aha, er konnte doch wieder sprechen. »Und es ist Ihnen nicht zu langweilig?«

»Nein, warum? Hier habe ich alles, was ich brauche. Vor allen Dingen Ruhe.«

»Sie mögen keine Menschen?«

»Stimmt!«

»Und doch haben Sie mich mitgenommen.«

Er hob nur die Schultern.

»Ist ja auch egal. Jeder ist seines Glückes Schmied, und ich freue mich, daß mein Unglück noch so gut verlaufen ist.«

»Man sollte eben nicht allein ins Moor gehen«, bemerkte er.

»Ja, da sagen Sie was.« Ich schaute einem Vogel nach, der dicht über unseren Köpfen der Wasserfläche entgegenstrebte und plötzlich einen zappelnden Frosch im Schnabel hielt. Dann stieg das Tier wieder in die Luft. Es war sehr schnell nicht mehr zu sehen.

Inzwischen hatte die Dämmerung eingesetzt. Die Sonne war verschwunden, Kühle und Feuchtigkeit stiegen vom Grund her hoch, die ersten Abendnebel krochen über das Land. Es gab kaum einen Tag, wo es im Moor nicht neblig war.

Auch wir wurden von Dunstschwaden umhüllt, und ich verzog skeptisch das Gesicht.

»Sie brauchen keine Angst zu haben. Ich finde schon zurück«, sagte Karl Merkens.

»Ich denke auch nicht so sehr an mich, sondern an einen Freund von mir. Er ist Deutscher.«

»Hier aus der Gegend?«

»Nein, er hatte nur hier zu tun. Wir wollten uns treffen, doch jetzt ist er nicht da. Wie vom Erdboden verschluckt. Ich habe Angst, daß ihm etwas passiert ist.«

Merkens hob die Ruder aus dem Wasser und startete den kleinen Außenborder, wobei er mit der rechten Hand die Ruderpinne hielt. »Wie heißt denn Ihr Freund?«

»Will Mallmann!«

Er hob die Schultern. »Kenne ich nicht.«

»Das glaube ich Ihnen gern. Ich werde auf jeden Fall noch an diesem Abend in den nächsten Ort fahren. Wissen Sie vielleicht, wie man dort von Ihnen aus am besten hinkommt?«

»Mit dem Fahrrad.«

Ich lachte. »Erst einmal solch ein Ding haben.«

»Ich könnte Ihnen eins leihen. Das von meiner Tochter.«

Ich war überrascht. »Sie leben nicht allein?«

»Nein.«

»Was sagt Ihre Frau zu diesem Leben im Moor?«

»Sie ist tot.«

»Oh, das tut mir leid.«

Merkens hob den Kopf. »Es braucht Ihnen nicht leid zu tun. Olga war eine verdammte Hexe. Mit ihr hat alles angefangen. Ich bin...« Er verstummte, als hätte er Angst, etwas Falsches zu sagen.

Ich schöpfte noch keinen Verdacht. Seine Frau als Hexe zu bezeichnen, ist schließlich normal. Welcher Ehemann hatte das noch nicht getan? Sogar mein Freund Bill Conolly.

Der Nebel wurde dichter. Und er wanderte. Er blieb nicht an einer Stelle, sondern breitete sich gleichzeitig in alle vier Himmelsrichtungen aus.

Als würde man ein Tuch aufdecken, um das riesige Teufelsmoor damit zu schützen.

Vorhin hatte ich noch die Umrisse von weiter entfernt wachsenden Bäumen wahrnehmen können, jetzt mußten wir schon dicht an den kleinen Inseln vorbeifahren, um überhaupt etwas zu erkennen. Gespenstisch wirkten die Bäume und Büsche. Wie Lebewesen, die plötzlich bei Dunkelheit erstarrt zu sein schienen.

Ich hörte die geheimnisvollen Geräusche des Moors und erschrak einmal heftig, als dicht vor uns eine fette Kröte ihren Körper ins Wasser wuchtete.

Ich fror, denn meine Kleidung wurde bei diesem Wetter beileibe nicht trocken.

»Wie lange brauchen wir noch?« fragte ich den Alten und schlug fröstelnd die Arme gegen den Körper.

»Ein paar Minuten, dann können Sie sich was Warmes über-
ziehen und auch einen Rum trinken.«

»Darauf freue ich mich schon.«

Merkens nickte und schaute mich mit seinem seltsamen Blick
an. Irgendwie taxierend war er, wie ein Viehhändler schaut, der
den zu kaufenden Bullen abschätzt. Dabei grinste Merkens,
doch als er bemerkte, daß auch ich ihn ansah, hatte er sich sofort
wieder in der Gewalt.

Ich schwieg ebenfalls und starrte nur in den Nebel, der dick
und hellgrau vorbeizog. Er wirkte auf mich wie eine geheimnisvolle, schützende Wand, die auf nichts Rücksicht nahm und alles
verbarg, auch die schlimmsten Verbrechen.

Es tauchten aber auch die Umrisse einiger Bäume oder Sträucher aus der Suppe auf, genau konnte ich das nicht sagen, dazu
war die Sicht zu schlecht.

Merkens stellte den Motor aus. Das Boot glitt, noch von seiner
eigenen Fahrt angetrieben, weiter, und der Mann griff jetzt zu
den Rudern. Für mich ein Zeichen, daß wir unser Ziel bald erreicht hatten.

Ich wollte mich wirklich nicht lange bei Karl Merkens aufhalten, nur so rasch wie möglich Kommissar Mallmann finden. Ich
hätte doch Suko mitnehmen sollen, vier Augen sehen mehr als
zwei.

Es klatschte, als Merkens die Ruderblätter ins Wasser tauchte.
Ich bekam Spritzwasser mit, und der Mann ruderte mit kräftigen Armbewegungen. Er konnte die Ruder in dem seichten Wasser nicht sehr tief eintauchen.

Dann rauschten wir in einen Schilfgürtel, der allerdings nicht
dicht und auch nicht lang war. Danach schabte der Kiel über
Grund, und das Boot wurde gestoppt.

»Wir sind da!« meldete Karl Merkens.

Ich erhob mich, ließ aber erst Merkens aussteigen, bevor ich
ihm folgte.

Der Boden war mit Schlick und Schlamm bedeckt. Bis zu den
Schienbeinen sank ich ein, während ich Merkens folgte. Nach
wenigen Schritten wurde es besser. Wir erreichten trockeneren
Boden und stiegen einen kleinen Hang hoch.

Dabei erlebte ich ein Phänomen.

Plötzlich war der Nebel verschwunden. Das heißt, er war noch vorhanden, jedoch nur unterhalb meines Halses. Ich konnte über den Nebel hinwegschauen.

Es mußte für einen Fremden so aussehen, als würden unsere Köpfe auf dem Nebel tanzen.

Ich sah ein Haus. Wir gingen direkt darauf zu. Viel hatte ich ohnehin nicht erwartet, aber diese schiefe Holzbude untertraf noch meine sowieso nicht hoch angesetzten Erwartungen. Dabei sah sie im Dunkeln nicht mal so schlimm aus. Im Hellen war es bestimmt eine Strafe, sie zu betrachten.

Vor der Hütte standen einige Erlen, und ein Moped lehnte an der Wand.

Merkens blieb stehen. Fast wäre ich gegen ihn gelaufen.

»Wundern Sie sich nicht, wenn ich kein Licht anknipse, aber wir haben keins.«

»Wenn Sie sich ohne Licht glücklich fühlen, warum nicht?«

»Eben.«

Er ging weiter. Ich wunderte mich über das Fahrzeug, das, an die Hauswand gelehnt, dort stand. Ein wenig Technik schien auch hier seinen Einzug gehalten zu haben.

Merkens schloß die Tür auf, die erbärmlich in den Angeln quietschte, und bedeutete mir, einen Augenblick zu warten.

»Ich werde Licht machen.«

Er verschwand im Haus. Die Tür ließ er zur Hälfte offen. Ich sah eine flackernde Streichholzflamme und schaute dann zu, wie der Nebel langsam immer höher stieg.

Jetzt hatte er schon mein Gesicht erreicht. Obwohl ich dicht vor der Hütte stand, begannen deren Konturen zu verschwimmen.

»Kommen Sie!«

Ich betrat das Haus und stolperte erst einmal über eine Holzstufe, bevor ich in der winzigen Diele stand.

Sofort fiel mir der muffige Geruch auf. Die letzten drei Jahre hatte hier jemand vergessen zu lüften. Selten habe ich in einem Haus solch einen feuchtmuffigen Geruch erlebt, höchstens in irgendwelchen alten Kellern.

Es brannten zwei Petroleumfunzeln, die den Flur einigermaßen erhellten und auch einen Spiegel aus der Dunkelheit rissen. Dem Spiegel gegenüber befand sich eine Tür, die Karl Merkens jetzt ansteuerte. Er blieb stehen, bevor er das Zimmer betrat.

»Warten Sie noch einen Moment, ich lege Ihnen nur eine Decke heraus.«

Ich nickte.

Merkens verschwand.

Auf die Tochter war ich gespannt, doch ich hörte und sah sie nicht. Wer es hier aushielt, konnte meiner Ansicht nach nicht alle Tassen im Schrank haben.

Ruhig war es nicht. Überall knisterte es im Holz. Das Haus lebte.

Merkens kam zurück. Er trug eine Kerze, die er auf einen Teller gestellt hatte.

»Ich habe Ihnen Licht gemacht.« Die Tür hatte er offengelassen.

Ich bedankte mich durch ein Kopfnicken, ging an ihm vorbei und betrat das Zimmer.

Es war winzig.

Zwei Schritte höchstens brachten mich an die gegenüberliegende Wand. Zwei Kerzen brannten. Sie standen auf einer alten Kommode, in der die Holzwürmer sicherlich wahre Orgien feierten.

Genau einen Schritt kam ich weit, als ich hinter mir das verräterische Pfeifen hörte.

Ich wollte mich noch herumdrehen, aber es war schon zu spät. Etwas traf mit ungeheurer Wucht meinen Nacken, und einen Atemzug später raste der Boden auf mich zu.

Du Idiot, dachte ich. Und dann hatte ich erst einmal Sendepause...

Weder Will Mallmann noch Manfred Riegel waren schnell genug, um das Mädchen aufzufangen. Alceste verlor den Halt und fiel schwer zu Boden.

Dicht neben der grauenhaften Gestalt blieb sie liegen.

Manfred Riegel war näher bei ihr. Er ging neben seiner Freundin in die Knie, streckte die gefesselten Hände aus und hob Alcestes Kopf an.

»Sie ist bewußtlos.«

Will Mallmann nickte. »Das ist vielleicht auch besser so.«

Manfred blieb in seiner Haltung hocken. »Was hat sie wohl gemeint, als sie Mutter rief?«

Mallmann lächelte schmal. »Was wohl?«

Die Augen des jungen Mannes wurden groß. »Meinen Sie, daß diese Gestalt hier...?«

»Ja, das meine ich. Es ist ihre Mutter.«

»O Gott! In was sind wir da hineingeraten«, flüsterte der Biologiestudent aus Bremen.

Da hatte er verdammt recht, aber Will Mallmann wollte das nicht zugeben, der Junge sollte seinen Mut behalten. »Kümmern Sie sich um Ihre Freundin«, sagte der Kommissar und ging neben der Leiche in die Knie.

Ihn schauderte, als er in das Gesicht blickte. Es war wirklich eine Sinfonie des Schreckens. Jemand mußte die Reste der Haut und auch die hervorstehenden Knochen mit irgendeinem konservierenden Öl eingerieben haben, denn so glänzten Schädel, Hände und auch Füße.

Die Frau trug noch ein langes blaues Kleid, auf dem dick der Staub lag und das die ersten Reste von Zerfall aufwies. Leben war nicht mehr in ihr.

Auch kein untotes.

Letzteres war wichtig, denn wenn man ihnen eine Zombie in das Verlies geworfen hatte, war alles aus. Sie hatten keine Waffen, mit denen sie sich gegen einen Untoten hätten verteidigen können.

Will überwand sich selbst, faßte die Tote unter und schleifte sie an der runden Steinplatte vorbei in den Hintergrund des Verlieses. Dort wurde sie nicht sofort gesehen.

Manfred Riegel war damit beschäftigt, seine Freundin aus dem Reich der Ohnmacht zu holen. Er schlug ihr leicht ins Gesicht, tätschelte die Wangen und rief immer wieder ihren Namen.

Er hatte Erfolg.

Plötzlich schlug das Mädchen die Augen auf und fuhr mit einem leisen Ruf des Schreckens in die Höhe.

Manfred umfaßte sofort ihre Schultern und drückte sie wieder zurück. »Du mußt liegenbleiben, Alceste.«

»Nein.« Sie widerstand dem Druck und schüttelte den Kopf. »Ich kann es nicht.«

»Lassen Sie sie«, sagte der Kommissar.

Manfred nickte und stand auf, wobei er Alceste die Hand reichte, um sie hochzuziehen.

Alceste kam auf die Füße.

Sie verzog das Gesicht, als sie die Handschellen sah. Die Ringe hatten bei allen tiefe Spuren in der Haut hinterlassen.

»Wo ist sie?« fragte Alceste und schaute sich furchtsam um. Rasch stellte sich der Kommissar so hin, daß sie ihre Mutter nicht sehen konnte.

»Sie ist tot«, sagte Manfred, drehte Alcestes Kopf und streichelte ihre Wangen. »Sie ist tot, und sie bleibt tot.«

Das Mädchen nickte unter Tränen.

»Was ist mit Ihrer Mutter geschehen?« wollte der Kommissar wissen, dessen berufliche Neugierde verständlicherweise groß war.

»Ich weiß es nicht.«

»Aber Sie müssen sie doch gesehen haben!«

»Nein!« Alceste schrie gequält auf, worauf Manfred den Kommissar vorwurfsvoll anschaute. »Ich habe sie erst heute gesehen, vorher konnte ich sie nicht sehen. Mein Vater hat sie vor mir versteckt, so glauben Sie mir doch.«

»Das bestreitet auch niemand«, erwiderte der Kommissar. »Nur – wann ist sie umgekommen?«

»Schon vor langer Zeit. Vater hat mir immer gesagt, sie wäre im Moor versunken. Dann, als er mal getrunken hatte, meinte er, daß sie eine Hexe gewesen sei.«

»Hat er sie umgebracht?« fragte Manfred.

»Vielleicht.«

Will wollte noch einmal auf die Hexe zu sprechen kommen. »Ist er näher darauf eingegangen, was er mit dem Wort Hexe meinte?«

»Nein.«

»Denken Sie nach.«

»Wirklich nicht.«

»Hat sich Ihre Mutter vielleicht seltsam benommen?« forschte der Kommissar.

»Wie meinen Sie das?«

»War sie anders als normale Frauen? Hat sie sich mit okkulten Dingen beschäftigt?«

»Nicht, daß ich wüßte. Sie war sehr mit der Natur verbunden, ist oft ins Moor gegangen.«

»Haben Sie sie begleitet?«

»Nie, ich hatte Angst. Außerdem wollte sie es auch nicht.«

Manfred Riegel fragte den Kommissar: »Was schließen Sie daraus, Herr Mallmann?«

Der Kommissar zögerte mit der Antwort. Er wollte die beiden jungen Leute nicht erschrecken und ihnen irgend etwas von Hexen erzählen. Will wußte, daß es solche gab. Er selbst hatte sie kennengelernt und dachte nur mit Schaudern daran zurück. Daß sich Frau Merkens mit der Natur beschäftigte, war ein weiteres Indiz, denn es gab Hexen, die sehr naturverbunden waren und mit Erdgeistern sowie zahlreichen anderen Wesen in Verbindung standen.

Manfred ließ nicht locker. »Warum sagen Sie nichts, Herr Kommissar?«

»Ich kann einfach nicht daran glauben.«

»Ich auch nicht.«

»Mehr wissen Sie nicht?« wandte sich der Kommissar noch einmal an das Mädchen.

»Nein.«

»Sie haben ein seltsames Familienleben gehabt.«

Alceste nickte. »Da sagen Sie was. Aber irgendeine schlimme Sache muß mein Vater auf dem Gewissen haben, eine andere Erklärung finde ich einfach nicht.«

Das war gut möglich. Nur wie kam dieser Zyklop ins Spiel? Irgendwie paßte er nicht hinein, fand Mallmann.

Er brauchte sich auch keine weiteren Gedanken darüber zu machen, denn von oben hörten sie abermals Geräusche.

Es waren schreckliche Laute. Stöhnen, Wimmern, Schmatzen und Heulen.

Töne, die das Mädchen noch nie in seinem Leben gehört hatte. Ängstlich klammerte sich Alceste an ihrem Freund fest.

»Himmel, was ist das?« flüsterte sie.

Manfred hob die Schultern und schaute zu Will Mallmann hin, der auch keine Erklärung wußte.

Dann wurde es still.

Aber nicht lange, denn zwei Atemzüge später knirschte der Riegel in der Verankerung.

Plötzlich flog die Klappe hoch.

Die drei starrten nach oben.

Und alle sahen ihn.

Der Zyklop aus der Hölle war da!

Der Hieb hatte mich zwar voll getroffen, aber nicht völlig ausschalten können. Ich war nur paralysiert und bekam mit, was in meiner unmittelbaren Umgebung geschah.

Ich hörte Schritte. Sie dröhnten nahezu in meinen Ohren und verstummten erst dicht neben mir. Eine harte Hand faßte nach meiner Schulter und drehte mich auf den Rücken.

Ich ließ alles mit mir geschehen, auch als die Hand über meinen Körper tastete, die Beretta aus dem Holster zog und sie zu Boden schleuderte. Begleitet wurde dies von einem triumphierenden Lachen.

Im nächsten Augenblick spürte ich etwas Kaltes unter meinem Kinn. Es war eine Gewehrmündung.

»Sieh mich an!« vernahm ich eine bekannte Stimme.

Bewegen konnte ich mich zwar nicht, aber ich hob die Augendeckel und war nicht einmal überrascht, Wachtmeister Nese vor mir stehen zu sehen.

»Na, wie gefällt dir das?« fragte er.

Ich konnte nicht antworten, weil es mir nicht gelang, den Mund aufzumachen.

Ich starrte ihn nur an.

Er sah fast normal aus. Sein Gesicht, die beiden Augen – aber zwischen der Stirn sah ich einen Abdruck des dritten.

Er stand also noch immer unter dem Bann des Zyklopen.

Wenn er jetzt schoß, dann war ich verloren, aber er überlegte es sich und ließ nur den Zeigefinger am Abzug, ohne ihn zurückzuziehen.

Und langsam wich die Lähmung. Ich konnte plötzlich wieder meine Fingerspitzen bewegen, ja, sogar die Hand. In meinem Körper kribbelte es, ein Gefühl, das quer über den Rücken lief und auch höher wanderte, bis es die Schultern und den Hals erreichte.

Ich hätte schreien können vor Freude. Statt dessen tat ich nichts und blieb ruhig liegen.

Der Kerl vor mir durfte nichts merken.

Ich schielte an ihm vorbei auf die Tür. Ein Schatten tauchte dort auf.

Es war Karl Merkens. Er kam ins Zimmer. Bewaffnet war er nicht. Das brauchte er auch nicht, denn Wachtmeister Nese hielt mich nach wie vor in Schach.

Neben mir blieb Merkens stehen.

Einen Retter hatte ich ihn genannt, verdammt, genau das Gegenteil war der Fall. Er hatte mich in eine Falle geführt, und ich Vollidiot war hineingetappt.

Er schaute auf die Pistole, grinste und trat sie dann weg. »Die brauchst du nicht mehr!«

Ich riß mich zusammen, räusperte mir die Kehle frei und stellte die erste Frage.

»Warum halten Sie mich hier gefangen?«

»Weil du eine Gefahr darstellst.«

»Und wieso?«

»Frag ihn.« Er deutete auf Wachtmeister Nese. »Dein Freund, dieser Kommissar, hat ihm brühwarm berichtet, daß du aus London kommen würdest. Ich habe dich gesucht, als ich feststellte, daß du nicht im Moor verreckt bist. Dafür wirst du jetzt sterben.«

»Sie kennen meinen Freund?«

»Natürlich.«

»Wo ist er?«

Merkens deutete nach unten. »Im Keller. Dort habe ich ihn eingesperrt, nachdem Nese ihn hergeschafft hat. Genau wie die anderen.«

»Welche anderen?« hakte ich nach, denn meine Neugierde war längst nicht befriedigt. Nichts geschah ohne Motiv, auch hier nicht. Ich mußte es herausbekommen.

»Meine Tochter und ihren Freund«, bekam ich zur Antwort.

Ich war geschockt. »Sie haben Ihre Tochter...?«

»Ja!« knirschte er. »Es mußte einfach sein, verdammt. Sie wird sterben, du mußt sterben, alle werden sterben!« Er kicherte hohl. »Ich kann keine Zeugen gebrauchen, ich, der...« Was er weiter sagte, verstand ich nicht, denn er verschluckte die Worte.

Ich wartete, bis er sich beruhigt hatte, und stellte meine nächste Frage: »Warum tun Sie das alles? Warum nur, Merkens? Sie müssen doch einen Grund haben!«

Seine Augen wurden klein, blutunterlaufen. »Ja, Sinclair, ich habe einen Grund. Einen verdammten Grund sogar.« Er ballte die Hände zu Fäusten und starrte mich wild an.

Ich hielt dem Blick stand.

War er normal? In seinen Augen sah ich nur ein düsteres Flackern, aber das dritte Auge erschien auf seiner Stirn nicht. Wo steckte der Zyklop, um den sich alles drehte?

»Nennen Sie mir den Grund!« forderte ich ihn auf, und es gelang mir sogar zu lächeln. »Ich bin schließlich so gut wie tot und werde nichts mehr verraten können. Sprechen Sie sich aus, Merkens.«

»Ja«, sagte er, »ich rede. Und danach wirst du sterben, Schnüffler.«

Wie oft hatte ich die Prophezeiung schon gehört. Ich störte mich kaum noch daran. Schlimm war dieser andere, der mir die Gewehrmündung gegen die Kehle drückte und keinen Millimeter wich, so daß es mir schwerfiel, Luft zu bekommen.

»Gib gut auf ihn acht!« zischte Merkens, dann ging er einen halben Schritt zurück und begann zu reden.

»Vor zwanzig Jahren begann alles. Da lernte ich meine Frau kennen. Sie war hübsch, so verdammt hübsch mit ihren langen schwarzen Haaren, wie meine Tochter sie auch hat. Ich verliebte mich Hals über Kopf in sie, und ich war ihr auch nicht gleichgültig. Als ich sie fragte, ob sie mich heiraten wollte, da sagte sie zu meiner Überraschung ja, obwohl ich ihr nichts bieten konnte. Nur ein Haus im Moor. Aber sie wollte weg, fort aus der verdammten Stadt, weg vom Hafen, wo man sie hingeschickt hatte, und nur deshalb sagte sie ja. Wir zogen also ins Moor, und sie war mir eine gute Frau. Unsere Tochter kam, und dann merkte ich, wie sehr sich meine Frau veränderte. Nachts schlich sie oft ins Moor. Zuerst habe ich es gar nicht bemerkt, doch als es mir auffiel, war es schon zu spät. Da hatte sie längst den Pakt geschlossen.«

»Welchen Pakt?« unterbrach ich ihn.

Er holte tief Luft und redete weiter. »Einen Pakt mit dem Teufel hat sie geschlossen.«

Man sah Merkens die Erregung an. Seine Gesichtsmuskeln zuckten, die Augen schienen dunkel zu brennen, er atmete schwer und keuchend, die Hände öffneten und schlossen sich.

»Sie saß am Sumpf. Ich habe sie genau gesehen, als ich ihr einmal folgte. Sie hockte dort und sprach irgend etwas. Die Sprache hatte ich noch nie gehört, aber dann warf sie ihre Kleider weg und stand nackt im Mondlicht. Sie heulte den Mond förmlich an und schrie immer lauter, bis eine gewaltige Teufelsfratze über dem Moor erschien und sie umgab wie einen Mantel. Dann verschwanden die beiden. Ich ging wieder zurück, und am nächsten Morgen lag sie in meinem Bett, als wäre nichts geschehen. Mehrere Male schlich ich ihr nach und beobachtete sie, bis ich sie eines Tages zur Rede stellte. Da lachte sie mir ins Gesicht. Noch heute klingen die Worte in meinen Ohren nach. Ja, du Idiot, ich bin eine Hexe, ich bin eine Gespielin des Satans. Hast du das nicht gewußt, du armer Irrer? Sie lachte mich aus und tanzte um mich herum wie eine Furie. Ich wurde wütend, ich sah alles zusammenbrechen, und dann habe ich es getan. Ich, Kerl Merkens, habe meine Frau erschlagen, die Leiche gepackt und in den Sumpf geworfen.«

Es war ein Mordgeständnis, das er da unter Zeugen gemacht hatte. Aber konnte man ihn jetzt noch verurteilen? Ich wollte jetzt noch mehr von ihm hören, denn noch war die Existenz des Zyklopen nicht geklärt.

»Was geschah dann?« fragte ich ihn.

Er lachte rauh. »Jetzt begann der schlimmste Horror, denn ich mußte für meine Tat büßen. Eines Morgens wachte ich auf, und da lag sie neben mir im Bett. Meine Frau«, flüsterte er. »Sie lag tatsächlich neben mir. Sie trug noch immer ihr blaues Kleid, aber sie war zum Teil schon verwest, ein furchtbarer Anblick. Ich drehte fast durch, wußte mir keinen Rat, bis plötzlich der Satan erschien. Auf einmal schwebte auch die Fratze bei mir im Zimmer, und der Teufel hielt mir meine Tat vor. Ich war geschockt, daß ich nichts erwidern konnte, er aber lachte mich aus, und dann schleuderte er mir seine Strafe entgegen. Ich sollte mein Leben lang für das büßen, was ich getan hatte. Und ich sollte mein Leben lang mit der Frau zusammensein, die ich geheiratet hatte. In diesem Zimmer hat sie ihren Platz gefunden, und ich habe immer abgeschlossen, damit niemand hineinkonnte. Das war der erste Teil der Strafe. Er war schon schlimm genug, der zweite aber war viel schlimmer. Ich mußte im Keller eine Kultstätte für den Satan einrichten. Einen Altar, auf dem er sich mit seinen jungen Hexen vergnügte. Weigern konnte ich mich nicht, dann hätte er mir die Tochter genommen. Und als ich das getan hatte, strafte er mich weiter. Er machte mich zu seinem Diener!«

Jetzt hörte Merkens auf zu sprechen. Er schwitzte so stark, daß sein Gesicht glänzte, als wäre es mit einer Speckschwarte eingerieben worden.

Ich dachte darüber nach, ob ich ihn bedauern oder hassen sollte. Wahrscheinlich ein Mittelding von beidem.

»Dann haben Sie weitergemordet?« fragte ich.

»Ja und nein. Wenn jemand meinem Geheimnis auf die Spur kam, habe ich ihn mir geholt. Wie diesen Verbrecher, den dein Freund gejagt hat. Ich war in dieser Nacht im Moor unterwegs, er sah mich, und dafür mußte er sterben. Nur tote Zeugen reden nicht, du kennst ja dieses Sprichwort.«

Ja, das kannte ich in der Tat.

Aber ein anderer Gedanke war mir gekommen. Ein erschreckender sogar. Wenn Merkens davon sprach, daß er den Verbrecher umgebracht und Will mir am Telefon berichtet hatte, daß es der Zyklop gewesen war, dann gab es nur einen Schluß.

Karl Merkens und der Zyklop waren ein und dieselbe Person.

Der Mann schien zu ahnen, welche Gedanken mich bewegten, denn er nickte heftig.

»Klar!« schrie er dann. »Du hast richtig gefolgert. Ich bin der Zyklop. Ich ganz allein bin der Zyklop des Satans und werde es bis in alle Ewigkeit bleiben.« Er lachte wild, stampfte mit dem Fuß auf, und dann begann seine Verwandlung.

Ich erlebte in diesem Zimmer den reinsten Horror.

Seine Haut nahm plötzlich eine andere Farbe an. Sie begann, bläulich zu schimmern, wurde rauher und spröder, so daß sie mich irgendwie an Leder erinnerte. Plötzlich wuchsen die Haare. In Strähnen fielen sie links und rechts neben dem Kopf herab, bis die Spitzen fast die Schultern berührten. Die Kleidung zersprang, als sich der Körper ausdehnte, und ich hatte das Gefühl, unsichtbare Hände würden den Stoff zerreißen. Dafür wölbte sich der Bauch vor, und er trug jetzt einen Lendenschurz. Aus den Händen wurden Pranken. Das Gesicht verflachte, die Pupillen der Augen drehten sich, Haut schob sich nach oben und ließ die Augenhöhlen zuwachsen.

Als Ersatz entstand das Zyklopenauge. Zuerst sah ich mitten auf der Stirn nur ein rötliches Schimmern, das jedoch von Sekunde zu Sekunde stärker wurde, an Intensität zunahm und mir schließlich wie ein Gruß aus der Hölle entgegenleuchtete.

Fremde, schreckliche Gedanken wollten in mein Hirn dringen, und ich kämpfte hart dagegen an. Ich spürte, wie sich das Kreuz leicht erwärmte, die Gedanken wurden weit fortgetragen, ich sah wieder alles klar und deutlich vor mir.

Die gesamte Verwandlung ging nicht ohne Laute über die Bühne. Er heulte und wimmerte, klagte und schrie. Wie ein Werwolf, der sich bei Vollmond gegen seine Verwandlung stemmt und weiß, daß er doch verlieren wird.

Auch der Zyklop gewann nicht.

Er blieb ein Monster.

Plötzlich troff Geifer aus seinem Maul. Er klatschte zur Erde und bildete dort nasse Stellen.

Der Zyklop ging auf die wacklige Kommode zu, bückte sich, zog eine Tür auf, griff in das Möbelstück hinein, und als seine Hand wieder zu sehen war, hielt sie eine Machete umklammert.

»Die Waffe für den Teufel!« heulte er. »Er hat sie mir gegeben!« Bei diesen Worten schwang er wild seinen Arm hoch, so daß ich Angst hatte, er würde mich umbringen.

Das geschah nicht. Er ließ die gefährliche Machete nur dicht an meinem Kopf vorbeipfeifen.

»Damit werde ich sie töten!« versprach er. »Damit!«

Ich wußte, wen er meinte.

Seine eigene Tochter!

»Nein!« schrie ich. »Um Himmels willen, nein! Lassen Sie das sein! Sie machen sich unglücklich.«

Er stand an der Tür und drehte sich noch einmal um. »Vielleicht«, so grollte er. »Vielleicht kann ich den Fluch damit löschen, indem ich dem Teufel das Leben meiner Tochter gebe!«

»Niemals!« schrie ich, und meine Stimme kippte über. »Der Satan läßt sich auf keine Geschäfte ein.«

»Bei mir ja!« Das waren seine letzten Worte, die er an mich richtete. Mit den nächsten sprach er Wachtmeister Nese an, der in den letzten Minuten kein Wort gesagt hatte.

»Töte ihn!« befahl er. »Bring ihn um!«

»Ja!« keuchte Nese.

Dann verschwand Karl Merkens und donnerte die Tür hart hinter sich zu.

Aber auch der Wachtmeister war nicht mehr der alte. Er hatte sich ebenfalls verwandelt.

Seine Augen waren nur noch Flecke im Gesicht, denn auf seiner Stirn prangte das Zyklopenauge. Er war diesem Merkens hörig und würde alles tun, was der von ihm verlangte.

Auch morden.

Und das Opfer war ich!

Das grausame Gebrüll des Zyklopen ließ die Menschen in dem kleinen Keller zusammenzucken. Wie ein Trompetenstoß schallte es ihnen entgegen, und als sie den Zyklopen sahen, war es mit Alcestes Beherrschung endgültig vorbei.

Sie schrie wie wahnsinnig.

Manfred Riegel zuckte zusammen, und auch der Kommissar verzog sein Gesicht, doch er handelte.

Mit den gefesselten Händen schlug er ihr ins Gesicht.

Zweimal.

Sie verstummte.

Da sprang der Zyklop. Er ließ sich einfach fallen, und der Boden erzitterte, als er unten aufkam. Wild schwang er seinen rechten Arm, so daß die Machete haarscharf an den Gesichtern der Menschen vorbeisauste.

Todesmutig stellte sich Manfred vor seine Freundin und deckte sie mit seinem Körper.

Der Zyklop lachte nur.

Sein linker Arm schnellte vor, die Finger krallten sich in das Haar des jungen Mannes, und mit einem Ruck schleuderte er ihn an sich vorbei.

Manfred krachte gegen die Wand und blieb dort liegen.

Dann war Mallmann an der Reihe. Er kassierte einen hinterlistigen Schlag, der ihn in die Knie sacken ließ. Wieder packte der Zyklop zu und schleuderte auch den Kommissar dorthin, wo schon Manfred Riegel lag.

Jetzt hatte er freie Bahn.

Plötzlich stand er vor seiner Tochter, hob den rechten Arm und preßte ihr die Klinge der Machete gegen den Hals.

Das Mädchen begann zu zittern. Seine Zähne schlugen aufeinander, es konnte kaum Luft bekommen, als es auf die Klinge der Machete schielte, und die Angst fraß sich langsam in sein so hübsches Gesicht. Angst vor dem eigenen Vater.

Vor einem Monster...

Sie sah den Geifer, der aus dem Maul des Zyklopen troff. Nein, das war kein Mensch mehr, das war auch nicht ihr Vater, das war eine Bestie.

»Du willst mich töten, nicht wahr?« keuchte sie.

Der Zyklop nickte.

»Dann... Dann tue es doch endlich! Schneide mir die Kehle doch durch, du Monster...«

Merkens zuckte. Die Worte hatten ihn hart getroffen. Er löste seinen Griff, wirbelte herum und wandte sich den beiden männlichen Personen zu.

Will Mallmann und Manfred Riegel hatten die Worte vernommen. Ihnen war auch klar, daß dieser Zyklop Ernst machen würde. Er würde keinen von ihnen schonen, auch nicht seine eigene Tochter. Seine Triebe waren unberechenbar und nur darauf ausgerichtet, der Hölle zu dienen und dem Teufel einen Gefallen zu tun. Will wußte ebensowenig etwas von dem Schicksal des Mannes wie Manfred, und ob beide da noch Mitleid haben konnten, war fraglich.

Anteilnahme vielleicht, aber kein Verständnis.

Der Kommissar versuchte es auch. »Laß sie laufen, Merkens«, sagte er. »Sie hat dir nichts getan!«

»Nein!«

»Was erreichst du damit?«

»Ich will wieder frei sein!«

»Bist du das nicht?«

»Der Satan hält mich gefangen. Ich muß eine Strafe abbüßen.« Während dieser Worte hob er den Kopf und schaute Will an.

Das Zyklopenauge begann zu glühen. Schlieren bewegten sich darin, und die Macht der Hölle strahlte dem Kommissar entgegen.

Er spürte die Schmerzen hinter seiner Stirn, als würden dort lautlose Explosionen stattfinden, und er senkte den Blick als auch den Kopf. Nur nicht in das Auge schauen.

Nur nicht hinschauen...

Doch dagegen hatte der Zyklop einiges. Merkens streckte seine freie Hand aus, drückte sie unter das Kinn des Kommissars und hob dessen Kopf an.

»Sieh her! Sieh mich an!« schrie er.

Mallmann schaffte es nicht mehr rechtzeitig, seine Augen zu schließen. Der Blick des Zyklopen traf seinen Kopf, und plötzlich spürte er hinter der Stirn die grausamen Gedanken. Vor ihm löste sich alles auf, wurde zu einem verwaschenen Schemen, der wie ein Tuch heranschwebte und den guten Will Mallmann einhüllte.

Will taumelte nach vorn.

Blitzschnell hob der Zyklop den Arm, und im nächsten Augenblick sauste die Machete nach unten.

Manfred Riegel brüllte auf. Er hatte Angst, daß diese Bestie Will Mallmann den Schädel abschlagen würde, doch der hieb nur mit der flachen Seite zu.

Will fiel bewußtlos zu Boden.

Merkens lachte. »Keine Bange, Bursche«, wandte er sich an Manfred Riegel, »du bist gleich an der Reihe.«

Er schritt auf ihn zu.

Manfred wich zurück, zwei Schritte schaffte er, dann spürte er die feuchte Wand im Rücken.

»Bleib weg!« keuchte er. »Verdammt noch mal, bleib weg, du Bestie!«

Der Zyklop lachte und schüttelte den Kopf.

»Nein. Niemand wird verschont. Niemand...«

Sein Auge flammte im Höllenfeuer. Manfred Riegel senkte nicht schnell genug den Blick, und sein Gehirn wurde von der Glut des Auges überschwemmt.

Beide Hände riß er hoch, preßte sie gegen Augen und Wangen und reagierte doch zu spät.

Der andere war stärker.

Auch Manfred brach in die Knie.

Wieder pfiff die Machete durch die Luft, klatschte die breite Seite gegen den Kopf des Jungen, der bewußtlos zusammenbrach.

»Das wär's«, sagte Merkens. »Ihr seid später dran.« Er drehte sich um und konzentrierte sich auf sein erstes Opfer.

Auf Alceste, seine Tochter!

Die hatte mit angehaltenem Atem die Vorgänge beobachtet. Sie wußte, daß sie keine Schonung zu erwarten hatte. Sie bettelte auch nicht, sondern schaute dem Monster entgegen.

»Du wirst mich erlösen«, sagte Merkens. »Du ganz allein, meine Tochter!«

»Nein, Vater, niemand wird dich erlösen. Du bist verflucht. Verflucht für alle Zeiten. Du hast mit dem Teufel einen Pakt geschlossen, und der Teufel wird dich töten!«

»Nein!« brüllte der Zyklop und packte zu. Seine Finger gruben sich in die Schultern des Mädchens und rissen es herum. Alceste taumelte zur Seite, wäre fast gefallen, doch mit einer letzten Anstrengung konnte sie sich noch auf den Beinen halten.

Und wieder griff er zu.

Diesmal jedoch tauchte Alceste unter seiner Hand hinweg. Es war eine Reflexbewegung, die ihr nichts nützte, weil der Zyklop danach viel schneller war.

Er erwischte sie am Rücken, und mit einem gewaltigen Ruck rissen seine Finger den Kleiderstoff entzwei.

Alceste schrie auf.

Der Zyklop lachte wirr und schleuderte sie so hart herum, daß sie auf die runde Altarplatte zutaumelte, dort das Gleichgewicht verlor und auf den Stein fiel.

Rücklings blieb sie auf dem kalten Stein liegen. Genau auf der Teufelsfratze.

»So liegst du richtig!« lachte der Zyklop. »Genau so!« Mit einem weiteren Griff hatte er ihr auch die restlichen Kleidungsstücke vom Leib gerissen.

Bis auf einen dünnen Slip war Alceste nackt!

Sie weinte. Die Tränen liefen ihr über das Gesicht, doch der Zyklop, der einmal ihr Vater gewesen war, kannte keine Gnade. Er packte ihre Hände, holte einen kleinen Schlüssel aus der Tasche und schloß die stählerne Acht auf.

Ihre Hände waren frei.

Doch nur für wenige Augenblicke. Dann hatte Merkens ihr rechtes Gelenk umfaßt, zog sie zur Seite und schloß blitzschnell den eisernen Armreif in Höhe des Pulses um den Arm.

Jetzt war sie angekettet.

Er griff zur linken Hand.

Alceste wehrte sich.

Sie schrie und brüllte, spie ihn an, schlug ihm die Faust ins Gesicht, doch gegen die rohe Kraft war sie machtlos. Er war stärker und fesselte auch die linke Hand.

»So«, sagte er und nickte zufrieden. »Du bist bereit. Fehlt nur noch eins. Knie dich hin!«

»Nein!«

»Hinknien!« brüllte Merkens wie von Sinnen, und das Auge auf seiner Stirn zitterte. Er hob die Machete, womit er seinen Befehl noch unterstrich.

Da gehorchte das Mädchen.

Die Ketten waren lang genug, daß Alceste genügend Bewegungsfreiheit blieb.

Der Zyklop, der einmal ihr Vater war, schaute ihr zu. Er gab ihr noch eine Anweisung, damit sie etwas weiter nach hinten rutschte und genau in der Teufelsfratze kniete.

Die Ketten hatten sich gespannt. Alceste konnte um keinen Zoll mehr rücken.

Der Zyklop lachte. »Bewege dich nicht«, flüsterte er, »denn der Teufel will sanfte Opfer!«

»Er wird mich nicht annehmen«, sagte Alceste mit fester Stimme. »Auf keinen Fall.«

»Das laß nur meine Sorge sein«, erwiderte der Zyklop und näherte sich dem Rücken des Mädchens. »Wenn dieser Stein mit deinem Blut getränkt ist, kann auch der Satan nicht nein sagen. Er wird mich endlich von dem unseligen Fluch erlösen!« Der Zyklop blieb stehen. Noch einmal holte er rasselnd Atem. »Satan, nimm dieses Opfer!« rief er, so laut er konnte, und hob seine Machete...

Meine Chancen waren mehr als mies.

Ich lag auf dem Rücken wie eine Schildkröte und konnte mich nicht rühren, weil diese verdammte Waffenmündung gegen meinen Hals drückte.

Nur durch die Nase sog ich den Atem ein, behutsam und vorsichtig. Ich durfte keine unnötige Bewegung machen, die den Kerl hätte reizen können.

Warum schoß er nicht? Den Befehl dazu hatte er ja erhalten. Wollte er mich quälen?

Er war irritiert. Ich merkte es daran, daß seine Bewegungen fahriger wurden und die Mündung zitterte.

Was war nur geschehen?

»Stimmt etwas nicht?« fragte ich. Für diese Frage hatte ich all meinen Mut zusammengerafft.

Er gab keine Antwort, stierte mich nur an und atmete hastiger. »Was ist los?«

Sein Auge mitten auf der Stirn zuckte. »Warum?« flüsterte er heiser. »Warum gerätst du nicht unter den Bannstrahl der Hölle?«

Das meinte er! Sicher, ich hatte die Gedanken des Teufels wahrgenommen, doch gleichzeitig war mein Kreuz aktiviert worden. Es hatte die direkteren Kräfte der Hölle gespürt und reagierte entsprechend, indem es einen Schutzschild um meinen Körper legte.

Wirklich sagenhaft.

Das Gute gegen das Böse.

Die Erzengel gegen die Kräfte der Hölle. Hier prallte das aufeinander, was schon vor Urzeiten geschehen war.

Und das Gute erwies sich als stärker.

Ich hatte eine Galgenfrist. Konnte ich sie nutzen? Mein Hals schmerzte. Der verdammte Druck wurde unerträglich. Aber noch lag der Finger des Wachtmeisters am Abzug. Meine Schweißausbrüche verstärkten sich, die Nervenanspannung war kaum mehr auszuhalten.

Wie konnte ich das grausame Spiel beenden?

Durch Reden!

Ja, vielleicht schaffte ich es.

»Du siehst, daß die Kraft der Hölle nicht so stark ist«, formulierte ich den ersten Satz. »Du und der Zyklop, ihr könnt gar nicht mehr gewinnen. Glaub mir.«

»Nein, wir sind die Sieger!«

»Bei mir zeigt das Auge keinerlei Wirkung.«

Wachtmeister Nese überlegte. Er zog etwas die Schultern hoch. Ich sah, wie es in seinem Gesicht arbeitete. Die Wangenmuskeln zuckten, das Rot des Auges strahlte bereits nicht mehr so intensiv wie zuvor.

Konnte ich ihn überzeugen?

Die nächsten Worte belehrten mich eines Besseren.

»Nein«, sagte Nese plötzlich. »Ich habe den Auftrag, dich zu töten, und ich werde ihn auch ausführen. Glaube mir, Sinclair, du bist der Feind!«

Und da griff ich zu einem uralten Trick.

»Na, Merkens, hast du es nicht geschafft?« rief ich. Dabei brachte ich ein Lächeln zustande, und Nese wurde völlig überrascht. Er reagierte, wie viele andere es in seiner Situation auch getan hätten.

Er drehte sich um und schaute zur Tür.

Dabei verrutschte die Gewehrmündung. Sie drückte nun nicht mehr voll gegen meine Kehle.

Meine rechte Handkante war wie ein Hammer. Sie wuchtete gegen den Lauf und hämmerte ihn zur Seite.

In einem Reflex drückte Nese ab, doch die Kugel schlug in den Fußboden.

Bevor sich Nese auf die neue Situation einstellen konnte,

packte ich das Gewehr am Lauf und riß die Waffe dem Kerl aus beiden Händen.

Endlich konnte ich mal etwas tun. Bisher war ich nur zweiter Sieger gewesen, jetzt ging es zur Sache.

Ich wuchtete Nese den Kolben vor die Brust. Doch er griff im Reflex zu, hielt den Schaft fest und riß mir das Gewehr aus der Hand.

Es krachte gegen die Wand und blieb dort liegen.

Nese hechtete sofort darauf zu. Einen irren Schrei stieß er aus, aber auch ich war nicht faul. Mit einem Sprung jagte ich vom Boden hoch und warf mich in seine Richtung.

Wir prallten zusammen. Nese hatte schon den Arm ausgestreckt, um die Knarre zu packen, da hieb ich ihm meine Faust gegen den Unterkiefer. Er grunzte und wankte zurück.

Sofort setzte ich nach.

Nese hatte beide Arme ausgebreitet, war deckungslos, und ich traf ihn hart oberhalb der Gürtellinie.

Stöhnend preßte er beide Hände gegen den Leib. Die nächste Gerade erwischte ihn am Kinn.

Der Wachtmeister wurde zu Boden geschleudert und rollte einmal um die eigene Achse.

Zuckend blieb er liegen.

Ich atmete tief aus.

War es geschafft?

Nein, er hatte mich reingelegt. Der Kerl konnte unheimlich einstecken. Plötzlich schwang er sich hoch, und in der rechten Hand hielt er meine Beretta. Dieser Typ hatte sich genau auf die Waffe fallen lassen.

Und er feuerte sofort.

Wahrscheinlich hatte er noch nie in seinem Leben mit einer Pistole geschossen, denn er verriß den Schuß, und die Kugel zischte an meinem Hals vorbei.

Einen zweiten Schuß ließ ich nicht mehr zu. Ich hatte die Nase voll und wollte nicht in diesem einsam stehenden Haus im Moor elendig zugrunde gehen.

Ich drehte mich ein wenig, und dann schleuderte ich mein rechtes Bein vor.

Es war ein harter, gut gezielter Tritt. Wachtmeister Nese wurde die Beretta aus den Fingern katapultiert. Sie drehte sich ein paarmal in der Luft, bevor sie zu Boden prallte.

Nese schaute der Pistole mit offenen Augen nach. Er konnte es wohl nicht fassen, daß er jetzt wehrlos dastand.

Ich schlug nicht zu, sondern packte ihn und schleuderte ihn gegen die Wand. Er prallte mit dem Rücken dagegen, sein Gesicht verzog sich, und er wollte beide Arme heben, um es zu schützen.

Ich war schneller.

Mein linker Arm schnellte vor, die Finger griffen in Neses Hemd und drehten den Stoff herum. Mit der anderen Hand holte ich mein Kreuz hervor, und das Gesicht des Wachtmeisters verzerrte sich, als er das Kruzifix sah.

»Nein, nicht«, gurgelte er. »Bitte...«

»Wo steckt Kommissar Mallmann?«

»Im Keller, wirklich. Das stimmt.«

»Okay, und ist Merkens auch bei ihm?«

»Ja, er wird ihn töten. Er wird auch die anderen umbringen. Der Satan verlangt es. Merkens ist der Zyklop des Teufels, er muß der Hölle dienen.«

»Du auch?«

»Ja.«

»Wieso?«

»Er hat mich angeschaut, und da bin ich in seinen Bann geraten. Die Gedanken waren plötzlich in meinem Kopf. Schlimme, grausame Gedanken. Gefährlich und teuflisch.«

Während er redete, preßte ich ihm plötzlich das Kreuz gegen die Stirn. Entweder brach ich den Bann des Bösen, oder aber Wachtmeister Nese starb. Ich hoffte, daß letzteres nicht eintreten würde.

Er schrie.

Mein Gott, er schrie. So laut, daß ich vor Schreck zurücktrat und ihn losließ. Beide Hände preßte er gegen sein Gesicht, kippte nach vorn und fiel auf die Knie.

Langsam rutschten seine Hände vom Gesicht. Er schaute mich an.

Mit zwei normalen Augen.

Das Zyklopenauge war verschwunden.

Ich, nein, vielmehr das Kreuz hatte es geschafft. Der Wacht-meister war von einem Diener der Hölle wieder in einen Men-schen verwandelt worden.

Er öffnete den Mund. »Wer – wer sind Sie?« fragte er stot-ternd, und als ich lächelte und ihm eine Antwort geben wollte, fiel er plötzlich um und blieb liegen.

Im ersten Moment fürchtete ich, daß ihn doch noch der Tod er-eilt hatte, doch ich konnte seinen Puls spüren.

Wachtmeister Nese war nur bewußtlos.

Mir fiel ein Stein vom Herzen.

Das Kreuz ließ ich offen vor meiner Brust hängen. Die Beretta nahm ich an mich. Ich hatte kämpfen müssen, aber der größte und härteste Kampf stand mir noch bevor.

Der Zyklop lebte.

Ich verließ das Zimmer.

Da vernahm ich schon die Schreie. Sie drangen aus dem Kel-ler. Ich hörte sie deshalb so gut, weil der Einstieg offenstand.

»Satan, nimm dieses Opfer!« schrie Karl Merkens. Und als ich diese Worte hörte, da wußte ich, daß es zu spät für mich war. Ich hatte es nicht rechtzeitig geschafft.

»Willst du dich an deinem eigenen Fleisch und Blut vergreifen?« vernahm Karl Merkens hinter sich eine dumpfe Stimme.

Er zuckte zusammen. Sein zum Schlag erhobener Arm schien in der Luft von unsichtbaren Händen festgehalten zu werden.

Sein riesiger Körper zuckte zusammen, er zog den Kopf in den Nacken und schien plötzlich zu schrumpfen.

»Willst du sie töten?«

Die Stimme schien aus einer finsteren Gruft zu stammen, so hohl und schaurig klang sie.

Aber er kannte die Stimme, hatte sie schon oft genug in sei-nem Leben gehört.

Damals – vor dem Mord...

»Bernadetta!« flüsterte er rauh.

»Ja, ich bin es!«

Es war eine schaurige Szene, die sich in dem Keller abspielte. Auf dem runden Teufelsaltar hockte das halbnackte Mädchen,.

hinter ihm stand der Zyklop mit der schlagbereiten Machete, und rechts von dieser Bestie erhob sich eine Tote.

Der perfekte Horror – fürwahr.

Der Zyklop drehte sich. Vergessen war seine Tochter, vergessen waren auch die anderen beiden Gefangenen. Er sah nur die Person, die einmal seine Frau gewesen war und die er vor einigen Jahren umgebracht hatte.

Jetzt lebte sie.

Auf welche Weise auch immer.

Eine grinsende, halb skelettierte Gestalt stand vor ihm. Mit erhobenem Arm, den knochigen Zeigefinger ausgestreckt, als wollte sie ihn wieder belehren.

Wie damals...

»Nein!« brüllte und röhrte er gleichzeitig. »Nein, du nicht, Weib. Du gehörst dem Teufel, du wirst ihm immer gehören, ich will dich nicht mehr sehen!«

Er schlug zu.

Und diesmal traf die Machete.

Sie trennte mit einem Schlag den Kopf vom Rumpf der Horror-Gestalt, die einmal seine Frau gewesen war. Es war ein Hieb, in den er all seine Kraft und seinen Haß hineingelegt hatte.

Der häßliche Totenschädel knallte gegen die Wand und fiel von dort zu Boden, wo er liegenblieb.

Der Zyklop aus der Hölle war von der Wucht seines eigenen Schlages herumgewirbelt worden. Er hatte sich förmlich gedreht, so daß er mit dem Gesicht zu mir gewandt stand.

Und ich kauerte noch am Rand der Luke.

Er sah mich.

Ich sah ihn.

Merkens brüllte auf und hob seine verdammte Machete. Ich hatte Angst, daß er dem Mädchen doch noch den Kopf abschlagen wollte, stieß mich ab und sprang...

Es war ein gefährlicher Sprung, doch ich ging bewußt das volle Risiko ein. Wäre ich auf dem Boden gelandet, so hätte er noch die Chance gehabt, Alceste zu töten, so aber wuchtete ich mit beiden Beinen zuerst gegen seine Brust.

Obwohl der Zyklop stämmig war, hatte er diesem Aufprall kaum etwas entgegenzusetzen.

Merkens wurde zurückgeschleudert.

Für den Bruchteil einer Sekunde funkelte die Klinge der Machete dicht vor meinen Augen. Dann zuckte sein Arm nach unten und mit ihm die Waffe, ohne mich auch nur geritzt zu haben.

Ich fiel zu Boden.

Bevor Merkens sich fangen konnte, rollte ich schon herum und kam auf die Füße.

Jetzt standen wir uns gegenüber.

Ich hatte mein Kreuz, er die Machete.

Gegen das Kruzifix würde er nicht ankommen, das wußte ich, und ein hartes, aber auch siegessicheres Grinsen glitt über mein Gesicht.

»Komm nur«, flüsterte ich, »komm.« Dabei hob ich das Kreuz über meinen Kopf, um es gegen ihn zu werfen.

Doch so leicht gab der Satan seinen Diener nicht her. Er griff auf eine andere, schreckliche Weise ein.

Ich hörte das Mädchen schreien!

Blitzschnell wandte ich mich um – und hatte das Gefühl, von einem Elektroschock getroffen zu werden.

Die runde Altarplatte, auf der Alceste saß, begann zu glühen. Deutlich zeichneten sich die Linien der Teufelsfratze nach. Es war ein düsteres Rot, ähnlich, wie ich es im Auge des Zyklopen gesehen hatte.

Die Hölle aktivierte ihre Kräfte.

Was soll ich tun?

Da schlug Merkens zu.

Ich sprang zurück, und die verdammte Machete verfehlte mich. Aus den Augenwinkeln nahm ich die nach Schwefel und Pestilenz stinkenden Dämpfe wahr, die die Altarplatte absonderte.

Sie hüllten das Mädchen ein, das verzweifelt seinen Kopf hin- und herwarf.

Es gab nur noch eine Möglichkeit.

Ich warf das Kreuz!

Es landete zwischen den Knien der schwarzhaarigen Alceste,

genau im Zentrum des Bösen. Ohne daß ich die Kraft der vier Erzengel erst aktivieren mußte, griffen sie in den Kampf ein.

Mein Kreuz strahlte an allen vier Seiten auf.

Es waren gleißende Lichtbögen, die bis zur Decke hin stachen und einen Schutzkäfig um das Mädchen bildeten, es somit vor den Angriffen der Hölle schützten.

Die Dämpfe quollen nicht mehr so stark, sie waren nur noch dünne Rauchfäden, die langsam hochkräuselten, aber auch sie wurden auf halber Strecke verdrängt.

Ebenso verblaßte die rote Farbe.

Alceste konnte aufatmen.

Ich noch nicht, denn mir stand ein mörderischer Kampf gegen den Zyklopen aus der Hölle bevor. Daß er mich töten wollte, stand ganz außer Zweifel, und ich hatte nicht nur Angst um mich, sondern auch um Kommissar Mallmann und den blonden jungen Mann, der neben Will auf dem feuchten, schmutzigen Boden lag.

Ich wich nach links aus, damit ich die beiden mit meinem Körper deckte, denn wenn der Zyklop an sie heranwollte, mußte er erst mich überwinden.

Und ich wollte es ihm so schwer wie möglich machen.

Er war eine gräßliche Gestalt aus blauschillernder Lederhaut, langen schwarzen Haaren, einem entstellten Gesicht und einem glühenden Auge, das ihn überhaupt erst zu diesem widerlichen Monster gemacht hatte.

Er hielt die Machete in der rechten Hand, hatte den Arm halb erhoben und angewinkelt. Daß Alceste gerettet war, interessierte ihn wohl nicht, erst wollte er mich ausschalten.

Und er schlug zu.

Ich sah etwas aufblitzen und sprang gedankenschnell zurück. Die Machete wischte vorbei.

Dann schoß ich.

Die Silberkugel hieb in seine Brust, und ich wollte schon befreit aufatmen, als ich sein Lachen hörte.

Das Geschoß war abgeprallt, es tat ihm nichts. Die bläulich schimmernde Haut wirkte in der Tat wie ein schützender Panzer.

Jetzt wurde mir mulmig.

Ich hatte fest damit gerechnet, daß ich ihn mit den geweihten Kugeln stoppen könnte, doch nun mußte ich mich umstellen. Ich durfte nicht mehr auf die Brust zielen, sondern auf sein Auge.

Aber das zu treffen war verdammt schwer, denn der Zyklop bewegte seinen Schädel so schnell und hastig, daß ich mein Ziel nie ruhig anvisieren konnte.

Dieses Monster kannte seine Schwachstelle haargenau.

Ich griff zum Dolch und steckte die Beretta weg. Vielleicht konnte ich so nahe an ihn herankommen, daß ich mit der geweihten Klinge sein Auge traf.

Vorerst umkreisten wir uns, während noch immer der Lichtkäfig das nackte Mädchen schützte.

Das Kerzenlicht war längst verloschen. Der Keller wurde von dem Lichtkäfig so erhellt, daß ich jede Einzelheit erkennen konnte.

Der Zyklop wuchtete vor. Diesmal schlug er von oben nach unten, als wollte er mich in der Mitte teilen.

Ich sprang zur Seite und stieß selbst mit dem Dolch zu. Die Klinge bog sich, als sie die Haut an der Schulter traf, drang aber nicht ein.

Ein nächster Sprung brachte mich aus seiner Reichweite. Zum Glück konnte ich dem nächsten Schlag ausweichen, indem ich in die Knie ging. Die Machete rasierte über mir durch die Luft.

Dann aber war ich am Mann.

Ich stieß mich aus meiner gebückten Stellung ab und hechtete unter der Machete hinweg auf ihn zu.

Schwer prallte ich gegen ihn.

Der Zyklop wurde zurückgestoßen.

Blitzschnell hob ich meinen rechten Arm, wollte ihm die Klinge des geweihten Dolches in das große, rotglühende Auge stoßen, als er im letzten Moment merkte, was ich vorhatte, und den Kopf zur Seite drehte. Die Klinge traf nur seine Stirn und glitt durch die Haare.

Dafür spürte ich einen beißenden Schmerz an der Hüfte, als hätte jemand mit einer gewaltigen Rasierklinge in mein Fleisch geritzt.

Verdammt, er hatte mich getroffen.

Ich befand mich in einer schlimmen Lage. Der Kampf dicht am Mann entschied sich zu meinen Ungunsten.

Ich hob den linken Arm und preßte meine Hand gegen seine breite Brust. Dann drückte ich mit aller Kraft, wobei ich mich gleichzeitig zur Seite warf.

Irgendwie gelang es ihm noch, mit der Machete zuzuschlagen, aber die Klinge senste mir nur ein paar Haare ab. Ich aber hatte so viel Wucht in meinen Stoß gelegt, daß er bis an die runde Altarplatte zurücktaumelte, mit den Kniekehlen dagegenstieß und mit rudernden Armen auf die Platte fiel.

Genau in den Lichtkäfig.

Das war sein Verderben!

Sein Schrei mischte sich mit dem seiner Tochter. Er stieß das Mädchen zurück, während ihm gleichzeitig die gefährliche Machete aus seinen Fingern rutschte.

Plötzlich sprühten Funken, knisterte und gleißte es. Der Zyklop schlug um sich, er röchelte, flehte den Satan an, doch der Teufel hatte sich aus diesem Haus zurückgezogen.

Er ließ seinen Diener im Stich.

Mit den Beinen trampelte er noch auf dem festgestampften Lehm herum, ein paar Sekunden dauerte der verzweifelte Kampf, dann hatten die Kräfte des Lichts gesiegt.

Der Zyklop verging.

Er zerfiel nicht zu Staub, nein, er verwandelte sich. Zurück blieb ein Mensch.

Ein toter Karl Merkens.

Der Lichtkäfig fiel zusammen. Im Keller wurde es finster. Nur durch die Luke drang ein wenig Licht.

Dann war es still.

Ich fühlte an meiner Hüfte nach. Als ich die Hand zurückzog, war sie naß von Blut. Die Verletzung schmerzte, aber sterben würde ich daran nicht. Ein sauberes Taschentuch hatte ich bei mir und preßte es auf die Wunde.

Dann ging ich auf das gefesselte Mädchen zu, lächelte und nickte.

Alceste schaute mich aus großen Augen an. Plötzlich konnte sie nicht mehr und begann zu weinen.

»Er kann Ihnen nichts mehr tun«, beruhigte ich sie. »Er ist tot.«

Sie nickte und weinte weiter.

Ich aber durchsuchte die Taschen des Toten und fand die Schlüssel für die Fesseln.

Damit befreite ich Alceste.

Dann schaute ich nach dem Skelett.

Es hatte sich zu Staub aufgelöst. Was jahrelang zwischen zwei Menschen als höllisches Zusammenleben existiert hatte, gab es nicht mehr. Nur die Tochter war gerettet.

Ihr wünschte ich von Herzen alles Gute.

Wachtmeister Nese holte eine Leiter. Er war wieder aufgewacht und konnte sich an nichts erinnern.

Zuerst ließ ich Alceste hochklettern, dann kümmerte ich mich um die beiden Bewußtlosen.

Auch den Schlüssel für ihre Fesseln fand ich bei dem Toten.

Will Mallmann erwachte zuerst. Er setzte sich auf, stöhnte und schaute mich an, als käme ich vom Mars.

»Du hier, John?«

»Ja, warum nicht?«

»Aber wieso bist du...?« Er verstand und begriff nicht. Dann sah er den Toten.

»Ich habe ihn erledigt«, sagte ich.

»Während ich bewußtlos war?«

»Ja.«

»Das mußt du mir erzählen.«

»Später.«

Oben saßen wir zusammen. Alceste hatte meine Wunde verbunden und wich nicht von Manfred Riegels Seite. Sie zitterte immer noch, aber Manfred hielt sie so fest, als wollte er sie sein ganzes Leben nicht mehr loslassen.

Natürlich schämte sich Wachtmeister Nese, aber er konnte nichts für seine Taten. Bei der ersten Begegnung mit dem Zyklopen war er bereits in dessen Bann geraten.

Bei Will und dem Jungen hatte es nicht geklappt, weil sie bewußtlos geschlagen worden waren.

Zum Glück, mußte man sagen.

»Und was geschieht mit dem Haus?« fragte der Kommissar. »Wollen Sie hier leben?«

Die Frage galt Manfred Riegel, doch der schüttelte hastig den Kopf. »Auf keinen Fall. Wir ziehen nach Bremen. Meine Mutter besitzt dort ein kleines Häuschen. Da ist bestimmt noch Platz für dich.«

Als Alceste das hörte, nickte sie, und ihre Augen strahlten dabei.

Ich blieb noch zwei Tage in Bremen. Zusammen mit Will Mallmann schauten wir uns die Stadt an. Da sich der Wettergott wirklich von der besten Seite zeigte, wurden die Altstadtbummel zu Erlebnissen. Zwei Tage jagten wir keine Geister oder Dämonen, dafür lernten wir die Lokale der Altstadt kennen, denn Manfred Riegel war da ein ausgezeichneter Führer.

Als ich Bremen wieder verließ, wußte ich, daß ich hier einen neuen jungen Freund gefunden hatte...

ENDE

Mr. Mondos Monster

Mrs. Sarah Goldwyn liebte drei Dinge in ihrem Leben: den Kaffeeklatsch mit ihren Freundinnen, die Gräber ihrer drei verstorbenen Männer und Horror-Romane!

Ja, letztere besonders.

Da war sie nahezu eine Expertin. Sie hatte alles im Regal stehen, was man sich denken konnte. Das fing bei E.T.A. Hoffmann an, ging über Edgar Allan Poe bis hin zu H. P. Lovecraft, einen schon moderneren Vertreter dieses Genres.

Sarah kannte alle Werke. Sie schmökerte mit Vergnügen. Besonders abends oder nachts, wenn die ersten Herbstnebel um ihr Haus strichen, dann hockte sie am Fenster, geborgen unter dem Schein der alten Stehlampe, und las.

70 Jahre zählte sie. Aber Jugend und Frische hatten sich in ihrem Innern noch erhalten, und sie hatte drei Männer überlebt, worauf sie besonders stolz war.

Arthur, ihr letzter, hatte ihr das kleine Haus vererbt, das sie nach dem Tod endlich nach ihrem Geschmack einrichten konnte. Ältere Möbel, hohe Regale, Teppiche, ein wenig Plüsch und eben Bücher über Bücher.

Da sie auch noch ein kleines Vermögen besaß, konnte sie es sich leisten, einen Diener zu halten.

Edgar hieß der Knabe, und er sah aus wie eine Witzblattfigur. Etwas untersetzt, eine Halbglatze, und die noch verbliebenen Haare waren straff zu beiden Seiten des Kopfes bis an die Ohren gekämmt worden.

Edgar war das Mädchen für alles, und er machte seine Sache ausgezeichnet, ohne sich dabei zu überarbeiten. Daß er im Zuchthaus gesessen hatte, störte höchstens die Nachbarn, Sarah Goldwyn nicht. Sie gab jedem Menschen eine Chance.

Und sie kam gut mit Edgar aus, den sie sich richtig erzogen hatte.

Manchmal dachte sie daran zurück, wie er bettelnd und mit treuem Hundeblick vor ihr gestanden hatte. Sie hatte nicht anders gekonnt und ihn eingestellt. Jetzt arbeitete er schon über zwei Jahre für sie, und er hatte sich nie eines Vergehens schuldig gemacht.

Die kleine Uhr über dem Kamin schlug genau acht, als gegen die Tür geklopft wurde.

»Come in«, sagte Sarah Goldwyn.

Edgar erschien. In der rechten Hand trug er das Tablett mit der Kanne, der Teetasse und dem Kandis.

»Ihr Tee, Madam!«

»Bitte, stellen Sie ihn auf den Tisch.«

»Sehr wohl, Madam!«

Es war jeden Abend das gleiche. Punkt zwanzig Uhr war Tee-Ritual. Lady Sarah trank ihren Tee mit Genuß, ließ sich dabei eine halbe Stunde Zeit, schaute aus dem Fenster und widmete sich danach ihrer Horror-Lektüre. Genau bis Mitternacht, da klappte die hagere Lady mit den grauen Haaren, dem länglichen Gesicht, der schmalen Nase und den lebhaft blickenden Augen das Buch zu und begab sich zu Bett.

Was ihr Butler machte, wußte sie nicht. Manchmal ging er weg, manchmal blieb er zu Hause. Er schlief unter dem Dach. Auf dem Speicher hatte Lady Sarah ihm einen Raum abtrennen lassen.

Edgar schenkte den Tee ein. »Ist es so recht, Madam?«

»Sehr.«

Edgar richtete sich auf. »Wünschen Sie noch etwas?«

»Danke, Edgar, Sie können gehen.«

»Sehr wohl, Madam.« Er verbeugte sich leicht. »Ich wünsche Ihnen eine gute Nacht.«

»Danke, Edgar. Ihnen dasselbe. Und vergessen Sie das Bad morgen früh nicht.«

»Nein, Madam, ich werde daran denken.«

Es waren immer die gleiche Worte, die zwischen den beiden gewechselt wurden. Edgar ging. Lautlos näherte er sich der hohen Tür, verbeugte sich dort und verschwand.

Lady Sarah aber griff zur Teetasse. Das hauchdünne Porzellan sah sehr zerbrechlich aus. Sie faßte es vorsichtig an, hob die Tasse an die Lippen und trank.

Dieses begleitete sie mit einem solchen Schlürfen, daß einem empfindlichen Menschen eine Gänsehaut über den Rücken rinnen mußte. Nach den ersten beiden Schlucken stöhnte die Lady auf und leckte sich die Lippen. Jetzt war niemand da, auf den sie Rücksicht zu nehmen brauchte, sie konnte sich so geben, wie sie wollte.

Dann beugte sie sich zur Seite, streckte die Hand aus und

nahm die Blechschachtel mit den Zigarillos von der Fensterbank. Rauchen war ihr heimliches Laster, und sie freute sich diebisch, wenn irgendeine Freundin sie mit einem Zigarillo zwischen den Lippen erwischte.

Mit einem Streichholz zündete sie es an.

Genüßlich paffte sie ein paar Rauchwolken, die sich zwischen die auf der Fensterbank stehenden Topfblumen verteilten und sie umwölkten.

Lady Sarah schaute nach draußen. Edgar hätte schon weg sein müssen, aber anscheinend hatte er an diesem Abend keine Lust, das Haus zu verlassen.

Hinter dem kleinen Vorgarten führte die Straße vorbei. Eine ruhige Lage hier in Mayfair. Die Wagen, die hier fuhren, gehörten sowieso den Anwohnern.

Sie nahm wieder einen Schluck Tee. Jetzt war die Tasse leer, und sofort schenkte Lady Sarah nach. Dabei fiel ihr Blick auf den neuesten Horror-Roman, den sie lesen wollte.

Es war eine Werwolf-Geschichte und von einem Amerikaner geschrieben. Schon das Titelbild ließ erkennen, was den Leser erwartete. Junges Mädchen gegen die Bestie.

Eine uralte Geschichte, aber immer noch aktuell. Sogar bei King Kong schon verbraten.

Sie trank wieder einen Schluck. Dabei fiel ihr ein polterndes Geräusch auf.

Lady Sarah runzelte die Stirn, stellte die Tasse weg und beugte sich vor.

Sie lauschte.

Das Geräusch wiederholte sich nicht.

Vielleicht hatte sich ihr Butler ungeschickt benommen und etwas umgeworfen.

Konnte ja mal passieren...

Jetzt hatte sie es eilig. Hastig leerte sie ihre Tasse und griff nach dem Buch.

Die Lesebrille hing vor der Brust. Sie setzte sich die beiden Gläser auf und begann zu lesen. Aufgeregt huschte die dünne Zunge über die schmalen Lippen, schon die ersten Seiten des Buches faszinierten sie. Da wurde tatsächlich ein blondes Mädchen von einem Werwolf durch einen Wald gehetzt.

Es war spannend geschrieben. Lady Sarah zitterte um das Leben des Mädchens, und auf ihrer Oberlippe bildete sich ein feiner Schweißfilm. Sogar ein wenig Asche fiel auf die Seiten. Es machte ihr nichts aus, sie blies das Zeug kurzerhand auf den Teppich.

Der Werwolf gab kein Pardon, er holte das Mädchen ein und tötete es auf schreckliche Weise.

»Bestie!« knirschte die alte Dame. »Wenn ich da gewesen wäre, dann hätte es...«

Sie verstummte.

Ein klagendes Geräusch war an ihre feinen Ohren gedrungen. Es hatte sich angehört wie das Jaulen eines Hundes.

Lady Sarah ließ das Buch sinken und nahm die Brille ab. Hatte sie sich getäuscht? Oder war das Geräusch tatsächlich in ihrem eigenen Haus ertönt?

Sekunden vergingen.

Dann wieder. Ein Heulen, diesmal jedoch leiser und dünner. Aber es gab keinen Zweifel, das war in ihrem Haus gewesen, war von oben her aufgeklungen.

»Das ist doch nicht möglich«, murmelte die alte Dame und streifte die Decke von ihren Knien, bevor sie das Buch auf die Fensterbank legte und aufstand.

So leise wie möglich schritt sie zur Tür, öffnete und legte ihr Ohr an den Spalt.

Das Geräusch wiederholte sich nicht. Im schmalen Treppenhaus blieb alles ruhig.

Eine Täuschung?

Sarah Goldwyn glaubte nicht daran. Was sie gehört hatte, das hatte sie gehört.

Und jetzt wollte sie es genau wissen.

Sie ging einen Schritt zurück, blieb neben der schmalen Kommode stehen und öffnete die oberste Schublade. Dort räumte sie zwei Tischdecken zur Seite und schaute auf die alte Armee-Pistole, die ihr Harry, ihr zweiter Mann, hinterlassen hatte. Diese Waffe hatte sie in Ehren gehalten und immer sehr gepflegt. Die Waffe war geladen, und Lady Sarah konnte auch damit umgehen, denn im Keller hatte sie oft genug geübt. Dort hörte und sah sie niemand, da konnte sie ruhig schießen.

Sie warf einen Blick auf die Waffe, nickte zufrieden, zog die Tür weiter auf und trat in den Flur.

Links ging es zu den Wirtschaftsräumen. Dort befanden sich die Küche und ein Abstellraum. Gegenüber jedoch begann die schmale Stiege mit ihren Holzstufen, die nach oben führten.

Dort lagen ihr Schlafzimmer und das Bad. Noch eine Etage höher schlief Edgar. Da waren die Wände bereits schräg, doch Edgar hatte im Zuchthaus gelernt, in viel engeren Buden zu hausen, so daß ihm sein Zimmer wie ein kleiner Palast vorkam.

»Edgar!« rief die Lady.

Sie erhielt keine Antwort und runzelte die Stirn. »He, Edgar, melden Sie sich!«

Abermals blieb es stumm.

»Sehr ungewöhnlich, in der Tat sehr ungewöhnlich«, murmelte die Lady mit dem spröden Charme. Sie verspürte keine Angst. In meinem Alter hat man das einfach nicht mehr, pflegte sie zu sagen. Da ist der Sensenmann sogar dein Freund, und wenn er kam, um ihr die Hand zu reichen, würde sie zupacken.

So wie jetzt, als sie ohne zu zögern die Stufen der alten Treppe hochschritt.

Sie hielt sich immer eng an der Wand, damit der Sichtwinkel besser war und sie schon den nächsten Absatz sehen konnte.

Es blieb still über ihr. Nur ihre eigenen Schritte waren zu hören. Aber sie hatte das Geräusch sehr deutlich gehört. Dieses Jaulen, wie bei einem Werwolf.

Irgend etwas stimmte da oben nicht. Ob sich Edgar da etwas erlaubt hatte?

Eigentlich nicht. Er war froh, daß er bei Lady Sarah arbeiten konnte.

Sie erreichte die erste Etage und blieb dort stehen. Wieder rief sie den Namen ihres Butlers, und wiederum erhielt sie keine Antwort.

Jetzt mußte Edgar sie aber hören.

Er schien taub zu sein.

Die Lady überlegte. Gern besuchte sie ihn ja nicht auf seinem Zimmer. Das schickte sich nicht für eine ältere Dame, sie dachte da sehr konservativ, aber in diesem Fall wollte sie mal eine Ausnahme machen und über ihren eigenen Schatten springen.

Deshalb ging sie weiter.

Die Stufen knarrten unter ihren Schuhen. Hier oben lag kein Teppich. Lady Sarah ließ den ersten Absatz hinter sich, erreichte den zweiten, ging die ersten drei Stufen und blieb plötzlich überrascht stehen.

Vor der Zimmertür hockte jemand auf dem Boden.

Lady Sarah hob die Waffe. »Wer sind Sie?« fragte sie. »Los, sagen Sie etwas!«

Sie erhielt keine Antwort.

»Dann eben nicht, mein Lieber«, flüsterte die alte Dame und schritt weiter.

Vor der zusammengesunkenen Gestalt blieb sie stehen. Es war Edgar, ihr Butler. Jetzt erkannte sie ihn.

Sie knipste das Licht an. Die trübe Birne an der Decke reichte gerade aus, um die Stufen zu beleuchten. Die Lady wechselte die Armee-Pistole in die linke Hand und faßte mit der rechten nach der Schulter ihres Butlers.

Da spürte sie schon die Feuchtigkeit an ihren Fingerspitzen. Sie zog die Hand zurück, schaute sie sich an und erschrak.

Das war Blut!

Edgars Blut.

Im selben Augenblick fiel Edgar zur Seite. Sein Kopf rutschte nach hinten, die leeren Augen starrten gegen die Decke, und die Lady erkannte mit Entsetzen, daß ihrem Butler nicht mehr zu helfen war.

Man hatte ihm die Kehle durchgebissen!

Sarah Goldwyn schrie nicht und verfiel auch nicht in Panik. Sie zitterte nur, das war ihre einzige Reaktion. Wie im Roman, dachte sie. Der arme Edgar.

Es kam ihr jetzt zugute, daß sie so zahlreiche Gruselromane gelesen hatte, und sie erinnerte sich genau an das Heulen, das sie vernommen hatte.

Ein Werwolf steckte im Haus!

Für die Frau gab es keinen Zweifel. Ihr Blick glitt über die Leiche hinweg bis zur Zimmertür, die zu Edgars Wohnung führte.

Die Tür stand offen!

Jetzt überlegte Sarah genau. Sie hatte die Waffe, aber wenn sich wirklich ein Werwolf in ihrem Haus aufhielt, konnte sie mit normalen Kugeln nicht viel anfangen. Um Werwölfe zu töten, mußte man schon eine Spezialmunition verschießen.

Zum Beispiel geweihte Silberkugeln.

Die allerdings besaß sie nicht.

Was also tun?

Da Lady Sarah in ihrem Leben noch nie große Angst verspürt hatte, klopfte ihr Herz kaum schneller, als sie die Leiche vorsichtig passierte und auf die Tür zuschritt.

Ein paar Sekunden blieb sie noch stehen, bevor sie durch den Spalt peilte.

Auf dem Speicher war alles dunkel.

Oder nicht?

Sie schaute genauer hin, und ihre Augen weiteten sich unmerklich. Sie hatte etwas entdeckt.

Zwei gelbe Punkte.

Etwa in Kopfhöhe starrten sie auf die Tür.

Jetzt wurde es der alten Lady doch etwas mulmig zumute. Trotzdem verlor sie nicht die Nerven. Sie griff sogar mit der linken Hand in den Spalt hinein und zog den von innen steckenden Schlüssel aus dem Schloß. Dann drückte sie die Tür zu und schloß hastig von außen ab.

Sie atmete auf.

Das wäre geschafft.

Plötzlich merkte sie, daß ihr der Schweiß auf der Stirn stand. Ganz spurlos waren die letzten Minuten doch nicht an ihr vorübergegangen.

Kein Wunder, sie war ein Mensch und keine Maschine.

Sarah Goldwyn schritt die Stufen wieder hinab und warf noch einen letzten, abschiednehmenden Blick auf ihren toten Butler.

»Das hast du nicht verdient, Edgar«, flüsterte sie. »Aber keine Angst, ich werde dich rächen. Dein Tod bleibt nicht ungesühnt.« Die Worte hörten sich aus dem Mund der alten Dame seltsam an, doch sie waren sehr ernst gemeint.

Mit etwas weichen Knien schritt sie hinunter ins Erdgeschoß, wobei sie die Rechte auf den Handlauf des Geländers legte. In der Linken hielt sie die Pistole.

Auf halber Strecke hörte sie wieder das Heulen.

Die Lady zuckte zusammen. Es wurde Zeit, daß jemand den Werwolf ausschaltete. Auf keinen Fall durfte es ihm gelingen, die Tür aufzubrechen.

Dann war sie verloren.

Sie erreichte den kleinen Flur, wo das Telefon auf der Kommode stand.

Die Nummer des nächsten Reviers kannte sie auswendig. Sie wählte. Ein ihr bekannter Polizist hatte Nachtdienst und meldete sich.

»Hier spricht Mrs. Goldwyn«, sagte sie. »In meinem Haus liegt ein Toter. Der Mörder befindet sich ebenfalls noch hier. Es ist ein Werwolf. Bringen Sie eine Pistole mit geweihten Silberkugeln mit, wenn Sie ihn abholen.«

Der Polizist glaubte, sich verhört zu haben.

»Hä?« machte er, aber da hatte die Lady schon aufgelegt.

Der zweite Beamte hob den Kopf. Ihm war die Reaktion seines Kollegen nicht entgangen.

»Was war denn?«

Der Beamte erzählte.

»Die spinnt«, sagte sein Kollege nur. »Ich kenne die Alte, das ist die mit dem Horror-Tick.«

»Ihre Stimme klang aber ernst.«

»Ach, hör auf.«

»Weißt du, was ich mache?«

»Nein.«

»Ich rufe beim Yard an. Dort soll doch solch ein Bursche sitzen, der sich um diese komischen Fälle kümmert. Sinclair heißt er, wenn ich mich nicht täusche.«

»All right, Barry«, sagte sein Kollege. »Du kannst ja anrufen. Ich will mich nicht lächerlich machen...«

Mich riß der Anruf aus der Zentrale zwar nicht aus dem Bett, aber er störte mich beim Fernsehen. Ich hatte die Beine hochgelegt, die Flasche Bier neben mir stehen und wollte mal in die Glotzkiste schauen, wo es einen Krimi mit Bogart gab.

Dann kam der Anruf.

Ich hörte zu und ließ mir die Nummer des Reviers geben, das den Anruf entgegengenommen hatte.

Der Beamte erzählte mir, was er gehört hatte.

»Haben Sie schon etwas unternommen?« hakte ich nach.

»Nein.«

»Warum nicht?«

Er lachte etwas gekünstelt. »Wissen Sie, wir erhalten hier oft verrückte Anrufe und sind schon oft genug reingelegt worden.«

»All right, ich werde nachschauen«, sagte ich und hängte ein.

Bogart ade. Ich schaltete den Fernseher in dem Moment aus, als Bogie zur Sache ging. Das war noch ein Held, der steckte kaum Nackenhiebe ein. Bei mir war es anders. Noch jetzt klebte das Pflaster auf meiner Hüfte. Der Zyklop des Teufels hatte mir die Verletzung beigebracht, als ich mit ihm im Keller eines Moorhauses auf Leben und Tod kämpfte.

Am gestrigen Tag erst war ich aus Germany zurückgekehrt und hatte meinen Bericht geschrieben, den Sir James Powell, mein Vorgesetzter, verschlossen hatte.

Ich zog mir die Jacke über und steckte meine Silberkugel-Beretta ein. Das Kreuz trug ich sowieso bei mir. Dann überlegte ich, ob ich Suko Bescheid sagen sollte, ließ es aber bleiben. Diese kleine Sache schaffte ich auch allein.

Es sollte einer der größten Irrtümer meines Lebens werden...

Ich fuhr nach unten, wo der Bentley in der Tiefgarage parkte. Allein ging ich durch den riesigen Komplex. Das Tor zur Ausfahrt war schon verschlossen. Ich besaß wie alle Hausbewohner die Codekarte, steckte sie in einen Schlitz an der Säule, und das Tor hob sich langsam.

Ich hatte freie Fahrt.

Draußen nieselte es etwas. Das Sommerwetter schien vorbei zu sein. Der September zeigte sich jetzt, wie er eigentlich immer war. Ein wenig launisch.

Die Wischer schaltete ich auf langsame Gangart und drehte das Radio an.

Tanzmusik begleitete mich auf der Fahrt nach Mayfair. Ich passierte die südliche Grenze von Soho und gelangte zum Piccadilly Circus, den ich zur Hälfte umrundete, um in die Regent Street einzubiegen. Hier machten die Lichter die Nacht zum Tag.

Man konnte diese Gegend auch als das Herz Londons bezeichnen.

Die Anruferin, sie hieß Sarah Goldwyn, wie man mir gesagt hatte, wohnte in der Gegend der Royal Academy, einem alten, etwas vornehmen Viertel. Wer hier lebte, gehörte wirklich nicht zu den Armen im Lande. Mayfair war noch immer ein Sammelbecken für Bürgerliche und Konservative.

Sollten sie...

Viel Verkehr herrschte bei diesem Wetter nicht. Er wurde noch spärlicher, als ich von der Regent Street in die Burlington Godness Vigo Street abbog, einer reinen Wohnstraße, wo es noch Bäume anstelle von Parkplätzen gab.

Hier irgendwo mußte es sein.

Ich kannte zwar London, aber jede Straße war auch mir nicht geläufig. Ich stoppte, schaltete die Innenbeleuchtung ein und suchte auf dem Stadtplan nach.

Drei Ecken weiter wohnte die alte Dame. Daß sie nicht mehr zu den Jüngsten zählte, hatte man mir auch berichtet.

Eine Minute später rollte der Bentley in die schmale Straße. Im Schrittempo fuhr ich weiter und suchte die Hausnummern ab. Manche waren beleuchtet, so daß ich mich orientieren konnte.

Vor dem Haus Nummer 22 fand ich keinen Parkplatz und fuhr ein paar Yards weiter, wo ich meinen metallicfarbenen Wagen dann abstellen konnte.

Als ich ausstieg, sprühte mir der feine Regen ins Gesicht. Zum Glück hatte ich es nicht weit, mußte einen Vorgarten durchqueren und stand schließlich vor dem schmalbrüstigen alten Haus, das einen verwaschenen grünen Anstrich zeigte.

Hinter dem Fenster im Erdgeschoß bewegte sich die Gardine. Ein blasses Frauengesicht erschien.

Ich winkte und blieb vor der Tür stehen, die spaltbreit aufgezogen und dann durch eine Kette gehalten wurde.

»Sie wünschen?« fragte mich eine etwas kratzig klingende Frauenstimme.

»Mein Name ist John Sinclair. Ich bin von Scotland Yard.«

»Darf ich Ihren Ausweis sehen?«

»Sicher.« Ich reichte der alten Dame das Dokument. Sie verschwand damit, ließ mich im Regen stehen und kehrte nach etwa einer Minute zurück.

Die Kette klirrte, als sie aus der Halterung fiel. »Kommen Sie rein, junger Mann.«

Ich putzte mir die Schuhe ab und betrat das Haus. Da erhielt ich meinen Ausweis zurück.

»Warum haben Sie eigentlich die Mordkommission nicht mitgebracht?« fragte mich die Frau.

»Wieso? Mußte ich das?«

»Mein Butler ist von einem Werwolf getötet worden. Ich hoffe doch sehr, daß Sie wenigstens eine Waffe mit Silberkugeln bei sich tragen, Mr. Sinclair.«

»Ja.«

»Dann ist es gut.«

Die alte Dame überraschte mich wirklich. Irgendwie erinnerte sie mich an eine Filmschauspielerin, die in dem Streifen Ladykillers mitgespielt hatte.

Mrs. Goldwyn war ziemlich hager, trug das graue Haar als Knoten im Nacken gebunden, hatte ein faltiges Gesicht, aber hellwache Augen und einen verschmitzten Zug um beide Mundwinkel.

»Woher wissen Sie das denn mit den Silberkugeln?« fragte ich sie.

»Ich lese sehr viele Horror-Romane und kann mich durchaus als Expertin bezeichnen.«

»Aha.« Ich mußte lächeln, wurde aber schnell wieder ernst, als ich sagte: »In Ihrem Haus liegt also eine Leiche.«

»Ja, und diese Idioten von Polizisten haben mir nicht geglaubt. Schrecklich borniert, die jungen Männer von heute. Sie natürlich ausgenommen.«

»Danke.« Eine gute Meinung schien sie nicht von der Polizei zu haben.

»Bitte, folgen Sie mir, Oberinspektor. Sie sollen sich alles ansehen.« Während dieser Worte griff sie in die rechte der beiden großen Kleidertaschen und holte eine Armee-Pistole hervor.

Ich bekam große Augen. »Woher haben Sie denn die Waffe?«

»Ein Erbstück meines zweiten Mannes.«

Nach dem Waffenschein fragte ich gar nicht erst, sondern erkundigte mich, ob sie Witwe sei.

»Dreimalige, Oberinspektor. Ich habe sie alle überlebt, stellen Sie sich das vor, und die drei Männer sind eines natürlichen Todes gestorben.«

»Ich hatte auch nichts anderes angenommen.«

»Man weiß ja nie. Ihr von der Polizei seid schon komisch. Vor allen Dingen mit den Revier-Bullen kann man schlecht zusammenarbeiten. Die sind so überheblich. Hoffentlich finde ich das bei Ihnen nicht auch. Wenn wir hier fertig sind, trinken wir eine Tasse Tee miteinander. Einverstanden?«

»Einverstanden, Mrs. Goldwyn. Aber wo liegt die Leiche, von der Sie gesprochen haben?«

»Ja, der gute Edgar, mein Butler. Ihn hätte ich doch bald vergessen. Da sehen Sie mal, wie schnell der Mensch doch den anderen aus dem Gedächtnis streicht. Ich will mich davor hüten und besuche fast jeden Tag die Gräber meiner drei verstorbenen Männer.« Während dieser Worte war sie vorgegangen und fuchtelte mit der schweren Pistole hin und her, so daß es mir angst und bange wurde.

»Ist die nicht geladen?« fragte ich.

Lady Sarah drehte sich um. »Doch. Wieso?«

Ich sagte gar nichts mehr. Diese Frau, so schrullig und liebenswert sie auch sein konnte, schaffte mich.

Wir stiegen die Treppen hoch. Und wieder einmal wunderte ich mich, mit welch einer Leichtigkeit die Frau die steilen Stufen nahm. Schließlich war sie einundsiebzig Jahre alt.

Ein Phänomen, wirklich.

»Ja, der arme Edgar«, sprach sie, während sie vor mir herging. »Auch einer, den der Sensenmann geholt hat. Im Zuchthaus ist er gewesen, ich habe ihn bei mir aufgenommen, und er war mir ein guter Butler, darauf können Sie sich verlassen.«

»Das Gegenteil habe ich nicht behauptet, Madam.«

»Ich weiß, ich weiß.« Sie war stehengeblieben und trat zur Seite, damit ich eine bessere Sicht hatte.

Dann sah ich ihn.

Der Tote hockte dicht vor dem Treppenende, war in sich zusammengesunken, und ich entdeckte das Blut, das sein Hemd getränkt hatte.

»Dieser Werwolf hat ihm die Kehle durchgebissen«, wisperte Lady Sarah hinter mir.

Ich nickte. Plötzlich hatte ich keinen Sinn mehr für Scherze, und ich hielt die alte Dame auch nicht für eine Spinnerin, denn was ich dort auf der Treppe sah, war verdammt realistisch.

»Was wollen Sie jetzt tun, Oberinspektor?«

Ich antwortete mit einer Gegenfrage. »War es wirklich ein Werwolf?«

»Ja.«

»Haben Sie ihn gesehen?«

»Gehört.«

»Also gesehen nicht.«

Sie wog den Kopf. »So in etwa.«

Die alte Dame begann, mich zu enttäuschen. Okay, bei der Leiche hatte sie nicht gelogen, aber einen Werwolf schien es nur in ihrer Fantasie zu geben.

»Sie glauben mir nicht, Mr. Polizist?«

»Es fällt mir zumindest schwer.«

»Ich habe auf den Speicher geschaut.« Sie deutete dabei auf die Tür. »Und da sah ich das Augenpaar. Gelb leuchtend.«

»Kann das nicht auch eine Katze gewesen sein?« zweifelte ich.

Sie schüttelte den Kopf. »Das Augenpaar befand sich in Kopfhöhe. Das Tier muß groß wie ein Mensch gewesen sein. Ehrlich.«

»Die Katze kann auf einen hohen Gegenstand gesprungen sein.«

»Nein.«

Sie sagte dieses Wort mit solch einer Entschiedenheit, daß ich nur die Schultern hob.

»Wollen Sie sich die Sache einmal ansehen oder nicht, Herr Oberinspektor?«

»Ich schaue nach.«

»Aber vorsichtig, bitte. Ich möchte nicht noch eine Leiche hier herumliegen haben.« Die alte Dame schloß die Tür auf.

»Danke.« Ich ging vor. Lady Goldwyn wollte mir folgen, doch ich bedeutete ihr, draußen zu bleiben. »Am besten ist es, wenn Sie sich unten im Haus aufhalten.«

»Ungern.«

Da hörten wir beide das heulende Geräusch. Ich lauschte, und, verdammt noch mal, das hörte sich in der Tat nach einem Werwolf an.

Ich zog meine Beretta.

»Ist sie auch wirklich mit Silberkugeln geladen?« wisperte Lady Goldwyn.

Ich nickte.

»Dann ist es gut.«

Behutsam öffnete ich die Tür...

Zuerst einmal war es nur dunkel. Ich hatte die Tür hinter mir geschlossen, war nach rechts weggetaucht und stand nun eng an die Wand gepreßt da und lauschte.

Kein Geräusch drang an meine Ohren. Auch das Heulen hörte ich nicht. Langsam gewöhnten sich meine Augen an die Lichtverhältnisse. So finster, wie ich gedacht hatte, war es doch nicht. Ich sah die Umrisse eines Fensters, das mehr einer Dachluke glich. Und durch diese Öffnung fiel ein wenig Mondlicht. Es zeichnete ein kaum zu erkennendes Rechteck auf den staubigen Boden.

Sicherlich war solch ein alter Speicher nicht leer. Aus Erfahrung wußte ich, daß so manches Möbelstück hier abgeladen wurde, wo es dann vergammelte.

Durch die Nase atmete ich ein. Die Luft war nicht gerade die frischeste. Sie roch muffig und abgestanden. Ich bewegte mich vorsichtig nach rechts, hielt dabei Ausschau nach dem Werwolf, sah ihn jedoch nicht. Statt dessen stieß ich gegen eine dünne Wand.

Sie mußte das Zimmer des Butlers abtrennen, denn Lady Goldwyn hatte mir ja gesagt, daß dieser Edgar hier oben wohnen würde.

An der Wand entlang tastete ich mich weiter. Nach jedem Schritt hielt ich inne und warf einen Blick nach links, in den freien Speicher hinein.

Und plötzlich sah ich die Augen!

Zwei gelbe, schmale Punkte, etwa in Kopfhöhe und dicht beim Lukenfenster. War das der Werwolf?

Im ersten Reflex wollte ich schießen, überlegte es mir aber und wartete noch ab.

Nur keine Gäule scheu machen, der Gegner sollte sich erst einmal zeigen.

Ich spürte kühleren Wind über mein Gesicht streichen. Er fuhr durch das Fenster und wirbelte Staub auf, der mich gleichzeitig zum Niesen reizte. Nur mühsam unterdrückte ich dieses Gefühl.

Ich lauerte.

Minuten waren schon vergangen.

Und dann sah ich den Schatten. Dicht unter dem schrägen Speicherfenster hob sich der Umriß ab. Ich schnellte hoch, startete und lief in die Falle.

Der Unbekannte hatte ein Holzstück aufgenommen und es auf mich geschleudert. Ich sah es zu spät, konnte nicht rasch genug ausweichen, und das Ding prallte mir hochkant gegen die Brust. Für einen Moment kriegte ich keine Luft, atmete keuchend und wurde zurückgeworfen. Zum Glück hielt ich mich auf den Beinen.

Der Unbekannte nutzte die Zeit.

Hurtig kletterte er aus dem schrägen Fenster und hockte schon Sekunden später auf dem Dach.

Er schaute mich an.

Ja, jetzt sah ich es deutlich. Es war tatsächlich ein Werwolf, der sich hier oben versteckt gehabt hatte.

Ich schoß.

Leider zu überhastet.

Zu meinem Pech drehte sich die Bestie nach links, so daß die Kugel an ihrem Oberarm vorbeizischte und irgendwo in der Dunkelheit verschwand.

Dann war von dem Werwolf nichts mehr zu sehen.

Ich ließ sämtliche Rücksichten fallen und machte mich an die Verfolgung.

Ohne über igendwelche herumliegenden Dinge zu stolpern, erreichte ich das Fenster, umklammerte mit beiden Händen den unteren Holzrahmen und schwang mich in die Höhe.

Zwei Atemzüge später hockte ich auf dem Dach. Es war verdammt schräg, ich hatte Mühe, mein Gleichgewicht zu halten.

Wo steckte die Bestie?

Ich schaute mich um. Vor mir wuchs das Dach in die Höhe, bis zum First, wo ein dicker Schornstein stand. Die Ziegel glänzten matt. Feiner Regen hatte sie angefeuchtet. Vermischt mit dem Staub verwandelte die Flüssigkeit das Dach in eine wahre Rutschbahn.

Den Werwolf sah ich auch. Weiter oben kroch er auf allen vieren dem schmalen First entgegen. Als sich jetzt der Mond hinter einer Wolke hervorschob, heulte er ihn an.

Ich hatte meine Beretta in den Hosenbund geschoben, weil ich beide Hände brauchte, um mich abzustützen. Eine falsche Bewegung, ein falscher Tritt, und ich rutschte abwärts.

Der Werwolf drehte seinen haarigen Schädel, entdeckte mich und öffnete sein Maul.

Selbst aus dieser Entfernung sah ich das Blitzen seiner scharfen Reißzähne.

Ich kletterte höher.

Dabei blieb ich auf Händen und Füßen. Zum Glück trug ich Gummisohlen unter meinen Füßen, so daß ich nicht so leicht rutschte wie bei Ledersohlen.

Der Werwolf behielt seinen Vorsprung nicht nur, er baute ihn sogar aus. Bevor ich es verhindern konnte, hatte er hinter dem Schornstein Deckung gefunden.

Jetzt konnte er bequem an der anderen Dachseite hinunterklettern oder auf das Dach eines der Nachbarhäuser steigen, ohne daß ich ihn daran hindern konnte.

Verdammt auch.

Doch das Schicksal meinte es gut mit mir. In diesem Fall war es der Wind. Er hatte weiter oben die Ziegel bereits getrocknet. Zudem regnete es nicht mehr.

Ich fand besseren Halt und kam besser voran. Die Ziegel waren nicht glatt, sondern rauh und manchmal aufgerissen. Auch sie hatten unter den Witterungsbedingungen zu leiden. Sie scheuerten über die Haut an meinen Handflächen.

Noch gute zwei Yards, dann hatte ich den Schornstein erreicht.

Und plötzlich tauchte die Schnauze des Werwolfs auf. Sie lugte hinter dem Schornstein hervor, und die gelben Augen stierten mich erbarmungslos an.

Ein Opfer hatte sich die Bestie bereits geholt, es war klar, daß sein Mordrausch damit nicht befriedigt war. Er wollte auch noch ein zweites.

Mich!

Deshalb wartete er auf mich, denn er fühlte sich in einer hervorragenden Ausgangsposition.

Ich tat ihm den Gefallen und kroch langsam auf ihn zu. Das Glitzern in seinen gelben Augen wurde zu einem haßerfüllten Leuchten, er richtete sich etwas auf, streckte seinen linken Arm aus und öffnete das gefährliche Maul.

Ich zog meine Pistole.

Da sprang der Werwolf. Obwohl ich ihn noch nicht erreicht hatte, griff er mich an. Er ließ sich einfach fallen, fauchte laut auf und wollte mich mit beiden Pranken umklammern.

Ich konnte leider nicht mehr abdrücken. Die Bestie war schneller und prallte gegen mich.

Für den Bruchteil einer Sekunde hatte ich Angst, vom Dach zu stürzen, dann konzentrierte ich mich auf den vor mir liegenden Kampf. Der Werwolf hatte beide Pranken in meine Schultern gestemmt. Er drückte mich so weit zurück, daß er in meinen Hals beißen konnte, der frei vor ihm lag.

Ich zog die Beine an. Es gelang mir nur mühsam, trotzdem konnte ich meine Knie gegen seinen Leib stemmen und die mörderische Kraft blockieren.

Ein verzweifeltes Ringen begann. Der Werwolf lag nicht still über mir, er keuchte und fauchte, blies mir seinen heißen Raubtieratem ins Gesicht und sorgte dafür, daß ich mich kaum rühren konnte.

Sekunden ging alles glatt.

Dann rutschte ich.

Und auch der Werwolf verlor das Gleichgewicht, konnte sich nicht mehr halten, und wir erreichten die glatten, vom Regen angefeuchteten Dachpfannen, die uns überhaupt keinen Halt mehr boten.

Beide glitten wir ab.

Für mich wurde es verdammt gefährlich. Nicht allein, daß ich den Werwolf am Hals hatte, einen Fall aus dieser Höhe konnte ich wohl kaum lebend überstehen. Ich mußte mir etwas einfallen lassen, wenn ich mich noch retten wollte.

Ich schaffte es nicht.

Soeben noch konnte ich meinen Arm anwinkeln und hochreißen, bevor der Werwolf zubiß. Der Stoff meiner Jacke riß, ich traf noch mit einem zweiten Hieb seine Schnauze, im nächsten Augenblick war es aus mit der Herrlichkeit.

Die Dachkante war nahe.

Zu nahe...

Ich konnte nicht einmal mehr einen Schrei ausstoßen, denn im nächsten Moment glitten der Werwolf und ich über die Kante und rasten in die Tiefe...

Lady Goldwyn hatte gewartet, bis ich hinter der Tür verschwunden war. Sie legte ihr Ohr gegen das Holz, um zu lauschen, doch sie hörte nichts. Es fand also kein Kampf statt.

Hoffentlich schaffte dieser sympathische Oberinspektor die Bestie. Sie traute dem Mann einiges zu. Daß er eine mit Silberkugeln geladene Pistole bei sich trug, bewies, daß er ihren Anruf sehr ernst genommen hatte. Es gab also doch Polizisten, die an Werwölfe glaubten.

Für einen Moment wurde ihr direkt schwindlig, wenn sie so darüber nachdachte. Nie hätte sie sich träumen lassen, daß so etwas in Wirklichkeit geschah. Bisher hatte sie das immer nur in ihren Romanen gelesen. Sie war nur traurig darüber, daß Edgar, ihr Butler, sein Leben hatte lassen müssen.

Das war nicht mehr rückgängig zu machen.

Leider.

Lady Sarah überlegte. Sollte sie nun hier oben an der Tür stehenbleiben oder hinuntergehen? Während dieser Gedanken warf sie einen scheuen Blick auf den Toten.

Nein, sie wollte nicht bei ihm bleiben. Dann lieber nach unten gehen. Dieser Sinclair würde bestimmt mit der Bestie fertig. Sie warf noch einen letzten Blick auf die Leiche des Butlers und schlug den Weg nach unten ein.

Sie betrat ihr Zimmer. Dabei zog sie die Pistole aus der Tasche und schwenkte sie wie ein Profi im Halbkreis, doch niemand hielt sich in dem Raum versteckt. Es war alles völlig normal.

Lady Sarah atmete auf.

Dabei fiel ihr Blick nach draußen. Es hatte aufgehört zu regnen. Wenigstens waren im Lichtkreis der nächsten Straßenlaterne keine glitzernden Tropfen mehr zu erkennen. Trotzdem glänzten die Steine auf dem schmalen Vorgartenweg noch feucht.

Ein Wagen fuhr langsam die Straße hinab. Es war ein Range Rover, denn mit Automarken kannte sich die alte Dame aus. Der Geschwindigkeit nach zu schließen schien der Fahrer des Rover etwas zu suchen. Fragte sich nur, was.

Dann stoppte das Fahrzeug.

Vor ihrem Haus.

Jetzt wurde Mrs. Goldwyn doch neugierig. Sie wartete darauf, ob jemand aussteigen würde, doch den Gefallen tat man ihr vorerst nicht.

Der oder die Fahrer blieben im Rover sitzen.

Mrs. Goldwyn hatte plötzlich ein komisches Gefühl. Es trat immer ein, wenn etwas nicht stimmte oder in der Luft lag. Eine Art sechster Sinn, sie konnte sich auf ihn verlassen. Kurz vor dem Tode ihres zweiten Mannes hatte sie genau gespürt, daß irgend etwas mit ihm nicht stimmte. Ihr Mann war anders gewesen, und sie hatte nachts zuvor den Sensenmann gesehen.

Sarah Goldwyn schob die Gardine ein wenig zur Seite, um besser sehen zu können.

Es rührte sich nichts.

Nach wie vor stieg niemand aus.

Ob der oder die Männer nur etwas beobachten wollten? Aber was? Was gab es an diesem alten Haus schon groß zu sehen? Andererseits: Wie war es möglich, daß ein Werwolf so plötzlich auftauchte? Und wie war er überhaupt ins Haus gelangt?

Wahrscheinlich durch die Hintertür. Sofort entschloß sich Lady Sarah, die Tür abzuschließen. Sie fand keine Zeit, ihren Vorsatz in die Tat umzusetzen, denn plötzlich schwangen die beiden Türen des Rovers auf.

Zwei Männer stiegen aus.

Männer, die irgendwie uniformiert aussahen. Sie trugen dunkle Kleidung. Die Jacken waren länger als normal. Sie fielen bis über die Hosengürtel.

Und die beiden steuerten ihr Haus an. Sie schritten über den Weg im Vorgarten und blieben vor der Tür stehen.

Etwas störte die alte Dame an diesen beiden. Sie überlegte und gelangte zu dem Ergebnis, daß es der Gang gewesen sein mußte. Ja, er war nicht so richtig lebendig oder federnd, sondern eher steif, marionettenhaft. Wie schrieben die Gruselautoren doch immer?

Zombies gehen so.

Unsinn, sagte sich die alte Dame, jetzt geht deine Fantasie wirklich mit dir durch. Vielleicht war dieser Range Rover auch ein Fahrzeug der Polizei. Schließlich lag in ihrem Haus eine Leiche, die abgeholt werden mußte.

Es schellte.

Lady Sarah zuckte zusammen, obwohl sie damit gerechnet hatte und der Gong wirklich nicht laut war. Sollte sie öffnen? Das war die Frage. Wenn sie die Haustür nicht öffnete, machte sie sich nur noch verdächtiger. Zudem befand sich die Polizei ja im Haus. Notfalls konnte sie um Hilfe schreien, und die Waffe steckte auch noch in der Tasche des Kleides.

Mrs. Goldwyn durchquerte den schmalen Flur. Als es zum drittenmal klingelte, öffnete sie die Tür.

Jetzt sah sie die beiden Männer dicht vor sich. Und sie erschrak, denn die Gesichter sahen irgendwie glatt und stumpf aus. Ohne Leben. Wie auch die Augen.

Nein, das waren keine Polizisten, doch es war zu spät, die Tür wieder zu schließen.

Lady Sarah raffte allen Mut zusammen, als sie fragte: »Was wünschen die Herren bitte?«

»Lassen Sie uns rein!« forderte der rechte. Das war keine Bitte, sondern ein Befehl.

Auch die alte Dame merkte den Unterschied. Das hatte sie nun überhaupt nicht gern. Sie wurde störrisch.

»Was erlauben Sie sich eigentlich? Klingeln an meiner Tür, sind nicht von mir eingeladen worden und reden in solch einem Ton mit mir. Mäßigen Sie sich...«

Einer packte zu.

Plötzlich schrie die Frau auf, denn seine Finger umklammerten ihre rechte Schulter. Der Mann drückte Lady Sarah in den Flur, ging selbst in das Haus und ebnete seinem Kumpan den Weg.

Jetzt konnte Mrs. Goldwyn sie nicht mehr zurückschicken.

Die Tür knallte zu.

Sarah erschrak. Fest preßte sie die Lippen aufeinander und dachte an die Pistole in ihrer Tasche.

Noch nie hatte sie auf einen Menschen geschossen, aber wenn ihr Leben in Gefahr geriet, würde sie über ihren eigenen Schatten springen und schießen.

Ja, das wollte sie.

Lady Sarah ließ ihre rechte Hand in der Kitteltasche verschwinden und umklammerte den Griff der Armee-Pistole. Denen würde sie es zeigen, sie sollten sich wundern.

»Was wollen Sie eigentlich?« fragte sie, forsch geworden durch ihren Entschluß.

»Wir möchten jemand abholen.«

»Hier ist niemand.«

Die beiden schauten sie an. Starr und völlig ausdruckslos waren ihre Blicke. Die großen Hände öffneten und schlossen sich. Dann schritten sie an Lady Sarah vorbei und betraten den Wohnraum.

»Was soll das!« rief die alte Dame. »Sind sie wahnsinnig geworden? Das ist mein Haus.«

»Halt dein Maul, Alte!«

Das war unerhört. Lady Sarah holte tief Luft. So hatte noch niemand mit ihr gesprochen. Das durfte sich keiner herausnehmen, auch die beiden Eindringlinge nicht.

»Sie werden jetzt sofort verschwinden, oder ich rufe die Polizei. Haben sie verstanden!«

Die beiden hatten. Sie drehten sich um und blickten die Sprecherin an. Sie waren etwa gleich groß, hatten dunkles Haar und wulstige Lippen. So sehen Verbrecher aus, dachte die Lady.

»Wir suchen einen Werwolf!« erklärte ihr der größere der beiden.

Lady Sarah erschrak. Die Kerle wußten Bescheid, daß sich ein Werwolf bei ihr verborgen hielt.

Woher nahmen sie dieses Wissen?

»Hier ist keiner«, erklärte die alte Dame fest. »Sie müssen sich im Haus geirrt haben.«

Die beiden Männer schauten sich an. Dann lächelten beide und suchten weiter.

Dabei gingen sie sehr forsch zu Werke. Sie öffneten Schränke und auch Kommoden, schauten hinter der Tür nach und hinter den Lehnen der hohen Sessel.

Der Erfolg – Null.

Die alte Dame gewann Oberwasser. »Ich habe Ihnen doch gesagt, daß es hier keinen Werwolf gibt!« sagte sie. »Und jetzt gehen Sie endlich. Verschwinden Sie von hier!«

»Wer wohnt oben?« wurde Sarah gefragt.

»Niemand.«

»Also Sie.«

»Ich sagte doch: niemand.«

Die beiden Eindringlinge blickten die Frau hart an. »Warum lügen Sie uns an?«

»Es wohnt da wirklich niemand.«

»Es ist schlecht, wenn Sie lügen. Wir wollen Sie nur von dem Werwolf befreien. Und jetzt geben Sie die Tür frei.« Die Kerle marschierten einfach los.

Lady Sarah war viel zu überrascht, um rechtzeitig genug reagieren zu können. Sie trat zur Seite, und die beiden Männer schritten an ihr vorbei in den Flur.

Sie steuerten sofort die Treppe an, die im Licht der Flurbeleuchtung deutlich zu erkennen war.

Lady Sarahs Herz klopfte schneller. Himmel, was sollte sie denn jetzt tun? Sie dachte an ihre Romane. Wie hätte sich denn der Held benommen? Er wäre den beiden gefolgt und hätte sie ausgeschaltet. Doch sie war eine schwache Frau, und außerdem war das hier kein Roman.

Trotzdem verließ sie das Zimmer.

Die Männer gingen bereits die Stufen hoch.

Und da fiel der Frau wieder die Armee-Pistole ein. Sie steckte noch immer in ihrer rechten Tasche.

Blitzschnell zog sie die Waffe, ging ein paar Schritte vor und blieb so stehen, daß sie die beiden Einbrecher vor der Mündung hatte.

»Keinen Schritt weiter – oder ich schieße!« sagte sie, und ihre Stimme zitterte nicht einmal...

Ich fiel!

Und ob Sie es glauben oder nicht, vor Angst blieb mir fast das Herz stehen. In den Sekunden bis zum Aufprall, sie waren beinahe endlos, stürzten tausend Eindrücke auf mich nieder.

Ich sah dicht vor mir das häßliche Gesicht der Bestie, wie sie die Kiefer aufklappte und doch noch zubeißen wollte, dann lösten sich die Pranken von meinen Schultern, und der Werwolf verschwand.

Ich zog unwillkürlich meinen Körper zusammen, igelte mich praktisch ein und wartete auf den Aufprall, der sämtliches Leben in mir auslöschen würde.

Seltsamerweise schrie ich nicht, der Fall lief in einer fast erschreckenden Lautlosigkeit ab.

Und ich hielt noch immer die Pistole umklammert!

Dann geschah es.

Plötzlich fühlte ich den Schlag im Rücken, etwas schien in meinen Körper zu reißen, jagte längs durch mein Rückgrat bis hoch ins Gehirn, und erst jetzt schrie ich.

Aber ich lebte.

Wieso?

Ich müßte doch eigentlich tot sein und mit zerschmetterten Gliedern auf irgendeinem Hinterhof liegen.

Das war nicht der Fall.

Weit riß ich die Augen auf.

Und dann rutschte ich weiter. Langsam. Mit den Füßen zuerst kam ich auf, stand und schaute mich um.

Erst einmal atmete ich durch. Die Luft drang in jeden Winkel der Lunge, gebrochen war also nichts. Aber verdammt noch mal, was war denn eigentlich geschehen?

Dunkelheit um mich herum. Nur von oben fiel ein wenig Licht. Da erst sah ich, was passiert war.

Ich befand mich auf einem Lastwagen. Die herabhängende Plane erklärte mir einiges.

Ich war zwar vom Dach gefallen, doch genau auf die Plane eines im Hof abgestellten Lieferwagens. Und durch mein Gewicht war die Plane aus der Halterung gerissen worden. Ein unwahrscheinlicher Zufall hatte mich gerettet.

Und die Beretta hielt ich immer noch umklammert.

Das alles mußte ich erst verdauen, denn plötzlich begannen meine Knie zu zittern.

Der Schock.

Ich mußte mich setzen.

Ich fiel förmlich zu Boden, und auch als ich saß, schwindelte es vor meinen Augen.

Himmel, das war hart gewesen.

Welch gütiges Schicksal den Lastwagen mit der Plane in den Hof gefahren hatte, wußte ich nicht.

Es war mir auch egal. Etwas anderes war in diesem Moment viel wichtiger.

Der Werwolf!

Hatte er auch den Fall überstanden? Normalerweise ja, denn diese Bestie war so einfach nicht zu töten, man mußte ihr schon mit geweihtem Silber kommen.

Diese Chance hatte ich bisher vertan.

Aber ich wollte sie nachholen, das schwor ich mir.

Ich erhob mich wieder. Ein Teil der Plane war nach vorn geknickt, sie berührte den Boden der Lastwagenfläche.

Ich ging ein paar Schritte vor, peilte nach draußen und war verwundert, als ich die Ausmaße des Hofes sah. Ich entdeckte, daß an den Rückseiten die Höfe nicht durch Mauern getrennt waren.

Es gab auch Wege, die zur Parallelstraße führten. Einer wurde von einer hohen Hecke eingefriedet.

Ich kletterte auf den Rand der Ladefläche und sprang von dort aus zu Boden.

Mit entsicherter Waffe schritt ich über den Hof und suchte nach der mordenden Bestie.

Orientieren konnte ich mich dabei sehr gut, denn aus zahlreichen Fenstern an den Rückseiten der Häuser fiel genügend

Licht. Weiter rechts sah ich Garagen. Vier standen nebeneinander. Gar nicht mal weit von den Rückseiten der Häuser entfernt. Eine neben einem schmalen Badezimmerfenster angebrachte Lampe streute ihr Licht so weit, daß es bis auf das Dach der Garagen fiel.

Und dort hockte eine Gestalt.

Der Werwolf!

Wußte der Teufel, wie er dorthin gelangt war. Auf jeden Fall sah ich ihn. Ich erkannte ihn am gelben Glitzern in seinen verdammten Raubtieraugen. Er hatte mich ebenfalls entdeckt.

Die Bestie schien unverletzt zu sein, denn plötzlich erhob sie sich zu ihrer vollen Größe und fauchte mich an.

Ganz langsam hob ich den rechten Arm und zielte genau. Es war schwierig, zu schießen, denn mein Arm zitterte immer noch nach der durchlittenen Anstrengung. Ich war eben keine Maschine.

Der Werwolf trat noch einen Schritt vor und stand am Rand der Garagendächer.

Genau in dem Augenblick, als er sich abstieß, zog ich zweimal den Stecher durch, da ich sichergehen wollte. Die Kugeln trafen ihn auf halber Höhe und genau dort, wo ich es haben wollte, mitten in die Brust.

Das war sein Ende.

Schwer klatschte er auf die kleinen Pflastersteine vor den Garagen. Er wälzte sich um seine eigene Achse, jaulte, heulte und fauchte in einem.

Ein schlimmer Todeskampf begann.

Ich ging auf ihn zu.

Als ich neben ihm stehenblieb, löste sich bereits das dunkle Fell auf. Es fiel einfach ab wie Haare unter der scharfen Schere.

Zurück blieb – ein Mensch!

Ein Mann mit wachsbleichem Gesicht, dessen Oberlippe von einem dunklen Bart geziert wurde.

Ich holte meine Bleistiftlampe hervor und knipste sie an. Der Strahl wanderte über sein Gesicht, und ich runzelte überrascht die Stirn, denn ich kannte ihn.

Nicht persönlich, aber diesen Mann hatte ich bereits auf einem Foto gesehen.

In der Verbrecherkartei.

Er gehörte zu den meistgesuchten Bankräubern und Mördern des Staates. Wie war er zu einem Werwolf geworden?

Diese Frage beschäftigte mich wirklich.

Einige Fenster waren aufgerissen worden. Gesichter erschienen. Man hatte die Schüsse gehört.

Eine Frau schrie.

»Da liegt ja einer!« hörte ich die Stimme eines Mannes.

Bevor die Leute auf dumme Gedanken kommen konnten, erklärte ich ihnen mit lautstarker Stimme, daß ich von Scotland Yard war, steckte meine Waffe weg und trat an eines der Fenster, wo ein Mann seinen Kopf herausstreckte.

Ich zeigte ihm meinen Ausweis.

»Es stimmt, Leute, der ist tatsächlich vom Yard.«

Die Einwohner waren beruhigt.

»Sie brauchen sich keine Sorgen zu machen«, sagte ich. »Die Polizei wird den Toten abholen.«

»Wollen Sie telefonieren?«

»Das erledige ich schon. Vielen Dank.«

Das wollte ich tatsächlich, und zwar bei Mrs. Goldwyn. Dort lag ja noch ein zweiter Toter.

Ein wenig viel für eine Nacht, fand ich.

Ich ging auf die Hintertür des schmalbrüstigen Hauses zu, in dem die alte Dame wohnte. Durch ihren Anruf hatte sie alles ins Rollen gebracht. Ich war froh, daß sie so reagiert hatte.

Bestimmt stand ich dicht vor einem neuen, brandheißen Fall. Mit dieser Gewißheit stieß ich die Hintertür des Hauses auf und ahnte nicht, was mich im Innern erwartete...

Die beiden Kerle drehten sich um.

Nicht zu überhastet, nein, betont langsam und mit eckig wirkenden Bewegungen.

Sie schauten auf die Frau und auf die Waffe in ihrer Hand.

Lady Sarah nahm allen Mut zusammen. »Ihr verschwindet jetzt«, sagte sie, »oder es ergeht euch schlecht.«

»Meinen Sie das im Ernst?«

»Ja.«

Die beiden nickten. »Es ist gut, Alte, wir gehen. Aber hüten Sie sich, Sie haben sich jemand zum Feind gemacht, gegen den Sie gar nicht gewinnen können.«

»Und wen, bitte?«

»Das merken Sie noch früh genug.«

Die beiden setzten sich in Bewegung. Sie hoben sogar die Arme, was die Frau gar nicht befohlen hatte. So stiegen sie die restlichen Stufen hinunter.

Und sie lächelten.

Ein falsches Lächeln, dachte Lady Sarah. Sie wollte sich vorsehen. Sie trat etwas zurück, damit die beiden nicht zu dicht an ihr vorbeikamen und ihr mit einem schnellen Angriff die Waffe aus der Hand schlagen konnten.

Der letzte warf ihr noch einen langen Blick zu. Aus Augen, die wie Murmeln wirkten.

Er tat es bewußt, und Mrs. Goldwyn fiel auf diese Taktik prompt herein.

Sie ließ den zweiten Kerl aus dem Blick.

Dessen Bein wirkte wie ein Hammer. Es wurde hochgeschleudert, der Fuß streckte sich, und bevor sich die Frau versah, traf sie der Tritt gegen die Waffenhand. Er war so hart, daß ihr die Armee-Pistole aus den Fingern geschleudert wurde.

Erschreckt schaute sie der Waffe nach.

Deshalb sah sie auch die Hand nicht. Aber sie spürte den Schmerz, als sie gegen ihre Wange klatschte. Lady Sarah fiel zu Boden. Die Wand hielt sie auf.

Und plötzlich sah sie die beiden Kerle dicht vor sich stehen. Wie Gebirge erschienen sie ihr.

Grausam und mächtig.

Sie schaute in die Gesichter, und in den Augen las sie das Urteil.

Tod!

Auf einmal stieg Angst in ihr hoch. Mrs. Goldwyn bereute es jetzt, sich eingemischt zu haben. Sie hatte Hoffnungen auf den Oberinspektor gesetzt, doch von Sinclair war nichts zu sehen. Vielleicht befand er sich auch schon unter den Toten.

Diese Erkenntnis und das Wissen um die eigene Gefahr verstärkten die Angst in ihr noch.

Niemand konnte ihr jetzt mehr helfen!

Einer der beiden trat ein paar Schritte zur Seite und hob die Armee-Pistole auf. Er wog sie in der Hand, schaute seinen Kumpan an, und der nickte.

»Damit werden wir dich erschießen, Alte!« versprach er.

Sein Kumpan legte an.

Jetzt blickte die alte Dame in die Mündung. Dieses dunkle Loch kam ihr plötzlich riesengroß vor, und sie wußte, daß daraus der Tod peitschen würde.

»Bitte!« flüsterte sie. »Bitte...« Mehr konnte sie nicht sagen, die Angst schnürte ihr einfach die Kehle zu.

In diesem Augenblick schlug mit einem Knall die Hintertür ins Schloß. Der Kerl ließ die Waffe sinken, drehte sich um und schaute seinen Kumpan an.

Der nickte, warf sich auf dem Absatz herum und schlug den Weg zur Hintertür ein...

Ich war völlig ahnungslos und ärgerte mich nur, daß mir die Tür aus der Hand rutschte. Sie knallte so hart ins Schloß, daß es sich wie ein Pistolenschuß anhörte.

Ich durchquerte den Flur. Meine Gedanken beschäftigten sich mit dem zurückliegenden Kampf, deshalb war ich nicht so auf der Höhe und bemerkte die Gefahr viel zu spät.

Sie lauerte auf der Treppe.

Als ich das schleifende Geräusch vernahm, konnte ich nicht mehr rechtzeitig ausweichen. Ein massiver Körper hechtete über das Geländer und fiel gegen mich.

Die Wucht warf mich bis gegen die Wand. Mit dem Hinterkopf stieß ich gegen den rauhen Putz und sah sekundenlang Sterne. Dann aber sah ich das Gesicht dicht vor mir, und es war eine Fratze, die verdammt nichts Gutes verhieß.

Gefährlich. In den Augen schimmerte Mordlust. Hände fuhren an meinem Körper hoch und suchten die Kehle.

Ich stieß mit dem Kopf zu.

Der Kerl steckte den Treffer ein, ohne mit der Wimper zu zucken. Und da fiel es mir auf.

Er atmete nicht!

Ich hatte einen Untoten vor mir.

Nur kurz war die Schrecksekunde. Es gelang mir, mein Bein zu heben und dem Gegner das Knie hart in den Leib zu drücken. Er taumelte zurück.

Sofort setzte ich nach.

Die Hand meines Gegners verschwand in der Tasche. Blitzschnell förderte er eine Stahlrute hervor und war mit zwei langen Schritten auf der dritten Treppenstufe.

Ich drehte mich im Lauf.

Der erste Schlag pfiff heran. Er war auf meinen Kopf gezielt, doch ein Sidestep meinerseits ließ ihn ins Leere zischen. Die Stahlrute hämmerte auf den Handlauf und riß dort einen langen Holzspan aus der Lackierung.

Den nächsten Schlag unterlief ich.

Blitzschnell ging ich den Zombie an, bohrte meinen Kopf in dessen Magen, hob gleichzeitig die Schultern an, und durch diese Bewegung wurde mein Gegner über mich hinweggeschleudert.

Es krachte laut, als er zu Boden prallte. Arme und Beine hatte er hochgerissen. Auf mich wirkte er wie ein großer Käfer, der auf dem Rücken lag und es schwer hatte, wieder in seine normale Lage zu gelangen.

Bevor er sich erholen konnte, war ich über ihm. Und jetzt hatte ich die Beretta, deren kalte Mündung seine Stirn berührte.

»Rühr dich nicht«, zischte ich ihm zu. »Was ich hier geladen habe, sind Silberkugeln. Sie töten dich auf der Stelle!«

Er lachte nur.

»Willst du es ausprobieren?«

»Silberne Kugeln können mich nicht töten!« Der Zombie stieß diesen Satz mit solch einer Gewißheit hervor, daß ich zurückschreckte. Sollte er recht haben? Wenn ja, warf das sämtliche Theorien über den Haufen.

Zwei Sekunden zögerte ich.

Genau zwei zuviel.

Daß die Tür aufflog, bemerkte ich aus den Augenwinkeln. Erst dachte ich an Mrs. Goldwyn, doch der gewaltige Schatten konnte sie einfach nicht sein.

Es war ein zweiter Zombie.

Und er traf mit seiner Stahlrute meinen ungeschützten Nacken. Für mich erloschen schlagartig sämtliche Lichter. Ich hatte mal wieder einen totalen Blackout.

Würde der Mann schießen?

Diese Frage quälte Mrs. Goldwyn am meisten. Noch zog er den Zeigefinger nicht zurück, noch gab er ihr eine Galgenfrist, doch wie lange?

Seltsamerweise war ihre Todesangst verschwunden. Sie fühlte eine nahezu unwirkliche Ruhe und Gelassenheit in sich.

Weshalb das so war, konnte sie auch nicht sagen.

Vielleicht war es das Alter. Wer sieben Jahrzehnte erlebt hatte, den schreckte der Tod nicht mehr so wie einen jungen Menschen. Und doch wollte sie nicht sterben, denn sie hatte noch viel vor. Jetzt wußte sie, daß es diese Wesen der Finsternis nicht nur in Romanen gab, sondern auch in Wirklichkeit. Dann konnte man doch gegen sie ankämpfen und nicht bei der ersten aus der Rolle fallenden Sache schon sterben.

Plötzlich hörte sie die Geräusche. Sie waren undefinierbar und konnten alles bedeuten. Aber sie glaubte daran, daß es Kampfgeräusche waren.

Auch ihrem Bewacher waren sie nicht so recht geheuer. Er warf Lady Sarah einen harten Blick zu, schaute schnell zur Tür und sah wieder die Frau an.

Sarah Goldwyn atmete tief ein.

Auf einmal ging es ihr besser. Sie fühlte den Hoffnungsstrahl, der durch das Zimmer glitt.

»Rühr dich nicht vom Fleck!« befahl der Kerl plötzlich und wandte sich von ihr ab.

Mit schnellen Schritten lief er zur Tür. Dort drehte er sich noch einmal um, aber Sarah war sitzengeblieben.

Der Mann verschwand.

Da stand Sarah auf. Etwas zu hastig für ihr Alter, so daß ihr schwindlig wurde. Tief atmete sie durch. Nicht im Traum dachte sie daran, dem Befehl Folge zu leisten. Da konnte dieser Widerling lange warten. Sie huschte auf die Haustür zu und vergaß nicht, den Schlüssel mitzunehmen. Vorsichtig öffnete sie die Tür, schlüpfte nach draußen und zog die Tür behutsam ins Schloß.

Der Vorgarten bot mit seinen Büschen einige Verstecke für die alte Dame.

Doch soweit war es noch nicht.

Da die Gardine ein Stück zurückgezogen war und innerhalb der Wohnung Licht brannte, konnte Lady Goldwyn genau erkennen, was sich darin abspielte. Sie hatte sogar freien Blick durch das Wohnzimmer, in dem sie sich sonst immer aufhielt.

Die alte Dame mußte sich auf die Zehenspitzen stellen, um über das Fensterbrett blicken zu können. Jetzt kam es ihr zugute, daß sie es nicht mit Topfblumen vollgestellt hatte.

Sie dachte nicht einen Moment daran, noch einmal die Polizei zu rufen. Die wären sowieso zu spät eingetroffen, außerdem hätte man ihr kaum geglaubt.

So wartete sie.

Und sie sah die beiden Eindringlinge wieder.

Aber nicht nur sie.

Auch Oberinspektor Sinclair.

Er wurde von einem der Kerle getragen. Der Mann hatte sich den Oberinspektor über die rechte Schulter gelegt, und es sah aus, als wäre Sinclair tot oder bewußtlos.

Lady Sarah preßte ihre Hand gegen den Mund, um einen Schrei zu unterdrücken. Die Kerle hatten es eilig. Sie liefen auf die Haustür zu und gaben der alten Dame gerade noch Zeit, sich zu verstecken. Dann wurde die Tür schon aufgezogen.

Lady Sarah kauerte hinter einem hohen Rhododendron-strauch und lugte zwischen den Blättern hindurch. Sie fror auf einmal und hatte Mühe, ein Klappern ihrer Zähne zu unterdrücken.

Die beiden Männer verließen das Haus. Einer ging vor und sicherte.

Der andere blieb mit seiner Last nur wenige Schritte von Lady Sarahs Beobachtungsplatz stehen, so daß die Frau nicht einmal zu atmen wagte.

Dann gab der Kerl auf der Straße dem anderen einen Wink.

Inzwischen öffnete sein Kumpan die Ladeklappe des Rover. Blitzschnell wurde der blonde Oberinspektor dort verstaut. Als die Klappe wieder zufiel, saß einer der Kerle bereits hinter dem Steuer und ließ den Motor an.

Er tuckerte ein paarmal und lief dann rund.

Wieder knallte die Tür. Diesmal war es die an der Beifahrerseite. Dann startete der Rover.

In diesem Augenblick löste sich Lady Sarah aus dem Gebüsch, lief bis an das kleine Tor und schaute dem davonfahrenden Wagen nach, dessen Hinterreifen auf den nassen Straße noch eine Sprühspur hochwirbelten.

Das Nummernschild war nicht mehr zu lesen. Die Rückleuchten an dem Fahrzeug wirkten auf die alte Dame wie zwei höhnisch grinsende Augen.

Der Wagen war weg, und sie konnte ihn auch nicht mehr aufhalten. Deprimiert ging sie zurück ins Haus. Plötzlich hatte sie keinen Spaß mehr, ihre Horror-Romane zu lesen. Sie setzte sich in einen Sessel und überlegte, wer die Männer waren. Woher kamen sie? Fragen, auf die sie keine Antwort finden konnte. Das war Aufgabe der Polizei. Aber wie würden die reagieren?

Lady Sarah dachte an den toten Butler, der noch immer oben auf der Treppe lag. Die Leiche mußte endlich aus dem Haus. Von der zweiten wußte sie nichts.

Sarah Goldwyn erhob sich und ging zum Telefon. Bevor sie den Hörer abnahm, fiel ihr Blick zufällig zu Boden.

Dort glitzerte etwas.

Zuerst wollte sich die alte Dame gar nicht darum kümmern. Schließlich siegte die Neugierde. Sie bückte sich und hob das glitzernde Ding mit spitzen Fingern auf.

Es war eine kleine Plakette. Oval angelegt und mit einem Namen versehen.

Lady Sarah nahm die Brille zu Hilfe, um die Buchstaben erkennen zu können.

Dann buchstabierte sie die Worte halblaut vor sich hin. »Mr. Mondo!«

Ein Name auf einem kleinen Schild. Sie hatte ihn noch nie gehört und las ihn zum ersten Mal. Die Plakette mußten die beiden Männer verloren haben, einen anderen Grund konnte sich Lady Sarah nicht vorstellen.

Sie steckte die Plakette ein. Dann griff sie zum Hörer und wählte die Nummer der Polizei...

Plötzlich fanden die beiden Polizisten den Anruf gar nicht mehr spaßig. Im Gegenteil, sie alarmierten die Mordkommission. Und was Lady Sarah dann erlebte, kannte sie bisher nur aus Kriminalfilmen, die dann und wann über die Mattscheibe flimmerten.

Der Hinterhof war taghell erleuchtet. Dort hatte man die großen Standscheinwerfer aufgebaut, deren kaltes Licht eine helle Kuppel über der Leiche des Mannes bildete.

Zahlreiche Beamte bevölkerten den Hof, während andere schon die ersten Zeugen befragten.

Dort wurden sie auch über den »Mörder« aufgeklärt.

»Ein Yard-Beamter«, hieß es da. »Einer von euch.«

Diese Meldung elektrisierte die fragenden Beamten, und sofort wurde Oberinspektor Glen York benachrichtigt.

York war ein alter Fuchs. Er hatte bereits zwanzig Dienstjahre auf dem Buckel und war für den Bezirk Mayfair verantwortlich. Vor ein paar Jahren hatte er noch ein ruhiges Leben gehabt, doch die Verbrecher drangen jetzt auch in die vornehmeren Gebiete der Riesenstadt ein.

York ging sofort zu Lady Sarah, die in ihrem Zimmer wartete. Der Oberinspektor schloß die Tür.

»Es ist wirklich so, wie Sie es uns gesagt haben«, begann er das Gespräch. »Mein Kollege war hier. Er ist von einem Zeugen gesehen worden. Und er hat einen Mann erschossen.«

»Das war kein Mann, sondern ein Werwolf«, widersprach die alte Dame.

York lächelte nur.

Scharf schaute Lady Sarah ihn an.

»Halten Sie mich für eine Lügnerin, Mister?«

»Nein, nein.«

»Es kam mir aber so vor.«

»Sie müssen selbst zugeben, Mrs. Goldwyn, daß die Geschichte ein wenig unwahrscheinlich klingt.«

»Das stimmt. Sie entspricht jedoch den Tatsachen. Unternehmen Sie endlich etwas, um Mr. Sinclair zu retten.«

»Natürlich.« York dachte nach.

Es hatte sich beim Yard mittlerweile herumgesprochen, welch einen Job dieser Sinclair ausübte. Er war kein normaler Polizist, sondern beschäftigte sich mit Fällen, die jenseits der Grenzen lagen. Da gab es Dämonen, Vampire und auch Werwölfe. Obwohl man nichts Genaues wußte, sickerte doch einiges durch. Es gab natürlich viele Zweifler, doch Sinclair war vom Innenministerium mit Sondervollmachten ausgestattet worden, die ihm praktisch überall Tür und Tor öffneten. Deshalb mußte an seiner Arbeit etwas dran sein, und Oberinspektor York hütete sich, Sinclairs Wirken als absoluten Unsinn abzutun. Ebenso erging es ihm mit den Aussagen der Frau. Er wollte vorsichtig sein, hier konnte ein heißes Eisen geschmiedet werden, und er wollte nicht unbedingt als Schmied dastehen. Er hatte Arbeit genug, so war er froh, den Fall abschieben zu können.

Lady Sarah ahnte, was hinter der Stirn des Polizeibeamten vorging. Sie lächelte schmal. »Wie haben Sie sich entschieden, Sir?«

York strich durch sein graumeliertes Haar. »Ich werde hier die nötigen Arbeiten verrichten und den Fall dann abgeben«, erklärte er.

»Sofort?«

»Ja.«

»Hoffentlich«, sagte die Lady und hob warnend den Zeigefinger. »Ich hoffe es sehr, denn wenn mich mein Gefühl nicht täuscht, befindet sich Mr. Sinclair in großer Gefahr.«

»Ich weiß.«

»Haben Sie überhaupt eine Fahndung nach diesem Rover angekurbelt?« wollte die Lady wissen.

»Ja. Sie wird jedoch erfolglos verlaufen, da wir das Kennzeichen nicht wissen.«

»Das konnte ich leider nicht sehen.«

York lächelte. »Ich mache Ihnen auch keinen Vorwurf. Sie haben sich tapfer gehalten.«

»Dann verdächtigen Sie mich also nicht als Mörderin?« erkundigte sich Mrs. Goldwyn ein wenig spitz.

»Nein.« Die Antwort klang erstaunt. »Wie kommen Sie denn darauf?«

»Ich traue euch Brüdern alles zu.«

»Eine gute Meinung scheinen Sie nicht von der Polizei zu haben.«

»Sie hält sich in Grenzen«, erwiderte die alte Dame. »Man arbeitet heute zu sehr mit der Technik und ohne Gefühl und Intuition. Das wiegt schwer.«

York wechselte schnell das Thema. »Haben Sie sonst noch irgend etwas beobachtet?«

Mrs. Goldwyn schüttelte den Kopf. »Nein, Sir. Alles, was ich gesehen habe, das wissen Sie nun.« Sie log ein wenig, denn von der Plakette hatte sie nichts erwähnt.

York stand auf.

»Was haben Sie jetzt vor?« fragte Mrs. Goldwyn.

»Ich werde einigen Leuten Bescheid sagen. Bestimmt wird man Sie noch belästigen.«

Das hoffe ich sehr, dachte die alte Lady. Sie hatte sich nämlich entschlossen, ein wenig Detektiv zu spielen. Sie wollte nicht nur der Polizei die Aufklärung des Falles überlassen, sondern selbst mitmischen. Schließlich hatte sie genügend Romane gelesen, und von der Theorie bis zur Praxis war es kein weiter Weg, meinte sie.

Mit einem verschmitzten Lächeln auf den Lippen verabschiedete sie sich von dem Beamten. Wobei York nicht einmal ahnte, was im Innern der Frau vorging.

Es dauerte noch eine halbe Stunde, bis die Mitglieder der Mordkommission abzogen. Als endlich Ruhe einkehrte, war Mitternacht längst vorbei.

»Welch eine Nacht« murmelte Lady Sarah. Sie stand am Fenster und schaute den davonfahrenden Wagen nach. Dabei rollte eine Träne über ihre Wange, als sie an den toten Diener dachte.

Ihn holte niemand mehr ins Leben zurück.

Aber die Nacht sollte für Lady Goldwyn noch längst nicht beendet sein. Denn nun war ein großer Apparat angekurbelt worden. Schuld daran war Oberinspektor Glen York mit seinem ersten Anruf bei einem Mann namens Sir James Powell...

Superintendent Powell, so griesgrämig er sich auch manchmal gab, war beinahe Tag und Nacht im Dienst.

Wenn er schlief und durch einen Telefonanruf gestört wurde, machte ihm das nichts. Der Apparat stand neben seinem Bett. In dieser Nacht hatte sich Sir James noch nicht hingelegt, als sich der moderne Quälgeist meldete.

Er hob ab.

»Entschuldigen Sie die Störung, Sir. Hier spricht Oberinspektor York. Es sind Dinge passiert, über die Sie unbedingt informiert sein sollten.«

»Reden Sie.«

Glen York berichtete.

Der Superintendent hörte zu, ohne ihn zu unterbrechen. Am Schluß des Gesprächs sagte er: »Ich danke Ihnen für den Anruf. Unternehmen Sie weiterhin nichts, alles andere liegt bei uns.«

»Jawohl, Sir.«

Nachdenklich legte der Superintendent den Hörer auf die Gabel. Er atmete einmal tief durch, ging in die kleine Küche und nahm eine Flasche Wasser vom Regal. Er schenkte sich ein Glas halbvoll und löste eine Tablette darin auf. Langsam trank er und dachte dabei über die neue Lage nach.

John Sinclair, sein bester Mann, war entführt worden. Daran gab es keinen Zweifel. Doch von wem? Und warum?

Feinde hatte er genug. Sir Powell war bestens informiert. Er wußte um Asmodina und Dr. Tod, kannte ihre finsteren Pläne, und er wußte auch, daß John Sinclair auf deren Abschußliste ganz oben stand. Wenn seine Gegner ihn einmal in ihrer Gewalt hatten, gab es kaum eine Chance für den Geisterjäger.

Es mußte etwas getan werden – und zwar so rasch wie möglich, das war auch Sir James klar.

Zum Glück war Geisterjäger John Sinclair kein Einzelgänger. Er hatte Freunde, die mit ihm zusammenarbeiteten und auf die er sich verlassen konnte.

Suko, den Chinesen, und auch Bill Conolly, einen ehemaligen Reporter. Sir Powell kannte beide.

Und wieder einmal griff in dieser Nacht jemand zum Hörer des Telefons...

Shao sah ein wenig müde aus. Kein Wunder, wenn man im ersten Tiefschlaf aus dem Bett geholt wurde. Doch sie hatte es sich nicht nehmen lassen und war mit Suko aufgestanden, um ihm eine Tasse Tee zu kochen.

Der Chinese war bereits angezogen, während Shao über ihr dünnes Nachthemd einen Morgenrock gestreift hatte. Das schwarze Haar fiel lang bis auf die Schultern, und sie nahm neben Suko in der kleinen Küche Platz, wobei sie ihr Kinn auf beide Handflächen stützte.

»Was mag nur mit John geschehen sein?« fragte sie leise.

Der Chinese hob die Schultern und nahm einen Schluck Tee. »Ich weiß es nicht. Wir müssen auf Bill Conolly warten, mit ihm hat Sir Powell ebenfalls telefoniert.«

Shao nickte.

Beide machten sich Sorgen um mich. Umgekehrt wäre es nicht anders gewesen. In diesem Team konnte nicht nur einer arbeiten, da mußte sich der eine auf den anderen verlassen können, denn die Gegner, Heerscharen von Dämonen und andere Horror-Wesen, waren einfach zu mächtig.

In kleinen Schlucken trank Suko den Tee. Man sah ihm nicht an, daß er nervös war. Sein Gesicht sah aus wie immer. Glatt, und in den Mundwinkeln klebte ein leichtes Lächeln.

Shao strich ihrem Freund über das Haar. Seit sie ihm von Hongkong nach London gefolgt war, befand sie sich an Sukos Seite und wohnte auch mit ihm zusammen. Sie konnten einander nicht mehr missen.

Suko trank seine Tasse leer und schaute auf die Uhr.

»Eigentlich müßte er schon da sein«, meinte Shao und hatte den Satz kaum ausgesprochen, als es schellte.

»Das ist er«, rief Suko und glitt geschmeidig vom Stuhl. Er durchquerte die schmale Diele und drückte die Taste, nachdem er sich durch die Sprechanlage davon überzeugt hatte, daß tatsächlich Bill Conolly unten wartete.

Der Reporter mußte erst mit dem Lift hochfahren, und so dauerte es, bis er im Flur erschien und Suko ihn durch das Guckloch erkennen konnte.

Der Chinese öffnete.

Bill war ziemlich außer Puste. Er hatte sich nicht gekämmt,

sein braunes Haar stand wirr nach allen Seiten ab. Der leichte Mantel hing offen über seinen Schultern.

»Grüß dich«, sagte er und betrat die Wohnung.

Shao wartete im Wohnraum. Auch sie wurde von Bill begrüßt. Er warf seinen Mantel über die Sessellehne.

»Okay, Freunde, was ist los?«

»Das wollen wir von dir wissen«, sagte Suko.

»Ich weiß auch nicht viel. Powell rief mich an und berichtete mir, daß John entführt worden wäre. In einem grünen Range Rover. Wir sollten uns um den Fall kümmern.«

»Mehr hat er dir nicht gesagt?« wunderte sich Suko.

»Doch. Es gab eine Zeugin für die Entführung. Eine gewisse Sarah Goldwyn. Sie wohnt in Mayfair, dort ist schließlich alles passiert.«

»Was suchen wir dann noch hier?« fragte Suko.

»Eigentlich nichts«, gab der ehemalige Reporter ihm recht, schnappte seinen Mantel und war schon auf dem Weg zur Tür.

Shao verabschiedete sich von Suko. Sie drückte ihn fest an sich. »Gib auf dich acht.«

»Klar.«

Am Lift holte der Chinese Bill Conolly ein. »Was sagt eigentlich Sheila zu deinem Ausgang?«

Bill zog die Tür auf und ließ Suko den Vortritt. »Nichts.«

»Dann ist es ja gut.«

»Ihr habt von Sheila ein völlig falsches Bild. Sie ist eben besorgt, ich kann das verstehen, doch wir haben uns im Prinzip geeinigt.« Bills Stimme klang etwas schärfer als gewöhnlich, was Suko natürlich merkte.

»Es war nicht so gemeint«, schwächte er ab.

Bill grinste wieder. »Ich habe es auch nicht so aufgefaßt.«

Der Reporter hatte seinen Porsche verkehrswidrig geparkt. Zum Glück war dies keinem Bobby aufgefallen. Bill warf seinen Mantel auf den schmalen Rücksitz und ließ Suko neben sich einsteigen.

»Du kennst dich aus?« fragte der Chinese.

»Sicher.«

Und ab ging es nach Mayfair. Bill fuhr hart und schnell. Aber nicht so, daß er andere behinderte. In Mayfair selbst mußte er langsamer fahren, so dauerte es seine Zeit, bis die beiden Männer die Adresse gefunden hatten.

Der Reporter stellte seinen Porsche dort ab, wo noch der silbergraue Bentley stand.

Suko schaute in den Wagen. Dann schloß er auf und öffnete auch das Handschuhfach. Dort lag immer eine Ersatzberetta. Er nahm die Waffe und gab sie Bill.

Der Reporter steckte sie ein. »Danke.«

Dann gingen die Männer auf das Haus zu, in dem alles seinen Anfang genommen hatte.

Auf ihr Klingeln hin wurde die Tür erst nur einen Spalt aufgezogen, bis eine Kette sie hielt.

»Ja, bitte?« fragte die alte Dame.

Bill setzte sein Sonntagslächeln auf, und es gelang ihm, die Frau dazu zu überreden, sie einzulassen, ohne daß sie telefonische Rückfragen hielt.

»Wir sind Freunde von John Sinclair«, erklärte Bill.

Mrs. Goldwyn warf Suko einen schrägen Blick zu. »Er auch?«

»Ja.«

»Hm. Meist sind die Chinesen die Bösewichter.«

»Das sind Vorurteile«, schwächte Bill Conolly ab.

»Natürlich, entschuldigen Sie. Darf ich Sie dann hereinbitten?«

Sie betraten den Wohnraum. Die Lady atmete auf, als sie hörte, daß Suko und Bill keine Polizisten waren.

»Die haben nämlich keine Fantasie«, erklärte sie ihre leichte Aversion.

Bill Conolly schaute sich um. Ihn interessierten besonders die zahlreichen Bücherregale. Sie waren vollgestopft mit Romanen und Erzählungen. Dominierend war natürlich die Grusel-Literatur. Aber auch die Krimis kamen nicht zu kurz.

»Sagenhaft«, murmelte Bill. »Sie sind ja eine zweite Miss Marple.«

Lady Goldwyn lachte. »So ähnlich. Nur mit dem einen Unterschied, daß ich mir die Bücher immer kaufe und sie nicht in der Bibliothek erst leihe.«

»Tatsächlich?«

»Ja, aber deswegen sind Sie ja nicht hier, Gentlemen.«

»Nein, bestimmt nicht. Was ist also geschehen?« wollte der Reporter wissen.

Sarah Goldwyn erzählte. Sie berichtete von Beginn an und ließ dabei nichts aus.

Suko und Bill hörten gespannt zu. Sie nahmen der Frau jedes Wort ab, schließlich sprach die Entführung für ihre Erzählung.

»Das ist allerdings ein Ding«, sagte der Reporter und rieb sich das Kinn.

Suko meinte: »Dann haben wir als einzige Spur nur diesen grünen Range Rover. Ein wenig dünn, nicht wahr, Bill?«

Der nickte.

Doch Mrs. Goldwyn rückte mit der großen Überraschung heraus. »Ihnen kann ich es ja sagen, der Polizei habe ich es nämlich verschwiegen, wissen Sie.«

»Und was bitte?« fragte Bill.

»Die Kerle, die Ihren Freund entführten, haben nicht aufgepaßt und etwas verloren. Dies hier.« Sie griff wieder in die Tasche und holte eine Plakette hervor, die silbern schimmerte.

Bill Conolly hielt die Hand auf, und Sarah Goldwyn legte ihm die Plakette auf die Finger. »Lesen Sie, Mr. Conolly.«

Bill murmelte die Worte halblaut. »Mr. Mondo.« Er hob den Kopf. »Was ist das?«

»Ich habe keine Ahnung«, meldete sich Mrs. Goldwyn.

Bill schaute Suko an. »Du?«

»Nein, nie gehört«, sagte der Chinese.

Bill runzelte die Stirn. »Mr. Mondo... was kann das bedeuten? Ich weiß es nicht.«

»Laß uns mal überlegen«, sagte Suko.

»Vielleicht ein Pseudonym«, schlug Mrs. Goldwyn vor. »So hört es sich wenigstens an.«

»Könnte sein«, gab der ehemalige Reporter zu. »Nur – für wen?«

»Vielleicht für Dr. Tod?« vermutete Suko.

»Das wäre eine Möglichkeit«, meinte Bill.

»Die Mordliga«, sagte Suko. »Er braucht ja dringend Leute, wenn er seinen Plan in die Tat umsetzen will.«

Bill nickte. Wie auch Suko wußte er ebenfalls über die geheimnisvolle Mordliga Bescheid. Die beiden Männer waren da von mir gründlich eingeweiht worden.

Soviel stand fest: Dr. Tod suchte sechs Mitstreiter, um die Mordliga vollständig zu haben. Zwei hatte er schon: Tokata, den Samurai des Satans, der allerdings seinen linken Arm verloren hatte, und Lady X, eine ehemalige Terroristin.

Sollte dieser Mr. Mondo jetzt das dritte Mitglied werden? Möglich war es.

»Was hat es mit der Mordliga auf sich?« erkundigte sich die alte Dame.

»Ach nichts«, meinte Bill.

»Sie wollen mir nichts sagen?«

»Besser nicht.«

»Dabei will ich Ihnen nur helfen.«

»Wofür wir Ihnen auch danken«, gab Bill zu. »Aber Sie müssen einsehen, daß der Fall viel zu gefährlich für Sie ist.«

Lady Sarah winkte ab. »Ich bin eine alte Frau. Und in gewissen Dingen bin ich Ihnen sogar überlegen. Sie kommen doch auch nicht weiter. Oder wissen Sie inzwischen, wer Mr. Mondo ist?«

»Nein«, lächelte Bill. »Sie denn?«

»Auch nicht, aber ich hätte einen Vorschlag.«

»Dann raus damit«, verlangte der Reporter.

»Schauen Sie doch mal im Telefonbuch nach.«

Der Satz hatte gesessen. Suko und Bill sahen sich an. Ihr Blicke zeigten ein stummes Einverständnis.

»Da ist was dran«, sagte Bill. Er stand auf. »Wo finde ich das Buch, Madam?«

»In der Diele, wo das Telefon steht.«

Bill Conolly fand den Apparat. Er stand auf einem kleinen Schrank, der zahlreiche Schubladen hatte.

Der Reporter öffnete die oberste. Dort sah er die dicken Wälzer. Alle Londoner Anschlüsse paßten nicht in ein Buch.

Bill schnappte sich das Buch mit dem M.

Nach einer halben Stunde hatte er es geschafft. Sie verglichen, und Mrs. Goldwyn schaute ihnen dabei über die Schultern zu.

Es gab 22 Mondos.

»Das gibt eine Suche«, stöhnte Suko und rieb sich die Augen.

»Unsinn, junger Mann, zeigen Sie mal«, sagte Lady Sarah und nahm Bill den Zettel aus der Hand.

Der Reporter wagte gar nicht zu protestieren, gegen die resolute alte Dame kam er sowieso nicht an.

Sie schaute sich die Namen an. »Ist doch ganz einfach«, sagte sie dann. »Ich weiß, wo dieser Sinclair gefangen gehalten wird.«

»Und?« echote Bill.

»Hier steht es doch. Marvin Mondo. Klinik für psychisch Kranke. Das muß es sein, denn wo kann man einen Menschen besser verstecken als in solch einem Bau?«

Bill schlug mit der Faust auf den Tisch. »Verdammt, das könnte stimmen.« Er schaute Suko an. »Was ist, nehmen wir die Klinik unter die Lupe?«

Der Chinese nickte. »Und wie, mein Freund. Und wie!«

Das geheimnisvolle Lächeln der alten Dame sahen die beiden Männer nicht...

Freunde, mir ging es schlecht! Und das war noch geschmeichelt. Eigentlich hätte ich sagen müssen, hundsmiserabel. Ich lag auf der Ladefläche des Rover und konnte mich nicht rühren.

Der Grund war einfach.

Man hatte mich gefesselt. Aber nicht mit Stricken oder Schnüren, wie es normal gewesen wäre, sondern so raffiniert, daß eine Befreiung unmöglich war.

Stahlklammern hielten meine Arm- als auch Beingelenke. Sie saßen so fest, daß ich mich nicht einmal rühren konnte. Und sie waren am Boden der Ladefläche befestigt.

Es war eine verdammte Situation. Ich merkte jede Unebenheit im Boden. Der Range Rover, mit einer weichen Federung sowieso nicht verwöhnt, gab alles an mich weiter.

Hinzu kamen die Schmerzen in meinem Schädel.

Der Hieb in den Nacken war mörderisch gewesen. Er hatte mich buchstäblich von der Platte gehauen, noch jetzt schmerzte mein Genick bis in die Schultern hinein.

Bei dieser Lage hörte man wirklich alle Engel singen.

Und die Kerle fuhren wie die Teufel. Sie jagten in Kurven hinein, ich hörte das Kreischen der Reifen, doch die Fesseln hielten mich so stramm, daß sich die Zentrifugalkräfte nicht auf meinen Körper übertrugen.

Zudem war mir schlecht.

Immer wieder wanderte mein Magen in Richtung Kehle hoch, und mehr als einmal mußte ich kräftig schlucken.

Verdammt, wo war ich da wieder hineingeraten?

Von meinen Feinden sah ich nichts. Mein Blick fiel stur gegen die Decke der Ladefläche, mehr war nicht drin.

Um den Kreislauf nicht ganz einschlafen zu lassen, bewegte ich wenigstens meine Finger und auch die Zehen. Das klappte, weil die Klammern erst an den Gelenken begannen.

Da ich nicht viel erkennen konnte, verließ ich mich auf mein Gehör. Es war noch immer dunkel. Lange war ich demnach nicht bewußtlos gewesen. Verkehrsgeräusche allerdings waren kaum zu hören. Deshalb schätzte ich, daß wir London bereits hinter uns gelassen hatten.

Wo schleppten mich die Kerle hin? Das war die große Frage, und meine Neugierde auf die Antwort überwog fast noch die Angst vor der Zukunft.

Und vor allen Dingen, wer hatte mich da in seine Gewalt bringen lassen? Ein abgekartetes Spiel war es nicht gewesen, mehr ein unglücklicher Zufall.

Mit einem Werwolf hatte es angefangen. Er hatte sich in das Haus der alten Dame verirrt. Dann tauchten zwei Kerle auf, die mich an Zombies erinnerten. Sie wollten die Bestie abholen.

Für wen und warum?

Alles Fragen, auf die ich vielleicht später ein Antwort erhalten würde. Falls es überhaupt ein Später gab, denn ich war völlig waffen- und hilflos.

Man hatte mir die Beretta abgenommen, nur das Kreuz besaß ich noch. Seinen Druck spürte ich auf meiner Brust, es war das einzig angenehme Gefühl.

Lange war der Wagen jetzt geradeaus gefahren. Auch hörte ich nichts von entgegenkommenden Fahrzeugen.

Ich nahm an, daß wir uns auf einer der zahlreichen Ausfallstraßen befanden, die von der Stadt weg in alle vier Himmelsrichtungen führten.

Die beiden Männer im Führerhaus unterhielten sich nicht. Sie blieben stumm wie die Fische.

Dann wurde der Wagen abgebremst und nach rechts in eine Kurve gezogen.

Am Schalten erkannte ich, daß der Weg in die Höhe führte. Und er wurde schlechter. Der Range Rover hoppelte, sprang über Bodenwellen, was ich wiederum zu spüren bekam, denn die Stiche in meinem Schädel verdoppelten sich.

Ich biß die Zähne zusammen. Ein angenehmes Gefühl war es wirklich nicht, eher schon eine Marterung. Ich atmete durch die Nase, meine Zähne klapperten aufeinander, und als ich mich gerade so einigermaßen an alles gewöhnt hatte, wurde der Range Rover in eine Linkskurve gezogen und über eine Fahrbahn getrieben, die glatt asphaltiert war.

Endlich eine Linderung.

Noch eine Minute Fahrt.

Dann stoppte der Wagen.

Ich vernahm Stimmen, verstand jedoch nicht, was gesprochen wurde. Dafür quietschte etwas. Es hörte sich an wie ein schlecht geöltes Garagentor, das langsam in die Höhe geschoben wurde.

Wieder fuhr der Wagen an.

Die nächsten Meter ging es bergab. Und es wurde dunkel.

Klar, wir waren auch vorher durch die Dunkelheit gefahren, aber diese hier war anders.

Stockfinster. Auch schaltete der Fahrer nicht die Scheinwerfer an, er fuhr einfach weiter und stoppte dann.

Danach knirschte etwas, als würde Stein über Stein reiben.

Der Wagen ruckte wieder an. Und es wurde hell. Kalter Schein fiel durch die Scheiben und erhellte auch die Umgebung auf der Ladefläche.

Im Schrittempo ging es jetzt weiter. Und als das Fahrzeug dann hielt, stiegen die beiden Männer im Führerhaus aus.

Ende der Reise.

Mein Herz schlug plötzlich bis zum Hals. Aus Angst, aber auch aus Neugierde. Die Kerle, die mich schon überwältigt und hergefahren hatten, öffneten die hintere Tür.

Einer kroch auf die Ladefläche. Er hatte einen Schlüssel in der

Hand und schloß damit meine Fußklammern auf. Dann waren die Klammern an den Handgelenken an der Reihe.

Endlich war ich frei.

Doch was nützte mir das?

Nichts.

Meine Fußgelenke wurden von zwei harten Fäusten gepackt, und dann zog man mich wie ein Brett von der Ladefläche des Rover. Bevor ich mit dem Oberkörper kippte, konnte ich mich gerade noch auf dem Boden abstützen, sonst hätte ich mir womöglich den Hinterkopf eingeschlagen.

Trotzdem knickten meine Arme ein.

Unter den Händen fühlte ich glatten, kalten Beton. Auf dem Rücken blieb ich liegen.

Vier Gestalten hatten mich umringt. Die beiden neu hinzugekommenen glichen denen, die mich abgeholt hatten, aufs Haar. Wie Marionetten, dachte ich, und wieder kam mir der Begriff Zombie in den Sinn, doch sie hatten mir erklärt, daß sie vor Silberkugeln keine Angst verspürten.

Wenn das stimmte, was waren sie dann?

»Hebt ihn hoch!« Die metallen klingende Stimme drang aus dem Lautsprecher, der über der Decke angebracht war.

Acht Fäuste packten mich.

Dann stand ich.

Ich war so wacklig auf den Beinen, daß mich die Kerle stützen mußten. Vor meinen Augen drehte sich alles, an Widerstand war überhaupt nicht zu denken. Ich war froh, daß ich noch lebte.

Und ich schaute mich um.

Wir befanden uns in einem breiten Betongang, von dem ich annahm, daß er unter der Erde lag. Von irgendwoher wurde künstliche Luft eingeblasen, sie war kühl und irgendwie anders.

Nicht nur einen Lautsprecher gab es an der Decke, sondern gleich drei. Sie waren in ebenso regelmäßigen Abständen angebracht wie auch die langen Leuchtstoffröhren.

»Schafft ihn zu mir!« Wieder eine Stimme. Der Sprecher mußte uns sehen.

Ich wußte auch wieso.

Am Ende des Ganges entdeckte ich die Linse einer Kamera.

Bestimmt hockte der Knabe vor irgendeinem Monitor und beobachtete alles.

Wir gingen bis zum Ende des Ganges. Meine Bewacher ließen die zahlreichen Stahltüren rechts und links geschlossen.

Vor der größten, am Gangende, über der das Auge klebte, blieben wir stehen.

Die Aufpasser hatten mich in die Mitte genommen. Zwei standen rechts und links und zwei hinter mir. Vorn war die Tür, einen Fluchtgedanken konnte ich mir abschminken.

Plötzlich fuhren die beiden Türhälften auseinander. Das geschah ohne Vorwarnung, und ich ruckte unwillkürlich ein Stück zurück, weil ich überrascht worden war. Sofort umklammerten die harten Fäuste meine Arme.

»Schon gut, Freunde«, sagte ich. »Ich will ja gar nichts von euch.«

»Eintreten!« schnarrte die Stimme.

Das Ganze hier erinnerte mich an einen alten Film mit Dr. Mabuse, den ich irgendwann mal gesehen hatte. Auch er hatte sein Reich unter der Erde, und wer hier das Sagen hatte, auf den war ich gespannt.

Natürlich hatte ich schon während der Fahrt darüber spekuliert und nachgedacht. Mir waren so ziemlich alle Namen eingefallen, vor allen Dingen einer.

Dr. Tod!

Ich würde mich nicht wundern, wenn er mich plötzlich hier empfing. Bei dem Gedanken allerdings wurden mir die Knie weich. Er wußte, wer ich war, ob dies einem anderen auch bekannt war, stand in den Sternen.

Ich durfte vortreten.

Ziemlich überrascht betrat ich einen als Wohn-, Arbeits- und Laborraum eingerichteten Keller. Mein Blick fiel auf einen langen und breiten Schreibtisch, hinter dem ein glatzköpfiger Mann saß, der mich durch zwei Brillengläser kalt fixierte. Hinter ihm nahmen Regale die Wand ein. Links von ihm stand eine bequeme Sitzgruppe, während der von mir aus gesehen rechte Teil des Kellers von dem Labor eingenommen wurde.

Es war eine Mischung aus Alchimistenküche und moderner Elektronik-Werkstatt.

»Treten Sie näher!« forderte mich der Mann auf. Er sprach jetzt normal, nicht über Lautsprecher verstärkt.

Hinter mir schwang die Tür wieder zu, und meine vier Bewacher blieben zurück.

Rechts summte es im Labor. Über Bildschirme und Oszillographen tanzten Linien und Kurven. Ich sah auch vier Glaskäfige an der Wand, die vorn eine Tür hatten. Menschen paßten bequem in solche Dinger hinein. Etwa in Höhe der Köpfe befanden sich Elektroden.

Einen Schritt vor dem Schreibtisch blieb ich stehen.

Wir schauten uns an.

Ich versuchte, einen möglichst gelassenen Blick aufzusetzen, während mich der Glatzkopf fixierte wie die Schlange, die dicht davorstand, ein Kaninchen zu verspeisen.

So kam ich mir nicht gerade vor, denn so wehrlos wie ein Karnickel war ich nicht.

Der Kerl hatte einen Kopf, der mich an eine Kugel erinnerte. Wirklich, kein einziges Haar wuchs auf seinem blanken Schädel. Wahrscheinlich rasierte er ihn jeden Tag. Die Nase war breit und klein, die Nasenlöcher ein wenig nach außen gebogen, so daß der Vergleich mit Nüstern gar nicht weit hergeholt war. Eine randlose Brille saß vor den kalten blauen Augen. Der Mund war ein wenig zu weich, die Unterlippe leicht vorgestülpt, und den Hals sah ich überhaupt nicht. Der Kopf schien in den weißen Kittelkragen zu wachsen. Die Hände des Mannes lagen auf dem Schreibtisch. Und sie boten für mich eine Überraschung, denn die Finger waren lang und schmal, gleichzeitig aber auch kräftig, ein Zeichen, daß sie zupacken konnten.

Er schnaubte und fragte dann: »Wer sind Sie?«

»Müßte ich Ihnen das sagen?«

Der Glatzkopf runzelte die Stirn, so daß sie Ähnlichkeit mit einem Waschbrett bekam. »Es wäre vielleicht besser für Sie und unsere Zusammenarbeit.«

»Wer sagt Ihnen, daß ich bereit bin, mit Ihnen zusammenzuarbeiten?«

Er nickte. »Das ist richtig. Nur – wird Ihnen nichts anderes übrigbleiben. Ich habe Mittel, Sie zu behandeln und Sie zu zwingen, das mal vorweggenommen. Verstehen wir uns?«

»Natürlich.«

»Gut, dann sagen Sie mir endlich Ihren Namen.«

»Ich heiße John Sinclair.«

»Aha.« Mehr sagte er vorerst nicht. Aber er überlegte. »Müßte ich ihn schon gehört haben?«

»Kaum.«

»Irgendwie kommt er mir bekannt vor. Ich werde mich schon erinnern. Was sind Sie von Beruf?«

»Polizist.«

Seine Augen weiteten sich ein wenig. Sonst sah ich keine Reaktion in dem glatten Gesicht mit der leicht rosig schimmernden Haut. »Polizist?« Er lachte plötzlich. »Und so etwas haben mir meine beiden Lieblinge angeschleppt. Nicht zu fassen. Wie ist es dazu gekommen?«

»Eine ältere Frau rief mich an. Sie sprach von einem Einbrecher. Als ich erschien, rückte sie mit der Sprache heraus und sagte, es wäre ein Werwolf. Ich lachte sie aus, wurde jedoch eines Besseren belehrt und sah das Tier.«

»Was geschah?«

Jetzt log ich. »Er flüchtete.«

Würde er das schlucken? Lange schaute er mich an. »Ja, es kann sein, denn gegen einen Werwolf wären Sie niemals Sieger geblieben. Ich hatte den beiden den Auftrag gegeben, den Werwolf wieder einzufangen, nachdem er mir entwischt ist. Jetzt wird er sich natürlich in London herumtreiben, dabei ist seine Zeit noch gar nicht reif. Dumm, sehr dumm, aber nicht zu ändern.«

»Darf ich auch mal eine Frage stellen?« erkundigte ich mich.

»Bitte.«

»Wer sind Sie?«

»Mein Name ist Marvin Mondo. Man nennt mich auch den Monster-Macher...«

Ich erschrak, aber ich zeigte es nicht. Monster-Macher nannte er sich. Sollte man das jetzt im wahrsten Sinne des Wortes auffassen, oder hatte er den Namen nur einfach so in die Diskussion geworfen? Daran glaubte ich nicht, doch wenn er der Monster-Macher war, hatte er dann auch den Werwolf erschaffen?

Mondo lachte. »Sie sagen ja gar nichts.«

»Eigentlich kann ich mir darunter schlecht etwas vorstellen«, erwiderte ich.

»Dann will ich es Ihnen erklären, Sinclair!« Marvin Mondo schob seinen Ledersessel zurück und stand auf. Ich mußte ein Grinsen unterdrücken, denn Mondo war ein Sitzriese. Das heißt, im Stehen war er kaum größer. Doch wenn man den brutalen Ausdruck in seinen Augen sah, verging einem das Grinsen.

Er schritt um seinen Schreibtisch herum und ging auf mich zu. »Kommen Sie, Sinclair, kommen Sie!«

»Und wohin?«

»Sie brauchen sich nur umzudrehen.«

Das tat ich auch, und ich spielte bereits mit Fluchtgedanken, wollte aber noch abwarten.

Marvin Mondo blieb stehen. »Nummer eins«, sagte er.

Einer der vier Aufpasser trat vor. Er war auch in dem Haus der Sarah Goldwyn gewesen.

»Wer bist du, Nummer eins?« fragte Mondo.

»Ein Monster.«

»Wieso?«

»Du bist mein Herr. Und du hast mich zu dem gemacht.«

»Dann bist du kein Mensch?« fragte Mondo.

»Nein.«

»Auch kein Zombie?«

»Nein.«

Mondo schaute mich an und lächelte hintergründig. »Sie sehen, Sinclair, er hält sich für ein Monster. Glauben Sie daran, daß er eins ist?«

Ich dachte an meine Auseinandersetzung und daß ich keinen Atemzug gespürt hatte. Trotzdem wollte ich es nicht so einfach zugeben. »Ein Monster? Ich weiß nicht. Monster habe ich mir immer ganz anders vorgestellt. Mehr wie in den Kinofilmen.«

Mondo fixierte mich scharf. Die Augen hinter den Brillengläsern funkelten. »Entweder halten Sie mich hier für dumm, oder Sie verstellen sich.«

»Nein, Mr. Mondo. Ich habe wirklich von einem Monster immer ein anderes Bild gehabt.«

»Natürlich, natürlich, entschuldigen Sie. Ich werde Ihnen den Rest der kleinen Demonstration auch noch zeigen. Schauen Sie genau hin, Sinclair, Sie werden jetzt etwas Einmaliges erleben.« Er wandte sich wieder an seinen Diener. »Nummer eins. Bist du bereit?«

»Ja.«

»Dann zeige ihm, daß du ein Monster bist!«

Nummer eins ließ sich nicht lange bitten. Er hob beide Arme, bog die Hände nach innen und faßte mit allen zehn Fingern in seine Haare. Mit einem Ruck riß er sich dann den eigenen Kopf vom Rumpf!

Ich bekam Stielaugen!

Plötzlich lief ein kalter Schauer über meinen Körper, die Haare hinten im Nacken stellten sich aufrecht, und ich hatte Mühe, ein wildes Zittern zu unterdrücken.

Das gab es doch nicht!

Dieser Kerl hatte tatsächlich seinen Kopf abgerissen.

Ich hörte Marvin Mondos Lachen und erwachte wie aus einem tiefen Traum. Dabei schaute ich Mr. Mondo an.

Der amüsierte sich köstlich. »Ich habe Ihnen doch gesagt, Sinclair, er ist ein Monster.«

Ich schluckte, drehte meinen Kopf und schaute wieder auf den Mann, der seinen eigenen Schädel in den Händen hielt. Das Gesicht grinste sogar, die Augen blickten hart und kalt, und als er zu sprechen begann, dachte ich: Jetzt schnappst du über!

»Na, Sinclair, wie gefällt dir das?«

Er hielt seinen Kopf in der Hand, und die Lippen bewegten sich. Das mußte sich mal einer vorstellen. Ich kann das Grauen kaum beschreiben, das mich in diesen Augenblicken umklammert hielt.

Meine Gegner ließen mir Zeit. Sie beobachteten mich nur lauernd und warteten ab.

Dann, als ich mein Grauen überwunden hatte und wieder klar

denken konnten, erkannte ich die kaum sichtbare schmale Verbindung zwischen Kopf und Rumpf.

Ein dünner Draht!

Ein Gedanke zuckte in meinem Hirn auf. Stand hier ein künstlicher Mensch vor mir? Und war Marvin Mondo der Schöpfer dieses Wesens? Hatte er durch seine Arbeit einen alten Traum der Menschheit erfüllt, der selbst in Goethes Faust aufgegriffen wurde?

»Es reicht«, sagte Mr. Mondo.

Das Geschöpf gehorchte. Wie wir einen Hut nehmen, so setzte er seinen eigenen Kopf wieder auf den Rumpf zurück.

Ich hatte Mühe, mich zu fassen, und Mondo merkte dies.

»Sie haben mein Geheimnis kennengelernt«, erklärte er mir. »Glauben Sie immer noch, daß ich Sie gehen lassen kann?«

»Warum nicht?« fragte ich naiv.

Er lachte. »Damit Sie alles weitererzählen, nicht wahr? Nein, mein Freund, das kommt nicht in Frage.«

Ich wechselte das Thema, wollte so viel Informationen wie eben möglich sammeln. »Wie haben Sie das geschafft?«

»Es war schwierig, wirklich, aber ich hatte Zeit zu forschen. Jahrelang habe ich mich damit beschäftigt, doch Erfolge sind mir erst in der letzten Zeit gelungen, als ich Hilfe von anderer Seite erhielt.«

In mir stieg ein furchtbarer Verdacht hoch. »Wer hat Ihnen denn geholfen?« erkundigte ich mich.

»Die Hölle!«

Ich lächelte skeptisch.

Er merkte das, und sein Gesicht wurde starr. »Ja, die Hölle stand mir zur Seite, Sinclair. Der Satan hatte ein Einsehen. Mit Schwarzer Magie läßt sich viel erreichen.«

»Dann sind Sie ein Magier?«

»Nein, Wissenschaftler.« Er lächelte schmal. »Ein altes Thema, die Erschaffung eines künstlichen Menschen. Ich habe das Rätsel gelöst, doch es fehlte ihm, was dem Menschen das endgültige Leben einhaucht. Die Seele.«

»Und die gab Ihnen der Teufel?«

»Richtig!«

Ich schwieg, und er sah sich daraufhin genötigt, noch mehr zu reden und sich in Szene zu setzen. »Das ist noch nicht alles. Durch meinen Kontakt zur Hölle erfuhr ich, daß ich nicht der einzige auf der Welt bin, der sich mit Schwarzer Magie beschäftigt. Es gibt noch andere, die so denken wie ich.«

Jetzt kommt er zum Thema, dachte ich. Und ich sollte mich nicht getäuscht haben.

»Kennen Sie Asmodina?«

Und ob ich die kannte. Nur sagte ich ihm dies nicht. Ich log. »Nein, nie gehört.«

»Sie hat mir geholfen, denn sie ist die wahre und einzige Tochter des Teufels.«

»Das klingst märchenhaft«, sagte ich.

»Es geht aber noch weiter. Asmodina steht nicht allein. Sie hat Helfer. Zahlreiche Helfer sogar. Ganze Dämonenheere stehen ihr zur Verfügung, und sie hat einen Vertreter auf dieser Erde, der mit mir eine Allianz eingehen will. Sein Name – Dr. Tod!«

Das mußte ja kommen.

Dr. Tod!

Lange genug hatte ich nichts von ihm gehört. Jetzt tauchte sein Name wieder auf. In Verbindung mit Mr. Mondo, einem wissenschaftlichen Genie, dessen Treiben aber so satanisch war, das es schon an Wahnsinn grenzte.

Ich dachte an die Mordliga. Diese Organisation wollte Dr. Tod ins Leben rufen, und er suchte dafür Mitstreiter. Marvin Mondo war genau der richtige Partner, der in seinen Kreis paßte.

»Kennen Sie Dr. Tod?« fragte ich.

»Nein, aber ich lerne ihn noch kennen. Sehr bald sogar. Heute schon. Er kommt zu mir!«

Da hatte ich den Salat.

Wenn Dr. Tod tatsächlich heute eintraf und mich hier als Gefangenen entdeckte, war es aus. Dann konnte ich einpacken, denn es würde ihm Vergnügen bereiten, mich zu töten.

Deshalb mußte ich vorher raus! Aber wie? Ich wußte ja nicht einmal, wo ich mich befand.

Da sich Mondo so sicher gab, würde er mir bestimmt erzählen, wo man mich hingeschleppt hatte.

Ich fragte ihn danach.

»Sie befinden sich schon am richtigen Platz, Sinclair. Genau dort, wo Sie hingehören. In einer Nervenklinik!«

Eine tolle Eröffnung. Doch meines Erachtens gehörte Mondo in die Klinik, nicht ich.

»Und wo liegt das Gebäude?«

»Am Stadtrand von London.«

Ich hatte noch weitere Fragen. »Wie ist es Ihnen gelungen, diese Monster zu erschaffen?«

Jetzt lächelte er überheblich. »Kennen Sie die Frankenstein-Geschichte?«

»Ja.«

»So habe ich es auch gemacht.«

Ich schluckte. Dieser Kerl hatte sich also nicht gescheut, Menschen aus Leichenteilen herzustellen. Auch ein alter Traum gewissenloser Verbrecher. Und ihm war es gelungen.

Mein Gott... was rollte da noch alles auf uns zu? Dr. Tod wurde mit diesem Gehilfen noch stärker. Seine Mordliga stand fast, und ich hatte es nicht verhindern können.

»Was haben Sie mit mir vor?«

Marvin Mondo schaute mich lange an, bevor er antwortet. »Ich weiß es noch nicht. Vielleicht werde ich Sie in einen Werwolf verwandeln. Einer ist uns ja ausgebrochen, und wir brauchen Ersatz. Sie wären genau der richtige.«

Das waren wirklich reizende Aussichten. Ich zweifelte keinen Moment daran, daß Mondo seine Drohung auch in die Tat umsetzen würde. Als Werwolf wollte ich nun wirklich nicht herumlaufen.

»Wie gefällt Ihnen das?« wurde ich gefragt.

»Überhaupt nicht!«

Mondo lachte. »Das glaube ich. Würde mir auch nicht gefallen.«

Ich geriet ins Schwitzen. Der Schweiß sammelte sich zu feinen Tropfen in meinem Nacken und rann dann in Bächen den Rücken hinab. Es bereitete mir Mühe, mir nichts anmerken zu lassen, und ich fragte: »Wie wollen Sie das anstellen? Ich meine, wie kann man aus einem Menschen einen Werwolf herstellen?«

»Ganz einfach«, erklärte er mir, »durch eine Spritze.«

»Sie verfügen über ein Serum?«

»Ja, ich sagte Ihnen doch, daß ich mich mit Magie beschäftige. Und mit der Wissenschaft. Ich bin ein genialer Arzt«, fuhr er fort, wobei er nicht an Selbstüberschätzung litt. »Es ist mir gelungen, ein Serum zu entwickeln, das aus Menschen reißende Werwölfe macht. Fantastisch, nicht wahr?«

Dem konnte ich nicht zustimmen. Für ihn war es vielleicht fantastisch. Für mich weniger. Wenn ich daran dachte, was dieser Verbrecher alles anstellen konnte, dann verlor ich fast den Glauben.

Man muß sich das einmal vorstellen, ein Serum in der Hand dieses Mannes! Er hatte es sicherlich in Massen hergestellt, deshalb konnte er Hunderte von Menschen zu Werwölfen machen.

Da stand uns eine gewaltige Invasion bevor. Eine Bestie hatte ich ja schon erlebt.

Und ich sollte der zweite sein.

»So nachdenklich?« höhnte er.

»Ja, ich malte mir soeben die Folgen aus.«

Mondo lachte. »Für Sie müssen sie schlimm aussehen. Für mich jedoch sind sie lebensnotwendig.«

Ich schwieg.

Mondo schaute auf seine Uhr. »Ich glaube, es wird Zeit für mich«, sagte er. »Ich erwarte noch Besuch.« Er nickte den vier Monstern zu. »Kümmert euch um ihn. Ihr wißt ja, was ihr zu tun habt!«

Nummer eins lachte krächzend. »Und ob!«

Marvin Mondo verschwand. Er warf mir nicht einmal mehr einen Blick zu, als er den Raum verließ.

Die Tür ließ er offen. Für mich ein Beweis, daß man mich aus diesem Raum hier schleppen wollte.

Ich schaute mir die Kerle an. Man sah es kaum, daß sie Monster sein sollten, sie ähnelten wirklich uns Menschen, aber den Beweis hatte ich schließlich erlebt.

»Geh mit!« verlangte Nummer eins.

»Und wohin?«

»Das wirst du schon sehen!«

Sollte ich sie angreifen? Hier standen vier gegen einen, ein schlechtes Verhältnis. Oder sollte ich warten, bis sie mich irgendwohin führten, wo es unter Umständen eine bessere Chance gab?

Ich entschied mich für die zweite Möglichkeit.

»Los jetzt!« Nummer eins war ungeduldig geworden.

Ich hob beide Arme. »Keine Panik, Freunde, ich gehe ja schon mit.« Langsam setzte ich mich in Bewegung und schaffte es sogar, die vier Typen anzugrinsen.

Sie nahmen mich wieder in die Mitte, so daß meine Fluchtchance minimal blieb.

Wieder marschierten wir durch den unterirdischen Flur.

Der Wagen parkte noch immer in dem langen Gang. Er war wie ein Hoffnungsschimmer für mich. Aber ihn entern und verschwinden, das konnte ich nicht.

Sämtliche Ausgänge waren geschlossen.

Ich mußte weiter auf eine Chance lauern.

Bis zum Range Rover gingen wir nicht, sondern schwenkten zuvor nach rechts und blieben vor einer Tür stehen. Erst jetzt sah ich den in der Wand eingelassen Knopf.

Nummer eins legte seinen Zeigefinger darauf.

Die Stahltür schob sich zur Seite. Gleichzeitig wurde ich vorgestoßen, taumelte in den fast kahlen Raum hinein und hatte Mühe, mich auf den Beinen zu halten.

Die vier folgten mir.

Die Tür schloß sich automatisch.

Ich drehte mich um und sah in die Visagen meiner vier Aufpasser. Die Monstermenschen grinsten. Es bereitete ihnen Spaß, mich in die Mangel zu nehmen, das sah ich ihnen an.

Aber kampflos würde ich mich nicht ergeben.

Einer trennte sich von den anderen und ging auf das einzige Möbelstück zu, das der Raum beherbergte.

Es war ein Stuhl.

Und darauf lag ein Gegenstand, den ich erst erkannte, als er hochgehoben wurde.

Da aber fuhr mir der Schreck durch alle Glieder.

Hatte Mondo nicht von einer Irrenanstalt gesprochen? Klar, und was sein Diener mir mit teuflischem Grinsen präsentierte, war nichts anderes als eine Zwangsjacke!

Jetzt wußte ich, was sie mit mir vorhatten.

Wenn ich einmal darin steckte, kam ich ohne Hilfe nicht mehr heraus. Wer sollte mir hier schon helfen, in diesem verdammten Haus, von Feinden umgeben?

Keiner!

Nummer eins übernahm wieder die Initiative. »Machen Sie keine Schwierigkeiten. Es ist wirklich besser für Sie.«

Er nickte dem Typ mit der Zwangsjacke zu, und der setzte sich voller Vorfreude in Bewegung.

Sein Ziel war ich!

Der Taxifahrer hatte nur den Kopf geschüttelt, als Mrs. Goldwyn ihm ihr Ziel nannte.

»Haben Sie sich nicht getäuscht?« fragte er.

»Wieso?«

»Das ist eine Irrenanstalt.«

Lady Sarah lächelte. »Was macht das schon? Jeder von uns ist doch ein wenig verrückt.«

»Wenn Sie das sagen, Madam.« Der Driver stellte das Taxameter an und sprach während der gesamten Fahrt kein einziges Wort. Nur schielte er hin und wieder in den Innenspiegel, um einen Blick auf seinen weiblichen Fahrgast zu werfen. Er sah dann eine ältere Frau mit dunklem Hut und ebenso dunkler Kleidung, die steif in dem Wagen saß und nur hin und wieder den Kopf drehte, um aus dem Fenster zu schauen. Ihren altertümlichen Regenschirm hatte sie neben sich gestellt und eine Hand auf dem gebogenen Griff liegen.

Die Fahrt ging in Richtung Norden. Sie durchquerten die Stadtteile Bloomsbury und Pentonville, die Gegend wurde ländlicher, waldreicher, aber von der Klinik war nichts zu sehen.

Der Mond stand am Himmel. Er war noch nicht ganz aufgegangen, es fehlte allerdings nicht mehr viel.

Dann bog der Wagen ab.

Um diese frühe Morgenstunde war es das einzige Fahrzeug, das der Klinik entgegenfuhr. Die Scheinwerfer des Taxis tanzten über weite Rasenflächen, die leicht anstiegen, zu einem Hügel wurden, auf dessen Kuppe das Sanatorium stand.

Wenig später stoppte der Fahrer.

»Okay, Madam, hier ist die Reise zu Ende.« Er nannte einen hohen Fahrpreis, den Sarah Goldwyn ohne zu zögern beglich. Nur als sie ausstieg, sagte sie »Mister, Sie sind ein Wucherer.«

Der Fahrer grinste, drehte und fuhr ab.

»Kein Verlaß mehr auf die Menschen«, murmelte die Lady und stampfte mit dem Fuß auf.

Sie gestattete sich einen Rundblick.

Vor ihr lag die Klinik. Ein Schild wies darauf hin, daß kurz vor ihr Privatgelände begann und das Betreten nur mit Erlaubnis der Klinikleitung gestattet war. Besucher ausgenommen.

Lady Sarah hielt sich für einen Besucher und schritt forsch den breiten, gut ausgebauten Weg hoch, der zum Haus führte. Er durchschnitt ein parkähnliches Gelände, in dem hohe Bäume standen, die bereits ihre ersten Blätter verloren. Sie fielen zu Boden und auf die hell gestrichenen Bänke, die überall herumstanden und zum Verweilen einluden.

Kaum einer wäre auf den Gedanken gekommen, hier eine Nervenklinik vorzufinden.

Das Gebäude konnte man wirklich als kolossal bezeichnen. Eine breite, gewundene Treppe führte auf den Bau zu. Am Fuß der Treppe standen auf Sockeln zwei Steinfiguren – Frauen, die irgendwie den Göttinnen der Antike ähnelten. Die Treppe lief vor einem mächtigen Eingangsportal aus.

Imponierend das alles, stellte Lady Goldwyn fest. Sie wußte auch, daß sich hinter der blendenden Fassade oft viel Schmutz verbarg. Von einem äußeren Erscheinungsbild ließ sie sich auf keinen Fall täuschen.

Kein Mensch ließ sich blicken.

Auch brannte hinter den zahlreichen Fenstern kein Licht. Das Gebäude war völlig dunkel, bis auf den Eingang. Er war beleuchtet.

Gemächlich schritt die ältere Dame die breite Treppe hoch und näherte sich der großen Glastür. Zwei Strahler leuchteten sie an und erzeugten auf der Fläche blitzende Reflexe.

Natürlich war die Tür verschlossen, doch Sarah Goldwyn gab nicht auf, sie hatte noch nie in ihrem Leben aufgegeben. Als sie nämlich durch die Tür schaute, sah sie wie bei einem Krankenhaus eine moderne Portiersloge, die auch zu dieser Stunde besetzt war.

Und zwar von einer Frau.

Sie hatte die Besucherin noch nicht gesehen, so sehr war sie mit dem Lösen eines Kreuzworträtsels beschäftigt.

Sarah Goldwyn sah sich um und entdeckte neben der Tür den Knopf einer Klingel.

Ihn vergrub sie unter ihrem Zeigefinger.

Das Klingeln selbst hörte sie nicht, sah jedoch, wie die Frau in der Portiersloge ruckartig den Kopf hob und zur Tür schaute.

Sarah lächelte und winkte.

Sie hatte damit Erfolg, denn es wurde aufgedrückt. Sorgfältig trat Sarah auf einem breiten Gitterrost ihre Füße ab, bevor sie die Klinik betrat. Den Regenschirm hatte sie über ihren Unterarm gehängt. Sie war ganz Dame und ließ sich äußerlich nichts anmerken, obwohl ihr Herz stark klopfte.

Vor der Loge blieb sie stehen.

Die Krankenschwester, eine Frau um die 50, dazu mit herben Gesichtszügen und einem leichten Damenbart, fragte nach den Wünschen der Sarah Goldwyn.

Die Lady stellte sich vor.

»Und was wollen Sie hier?«

»Jemanden besuchen. Meinen Sohn Theo.«

»Wissen Sie eigentlich, wie spät es ist?« wurde die Lady angefaucht.

»Ja«, erwiderte sie mit überraschender Offenheit.

»Und dann wagen Sie es, einfach hier hereinzuplatzen?« Die Haubenlerche holte tief Luft. »Mensch, verschwinden Sie.«

Die Lady legte ihr Gesicht in traurige Falten »Aber das geht doch nicht, Miss...«

»Wieso nicht?«

»Ich habe das Taxi wieder weggeschickt.«

»Das ist Ihr Problem, nicht meines. Sie können die Nachtruhe nicht stören. Wo kämen wir denn hin, wenn das jedem einfallen würde. Sind Sie eigentlich noch normal?«

Als die alte Dame lächelte, ging der Krankenschwester der Doppelsinn ihrer Worte wohl auf, schließlich befand man sich hier in einer Irrenanstalt.

Sie wurde grob. »Raus jetzt!«

»Nein.«

Jetzt wurde die Schwester rot im Gesicht und sprang sogar vom Stuhl hoch. »Soll ich erst ein paar Pfleger holen?«

Sarah lächelte mitleidig. »Ich bin eine alte Frau und habe auch kein Schießeisen. Aber wenn Sie meinen, daß die Pfleger...«

»Nein, Oma, mit dir werde ich auch allein fertig.« Die Krankenschwester verließ ihren Platz und ging auf die Tür zu, die sich an der linken Seite der Loge befand.

Auch Lady Sarah setzte sich in Bewegung, wobei sie den Regenschirm von ihrem Unterarm gleiten ließ.

Auf halbem Wege trafen die beiden Frauen zusammen.

Sarah Goldwyn hatte den Schirm schon erhoben. Und mit der Krücke schlug sie einmal kurz und kräftig zu.

Die Krankenschwester hatte etwas sagen wollen, doch sie blieb mit offenem Mund stehen, verdrehte dann die Augen und taumelte rückwärts.

Lady Sarah verpaßte ihr noch einen Schlag.

Die Haubenlerche fiel zu Boden. Die Lady fing sie auf, damit sie sich nicht wehtat.

»So, das wäre geschafft.«

Sie zog die Bewußtlose in die Loge hinein, was für sie schon Schwerstarbeit war. Dann schaute sie sich nach einem geeigneten Versteck um und entschied sich, die Frau unter das Pult mit den zahlreichen Telefonanschlüssen zu rollen.

Gedacht – getan.

Kaum war sie damit fertig, hörte sie Schritte. Blitzschnell duckte sich die alte Dame. Wenn sie jetzt entdeckt wurde, behielt man sie vielleicht da.

Die Schritte wurden lauter. Jemand räusperte sich, dann ging er an der Portiersloge vorbei.

Lady Sarah riskierte ein Auge.

Ein Pfleger im weißen Anzug schritt auf einen der Aufzüge zu und verschwand in der Kabine.

Der Kelch war noch einmal an der alten Damen vorbeigegangen. Sie atmete auf.

Bevor Lady Sarah sich aufrichtete, warf sie noch einen Blick auf die Bewußtlose.

Ja, sie würde noch eine Weile schlafen.

Lady Sarah nickte beruhigt und lächelte hintergründig. Auf Zehenspitzen verließ sie die Loge.

Und auf Zehenspitzen durchquerte sie auch die große Eingangshalle. Ihr Ziel war die beleuchtete Wandtafel, vor der sie stehenblieb und flüsternd die Beschriftungen las.

Sie suchte nach der geschlossenen Abteilung. Ihrer Meinung nach konnte man den Inspektor nur dort versteckt halten.

Zudem wollte sie Ihre Armee-Pistole zurückhaben. Sie war schließlich ein Erbstück ihres Mannes.

Dann erlebte sie eine Enttäuschung. Die geschlossene Anstalt lag in einem Seitenflügel des Gebäudes, und die alte Dame mußte einen sehr langen Weg zurücklegen, um ihn zu erreichen.

»Und das in meinem Alter«, stöhnte sie, lächelte aber gleichzeitig, denn irgendwie gefiel ihr dieses Leben.

Da war was los.

Fast fröhlich schritt sie auf den Lift zu. Es gab mehrere davon, sie nahm gleich den ersten.

Von innen war der Lift gepolstert. Sie fuhr hoch in die dritte Etage und stieg dort aus.

Ein langer Flur, auf dem die Notbeleuchtung brannte. Licht und Schatten hielten sich die Waage. Rechts befanden sich zwei Büros. Hinter einer Tür hörte die Lady leise Musik.

Sie überlegte.

Eigentlich siegte in solch einem Fall nur die reine Frechheit. Man mußte es einfach mal versuchen.

Sie schritt auf die Tür zu, hinter der die Musik aufgeklungen war, klopfte und wartete ab.

Die Musik wurde leiser gedreht, dann näherten sich Schritte der Tür, und ein Mann öffnete.

Sarah Goldwyn erschrak. Sie hatte damit nicht gerechnet, zudem überragte der Knabe sie noch um mehr als einen Kopf. Er war ein richtiger Riese. Allerdings hatte er gutmütige Augen, und das empfand Lady Sarah als positiv.

»Haben Sie mich erschreckt«, sagte sie und preßte ihre Hand dorthin, wo das Herz schlug.

»Das wollte ich nicht.« Der Mann trug die weiße Tracht des

Pflegers und hatte eine dunkle Stimme. »Kann ich etwas für Sie tun, Gnädigste...«

»Ja.«

»Und was bitte?«

Mrs. Goldwyn deutete an ihm vorbei in das Zimmer. »Können wir das nicht dort besprechen?«

»Wie Sie wollen.« Er gab die Tür frei.

Frechheit siegt, dachte die Lady und nahm kurzerhand auf einem Kunststoffstuhl Platz.

Der Pfleger blieb stehen. Er knetete seine Hände und fuhr dann durch sein rundes Gesicht. »Eine seltsame Zeit für einen Besuch, finden Sie nicht auch?«

»Ganz und gar nicht.«

»Wieso? Gehören Sie etwa hierher?«

»Gott bewahre!« rief die Lady aus und hob beide Hände. »Das nicht, ich möchte nur mit Mr. Mondo sprechen.«

»Dem Leiter der Klinik?« Der Pfleger fragte so erstaunt, als hätte die Lady verlangt, mit dem Herrgott persönlich reden zu wollen.

»Genau den.«

»Aber das geht nicht.«

»Doch. Für mich hat er Zeit. Rufen Sie ihn an.«

Der Pfleger setzte sich und verschränkte die Arme vor der Brust.

»Selbst wenn ich es täte, was sollte ich sagen?«

»Das überlassen Sie mir am besten. Wählen Sie nur schon durch.«

Plötzlich zuckte die Lady zusammen. Ein infernalisches Gebrüll war irgendwo aufgeklungen, und es schallte selbst durch die dicken Wände des Flurs.

Der Pfleger sprang auf. »Verdammt, das ist King Kong.«

»Der Riesenaffe?«

»Nein, ein Irrer, der sich für King Kong hält.« Der Pfleger tippte sich gegen die Stirn und lief zur Tür. Lady Goldwyn hatte er auf einmal vergessen.

Sarah rieb sich die Hände. Etwas Besseres konnte ihr gar nicht passieren.

Sie wartete, bis die Schritte des Pflegers auf dem Gang verklungen waren, und trat dann dicht an den Schreibtisch. Dort lag unter Plastik auch das innerbetriebliche Telefonverzeichnis.

Marvin Mondo stand an erster Stelle.

Hoffentlich war er da.

Sie wählte und lauschte zum Flur hin.

King Kong tobte noch immer. Er brüllte wirklich wie ein Affe. Die Wände erzitterten fast.

Auf der anderen Seite wurde abgehoben. Jemand brüllte ein hartes »Ja« in die Muschel.

Lady Sarah erschrak. Dann fragte sie ziemlich leise: »Ist dort Mr. Mondo?«

»Natürlich.«

»Ich muß mit Ihnen reden.«

»Wer sind Sie?«

»Das sage ich Ihnen, wenn wir uns sehen.« Die alte Dame hatte jetzt Mut gefunden.

»Sagen Sie mal, sind Sie eigentlich verrückt?«

»Nein, aber es geht um eine Sache, die Sie bestimmt interessieren wird. Ich sage nur...« Sie machte bewußt eine kleine Pause. »Werwolf!«

Das hatte gesessen.

Die alte Dame lächelte, als sie das hastige Atmen hörte. »Wiederholen Sie.«

»Es geht um Werwölfe!«

Schweigen. Dann – nach einer Weile – ein fast aggressives Schnaufen. »Weshalb rufen Sie mich dann an, wenn es um diese Fabeltiere geht?«

»Wieso Fabeltiere? Sie waren es doch schließlich, der nach einem Werwolf hat fahnden lassen«, hielt ihm Sarah Goldwyn entgegen.

Nun begann Mondo zu überlegen. »Wo befinden Sie sich jetzt?« fragte er nach einer Weile.

»In Ihrer Klinik.«

»Das habe ich gemerkt. Ich will den genauen Standort wissen, Mrs. . . .«

»Meinen Namen sage ich Ihnen später. Ich bin im Büro eines Ihrer Mitarbeiter. Soviel ich erkennen kann, auf der geschlossenen Station.«

»Kommen Sie sofort zu mir.«

»Wo finde ich Sie?«

»Ich habe mein Büro im Keller. O'Brien wird Sie zu mir bringen. Das ist kein Problem.«

»Gut, ich werde es ihm sagen.«

»Wieso? Ist er nicht da?«

»Nein, da hat einer Ihrer Patienten geschrien.«

»Dann warten Sie, bis er zurückkommt. Aber zu niemandem ein Wort! Haben Sie verstanden?«

»Natürlich.« Sie wollte noch etwas hinzufügen, doch da hatte Mondo bereits aufgelegt.

Aufatmend trat Lady Sarah zurück. Himmel, sie hatte hoch gepokert und vielleicht einen Sieg errungen. Aber nur vielleicht. Oder hatte sie schon zuviel gesagt?

Möglich war es. Vielleicht hätte sie diesen Mondo noch mehr im unklaren lassen sollen. Aber ob er dann auf ihre Forderungen eingegangen wäre, war fraglich.

Das Schreien des Irren war verstummt. Jetzt würde auch bald der Aufpasser erscheinen.

Sie hatte sich nicht getäuscht.

O'Brien kam.

Er stutzte, als er die Frau noch in seinem Büro sah. »Sie sind ja immer noch da.«

»Wie Sie sehen. Haben Sie Ihren King Kong ruhig gekriegt?«

»Ja.«

»Da ist noch etwas, Mr. O'Brien.«

»Woher kennen Sie meinen Namen?«

»Den hat mir Mr. Mondo gesagt.«

Der gute Pfleger bekam vor lauter Staunen den Mund nicht mehr zu. »Sie haben mit Mr. Mondo gesprochen?«

»Natürlich. Ich habe ihn angerufen, nachdem Sie zu feige waren. Von diesem Tisch aus.« Sie deutete auf das Telefon. »Und Mr. Mondo läßt Ihnen bestellen, daß Sie mich zu ihm bringen sollen. In sein Büro im Keller.«

Der Riese O'Brien kratzte sich verlegen am Kinn. »Das kann ich gar nicht glauben«, murmelte er.

»Es stimmt aber.« Die Lady befand sich bereits an der Tür. »Sie können ja zurückrufen.«

»Nein, nein, ich glaube es Ihnen. Kommen Sie mit.«

Gemeinsam gingen sie zum Lift. Als sie wenig später im Keller ausstiegen, hatte Sarah Goldwyn doch ein etwas komisches Gefühl. Dieser Komplex mußte tief unter der Erde liegen. Er wurde von irgendwoher mit Frischluft versorgt, das roch sie.

Aber ihr gefielen die kahlen Betongänge nicht. Da hing kein Bild an der Wand, da waren keine fröhlichen Farben zu sehen, nur alles Grau in Grau.

Eine schreckliche Umgebung.

Vor einer schmalen Tür blieb O'Brien stehen. Er klopfte an und hörte sofort das bekannte »Come in.«

Die beiden betraten das Büro.

»Sie können gehen, O'Brien!« schnarrte Mondo sofort, kaum daß die Menschen den Fuß über die Schwelle gesetzt hatten.

Der Pfleger zog sich zurück.

Lady Sarah blieb. Ein wenig komisch war ihr doch zumute, als sie sich diesem Mondo gegenübersah. Er hockte hinter einem schmalen Schreibtisch und war von Aktenschränken umgeben, die allesamt aus feuerfestem Material gebaut waren. Auf dem Schreibtisch stand eine kleine Lampe mit zylinderförmigem Schirm.

Sie war die einzige Lichtquelle. Und die drehte Mondo so herum, daß ihr Schein gegen die Wand fiel.

»Jetzt sagen Sie mir wenigstens Ihren Namen«, forderte Marvin Mondo die alte Dame auf.

»Ich heiße Sarah Goldwyn.«

Mondo hob die Schultern. Ein Zeichen, daß er mit dem Namen nichts anzufangen wußte. »Wie sind Sie in das Haus hier gekommen?«

»Durch einen kleinen Trick.«

»Den Sie mir bestimmt nicht sagen wollen.«

»Sie haben es erraten.«

»Auf jeden Fall sind Sie sehr forsch, Mrs. Goldwyn.«

Sarah raffte ihren Mut zusammen. »Kaum, denn man weiß, wo ich hingegangen bin.«

»Wer ist man?«

»Die Polizei.«

Darüber lächelte Mondo nur geringschätzig. »Sie wollen mir also was über Werwölfe erzählen«, sagte er.

»Nur über einen, der sich in meinem Haus befunden hat.«

»Und was habe ich damit zu tun?«

»Sie haben doch zwei Leute geschickt, um ihn zurückzuholen. Aber das ging nicht mehr, der Werwolf war tot.«

»Oh! Tot sagten Sie?«

»Ja.«

Mondo lehnte sich zurück. »Das ist ja interessant. Wie ist er denn ums Leben gekommen?«

»Man hat ihn erschossen.«

»Einfach so?« lächelte er mokant.

Dieses überhebliche Lächeln reizte die Frau ungeheuer. Deshalb war sie etwas unvorsichtig, als sie antwortete. »Nein, nicht nur so, sondern mit Silberkugeln.«

»Besitzen Sie Kugeln aus Silber?«

»Ich nicht, aber ein anderer. John Sinclair. Und ihn suche ich hier bei Ihnen.«

»Meinen Sie denn, daß er hier sein könnte?«

»Bestimmt. Denn Ihre beiden Typen haben ihn mitgenommen. Wie gesagt, man weiß bei der Polizei, daß ich hierher gefahren bin. Geben Sie sich keine Mühe. Leugnen hat keinen Zweck.«

»Das sehe ich ein.« Wieder lächelte Mondo. »Ich gebe zu, daß Sinclair hier ist.«

»Wenigstens etwas.«

»Aber er wird auch hier bleiben, meine Liebe. Ebenso wie Sie, denn niemand von euch wird diese Klinik jemals wieder lebend verlassen. Habe ich mich deutlich genug ausgedrückt?«

In eine Zwangsjacke wollten sie mich stecken.

Nein, ich lasse ja vieles mit mir machen, aber hier ging der Spaß doch etwas zu weit.

Ich wich zurück.

Das gehörte zu meinem Plan, denn ich wollte bewußt den Ängstlichen spielen, um diese künstlichen Menschen zu täuschen. Dabei sorgte ich dafür, daß ich dicht in die Nähe des Stuhls gelangte.

»Bleib stehen!« wurde ich aufgefordert.

»Okay.« Ich hob die Hände, aber nur, um sie gleich darauf wieder fallen zu lassen, denn da umklammerten sie die Stuhllehne, und im nächsten Moment hatte ich das Möbelstück hochgerissen und haute es dem ersten um die Ohren.

Es war ein Hieb, der ihn von den Beinen fegte. Zum Glück hielt der Stuhl, er war stabil genug gebaut, aber das Monster dachte nicht mehr an die Zwangsjacke.

Jetzt griffen die drei anderen an.

Gegen vier normale Kämpfer hätte ich wohl nichts ausrichten können, aber diese hier waren nicht normal. Ich hatte es mit künstlichen Geschöpfen zu tun, die sich längst nicht so rasch bewegen konnten wie Menschen.

Ich aber baute auf meine Schnelligkeit.

Dem zweiten rammte ich die vier Stuhlbeine gegen die Brust, daß der Kerl bis zur Wand flog und sich erst einmal erholen mußte. Nummer drei haute ich wieder den Stuhl gegen den Schädel. Diesmal war es ein Rundschlag.

Sein Kopf fiel zur Seite.

Ich sah den dünnen Draht, an dem er hing, konnte ihn jedoch leider nicht zerschneiden, weil mir erstens das Werkzeug fehlte und weil ich zweitens angesprungen wurde.

Diesem Ansturm hatte ich wenig entgegenzusetzen. Ich flog quer durch den Keller und wurde erst von der Wand aufgehalten. Ich prellte mir heftig den Rücken und kriegte im ersten Augenblick keine Luft.

Schon griff der nächste an.

Er kam wie eine Maschine, und wie eine Maschine wurde er auch von mir empfangen.

Ich winkelte ein Bein an und ließ es genau im rechten Moment vorschnellen.

Der Kerl wurde von dem Tritt voll getroffen und zurückkatapultiert, riß beide Arme hoch und nahm noch einen Artgenossen mit auf die Reise.

Ich aber sah etwas anderes.

Meine Beretta.

Sie lugte aus dem Gürtel des Monsters, dem ich fast den Kopf von den Schultern geschlagen hätte. Obwohl die Zeit drängte und ich eigentlich dort raus mußte, raste ich auf dieses Monster zu und nahm blitzschnell die Waffe an mich.

Das hatte natürlich Zeit gekostet. Zwei andere Menschenmonster reagierten sofort.

Sie holten ihre Stahlruten hervor.

Jetzt wurde es wirklich lebensgefährlich.

Mit diesen Dingern konnte man jemanden totschlagen. Aber ich hatte nicht vor, mich töten zu lassen.

Zuerst einmal wollte ich sehen, ob die Monster auch gegen Silberkugeln immun waren.

Ich ließ den ersten mit seiner Stahlrute ausholen. Im letzten Moment drückte ich ab.

Die Kugel drang in seinen Kopf!

Ich hatte bewußt dorthin gezielt, und tatsächlich tat sich etwas. Ein sehr großes Loch erschien, als wäre die Haut dünner als unsere, und in dem Loch sah ich etwas metallen schimmern.

Ein neues Gehirn?

Plötzlich sprühten Funken aus dem Einschußloch, das Gesicht verzerrte sich, die Arme fuhren unkontrolliert in die Höhe, der Mann kippte auf die Knie und schlug mit den Händen auf den Boden, während es weiterhin aus seinem Kopf sprühte.

Es war eine lange Funkenkette, dann stank es nach verbranntem Gummi. Die Schädeldecke samt Perücke wurde zur Seite geschleudert, und im nächsten Augenblick lag der Robotmensch still.

Fasziniert hatten auch die anderen den Kampf beobachtet. Normalerweise hätte ich dieses Monstrum auch nicht mit einer Silberkugel töten können, aber ich hatte Glück gehabt, meine Kugel hatte genau einen empfindlichen Gegenstand im Kopf des Kunstmenschen erwischt.

Pech für ihn.

Glück für mich.

Dennoch hatte ich drei andere Gegner vor mir. Der dritte hatte seinen Schädel wieder normal auf dem Hals sitzen.

Ich wollte Munition sparen, denn ein Ersatzmagazin steckte nicht in meiner Tasche. Bisher war ich mit den Fäusten ganz gut zurechtgekommen, vielleicht lief es weiter so prima.

Den ersten Hieb unterlief ich glatt, dabei schleuderte ich den

Angreifer hoch über meine Schulter, daß er hinter mir zu Boden krachte. Den zweiten Angreifer packte ich und hebelte ihn herum. Er konnte sich nicht halten und wurde gegen die Tür geworfen, die auf einmal nachgab und aufschwang.

Ich konnte in den Gang schauen. Soviel ich in der kurzen Zeit erkannte, war er leer.

Nur noch der Wagen stand dort.

Verdammt, sollte ich es nicht doch versuchen?

Ich schnappte mir den dritten Angreifer und brachte ihn mit einem Karatetritt auf Distanz. Das hatte er gar nicht gern. Er stieß einen bösen Fluch aus und schnappte sich jetzt den Stuhl. Wie ich zuvor, wollte auch er mir das Ding über den Schädel hauen.

Aber ich war wendiger.

Durch Kopfeinziehen entging ich dem Hieb. Der Stuhl krachte gegen die Wand.

Diesmal überstand er den Aufprall nicht. Das Möbelstück löste sich in seine Einzelteile auf.

Ich schlug mit dem Waffenlauf zu, zielte auf den Kopf, traf aber nur die Schulter.

Dann warf sich jemand gegen meine Hüfte. Bevor er richtig zupacken konnte, brachte ich mich durch einen blitzschnellen Sidestep aus der Gefahrenzone, und seine Hände rutschten ab. Er selbst fiel auch zu Boden.

Dann war ich an der Tür.

Zwei weitere Schritte brachten mich in den Gang und in die Nähe des Range Rover.

Links von mir lag das Labor des unheimlichen Mr. Mondo. Rechts, wo der Gang endete, sah ich nur die Mauer. Ich erinnerte mich daran, das Knirschen gehört zu haben, und nahm an, daß die Mauer beweglich war.

Das hieß, sie mußte sich zur Seite schieben lassen.

Nur – wie?

Die Kerle folgten mir. Aufgeben würden sie nie. Das war klar. Solange noch etwas Leben in ihren künstlichen Gehirnen steckte, waren sie darauf programmiert, mich zu töten.

Schlimme Mordroboter, die sogar selbständig denken konnten.

Wohl jeder von ihnen rechnete damit, daß ich im Führerhaus des Rover verschwinden würde, doch den Gefallen tat ich ihnen nicht. Statt dessen ging ich zum Angriff über, und alle drei standen ziemlich günstig für mich.

Bei einem gezielten Sprung trafen meine zur Schere ausgebreiteten Beine zwei dieser Monstermenschen. Der dritte stand für einen Moment da und wußte nicht, was er tun sollte.

Ihn schnappte ich mir.

Mit einem blitzschnellen Griff holte ich ihn zu mir heran und drückte ihm die Mündung der Waffe gegen die Wange. Hinter dem Fleisch spürte ich einen harten Widerstand, dort mußte ein Teil der Elektronik sitzen.

Bevor er sich losreißen konnte, zischte ich ihm ins Ohr: »Hör zu, Freund! Du hast gesehen, was mit deinem Kumpel geschehen ist. Eine Kugel an die richtige Stelle gesetzt, und dein Schädel explodiert. Willst du das?«

Er schwieg.

Verdammt, jetzt begann ein Nervenspiel. Die anderen Kerle hatten meine Worte vernommen. Sie dachten wohl an das Schicksal ihres Artgenossen und griffen vorerst nicht an.

Ich wiederholte meinen Satz.

Der Robotmensch fragte: »Was willst du?«

»Sag deinen Kumpanen, sie sollen das Tor öffnen!«

»Es gibt keins.«

»Dann weg mit der Wand!« zischte ich. »Aber schnell, ich habe nicht viel Zeit.«

Er zitterte. Daran merkte ich, daß meine Drohung wohl gefruchtet hatte.

Aber wie würden die anderen reagieren?

Sie gingen rückwärts. Und tatsächlich schritten sie auf die Wand zu. Dicht davor wandten sie sich nach rechts, wobei ihre Finger über den Beton strichen.

Dort mußte sich der Kontakt befinden. Ich ließ die beiden nicht aus den Augen und schielte gleichzeitig nach links, um den dritten ansehen zu können.

Ich wußte natürlich, daß dieser Ausbruchsversuch mehr als eine gewagte Sache war. Schließlich konnte Mondo über den

Monitor dieses unterirdische Labyrinth überwachen, aber das war mir egal. Ich sah einfach keine andere Möglichkeit.

Plötzlich knirschte und schabte es.

Dann bewegte sich die Wand.

Sie schwang nach außen, direkt in den dahinter liegenden Gang hinein, den wir ebenfalls durchfahren hatten. Er war dunkel, doch aus dieser Hälfte fiel soviel Licht herein, daß ich bereits das nächste Tor erkennen konnte.

Das zweite war ein wirkliches Tor. Es ähnelte dem einer Garage und bestand aus Metall.

Zum Glück hatten die Robotmenschen den Range Rover nicht abgeschlossen. Allerdings mußte ich rückwärts fahren, denn in diesem engen Gang konnte ich nicht wenden.

Was also tun?

Sollte ich einen der Kerle mitnehmen?

Zuerst jedoch wollte ich auch das zweite Tor offenhaben. Ich schrie den beiden künstlichen Typen einen entsprechenden Befehl entgegen.

Sie stierten mich an und gehorchten.

Ich atmete auf.

Das zweite Tor ließ sich leichter öffnen. Es hatte auch einen mechanischen Verschluß.

Knarrend kippte es hoch.

Jetzt in den Wagen!

Die Spannung steigerte sich. Ich nahm die Mündung vom Gesicht meiner Geisel weg und wollte die Tür öffnen.

Doch der Robotmensch hatte etwas dagegen. Trotz meiner Waffe griff er mich an. Sein Arm fuhr nach unten. Die Hand hätte mein Gelenk getroffen, aber ich hatte die Bewegung im Ansatz bereits erkannt und zuckte zur Seite.

Mit der linken Faust hieb ich zu.

Der Robotmensch trudelte zur Seite und fiel durch die offene Tür in den Raum hinein.

Blitzschnell riß ich die Tür auf, warf mich hinter das Steuer, verriegelte beide Vordertüren und drehte den Zündschlüssel herum.

Der Motor sprang an.

Rückwärtsgang!

Gas!

Ich schaute in den Spiegel.

Die Robotmenschen hielten sich noch im Gang auf. Sie hatten den Befehl erhalten, mich auszuschalten, und sie wollten ihn unter allen Umständen ausführen.

Die Reifen drehten auf dem glatten Boden durch, weil ich zuviel Gas gegeben hatte. Dann fuhr der Wagen an.

Etwas prallte gegen den Aufbau. Schattenhaft sah ich eine wirbelnde Gestalt. Einer meiner Gegner hatte den Wagen aufhalten wollen, was ihm schlecht bekommen war.

Ich fuhr weiter.

Dann waren sie plötzlich neben der Tür, droschen mit ihren Stahlruten gegen die Scheibe, die bereits die ersten Sprünge bekam.

Ich preßte die Lippen zusammen. Auf meiner Stirn hatte sich der kalte Schweiß gesammelt.

Es gab kein Zurück.

Ich mußte weiter, und schon lenkte ich den Wagen durch das offene Steintor in den anderen, dunkleren Gang hinein.

Die Robotmenschen ließen nicht locker. Sie blieben an dem Rover hängen wie Kletten.

Irgendwann würden sie es schaffen, da war ich mir sicher, deshalb griff ich zu einem Trick. Ich drehte das Lenkrad, der Rover geriet ein Stück nach links, und im nächsten Augenblick schrammte das Blech über die Betonwand.

Das Kreischen erzeugte bei mir eine Gänsehaut, die mir kalt den Rücken hinablief.

Blech verformte sich, der Außenspiegel brach ab, doch mein Manöver zeigte Erfolg.

Die künstlichen Menschen verschwanden. Für den Bruchteil einer Sekunde sah ich noch die verzerrten Gesichter, dann nichts mehr.

Ich atmete auf.

Doch ich hatte mich zu früh gefreut.

Der Kampf ging weiter!

Ich hing nämlich an der Wand fest.

Daß es gar nicht so einfach ist, in einem engen Gang rückwärts zu fahren, wurde mir auf einmal drastisch klar. Das Blech am hinteren Wagenende hatte sich verbogen, ich mußte erst wieder vor.

Gang rein, Gas!

Der Wagen machte einen Bocksprung. Er fuhr dabei etwas von der Garagenwand weg, und schon erschienen die verdammten Robotmenschen wieder am Wagenfenster.

Mit einem satten Laut zerbröselte die Seitenscheibe. Ein Arm stieß vor, griff in die Scherben hinein und erweiterte mit einem hämmernden Schlag die Öffnung. Der künstliche Mensch wollte versuchen, die Tür von innen zu öffnen.

Ich stoppte.

Durch diese ruckartige Bewegung verlor das Monster den Halt und fiel zu Boden.

Ich prügelte den Rückwärtsgang ins Getriebe und gab wieder Gas. Dabei stand ich unter einem höllischen Streß, meine Hände zitterten, der Schweiß lief mir in Strömen über das Gesicht. Vor Anstrengung biß ich mir so hart auf die Lippe, daß ich Blut schmeckte.

Die Reifen radierten über den glatten Beton. Ich mußte einfach ein schnelleres Fahren riskieren und drückte hart auf das Gaspedal, denn dieser zweite Gang führte ins Freie.

Die Robotmenschen blieben zurück. Ich schaltete die Scheinwerfer ein. In ihrem hellen Lichtstrahl sah ich die den Wagen verfolgenden Gestalten.

Sie ruderten heftig mit den Armen. Es waren nur zwei Monster. Eins lag am Boden und rührte sich nicht mehr. Der Kopf stand seltsam verdreht ab.

Das Gebläse pumpte frische Luft ins Führerhaus, ein Zeichen, daß ich das Freie erreicht hatte.

Ich atmete auf.

Ein hartes Lächeln umwehte meine Lippen, die Hälfte hatte ich geschafft. War ich erst einmal draußen, würde es die Gegenseite verdammt schwer haben, mich wieder einzufangen, dann nämlich wollte ich zurückschlagen.

Da ich auf der Hinfahrt überhaupt nichts hatte sehen können, mußte ich mich erst einmal umschauen.

Wo war ich gelandet?

Ich sah einen Platz, auf den einige Parktaschen gezeichnet waren. Die hellen Linien konnte ich deutlich erkennen. Aber ich sah noch mehr. Der Platz wurde von einem Gebüschgürtel eingerahmt, in den eine Straße führte, die sich schmal und eng durch das parkähnliche Gelände der eigentlichen Zufahrtstraße entgegenwand.

Ich drehte.

Schon tauchten die beiden übriggebliebenen Robotmenschen aus dem Gang auf. Die Scheinwerferstrahlen erfaßten sie voll. Ich sah ihre verzerrten Gesichter, in denen der Wille zu lesen war, mich zu töten.

Die beiden sprangen mir direkt vor den Wagen.

Anhalten konnte ich nicht mehr.

Ich gab Gas.

Zwei Schläge, die sich anhörten wie einer, drangen an meine Ohren. Im nächsten Moment flogen die Gestalten zur Seite. Ich mußte gegenlenken, weil der Rover schleuderte, und wollte schon aufatmen, als meine Pechsträhne begann.

Um den schmalen Weg zu erreichen, riß ich das Lenkrad nach links. In diesem Augenblick geschah es.

Plötzlich löste sich eine riesige Gestalt aus dem naheliegenden Gebüsch. Sie rannte direkt auf das Fahrzeug zu, und ich trat vor Schreck auf die Bremse.

Plötzlich schien man Eiswasser über mich gegossen zu haben, denn an den Unheimlichen hatte ich im Traum nicht mehr gedacht.

Es war kein geringerer als Tokata – der Samurai des Satans!

Sarah Goldwyn schaute auf den Mann, der ein Todesurteil so gelassen ausgesprochen hatte, als wäre es nichts. Plötzlich spürte sie, wie ihre Knie weich wurden, sie wollte lächeln, doch es wurde nur ein verzerrtes Grinsen.

»Jetzt sind Sie geschockt, nicht wahr?«

Sarah nickte.

»Sie sind dumm«, sagte Mondo. »Sehr dumm sogar. Sie hätten in Ihrem Haus bleiben sollen, und alles wäre in Ordnung gewesen. Statt dessen versuchen Sie, auf eigene Faust Detektiv zu spielen, und das in Ihrem Alter. Unmöglich, sogar lächerlich.« Er kicherte hohl. »Mich legt niemand rein; Sie nicht und auch keine Polizei, das sollten Sie sich merken.«

»Werden Sie mich töten?« fragte Sarah und überlegte krampfhaft, wie in den Romanen der Held in solchen Situationen reagierte, aber ihr fiel nichts ein. Die Angst war einfach zu groß, da war nichts zu machen, sie überdeckte alles.

»Ob ich Sie töten werde, weiß ich noch nicht«, meinte Mondo lächelnd. »Vielleicht mache ich auch aus Ihnen ein Monster!«

»Was?«

»Ja, einen Werwolf. Wie aus Sinclair. Er wird ebenfalls solch eine Bestie!«

»Das können Sie gar nicht«, sagte die alte Dame spontan, worauf Mondo anfing zu lachen.

»Trauen Sie mir das wirklich nicht zu?«

»Ja.«

Mondo stand auf. »Warten Sie einen Augenblick«, sagte er und ging zu einem Schrank. Er stellte die Kombination ein und öffnete. Schmatzend schwang die Tür zurück.

Sarah Goldwyn stand so günstig, daß sie einen Blick in den Schrank werfen konnte. Sie hatte Akten oder Waffen erwartet, sah statt dessen jedoch Schubladen, die mit Samt ausgelegt waren.

Was auch nötig war, denn auf dieser Unterlage lagen sorgfältig nebeneinander einige Ampullen, in denen eine gelblich-grün gefärbte Flüssigkeit schwamm!

Ein Serum!

Marvin Mondo lächelte, als er seinen Arm ausstreckte und eine Ampulle greifen wollte.

Da hatte Sarah Goldwyn einen Gedankenblitz. Der Kerl wandte ihr den Rücken zu, war unbewaffnet, und solch eine Chance würde sich der alten Dame nie wieder bieten.

Sie trat einen Schritt vor, hob ihren Schirm und wollte Mondo so treffen, wie die Krankenschwester am Empfang.

Der schwere Griff raste nach unten. Die alte Dame hatte auf den Kopf des Mannes gezielt.

Leider zählte Sarah Goldwyn schon siebzig Lenze, und ihre Reflexe waren auch nicht mehr die besten.

Mondo sah die Bewegung. Blitzschnell fuhr er herum, wobei

er in der rechten Hand die Ampulle hielt. Er riß die Hand hoch, und der Schirmgriff kollidierte mit seinem Gelenk. Er stieß einen überraschten, aber auch schmerzhaften Laut aus. Die Ampulle rutsche ihm aus den Fingern, fiel zu Boden und zerbrach dort mit einem satten Geräusch.

Mondo holte tief Luft. »Verdammte Vettel!« keuchte er und schlug selbst zu.

Obwohl Sarah Goldwyn beide Arme als Deckung hochriß, traf der Hieb sie doch. Sie konnte ihn zwar abschwächen, aber die Hand klatschte gegen ihre Wange.

Sarah stolperte zurück.

»Was fällt Ihnen ein!« keuchte sie. »Eine alte Frau zu schlagen, das ist unerhört!«

»Halt dein Maul!« knurrte Mondo. »Sie sind schließlich hier eingedrungen. Sie!« Während dieser Worte schritt er in drohender Haltung auf die Frau zu, die angsterfüllt zurückwich und erst von der Wand gestoppt wurde.

Abermals hob Mondo den Arm. Lady Sarah funkelte den Mann an. »Vergreifen Sie sich nicht!« drohte sie. »Es würde Ihnen wahrscheinlich schlecht bekommen!«

In diesem Augenblick ertönte das Summen.

Wieder fuhr Mondo herum. Gleichzeitig flackerte auf seinem Schreibtisch eine rote Lampe auf, die bewies, daß ein Alarm ausgelöst worden war.

Alarm?

John Sinclair! dachte Mondo. Es gibt keinen anderen Grund, und der Haß überschwemmte sein Denken.

Sollte dieser Hundesohn es geschafft haben?

Die alte Frau war vergessen. Auch Lady Sarah merkte, daß etwas nicht stimmte. Sie glaubte, daß sich das Schicksal zu ihren Gunsten gewendet hatte.

Und sie riskierte es.

Die Tür befand sich nicht einmal einen halben Schritt von ihr entfernt. Sie faßte die Klinke, drückte sie nach unten und riß die Tür auf.

Weg! Nur weg aus dieser Rattenfalle.

Lady Sarah rannte los.

Sie hörte das Toben des Mannes hinter sich, kümmerte sich jedoch nicht darum, denn da befand sie sich bereits in dem Gang, wo auch der Lift hielt.

Der war ihr Ziel.

Und er kam soeben nach unten.

Heraus stieg ein Paar.

Ungleich, wie Sarah feststellen konnte.

Sie war eine hübsche, schwarzhaarige Person mit feurigen Augen, aber einen kalten Zug um die Mundwinkel. Die Frau trug einen dunkelroten Hosenanzug aus geschmeidigem Rauhleder.

Der Mann an ihrer Seite war älter als sie.

Graue Haare, ein eckiges Gesicht, kalte Augen, ein brutales Kinn. Das waren seine äußerlichen Kennzeichen.

Überrascht traten die beiden zur Seite, als Lady Sarah sich an ihnen vorbeidrängen wollte und in die Kabine hetzte.

Die Tür rollte zu.

Lady Sarah konnte noch soeben einen Blick auf die beiden Ankömmlinge werfen, und sie hörte auch noch die keifende Stimme des Mr. Mondo.

»Haltet sie auf! Sie darf nicht entkommen!«

Da ruckte der Lift an.

Er fuhr nach oben. Der Sicherheit entgegen!

Wenigstens hoffte Sarah dies.

Mein silberner Bumerang hatte seinen linken Arm abgeschlagen, trotzdem war Tokata noch stark genug, um jeden Feind und Gegner zu besiegen.

Auch mich!

Denn er besaß sein Schwert. In der Hölle war die Klinge geschmiedet worden, und sie durchdrang spielend jedes Material.

Ungeheuer wuchtig wuchs er vor dem Wagen auf. Wie immer grinste hinter dem Gesichtsschutz ein halb verwester, schrecklicher Totenschädel. Seine Brust wurde durch einen dicken Lederpanzer geschützt, die Beine wirkten wie Säulen in der langen Pumphose. Wo sonst der linke Arm gesessen hatte, befand sich nur noch ein Stumpf.

Tokata, der Samurai des Satans, war fast doppelt so groß wie ein Mensch. Jahrhundertelang hatte er in der Erde eines japanischen Vulkans gelegen, bis eine unheilvolle Beschwörung ihn wieder aus dem Reich der Toten geholt hatte.

Und wo er sich aufhielt, da befand sich auch Dr. Tod in der Nähe. Mit ihm mußte ich rechnen. Und wahrscheinlich auch mit Pamela Scott, auch Lady X genannt.

Ein mörderisches Trio, das bereits jetzt schon in der Lage war, die Welt aus den Angeln zu heben. Aber ihr Anführer, Dr. Tod, suchte weiter.

Sechs Personen sollte seine Mordliga umfassen.

Zwei hatte er erst.

Und Mondo sollte das vierte Mitglied werden.

Mir wurde alles klar.

All diese Gedanken durchzuckten mich in Bruchteilen von Sekunden. Ich wußte nicht, ob mich Tokata bereits erkannt hatte, hoffte aber das Gegenteil.

Welche Chancen hatte ich?

Kaum welche.

Doch, ich konnte ihn überfahren.

Gedacht – getan!

Mein Fuß nagelte das Gaspedal förmlich auf dem Boden fest, und der Rover beschleunigte wie ein Sportwagen. Frontal raste er auf den Samurai des Satans zu.

Die Gestalt des Unheimlichen vor mir schien ins Riesenhafte zu wachsen. Es gab einen dumpfen Schlag, als der Kühlergrill des Fahrzeugs mit dem Samurai kollidierte. Auf den letzten Yards hatte der Wagen eine ziemlich hohe Geschwindigkeit erreicht, der auch der Samurai nichts entgegensetzen konnte. Er wurde hochgeschleudert, überschlug sich fast in der Luft, krachte auf das Dach und hämmerte seine Füße gegen die Frontscheibe, die zerplatzte.

Glaskrümel regneten mir entgegen. Durch den Anprall war das Auto aus der ursprünglichen Richtung geraten, ich konnte es nicht mehr rechtzeitig abfangen, bremste zwar – zu spät.

Der Rover rasierte einen Gebüschstreifen weg.

Dahinter fiel das Gelände ab.

Und ich war nicht angeschnallt. Plötzlich neigte sich der Wagen nach vorn, ich flog gegen das Lenkrad, stieß mir hart die Brust und hatte Angst, daß die Karre umkippen würde.

Meine Füße rutschten von den Pedalen. Ich würgte den Motor ab, der Wagen stand.

Ganz langsam neigte sich der Wagen nach rechts, kippte jedoch nicht um, sondern blieb in einer Schräglage.

Ich atmete auf.

Meine weitere Flucht mußte ich zwangsläufig zu Fuß fortsetzen, auch wenn sich meine Chancen dabei verringerten, aber mir blieb keine andere Chance.

Ich wollte die Tür aufstoßen.

Zufällig schaute ich in den Außenspiegel.

Vor Schreck übersprang mein Herz einen Schlag. Etwas höher, am Gebüschrand, tauchte eine riesige Gestalt auf.

Tokata!

Er hatte nicht aufgegeben!

Von all diesen Ereignissen ahnten Bill Conolly und Suko nichts. Sie wollten nichts überstürzen und legten sich erst einen Plan zurecht. So fix wie die alte Dame waren sie nicht.

Sie gaben Sir Powell Bescheid.

Er war mit dem Alleingang der beiden Männer einverstanden und gab grünes Licht.

»Danke, Sir«, sagte Bill.

»Brauchen Sie Polizeiunterstützung?«

»Vielleicht ja, Sir. Auf alle Fälle könnten wir mit Sprechfunkgeräten einiges anfangen.«

»Die besorgen wir Ihnen. Zudem werde ich eine entsprechende Alarmbereitschaft ansagen.«

»Das wäre gut, Sir.«

»Sonst noch was?«

»Nein.«

»All right, Mr. Conolly. Versuchen Sie alles, um John Sinclair herauszuhauen. Von mir erhalten Sie jegliche Unterstützung.«

»Danke, Sir.«

Bill legte auf.

Suko hatte mitgehört und grinste. »Der Alte ist ja ganz schön in Fahrt.«

Bill lachte. »Kein Wunder. Schließlich geht es um seinen besten Mann. So unterschiedlich die beiden auch sind, irgendwie hat Sir Powell den guten John ins Herz geschlossen. Du kennst die Typen doch, rauhe Schale, weicher Kern.«

Suko nickte. »Das stimmt.«

Die beiden mußten noch warten. Nach drei Minuten hielt ein Streifenwagen vor dem Haus. Ein Polizist brachte die Sprechfunkgeräte und erklärte die Frequenzen.

Er fuhr schnell wieder ab.

Bill strich über sein Kinn. »Ob die alte Dame wirklich zu ihrer Schwester gefahren ist, wie sie gesagt hat?«

Suko hob die Schultern. »Wir müssen es ihr glauben.«

»Der traue ich zu, daß sie den Weg zur Privatklinik eingeschlagen hat. Die ist noch vom alten Schrot und Korn.«

Während dieser Worte waren die beiden Freunde auf Bills Porsche zugegangen. Die Nacht war fast herum. Die ersten Frühaufsteher machten sich für die Morgenschicht fertig. Lastwagen donnerten durch die Straßen, um Frischware zu den Großmärkten zu schaffen.

London erwachte...

Und in Soho schlossen die letzten Lokale, um durchzuatmen, denn in einigen Stunden liefen die Shows bereits wieder an.

»Du weißt den Weg?« fragte Suko, als er die Tür zuzog.

Bill nickte und startete. Der Auspuff des Porsche röhrte wie ein liebeskranker Hirsch, dann rauschte der Wagen ab.

Bill fuhr konzentriert. Wie ein Brett lag der Porsche auf der Straße, und vor allen Dingen auf der Ausfallstraße konnte der Reporter etwas aufdrehen.

Sie zischten ab.

Bill Conolly war nervös. Im Licht der Instrumentenbeleuchtung wirkte sein Gesicht bleich. Die Lippen hatte er fest zusammengepreßt. Sie wirkten wie ein Messerrücken.

Die Lampen am Straßenrand huschten vorbei. Ihr Licht wurde zu hellen Streifen.

»Gib mir mal eine Zigarette«, sagte Bill.

Suko holte die Schachtel aus dem Handschuhfach.

»Danke.« Bill zündete das Stäbchen an.

Er rauchte so gut wie nie am Steuer, aber in dieser Situation brauchte er einfach ein Stäbchen.

»An was denkst du?« fragte Suko.

»Ob wir es noch schaffen?«

»Möglich.«

»Aber John ist auch kein heuriger Hase, der weiß sich zu helfen«, machte sich Bill Mut.

»Klar.«

Sie fuhren weiter. Der Porsche stach wie eine Rakete in die langsam grau werdende Nacht.

»Du mußt gleich abbiegen«, sagte Suko.

»Ich weiß.«

Die Reifen jaulten, als Bill Conolly den Wagen in die Kurve zog. Von jetzt ab fuhren sie langsamer.

Ein Hase huschte aufgeregt über die Straße, als die Scheinwerfer ihn erfaßten.

Der Stadtrand von London war sehr ländlich. Tagsüber konnte man viel Natur sehen, jetzt in der Nacht verschwamm alles im trüben Grau. Nebel kroch kniehoch über Felder und Wiesen.

Schemenhaft tauchten vereinzelt ein paar Gehöfte oder Bauernhäuser auf.

Dann schwamm die Straße plötzlich im Morgennebel. »Verdammt«, fluchte Bill, »ist das eine Suppe!«

Womit er recht hatte. Der Porsche war von einer grauen Wolke umhüllt. Bill Conolly nahm den Fuß vom Gaspedal und fuhr im Schrittempo weiter.

Suko hing an der Scheibe. Da er nichts sehen konnte, ließ er das Fenster auf Knopfdruck nach unten surren.

Der Nebel drang in den Wagen. Er waberte über den Weg, und Suko suchte nach einem Hinweisschild, das den Weg zur Klinik zeigte.

Er sah erst mal nichts.

Und auch Bill bemerkte etwas spät, daß der Weg in einer Kurve weiterführte. Fast hätte der Reporter den guten Porsche in den Graben gesetzt.

»Scheiß Wetter!« fluchte er.

»Da sagst du was.«

Im nächsten Augenblick war der Nebel verschwunden. Als hätte es ihn nie gegeben. Nur ein paar Schlieren trieben noch durch die Luft.

Und Suko entdeckte das Schild.

»Rechts ab!« rief er.

»Okay!« Bill lenkte den Wagen von der Straße, die doch ziemlich uneben gewesen war, auf einen glatt asphaltierten Weg. Er war sicherlich eine Privatstraße, die für die Besucher der Klinik angelegt worden war.

»Jetzt wird's gemütlich«, sagte der Reporter und schaltete die Scheinwerfer aus.

Dunkelheit überfiel sie. Nur im Osten schimmerte das Grau der Dämmerung.

Bill merkte die Müdigkeit. Er hatte in der Nacht nicht geschlafen. Seine Augen taten weh und waren rot umrändert.

Dem Chinesen sah man nichts an. Mit unbewegtem Gesicht hockte er auf dem Beifahrersitz und überprüfte die Beretta. Er fand sie in Ordnung.

Zusätzlich schaute er nach rechts und links. Suko behielt die Umgebung im Auge. Er wollte keine Überraschung erleben.

»Wir müßten schon auf dem Grundstück der Klinik sein«, meinte Bill. »Wenn ich mir so die Parkanlage anschaue.«

»Willst du deinen Flitzer nicht hier abstellen?«

»Wäre besser.«

Bill stoppte. Allerdings drehte er vorher den Wagen, damit er mit der Schnauze wieder zur Fahrtrichtung stand. Es war durchaus möglich, daß sie plötzlich fliehen mußten.

Sie checkten die Walkie-talkies durch.

Auf Bills Stichwort hin meldete sich die nächstgelegene Polizeistation.

Dort wußte man Bescheid.

Der Reporter war zufrieden. Es war gut, wenn man sich auf seine Rückendeckung verlassen konnte.

»Okay denn«, sagte der Reporter und nickte Suko zu. »Machen wir uns auf die Socken.«

Sie stiegen aus und hüteten sich, die Türen laut zuschnappen zu lassen. Hier konnte jeder Busch lange Ohren haben.

Zu Fuß gingen sie weiter.

Es war ruhig. Die gepflegten Bäume des Parks wirkten in der frühen Morgendämmerung irgendwie gespenstisch. Wie Boten aus einer fernen Welt.

Suko ging einen Schritt vor. Er lauschte konzentriert, aber selbst seine scharfen Ohren vernahmen keine verdächtigen Geräusche. Doch weiter vorn schimmerte Licht. Sie konnten es besser sehen, als ihnen ein dicker Eichenbaum nicht mehr die Sicht nahm.

»Das ist die Klinik«, flüsterte Bill Conolly.

Und plötzlich durchdrang ein fremdes Geräusch die Stille.

Das hochtourige Heulen eines Motors.

»Sieht nach einer Flucht aus!« kommentierte Bill Conolly und begann zu rennen.

Auch Suko hielt mit.

Im nächsten Augenblick sahen sie die Scheinwerferlanzen eines Wagens, der aus einer tiefer gelegenen Garage gefahren kam. Das Licht streifte sie kurz.

Sie sahen aber auch noch etwas anderes.

Eine riesige Gestalt, die plötzlich im hellen Schein der beiden Strahlen auftauchte.

»Verdammt, das ist Tokata!« zischte Suko, und er hatte es auf einmal mehr als eilig...

In ihrer Nervosität hatte die alte Dame auf den falschen Knopf gedrückt. Sie wollte eigentlich ins Erdgeschoß, um die Klinik zu verlassen, doch der Lift brachte sie in die erste Etage, von wo aus sie Mr. Mondo angerufen hatte.

Und dort lief ihr O'Brien über den Weg. Der Mann war hochrot im Gesicht und hielt mit der rechten Hand einen Gummiknüppel umklammert.

Als er die Frau sah, blieb er stehen. »Was machen Sie denn noch hier?« fuhr er sie an. »Verschwinden Sie. Hier herrscht Alarm.«

»Was ist denn passiert?«

»Weiß ich auch nicht, wir sollen in den Keller kommen.«

Andere Türen wurden aufgestoßen, und zwei weitere Pfleger erschienen, die sich O'Brien anschlossen.

Im Nu waren die Fahrstühle besetzt.

Ab ging es.

Lady Sarah war wieder allein. Auf Zehenspitzen huschte sie in O'Briens Büro.

Wenn das keine Gelegenheit war, die der Zufall ihr in die Hände gespielt hatte.

Dort stand das Telefon.

Die Nummer der Polizei wußte sie auswendig. Die hätte sie sogar im Schlaf aufsagen können.

Sie wählte mit zitternden Fingern. Dann haspelte sie ihre Meldung herunter, erzählte von einem Mordversuch und einem Aufstand in der Klinik. Ihrer Meinung nach konnte man es gar nicht schlimm genug machen.

Man versprach ihr, einen Wagen zu schicken.

Allerdings ahnte Lady Sarah nicht, daß sich auch die Bereitschaftspolizei im Revier aufhielt.

»Was sollen wir tun?« fragte der Beamte. »Da hat eine hysterische Alte angerufen.«

»Woher wissen Sie, daß es eine Alte war?«

»Die Stimme klang so, Sir.«

Der Einsatzleiter, ein Captain, überlegte. »Nein«, entschied er. »Wir unternehmen nichts. Vielleicht ist die Alte wirklich verrückt. Von Conolly haben wir nichts gehört.«

Die Beamten nickten. In einer Irrenanstalt aufzuräumen war ihnen sowieso suspekt.

Und so kam es, daß durch ein Mißverständnis die Polizei vorerst nicht eingriff und sich drei mutige Männer gegen eine ganze Horde von Gegnern zu verteidigen hatten...

Die verfluchte Tür klemmte!

Ich konnte sie einfach nicht öffnen, und Tokata, dieses Ungeheuer, kam immer näher.

Vor seinem Schwert hatte ich einen ungeheuren Horror. Damit

konnte er mich in Stücke hauen und brauchte sich nicht einmal anzustrengen.

Mit aller Kraft warf ich mich gegen die Tür.

Einmal, zweimal...

Sie sprang auf.

Endlich.

Genau in dem Moment schlug Tokata zum erstenmal zu. Er führte die schwere Klinge, als wäre sie leicht wie eine Feder, obwohl ihm dabei nur ein Arm zur Verfügung stand.

Das höllische Schwert hieb in den Rover, und es spaltete ihn in zwei Hälften!

Jawohl!

Funken sprühten auf, es knisterte, Blech kreischte, wurde von der Klinge buchstäblich zersägt, und es war wirklich mein Glück, daß ich mich rasch genug aus dem Rover hatte katapultieren können.

Ich kam gut auf und rollte mich über die Schulter ab. Hinter mir zerstörte Tokata den Fluchtwagen, wie ich mit einem schnellen Blick erkannte.

Einen zweiten Schlag setzte er an wie eine Parabel. Das Schwert sauste von oben nach unten, und wieder hieb es in den Wagen hinein, zerschnitt das Metall, als wäre es Butter.

Ich gelangte auf die Füße und rannte weg. Nach zwei Schritten schon fiel ich in ein Gebüsch hinein, weil ich auf dem feuchten Boden ausgerutscht war. Ich wußte nicht, ob Tokata mich gesehen hatte. Auf jeden Fall ließ er von dem Rover ab und drehte sich im Kreis.

Dann waren die übriggebliebenen Robotmenschen da. Sie hetzten aus den unterirdischen Gängen und nahmen Kurs auf den Rover. Wahrscheinlich vermuteten sie mich in den Trümmern.

Tokata tat ihnen nichts. Er erkannte sie als Wesen an, die zu ihm gehörten.

»Ist er da drin?« hörte ich die kratzige Stimme eines Robotmenschen.

Tokata hob die Schultern.

Die beiden schauten nach.

Einer fluchte wild. »Verdammt, er ist nicht da! Der ist entkommen. Hol's der Teufel!«

Tokata fuhr herum. »Entkommen? Wer ist entkommen?«

»Dieser Hundesohn, den wir zu einem Werwolf machen wollten.«

Noch war mein Name nicht gefallen. Ich hoffte, daß dieses so blieb, denn wenn Tokata Sinclair hörte, drehte er bestimmt völlig durch.

Ich duckte mich hinter den Zweigen und versuchte, mich noch kleiner zu machen.

»Wo kann er denn sein?« schrie Nummer eins. »Hast du ihn nicht gesehen?«

Tokata schüttelte den Kopf.

»Dann müssen wir ihn suchen. Wenn er entkommt, ist alles zu spät.«

Sie teilten sich.

Ich zog mich noch weiter zurück.

Inzwischen waren auch die Kranken in der Klinik erwacht. Ich hörte Schreie und Rufe. Fäuste hämmerten gegen Türen und Wände, wobei die dumpfen Echos an meine Ohren drangen.

Es war die Hölle.

Chaos in der Klinik, das hatte mir gerade noch gefehlt. Vorsichtig erhob ich mich aus meiner Deckung, als ich sah, daß meine beiden »Freunde« in eine andere Richtung gingen.

Mein Plan stand längst fest. Ich wollte zurück in die Höhle des Löwen, denn dort vermutete mich bestimmt niemand. Dieser Mondo mußte unschädlich gemacht werden.

Und nicht nur er.

Wahrscheinlich befand sich auch Dr. Tod dort, mein spezieller Freund und Kupferstecher. Vielleicht konnte ich ihn und Mondo in einem Aufwasch erledigen.

So dachte ich Narr wirklich, wobei ich nicht ahnte, was mich in den nächsten Minuten erwartete.

Am Boden gruben sich meine Finger in das feuchte Gras. Das Gelände führte ein wenig bergab, und das nasse Gras machte es leicht rutschig.

Geduckt huschte ich weiter. Der Buschgürtel deckte mich zu Tokata hin.

Dann erreichte ich eine frei Rasenfläche. Sie mußte ich überqueren und würde auf die gewundene Treppe stoßen, die zum Eingangsportal führte.

Aber das war nicht der Sinn der Sache. Auf der Treppe hätte man mich zu leicht gesehen.

Zudem schienen wirklich alle Pfleger mobilisiert zu sein. Sie stürmten aus dem Haus. Ich zählte acht Männer in ihren hellen Anzügen.

Trotzdem lief ich auf die Treppe zu und ging hinter einer Säule in Deckung.

Die Pfleger verteilten sich. Ein Mann gab lautstark Anweisungen, und die Männer begannen, den Park abzusuchen. Plötzlich flammten Scheinwerfer auf. Ihre hellen Bahnen durchschnitten das Grau der Morgendämmerung, und ich sah, wie die feuchten Nebelwolken innerhalb der Lichtlanzen umherwallten.

Der Typ, der seine Anweisungen gegeben hatte, blieb auf der Treppe zurück.

Für mich eine gute Chance.

Ich setzte in diesem Augenblick alles auf eine Karte, verließ meine Deckung und lief auf den Mann zu.

Er sah mich und nahm eine gespannte Haltung an. Er sah aber nicht meine Beretta, die ich in der Hand hielt, weil ich den rechten Arm eng an den Körper gepreßt hatte.

Bevor er irgend etwas unternehmen konnte, stand ich neben ihm, und dann schaute er in die Mündung der Waffe.

Der Mann erstarrte.

Ich lächelte ihn kalt an. »Okay, Freund, du kannst es dir aussuchen. Willst du Ärger, oder kommen wir friedlich miteinander aus?«

»Friedlich«, sagte er.

»Um so besser.«

»Wo steckt Mondo?«

»Ich weiß es nicht.«

»Ich dachte, wir hätten uns geeinigt?«

Er verzog das Gesicht. »Ehrlich, ich weiß es wirklich nicht. Es gab Alarm, und dann tritt automatisch ein Plan in Kraft, das ist alles. Sie müssen mir glauben.«

Das nahm ich ihm sogar ab. Trotzdem konnte er etwas für mich tun. »Wie komme ich in den Keller?«

Er deutete in die Richtung, aus der ich geflohen war.

»Nein, ich will einen anderen Weg nehmen.«

Der Pfleger wollte anfangen zu lügen, doch als er meinen Blick sah, änderte er seine Meinung. »Wir müssen aber um das Gebäude herum.«

»Das ist mir egal. Los jetzt! Denken Sie immer daran, was ich in der Hand halte.«

»Ist ja nicht zu übersehen.«

Wir hatten bisher nicht im Licht des Scheinwerfers gestanden und wollten auch während unseres kleinen Spaziergangs nicht in den Strahl geraten.

Das sagte ich dem Pfleger mit deutlichen Worten.

»Schon klar«, meinte er.

Wir verließen die Treppe. Der Rasen dämpfte unsere Schritte bis zur Geräuschlosigkeit. Hintereinander marschierten wir her. Der Pfleger hatte seinen Kopf in den Nacken gezogen. Ich sah seine gewaltigen Oberarmmuskeln. Er hatte bestimmt Routine darin, widerspenstige Typen zur Räson zu bringen.

Wir durchquerten eine kleine Mulde, die uns der Sicht vom Haus her entzog.

Dann erreichten wir einen schmalen Weg, der im Bogen unter den Ästen einer alten Platane herlief und auf die Rückseite des Gebäudes zuführte.

Ich sah auch ein Hinweisschild, das für die Proviant- und Materialfahrer gedacht war.

Der Weg endete auf einem kleinen Platz, wo die Wagen abgeladen werden konnten.

Eine Außentreppe führte zu einer Kellertür hinunter.

»Da müssen Sie rein«, sagte der Pfleger.

»Okay, Sie gehen vor!«

Er zögerte. »Haben Sie sich überhaupt Chancen ausgerechnet?«

»Das lassen Sie mal meine Sorge sein.«

»Ich meine ja nur.« Er trottete los. Seinen Kopf hielt er gesenkt, es schien, als hätte er aufgegeben.

Ich war vorsichtig. Und gut, daß ich achtgab, denn kaum hatte der Knabe die dritte Stufe erreicht, da wirbelte er auf der Stelle herum und griff mich trotz der Beretta an.

Eiskalt zog er seine rechte Faust von unten nach oben hoch, wollte mir die Waffe aus der Hand hämmern, doch mein Fuß war schneller.

Er traf ihn wie ein Rammbock.

Der Kerl riß die Arme hoch, als wollte er mit den Fingern den Himmel greifen, was ihm natürlich nicht gelang. Dafür stürzte er die Treppe hinunter.

Es war ein schwerer Fall, und ich hatte wirklich Angst, daß er sich etwas brechen würde, doch meine Befürchtungen bewahrheiteten sich nicht. Er hockte stöhnend auf dem Boden und wischte sich einen schmalen Blutstreifen von der Oberlippe.

»Das hätten Sie sich ersparen können«, fuhr ich ihn an. »Hoch jetzt!«

Er stützte sich an der Mauer ab und kam jammernd auf die Beine.

Ich deutete mit der freien Hand auf die Holztür. »Da hinein!«

Er mußte erst einen Schlüssel hervorholen, mit dem er aufschloß. Er verschwand in einem stockdunklen Keller, und ich blieb immer hinter ihm.

Gerade als ich den Keller betrat, hörte ich Schüsse. Dem Klang nach mußten sie vor der Anstalt aufgepeitscht sein. Es war kein dumpfes Wummern, sondern ein trockenes Bellen, wie bei einer Beretta.

Sollte ich Unterstützung erhalten haben?

Freiwillig knipste der Pfleger das Licht an. Eine trübe Birne erhellte den Keller.

Hier lagerten wirklich Vorräte. Ich sah auch eine Rutsche, wie man sie für Bierfässer benutzt, wenn diese nach unten gerollt werden. Sie endete vor einem Fensterschacht.

Ohne daß ich ihn extra dazu auffordern mußte, setzte der Mann seinen Weg fort. Wir passierten gewaltige Holzkisten und auch Kartons, die, sorgfältig gestapelt, bis zur Decke reichten.

Vor einer weiteren Tür blieb der Pfleger stehen.

»Wo geht es danach hin?« wollte ich wissen.

»In den Keller.«

»Zu Mondo?«

»Ja.«

»Was wissen Sie über ihn?« fragte ich.

»Nichts, gar nichts.« Die Antwort kam zu schnell, um wahr zu sein. Er log, wahrscheinlich wußte er über die schrecklichen Experimente seines Chefs Bescheid.

Er öffnete.

Licht flutete uns entgegen. Helles Leuchtstoffröhrenlicht. Ich schaute an dem Pfleger vorbei in den Keller. Ein schmaler Korridor mündete in einen breiten Gang.

Von jetzt an wußte ich Bescheid.

Mit dem Waffenlauf schlug ich zu. Und diesmal sackte der Pfleger zusammen. Bewußtlos blieb er liegen. Ich zerrte ihn neben einen Stapel Kisten und machte mich allein auf den Weg, um Mondo und Konsorten zu suchen.

Stimmen hörte ich auch nicht, auch keine Schritte. Ich konnte davon ausgehen, daß die Gänge hier unten ziemlich leer waren. Das verhinderte eine schnelle Entdeckung.

Ich verließ den Keller und drückte die Tür leise ins Schloß. Meine Beretta hielt ich nach wie vor schußbereit. Auch hatte ich mir das Kreuz vor die Brust gehängt.

Man konnte nie wissen...

Auf Zehenspitzen bewegte ich mich weiter und peilte zuvor in den breiteren Gang hinein, ehe ich ihn betrat.

Leer lag er vor mir.

Dann riskierte ich es.

Dicht an der Wand schlich ich entlang. In diesem Teil des Gebäudes befand ich mich zum ersten Mal. Gekämpft hatte ich weiter vorn. Und da wollte ich auch hin.

Diesmal war ich es, der ihnen die Rechnung diktierte.

Nach wenigen Schritten entdeckte ich links eine Nische. Dort führte eine Nottreppe durch einen Schacht nach oben. Der Schacht trug den Schall bis zu mir hin.

Ich vernahm aufgeregte Stimmen und hörte auch ein schrilles Kreischen.

Höchstwahrscheinlich waren die Kranken unruhig geworden. So etwas blieb nicht aus.

Noch hatte mich niemand entdeckt, doch ich glaubte einfach nicht, daß mir das Glück weiterhin treu bleiben würde.

Eine Tür hielt mich auf.

Ich öffnete sie nur wenig.

Durch den Spalt peilte ich abermals in einen kleinen Korridor. Allerdings stand dort, nur wenige Schritte von der Tür entfernt, eine Luke im Boden offen.

Warum?

Das interessierte mich brennend. Nachdem ich mich davon überzeugt hatte, daß die Luft rein war, schlich ich los und blieb neben der Luke stehen.

Ich schaute in die Tiefe.

Eine Holzleiter endete auf einem Betonboden. Und dort unten mußte der Gang herlaufen, den ich bereits kannte. Himmel, war das ein verwinkeltes Gebäude.

Es blieb mir nichts anderes übrig, als die Leiter hinunterzuklettern, falls ich Erfolg haben wollte. Und so stieg ich vorsichtig Stufe für Stufe hinab.

Schon auf der Hälfte der Treppe sah ich, daß ich mich nicht getäuscht hatte.

Auf dem Boden lag der Typ, den ich überfahren hatte. Inmitten von Glassplittern und mit seltsam verdrehtem Kopf.

Die letzten drei Stufen sprang ich hinunter und blieb stehen, um die Lage zu orten.

Schräg vor mir befand sich der Raum, in dem ich gegen die vier Monster gekämpft hatte. Das Labor und Arbeitszimmer mußten sich also in meinem Rücken befinden.

Ich drehte mich um.

Und ich sah die Tür.

Ja, durch die war ich beim erstenmal geführt worden.

Innerlich spürte ich das Fieber, das mich gepackt hielt. Ich hatte es ja nicht nur mit einem Gegner zu tun, sondern mit mehreren. Denn ich rechnete fest damit, daß Dr. Tod und Lady X auch mit von der Partie waren.

Zum Glück befand sich Tokata nicht in der Nähe. Gegen ihn konnte ich nichts ausrichten. Auch nicht mit meinem Kreuz, denn diese für mich so wertvolle Waffe entstammte einer völlig anderen Mythologie. Ich wollte auch Dr. Tod meinen Bumerang abnehmen, den er auf der verfluchten Insel so triumphierend hochgehalten hatte.

Drei Schritte trennten mich noch von der Tür.

Da wurde sie aufgestoßen.

»Okay, Doktor, wir werden das regeln. Wir...«

Zwei Pfleger standen mir plötzlich gegenüber. Sie waren ebenso geschockt wie ich, vielleicht eine Idee stärker, denn ich ließ sie in die Mündung meiner Beretta blicken.

»Keinen Laut!« drohte ich.

Sie schluckten. Die Farbe wich aus ihren Gesichtern. Mit meinem Auftauchen hatten sie sicherlich nicht gerechnet.

Ich hätte mir natürlich den Weg freischießen können, aber vor mir standen Menschen und keine Monster.

Ich schlug zu.

Der Waffenlauf traf den Hals des ersten Pflegers. Der Mann gurgelte, taumelte zurück und fiel gegen den Türpfosten. Dort verdrehte er die Augen und sackte in die Knie.

Der Weg war frei, denn mit dem anderen wollte und konnte ich mich nicht beschäftigen. Ich hatte einen Blick in den Raum hineinwerfen können und sah Dr. Tod.

Auch er war erstaunt. Dann verzerrte sich sein Gesicht voller Haß.

»Sinclair!« gurgelte er.

Mondo, der mit einer schwarzhaarigen Frau zusammen vor einem offenen Schrank gestanden hatte, wirbelte ebenfalls herum und stieß einen Fluch aus.

Ich blieb stehen. »Keiner rührt sich!« peitschte meine Stimme.

Und dann erhielt ich einen Schlag in den Rücken. Verdammt, der zweite Pfleger!

Ich hatte ihn nicht sehen können. Plötzlich wurde mir die Luft knapp, ich versuchte zu atmen, aber es ging nicht. Mein Gesicht verzerrte sich voll unendlicher Pein, ich stolperte vor, wollte den rechten Arm heben, doch er war plötzlich schwer wie Blei.

Ich brachte die Beretta einfach nicht hoch.

Die Gesichter der beiden Männer verschwammen vor meinen

Augen zu teigigen, dämonischen Fratzen. Übergroß wurden ihre Köpfe, und ich hörte das häßliche Lachen.

Dann fiel ich zu Boden.

Auch diesen Fall merkte ich bis in den letzten Gehirnwinkel. Er löschte mein Bewußtsein zwar nicht aus, aber er versetzte mich in den Zustand zwischen Wachen und Träumen.

Den Tritt in die Seite merkte ich kaum.

»Weg von ihm!« hörte ich Dr. Tods Stimme. Dann wandte er sich an die Frau. »He, Lady X, jetzt hast du ihn. Jag ihm das Blei in den Körper, damit er endlich stirbt. Ich will kein großes Aufheben mehr um diesen Bastard machen!«

Das war ein glattes Todesurteil!

Und ich lag auf dem harten Boden und konnte nichts dagegen unternehmen.

Sie hatten mich geschafft.

»Dreh ihn um!« vernahm ich Pamela Scotts haßerfüllte Stimme. »Ich will sein Gesicht sehen, wenn ich schieße!«

Rauhe Hände packten mich und schleuderten mich auf den Rücken. Auf einmal konnte ich wieder etwas klarer sehen. Deutlich erkannte ich die handliche Maschinenpistole, die Lady X in ihren Händen hielt. Daß sie damit umgehen konnte, hatte sie als Terroristin genügend bewiesen.

Sie senkte die Waffe.

Dr. Tod und auch Marvin Mondo traten neben die Frau und rahmten sie ein.

»Wie lange habe ich auf diesen Tag gelauert!« keuchte Solo Morasso alias Dr. Tod. »Wie lange!«

»Willst du ihn nicht selbst erledigen?« fragte die Scott und warf mit einem Ruck ihre lange Mähne zurück.

»Nein, ich schaue zu!«

»Okay.«

Sie trat einen halben Schritt zurück, damit sie einen besseren Schußwinkel hatte.

Im nächsten Augenblick würde die Sekunde meines Todes, vor der ich immer solch große Angst gehabt hatte, da sein.

Und diesmal gab es keinen, der mir half. Vielleicht waren Bill und Suko in der Nähe oder auch Jane, denn ich hatte das Peitschen einer Beretta vernommen, doch woher sollten sie wissen, wo ich mich befand?

Sie konnten mir gar nicht helfen, selbst wenn sie es gewollt hätten.

Es war grausam...

»Jetzt!« sagte die Frau.

Und da mischte sich Mr. Mondo ein. »Halt!« rief er und stieß die Frau an. Sie hatte aber schon abgedrückt. Eine Feuergarbe spie aus der Mündung, die Kugeln hackten in den Boden und surrten als Querschläger davon.

Einer zertrümmerte die Scheibe eines Glasschranks. Zwei weitere zerstörten ein Gewirr von Kabeln. Blitze zuckten auf, und augenblicklich roch es nach verschmortem Gummi.

»Bist du wahnsinnig«, fuhr Lady X den Mann an. Sie wollte herumschwenken und die Waffe wieder auf mich richten, doch Mondo stellte sich vor mich und breitete die Arme aus.

»Ich habe einen anderen Vorschlag«, sagte er.

»Und welchen?« fragte Dr. Tod hart, dem die Entwicklung ebenfalls nicht gefiel.

»Ich habe euch doch von meinem Serum erzählt.«

Sekundenlang breitete sich Schweigen aus. Und plötzlich begannen Lady X und Dr. Tod zu lachen.

»Ja«, schrie die ehemalige Terroristin, »das ist die Idee. Teufel, die ist gut!«

Ich aber erschrak bis ins Mark. Dann lieber den Tod, als sich zum Werwolf machen zu lassen.

»Hol es!« befahl Morasso und rieb sich die Hände, während er mich betrachtete. »Zum letztenmal als Mensch, Sinclair. Bald wirst du ein Werwolf sein und auf die Jagd nach Opfern gehen. Du wirst Blut brauchen und dafür töten und morden. Und wir werden dir dabei zusehen. John Sinclair, ein Werwolf! Wahrlich, darauf bin selbst ich nicht gekommen. Das ist ja besser als eingefroren.« Er lachte hohl.

Mondo kam zurück. Diesmal hielt er die fertige Spritze bereits in der rechten Hand. Die Augen hinter seiner Brille funkelten. »So habe ich doch noch Ersatz für den, den du umgebracht hast.«

Ich merkte gar nicht, daß er plötzlich besser informiert war als zuvor, ich versuchte meine Kräfte zu sammeln, doch der Schlag war einfach zu hart gewesen.

Ich schaffte es nicht.

»Das Kreuz muß weg!« sagte Mondo.

Die Scott nickte, bückte sich, streifte mir die Kette über den Kopf und schleuderte das wertvolle Kreuz in eine Ecke des Raumes. Sie konnte es anfassen, denn sie war kein Dämon.

»Alles klar?« fragte Solo Morasso.

Und die Scott hielt mich mit der Maschinenpistole im Schach, ihrem Lieblingsspielzeug.

Marvin Mondo bückte sich.

Dann stieß er blitzschnell zu. Er rammte die Spitze durch meine Kleidung, ich spürte einen schmerzhaften Stich im linken Arm und sah, wie Mr. Mondo sämtliche Flüssigkeit aus dem kleinen Zylinder preßte.

Im nächsten Augenblick verschwamm alles vor meinen Augen...

ENDE

Königin
der Wölfe

Wie ein gewaltiges Gebirge hob er sich vor der Front der Klinik ab. Ein Ungeheuer, aus der Hölle gekommen, dem Teufel verschworen.

Tokata, der Samurai des Satans!

Suko und Bill Conolly sahen ihn gleichzeitig. Und sie sahen sein mörderisches Schwert, mit dem er zuschlug. Sie konnten nicht erkennen, was das Ziel der Klinge war, sie sahen nur das Sprühen von Funken und vernahmen das Knirschen und Kreischen von gequältem Blech.

Suko, der Bill überholt hatte, blieb plötzlich stehen. Er hatte ein besseres Sichtfeld.

»Verdammt, der schlägt einen Wagen in Trümmer!«

»Wieso?«

»Einen Rover!« Suko deutete nach vorn.

Im selben Augenblick sahen beide die Gestalt, die da aus dem Wagen hechtete und in einem Gebüsch verschwand.

John!« rief Bill Conolly. »Verdammt, das ist doch John!«

Suko hob nur die Schultern. Er wandte sich bereits dem riesenhaften Samurai zu. Seine Beretta hielt er schußbereit in der rechten Hand.

Das Gelände führte ein wenig in die Höhe. Sie liefen auf einen künstlich angelegten Hügel zu. Überhaupt stand die Klinik in einem Park, in dem es nichts Natürliches mehr zu geben schien. Dafür wirkte das Ganze zu gepflegt, zu künstlich.

»Sagen wir Bescheid?« fragte Suko.

Bill nickte. Er holte das Sprechfunkgerät aus der Tasche und hatte innerhalb weniger Sekunden Verbindung mit dem in der Nähe liegenden Revier.

»Hier Wildschwalbe. Ihr könnt!«

»Roger!«

Bill steckte das Gerät wieder weg. Was nun folgte, war Sache der Polizei. Die Jungs hatten darin Routine. Doch Bill und Suko wollten Tokata, den Samurai des Satans, angreifen. Zu zweit konnten sie ihn vielleicht erledigen.

Beide besaßen Silberkugel-Pistolen.

Wenn sie Tokata von zwei Seiten unter Feuer nahmen, war es vielleicht zu schaffen.

»Packen wir's!« schrie Bill.

»Sicher!«

Die beiden Männer rannten direkt auf Tokata zu, der neben dem zerstörten Wagen stand.

Der Reporter feuerte.

Er schoß zu überhastet, und obwohl Tokata ein gutes Ziel bot, zupfte die Kugel nur an seiner Schulter. Sie tat ihm nichts. In Höhe der Brust wurde die mörderische Gestalt sowieso durch den dicken Lederpanzer geschützt. Sie mußten schon durch die Maske schießen, wenn sie etwas erreichen wollten.

Doch erstens kommt es anders – und zweitens als man denkt.

Plötzlich waren zwei andere da.

Bill und Suko hatten sie gar nicht gesehen. Erst als ihre Schatten links von ihnen erschienen und sie angesprochen wurden, blieben sie stehen.

»Vorsicht«, sagte Suko, »die haben nichts Gutes im Sinn!«

Wie recht er damit hatte, bewiesen die nächsten Sekunden, denn ohne Vorwarnung griffen die Kerle an. Sie schwangen ihre Schlagstöcke, um sie Bill und Suko auf den Schädel zu dreschen.

»Bleibt stehen!« schrie der Reporter.

Er hätte ebensogut gegen eine Wand sprechen können. Dafür zielte der erste Hieb gegen seinen Kopf.

Bill duckte sich.

Dann schoß er.

Er hatte auf das Bein gezielt, traf auch, aber ein Erfolg trat nicht ein.

Der Kerl knickte zwar zusammen, aber er ging weiter, und dabei lachte er noch rauh.

Bill war überrascht. »Verdammt!« keuchte er. »Das gibt es doch nicht...«

Eine Idee zu lange hatte er gezögert, und das rächte sich. Der Angeschossene streckte sich plötzlich, dann fuhr sein rechter Arm nach unten, und erst jetzt sah Bill den biegsamen Knüppel aus Glasfiber.

Der Reporter tauchte zur Seite.

Nicht schnell genug.

Seinen Kopf traf der Knüppel zwar nicht, dafür aber die rechte Schulter, und das tat höllisch weh. Bill Conolly zuckte zusammen, sein Gesicht verzerrte sich, er mußte zurück, und für die nächsten Augenblicke war Tokata vergessen.

Der Reporter muße sich um sein eigenes Leben kümmern. Die Person setzte nach. Und sie schlug um sich wie ein Roboter. Bill wehrte zwar einige Schläge ab, aber irgendwann würde er die Hiebe nicht mehr abfangen können.

Da griff Bill Conolly zu einem Trick.

Er ließ sich fallen, landete hart auf dem Rücken, zog beide Beine an, und als sein Gegner das nächste Mal zuschlug und sich dabei vorbeugte, preßte ihm der Reporter die Füße gegen die Brust. Dann stemmte er sich ab und schleuderte den Kerl uber seinen Kopf hinweg zu Boden.

Er hörte den dumpfen Aufprall und ein wildes Schnaufen. Bill war sofort wieder auf den Beinen und sah aus den Augenwinkeln, wie Suko mit dem zweiten kämpfte.

Beide Gegner rollten über den Boden. Es war ein hartes Ringen, und dabei sah es aus, als sollte Suko nicht der Sieger sein, denn der andere hatte mörderische Kräfte.

Im nächsten Augenblick mußte sich Bill wieder auf seinen Gegner konzentrieren, denn er stand schon wieder und attackierte.

Diesmal ging der Reporter voll in den Mann hinein. Dabei hatte er zu einem Karateschlag ausgeholt, den er nur in äußersten Notsituationen anwandte.

Und er traf.

Plötzlich wurden Bills Augen groß, denn was er sah, war einfach unfaßbar.

Der Kopf des Mannes löste sich plötzlich vom Hals, kippte nach hinten und blieb an einem dünnen Draht hängen. Dabei schwang er auf und nieder wie ein Pendel.

»Nein!« flüsterte Bill. »Das... das... gibt's doch nicht. Das ist ein... Roboter!«

Conolly hatte recht. Er und Suko kämpften nicht gegen normale Menschen, sondern gegen künstliche – eben Roboter.

Bill dachte sofort weiter.

Welches Geheimnis verbarg sich hinter den Mauern dieser Klinik? Wurden hier die Roboter gezüchtet oder hergestellt?

Es lag auf der Hand, aber Bill hatte keine Zeit, weiter darüber nachzudenken, denn der Robotmensch packte seinen Kopf und setzte ihn wieder auf den Hals, als wäre nichts geschehen.

Einfach so.

Bill wuchtete vor. Ehe sich der Kerl versah, hatte er ihm den Knüppel aus der Hand gerissen. Jetzt war der Robotmensch waffenlos und längst nicht mehr so gefährlich.

Neben sich vernahm Bill Conolly einen grunzenden Laut. Sukos Gegner hatte ihn ausgestoßen, als der Chinese ihn mit einem Hebelwurf über die Schulter schleuderte.

So allerdings waren die Robotmenschen nicht auszuschalten. Die konnten kämpfen bis zum Geht-nicht-mehr. Sie standen immer wieder auf, denn sie waren auf eine normale Art und Weise nicht umzubringen.

Von Tokata sahen Bill und Suko nichts. Der Samurai des Satans war verschwunden.

Wohin?

Bill wollte Suko fragen, ob er etwas bemerkt hatte, aber da geschah plötzlich etwas Schreckliches.

Es begann mit einer kleinen Detonation.

Ruckartig blieben die beiden Robotmenschen stehen. Und im nächsten Augenblick zerplatzten ihre Köpfe. Bläuliches Licht zuckte auf, Funken sprühten, bildeten eine helle Lichtbrücke, Drähte sprangen hervor, die gesamte Elektronik wurde ausgespien.

Dann war plötzlich nichts mehr.

Nur noch ein Torso, der langsam zu Boden kippte.

Mit Sukos Gegner war das gleiche geschehen. Sein Kopf existierte ebenfalls nicht mehr.

Bill wischte sich über die Stirn, als er den Chinesen anblickte. »Verstehst du das?« fragte er.

»Kaum.«

»Wahrscheinlich eine Fernzündung«, vermutete der Reporter.

»Ja.«

»Und Tokata?«

Suko hob die Schultern. »Rückzug nennt man das wohl«, sagte er. »Dazu zähle ich auch die Explosionen.«

»Fragt sich nur, wo John steckt.«

»Das möchte ich auch gern wissen.«

Innerhalb der Klinik war ebenfalls der Teufel los. Überall brannte jetzt Licht. Hinter den Fenstern sahen sie die Insassen aufgeregt hin- und herhuschen. Sie hörten die Schreie, es war ein regelrechtes Chaos entstanden.

»Das ist gesteuert worden«, sagte Bill. »Die drehen da durch. Los, wir müssen John suchen.«

Doch erst einmal warteten sie ab, denn plötzlich jaulten die Sirenen der heranrasenden Polizeiwagen. Blaulicht zuckte geisterhaft durch die Dunkelheit. Im nächsten Augenblick wimmelte es von Uniformierten. Ein Captain lief auf Bill Conolly zu.

»Sind Sie klargekommen?« fragte er.

»Bis jetzt ja. Nur in der Klinik scheint das reine Chaos zu herrschen. Da hat jeder die Orientierung verloren.«

Der Captain nickte. Dann teilte er seine Leute in drei Gruppen ein. Eine Gruppe deckte die Rückseite der Klinik, während die zwei anderen das Gebäude stürmten.

Bill und Suko schlossen sich den Polizisten an. Sie wollten nach ihrem Freund Ausschau halten.

Der Captain blieb noch an ihrer Seite. »Wir haben schon einige Minuten zuvor einen Anruf erhalten«, erklärte er.

»Von wem?«

Der Captain stieß die Tür auf. »Von einer Frau. Sarah Goldwyn. Sie erzählte von einem Mordversuch in der Klinik und von dem Aufstand. Da wir aber nichts von Ihnen gehört hatten, nahmen wir an, daß es sich um eine Spinnerin handelte.«

»Das war genau falsch«, sagte Bill, dem plötzlich einiges klar wurde.

Sarah Goldwyn war auch hier. Auf eigene Faust hatte sie dieses Abenteuer unternommen und dabei offenbar einen Mordversuch in der Klinik beobachtet.

Bill wurde plötzlich heiß und kalt zugleich.

Mordversuch an wem?

An John Sinclair vielleicht?

»Was ist? Sie sind auf einmal so blaß geworden«, sagte der Einsatzleiter.

»Ich will Ihnen ja nichts, Captain, aber vielleicht haben Sie da einen großen Fehler gemacht, indem Sie nicht auf den Anruf näher eingegangen sind.«

»Wie meinen Sie das?«

»Wie ich es sagte. Wir hätten auf die Frau hören sollen, denn wir vermissen nach wie vor Oberinspektor Sinclair. Wahrscheinlich hat man ihn umbringen wollen, und das hat die Anruferin wohl mit dem Begriff Mordversuch gemeint.«

Der Captain schluckte. »Verdammt, das konnte ich nicht wissen.«

»Ich mache Ihnen auch keinen Vorwurf.«

»Wir werden diese verfluchte Klinik auf den Kopf stellen. Wir drehen das unterste nach oben, darauf können Sie sich verlassen.«

»Denken Sie lieber an Straßensperren.«

Der Captain grinste. »Ist schon erledigt, Mr. Conolly.« Im nächsten Augenblick verstummten beide, denn ein typisches Geräusch war an ihre Ohren gedrungen.

Rotorenflappern.

»Verflucht, ein Hubschrauber!« preßte der Captain hervor.

Er machte auf der Stelle kehrt und rannte aus der großen Eingangshalle wieder nach draußen.

Bill Conolly folgte ihm auf dem Fuß.

Beide sahen sie die schwere Maschine, wie sie vom Boden abhob und schon so hoch war wie das Dach der Klinik. Dann drehte sie ab, ohne Positionsleuchten gesetzt zu haben.

»Verdammt!« zischte der Captain. »Die kriegen wir noch.«

»Was haben Sie vor?« fragte Bill.

»Wir werden das Ding abschießen«, erklärte der Captain kalt und nickte dazu.

Bill wiegte zweifelnd den Kopf. Das gefiel ihm nicht.

Auch Suko hatte die Worte des Polizeioffiziers gehört. Und er war völlig dagegen. »Das würde ich an Ihrer Stelle nicht befehlen, Sir«, sagte er.

Der Captain fuhr herum. »Und warum nicht?«

»Weil wir noch keine Spur von John Sinclair haben.«

»Den finden wir schon. Meine Leute durchsuchen diesen Fuchsbau. Irgendwo wird Sinclair stecken.«

»Trotzdem, lassen Sie den Helikopter nur per Radar verfolgen«, forderte jetzt auch Bill.

Damit machte er den Polizisten noch saurer, als dieser ohnehin schon war, weil er seine Kompetenzen beschnitten sah. »Muß ich mir das eigentlich von Ihnen sagen lassen?« fauchte er den Reporter an.

»Nein, aber Sie können sich an Superintendent Powell wenden. Der wird Ihnen die richtige Antwort geben.«

Der Captain biß sich auf die Unterlippe und nickte. »All right, wir werden den Hubschrauber auf dem Schirm verfolgen. Aber wenn sie uns entwischen, Gentlemen, übernehme ich kein bißchen Verantwortung. Das ist Ihnen hoffentlich klar?«

»Und wie«, sagte Bill.

Der Captain verschwand.

»Mann, war das eine schwere Geburt«, stöhnte Suko.

Bill nickte. »Hoffentlich finden wir John. Es kann auch sein, daß er in einer der ausbruchsicheren Zellen steckt.«

»Du kannst sie ja mal fragen«, schlug Suko vor.

»Wen? Die Zelle?«

»Nein, eine Freundin von uns. Da kommt sie gerade. Mrs. Sarah Goldwyn...«

Ich spürte den harten, brennenden Einstich und zuckte zusammen. Im ersten Moment noch wollte ich mich dagegen auflehnen, doch dann dachte ich wieder an die Maschinenpistole, die Lady X in ihren Händen hielt. Es hatte keinen Zweck.

Meine Chance war minimal.

Das Serum strömte in meinen Blutkreislauf. Ich rechnete damit, platzen zu müssen, auseinanderzugehen oder Visionen zu bekommen – nichts davon geschah.

Alles blieb normal.

Zu normal.

Mr. Mondo trat zurück. Die Augen hinter seinen runden Brillengläsern blitzten triumphierend. Der Mund stand halb offen, und das hohle Kichern zeigte deutlich seinen Triumph.

Ich sah aber nicht nur ihn, auch zwei andere Erzfeinde standen vor mir.

Da war Dr. Tod! Er, der die Mordliga gründen wollte und in Mondo ein neues Mitglied gefunden hatte, hatte es endlich geschafft, mich in seine Gewalt zu bringen.

Eine Minute verging.

Dann stellten sich die ersten Anzeichen ein. Ich spürte, wie mein Blut schneller durch die Adern floß. Als wäre es flüssiger geworden. Gleichzeitig rumorte es in meinem Kopf. Tausend kleine Hämmer schienen unter meiner Schädeldecke zu pochen. Ein gewaltiges Brausen breitete sich in meinem Gehirn aus. Der Schweiß trat mir aus allen Poren, ich kriegte nur schwer Luft.

»Es beginnt!« hörte ich Mondos Stimme.

Seltsam dumpf drang sie an meine Ohren, als würde er sich beim Sprechen ein Tuch vor den Mund halten.

Da wurde die Tür aufgestoßen.

Eine riesige Gestalt erschien.

Tokata.

Er mußte sich bücken, um den Raum betreten zu können, und er blieb auch in gebückter Haltung stehen, wobei er sich umschaute und sein Blick auf mir hängenblieb.

Ein drohendes Knurren drang aus seinem Maul. Hier lag ich wehrlos vor seinen Füßen, ich, dem er den Verlust seines linken Arms zu verdanken hatte.

Das war zuviel.

Er zog sein Schwert, wollte sich auf mich stürzen, doch bevor er zuschlagen konnte, sprang Dr. Tod vor.

»Stop! Laß ihn!« gellte seine Stimme.

Die Klinge schwebte bereits über meinem Körper, als sie angehalten wurde.

Tokata trat zur Seite.

»Er wird zu einem Werwolf«, erklärte Dr. Tod, und das mußte dem Dämon reichen.

Ich überwand meinen Schrecken nur langsam. Für Sekunden hatte ich wirklich das Gefühl gehabt, jetzt sterben zu müssen, aber das ging vorbei. Dafür stand die Verwandlung erst am Beginn.

Es begann mit einem Zucken.

Ohne daß ich es wollte, schlug mein rechter Arm aus, die Hand knallte auf den Boden, und mein Mund öffnete sich. Ich wollte etwas sagen, doch nur ein Krächzen drang aus der Kehle.

War es wirklich ein Krächzen?

Nein, das hörte sich bereits nach einem gefährlichen Knurren an. Wie bei einem Tier...

Ich schielte zur Seite. Dabei spürte ich, wie sich die Haut auf meinem Gesicht spannte. Der Kopf wurde plötzlich größer, und die Haut schien nicht mehr mitzuwachsen.

Dann sah ich meine Hand.

Und das Fell!

Wie ein dunkler Flaum bedeckte es bereits die Finger. Und es wanderte weiter. Hoch zu den Armen, wurde dabei dichter, so daß aus dem erst so dünnen Flaum eine regelrechte dunkle Matte wurde.

Gleichzeitig verspürte ich gräßliche Schmerzen. Sie schüttelten mich durch. Ich bog meinen Körper vom Boden ab, wollte um Hilfe schreien, doch aus meiner Kehle drang nur ein tierisches Grollen. Ich schielte nach unten und sah, daß ich keinen Mund mehr hatte, sondern eine Schnauze.

Meine Haare wurden länger, sie wucherten mir über die Augen. Dunkle Haare, Tierfell...

Plötzlich wurde mir die Kleidung zu eng. Sie riß auf. Knöpfe fielen ab, die Schuhe platzten am Oberleder auf, und aus meinen Händen waren Pranken geworden.

Ich hatte auch keine Füße mehr, nur noch Pfoten. Mein Gesicht war größer geworden, hatte sich in die Länge gezogen, wozu auch die Schnauze paßte.

Ein Werwolf war geboren.

Ich, Geisterjäger John Sinclair, hatte mich in diese reißende Bestie verwandelt!

Sie standen vor mir und lachten.

Ja, sie lachten aus vollstem Herzen. Es war ein triumphierendes, widerliches Lachen, denn sie wußten genau, daß sie allein die Sieger waren.

Und ich hatte verloren! War zu einer Bestie geworden.

»Na, wie fühlst du dich?« fragte Dr. Tod höhnisch.

Ich wollte etwas sagen, doch ich brachte keinen menschlichen Ton hervor. Nur ein Fauchen drang aus meiner Kehle, und ich merkte selbst den beißenden Raubtieratem, der an meinen Nüstern vorbeistrich.

Wie bei einem Tier.

Und nichts anderes war ich.

Ein wildes, mordgieriges Tier.

Eine Bestie!

Ich schüttelte meinen Schädel. Die langen Haare flogen mir um den Kopf und fielen auch über meine Augen.

Ich blies sie weg.

Lady X streckte die Hand aus. Die Maschinenpistole hatte sie Marvin Mondo gegeben.

»Komm her, Sinclair!«

Sie sprach mich an, ich vernahm jedes Wort, und ich gehorchte ihr. Mit noch etwas unsicheren Schritten ging ich auf die Frau zu, wobei ich Tokata passierte, der mich nur anstierte, ansonsten keine Regung zeigte und eine Pranke auf dem Griff seines Schwerts liegen hatte.

Vor Lady X blieb ich stehen.

»Willst du mir gehorchen?« fragte sie.

Ich nickte.

»Willst du alles für uns tun?«

Abermals ein Nicken.

»Auch töten?«

Ich hörte dieses Wort. Und plötzlich regte sich etwas in meinem Innern. Irgendein Nerv, eine Stelle, die in meinem anderen Leben nicht vorhanden war.

T-ö-t-e-n

Ja, ich wollte töten. Menschen, die mir über den Weg liefen, sie sollten meine Opfer werden.

Töten!

Ein Wort, das ich früher gehaßt hatte, war plötzlich zu einer neuen Existenzphilosophie geworden. Ich mußte mir Opfer holen. Koste es, was es wolle.

Ich würde keine Gnade kennen.

»Ich habe dich etwas gefragt!«

»Ja, ich werde auch töten!«

»Deine Freunde?«

Ich nickte heftig und riß dabei weit meine Schnauze auf. Dabei

trat ich noch einen Schritt vor und sah mein schwaches Spiegel-
bild in einem der Glasschränke.

Grauenhaft sah ich aus.

Eine gewaltige Bestie, der die Kleidung in Fetzen vom Körper
hing. Überall mit dunklem Fell bedeckt. Ich hatte das Maul aufgerissen und sah meine eigenen, gebogenen, langen Reißzähne,
die mit denen eines Tigers konkurrieren konnten.

Ein schreckliches Bild.

Für mich jedoch faszinierend.

Der Werwolf John Sinclair war geboren, und ich stieß ein
triumphierendes Heulen aus.

Plötzlich lief Mondo zur Tür. Er riß sie auf und lauschte. Dann
hämmerte er die Tür wieder zu, drehte sich um, und als er uns
anschaute, war sein Gesicht bleich!

»Wir müssen weg. Sie sind da!«

»Wer?« fragte Dr. Tod.

»Polizei!«

Solo Morasso warf einen Blick auf Tokata. Der verstand und
zog schon sein Schwert.

Mondo war dagegen. »Lieber nicht. Wenn wir uns jetzt in einem Kampf aufreiben, nützt das keinem.«

Das sah Dr. Tod ein.

»Haben wir noch genügend Zeit zur Flucht?« wollte Lady X
wissen.

Mondo nickte. »Es gibt einen Geheimausgang.«

»Und dann?«

»Nehmen wir den Hubschrauber. Er steht nicht weit von hier
auf einer Wiese.«

Pamela Scott, wie Lady X tatsächlich hieß, nickte zufrieden.
»Sie haben an alles gedacht.«

»Klar.« Mondo drehte sich um. Seinen zweiten Helfer, der alles mit angesehen hatte, schickte er hinaus. Dann winkte er uns
zu.

Lady X ging direkt hinter ihm. Mich nahm man in die Mitte.
Tokata achtete in meinem Rücken darauf, daß ich nicht doch
noch aus der Rolle fiel. Er traute mir nicht.

Meine Empfindungen zu beschreiben war einfach. Ich wollte
raus hier. Hineintauchen in die Nacht, wo der aufgehende, fast

volle Mond am Himmel stand. Ich sehnte mich nach dem silbern schimmernden, fahlen Licht, wollte es trinken, mich darin baden, mich wohl fühlen, Kraft tanken und dann auf Suche nach einem Opfer gehen.

Ich, der Werwolf!

Aber die anderen wollten weg. Flüchten. Mit einem Hubschrauber. Das paßte mir gar nicht. Da war ich wieder eingesperrt. Nein, ich brauchte die Freiheit. Die Nacht, um zu jagen.

Opfer wollte ich haben.

Meine Zähne wollten zupacken, greifen...

Bei diesen Gedanken sträubte sich das Fell auf meinem Rücken. Die einzelnen Haare stellten sich aufrecht, sogar ein Schauer rann mir über die Haut.

Ich schüttelte mich.

Vor einer Tür blieb Mondo stehen. Sie war kaum zu sehen, da man sie fast fugenlos in die Wand eingelassen hatte. Geöffnet werden konnte sie durch einen bestimmten Mechanismus.

Ein kleiner Hebel, ziemlich versteckt, löste durch einen Druck den Mechanismus aus.

Die Tür schwang zurück.

Vor uns befand sich ein muffig riechender Gang, so niedrig, daß ein normal gebauter Mensch mit dem Kopf an die Decke stieß. Tokata mußte fast auf allen vieren, bei ihm dreien, laufen.

Licht gab es nicht.

In der Dunkelheit mußten wir uns weitertasten.

Und da machte ich eine Entdeckung.

Ich konnte im Dunkeln sehen. Zwar nicht so gut wie im Hellen, aber ich erkannte früh genug herumliegende Hindernisse, ohne dagegenzustoßen.

Erst als Lady X einen wilden Fluch ausstieß, holte Dr. Tod seine Taschenlampe hervor.

Jetzt ging es besser.

Der Gang führte geradeaus. Hin und wieder stützten Eichenpfähle die Decke ab, damit sie nicht einstürzte. Von oben fielen kalte Tropfen auf uns nieder.

Ich spürte nichts, mein Fell war dick genug.

Irgendwann fragte Dr. Tod: »Und das hier willst du alles aufgeben, Mondo?«

»Ja.«

»Vertraust du mir?«

»Du hast mehr Macht. Und mehr Stützpunkte. Du hast überall auf der Welt deine Helfer, ich war auf mich allein gestellt, mußte nach außen hin den untadeligen Arzt spielen und konnte meine eigentliche Arbeit nur des Nachts und im geheimem verrichten. Es ist schon besser, wenn ich mit dir gehe.«

»Und das Labor?«

»Wird vernichtet.«

»Wie?«

»Ich werde es sprengen!«

Jetzt lachte Morasso. »Das ist gut, sogar sehr gut. Ja, du hast an alles gedacht, du bist richtig. Wo befindet sich der Zünder?«

»Im Haus.«

»Verdammt, dann müssen wir noch mal zurück.«

»Nein, das besorgt jemand für mich.«

»Einer der Robotmenschen?« fragte Lady X.

»Genau.«

Jetzt waren alle zufrieden. Auch ich. Und seltsamerweise störte es mich nicht. Ich hatte alles mit angehört, verstand trotz meines jetzigen Zustandes die Worte der Menschen, doch sie berührten mich nicht. Obwohl durch die Explosion unter Umständen zahlreiche Menschen sterben würden, spürte ich kein Mitleid.

So tief war ich gesunken.

Ich dachte nur noch an mich und an das Überleben. Und damit ich überleben konnte, brauchte ich Blut.

Mußte Opfer haben.

Bei diesem Gedanken stieß ich ein drohendes Knurren aus. Die anderen hörten es, und sie lachten.

Sie waren mit mir zufrieden, glaubten mich in ihrem Bann. Darin befand ich mich auch, aber anders, als sie es sich vorgestellt hatten. Ich wollte mein eigenes Leben als Monster führen und lauerte nur auf die Chance zur Flucht.

Wir erreichten das Ende des unterirdischen Ganges. Der Weg führte etwas in die Höhe und endete dicht unter einer Klappe, die Dr. Tod mit den Schultern hochdrückte.

Kühle Nachtluft strömte uns entgegen.

Ich hob witternd den Kopf, und dann weiteten sich meine gelben Raubtieraugen.

Ich sah einen hellen Mondlichtstreifen, der über das Gelände strich und in die jetzt offene Luke fiel.

Mir ging es plötzlich besser.

Das Mondlicht belebte mich wie alle Kreaturen der Nacht. Es war der unheilige Spender, der meine Kräfte mobilisierte und mich bereitmachte für die bösen Taten.

»Wo steht die Maschine?« zischte Solo Morasso.

»Weiter vorn«, lautete Mondos Antwort. Er streckte den Arm aus und deutete auf ein kleines Wäldchen, das sich wie ein Scherenschnitt vor der runden Mondscheibe abhob.

»Dahinter.«

Wir mußten laufen.

Ich befand mich wieder zwischen ihnen. Sie ließen mich keinen Moment aus den Augen, obwohl ich jetzt einer von ihnen war. Vor allen Dingen behielt mich der Samurai des Satans immer im Blickfeld.

Er wirkte nach wie vor ungeheuer gefährlich, und sogar ich als Bestie fürchtete mich vor ihm.

Wir erreichten den Wald.

Hinter uns, wo die Klinik lag, hörten wir Stimmen und das gedämpfte Brummen von Motoren. Scheinwerferstrahlen huschten geisterhaft durch das Gelände. Alles deutete auf einen immensen Polizeieinsatz hin.

Seltsamerweise verstand ich all die menschlichen Regungen und Taten, nur ich machte mir nichts mehr daraus, kümmerte mich nicht darum.

Es war mir egal.

Für mich zählte in erster Linie mein Trieb.

Dann sahen wir den Hubschrauber. Er stand gut getarnt am Waldrand. Mondo erreichte ihn als erster und öffnete auch die Türen an beiden Seiten.

Es war eine große Maschine, allerdings ohne Kennzeichen. Licht glühte im Innern auf.

Jeder hatte es eilig, die Maschine zu besteigen.

Und das war meine Chance.

Ich drehte meinen Schädel und warf einen Blick zurück auf den Samurai.

Er zeigte ebenfalls großes Interesse für den Helikopter, aber nicht für mich.

Blitzschnell schlug ich einen Haken. Dicht am Waldrand befand sich ein schmaler Gebüschgürtel, in den ich eintauchte, noch bevor die anderen reagierten.

Ich hörte hinter mir einen Fluch, dann einen wilden Schrei, und im nächsten Augenblick machte sich Tokata an die Verfolgung.

Doch ein harter Ruf stoppte ihn.

Meine Rechnung ging auf. Die Flucht der anderen war jetzt wichtiger. Ich jagte mit gewaltigen Sprüngen in den Wald hinein und blieb erst stehen, als der schwere Hubschrauber in den dunklen Nachthimmel stieg...

Bill Conolly wußte nicht, ob er lachen oder weinen sollte. Er schaute Lady Sarah ziemlich verdattert entgegen und schüttelte fassungslos den Kopf.

»Was – was machen Sie denn hier?« fragte er.

Die Lady hob die Augenbrauen. »Junger Mann, Ihnen und auch den anderen Kollegen wollte ich nur beweisen, daß ein älterer Mensch schneller sein kann als ein jüngerer. Ich war vor Ihnen in der Klinik und habe mit dem Mann gesprochen, den Sie suchen. Mit Mr. Mondo.«

»Dann wissen Sie, wo er sich befindet?« fragte Bill.

»Selbstverständlich. Kommen Sie nur mit.«

»He, Moment!« rief der Captain, der plötzlich völlig durcheinander war. »Was ist das für eine Frau? Und was redet die über diesen Mr. Mondo?«

»Haben Sie hier auch was zu sagen?« Lady Sarah hob ein wenig ärgerlich die Augenbrauen.

»Zufällig leite ich den Einsatz!« schnarrte der Captain.

»Was Sie berechtigt, alle Formen der Höflichkeit zu umgehen, wie? Captain, seien Sie froh, daß ich kein Mann oder einige Jahre jünger bin. Ich hätte Sie geohrfeigt.« Die letzten Worte stieß sie grollend wie eine russische Großfürstin in der Operette hervor.

»Sie nehmen sich sehr viel heraus.« Der Captain wandte sich an Bill und Suko. »Sie scheinen diese Dame zu kennen?«

»Ja.« Bill stellte sie vor. »Das ist Lady Sarah Goldwyn, verwitwet. Ihr verdanken wir es, daß wir überhaupt die Spur bis zu dieser Klinik gefunden haben.«

Mrs. Goldwyn nickte.

»Und das ist Captain Ronald S. Perry, der Einsatzleiter dieses Unternehmens.«

Die Lady nickte weiter.

»Alle Klarheiten beseitigt?« fragte Bill.

»Ja«, knirschte Perry. Ihm paßte es überhaupt nicht, daß noch ein Zivilist hinzugekommen war. Zudem noch eine Frau um die Siebzig. Unmöglich, so etwas.

Einer von Perrys Mitarbeitern trabte heran. »Wir haben die Klinik umstellt«, meldete er.

»Gut.«

»Und der Hubschrauber?« fragte Suko.

»Befindet sich bereits auf den Radarschirmen der nächstgelegenen Überwachungsstation. Er fliegt in Richtung Norden. Sie lassen ihn nicht aus den Augen.«

»Hoffentlich.«

Die Besetzung der Klinik lief an. Und dabei geschah wohl etwas Einmaliges in der englischen Kriminalgeschichte. Eine ältere Lady lief an der Spitze der Polizeigewaltigen.

Forsch hatte sich Mrs. Goldwyn ihren Regenschirm über den Arm gehängt. Der Kopf war stolz erhoben, die Blicke schienen Flammen zu werfen, als sie auf den Lift zuschritt.

Suko, Bill, der Captain und natürlich Lady Sarah paßten soeben in die Kabine.

»Wo geht es hin?« fragte Bill.

»In den Keller.«

Der Captain räusperte sich und fischte sein Sprechfunkgerät aus der Tasche, um zu hören, wo sich seine Leute befanden.

Was man ihm mitteilte, klang ziemlich beruhigend. Die Pfleger machten keine Schwierigkeiten. Sie arbeiteten gut mit der Polizei zusammen und standen den Beamten mit Rat und Tat zur Seite.

Als der Lift stoppte, zogen Bill und Suko ihre Waffen. Die beiden Männer verließen den Lift auch als erste.

»Rechts«, sagte die Lady, »da ist sein Büro.«

Sie gingen hin.

Und sie fanden sich in dem Raum wieder, in dem Lady Sarah mit Marvin Mondo gesprochen hatte.

Er war leer.

Mrs. Goldwyn deutete auf einen Schrank, dessen Tür offenstand. »Und dort hat er sein Serum versteckt.«

Sie schauten nach.

In der Tat lagen dort zahlreiche Ampullen.

»Die werden wir als Beweis sicherstellen«, sagte der Captain und holte zwei seiner Leute herbei.

Suko und Bill schauten sich um. Beide hatten sie wohl den gleichen Gedanken. »Ich kann mir nicht vorstellen, daß dies alles sein soll«, meinte der Reporter. »Dieser Mondo muß doch noch was anderes gehabt haben. Eine Werkstatt, ein Labor, was weiß ich.«

»Die kenne ich nicht«, erwiderte Lady Sarah.

»Sind wir hier überhaupt im Keller?« fragte Perry.

»Nein, es geht noch tiefer«, sagte die Lady.

»Woher wissen Sie das?«

»Das habe ich auf der Anzeigetafel gesehen.«

»Aber nicht in dem Lift.«

»Nein, in einem anderen. Mit dem bin ich gefahren.«

Der Captain schlug sich gegen sie Stirn. »Warum haben Sie das nicht gleich gesagt?«

»Haben Sie danach gefragt?«

»Kommen Sie.«

Suko und Bill mußten grinsen. Bill blieb an Lady Sarahs Seite. »Sagen Sie, Mrs. Goldwyn, Mr. Sinclair haben Sie nicht zufällig gesehen?«

»Wann?«

»In den letzten Minuten.«

»Nein, da nicht.«

Bill hob die Schultern. Da lief auch alles verkehrt. Nicht nur John Sinclair war verschwunden, sondern auch Tokata, der Samurai des Satans. Wie er zu diesem Flucht-Helikopter gelangt war, das hätte Bill nur zu gern gewußt.

Und wenn er die Gewißheit gehabt hätte, daß sich John nicht an Bord des Hubschraubers befand, dann hätte er alles Menschenmögliche versucht, damit man die Maschine vom Himmel holte.

So aber muße er zögern.

Vor dem richtigen Lift blieben sie stehen.

»Sie sind sich völlig sicher?« fragte Perry.

Statt dessen öffnete die Lady selbst die Tür und wies auf die Skalenreihe.

Da war der Captain still.

Es ging tatsächlich noch tiefer in einen zweiten Keller. Sekunden später hatten sie den Ort erreicht, wo ich meine Schlachten geschlagen hatte.

Abrupt blieb der Captain stehen, als er die beiden Toten sah. Einer lag zwischen dem verbeulten und abgerissenen Kotflügelteil eines Wagens.

»Verdammt«, flüsterte Perry. »Die... die sind explodiert.«

Bill nickte.

Lady Sarah schaute zur Seite. Sie hatte so etwas schon gelesen und auch oft im Kino gesehen, aber hier übertraf die Wirklichkeit doch die schlimmsten Vorstellungen. Allerdings sah man kein Blut, nur zahlreiche Drähte und Spulen.

»Wie kann so etwas geschehen?« fragte der Captain.

»Durch Fernzündung«, murmelte Suko. »Das waren doch keine normalen Menschen.«

»Das ist dann ja der reinste Horror«, flüsterte Perry.

Bill nickte. »Sie sagen es.«

Die Männer gingen weiter. Es gab mehrere Türen, die sie auch alle öffneten.

Sie schauten in die dahinter liegenden Räume. Die meisten waren für sie kahle Zellen, nur ein Raum, der am Ende des Ganges lag und zusätzlich noch offenstand, gab ein Geheimnis preis.

Staunend blieb die kleine Gruppe auf der Schwelle stehen und schaute in den Raum.

»Das darf doch nicht wahr sein«, flüsterte Bill.

»Das ist seine wirkliche Arbeitsstätte«, sagte Suko und deutete auf die zahlreichen Laboreinrichtungen. »Hier hat er seine grausigen Taten in Ruhe austüfteln können.«

»Gehen Sie weiter!« drängte der Captain. »Vielleicht finden wir hier Spuren!«

Sie betraten den Raum.

»Da liegt jemand!« Lady Sarah hatte den Ruf ausgestoßen.

Sie hatte recht. In verkrümmter Haltung lag dort ein Mann am Boden. Er trug die weiße Kleidung eines Pflegers. Als die Männer näher kamen, sahen sie, daß er atmete.

»Ein Mensch«, murmelte Bill, »und nur bewußtlos.« Der letzte Satz drang ihm leicht über die Lippen. Der Reporter war froh, keinen Toten vorgefunden zu haben.

Er wollte den Mann schon wieder aus dem Reich der Träume zurückholen, als Sukos Ruf ihn aufhielt.

Bill schnellte hoch und drehte sich um.

Suko hielt etwas in der Hand.

»Nein!« stöhnte Bill. Dann wurde er leichenblaß, denn Suko hielt das Kreuz umklammert.

»Johns Kruzifix«, flüsterte der Reporter. »Das ist doch nicht möglich. Das...«

»Sie müssen es ihm abgenommen haben.«

»Und zwar mit Gewalt«, knirschte Bill.

»Bestimmt.«

»O verdammt.« Bill schlug mit der geballten Faust auf seine freie Handfläche.

Der Chinese steckte das Kreuz ein.

Captain Perry schüttelte den Kopf. »Also, ich verstehe das nicht. Was machen Sie eigentlich für einen Wirbel um das Kreuz? Ist es etwas Besonderes?«

»Ja.«

»Und was?«

»Das kann ich Ihnen jetzt nicht erklären«, erwiderte der Reporter.

Suko hatte auch den Geheimgang entdeckt, dessen Tür nicht geschlossen war. »Da sind sie durch.«

»Und dann mit dem Hubschrauber weg«, zischte der Captain. »Noch nie bin ich so geleimt worden.«

»Und haben alles zurückgelassen«, murmelte Bill. »Seltsam,

sehr seltsam. Jeder Verbrecher nimmt etwas mit, wenn er flieht. Aber dieser Mondo nicht. Warum?«

»Keine Zeit mehr gehabt«, vermutete der Captain. Er machte eine weit ausholende Armbewegung. »Auf jeden Fall werden wir diesen Keller gründlich untersuchen. Uns entgeht nichts. Gar nichts. Darauf können sich die anderen verlassen.« Er nickte zu seinen eigenen Worte.

Da rührte sich der Bewußtlose. Alle hörten sie zur selben Zeit das Stöhnen und drehten sich um.

Der Pfleger setzte sich auf. Noch hielt er die Augen geschlossen und fühlte mit einer Hand nach seinem Kopf. Als er dann etwas klarer sah, war er von den Männern umzingelt. Nur Lady Sarah hielt sich abseits.

Der Mann erschrak. »Wer... wer sind Sie?« fragte er und verzog schmerzerfüllt das Gesicht.

»Polizei!« schnarrte der Captain.

»Was?«

Perry lachte. »Glauben Sie uns nicht? Haben Sie Ihren Meister für unschlagbar gehalten?«

»Wieso?«

»Jetzt spielen Sie uns hier nichts vor und erzählen Sie uns genau, was geschehen ist. Verstanden?«

»Wo ist Mondo?« fragte der Pfleger.

»Er ist mit dem Hubschrauber auf und davon, doch unsere Leute sitzen ihm im Nacken. Es ist nur noch eine Frage der Zeit, wann wir ihn haben.«

»Ja, ja.«

Perry grinste. »Ich sehe schon, Mister, wir verstehen uns. Jetzt sagen Sie uns ihrem Namen.«

»Ich heiße Mike Arens.«

»Okay, Mike, ich bin Captain Perry. Wir können gut miteinander auskommen, aber auch schlecht. Wie hätten Sie es gern?«

»Gut.«

»Fantastisch. Dann brauchen Sie uns nur zu sagen, was hier alles so gelaufen ist.«

»Das weiß ich nicht.«

»Ich dachte, wir wollten gut miteinander auskommen.«

»Was Mondo genau gemacht hat...«

»Will ich vorerst nicht wissen, sondern erst einmal: Wer hat Sie niedergeschlagen?«

»Ein Fremder.«

»Wie sah er aus?«

»Ziemlich groß. Hatte blonde Haare und stürmte hier rein wie der Teufel persönlich. Mein Kumpel und ich wollten ihn zurückhalten, doch er war verdammt flink. Ich fing mir einen Schlag ein, der mich mattsetzte. Ab dann weiß ich nichts mehr.«

»Also groß und blond war der Mann?« hakte der Captain nach.

»Wie ich Ihnen sagte.«

»Das war John Sinclair!« rief Bill Conolly.

»Vorgestellt hat er sich mir nicht.«

»Was könnte mit ihm geschehen sein?« wollte Captain Perry wissen.

»Keine Ahnung.«

»Hat ihn Mondo vielleicht umgebracht?« herrschte Bill Conolly den Pfleger an.

»Wie soll ich das wissen?«

»Oder haben sie ihn mitgenommen?« fragte Perry.

Mike Arens schaute von einem zum andern. »Kann ich euch nicht sagen. Ich weiß wirklich nichts. Die sind doch weg.«

»Und haben nichts mitgenommen«, sagte Bill.

»Ja, das stimmt.« Der Pfleger überlegte. Dann sagte er plötzlich: »Verdammt.«

»Was ist?« zischte der Captain.

»Die... die sind einfach so verschwunden?«

»Das sagte ich.«

»Dann tritt der Alarmplan eins in Kraft.«

»Was heißt das?«

»Daß die ganze Klinik im nächsten Augenblick in die Luft fliegen kann!«

Die Männer erschraken heftig. Auch Lady Goldwyn. Sekundenlang waren sie fassungslos.

Mit einem Schritt war Bill Conolly neben dem Mann. »Stimmt das?«

»Ja.« Die Antwort war ein Hauch.

»Und wie? Fernzündung?«

»Nein«, erwiderte Mike Arens. »Das ist was anderes. Haben Sie meinen Kumpel nicht gesehen?«

»Nein.«

»Es ist Willy Denver. Er ist derjenige, der die Explosion auslösen wird. Mondo hat sich da ein teuflisches System ausgedacht. In seinem Kopf befindet sich ein kleiner Sender, den Mondo aktivieren kann. Wenn er das macht, wird sich Denver plötzlich wieder an seinen Auftrag erinnern und ihn ausführen. Denn als Außenstehender weiß nur er, wo man die Bombe zünden kann.«

Der Captain schluckt. »Und das ist wahr, was Sie uns da erzählt haben?«

»Ja.«

»Wir müssen Denver finden«, sagte Suko. Er stand schon an der Tür. »Wie sieht er aus?«

Arens sagte nichts, er zitterte nur.

»Wie er aussieht, wollen wir wissen!« schrie der Captain den Pfleger an.

»Ja, ja. Er ist so goß wie ich, hat dunkle Haare, ist leicht korpulent und kann hart zupacken.«

»Wo könnte er sein?«

»Vielleicht draußen, vielleicht in den Gängen.«

»Okay.« Der Captain holte sein Walkie-talkie hervor und gab die Beschreibung durch. »Sobald einer von Ihnen diesen Mann sieht, soll er sich sofort mit mir in Verbindung setzen und um Himmels willen nichts unternehmen. Ist das klar?«

»Verstanden.«

»Und wir suchen ebenfalls«, sagte der Captain.

Dagegen hatte keiner etwas.

Die Männer liefen aus dem Raum. Weder Suko noch Bill Conolly achteten auf Lady Sarah. Sie war in diesem Moment vergessen und blieb allein zurück, da Mike Arens auch mitgenommen wurde.

Die Lady schaute sich um. Sie hob die dünnen Augenbrauen und krauste die Stirn. Ihre Gedanken begannen zu kreisen.

Sie hatte in ihrem langen Leben nicht nur Horror-Romane gelesen, sondern auch Krimis. Angefangen hatte sie mit den Fällen des berühmten Sherlock Holmes, und der hatte ja bekanntlich nicht seine Fäuste fliegen lassen und auf Action gemacht, sondern vor allem seine Logik und Kombinationsgabe ins Spiel gebracht.

Das wollte Lady Sarah Goldwyn auch.

Die Sache sah folgendermaßen aus: Da war jemand verschwunden, der auf Befehl hin eine Zeitbombe zünden konnte. Wenn das Haus durchsucht wurde und man ihn nicht zu früh finden sollte, dann mußte er sich verstecken. Ob bewußt oder unbewußt, spielte keine Rolle, sie als Außenstehende wußte ja nicht, welche Befehle er noch erhielt.

Wie und wo fand sich in diesem Riesengebäude ein einigermaßen sicheres Versteck?

In den Kellern natürlich, denn auf der oberen Etage lief der normale Krankenhausalltag über die Bühne. Dort konnte man zu leicht auffallen.

Blieben nur die Keller.

Und die waren verdammt geräumig. Zudem verwinkelt und ziemlich groß. Das hatte die alte Dame bereits feststellen können. Leider kannte sie nicht alle Räume, doch sie wollte sich rege an der Suche beteiligen. Dieses Abenteuer war ihr auf den Leib geschnitten.

Und noch einen Vorteil hatte sie. Lady Sarah wußte, wie der Mann aussah.

Sollte er ihr über den Weg laufen, dann würde sie ihn auch erkennen. Bevor Lady Sarah den Raum verließ, schaute sie erst in den Geheimgang hinein.

Er war leer, soweit sie erkennen konnte.

Die alte Dame zog sich zurück.

Sie verließ diese Stätte des Schreckens und blieb auf dem Gang für einen Moment stehen.

Wohin konnte er sich gewandt haben?

Vielleicht in Mondos Büro. Das war ziemlich unauffällig. Und wenn er auffiel, konnte er mit einer Ausrede immer schnell zur Hand sein.

Innerhalb des Kellergebäudes war es jetzt unruhig geworden. Stimmen schallten aufgeregt hin und her, laute Rufe, die Polizisten durchsuchten das Gebäude jetzt systematisch. Damit machten sie den Verbrecher kopfscheu.

Das konnte unter Umständen gut sein.

Die alte Dame wandte sich nach rechts.

Sie wollte zu den Fahrstühlen, um sich in den oberen Stockwerken umzuschauen.

Vor dem Lift blieb sie stehen und merkte erst jetzt, daß er unterwegs war.

Durch den Spalt in der Tür sah sie, wie sich das Seil bewegte. Dann erschien die Kabine, ein heller Käfig.

Stopp.

Die Tür schwang auf.

Ein Pfleger verließ den Lift.

Obwohl Lady Sarah ihn noch nie zuvor gesehen hatte, erkannte sie ihn sofort.

Es war der Mann, den alle suchten!

Einen langen Atemzug schauten sie sich an. Keiner sprach ein Wort. Die alte Dame war zu sehr geschockt.

Dann ergriff der Pfleger das Wort. »Lassen Sie mich vorbei!« herrschte er Lady Sarah an.

»Ja, ja, bitte...«

Sie ging zur Seite, doch sie hatte einen langen Blick in das Gesicht des Mannes werfen können. Der Ausdruck in seinen Augen gefiel ihr gar nicht. Daraus sprach der blanke Fanatismus, das war gefährlich, und Mrs. Goldwyn ahnte, was der Typ vorhatte.

Er würde die Bombe zünden!

Mrs. Goldwyn betrat nicht den Lift, sondern schaute Willy Denver nach, wie er den Gang hinunterschritt und in dem großen Laborraum verschwand.

Für die alte Dame gab es keinen Zweifel mehr. Dort war der Zünder der Bombe versteckt.

Und sie befand sich mutterseelenallein auf weiter Flur. Keine Hilfe hatte sie zu erwarten.

Dafür einen Gegner.

Einen Wahnsinnigen, dem es egal war, ob Hunderte von Menschen starben. Das war zuviel. Die Lady wurde bleich und sackte gegen die Wand, wo sie sich gegenlehnte und erst einmal tief durchatmete, bevor sie sich zu weiteren Aktionen entschloß.

»Lieber Gott, laß mich jetzt nicht übermütig werden und nur genau das Richtige tun«, murmelte sie. Sie vertraute auf das knappe Gebet, als sie langsam weiterging.

Genau dorthin, wo dieser Denver verschwunden war.

Die Lady ging auf Zehenspitzen. Ihren Regenschirm hielt sie fest umklammert. Die Krücke hatte ihr schon manch guten Dienst erwiesen, sie würde es auch jetzt tun, so hoffte sie.

Zum Glück hatte sich Denver nicht mehr umgedreht, bevor er in dem großen Laborraum verschwand. Er war sich seiner Sache sicher.

An der Tür blieb die alte Dame stehen und peilte in den Raum hinein, in dem sie vor wenigen Minuten noch mit den anderen gestanden hatte.

Sie sah Denver nicht, sie hörte ihn nur.

Er stöhnte und keuchte. Wie ein Mensch, der schwer arbeiten mußte und seine Aufgabe kaum bewältigte.

Sehen konnte sie ihn leider nicht, deshalb ging sie einen Schritt vor, um den Blickwinkel zu verbessern.

Jetzt entdeckte sie ihn.

Er kniete auf dem Boden, und sie sah seinen gebeugten Rücken. Denver hatte eine mannshohe Konsole zur Seite geschoben. Allerdings noch nicht weit genug, denn das Ding war ungeheuer schwer. Er mußte noch zerren und ziehen.

Mrs. Goldwyn schlich auf Zehenspitzen heran. Willy Denver war so in seine Arbeit vertieft, daß er die Frau nicht hörte. Sein keuchender Atem übertönte sowieso jedes andere Geräusch.

Noch drei Schritte.

Jetzt spürte auch die alte Dame etwas von der Spannung, die sie gepackt hielt. Ihr Herz schlug schneller. Jeder einzelne Schlag trommelte gegen ihre Rippen.

Nur noch zwei Schritte.

Sie blieb stehen und hob den rechten Arm. Die Finger umklammerten dabei den Regenschirm.

Und da richtete sich Denver auf.

Vielleicht war es nur sein Instinkt gewesen, der ihn so hatte reagieren lassen, oder reiner Zufall. Auf jeden Fall bemerkte er aus den Augenwinkeln, daß jemand hinter ihm stand, und er flirrte herum.

Die Lady konnte den Schlag nicht mehr stoppen.

Sie wollte es auch nicht, und der Knauf wuchtete gegen die rechte Stirnseite des Pflegers.

Es war ein harter Schlag. Kurz und trocken angesetzt. Aber nicht so hart, daß er den Kerl hätte in die Knie zwingen können. Die Haut an seiner Stirn platzte auf, Blut sickerte aus der Wunde, seine Augen weiteten sich, und dann wurde aus seinem Gesicht eine Grimasse, bevor er es mit beiden Armen schützte und den zweiten Hieb abfing.

Lady Sarah erschrak.

Damit hatte sie nun gar nicht gerechnet. Sie war der Meinung gewesen, mit einem Schlag alles klarmachen zu können, doch der Kerl war verdammt hart im Nehmen.

Beim dritten Schlag tauchte er zur Seite weg, und der Knauf hämmerte gegen die Konsole.

Blitzschnell griff Denver zu. Seine Finger umklammerten den Schirm im unteren Drittel, und mit einem harten Ruck riß er ihn der alten Dame aus den Händen.

Wütend schleuderte er ihn zu Boden.

Mrs. Goldwyn wich zurück. Blutleer war ihr Gesicht. Sämtliche Farbe war daraus gewichen, sie zitterte, denn sie erkannte, daß dieser Mann vor ihr Schreckliches im Sinn hatte.

Er wollte sie umbringen.

Seine Hand verschwand in der Tasche und holte ein Messer hervor. Mit einer glatten, routinierten Bewegung klappte er die Klinge auf. Dabei grinste er böse.

»Was... was wollen Sie tun?« flüsterte die alte Dame.

»Hier kommst du nicht mehr lebend raus, Oma!« versprach der Pfleger und glitt vor.

Lady Sarah hob abwehrend die Hände, als plötzlich die Klinge dicht vor ihrem Gesicht auftauchte. Nur um Haaresbreite verfehlte sie es.

Denver lachte.

Ein weiterer Stoß, bewußt vorbeigezielt, trieb Lady Sarah noch mehr zurück.

Dabei fiel sie hin. Sie stolperte in ihrer Angst über die eigenen Beine, konnte sich jedoch zum Glück noch abstützen, so daß der Fall nicht so schwer war.

Aber sie lag am Boden.

Genau richtig für den Killer.

Ein langer Schritt brachte ihn neben die Frau. Sein Gesicht wurde zur Fratze, in den Augen leuchtete der Wille zum Mord.

Er gab seinem Opfer keine Chance, hob den rechten Arm, wobei die Klinge von einem Lichtstrahl getroffen wurde und aufblitzte.

Genau da fiel der Schuß.

Plötzlich blieb der Arm mitten in der Bewegung stehen. Das Gesicht des Pflegers verzerrte sich, Blut rann aus dem Einschuß in der Schulter und tränkte den weißen Stoff des Kittels. Ein schmerzerfülltes Stöhnen drang aus seinem Mund, langsam taumelte er rückwärts, ließ das Messer fallen, blieb stehen und starrte auf das Türrechteck, wo ein Mann erschienen war.

Bill Conolly!

In der rechten Hand hielt er seine Beretta, und die Waffe zitterte um keinen Deut.

Bill lächelte kalt, als er langsam vorging. »Ist Ihnen was passiert?« fragte er die alte Dame, die fassungslos über ihre plötzliche Rettung und nach Atem ringend am Boden hockte.

Sie schüttelte den Kopf.

Bill war beruhigt.

Denver aber hatte den Schrecken überwunden. Trotz seiner Verletzung warf er sich herum und rannte auf die weggeschobene Konsole an der Wand zu.

Bill reagierte erst, als Mrs. Goldwyn schrie: »Vorsicht, da befindet sich der Zünder!«

Da war der Reporter nicht mehr zu halten.

Plötzlich streckte sich seine Gestalt, sie schien direkt zu wachsen, und trotzdem wäre er fast zu spät gekommen. Im letzten Augenblick schleuderte er seine Beretta.

Bill war darin ebenso zielsicher wie im Schießen.

Die Waffe krachte gegen den Kopf des Mannes.

Denver wurden die Beine unter dem Körper weggezogen. Er stöhnte auf, wankte, fiel hin und blieb liegen.

Gerettet!

Bill atmete auf.

»Das war buchstäblich in letzter Sekunde. Wie im Roman«, flüsterte Sarah Goldwyn.

Der Reporter nickte und half ihr hoch.

»Wie sind Sie hergekommen?« wollte die alte Dame wissen.

»Gefühl, Intuition und Glück«, erwiderte Bill

»Ein wenig viel, nicht?«

Bill hörte nicht hin, sondern hielt bereits das Sprechfunkgerät in der Hand.

Rasch hatte er die Verbindung mit Captain Perry hergestellt. »Ich habe die Bombe!«

»Wo?« klang es quäkend zurück.

»Unten im Labor!«

»Wir sind in wenigen Sekunden bei Ihnen.«

Das waren sie auch. Der Captain hatte zwei Sprengstoffexperten mitgebracht. Suko befand sich auch noch bei ihnen.

Bill deutete auf den Verletzten. »Er wollte sie zünden. Ich mußte ihn abhalten. Zudem hatte er vor, Mrs. Goldwyn zu ermorden.«

»Dieses...« Der Captain verschluckte das nächste Wort, ließ aber einen Sanitäter herbeiholen.

Inzwischen kümmerten sich die beiden Sprengstoffexperten bereits um die Ladung.

Schon nach der ersten Überprüfung wurden sie blaß. »Verdammt, die hätte eine ganze Stadt hochgejagt«, sagte einer.

Perry schlug vor, den Raum zu verlassen. Damit waren alle einverstanden. Mrs. Goldwyn nahm nur noch ihren Regenschirm mit.

Draußen im Gang nahm Suko den Reporter ein wenig zur Seite. Das Gesicht des Chinesen war sehr ernst.

»Von John hast du nichts gesehen?«

»Nein.«

»Dann müssen wir damit rechnen, daß die anderen ihn mitgenommen haben, und das ohne sein Kreuz. John Sinclair ist also völlig wehrlos!«

Die nächste Frage drängte sich fast auf, aber Bill hütete sich, sie auszusprechen.

Das tat Suko. »Wir müssen damit rechnen, daß John nicht mehr lebt...« Er holte tief Luft. »Doch solange ich nicht vor seiner Leiche gestanden habe, werde ich alles daransetzen, um ihn zu finden.«

Bill Conolly nickte entschlossen.

Ich floh!

Ich floh vor meinen »Freunden« hinaus in den anbrechenden Morgen und hoffte, daß mich niemand sah.

Nur weg. Weg von dem Ort, der mir zum Schicksal geworden war, denn ich, John Sinclair, war ein Werwolf.

Eine Bestie, die nach Blut lechzte und auf Menschenjagd gehen mußte, um zu überleben.

Und so jagte ich mit weiten Sätzen durch die Einsamkeit der Wälder nördlich Londons.

Dabei hatte ich einen Verbündeten, auf den ich mich vorerst verlassen konnte.

Den Nebel!

Er deckte wie ein gewaltiges hellgraues Leichentuch alles zu, er verbarg Straßen, Dörfer, Menschen und auch mich.

Der Nebel wurde mein Freund.

Dick, schwer und irgendwie träge hing er in den tiefer gelegenen Senken, während er oberhalb schon wieder dünner und auch durchsichtiger wurde.

Auch die Bäume der Wälder schienen ihn mit ihren Zweigen und Ästen regelrecht festhalten zu wollen. Da kaum Wind wehte, konnte sich der Nebel halten und mich weiterhin schützen.

Noch verspürte ich keinen Hunger, aber irgendwann würde sich das Gefühl einstellen. Und ich merkte auch etwas anderes. Die Tiere des Waldes hatten Angst vor mir. Sie flohen in wahrer Panik, wenn ich plötzlich auftauchte, doch sie brauchten keine Angst um ihr Leben zu haben, denn ich wollte nichts von ihnen.

Wo ich hinrannte, das wußte ich nicht. Für mich kam es darauf an, nur wegzubleiben von irgendwelchen menschlichen Siedlungen, wo man mich unter Umständen sehen und auch fangen konnte.

Seltsam, meine Gedanken arbeiteten noch menschlich, doch mir war klar, daß ich immer mehr zu einem Tier werden würde.

Vielleicht schon in der nächsten Nacht...

Ich verspürte Durst. Meine Zunge, doppelt so lang und auch dünner geworden, hing zwischen den Reißzähnen aus dem Maul. Erschöpft von der Lauferei hielt ich inne, ließ mich auf den Hinterpfoten nieder und merkte, wie es immer heller wurde.

Ich wollte dagegen protestieren, mich wehren und stieß ein klagendes Heulen aus, das jedoch vom dicken Nebel sehr bald verschluckt wurde.

Der Tagesanbruch war nicht mehr aufzuhalten. Und damit auch die Herbstsonne.

Aber die wollte ich nicht. Ich brauchte den Mond, sein kaltes, fahles Licht.

Ich wurde müde. Von der langen Flucht als auch vom Beginn des Tages. Ich wankte nur noch weiter, meine Füße schleiften durch das hohe Gras. Die Atemwolke vor meiner Schnauze vermischte sich mit dem Nebel. Mehr wankend als gehend bewegte ich mich weiter, taumelte durch ein Gebüsch und schreckte eine schlafende Vogelschar hoch. Meine Pranken drehten die biegsamen Zweige zur Seite, als wären sie Streichhölzer. Ich machte die nächsten Schritte und rollte einen Hang hinunter. Zweimal überschlug ich mich, bevor ich in einem Graben liegenblieb.

Schmutzwasser hatte sich dort gesammelt und klebte an meinem Fell, als ich mich wieder aufrichtete.

Zwei helle Augen tauchten aus dem Nebel auf, gleichzeitig hörte ich das Brummen eines Motors.

Ein Auto rollte über die Straße.

Ich duckte mich.

Der Wagen fuhr langsam vorbei. Ich schaute ihm nach. Die Rücklichter wirkten wie Blutstropfen, die, je größer die Entfernung wurde, immer mehr verwischten.

Dann war ich wieder allein.

Irgendwo.

Ich überquerte taumelnd den Asphalt der Straße und war froh, als ich auf der anderen Seite endlich Grasboden unter meinen Füßen spürte. Weichen, nachgiebigen Boden.

Aber auch er konnte mich nicht mehr halten.

Als hätte mir jemand die Beine weggezogen, fiel ich der Länge nach hin.

Wenig später war ich eingeschlafen...

Noch vor Bills und Sukos Abfahrt erhielt Captain Perry die deprimierende Nachricht.

Der Hubschrauber war verschwunden.

Dann folgte auch die Erklärung.

Nebel! Es war unmöglich gewesen, die Maschine im Nebel weiterhin auf dem Schirm zu behalten. Der Nebel verzerrte Entfernungen. Da erschienen auf den Radarschirmen Punkte, die Hunderte von Meilen entfernt lagen, und sogar höher fahrende Eisenbahnzüge waren zu sehen.

»Und jetzt?« fragte Bill.

Damit drückte er das aus, was wohl alle dachten.

Suko hob die Schultern. »Was soll's«, sagte er. »Laß uns trotzdem fahren.«

Bill nickte.

Im dichten Nebel fuhren die beiden Männer zurück nach London. Und ihre Gedanken drehten sich dabei nur um einen Mann, dessen Namen sie beide nicht auszusprechen wagten...

Ich erwachte mit Kopfschmerzen. Aber nicht, weil mir zuvor jemand auf den Schädel geschlagen hatte, sondern weil mir die Sonne ins Gesicht schien, was mich als Wesen der Finsternis begreiflicherweise störte. Zudem kitzelte noch hohes Gras mein Gesicht, und ich drehte mich zur Seite, um den Sonnenstrahlen zu entgehen.

Dabei öffnete ich die Augen.

Mein Blick fiel auf die rechte Hand.

Ich erschrak!

Die Hand war wieder völlig normal geworden. Es gab kein Fell mehr, sondern die normale Haut.

Ich schaute meine andere Hand an, das gleiche.

Ruckartig richtete ich mich auf.

Ich hockte auf einer Wiese. Mutterseelenallein. Hinter mir führte eine Straße vorbei, dahinter lag ein Waldstück und vor mir Wiesen- und Weideflächen, auf denen Kühe und Pferde friedlich nebeneinander grasten.

Der Nebel war verschwunden. Die Sonne hatte ihn weggedampft, und nur noch hauchdünne, kaum zu erkennende Fahnen hingen wie träge, lange Schleier in der Luft.

Ansonsten war es still um mich herum. Kein Mensch ließ sich blicken. Weiter in der Ferne sah ich ein paar Gehöfte.

Da lebten Menschen, und dort würde ich sicherlich etwas zu essen erhalten.

Ich dachte an den Werwolf. Ich war doch ein Werwolf gewesen. Oder hatte ich das alles nur geträumt?

Ich stand auf. Ein wenig wacklig war ich schon auf den Beinen, und als ich an mir herunterschaute, erschrak ich.

Meine Kleidung war zerrissen. An einigen Stellen waren Hosennähte aufgeplatzt. Ich sah aus wie der letzte Tramp. Unwillkürlich fühlte ich nach meinen Papieren.

Die Brieftasche steckte noch. Ich fühlte auch über mein Gesicht. Glatte, feine Haut – kein Fell.

Ich war wieder normal – sah wenigstens normal aus.

Es half nichts, hier herumzustehen. Ich mußte die nächste menschliche Ansiedlung erreichen und von dort aus telefonieren. Schließlich durfte ich meine Freunde nicht im unklaren lassen. Die würden mir sicherlich helfen.

Aber wie half man solch einem Monster wie mir?

Indem man es tötete!

Bei diesem Gedanken zuckte ich zusammen. Nein, das wollte ich nun doch nicht. Ich wischte die trüben Erinnerungen aus meinem Gedächtnis und sah erst einmal zu, daß ich die Stätte hier verließ.

Der Blick auf die Uhr zeigte mir, daß der Nachmittag längst angebrochen war. Und auch die Sonne hatte ihren höchsten Stand überschritten.

Ich machte mich auf den Weg. Aus meinen Tretern waren Schnabelschuhe geworden, das heißt, das Oberleder hatte sich von der Sohle gelöst.

Ich lief quer über die Wiese und passierte das eingezäunte Areal, wo die Tiere weideten.

Sie grasten nebeneinander, doch plötzlich hoben die Pferde als auch die Kühe ihre Köpfe.

Sie schauten mich an.

Ich schüttelte mich unwillkürlich. Ein seltsames Kribbeln lief über meine Haut, dann taten die Tiere etwas für mich Unverständliches.

Schrill wieherten die Pferde auf, in das sich das Muhen der Kühe mischte.

Dann rannten sie los.

Die Pferde jagten auf das Gatter zu, stießen sich ab und sprangen drüber hinweg. So etwas hatten sie wohl noch nie getan. Sie reagierten, als wäre der Blitz zwischen ihnen eingeschlagen.

Dann rannten die Kühe.

Auch sie wuchteten ihre schweren Körper auf das Gatter zu, schafften es jedoch nicht, die Abgrenzung zu überspringen und rammten die Bohlen kurzerhand von den senkrecht stehenden Stangen.

Jetzt hatten sie freie Bahn.

Sie flohen. Jemand mußte sie unheimlich nervös gemacht und in Schrecken versetzt haben.

Dafür kam nur einer in Frage.

Ich.

Verdammt, Tiere waren anders als wir Menschen. Die witterten die Gefahr, und sie hatten mir mit ihrer Reaktion den Beweis geliefert, daß noch längst nicht alles in Ordnung war.

Ich war ein Werwolf.

Der Gedanke daran deprimierte mich. Sekundenlang hätte ich heulen können vor Wut, doch dann riß ich mich zusammen.

Nein, nicht mit mir.

Ich würde es ihnen zeigen. Allen. Ich würde dagegen ankämpfen, wenn die nächste Nacht kam, und sicherlich konnte ich dabei auf die Hilfe meiner Freunde zählen.

Ich wollte sie anrufen.

Geld trug ich zum Glück bei mir.

Entschlossen schritt ich auf die nahe gelegene Farm zu. Mein Plan stand längst fest. Schon bald erreichte ich einen Weg.

Ich ging in der einen Spur des Fahrwegs weiter. Quer über ein abgeerntetes Feld fuhr ein Trecker. Der Auspuff stieß kleine Wölkchen aus, ein Pflug wühlte den Boden auf.

Zwei Kinder kamen mir auf ihren Fahrrädern entgegen. Sie hielten direkt auf mich zu, doch als sie so nahe heran waren, daß sie mich erkennen konnten, rissen sie ihre Räder nach rechts und radelten quer über das Feld davon.

Sicherlich hatte sie mein Zustand so erschreckt. Ich drehte mich um, sah, daß sie von den Rädern gestiegen waren und jetzt lachten.

Ich ging weiter.

Der Weg führte direkt auf den Hof. Nun sah ich kein Gras mehr, sondern festgestampften Boden, auf dem etwa ein Dutzend Hühner herumliefen und gackernd nach irgendwelchen Krümeln suchten.

Auch sie sahen mich.

Zuerst reckte der Hahn seinen Hals, dann stieß er einen undefinierbaren Laut aus und flatterte aufgeregt davon.

Die Hühner taten es ihm nach.

Sie schlugen mit den Flügeln, gackerten und schrien. Sie konnten gar nicht so rasch wegkommen.

Tiere haben eben ein besseres Gespür.

Durch die unruhigen Tiere war die Bäuerin aufgeschreckt worden. Sie trat aus dem Stall neben dem Wohnhaus und hatte nicht nur einen Besen mitgebracht, sondern auch noch einen jüngeren Mann. Im Gesicht sah er der Frau ziemlich ähnlich.

Das war bestimmt der Sohn des Hauses.

Es würde Ärger geben, das war mir klar.

Der Junge drückte seine Mutter zurück, sagte etwas zu ihr und trat mir in den Weg.

Ich lächelte, wollte etwas sagen, doch er ließ mich gar nicht erst zu Wort kommen.

»Warst du das?« fuhr er mich an.

»Was?«

»Du wolltest doch unsere Hühner stehlen, du verdammter Dieb, dreckiger!«

»Nein, ich...«

»Halt deine Schnauze, Mensch, und gib endlich zu, daß du zum Klauen hergekommen bist!«

Ich holte tief Luft. »So lassen Sie mich doch ausreden, Mister. Ich möchte nur telefonieren. Zudem bin ich von der Polizei. Mein Name ist John...«

Da schlug er zu. Er rammte seine Faust vor, doch da ich mit einem Angriff gerechnet hatte, wich ich zur Seite aus, und der Schlag ging ins Leere.

Ich hätte kontern können, doch ich wollte keine Schlägerei. Deshalb versuchte ich es mit Worten. »Hören Sie zu, Mann, ich bin von der Polizei. Scotland...«

Der zweite Schlag war auf meinen Kopf gezielt. Der etwa 20jährige Bursche hatte aus der Drehung heraus seine Faust fliegen lassen.

Sie klatschte gegen meine Schulter. Ich ging zurück, und dann kam mein Konter, in den er offen hineinlief.

Plötzlich saß seine Kinnlade schief, er heulte los und fiel auf die Knie. Einstecken konnte er wohl nichts.

Ich drehte mich zu seiner Mutter um.

Die war in der Scheune verschwunden. Allerdings kam sie schnell zurück.

Mit einem Gewehr.

Ohne zu zögern, riß sie es an die Schulter und drückte ab.

Ein Feuerstrahl fuhr aus der Mündung, ich machte einen gewaltigen Satz zur Seite, und die Kugel riß einen Metalleimer um, der auf dem Boden stand.

Mit diesen Leuten war nicht zu reden.

Ich gab Fersengeld.

»Hau ja ab, du Bastard!« brüllte sie mir nach. »Sonst brenne ich dir noch eins auf den Pelz!«

Die machte keinen Spaß. Quer über den Hof rannte ich und schaute mich erst um, als ich weit genug entfernt war.

Da half die Frau ihrem Sohn gerade auf die Beine. Er schüttelte noch drohend die Faust.

Um telefonieren zu können, mußte ich wohl bis zum nächsten Fernsprechhäuschen laufen, etwas anderes kam in meinem Aufzug anscheinend nicht mehr in Frage.

Und irgendwie traute ich mich auch gar nicht, zu Menschen

zu gehen. Etwas hielt mich davon ab. Wahrscheinlich das Wissen um meine Doppelexistenz.

Tagsüber ein Mensch – nachts eine Bestie.

Grausam...

Ich ging weiter. Ich wollte mich einfach treiben lassen, doch seltsamerweise wurden meine Schritte gelenkt. Ich schritt kräftig aus, nach Westen hin, wo die Sonne untergehen und der Mond erscheinen würde.

Da war mein Ziel.

Nur – welches?

Welches Ziel hatte ich? Selbst konnte ich mir keines vorstellen, aber etwas lockte, das spürte ich deutlich. Es war wie eine ferne Stimme. Menschen wich ich nach Möglichkeit aus, und auch Straßen überquerte ich nur, wenn ich sicher war, von keinem Autofahrer gesehen zu werden.

Ich fühlte mich wie ein Ausgestoßener, wie einer, der nicht mehr zu den Menschen gehörte.

Es wurde kühler.

Erster Herbstdunst breitete sich auf den Wiesen aus. Ich gelangte an einen Bach und trank klares Wasser.

Es schmeckte mir nicht.

Dann ging ich weiter.

Durch eine einsame Landschaft, aus der hin und wieder ein Gehöft hervorragte wie ein Fremdwesen.

Und die Lockung war nach wie vor zugegen. Sie steuerte mich auf mein Ziel zu.

Sogar stärker jetzt.

Verwirrt schüttelte ich den Kopf. Wer meldete sich da?

Dann sah ich in der Ferne einen etwas erhöhten dunkleren Strich. So jedenfalls kam er mir vor. Sollte das mein Ziel sein? Ich lief schneller und erkannte schließlich einen Bahndamm, über den zwei Gleise liefen.

Und links von mir tauchte ein Ungetüm auf.

Ein Güterzug.

Schnell näherte er sich, während ich noch am Bahndamm kauerte und mich auf der schrägen Ebene festgekrallt hatte. Ich wollte den Zug vorbeilassen, um den Bahndamm zu überqueren, doch weiter rechts sprang plötzlich ein Signal um.

Stopp!

Der tonnenschwere Güterzug wurde automatisch gebremst. Plötzlich sprühten Funken auf, entstanden glitzernde Ketten zwischen Rädern und Schienen. Ein nervenzerfetzendes Kreischen erfüllte die Luft, und es hatte den Anschein, als würde der schwere Zug nicht rechtzeitig zum Stillstand gelangen.

Das täuschte aber.

Vor dem Signal blieb die schwere Lok stehen.

Und ich kauerte am Hang.

Da hatte ich die Idee. Warum zu Fuß weiterlaufen, wenn es sich in einem Waggon leichter fortkommen läßt?

Ich peilte hoch und sah einen geschlossenen Transportwagen dicht vor mir. Zudem schien die seitliche Tür offenzustehen.

Ich wagte es.

Bevor mich jemand vom mitfahrenden Personal beobachten konnte, robbte ich die Böschung hoch, packte den eisernen Griff der Tür und riß sie kraftvoll auf, so weit, daß ich hindurchschlüpfen konnte und in das Dämmer eintauchte.

Dann schloß ich die Tür wieder bis auf einen winzigen Spalt. Ich hatte den Griff noch in der Hand, als hinter mir die kratzige Stimme aufklang.

»Willkommen an Bord, Kollege!«

Ich erschrak. Bis in die Knochen sogar. Daß der Wagen von einem Stromer besetzt war, damit hatte ich nun wirklich nicht gerechnet. Ich versuchte, mir möglichst nichts anmerken zu lassen, und drehte mich langsam um.

Viel erkennen konnte ich nicht. Dazu war es innerhalb des Güterwagens zu dunkel. Nur durch den Türschlitz fiel ein schmaler Lichtstreifen.

Doch der andere sah mich. »He, Kumpel!« rief er. »Du hast ja gelbe Augen. War deine Mutter 'ne Wölfin?«

Verdammt, das saß.

Hatte er etwas bemerkt? Unwillkürlich duckte ich mich, doch als sein Lachen an meine Ohren drang, entspannte ich mich wieder. »War doch nur Scherz, aber gelbe Augen hast du wirklich.«

»Ich weiß. Liegt in der Familie.«

Mittlerweile konnte ich besser sehen. Der Wagen war nicht völlig leer. Rechts von mir standen einige Fässer. Was sich darin befand, wußte ich nicht. Sie waren durch Halteringe mit der Wand verbunden. Der Penner saß den Fässern genau gegenüber, also links von der Tür, und ich glaubte, in der dunkelsten Ecke noch eine andere Gestalt hocken zu sehen.

»Hast du den Zug angehalten?« wurde ich gefragt.

»Nein.« Ich räusperte mich. »Ein Signal.«

»Ja, das kommt schon mal vor. Güterzüge halten die öfter an. Los, Junge, setz dich zu mir.« Er klopfte mit der flachen Hand auf den Bretterboden. »Wir haben noch eine lange Fahrt vor uns.«

»Wohin?«

»Keine Ahnung. Aber Fahrten mit dem Güterzug dauern eben immer lange.«

Das war die richtige Philosophie. Ich nahm seinen Vorschlag an und ging zu ihm. Auf halbem Wege fuhr der Zug an. Das geschah ruckhaft. Ich hatte nicht damit gerechnet, nahm den Stoß zurück voll und den vor auch – danach lag ich lang und fiel sogar halb auf den Penner.

»So habe ich die Einladung auch nicht gemeint.«

Aus der dunklen Ecke erscholl ein geiferndes, unsympathisches Lachen. »Bist wohl nicht vom Fach, wie?«

Ich rappelte mich hoch und nahm neben dem anderen Platz. »Nein.«

»Mach dir nichts draus. Ali meckert immer so komisch. Ich kann ihn auch nicht in meiner Nähe haben, deshalb muß er immer in der Ecke sitzen.«

»Schnauze.«

Jetzt lachte der andere. »Ich bin übrigens Paul. Paul, den Penner, nennt man mich.« Er strich über seinen dicken Bauch, der wie eine Kugel vorstand. »Früher habe ich bei Leyland am Band gearbeitet, aber die Maloche schmeckte mir nicht, da bin ich dann auf Reisen gegangen.«

»John!« stellte ich mich vor.

Paul schaute mich an. Eine Fuselfahne wehte mir entgegen. Sein Gesicht war in dem Bartgestrüpp kaum zu erkennen. »Hast du keinen Kampfnamen?«

»Nein.«

»Komisch.«

»Der taugt nichts«, meldete sich Ali aus der Ecke. »Ehrlich, Paul, das ist einer, der mir nicht gefällt.«

»Halt du dich da raus – kriegst auch keinen rein.«

»Ich kann ja wieder abspringen«, versuchte ich zu schlichten. Sie sollten sich wegen mir nicht in die Wolle kriegen.

»Unsinn«, sagte Paul. »Ali hat heute wieder seinen beschissenen Tag. Der ist nun mal so. Mach's dir bequem.«

Paul machte es mir vor; er legte seine Hände gefaltet über den Bauch und schloß die Augen. Er war innerhalb von einer Minute eingeschlafen und schnarchte dabei.

Ich aber blieb wach. Ich schloß die Augen nur halb und dachte an die Zukunft. Jetzt hockte ich in einem Güterwagen, dessen düsteres Inneres mir wie eine rollende Zelle vorkam. Ich hörte das eigentümliche Singen der Räder, doch wenn man sich daran gewöhnt hatte, war es eine faszinierende Melodie, die sogar einschläfernd wirkte.

Als Mensch wäre ich auch vielleicht eingeschlafen, nicht als Halbmensch.

Denn bald würde die Nacht kommen.

Und die Nacht mit ihrem Mond war mein Freund. Dann stand die Verwandlung bevor, denn sobald die Sonne unterging, war es geschehen, da gab es den Menschen John Sinclair nicht mehr, sondern nur den gefährlichen Werwolf, der das unheilvolle Serum im Blut hatte.

Wie würde das noch alles enden? Irgendwann ließ sich die Verwandlung nicht mehr rückgängig machen, da blieb ich dann für immer eine reißende Bestie.

Ich spürte bereits das Kribbeln unter der Haut. Irgend etwas geschah mit meinem Blut. Es schien sich zu erwärmen, so als würde ein Topf mit Wasser langsam zum Kochen gebracht.

Der Zeitpunkt rückte näher...

Und hier im Wagen hockten zwei Menschen.

Opfer...

Daran dachte ich. Und das als Mensch, denn noch besaß ich Verantwortungsgefühl, anschließend konnte ich für nichts mehr garantieren. Da war alles aus.

Nein, ich mußte hier weg.

Gerade wollte ich aufstehen, als sich in der Ecke etwas rührte. Ali knipste plötzlich eine Taschenlampe an, und der Strahl traf haargenau mein Gesicht.

Geblendet kniff ich die Augen zusammen, hörte Alis Lachen, dann ließ er den Strahl wandern.

»Schick siehst du aus, sehr schick.« Er rückte näher. »Aber du gefällst mir nicht. Auch nicht deine Klamotten. Die sind viel zu neu. Nein, das sind keine Pennersachen. Du bist irgendein verdammter Bluffer!« Er rückte noch näher. »Was meinst du, Paul?«

»Hä?«

»Er ist ein Bluffer!« schrie Ali. »Der will uns reinlegen!«

Paul reckte sich erst einmal. »Was hast du eigentlich? Ich penne hier gemütlich, und du schreist rum.«

»Ja, er blufft. Schau dir doch mal seine Klamotten an!« Aufgeregt ließ Ali den Lampenstrahl an meinen Körper entlangwandern. »Die Sachen sind zwar zerrissen, **aber** ansonsten«, er schnalzte mit der Zunge, »feinster Zwirn. Und ich bin sicher, daß er sogar was in der Tasche hat, das sich lohnt. Soll ich mal nachsehen?« Bevor ich mich versah, war seine Hand an der Innentasche.

Bis jetzt hatte ich mich zurückgehalten, doch nun ging der Spaß ein wenig zu weit. Ich hieb zu. Meine Faust krachte auf sein Handgelenk, und Ali quiekte auf.

»Da hast du's. Da hast du's!« Er war plötzlich wie von Sinnen und warf sich gegen mich. Und er hatte auch Penner-Paul überzeugt, der griff mich nämlich von der anderen Seite an.

Der Schlag aufs Auge tat weh, deshalb wuchtete ich ihm den Ellbogen ins Bartgestrüpp. Penner-Paul fiel zur Seite und jaulte. »Mein letzter Zahn, mein letzter Zahn.« Er war gar nicht mehr zu beruhigen.

Ali warf sich auf mich. Er drückte mich von der Wand weg, wir fielen zu Boden und rollten ineinander verkeilt über die Bohlen.

Der Stromer kämpfte mit allen schmutzigen Tricks. Und er suchte meine Augen, in die er seine Finger versenken konnte. Das waren wohl die Kampftechniken, mit denen sie sich gegenseitig malträtierten. Aber nicht mit mir. Ich kannte da ein paar wirksame Gegentricks.

Als seine zustoßenden Finger auf meine Augen zufuhren, hielt ich blitzschnell meine Hand senkrecht vor den Nasenrücken.

Ein uralter Trick, aber wirksam. Der heimtückische Angriff wurde abgeblockt.

Vor Enttäuschung schrie der Knabe auf.

Ich warf mich gegen ihn. Er flog zurück und schrie wieder nach Paul, dem Penner. Der kam auch auf die Beine. Ich merkte es daran, daß sich hinter mir die Bohlen bewegten.

Gern hatte ich den Dicken nicht in meinem Rücken. Mit einem Drehgriff löste ich mich von Ali und rollte mich auf die andere Seite. Gerade noch zur rechten Zeit.

Paul, der Penner, hatte bereits mit einer kurzen handlichen Eisenstange ausgeholt, um sie mir der Länge nach über den Schädel zu schmettern.

Meine Füße waren schneller. Sie stießen ihn bis zur Wand zurück, und da ich seine Wampe getroffen hatte, gab er Laute von sich wie früher der selige Oliver Hardy in seinen Filmen.

Das alles paßte Ali überhaupt nicht. »Wir machen dich fertig!« drohte er und griff nach mir.

Ich stand schon wieder.

Seinen Faustschlag fing ich ab. Plötzlich hielt ich sein rechtes Gelenk umklammert, und wir starrten uns in die Augen.

Auf einmal verzog sich Alis Gesicht. Erst wollte er grinsen, doch dann wurde es eine Grimasse, auf der sich deutlich die Angst widerspiegelte.

Angst – vor wem?

Vor mir – vor meinem Gesicht.

Da wußte ich, daß es nicht mehr lange dauern konnte. Die Verwandlung setzte bereits ein. Sie begann am Kopf.

Ich wollte etwas sagen, doch aus meiner Kehle drang nur noch ein Keuchen.

Wild stieß ich Ali von mir. Er krachte gegen die Fässer, wo er jammernd liegenblieb.

»Sein Gesicht!« jaulte er. »Sein Gesicht! Wie ein Teufel. Ja, er ist der Teufel!«

Der war ich zwar nicht, aber so etwas Ähnliches. Keine Sekunde länger durfte ich in diesem Waggon bleiben, sonst gab es noch eine Katastrophe.

Ich hetzte zur Tür und riß sie mit fast übermenschlicher Kraft auf, trotz des Widerstands, den mir der Fahrtwind entgegensetzte.

Es war fast dunkel geworden. Nebelfetzen hingen über der Landschaft. Rasend schnell huschte der Boden vorbei.

Ich sprang.

Wie ein Tier duckte ich mich in der Luft zusammen, krümmte den Rücken, dann erfolgte der Aufprall.

Er war schlimm. Doch irgendwie mußten meine Knochen anders geworden sein, der Aufprall schmerzte zwar, aber nicht so, wie es bei einem normalen Menschen geschehen wäre.

Wie viele Male ich mich überschlug, konnte ich nicht zählen. Als ich endlich zur Ruhe kam, lag ich auf feuchtem Grasboden und sah soeben den letzten Wagen verschwinden.

Doch genau über mir am dunklen Himmel stand ein zitronengelber, bleicher Vollmond.

Mein Kraftspender.

Die Zeit des Werwolfs John Sinclair war angebrochen!

Ich richtete mich auf.

Da sah ich wieder das dichte Fell auf meinen Armen, fühlte in meinem Gesicht und tastete die Konturen der Schnauze nach.

Es gab keine Zweifel mehr: Ich war ein Werwolf.

Und ich verspürte den wilden Drang in mir, nicht mehr auf der Stelle zu hocken, sondern zu jagen. Ich wollte meinem Instinkt nachgehen und Opfer suchen, denn ich mußte meinen Trieb stillen.

Witternd schaute ich mich um.

Es war fast eine Bilderbuchnacht. Der runde Mond am Himmel, der die Dunkelheit irgendwie transparent machte, das Schienenpaar, das glitzernd im Dunkeln verschwand, Wald in der Nähe, gespenstisch anzusehen mit seinen alten Bäumen.

Das war nicht alles. Es existierte noch etwas. Ein leises Singen, Rufen und Locken.

Ich hatte es schon einmal gehört, und es war stärker geworden.

Mir sträubte sich das Fell, als ich es jetzt wieder vernahm. Für mich war es in diesen Augenblicken so lieblich, und es klang so sehnsuchtsvoll, daß ich ihm unbedingt nachgehen mußte.

Mir blieb gar nichts anderes übrig.

Ich lief los.

Auf allen vieren jagte ich weg von dem Bahndamm. Meine Sprünge waren kraftvoll, sogar gewaltig, denn ich hatte mich lange genug ausruhen können.

Eine Nacht lag vor mir. Eine wilde, herrliche, grausame Nacht, in der ich endlich zu meinem Recht kommen würde.

Bei diesem Gedanken öffnete ich meine Schnauze und stieß ein langgezogenes Heulen aus, das dem Mond entgegenschallte.

Ja, ich war ein Geschöpf dieser Nacht. Die Dunkelheit gab mir Schutz, das Mondlicht Kraft.

Das Gras wurde höher. Es schlug mir um die Schnauze. Ich lief hinein in eine kleine Senke und sah dicht vor mir bereits den dunklen Saum des Waldes.

Dort lag mein Ziel.

Das Locken war intensiver geworden. Ich wußte, daß ganz in der Nähe die Ursache sein mußte.

Noch ein Sprung, und ich hielt inne.

Nichts war zu hören.

Ich richtete mich auf und schaute mich um.

Wo war die lockende Stimme?

Im Wald vielleicht?

Ich starrte in den Wald hinein und glaubte, in der Ferne zwischen den Bäumen etwas Rötliches schimmern zu sehen.

Ein Feuer!

Aber mitten im Wald?

Seltsam, sehr seltsam...

Ich wollte zum Feuer.

Unruhig warf ich meinen Schädel hin und her. Wieder sträubte sich das Fell. Wie bei einem Kamm die Borsten, so stellten sich meine Rückenhaare hoch.

Ich wußte, bald hatte ich des Rätsels Lösung gefunden, dann wußte ich, woher dieses Locken kam.

Ich drang in den Wald ein. Meine breiten Füße knickten das Unterholz, als bestünde es aus Stroh. Nasse, schon leicht bunt gefärbte Blätter klatschten gegen meine Schnauze und wischten über die Augen. Der Boden war weich und nachgiebig. Meine Schritte kaum zu hören.

Es war still im Wald, der Feuerschein wies mir den Weg. Ich wußte genau, wie ich zu gehen hatte.

Meine Zunge hing weit aus dem Maul. Der Atem stand als kleine Wolke vor der Schnauze, die Zähne blitzten, und meine Augen leuchteten in gieriger Vorfreude.

Bald würde ich am Ziel sein. Vielleicht fand ich dort am Feuer bereits mein erstes Opfer?

Ich freute mich darauf.

Ja, ich wollte es haben, mußte endlich meinem mörderischen Trieb nachgeben, denn so ging es nicht weiter. Ich war eine Kreatur der Nacht, ein Schwarzblüter, der vom Blut der anderen lebte.

Die Bäume standen dicht an dicht. Gewaltiges Wurzelwerk ragte aus dem Boden, das ich kurzerhand übersprang.

Immer weiter näherte ich mich dem Schein. Jetzt leuchtete er heller. Er schien vor mir die gesamte Fläche auszufüllen. Ein Feuer im Wald, das sich nicht ausbreitete.

Wer hatte dies zu verantworten?

Wenig später sah ich es.

Da stand ich am Rande der Lichtung, auf der ein Holzstoß knisternd brannte und eine lange Flammenspur gegen den Nachthimmel leckte.

Fasziniert starrte ich auf das Feuer. Es stieß mich ab, weil ich irgendwie Angst davor hatte. Es zog mich aber gleichzeitig auch ungeheuer an.

Ein Paradoxon...

Ich zögerte.

Wieder sträubte sich mein Fell. Die Augen funkelten, als ich meine Blicke über die Lichtung schweifen ließ.

Und dann hörte ich die Stimme. Die Frauenstimme.

»Komm ruhig näher, Wolf, ich habe auf dich gewartet...«

Ich blickte mich um, bleckte die scharfen Zähne, doch was ich sah, ließ sämtliche Angriffswut in mir verpuffen.

Es war faszinierend...

Sie stand rechts von mir, ebenfalls am Rand der Lichtung. Und sie war eine Frau.

Nein, eine Schönheit, eine Wölfin, eine Mischung aus Mensch und Bestie.

Unwahrscheinlich in ihrer Perfektion, und als ich ihre Stimme von nahem hörte, wußte ich, daß sie mich die ganze Zeit über so gelockt hatte.

Ich schaute sie an – sie schaute mich an.

Wir sprachen beide kein Wort.

Aber jeder von uns spürte, wie sich ein unsichtbares Band zwischen uns beiden festigte, und wir merkten, daß wir uns auf einer Ebene befanden.

Ich genoß die Faszination des Augenblicks und tastete mit meinen Blicken jeden Zoll ihres Körpers ab.

Sie war halb Mensch und halb Tier.

Das lange weiße Kleid reichte bis zum Boden. Es umhüllte frauliche Formen, doch die Haut war die gleiche, die auch ich trug.

Schimmerndes Fell, das von den Flammen mit rötlichem Schein übergossen wurde.

Ihre Finger waren lang und ebenfalls mit Fell bedeckt. Sie liefen vorn zu spitzen Nägeln zu, die seltsam hell schillerten.

Bis über die Schultern reichte das hellbraune Fell. Der schlanke biegsame Hals wurde ebenso von den blonden, fast gelben Haaren umschmeichelt wie das Gesicht.

Welch ein Gesicht!

Von einer nahezu klassischen Schönheit. Stark ausgeprägte Wangenknochen, eine kleine gerade Nase, fein geschwungene Augenbrauen und darunter, etwas tiefer in den Höhlen liegend, Augen, die mich anblickten und mich in ihren Bann schlugen.

Gelbgrün schillerten sie, standen dabei leicht schräg und leuchteten wie der Mond am Winterhimmel. Ein fein geschwungener Mund mit vollen, kirschroten Lippen und ein sanftes Kinn, dessen Grübchen mir sofort auffiel.

Eine faszinierende Frau, ich kann es immer nur wiederholen, und mich traf ihr Anblick wie ein Stich ins Herz.

Diese Frau mußte ich haben, ich wollte sie besitzen.

Es ging kein Weg daran vorbei!

Deshalb auch mein Weg zu ihr. Sie hatte mich hergelockt, ihre Stimme hatte ich vernommen, denn sie wollte auch mich.

Sie streckte die Hand aus.

Ich zögerte – traute mich nicht. Mein Blut rauschte durch die Adern, mir wurde schwindlig, und ich zitterte.

Was war geschehen?

Ich hatte mich verliebt. Ich, der Werwolf, sah nur noch diese Frau. Diese Königin.

Die Königin der Wölfe!

»Was ist mit dir? Warum kommst du nicht zu mir?«

Jetzt hörte ich ihre Stimme. Sie war ein Locken, ein sanftes Schwingen, und ich wagte es.

Schritt für Schritt näherte ich mich dieser faszinierenden Mischung aus Frau und Bestie. Ich ging durch das Gras, spürte nicht die Wärme des Feuers, sondern sah nur sie.

Ich war völlig weg.

Diese Person hatte mich in ihren Bann geschlagen.

Dann stand ich vor ihr.

Zitternd, bebend...

Und sie lächelte. Ihre sinnlichen Lippen öffneten sich, als sie plötzlich fragte: »Warum faßt du mich nicht an, John Sinclair?«

Sie kannte meinen Namen. Sie wußte, wer ich war. Woher? Das spielte keine Rolle. Hauptsache, sie wollte mich.

Ich berührte ihre Hand.

Es durchzuckte mich wie ein Schlag. Sekundenlang schloß ich die Augen, und als ich sie wieder öffnete, stand sie dicht vor mir. Ich schaute in die schillernden Augen und las darin das größte Versprechen, das eine weibliche Person geben konnte.

»Wer... wer bist du?« fragte ich rauh.

»Ich heiße Lupina und bin die Königin der Wölfe. Ich möchte, daß du mein König wirst!«

Ja, ja, jubelte es in mir. Jetzt war es heraus. Ich würde alles für sie tun.

Alles!

Sie zog mich noch enger an sich, mich, den Werwolf. Ich spürte ihren Atem auf meinem Gesicht, es war ein heißer, fordernder Atem, und ich begann zu zittern.

»Willst du bei mir bleiben?« hauchte sie.

»Ja.«

»Es ist aber nicht einfach.«

»Das ist egal.«

Sie lachte plötzlich. »Du wirst kämpfen müssen, denn viele begehren mich. Man weiß, daß ich, die Königin, einen König an meiner Seite haben möchte, und aus diesem Grunde haben sich die Werwölfe aus nah und fern zusammengefunden.«

»Wo sind sie?«

»Hier!«

Mit diesem Wort beendete die schöne Lupina unseren Dialog und stieß mich von sich.

Ich drehte mich um.

Und ich sah sie.

Wie ich vorhin, so standen sie ebenfalls am Rand der Lichtung und starrten fasziniert auf die Königin der Wölfe.

Es waren vier männliche Bestien!

Vier Wölfe – vier Gegner für mich.

Sie wollten wie auch ich König an der Seite der schönen Lupina werden.

Wir starrten uns an.

Wenn sie sich auch in ihrem Aussehen voneinander unterschieden, eins hatten sie gemeinsam.

Den Haß auf mich.

Ich war der letzte Eindringling, und obwohl sie sich auch gegenseitig hassen mußten, konzentrierte sich ihre Abneigung doch letztendlich auf den Fremden.

Aus ihren schmalen Raubtieraugen leuchtete mir die reine Mordgier entgegen. Sie wollten mich unterkriegen, um jeden Preis.

Sie öffneten ihre Schnauzen. Ich sah das helle Schimmern der gefährlichen Zähne, die langen Zungen, und ich wußte, daß sie mich angreifen würden.

Unbewußt nahm ich die Kampfhaltung eines Wolfes eines. Ging auf alle viere nieder und stemmte die Pfoten ein.

Lupina bewegte sich.

Sie vollführte einen regelrechten Tanzschritt, und das helle Kleid bauschte sich auf, dabei schaute die Wölfin zum Mond hoch, der rund und voll am Himmel stand.

»Er wird Zeuge sein!« rief sie. »Zeuge des großen Kampfes um mich. Denn wer von euch fünf Sieger bleibt, wird mich für den Rest seines Daseins besitzen.«

Die Wölfe stießen ein klagendes Geheul aus, das schaurig über die Lichtung hallte.

Nur ich hielt mich zurück und entspannte mich. Vielleicht steckte noch ein Rest von Mensch in mir, doch ich war trotzdem zu kämpfen gewillt.

Für diese Königin lohnte es sich!

Ich wollte mein Leben einsetzen.

Mit dem Rücken zum Feuer blieb Lupina stehen. Die Flammen umschmeichelten ihre Gestalt, ließen sie deutlich vor dem Hintergrund abstechen, und ihr Fell wirkte wie von einem Blutregen übergossen.

»Ich!« rief sie laut. »Ich bestimme die Regeln des Kampfes. Es wird sich nicht jeder auf jeden stürzen, das gibt es nicht, sondern vier kämpfen der Reihe nach gegen einen – gegen den Stärksten. Und wer von euch ist der Stärkste? Wer will mich als erster in den Armen halten und mein König sein?«

Alle sprangen vor.

Und auch ich machte keine Ausnahme, denn ich wollte ihr ebenfalls imponieren.

Sie lachte laut. »Nicht so schnell, meine Freunde. Ich kann wirklich nur einen aussuchen. Stellt euch nebeneinander.«

Wir gehorchten.

Am Rande der Lichtung bauten wir uns auf. Ich stand als letzter in der Fünferreihe.

Neben mir stand ein Werwolf, der mich um einen halben Kopf überragte. Sein Fell verströmte einen beißenden Geruch, der sogar mich abstieß. Unruhig scharrte er mit den Füßen. Hin und wieder drehte er den Schädel, dann warf er mir einen Blick zu, aus dem mir der Haß fast körperlich entgegenströmte.

Er würde mich vernichten.

Langsam schritt die Königin der Wölfe die Reihe ab. Jeden schaute sie genau an, wobei sie immer erst stehenblieb und ihren Blick in jedes einzelne Gesicht heftete.

Bei dem ersten schüttelte sie den Kopf, beim zweiten ebenfalls, beim dritten auch.

Dann stand sie vor dem vierten.

Er war der Größte von uns, und er plusterte sich noch stärker auf, als Lupina stehenblieb.

Die Wölfin hob ihre Arme und fuhr mit beiden Händen durch das Gesicht der Bestie.

»Du siehst gut aus«, stellte sie fest.

»Ich bin der Stärkste.«

»Wer weiß.« Sie lächelte auf eine seltsame Art und Weise. »Ich habe dich kämpfen sehen, Goro, bisher hast du gewonnen. Ob es immer so sein wird, kann ich nicht beurteilen.«

»Probiere es aus!« forderte er.

»Das werde ich auch.«

»Dann gibst du mir die Chance?« fragte er fiebernd.

Sie wiegte den Kopf. »Vielleicht?« Dann ging sie einen Schritt weiter und blieb vor mir stehen.

Ich spürte die Lockung, die von ihr ausging. Sie machte mich regelrecht an, und am liebsten hätte ich diese Königin in meine Arme gerissen.

Nur mühsam bewahrte ich die Beherrschung.

Ihre Zunge befeuchtete die Lippen, dann sagte sie: »John Sinclair, der Werwolf. Als letzter zu mir gestoßen, aber unter den Menschen gibt es ein Sprichwort: Die letzten werden die ersten sein. Stimmt es?«

»Ja, so heißt es.«

»Und du bist der letzte gewesen!«

»Dann bin ich auch der erste?«

»Nein!« röhrte Goro neben mir. »Das bin ich. Ich will dich. Ich werde kämpfen.« Er stampfte mit dem Fuß auf und hinterließ im Boden einen Abdruck.

»Ich hätte dich genommen, aber du bist zu ungeduldig. Warum kannst du nicht warten?«

»Weil ich es nicht will.«

»Für mich ist Sinclair der stärkste Wolf hier auf der Lichtung. Beweis mir das Gegenteil. Du zuerst, Goro!«

Der Werwolf riß sein Maul auf und zeigte sein Gebiß. Davor konnte man wirklich Angst bekommen, auch als Bestie. Er würde mich mit großem Vergnügen zerreißen.

Die anderen hatten den Worten stumm gelauscht. Jetzt traten sie zur Seite.

»Der Kampf kann beginnen!« rief Lupina, hob den Arm und ließ ihn fallen.

Und Goro griff sofort an!

Schlaf hatten sie nur wenige Stunden gefunden. Sie, das waren Jane Collins, Shao, Suko und Bill Conolly. Sie saßen zusammen in Sukos Wohnung und berieten.

Es gab nur ein Problem.

Mein Verschwinden!

Was hatte Scotland Yard nicht alles in Bewegung gesetzt! Ringfahndung, Absperrung der Ausfallstraßen, Überwachung der Luft, der Häfen, Straßenkontrollen – alles hatte nichts genutzt. Der Gesuchte war und blieb verschwunden.

»Wo sollen wir noch anfangen?« fragte Bill und hob in einer verzweifelten Geste die Schulter. Das sagte eigentlich alles, denn so dachten auch die anderen.

»Ich weiß es nicht«, stöhnte Jane.

Auch Suko schüttelte den Kopf.

Nur Shao hatte praktisch gedacht. Sie kam mit einer Kanne Tee und schenkte ein.

Jeder trank gern eine Tasse. Minutenlang genossen sie nur das belebende Getränk.

Sogar Sukos Beziehungen nach Chinatown hatten nichts genutzt. Er hatte seine zahlreichen Vettern angespitzt, doch eine positive Nachricht hatte er nicht erhalten.

Keine Spur von John Sinclair.

»Kann mir jemand sagen, was wir noch alles versuchen können?« fragte Bill Conolly.

»Ruf im Yard an«, sagte Jane. »Vielleicht hat sich etwas Neues ergeben.«

»Dann hätte man uns doch Bescheid gegeben.«

»Vielleicht haben die's vergessen.« Jane griff nach dem allerkleinsten Strohhalm.

Niemand brauchte anzurufen, denn das Telefon schrillte. Suko hob hastig ab.

»Ach, Sie sind es, Sir!«

Wenn der Chinese so sprach, konnte nur Sir James Powell damit gemeint sein.

»Nein, Sir, bei uns hat sich nichts Neues ergeben. Und bei Ihnen?« Er hörte eine Weile zu, nickte dann und sagte: »Das habe ich mir gedacht, Sir. Vielen Dank für den Anruf.« Er legte auf und schaute die anderen an.

»Wieder nichts?« fragte Bill.

»Genau.«

»Verdammt.«

»Wo kann er nur stecken?« murmelte Jane Collins und zündete sich eine Zigarette an. Ihre Finger zitterten, als sie die Flamme an das Stäbchen hielt.

»Die haben ihn bestimmt mitgenommen«, meinte Bill. »Solch eine Chance läßt sich Dr. Tod doch nicht entgehen.«

»Dann ist er auch nicht mehr unter den Lebenden«, formulierte der Chinese.

Bill hob die Schulter. »Das will ich nicht sagen. Vielleicht möchte Dr. Tod seine Rache auskosten.«

»Das hieße Gefangenschaft und Folter«, folgerte Jane.

»Genau. Und deshalb müssen wir die Chance nutzen, die sich uns bietet. Wir können hier nicht untätig herumsitzen, sondern müssen einfach nachforschen.«

»Aber wo?« rief Bill und sprang auf. »Wo, zum Henker, wo?«

»Vielleicht hat dieser Marvin Mondo irgendwo noch eine Klinik«, vermutete Suko.

»Klar, daran haben wir auch gedacht. Als ich vor zwei Stunden beim Yard war, haben sie das durch den Computer laufen lassen, was sie von Mondo wußten.«

»Ist was herausgekommen?« wollte Jane wissen.

»Nein, nur bekannte Dinge. Mondo ist nicht vorbestraft, gilt aber bei seinen Kollegen als exzentrisch und ist nicht sehr beliebt. Das war alles.«

»Damit können wir keinen Blumentopf gewinnen«, meinte Suko.

Bill nickte. »Eben.«

Jane Collins, die blonde Privatdetektivin, starrte zum Fenster hinaus. Ein strahlender Herbstnachmittag neigte sich seinem Ende entgegen. Der Himmel explodierte in zahlreichen Farben, die sich scharf und klar über der Londoner Stadtkulisse abhoben.

Die anderen hatten ihr Bescheid gegeben. Jane war sofort gekommen, hatte einen Auftrag sausen lassen, denn in diesen schlimmen Augenblicken mußten Johns Freunde zusammenhalten.

Da traten egoistische Gründe zurück.

Aber was hatte sich alles ergeben?

Nichts.

Jane drückte ihre Zigarette aus. Vom vielen Rauchen hing eine blaugraue Wand in der Luft.

»Könnte man nicht eine Beschwörung durchführen?« schlug Bill Conolly vor.

»Und wen sollen wir beschwören?« fragte Suko.

»Myxin. Wir haben ihn doch damals auch beschworen, als John den Schwarzen Tod vernichtete.«

»Das ist nicht drin, Bill.«

»Und warum nicht?«

»Weil Myxin kein richtiger Dämon mehr ist. Er steht auf unserer Seite, das hat er mehrmals bewiesen.«

»Ja, ich vergaß.«

»Vielleicht einen anderen Dämon«, schlug Shao vor. »Wenn die Mächte der Finsternis John Sinclair wirklich in ihren Klauen haben, wird es ihnen eine Freude sein, uns dies mitzuteilen.«

»Dann müssen wir warten, bis es dunkel ist«, sagte Suko. Er schaute die anderen an und erntete keinen Widerspruch.

Nur Jane Collins sagte: »Ich komme später wieder.«

Bill warf einen Blick auf die Uhr. »Sagen wir in zwei Stunden?«

Jane nickte.

Der Reporter wollte seine Frau Sheila anrufen, damit sie sich keine Sorgen machte.

Jane Collins ging.

Sie nahm den Lift und durchquerte die große Eingangshalle, wobei der Portier sie freundlich grüßte, denn er kannte die Detektivin. Schließlich verkehrte sie des öfteren hier.

Jane hatte ihren Wagen dort abgestellt, wo sie eigentlich nicht parken durfte, weil das der Abstellplatz für die Fahrzeuge der Hochhausangestellten war. Aber Jane hatte eben bei verschiedenen Männern einen Stein im Brett.

Sie lief auf den Wagen zu, schloß die Fahrertür auf und öffnete. Dann ließ sie sich aufseufzend hinter das Lenkrad des VW-Käfers fallen. Den Zündschlüssel hielt sie bereit und wollte ihn gerade in das Schloß stecken, als sie im Innenspiegel hinter sich eine Bewegung wahrnahm.

Jane erschrak, spannte die Handkanten, um sich zu wehren, doch das war nicht nötig.

Sie kannte den Mann, der sich dort versteckt gehalten hatte.

Es war Myxin, der Magier!

»Großer Lord!« flüsterte die blonde Detektivin. »Hast du mich erschreckt!«

»Es war nicht meine Absicht.«

»Warum hast du dich dann in meinen Wagen geschlichen?«

»Es sollte mich niemand sehen.«

»Dann hast du einen Grund.«

»Sicher.«

Jane Collins folgerte rasch. Sie ahnte, warum Myxin erschienen war und sagte: »John!«

»Genau.«

Tief atmete Jane Collins durch. »Weißt du mehr?« fragte sie.

»Ja und nein.«

»Dann komm hoch zu den anderen. Die warten auch.«

»Das will ich nicht.«

»Und warum nicht?«

»Weil zu viele oft schädlich sind. Du liebst John Sinclair doch, oder nicht?«

»Klar.«

»Bist du auch bereit, die Sache durchzustehen?«

»Was heißt das?«

»Ob du bereit bist, für ihn zu kämpfen.«

»Ja.« Die Antwort klang fest.

»Dann ist es gut.« Myxin rutschte zur linken Seite, klappte den Vordersitz vor, öffnete die Tür, stieg aus und setzte sich dann auf den Beifahrersitz. Mit einem dumpfen Laut schlug die Tür wieder zu.

Die Detektivin beobachtete ihn. Myxin sah aus wie immer. Er trug seinen langen dunklen Mantel, hatte nach wie vor das schmale Gesicht mit der grünlichen Gesichtsfarbe. Die Hände steckten in den Mantelaufschlägen.

Jane Collins konnte es vor Neugierde kaum aushalten. »Was weißt du von John?«

»Er war bei Mondo. Man hat ihm ein Serum eingespritzt.«

»Welches Serum?«

»Das ihn zu einem Werwolf macht.«

Jane wurde blaß. Sie schluckte zweimal, bevor sie fragte: »Ist er zu einem Werwolf geworden?«

»Ja.«

»Woher weißt du das?«

Da lächelte Myxin weise.

Doch Jane war das nicht genug. »Ich will eine Antwort, verdammt. Oder steckst du mit denen unter einer Decke?«

Entrüstet schaute Myxin die Detektivin an. »Wie kannst du das von mir denken?«

»Dann beweise mir das Gegenteil. Ich will und ich muß wissen, was geschehen ist.«

»Gut, ich will es dir sagen. Es hört sich fantastisch an, aber du mußt es mir glauben.«

»Sicher.«

»Wie du weißt, habe ich mich auf eure Seite gestellt. Dafür mußte und muß ich noch schwer büßen. Asmodina hat das nicht vergessen, sie raubte mir meine magischen Kräfte und nahm mich gefangen. Außerdem verhöhnte und verspottete sie mich. Es war eine verdammt schlimme Zeit für mich, und manchmal reute es mich, daß ich mich so entschlossen hatte und nicht anders. Ein Zurück gab es nicht, ein Voran auch nicht. Ich dachte an Aufgabe, doch da waren John Sinclair und seine Freunde, die mich wieder aufrichteten. Wir erlebten einige Abenteuer gemeinsam, kämpften gegen Sinistro und die Eisvampire. Ich arbeitete an mir und schaffte es tatsächlich, einen winzigen Teil meiner Kräfte zurückzugewinnen. Natürlich hütete ich das Geheimnis, ich würde es nie einem Schwarzblüter anvertrauen, denn wenn Asmodina wüßte, daß ich dabei bin, mich zu regenerieren, dann würde sie alles daransetzen, um mir den Todesstoß zu versetzen. Außer euch erfuhr niemand etwas, aber ich führte wieder Beschwörungen durch, und sie gelangen mir sogar. Ich erfuhr so manches aus dem Reich des Schreckens, das mir sicherlich irgendwann einmal nützlich sein kann.«

»Was hat das alles mit John zu tun?« fragte Jane Collins, die ziemlich ungeduldig geworden war.

»Laß mich weiterreden. Auch gestern führte ich zum Zwecke des Trainings wieder eine Beschwörung durch. Castral, ein Schwätzer und Dämon der niederen Stufe, erschien. Er war äußerst guter Laune, freute sich und lachte. Ich erkundigte mich nach dem Grund. Er sagte mir, daß es Asmodinas Helfer Dr. Tod gelungen wäre, seinen Erzfeind Sinclair endlich zu fangen. Zuerst erschrak ich, wurde jedoch ruhiger, als ich hörte, daß man ihm zum Werwolf gemacht hatte. Ja, John soll als Werwolf weiterexistieren. Ich fragte nach, welche Aufgabe man ihm zugedacht habe, doch das wußte Castral nicht. Er wußte jedoch, daß sich Lupina für ihn interessierte.«

»Wer ist nun das schon wieder?« hakte Jane Collins nach.

»Lupina ist die Königin der Werwölfe«, erklärte ihr Myxin. »Sie sucht schon seit Jahren einen Begleiter, einen König, der ständig an ihrer Seite steht. Bisher hat sie keinen gefunden. In regelmäßigen Abständen läßt sie die Bewerber um ihre Gunst gegeneinander kämpfen. Einer, den sie sich aussucht, muß gegen alle antreten. Schafft er sie, so wird er ihr König. Bisher hat es noch keiner geschafft. Und heute, bei Vollmond und um Mitternacht, soll das Ritual abermals stattfinden.«

Jane starrte den kleinen Magier an. »Du meinst, dann wird John Sinclair gegen die Wölfe kämpfen?«

»Der Werwolf Sinclair wird sich gegen die anderen stellen, denn er will ihr Begleiter werden, weil er sich wahrscheinlich unsterblich in Lupina verliebt hat.«

»Nein«, flüsterte Jane, »das macht er nicht. John liebt mich. Da bin ich sicher.«

Myxin lächelte nur. »Wirklich?«

»Ja.«

»Aber er ist ein Werwolf. Er ist nicht mehr dein John!«

Janes Augen blitzten. »Das werde ich auf die Probe stellen.«

Myxin nickte. »Deshalb habe ich hier auf dich gewartet. Nur wir beide werden hinfahren und versuchen, ob noch etwas zu retten ist. Bist du bereit?«

»Ja.«

»Dann fahr.«

»Nein, noch nicht.«

»Was ist denn?«

»Ich muß noch mal hoch. Ich kann nicht unbewaffnet los. Ich will etwas mitnehmen.«

Myxin überlegte. »Du wirst den anderen etwas sagen?«

»Bestimmt nicht.«

»Dann geh.«

Jane Collins drückte die Tür auf, stieg aus und lief noch mal zurück. Der kleine Magier schaute ihr lächelnd nach.

Janes Gedanken aber überschlugen sich. Was Myxin da verlangt hatte, konnte sie nicht tun. Aber sie hatte versprochen, nichts zu sagen.

Wie sollte sie sich entscheiden?

»Etwas vergessen?« rief der Portier.

»Ja, natürlich.«

Im Lift kam Jane die Idee. Sie hatte zwar versprochen, nichts zu sagen, aber das Schreiben hatte der kleine Magier ihr nicht verboten. Das würde sie tun.

Jane öffnete ihre Handtasche und holte in fieberhafter Eile ihren kleinen Notizblock hervor. Auf dem Gang noch schrieb sie ein Blatt hastig voll.

Dann schellte sie bei Suko.

Shao öffnete und schaute überrascht, als Jane an ihr vorbei in die Wohnung stürmte.

Auch die anderen bekamen große Augen.

»Was ist denn jetzt los?« fragte Bill.

Jane blieb vor ihm stehen. »Bill, frage bitte nicht, sondern tu, was ich dir sage und worum ich dich bitte.«

»Okay.«

»Gib mir Johns Kreuz!«

»Was?«

»Ich möchte sein Kreuz haben.«

»Wofür?«

»Du wolltest doch keine Fragen stellen.«

Bill schaute an Jane vorbei zu Suko. Der Chinese nickte, er war also einverstanden.

»Ich hole es«, sagte er.

»Danke, Suko.«

Der Chinese hatte das Kreuz im Schlafraum aufbewahrt. Er überreichte es Jane, der der Schweiß dick auf der Stirn lag. Erleichtert nahm sie es entgegen. »Das vergesse ich euch nie, daß ihr soviel Vertrauen in mich setzt.«

Jane verabschiedete sich. »Drückt mir und John die Daumen«, flüsterte sie.

»Klar.«

Sie ging. An der Tür warf sie den zusammengeknüllten Zettel über ihre Schulter.

Dann betrat sie den Flur.

Nur bis zum Lift hatte sie es eilig. In der Halle unten ließ sie sich Zeit. Die Freunde sollten reagieren und die richtigen Schlüsse ziehen können.

Als sie endlich die Wagentür aufzog, empfing Myxin sie mit den Worten: »Hat ja sehr lange gedauert.«

»Stimmt«, Jane nickte. »Aber sie waren eben schwer davon zu überzeugen, daß ich das Kreuz brauchte.«

»Wo ist es jetzt?«

Jane deutete auf ihre Brust. »Dort.«

Myxin nickte lächelnd.

Die Detektivin startete. Sie wunderte sich, daß Myxin nicht

nach ihrem Versprechen fragte, doch dann hob sie die Schultern. Sie hatte andere Sorgen, und die hießen John Sinclair.

Shao schüttelte verwundert den Kopf, und ihre langen schwarzen Haare flogen von einer Seite zur anderen. »Habt ihr so etwas schon mal erlebt? Ich nicht. So kenne ich Jane nicht.«

»Sie wird eben ihre Gründe gehabt haben«, erwiderte Suko.

»Du verstehst sie. Und wenn sie sich nun in Gefahr begibt? Was ist dann?«

»Zumindest weiß sie, wo John steckt«, überlegte Bill Conolly. »Wir hätten sie doch nicht ziehen lassen sollen.« Er sprang auf. »Ich fahre hinterher.« Bill war schon auf dem halben Weg, als er das Knäuel auf dem Boden sah.

»He, das ist nicht von mir.« Blitzschnell hob er es auf und faltete es auseinander. »Da steht was. Verdammt, das ist Janes Schrift!«

Plötzlich standen die anderen neben Bill. Der ging etwas in die Knie, damit alle über seine Schulter schauen konnten.

Trotzdem las Bill laut. »Freunde, ich weiß unter Umständen, wo John steckt. Er ist ein Werwolf. Myxin saß in meinem Wagen. Kennt sich aus. Soll aber nichts sagen. Folgt mir. Viel Glück!«

»Wo steht der Porsche?« fragte Suko.

»Auf dem Parkplatz.«

»Los.«

Suko schnappte sich noch die Dämonenpeitsche und den silbernen Dolch. Er hatte kaum Zeit, sich von Shao zu verabschieden, denn Bill war bereits am Lift.

Sie zischten nach unten.

Jetzt kam es wirklich auf jede Sekunde an.

Der Chinese überreichte Bill den Dolch. »Der muß reichen. Die Beretta hast du noch?«

»Ja.«

Der Lift stoppte. Die beiden Männer hasteten sofort auf die Portiersloge zu.

»Ist Miss Collins schon lange weg?« fragte Bill. »Schnell, reden Sie!«

»Nein, äh...«

»Wo steht ihr Wagen?«

»Links, was eigentlich verboten bist, weil wir da immer parken. Aber ich...«

»Danke!« rief Bill.

Suko stand schon am Ausgang. »Ihr Wagen steht links an der Hauswand«, rief der Reporter dem Chinesen zu.

Suko nickte. »Komm hier vorbei.«

»Okay.« Bill Conolly rannte, was seine Füße hergaben.

Suko war da vorsichtiger. Wenn Jane Collins so geschrieben hatte, dann hatte sie ihre Gründe. Und Suko wollte ihren Plan nicht zerstören, indem man ihn zu früh sah.

Vorsichtig lief er bis zur Ecke vor.

Da hörte er auch schon den Motor des Käfers. Das mußte Jane Collins sein.

Suko zog sich sofort in Deckung der Eingangsdekoration zurück. Langsam rollte der VW vorbei.

Jane hatte es bewußt nicht eilig.

Sie blinkte schließlich nach links, was Suko sich merkte. Gemächlich reihte sie sich in den fließenden Verkehr ein.

Wenig später rauschte Bill heran.

Er brauchte gar nicht zu stoppen. Suko sprang während der Fahrt in den Porsche.

»Hast du sie?« fragte Bill.

»Klar.«

»Und wo?«

»Fädle dich links in den Verkehr. Ich schätze, daß wir sie noch kriegen...«

Goro schien nur aus Muskeln und Fell zu bestehen. Hinzu kam seine ungeheure Kraft, mit der er bestimmt hätte Bäume ausreißen können.

Er war ein Kämpfer, ein Angreifer, ein Ungetüm – und er wollte mich zermalmen, in den Boden stampfen, vielleicht sogar töten, denn um die Gunst der schönen Lupina zu erringen, war ihm jedes Mittel recht.

Aber auch ich wollte sie haben, und deshalb stellte ich mich.

Ich war ebenfalls verblendet, von Sinnen, irre, sonst hätte ich mich nie auf solche Wahnsinnsideen eingelassen.

Mit einem gewaltigen Sprung wuchtete Goro auf mich zu. Dieses Bündel an Kraft, Stärke und Energie überwand fast die halbe Lichtung. Ich sah in den weit aufgerissenen Rachen, wo die langen Reißzähne blitzten, ließ ihn kommen und warf mich erst im allerletzten Augenblick zur Seite.

Der Boden zitterte, als Goro aufprallte und sofort herumfuhr. Es sah aus, als ob er Angst hätte, daß ich mich in seinem ungeschützten Rücken hätte verbeißen können.

Lauernd blieb ich stehen.

Meine Arme waren leicht gespreizt, das Fell sträubte sich. Ich hatte einfach Angst, denn dem nächsten Prankenschlag konnte ich kaum ausweichen, so hastig erfolgte er.

Plötzlich rissen scharfe Nägel durch mein Fell und zupften an einigen Stellen Büschel heraus.

Goro lachte wild.

Ich spürte die Schmerzen, ging zurück, hatte dadurch eine andere Sichtposition, und mein Blick traf die Königin der Wölfe, wie sie dastand und überheblich lächelte.

Wir kämpften um sie.

Und sie genoß es.

Nie wäre mir normalerweise so etwas eingefallen, aber ich war kein Mensch mehr, ich dachte wie ein Tier, ich wollte die Königin mein eigen nennen können.

Deshalb griff ich an.

Damit hatte Goro wohl nicht gerechnet. Er wankte zurück, ich riß meine Schnauze auf, und für den Bruchteil einer Sekunde sah ich in seinen gelben Augen die Panik flackern.

Dann biß ich zu.

Zum erstenmal griff ich als Tier so an. Meine Zähne schlugen in die Schulter des Gegners, die mir hart wie Stein vorkam und ich deshalb weiter zudrückte.

Goro brüllte auf.

Dann hieb er seine Pranken in meine Hüften, hob mich hoch und schleuderte mich herum.

Ich ließ selbst meine Pranken niederfahren, drosch sie gegen seinen Schädel, und er ließ mich los.

Ich fiel zu Boden.

Er warf sich auf mich.

Ich sah einen riesigen Schatten, einen Berg, aber ich konnte nicht mehr ausweichen, er war schneller.

Die Last erdrückte mich fast.

Wie aus weiter Ferne vernahm ich das perlende Lachen der Wölfin. Und das gab mir Kraft und Widerstandswillen.

Ich wollte nicht untergehen.

Doch das war leichter gedacht als getan, denn der Werwolf über mir hatte mörderische Kräfte. Mit seiner Kraft und mit seinem Gewicht nagelte er mich am Boden fest, und ich konnte nichts dagegen unternehmen, ich bekam ihn einfach nicht weg.

Er bewegte sich auf mir, der heiße, stinkende Raubtieratem wehte mir über den Schädel. Ich sah die mörderischen Reißzähne, deren einziges Ziel meine Kehle war.

Wenn er zubiß, war ich verloren.

Ich kämpfte.

Alles setzte ich ein.

Die Lichtung war erfüllt von Kampfgeräuschen. Unser Keuchen, Knurren, Würgen und Heulen begleitete die Auseinandersetzung wie eine schaurige Melodie.

Plötzlich klappten seine beiden langen Kiefer zu. Ich wartete auf den heißen Schmerz, auf das sprudelnde Blut, doch Goro hatte zu früh zugebissen, er traf meinen Hals nicht, ich konnte mich ein wenig zur Seite drehen und gleichfalls zubeißen.

Wieder traf ich seine Schulter. Rot quoll es dort zwischen dem Fell hervor.

Sein Blut.

Und es erregte mich, mobilisierte meine Kräfte. Es gelang mir, ein Bein anzuziehen und meinen Fuß in seinen Unterleib zu stemmen. Dann hievte ich ihn ein Stück hoch.

Schwer fiel er auf die Seite, aber nicht auf mich. Er blieb neben mir liegen.

Ich brachte mich kriechend aus der Gefahrenzone und kam hoch.

Das Feuer tanzte vor meinen Augen. Ebenso wie die Königin der Wölfe oder die anderen Zuschauer. Ich hatte Mühe, mich auf den Beinen zu halten, doch nach einiger Zeit ging es wieder.

Goro war jetzt vorsichtiger geworden. Er umschlich mich wie eine Katze den heißen Brei. Aus seinem Maul drangen knurrende, drohende Laute.

Lupina lachte. »Du scheinst doch nicht so stark zu sein, Goro«, spottete sie.

Das war raffiniert gemacht. Sie heizte uns noch mehr ein, wir sollten noch verbissener kämpfen, denn schließlich ging es um sie, um ihre Gunst, da war ihr jedes Mittel recht.

Goro schüttelte unwillig den Schädel. Seine Bewegungen waren nicht mehr so geschmeidig wie am Beginn des Kampfes. Er hatte Kraft verloren, ebenso wie ich.

Die anderen drei Werwölfe standen auf dem Sprung. Sie lauerten darauf, daß einer von uns den Kampf verlor und der Sieger so geschwächt sein würde, daß sie ihn besiegen konnten.

»Wollt ihr euch ausruhen?« höhnte Lupina.

Das war für uns ein Startsignal.

Wir stürmten aufeinander zu. Keiner wich einen Zoll zur Seite. Auf der Mitte der Lichtung krachten wir voll gegeneinander. Goro besaß noch mehr Kraft als ich. Er hieb seine Pranken in meine Schultern und drückte mich in die Knie.

Verzweifelt stemmte ich mich gegen den Griff, doch mein Gegner war zu stark. Er ließ mich nicht hochkommen. Im Gegenteil, er packte fester zu und schleuderte mich herum, so daß ich jetzt mit dem Rücken zum Feuer stand.

Ich ahnte, was er vorhatte. Er wollte mich ins Feuer schleudern.

Ich stemmte mich gegen seinen Griff, doch er schien seine Kraft verdoppelt zu haben. Immer näher schob er mich auf das verdammte Feuer zu. Ich hörte bereits das Knistern des Holzes und spürte die Hitze, die über meinen Rücken strich.

Noch ein, zwei Schritte, dann war es geschehen.

Goro schnaufte wild. Geifer tropfte aus seinem aufgerissenen Maul und platschte in dicken Tropfen zu Boden. Seine Augen blickten wild und waren haßerfüllt.

Wenn mir jetzt nichts einfiel, war ich verloren.

Ich war noch nicht völlig in meiner neuen Rolle aufgegangen, als daß ich mein Menschsein vergessen hätte, deshalb griff ich zu einem Trick.

Ich erschlaffte unter seinen zupackenden Pranken und sackte dann in den Knien ein.

Im nächsten Augenblick fiel ich hin.

Goro folgte mit seinem Körper meiner Bewegung, und das genau hatte ich erhofft.

Ich winkelte meine Beine an, rammte ihm beide Füße in den Leib, gab mir genügend Schwung und schleuderte ihn über meinen Körper hinweg.

Er landete in dem brennenden Holzstoß.

Funken wirbelten hoch. Kleinere Holzteile wirbelten als glühender Regen über die Lichtung, und die langen Feuerzungen leckten wie gierige Finger nach ihrem neuen Opfer.

Goro brannte.

Von einem roten Kranz umhüllt, jagte er in den Wald.

Die anderen rührten sich nicht.

Mit dieser Wendung des Kampfes hatte wohl niemand gerechnet. Auch nicht Lupina.

Ich schaute sie an.

Ein nachdenklicher Ausdruck lag in ihren gelben Augen. Dann aber lächelte sie und sagte: »Du bist der Sieger!«

Ich nickte.

Aus meiner Schnauze tropfte ebenfalls Geifer. Ich konnte mich kaum auf den Beinen halten, so schwindlig war mir. Dabei taumelte ich von einer Seite zur anderen. Am liebsten hätte ich mich hingelegt und wäre eingeschlafen, doch der Kampf ging weiter.

Lupina hatte es so bestimmt, sie wich nicht davon ab.

Ihr Arm deutete auf die drei anderen. »Jetzt ihr«, sagte sie.

Darauf hatten die drei Wölfe nur gewartet. Sie waren frisch, hatten Kraft und stürmten auf mich zu...

Myxin wies der blonden Detektivin den Weg, und sie verließen London in nördlicher Richtung.

Kurz vor Harrow bogen sie nach Westen ab und fuhren in die Provinz Buckingham.

Es war längst ländlich geworden und auch dämmrig. Die Wagen hatten ihre Scheinwerfer eingeschaltet und breiteten einen hellen Teppich auf dem Grau des Asphalts.

Myxin sprach kaum. Die meiste Zeit hockte er auf seinem Sitz, hielt die Augen halb geschlossen und konzentrierte sich. Er schien in einer tiefen Meditation versunken zu sein, und Jane hütete sich, ihn zu stören.

Hin und wieder gab er an, wie sie zu fahren hatte.

»Ich spüre es!« flüsterte Myxin plötzlich. »Ich spüre es deutlich. Hier in der Nähe müssen wir abbiegen.«

Jane senkte das Tempo. »Gib aber früh genug Bescheid.«

»Natürlich.«

Die Detektivin schaute öfter als gewöhnlich in den Rückspiegel an der rechten Seite. Sie suchte nach Bills Wagen. Gesehen hatte sie ihn bisher nicht. Es befanden sich einige Scheinwerferpaare hinter ihnen, und es war fast unmöglich, einen Wagen genauer zu identifizieren.

John Sinclair war ein Werwolf!

Um diese schlimme Tatsache drehten sich Janes Gedanken. Sie konnte es einfach nicht glauben, nicht solange sie ihn nicht mit eigenen Augen gesehen hatte.

Sie wollte sich überzeugen.

Wenn es tatsächlich stimmte, was geschah dann? Wie sollte John je wieder normal werden? Diese Frage quälte sie noch mehr. Sie hatte es bewußt vermieden, Myxin danach zu fragen, aus Angst, eine negative Antwort zu erhalten.

Einen Werwolf konnte man nur vernichten, das wußte Jane. John hatte es schließlich oft genug bewiesen.

Plötzlich wurde ihr das Kreuz auf der Brust zu einer wahren Last. Wenn sie es je gegen John Sinclair einsetzen mußte, würde es ihn dann vernichten?

Daran jetzt schon zu denken, weigerte sie sich. Sie wollte alles an sich herankommen lassen.

»Fahr an der nächsten Kreuzung rechts ab«, sagte Myxin.

Jane nickte.

Die Kreuzung tauchte nach etwa zwei Meilen auf. Geradeaus führte der Weg weiter nach Harrows, rechts stach eine schmale Straße in das flache Gelände.

Die Dunkelheit hatte sie bereits eingeholt. Die zahlreichen Waldgebiete wirkten wie finstere Buckel. Erste Nebelschwaden krochen über die Wiesen. Sie breiteten sich aus wie lange, geisterhafte Hände und verdichteten sich in der Nähe von Feucht-gebieten oder kleinen Bächen.

Die Straße wurde schmaler. Als Jane einmal in den Rückspie-gel schaute, glaubte sie, weit hinter sich ein helles Scheinwerfer-paar zu sehen.

Das konnten Bill und Suko sein.

Jane hoffte es sehr.

Plötzlich brodelte vor ihnen eine Nebelwand. Erschreckt stieg Jane auf die Bremse, denn aus der Wand tauchte ein helles Auge auf, das zu einem breiten Kreis wurde. Ein sattes Röhren ertönte, dann war der Motorradfahrer vorbei.

»Wahnsinn, bei dem Wetter so schnell zu fahren«, schimpfte die Detektivin.

Sie rollte im Schrittempo weiter und fuhr über eine schmale Steinbrücke. Unter ihnen gurgelte ein Bach.

Die Nebelwand verschwand wieder, und die Scheinwerfer-strahlen leuchteten gegen Baumstämme und durchdrangen das Unterholz zwischen den einzelnen Bäumen.

Ein Wald nahm sie auf.

Hier wurde es wieder nebliger, weil sich die Feuchtigkeit zwi-schen den Bäumen sammeln und verdichten konnte. Als lange Schlieren trieben die Schleier kniehoch über die Fahrbahn.

Dann waren sie hindurch.

Nur noch auf der linken Seite wuchsen Bäume. Rechts befand sich freies Feld.

Der Weg beschrieb eine Rechtskurve. Jane zog den Wagen et-was zu schnell hinein, so daß auf der rutschigen Unterlage die Hinterreifen an Halt verloren, doch durch schnelles Gegenlen-ken brachte die Detektivin den Wagen wieder in die normale Spur.

Plötzlich deutete Myxin nach rechts. »Sieh mal«, sagte er. »Da brennt irgend etwas.«

Jane ging sofort vom Gas.

Myxin hatte recht.

Wo sich das freie Gelände ausdehnte, stach deutlich durch die Dunkelheit eine flammende Säule. Und sie bewegte sich.

»Sieht fast aus wie ein Mensch«, murmelte Jane, und ein Schauer rann über ihren Rücken.

»Ja, wir müßten auch bald an Lupinas Platz sein«, meinte Myxin.

»Vielleicht ist sie das«, sagte Jane. »Komm, wir sehen nach!«

Der kleine Magier war einverstanden.

Ebenso schnell wie Jane Collins verließ auch er den VW. Sie sprangen über den Straßengraben und liefen quer über das Brachland, wobei ihre Füße tief in den lehmigen Boden sanken und es gar nicht einfach war, weiterzulaufen. Vor allen Dingen für Jane Collins, die Schuhe mit höheren Absätzen trug.

Die Flammensäule bewegte sich jetzt nicht mehr. Sie war zur Ruhe gekommen und ineinandergefallen. Nur noch Reste zuckten auf.

Janes Atem flog. In der Dunkelheit täuschten Entfernungen, das merkte sie jetzt. Die Strecke war doch weiter, als sie angenommen hatte.

Sie mußten noch einen Bach überspringen, dann weitere hundert Yards laufen, bis sie den brennenden Gegenstand erreicht hatten.

Nur noch kleine Flammen zuckten aus dem Körper. Sie waren nicht einmal fingerhoch und sanken schnell in sich zusammen.

Stinkender Qualm stieg von dem verbrannten Etwas hoch, das vor ihnen am Boden lag. Jane hielt sich die Nase zu.

Myxin schlich um den Körper herum. Dann blieb er stehen und bückte sich.

»Ein Mensch?« fragte Jane.

Myxin schüttelte den Kopf. »Kaum.«

»Was ist es dann?«

Der kleine Magier erhob sich wieder. »Das sieht mir, wenn ich die Überreste so betrachte, eher nach einem Werwolf aus. Ja, es muß ein Werwolf gewesen sein.«

Jane Collins erschrak. Das Blut stieg ihr in den Kopf. »Vielleicht John?«

»Nein, nein«, sagte Myxin schnell.

»Was macht dich so sicher?«

»Dieser verbrannte Tote war größer als John.«

»Aber John ist in der Nähe«, flüsterte die Detektivin.

Myxin nickte. »Das ist anzunehmen.« Er schaute sich um und deutete dorthin, wo auch der Werwolf aufgetaucht war. Dort befand sich ein Wald, und wer wie Myxin genauer hinsah, entdeckte auch den schwachen roten Widerschein zwischen den Bäumen.

»Dort brennt etwas«, sagte der Magier. »Ich schätze, wir müssen uns ein wenig beeilen.«

Jane bewunderte die Ruhe dieses kleinen Mannes.

Myxin hatte es eilig. »Los.« Er stieß Jane Collins an. »Vielleicht kommen wir gerade noch zur rechten Zeit.«

Ich war beileibe kein Feigling. Aber gegen drei Gegner – dazu noch geschwächt – kam ich wirklich nicht an. Da mußte ich zwangsläufig den kürzeren ziehen.

Was blieb mir? Die Flucht? Zu spät. Das hätte ich mir vorher überlegen sollen, außerdem war ich viel zu schwach auf den Beinen, die Werwölfe hätten mich leicht eingeholt.

Und ich dachte an Lupina, die herrliche Wölfin. Ich wollte sie nicht verlieren, sondern gewinnen. Sie sollte mich in Zukunft begleiten, und deshalb nahm ich den Kampf auf.

Zu meinem Glück hatten die drei Werwölfe keine Kampfroutine. Sie waren zu jung, zu ungestüm, wollten alles auf einmal haben und behinderten sich beim Vorwärtsstürmen gegenseitig. Als mich der erste erreichte, konnte ich ihn mit einem Fußtritt aus dem Weg räumen, den zweiten schleuderte ich über meine Schulter, und den dritten packte ich mit den Krallen.

Da biß er zu.

Ich konnte den Schädel nicht schnell genug zur Seite nehmen, die Zähne hackten in meine Wange. Blut pulste aus der Wunde. Das machte mich rasend.

Ich heulte auf, konnte meinen Gegner etwa in der Körpermitte fassen und schleuderte ihn wild herum.

Er flog in das Feuer.

Hinter mir hörte ich die Schreie. Dann wischte der aus den Flammen taumelnde Wolf an mir vorbei und stürzte vor Lupina zu Boden.

Es stank nach verbranntem Fell.

Ich aber hatte eine Idee. Da ich einen langen Kampf nie würde durchhalten können, mußte ich es anders versuchen. Ich sah einen noch brennenden Balken mit seiner schon verkohlten Seite aus dem Feuer ragen, während die andere Hälfte noch von den glühenden Flammen umtanzt wurde.

Den Balken packte ich mir.

Ich stand noch gebückt, als mich die beiden angriffen. Aus der Hocke kam ich hoch, hielt den Balken mit beiden Händen fest umklammert und haute ihn den anstürmenden Werwölfen um die Ohren.

Sie konnten nicht mehr ausweichen. Ihre Schädel schlugen zusammen, das brennende Holz platzte auseinander, glühende Teile regneten über die Lichtung und setzten sich auch im Fell der beiden Bestien fest, wo es zu qualmen begann.

Dieser Schlag hatte gereicht, um ihre erste Wut zu stoppen.

Ich war noch nicht am Ende.

Sämtliche vorhandenen Kräfte hatte ich zusammengerafft. Mit dem brennenden Balken stürme ich auf die beiden Gegner zu und schlug wie ein Berserker um mich.

Sie heulten, fauchten und wüteten. Eine Chance hatten sie nicht. Ich war nicht zu bremsen.

Quer über die Lichtung trieb ich sie. Stolpernd und taumelnd verließen sie den Platz und verschwanden im Wald.

Vor ihnen hatte ich Ruhe.

Mit einer letzten wütenden Bewegung schleuderte ich den Balken zurück in das Feuer.

Jetzt ging es mir besser.

Ich hatte sie alle geschafft. Einer lag noch vor den Füßen der Wölfin.

Hoheitsvoll – in diesen Augenblicken erinnerte sie mich wirklich an eine Königin – stieg sie über den Werwolf hinweg. Sie hatte keinen Blick mehr für die Kreatur.

Nur einer zählte: der Sieger.

Und das war ich.

Aber mir ging es in diesen Augenblicken verdammt miserabel. Es bereitete mir große Mühe, überhaupt auf den Beinen zu bleiben. Hin und wieder schwankte ich, da drehte sich alles vor mir. Der Wald, der Boden, die Feuerstelle...

Bis ich ihre Stimme hörte. »Du hast es geschafft, John Sinclair.

Du hast tatsächlich das erreicht, was niemand vor dir geschafft hat. Du bist ein wahrer Meister.«

Ich hörte ihre Worte, und sie machten mich glücklich. Doch Kraft gaben sie mir keine. Ich riß weit meine Schnauze auf. Jetzt hätte ich gern etwas getrunken, statt dessen torkelte ich über die Wiese und spürte die Schmerzen auf meinem Gesicht, wo mich der Biß meines Gegners getroffen hatte.

Dann blieb ich einfach sitzen und starrte in das Feuer, dessen Flammen verdammt klein geworden waren.

Lupina ging hin, nahm Holz und warf es in das fast verlöschende Feuer.

Die kleinen Zungen leckten hin und her, fanden die neue Nahrung und griffen sofort danach.

Schon bald glühten die nächsten Äste, und es wurde wieder heller auf der Lichtung. Ich konnte die Wölfin sehen. Ihr blondes Haar wurde vom Widerschein des Feuers getroffen und mit einem rötlichen Schein überzogen. Ihr Gesicht lag etwas im Schatten, was dem Reiz dieser Frauenbestie aber keinen Abbruch tat.

Mir gefiel sie.

»Werde ich dein König?« fragte ich.

»Ja.«

»Und wann?«

»Habe ich dir nicht gesagt, daß die unheilige Trauung um Mitternacht stattfindet?«

»Ja, das hast du.«

»Dann warte so lange.« Die Antwort klang ziemlich schroff, und ich fragte mich, ob sie diese Heirat überhaupt gewollt hatte oder nur bei einem brutalen Spiel zusehen wollte?

Doch ihr Lächeln machte mir wieder Hoffnung. »Ich habe es nicht so gemeint, Liebster. Entschuldige.«

Ich fühlte mich geschmeichelt. Liebster, hatte sie gesagt. Wie sich das anhörte.

Mir ging es plötzlich wieder besser. Ich war davon überzeugt, doch den richtigen Entschluß gefaßt zu haben.

Ich schaute zum Himmel hoch.

Dort leuchtete der fahle Vollmond. Er kam mir vor wie ein alles sehendes Auge. Ja, dieser Mond würde uns beiden mit seinem silbernen Licht die Kraft geben, die wir brauchten.

Die anderen Widersacher waren verschwunden. Sie hatten sich zurück in den Wald verzogen und würden wohl kaum mehr wiederkommen, denn ihre Angst war zu groß.

Goro war verbrannt, und der dritte Gegner?

Er lag am Rand der Lichtung, war schwerverletzt, wollte sich immer erheben, doch sobald er die Arme aufgestützt und durchgedrückt hatte, fiel er wieder zusammen.

Er bedeutete keine Gefahr.

Lupina war am Rand des Feuers stehengeblieben. Sie schaute mich an.

»Warum kommst du nicht her?« fragte ich sie.

Sie schüttelte den Kopf und meinte: »Hast du schon einmal getötet, John Sinclair?«

Ich nickte heftig.

»Wen?«

»Goro.«

»Ihn meine ich nicht. Menschen – hast du schon einmal Menschen getötet?«

»Nein.«

»Aber du würdest es tun?«

»Wenn es für dich ist...«

»Auch deine Freunde?«

»Ich habe keine Freunde.«

»Die von früher.«

»Ja, ich würde sie töten. Sie gehören nicht mehr zu mir. Es sind jetzt meine Feinde. Wann soll ich sie töten?«

»Vielleicht schon früher, als du denkst, John Sinclair.«

»Wie meinst du das?«

»Ich spüre die Gefahr. Wir sind nicht mehr allein. Irgend etwas bewegt sich auf uns zu. Ich wittere es.«

»Was ist es?«

Ihre Augen leuchteten plötzlich hellgelb. »Menschen. Es sind Menschen, John!«

Ich vergaß meine Schmerzen. Menschen, hatte sie gesagt. Menschen, das bedeutete Feinde und Opfer.

Sollte ich das Glück haben, noch in dieser Nacht mein erstes Opfer reißen zu können?

Ich stand auf. »Wo sind sie?«

»Keine Ahnung.« Lupina trat vom Feuer weg und ging zum Rand der Lichtung, wo es dunkler war.

Auch ich setzte mich in Bewegung. Längst nicht so geschmeidig wie zuvor. Mein Gang war schleppend geworden, der lange Kampf hatte mich Kraft gekostet.

Neben Lupina blieb ich stehen.

Ich fühlte ihre Nähe, ich roch sie. Und ich mochte dieses Geschöpf mit dem Gesicht einer schönen Frau und dem Körper einer Bestie. An manchen Stellen schimmerte ihr Fell ebenso golden wie das lange Haar. Sie war eine Schönheit. Da ich so dicht neben ihr stand, nahm ich den wilden Geruch in mir auf, den sie ausströmte.

Ich hob einen Arm und legte ihn um ihre Schulter. Sie schauderte unter dem Griff und preßte sich enger an mich.

So warteten wir.

Die Zeit verging.

Wir lauschten. Wir hörten die Geräusche des Waldes. Es war ja nie ruhig, da knackten Äste, da scheuerte Gras, da raschelte es – und da waren Schritte.

Im nächsten Augenblick betrat jemand die Lichtung.

Eine blonde Frau.

Jane Collins!

Jane Collins hatte Angst, sagenhafte Angst. Doch Myxin, der kleine Magier, hatte sie gedrängt, die Lichtung zu betreten. Und sie hatte gehorcht.

Hinter ihnen lag eine Wanderung durch einen stockfinsteren Wald, doch sie hatten sich immer nach dem schwachen Schein des Feuers orientieren können.

Sie hatten auch Gestalten gesehen. Schreckliche Geschöpfe, die von der Lichtung weg durch den Wald hetzten, als befänden sie sich auf der Flucht.

Die Werwölfe flohen!

Doch vor wem?

Dann standen sie schließlich an der Lichtung. Gedeckt durch dicke Baumstämme.

Sie sahen das Feuer, den Widerschein, das Schattenspiel, und die beiden Menschen.

Menschen?

Nein, das waren Bestien.

Eine davon eine Frau. Langes, blondes Haar floß bis auf die Schultern, doch die waren bereits von einem braunen, manchmal hell schimmernden Pelz bedeckt, wie ihn Werwölfe hatten.

Und der andere Werwolf. War das John Sinclair?

Jane schaute aus ihrer Deckung genauer hin, doch sie konnte nichts erkennen. Da wies nichts auf John hin. Alles war so fremd, so schlimm, so anders.

Grausam...

Jetzt schritt der Werwolf auf die Fraubestie zu. Er blieb neben ihr stehen, legte ihr dann liebevoll den Arm um die Schultern, und diese Geste gab Jane einen tiefen Stich.

Sie schluckte hart.

John hatte sich von ihr abgewandt. Einer anderen zu.

Sie stöhnte auf.

Myxin, der neben ihr stand, legte ihr die Hand auf den Rücken. Er ahnte, was in der Detektivin vorging, aber sie mußte das jetzt durchstehen, wenn sie John retten wollte.

»Du mußt jetzt gehen!« hauchte er. »Kämpfe um ihn. Zeige den beiden, daß du auch noch da bist und John nicht vergessen hast.«

Jane Collins nickte tapfer.

Und sie ging, betrat die Lichtung.

»Das Kreuz hoch«, hauchte Myxin ihr nach. »Es ist dein Trumpf.«

John hörte die Worte und nickte automatisch. Sie ging, als hätte sie Pudding in den Knien. Alles verschwamm vor ihren Augen. Das Feuer wurde zu einer roten Wüste, der Boden schwankte, als wäre er ein gewaltiges Meer, doch sie ging weiter. Die Kette hatte sie sich über den Kopf gestreift, das Kreuz hielt sie mit der rechten Hand fest umklammert. Es gab ihr Halt, Sicherheit.

Sie dachte daran, daß es einem anderen gehörte, einem, der sich jetzt dem Bösen verschworen hatte.

Mitten auf der Lichtung blieb sie stehen. Die Flammen befanden sich hinter ihr. Janes bizarres Schattenbild zuckte über den Boden. Das Kreuz wurde um das Mehrfache vergrößert.

Jane Collins wagte kaum den Blick zu heben. Es fiel ihr unendlich schwer – ihr Kopf schien mit Blei gefüllt zu sein –, doch es mußte sein. Sie schaute den Werwolf an, der einmal ihr Freund und Geliebter John Sinclair gewesen war.

Sie sah jetzt eine Bestie mit kalten gelben Raubtieraugen, einer weit vorgezogenen Schnauze, dichtem Fell – eine Schauergestalt, wie sie im Buche stand.

Ein Werwolf eben!

Und diesen Wolf hatte sie einmal geliebt?

Unmöglich.

Nichts erinnerte mehr an John Sinclair. Seine Augen nicht, sein Äußeres nicht. Er war völlig degeneriert, war zu einem Tier geworden, zu einer Bestie.

»John!« rief Jane Collins, und sie merkte, wie sehr ihre Stimme im Hals kratzte. »John! Hörst du mich?«

Ja, ich hörte die Stimme. Diese Frau rief ja laut genug. Was wollte sie?

Ich schüttelte den Kopf. Sah sie dort stehen. Sie hatte ebenso langes Haar wie Lupina. Und war wunderschön, wenn man sie als Mensch betrachtete.

Aber ich sah sie als Tier, als Bestie. Und ich sah in ihr das potentielle Opfer!

Sie mußte sterben.

»John!« Wieder die Stimme.

Sie kam mir bekannt vor. Ja, ich hatte sie schon mehrmals vernommen. Aber wo? Früher – irgendwann mal. Doch das war in einem anderen Leben.

Sie sollte verschwinden.

Ja, verdammt!

Meine Schnauze öffnete sich. Ich stieß ein drohendes Knurren aus. Dabei merkte ich, wie sich mein Fell sträubte, die feinen Haare zitterten, als würden unsichtbare Hände über sie streichen.

Warum ging sie nicht weg? Warum verschwand sie nicht und nahm das mit, was sie in den Händen hielt?

Es war ein Gegenstand, den ich nicht mochte, den ich nicht wollte, der mir allein schon vom Ansehen körperliche Schmerzen bereitete.

Ein Kreuz, der Feind alles Bösen!

Ich nahm die Hand von Lupinas Schultern. Endlich sagte die Wölfin auch etwas.

»Wer ist sie? Kennst du sie? Sie gehörte zu dir, nicht wahr?«

»Ja.«

»Sie ist schön.«

»Nein!« flüsterte ich. »Sie ist nicht schön. Sie kann nicht schön sein. Du bist es. Sie ist häßlich. Ich will sie nicht sehen.«

»Dann schick sie weg.«

»Nein.«

»Warum nicht?«

»Ich will sie töten!« zischte ich. »Sie soll nicht mehr leben! Sie soll tot vor mir liegen. Ich werde sie zerreißen!«

»Ja, John, so ist es richtig. So will ich dich haben. So bist du mein König. Und nur so werden wir beide uns verstehen. Glaube es mir. Dann geh zu ihr!«

Ich setzte mich in Bewegung.

Schritt für Schritt ging ich vor.

Und bei jedem Zoll, den ich zurücklegte, spürte ich die Aura des Kreuzes. Sie wurde stärker. Heiß strich es über mein Fell, wie Feuer, das mich verbrennen wollte.

Aber ich gab nicht auf, sondern ging weiter.

Einen Schritt vor ihr blieb ich stehen. Die Aura war schlimm geworden. Sie raubte mir den Atem. Ich konnte kaum auf dieses hell glitzernde Kreuz schauen, das mich höhnisch anzugrinsen schien, ich mußte den Blick senken.

»Willst du wieder zurück, John?« fragte Jane Collins. Sie sprach leise, und ich hörte, daß sie weinte.

Aber was ging mich das an? Stumm schüttelte ich den Schädel. »Nein, ich will nicht zurück, nicht zu dir!«

»Aber du gehörst zu uns, John. Denk daran. Wir warten auf dich. Suko, Bill, Shao, Sheila, Myxin, Will Mallmann – all deine Freunde, die dich lieben und ins Herz geschlossen haben.«

Ich machte einen schlürfenden Atemzug. »Nein!« heulte ich. »Nein und nein! Mein Platz ist hier. Bei Lupina. Du bist ein Mensch. Menschen sind meine Feinde. Und Feinde muß ich vernichten. Ich muß es einfach tun!«

»Zum letzten Mal, John! Komm zurück. Ich bitte dich darum!«

»Nein!«

»Was willst du dann?« Jetzt schrie auch Jane.

»Dich töten!«

Atemlos hatte Myxin dem Dialog gelauscht. Auch er war von meiner Wandlung entsetzt, hatte sich aber schneller wieder unter Kontrolle als Jane Collins.

Und er beobachtete genau. Er wollte eingreifen, wenn es nicht anders ging. Aber er hatte keine Waffe, nur seinen Geist, und beschwören konnte er den Werwolf nicht – nur ablenken.

Das mußte reichen.

Aber vielleicht schaffte es Jane auch so.

Das Kreuz warf einen langen Schatten auf die Erde. Das Silber jedoch gleißte in der Dunkelheit, es strahlte die Macht des Guten ab. Von den vier Erzengeln gezeichnet, war es ein stetiger und kompromißloser Feind des Bösen.

Das Kreuz ohne John Sinclair? Undenkbar. Doch es war eingetroffen. Das Kruzifix würde sich gegen John stellen. Es würde ihn töten, wenn alle Stricke rissen.

Selbst Myxin nahm die Szene mit. Obwohl er im eigentlichen Sinne kein Mensch war, hatte er die Gefühle der Menschen kennengelernt, er wußte auch, wie Jane Collins und John Sinclair zueinander standen.

Er vernahm ihre letzte Frage, die sie der Bestie Sinclair entgegenschrie.

Und er vernahm die Antwort.

»Dich töten!«

Da trat Myxin vor. Zwei Schritte brachten den Magier bis auf die Lichtung und an den Rand des Feuerscheins.

»Halt!« rief er und hob den rechten Arm. »Willst du sie wirklich töten, John Sinclair?«

Seine Stimme klang nicht laut, aber sie drang in Lupinas und meinen Gehörgang.

Ich drehte den Schädel.

Am Rand der kleinen Lichtung stand eine Gestalt. Nicht groß, aber respekteinflößend. Ich dachte nach, und ich wußte, daß ich diesen Mann kannte.

Es war Myxin.

Ein Feind und Opfer!

Er war waffenlos.

Ich fletschte die Zähne. »Was willst du hier?« fragte ich ihn.

Myxin lächelte. »Ich bin zusammen mit Jane gekommen, um dich mitzunehmen, John Sinclair. Ich möchte, daß du uns begleitest. Wir werden schon einen Weg finden.«

Das Knurren entstand tief in meiner Kehle und wanderte langsam höher. Dann aber brach es aus mir heraus. »Nein!« fauchte ich. »Nein und abermals nein! Mein Platz ist hier. An der Seite Lupinas. Ich bin ihr König, und ich werde einen Teufel tun und mitgehen. Ich bleibe hier! Habt ihr gehört? Ich bleibe hier. Verschwinde, du Wicht, oder ich zerreiße dich!«

»Das wirst du nicht wagen!« sagte Myxin.

Ich lachte auf. Dieser Wurm hatte mich beleidigt. Dieser kleine, miese Wicht. Er nahm mich nicht ernst, doch er sollte mich kennenlernen. Jetzt sofort.

Ich besaß wieder genügend Kraft. Diesen kleinen Menschen würde ich in zwei Hälften teilen. Ein Sprung, und ich hatte ihn.

Blitzschnell stieß ich mich ab und hechtete auf den kleinen Magier zu.

»John! Nein...!« schrie Jane Collins und hob den Arm, um das Kreuz zu schleudern.

Im selben Augenblick jagte auch Lupina los, und es fielen im Wald Schüsse.

Die Ereignisse eskalierten, der nackte Terror begann!

Bill Conolly war naß geschwitzt. Nicht nur, weil er nervös war, sondern weil die Verfolgungsjagd doch an den Nerven zerrte.

Dieses langsame Fahren war für seinen Wagen und für ihn das reinste Gift, doch eine andere Möglichkeit gab es nicht, wenn er am Ball bleiben wollte.

Bill Conolly hatte es tatsächlich geschafft und den VW nicht aus den Augen verloren. Die Heckleuchten waren gut zu erkennen. Zudem gab Suko mit acht.

»Das hat sie ja raffiniert eingefädelt«, sagte Bill. »Wahrscheinlich hat Myxin ihr verboten zu sprechen.«

»Das vermute ich auch.«

»Bin gespannt, wo sie uns hinschleppt«, murmelte Bill. »Glaube nicht, daß es bis nach Harrow geht.«

Bill sollte recht behalten. Schon bald fuhren sie von der Schnellstraße ab.

»Ins Gelände!« rief der Reporter. »Auch das noch.«

Jetzt wurde es kritisch. Schlagartig nahm der Autoverkehr ab. Wer jetzt einem Wagen nachfuhr, war als Verfolger sehr leicht zu entdecken, denn die Straßen waren praktisch leer.

Bill mußte weiter zurückbleiben.

Und er war froh, wenn er hinter jeder Kurve wieder die glühenden Rücklichtaugen auftauchen sah.

So ging es eine ganze Weile. Die Fahrt begann schon langweilig zu werden, als Nebelbänke erschienen.

Nach dem Nebel sah er die Rücklichter wieder.

Und dann waren sie plötzlich verschwunden.

Aber nicht vom Nebel verschluckt, sondern auf ziemlich freier Strecke mit klarer Sicht.

Auch Bill stoppte.

Die beiden Männer verließen den Porsche. Auf dem Lack lag eine feuchte Schicht. Bill hatte den Wagen links an den Waldrand gefahren und die Lichter gelöscht.

Dunkelheit umgab sie.

Vergeblich durchbohrten die Blicke der beiden Männer die Finsternis. Von dem VW und auch von Jane Collins war nichts zu sehen.

Dafür sahen sie in der Ferne einen glühenden Punkt. Suko entdeckte ihn zuerst, und er erkannte auch, daß sich der Punkt bewegte.

Sofort machte er Bill darauf aufmerksam.

Der Reporter und sein chinesischer Begleiter zögerten keine Sekunde. Sie marschierten los, wobei sie sich quer in das Gelände schlugen.

Der Boden unter ihren Füßen war weich, nachgiebig, manchmal federnd. Hohes Gras wischte über ihre Hosenbeine und feuchtete sie an. Bill schimpfte leise, Suko, der ein Stück voranschritt, sagte nichts.

Plötzlich war auch das Glühen nicht mehr vorhanden.

Einfach weg!

Sie behielten jedoch die Richtung bei, sahen zwar Jane und Myxin nicht, dafür jedoch gelangten sie an einen Bach, dessen Ufer vom Nebel umwölkt waren, und sie fanden eine verkohlte Leiche.

»Verdammt«, sagte Bill und ging in die Knie.

Im Schein einer Taschenlampe schauten sie sich den Toten an.

»Viel zu erkennen ist nicht mehr«, stellte Suko nüchtern fest. »Aber ich glaube mit Bestimmtheit sagen zu können, daß es nicht John Sinclair ist.«

Bill rollte ein Stein vom Herzen. Er geriet direkt in eine euphorische Stimmung und rieb sich die Hände. »Los, packen wir's an!« imitierte er einen alten Werbespruch.

Suko war dafür, vorsichtiger zu Werke zu gehen. Er bückte sich noch einmal und rieb Asche zwischen seinen Fingern. Dann erhob er sich und hielt Bill Conolly etwas dicht vor die Augen.

»Was ist das?«

»Ein Stück Fell.«

Der Reporter schaltete schnell. »Was beweist, daß wir es hier mit einer Werwolfleiche zu tun haben.«

»Davon können wir ausgehen.«

Bill Conolly wurde plötzlich blaß. »Dann könnte es doch sein, daß der Tote hier John Sinclair...«

»Könnte – aber ich glaube nicht«, sagte Suko schnell. »Es werden sicherlich noch mehr Werwölfe unterwegs sein.«

Auf diese Bemerkung hin zog der Reporter seine mit Silberkugeln geladene Beretta.

Auch Suko nahm die Waffe zur Hand.

Bis sie den Waldrand erreicht hatten, schwiegen sie. Und Suko war es, der den rötlichen Schein zwischen den Bäumen entdeckte.

»Da brennt doch was!« murmelte er.

Auch Bill schaute genauer hin.

Ein Waldbrand war es nicht. Darüber herrschte zwischen den Männern Einigkeit. Also mußte jemand – vielleicht auf einer Lichtung – ein Feuer angezündet haben.

Warum?

So leise wie möglich drangen die beiden Männer in den Wald ein. Die Dunkelheit verschluckte sie. Da die Bäume noch fast alle Blätter trugen, sickerte das Mondlicht nicht durch. Oft streiften niedrig hängende Äste und Zweige ihre Gesichter. Unter ihren Schuhen knackte es einige Male, wenn sie Zweige zertraten.

Plötzlich hörten sie die Geräusche.

Abrupt blieben die Männer stehen.

Es war ein Brechen von Ästen, dazu ein wildes Keuchen und dumpfe, schnelle Schritte auf dem Boden.

Jemand kam!

Suko und Bill nahmen gespannte Haltungen an. In Deckung von Baumstämmen lauerten sie.

Und wie aus dem Boden gewachsen, tauchten zwei gewaltige Schatten auf.

Werwölfe!

Sie sahen die schmalen, gelben Raubtieraugen, hörten das gefährliche Keuchen, und im nächsten Augenblick waren die beiden Bestien bereits in ihrer Nähe.

Ein paar Baumstämme trennten sie noch.

»Sollen wir?« zischte Bill.

»Klar!«

Die Werwölfe hatten sich geteilt. Deshalb konnten sich Suko und Bill jeweils einen vornehmen.

Bill rechts, Suko links.

Der Chinese tauchte urplötzlich vor der Bestie auf, hatte aber das Pech, auf einer aus dem Boden ragenden Wurzel auszurutschen.

Suko hatte Mühe, das Gleichgewicht zu bewahren, bückte sich dabei, und der Werwolf krachte auf seinen Rücken.

Suko brach zusammen.

Mit dem Gesicht zuerst fiel er in den Schmutz, und der Dreck drang in seinen Mund. Der Werwolf hockte auf ihm, heißer Atem streifte seinen Nacken, und Suko hatte Angst, daß die Reißzähne der Bestie zubeißen würden.

Er krümmte sich zusammen, und damit hatte der Werwolf nicht gerechnet.

Er rollte von Sukos Rücken.

Sofort war der Chinese auf den Beinen. Aber auch der Werwolf sprang auf.

Suko hielt noch die Beretta fest.

Er schoß.

Zweimal jagte er das geweihte Silber in die Brust des Werwolfs. Das Riesentier wurde gestoppt, heulte auf, riß die Arme hoch und taumelte zurück.

Mit dem Rücken prallte er gegen einen tiefhängenden Ast, der sich durchbog, das Gewicht nicht mehr hielt und brach.

Mit dem Ast fiel auch der Werwolf.

Schwer krachte er auf den Rücken. Seine Pranken kratzten in letzten Zuckungen den Boden auf, dann wurde das Fell blaß, wechselte über in eine graue Farbe und verdorrte.

Suko wandte sich ab.

Dieser Werwolf würde keinem mehr etwas zuleide tun. Dafür hatte er gesorgt.

Aber wo steckte Bill?

Suko schaute sich um.

Er sah den Reporter nicht, hörte jedoch Kampfgeräusche. Sie klangen weiter links auf.

Und da sah Suko die beiden.

Ineinander verkrallt rollten sie über den Boden. Bill befand sich in einer schlechteren Position. Die Bestie jaulte und kreischte, sie hatte das Maul weit aufgerissen, aus dem gelblichweißer Geifer drang. Bill hatte die Arme anwinkeln können und schützte verzweifelt seine Kehle. Es war ihm sogar gelungen, einen Handballen unter das Kinn des Werwolfs zu drücken, doch lange würde er nicht widerstehen können.

Das sah auch Suko.

Und er handelte.

Ein Fußtritt schleuderte die mordgierige Bestie von dem Reporter herunter. Suko hatte so hart zugetreten, daß sich der Werwolf sogar noch überschlug. Mit dem Kopf prallte er gegen einen Baumstamm, fauchte wild und erhob sich.

Suko sah Bills Pistole am Boden liegen und kickte sie ihm zu.

»Laß mir die Bestie!« keuchte der Reporter. Er schnappte sich die Waffe und zielte. Obwohl seine rechte Hand zitterte, fand die Kugel ihr Ziel.

Sie zerschmetterte den Kopf.

Der Werwolf krachte zwischen abgestorbene, auf dem Boden herumliegende Äste. Wie er verging, das wollten Suko und Bill nicht sehen. Hauptsache, es war erledigt.

»Danke!« keuchte der Reporter.

Suko winkte ab.

»Das waren zwei«, sagte Bill. »Bin gespannt, wie viele uns noch über den Weg laufen.«

»Einer wird John sein!«

Suko sagte den Satz und senkte gleichzeitig den Kopf. Er schaute zu den ausgeschalteten Bestien hin. Auch Bill wußte, was er damit gemeint hatte.

Hoffentlich mußten sie nicht auf John schießen. Es war unvorstellbar, den eigenen Freund zu töten.

Aber wenn es keine andere Möglichkeit gab?

»Wir werden es schon schaffen«, sagte der Chinese, und seine Stimme klang rauh dabei.

So ganz schien er nicht davon überzeugt zu sein...

Ich konzentrierte mich auf Myxin. Den mußte ich vernichten, um danach bei Jane Collins freie Bahn zu haben. Dabei bemerkte ich, wie sie den rechten Arm hob und das Kreuz werfen wollte. Unwillkürlich duckte ich mich. Die Bewegung kostete Zehntelsekunden, eine Zeit, die Myxin nutzte und sich zu Boden warf.

Gleichzeitig stieß sich Lupina ab.

Und sie hatte alles in den Sprung hineingelegt, was sie an Kraft besaß.

Ihr Körper flog durch die Luft, die langen Haare wirbelten

durcheinander, und als Jane Collins in ihrer Verzweiflung das Kreuz schleuderte, befand sich die Wölfin zwischen ihr und mir.

Das Kreuz traf Lupina.

Sie schrie auf. An der Hüfte hatte sie es berührt, war aber dann zu Boden gefallen und blieb dort liegen.

Lupina spürte einen brennenden Schmerz, ihr schönes Gesicht verzerrte sich, und der nackte Haß strahlte gegen Jane Collins ab.

Jane warf sich vor. Sie wollte das Kreuz aufheben, um damit Lupina zu attackieren.

Die Wölfin sah es.

Sie tauchte zur Seite, und bevor Jane das Kruzifix fassen konnte, schleuderte Lupina ihr Dreck ins Gesicht.

Jane griff daneben.

Sekundenlang war sie blind. Sie kassierte einen harten Treffer, der sie zurückwarf. Lang schlug Jane Collins auf den Boden.

Dann war Lupina über ihr.

Sie wollte Jane Collins töten. Ihre Rivalin mußte aus der Welt geschafft werden, denn sie würde nie aufgeben, um John Sinclair zu kämpfen.

Und der gehörte ihr.

Ihr ganz allein!

Jane spürte die Wucht des Aufpralls, als Lupina gegen sie fiel. Eine Krallenhand fuhr durch ihr Gesicht, kratzte die Haut auf, und Jane zuckte unter dem brennenden Schmerz zusammen. Doch sie gab nicht auf. Sie kämpfte, gab sich nicht geschlagen und stieß ihren Kopf hoch. Mit der Stirn traf sie Lupinas Gesicht.

Die Königin der Wölfe jaulte auf. Tränen schossen aus ihren Augen, die Zähne hatte sie gefletscht, und Jane sah, daß sie gebogen waren wie bei einem Raubtier.

Lupina konnte einen Menschen damit zerreißen.

Jane rollte sich zur Seite, während sich Lupina bei ihr festkrallte und mitgerissen wurde.

Dabei schlugen die beiden Gegnerinnen aufeinander ein, trafen auch, bissen und kratzten.

Dieser Kampf wurde wider alle Regeln geführt, hier ging es um die reine Existenz.

Dabei näherten sie sich dem langsam verglimmenden Feuer immer mehr, doch keiner von ihnen merkte es oder nahm davon Notiz.

Das Kreuz hatte mich verfehlt, dafür hatte ich nun freie Bahn. Myxin schien mir gefährlicher zu sein als Jane. Ich wollte ihn vorher töten.

Doch meine Hände griffen ins Leere. Myxin war verschwunden. Er hatte aber, während er sich über den Boden rollte, einen Ast gepackt, und als ich mich gegen ihn werfen wollte, schlug er zu.

Den Schlag nahm ich voll.

Er traf mich zwar nicht am Kopf, jedoch an der Brust. Für einen Moment hielt er mich auf.

»Laß es sein, John!« warnte Myxin. »Keinen Schritt mehr weiter. Ich bitte dich!«

Ich knurrte ihn an.

Nicht im Traum dachte ich daran, mich an seinen Befehl zu halten. Myxin sollte und mußte sterben.

Voll ging ich in den nächsten Schlag hinein.

Ich war nicht mehr so empfindlich wie ein Mensch, ich konnte als Werwolf mehr vertragen, und das merkte auch Myxin.

Der Ast hämmerte gegen meine breite Brust. Sein Ende streifte mich noch am Kinn, aber das hatte keinerlei Bedeutung. Wichtig allein war, daß der Ast brach.

Splitternd ging er entzwei. Eine Hälfte segelte davon, die andere behielt Myxin in der Hand.

Er starrte darauf, als könne er nicht begreifen, daß ich den Angriff überstanden hatte.

Lange ließ ich ihm keine Zeit.

Ich griff an.

Diesmal hatte mir Myxin nichts entgegenzusetzen. Ich wuchtete gegen ihn, riß ihn förmlich von den Beinen und begrub ihn unter mir. Mit meinen Knien drückte ich seine Arme am Boden fest, die Klauen krallten sich in sein Haar, bogen den Kopf zurück, und ich schaute auf Myxins Kehle und in seine Augen.

Weit riß ich Mund und Augen auf.

»John!« keuchte er. »John, was tust du?«

»Töten!« knurrte ich. »Ich will dich töten!«

Jane Collins kämpfte verbissen. Ihr war eins klar. Wenn sie verlor, war alles aus. Dann hatte die Gegenseite Oberwasser, und sie würde eiskalt sein und kein Erbarmen kennen.

Der Kampf hatte die Detektivin gezeichnet. Immer wieder versuchte die Wölfin, ihr das Gesicht aufzukratzen, doch Jane verteidigte sich geschickt.

Es gelang ihr sogar, die Beine anzuziehen und Lupina von sich wegzustoßen.

Für Sekunden hatte Jane Luft.

Sie sprang auf. Allerdings so heftig, daß sie fast über den verkohlten Balken gestürzt wäre, der dicht vor ihren Füßen lag.

Doch der brachte sie auf eine Idee.

Rasch bückte sie sich, packte den noch warmen Balken mit beiden Händen und hievte ihn hoch.

Sofort schlug sie zu. Jane hatte gar nicht richtig gezielt, sie wollte sich die Wölfin nur vom Leibe halten. Die wich dem Schlag geschickt aus und wollte Jane von der Seite her anfallen.

Die Detektivin vollführte einen gewaltigen Rundschlag, der sie fast von den eigenen Beinen riß. Wild sah sie aus. Das Gesicht verdreckt, das lange blonde Haar mit grauer Asche durchsetzt, doch in ihren Augen leuchtete nach wie vor ein ungebrochener Wille. Sie würde es durchstehen, so oder so.

Wieder hieb sie zu. Diesmal von oben nach unten, doch Lupina sprang zur Seite, und das Ende des Balkens wuchtete in den Boden.

Die Wölfin lachte.

Das Lachen verging ihr, denn Jane Collins wurde zu einer wahren Furie. Wie einen Speer rammte sie den Balken vor, und dieser Angriff erfolgte so schnell, daß Lupina nicht mehr ausweichen konnte.

Sie kassierte den Treffer voll.

Die Wucht schleuderte sie zurück, sie knickte zusammen, ihr

Gesicht verzerrte sich, Geifer sprühte über die Lippen, und ein weiterer Schritt brachte sie an den Rand des Feuers.

Die Wölfin trat mit den nackten Füßen in die Glut.

Sie heulte auf.

Schmerzgepeinigt, verzweifelt, gequält. Jane Collins lief eine Gänsehaut über den Rücken, und am liebsten hätte sie sich die Ohren zugehalten, aber sie fightete weiter.

Lupina mußte sterben.

Jane ließ den Balken fallen und suchte das Kreuz.

Es lag ganz in der Nähe.

Die Detektivin riß es vom Boden hoch, und auch Lupina sah dies. Plötzlich vergaß sie ihre Schmerzen, sie dachte daran, daß dieses Kreuz für sie tödlich sein konnte, und es gab für sie nur noch eine Alternative.

Flucht!

Ja, sie floh. Sie sprang mit grotesken Sätzen aus dem Feuer, wollte dieser Collins entkommen.

Jane schnitt ihr den Weg ab.

»Jetzt habe ich dich, du Bestie!« kreischte sie und hielt Lupina das Kruzifix entgegen.

Das sah auch der letzte Werwolf. Er war zwar schwer angeschlagen, aber er hatte Zeit gehabt, sich wieder zu erholen. Und er wußte Lupina, die er immer noch verehrte, in großer Gefahr.

Langsam stemmte er sich hoch.

Das geschah hinter Janes Rücken. Die Detektivin rechnete überhaupt nicht mit einer Gefahr von dieser Seite.

Schritt für Schritt näherte sich die gefährliche Gestalt der ahnungslosen Jane.

Auch Lupina war stehengeblieben. Sie konnte an Jane vorbeischauen und sah den Werwolf.

Triumph flackerte in ihren Augen.

Jane atmete schnell und keuchend. »Jetzt bist du dran, Bestie!« schrie sie. »Ich werde dich töten! Ich schicke dich dahin, wo du hingehörst! In die Hölle!«

Das hielt Lupina nicht mehr aus. »Schlag zu!« brüllte sie und meinte damit den letzten Werwolf.

Jane reagierte reflexhaft. Ihre Nerven standen sowieso unter Hochspannung.

Sie wirbelte herum.

Genau in dem Augenblick, als der Werwolf zuschlug. Da Jane das Kreuz hoch hielt und der Werwolf die Bewegung nicht mehr stoppen konnte, hämmerte er beide Pranken gegen das geweihte Silber.

Es war sein Untergang.

Plötzlich umkrampften seine Tatzen das Kreuz. Sie schienen daran festgeleimt zu sein. Wenigstens schaffte er es nicht, sie zu lösen. Er sank in die Knie.

Das Kreuz spielte seine Macht voll aus. Es zerstörte das unheilige Leben des Werwolfs.

Sein Fell wurde stumpf, grau und brüchig.

Die Bestie starb.

Jane aber trat zurück. Sie drehte sich um, suchte nach Lupina, doch die war verschwunden. Sie hatte wirklich die Gunst der Sekunde genutzt. Da wurde Jane abgelenkt. Und was sie sah, erfüllte sie mit Grauen...

Auch ich hörte Lupinas Schrei.

Und er wirkte auf mich wie ein Signal. Unwillkürlich zog ich den Kopf ein, meine Bewegungen schienen einzufrieren, das Fell auf meinem Rücken sträubte sich.

Lupina hatte geschrien.

Meine Lupina!

Sie befand sich in Gefahr. Für einen Moment war Myxin unter mir vergessen. Ich drehte den Kopf und schaute zur Lichtung hin, wo der Schrei aufgeklungen war.

Dort sah ich sie im Feuer stehen, und den anderen Werwolf, der das Kreuz umklammert hielt und daran buchstäblich verbrannte.

Das war zuviel.

Ich wollte hoch, doch in diesem Augenblick tauchten zwei Schatten aus dem Dunkel des Waldes auf.

Suko und Bill!

Ich sah sie, Myxin sah sie, und der kleine Magier schrie nur einen Satz.

»Das ist John!«

Am schnellsten reagierte Suko. Plötzlich stand er neben mir und ich spürte die kalte Mündung der Waffe an meiner Stirn. Auch Bill hielt eine Pistole in der Hand. Sie deutete ebenfalls auf mich.

Ich erstarrte.

»Und jetzt komm vorsichtig hoch, John!« flüsterte mir Suko ins Ohr. »Aber ganz vorsichtig, denn ich möchte nicht, daß uns etwas passiert!«

Ich gehorchte.

Suko trat behutsam zurück, brachte zwischen mir und sich soviel Distanz, wie nötig war.

Auch Myxin stand auf.

»Hast du eine Waffe?« fragte ihn Bill.

»Nein, ich brauche auch keine.« Er ging an mir vorbei und stellte sich neben Suko.

»Dreh dich um!« forderte der Chinese mich auf. »Und dann geh auf die Lichtung!«

Ich folgte der Aufforderung, denn geweihtes Silber war für mich als Werwolf absolut tödlich. Ich betrat die Lichtung, auf der nur noch eine Person stand.

Jane Collins.

Lupina war verschwunden.

Ich suchte sie. Wo konnte sie nur stecken? War sie geflüchtet? Hatte sie sich versteckt?

Jane schaute mich an. Sie hielt noch das Kreuz mit beiden Händen fest. Mein Kreuz.

Und dann ihr Blick.

Verzweifelt, quälend, von Tränen umflort. Er wäre mir normalerweise unter die Haut gegangen, aber hier – hier ließ er mich völlig kalt. Sie war eine Fremde für mich.

Meine eigenen Freunde bedrohten mich mit ihren Waffen. Ich war eingekreist, konnte nicht weg. Aber ich war auch nicht mehr John Sinclair, sondern eine Bestie, ein Werwolf.

»John!« flüsterte Jane. »Sag, John, bist du es wirklich? Bist du diese Bestie?«

»Ja«, knurrte ich. »Ich bin es. Und ich will zu ihr.«

»Sie ist geflohen!«

Da hatte ich die Bestätigung. Lupina war weg. In mir brach eine Welt zusammen, sie hatte mich im Stich gelassen. Lupina, auf die ich mich so verlassen hatte.

»Nein.« Ich schüttelte meinen Schädel. »Nein, das ist nicht wahr. Sag, daß es nicht wahr ist!«

»Doch, es ist wahr!« sagte Bill Conolly laut. »Und du, John, wirst mit uns kommen!«

»Nein.«

»Doch!«

Ich schaute Bill an. Er war für mich ein Fremder. Ich wollte mit ihm nichts zu tun haben. Er und auch die anderen wollten mich töten. Sie waren meine Feinde. Freunde hatte ich woanders.

»Ist das dein letztes Wort?« fragte Bill.

»Ja, das ist es. Ihr könnt schießen!« Und dann stürmte ich los. Ich sprang Bill Conolly aus dem Stand an, wollte ihn niederschlagen und vernahm in meinem Rücken Sukos gellende Stimme.

»Nicht schießen! Nicht schießen!«

Ich prallte gegen Bill, wuchtete ihn zu Boden, riß ihm mit einem Schlag das Hemd auf und hatte freie Bahn.

Der Wald lockte mich. Dort wollte ich verschwinden, im Dunkel untertauchen, wo mich niemand mehr finden konnte.

Doch da war noch Suko.

Ich sah schon dicht vor mir die ersten Bäume auftauchen, als der Chinese sich abstieß.

Mit beiden Beinen zuerst sprang er mir ins Kreuz. Es war ein ungeheurer Schlag. Ich wurde nach vorn katapultiert und prallte mit dem Gesicht zuerst gegen den Stamm.

Für Sekunden war ich außer Gefecht.

Und plötzlich waren sie über mir.

Ich kämpfte wie ein Berserker, doch es gelang mir nicht, sie abzuschütteln.

Jemand riß mir die Hände auf den Rücken. Ich spürte plötzlich etwas Kaltes an den Gelenken, hörte ein klackendes Geräusch und wußte, daß Handschellen zugeschnappt waren.

Dann nahmen sie sich die Füße vor.

Mit Gewalt brachen sie meinen Widerstand, bis ich gefesselt vor ihnen lag.

Aufatmend traten sie zurück und schauten mich an, der ich am Boden lag und verbissen die Zähne zusammenpreßte.

Ich hielt ihren Blicken stand. Ich versuchte, in meinen das alles hineinzulegen, was ich für diese Leute empfand.

Haß, Abscheu, Verachtung.

Sie mußten irgend etwas spüren, wenigstens Jane Collins, denn sie trat zurück und schüttelte sich, als hätte ihr jemand Eiswürfel über den Rücken geworfen.

Auch Bill schüttelte den Kopf. Er konnte nicht begreifen, ebenso wie Suko. Sie waren meine Freunde, doch ich hatte mich von ihnen abgewandt, sie aber hielten zu mir.

Sollte ich Dankbarkeit empfinden? Nein, wirklich nicht. Nur Haß, Widerwillen und Abscheu.

Ich zerrte an meinen Handfesseln. Doch die bestanden aus bestem Stahl, ich konnte sie nicht sprengen.

»Es hat keinen Zweck«, sagte Bill schließlich, und er wischte sich dabei über die Augen. »Wir müssen ihn nach London schaffen.«

»Und dann?« fragte Jane Collins mit zitternder Stimme.

Ja, was dann?

Niemand wußte eine Antwort.

Sie hatte es geschafft.

Lupina war entkommen.

Das nur interessierte sie. Was mit den anderen geschah, war ihr egal. Auch mit diesem Sinclair. Sie hatte ihn sowieso nur ausnutzen wollen. Hauptsache, sie schaffte es.

Und sie wußte auch, wohin sie laufen wollte.

Mit langen Schritten hetzte sie über eine freie Weidefläche. Ihr Haar flatterte wie eine Fahne hinter ihr her, die Schritte waren raumgreifend.

Am Himmel stand ein voller Mond und schickte sein gespenstisch anmutendes Licht auf die einsame Gestalt.

Meile für Meile lief sie. Dann erreichte sie das Ufer eines Flusses. In der Nähe führte eine Eisenbahnbrücke über das Wasser.

Der Morgennebel wurde dichter. Wie ein grauer Kranz lag

er über den weiten Wiesen und Weiden. Einmal donnerte ein Zug über die Brücke. Das Vibrieren war bis ans Ufer zu spüren.

Lupina verkroch sich in ein Gebüsch. Sie fror plötzlich. Und sie hatte Angst, daß man sie vergessen könnte.

Doch das war nicht der Fall. Als die Dunkelheit schon langsam vom heranbrechenden Tag abgelöst wurde, vernahm sie ein Knattern in der Luft.

Sie kamen, sie hatten sie nicht vergessen.

Lupina verließ das Gebüsch.

Dann schwebte aus dem Grau der Nebelsuppe ein gewaltiger Schatten, blieb dicht über dem Boden in der Luft stehen und setzte langsam zur Landung an.

Zwei Gestalten verließen den Hubschrauber.

Dr. Tod und Mr. Mondo.

»Wo ist Sinclair?« fragte Solo Morasso zur Begrüßung.

»Weg!«

»Was?«

»Ja, er ist verschwunden. Ich habe ihn nicht halten können.«

»Verdammt!« fluchte Morasso.

»Aber er ist ein Werwolf«, lachte Lupina.

»Wird er es bleiben?«

Lupina hob die Schultern. »Ich weiß es nicht. Es ist ja nicht so, als wäre er normal gebissen worden. Das Serum wird irgendwann vom Körper abgebaut werden, und da könnte er wieder normal werden.«

»Oder durch einen Blutaustausch«, sagte Mr. Mondo.

Dr. Tod stampfte mit dem Fuß auf. »Gebe der Teufel, daß die anderen nicht auf die Idee kommen.« Er funkelte Mondo an. »Eins sage ich Ihnen. Wenn er mir noch einmal in die Hände fällt, dann werde ich ihn erschießen und keine Experimente mehr zulassen. Ich hätte ihn Lady X überlassen sollen.« Dann winkte er Lupina zu.

Die Wölfin stieg ein.

Und Dr. Tod hatte ein neues Mitglied seiner Mordliga gefunden. Das vierte.

Jetzt fehlten noch zwei, um zum großen Schlag auszuholen.

Daran dachte der Verbrecher, als der Hubschrauber langsam in die Höhe stieg und von den grauen Wolken verschluckt wurde...

Die Station war hermetisch abgeriegelt worden. Niemand durfte hinein. Außer Bill Conolly, Suko, Jane, Myxin und Sir Powell. Auch er hatte sich dazugesellt.

Und all die Menschen zitterten um einen Mann.

Um mich!

Ich lag unter einem Sauerstoffzelt und war an zahlreiche Maschinen und Überwachungsgeräte angeschlossen.

Mein Blut wurde ausgetauscht. Auf diese Möglichkeit hatte ein Arzt hingewiesen, mit dem Sir James Powell gesprochen hatte.

Würde es klappen?

Sie hockten auf einer langen Wartebank. Selbst Sheila und Shao waren da. Die beiden Frauen hatten Proviant mitgebracht. Alle waren dankbar, schlürften den heißen Tee und aßen die Sandwiches.

Sechs Uhr morgens!

In der Klinik lief längst der Hochbetrieb. Hier in diesem Trakt merkte man nichts davon.

Zwei Ärzte überwachten den Patienten. Noch hatte den Freunden niemand Auskunft gegeben.

Bill flüsterte mit Sir James Powell, der seltsam fahl im Gesicht aussah und eine Magentablette nach der anderen kaute, wobei er von seinem kohlensäurefreien Wasser trank.

Dann kam der Arzt.

Sein Gesicht war unbewegt. Man konnte den Zügen nichts entnehmen. »Wer ist für Mr. Sinclair zuständig?« fragte er.

Alle schauten sich gegenseitig an. Bis auf Sir James Powell. Er erhob sich, zupfte seinen Mantel zurecht und ging mit dem Arzt einige Schritte zur Seite, wo sie flüsternd berieten.

Die anderen verstanden nichts.

Bis Sir James Jane Collins herbeiwinkte. »Miss Collins, kommen Sie, und nehmen Sie das Kreuz mit.«

Jane stand auf. Ihr Gesicht schien eingefroren zu sein, als sie mit dem Arzt und Sir James Powell das Krankenzimmer betrat.

Man hatte die Rollos vorgezogen. Die Morgensonne fiel nur durch ein paar Spalten.

Im Bett lag – ein Mensch.

Ein normaler Mensch.

Bleich im Gesicht, aber er lebte.

»Darf ich?« fragte Jane und spürte in ihrer Kehle plötzlich ein Würgen.

»Bitte«, sagte der Arzt.

Jane Collins trat an das Bett. Sie beugte sich über mich, nahm das Kreuz, legte es mir auf die Brust, und im selben Augenblick schlug ich die Augen auf.

Unsere Blicke trafen sich.

»John!« Ein Schrei, in dem sich Freude und endlich gelöste Spannung mischten.

Dann fielen wir uns in die Arme und merkten nicht, daß Suko, Bill, Shao und Sheila das Zimmer betraten.

Nur Myxin zog sich klammheimlich zurück. Und auch auf dem Gesicht des kleinen Magiers lag ein zufriedenes Lächeln...

ENDE

Der Todesnebel

Die Nudel blieb mir fast im Halse stecken, als die blechern klingende Lautsprecherstimme durch die Kantine hallte.

»Oberinspektor Sinclair, bitte sofort zum Chef. Oberinspektor Sinclair, bitte sofort zum Chef!«

Ich warf die Papierserviette neben den Teller und fluchte. Wenn sie mich auf diese Art und Weise suchten, brannte es mal wieder. Ansonsten riefen sie nämlich an.

Ich warf einen letzten, aber nicht bedauernden Blick auf die Nudeln, denn sie hatten mir nicht geschmeckt und die Soße noch weniger. Dann lief ich zum Lift.

Viele Kollegen sahen mir grinsend nach und schaufelten weiter. Eine Bedienung flötete noch: »Soll ich Ihnen Ihr Essen warm halten, Oberinspektor?«

»Nein, schenken Sie es Ihrem Hund. Aber der wird es wahrscheinlich nicht vertilgen, weil er verwöhnter ist als wir.«

Ihren beleidigten Gesichtsausdruck konnte ich nicht mehr sehen, denn ich hatte die Aufzugtür bereits in der Hand.

Es war der schnelle Lift, der Magenhochjubler, wie einige Kollegen sagten. Mir kamen die Nudeln auch hoch, als er anfuhr, wenige Sekunden später jedoch befand ich mich bereits an meinem Ziel. Lautlos glitt die Sperrwand zur Seite, und ich stieß die Tür auf.

Bis zu Powells Büro waren es nur ein paar Schritte. Ohne zu klopfen, stürmte ich durch das Vorzimmer gegen das Allerheiligste an.

Sir James Powell hockte hinter seinem Schreibtisch wie ein angriffslustiger Wolf. Aber von Wölfen hatte ich die Nase voll. Daran wollte ich gar nicht denken. Mit dem rechten Zeigefinger tippte er auf das Deckelglas seiner Uhr.

»Sie sind spät dran, John, sehr spät.«

Ich grinste. »Sie haben mich ja nicht früher rufen lassen. Darf ich mich setzen?«

»Nein!«

»Ist was, Sir?« erkundigte ich mich vorsichtig.

»Sie werden gleich wie eine Rakete loszischen, John«, sagte er zu mir. »Ich will Sie nur kurz einweihen.«

Nun, ich hörte zu.

»Es geschah in Lambeth«, begann Sir Powell. »Vor einer Stunde drehte dort ein dreizehnjähriger Junge durch. Mit einem Gewehr erschoß er einen Mann und bedroht seitdem seine Mutter. Diese hatte aber noch die Polizei alarmieren können. Die Beamten haben das Haus umstellt, wagen jedoch nicht, einzugreifen. Wie Ihr Freund Bill Conolly davon erfahren hat, weiß ich nicht, will es auch gar nicht wissen, auf jeden Fall steckte er plötzlich mittendrin, und nicht nur das. Es gelang ihm sogar, auf irgendeine tollkühne Art und Weise zwei Fotos zu schießen.«

Ich grinste. »Bill ist eben etwas Besonderes.«

»Vielleicht.«

»Wo ist Bill jetzt?«

»Wieder am Ort des Verbrechens.« Sir James hustete trocken. »Aber deswegen habe ich Sie nicht herkommen lassen, John. Es geht um die Fotos. Hier, sehen Sie.«

Er gab mir die erste Aufnahme.

Bill hatte wirklich gut geknipst, da mußte ich meinem alten Spezie schon ein Kompliment machen. Er hatte schräg in die Wohnung blicken können. Ein Mann lag am Boden.

In der Nähe der Tür saß eine grauhaarige Frau mit dem Rücken an der Wand. Ihr Gesicht war von Angst und Entsetzen gezeichnet. Kein Wunder, denn sie blickte in die Mündung des Gewehres, das der Junge in der Hand hielt.

Ich reichte Sir James das Foto zurück.

»Was sagen Sie dazu, John?«

»Nichts.«

»Gut, dann gebe ich Ihnen das zweite.«

Er reichte mir auch diese Aufnahme. Ich drehte sie um und schaute auf die Hochglanzseite.

Bill hatte sich wirklich Mühe gegeben. Fast das gleiche Motiv hatte er geknipst, nur eine Veränderung war auf dem Bild zu sehen. Der Junge hatte sich gedreht, schaute praktisch in die Kamera.

Ich sah sein Gesicht und hatte das Gefühl, von einem Keulenschlag getroffen zu werden.

Der erst dreizehn Jahre alte Junge hatte das Gesicht eines uralten Greises, einer Mumie...

Langsam ließ ich das Foto sinken.

Sir James Powell räusperte sich. »Wissen Sie nun, warum ich Sie habe holen lassen?«

»Ja.« Mein Blick glitt in unwegbare Fernen, dann riß ich mich zusammen.

»Fahren Sie hin. Sofort«, sagte der Superintendent. »Sie finden Bill Conolly sicher noch am Einsatzort. Hier ist die Adresse.« Er gab mir einen Zettel.

Ich steckte ihn ein. Ein Junge mit dem Gesicht einer Mumie. Wie war das möglich? Es war müßig, darüber nachzudenken und jetzt schon nach einer Lösung suchen zu wollen, ich mußte mir die Sache einmal anschauen.

Wieder im Lift, las ich die Adresse. Der Junge wohnte in Lambeth, dicht an der Grenze zu Vauxhall. Keine sehr vornehme Gegend, aber auch nicht die allerschlechteste. Glasshouse Walk hieß die Straße. Ich steckte den Zettel ein und verließ den Lift. Er hatte mich direkt bis in die Tiefgarage des Yard gebracht, wo mein Bentley stand.

Wenige Sekunden später saß ich im Auto und startete. Die lange Schnauze des Wagens schoß aus der Ausfahrt, ich sah eine Lücke und reihte mich in den Verkehr ein.

Ich fuhr in Richtung Themse, hielt mich dabei etwas südlich, um auf die Vauxhall Brigde Road zu gelangen.

Zum Glück geriet ich in keinen Stau und kam auch gut über die Brücke. Am Ostufer der Themse sah ich die großen Öltanks, die im Zeichen der Energiekrise bis zum Rand gefüllt waren, als eiserne Reserve. In dieser Gegend befand sich viel Industrie. Kurz vor dem Bahnhof bog ich nach links auf die breite Uferstraße, Albert Embankment genannt. Fünf Minuten später erreichte ich die Straße.

Glasshouse Walk.

Rechts ab.

Schon als ich einbog, fiel mir das Blaulicht auf. Etwa hundert Yards entfernt standen die Wagen. Davor staute sich der Verkehr. Die Fahrer waren ausgestiegen und starrten zu den Polizeifahrzeugen hin, wobei sie heftig diskutierten.

Es war schwer, durchzukommen, deshalb machte ich aus der Not eine Tugend und fuhr über den Gehsteig.

Das ging so lange gut, bis mir zwei Cops mit wütenden Gesichtern entgegenliefen.

Ich stoppte, drückte auf den Knopf, und die Scheibe surrte nach unten.

»Was erlauben Sie sich?« wurde ich angeschrien. »Sie können hier nicht herfahren. Sie...«

Ich hielt den Männern meinen Ausweis entgegen.

Sie wurden sofort freundlicher und entschuldigten sich. Ich konnte sogar noch einige Yards weiterfahren, bis fast vor das Nebenhaus. Dort stieg ich aus.

»Im wievielten Stock ist es passiert?« fragte ich.

»Im letzten.«

Ich schaute am Haus hoch. Die Fassade sah ziemlich grau aus. Die industrielle Umwelt hatte hier ihre Spuren hinterlassen. Sämtliche Fensterscheiben waren geschlossen. Hinter den Scheiben allerdings sah ich die neugierigen Gesichter der Hausbewohner.

»Gibt es eine Möglichkeit, ungesehen in die Etage zu gelangen?«

»Kaum.«

»Was heißt das?«

»Sie könnten es an der Rückseite versuchen, Sir!«

Ich nickte und sprach nach einer Weile weiter. »Ich habe Fotos gesehen, die von einem Reporter geschossen worden sind. Wo kann ich Mr. Conolly finden?«

»Im Streifenwagen!« knirschte der Bobby. »Wir haben ihn festgehalten, Sir.«

»Ich will sofort mit ihm reden.«

»Jawohl, Sir.«

Wir steuerten den Wagen an. »Hat sich inzwischen etwas an der Lage verändert?« wollte ich wissen.

»Nein!«

Das war gut. Die Polizei hatte zahlreiche Beamte aufgeboten, um die Neugierigen wegzudrängen. Bill Conolly sah mich schon, und er winkte.

Der Bobby öffnete die Tür.

»Endlich, John!« rief mir Bill entgegen. »Die Kameraden hier haben mir die Kamera abgenommen und halten mich fest!«

»Jetzt nicht mehr«, grinste ich.

Einem Sergeant machte ich klar, daß ich Bill Conolly als Unterstützung brauchte.

Der Reporter konnte aussteigen.

»Ich habe deine Fotos gesehen.«

Bill grinste. »Das war gut. Dann haben die Beamten doch schnell geschaltet.« Er klopfte sich eine Zigarette aus der Packung. »Auch einen Glimmstengel?« Ich schüttelte den Kopf.

»Wie sieht es aus?« wollte ich wissen.

Bill ließ den Rauch aus dem linken Mundwinkel strömen. »Ich war zufällig hier, weil ich diese Straße fotografieren wollte. Die Stadt will die Häuser abreißen und andere hinsetzen. Die Bewohner wehrten sich. Du weißt ja Bescheid. Ich wollte einen Bericht schreiben und war in dem Haus, als die Schüsse fielen. Du kennst mich ja, ich war sofort am Ball, und es gelang mir, von der Rückseite her eine Aufnahme durch das Fenster zu schießen. Zweimal schaffte ich es.«

»Hast du die Bilder schon gesehen?«

Bill schüttelte den Kopf. »Nein, die wurden erst bei euch entwickelt. Aber ich sah den Jungen.« Seine Stimme klang plötzlich belegt.

Ich nickte.

»Hast du schon eine Erklärung, John?«

»Nein.«

»Aber es ist doch dein Fall?«

»Wahrscheinlich.«

»Okay, dann bin ich wieder mit von der Partie.«

Für einen kurzen Moment huschte ein flüchtiges Grinsen über meine Lippen. Das war der echte Bill Conolly. Wie ein Bluthund, der eine Spur entdeckt hatte. Dabei lag es erst knapp zwei Wochen zurück, als er mit Suko zusammen versucht hatte, mich aus der Klinik des Dr. Mondo zu befreien. Sie hatten es nicht geschafft, ich war zu einem Werwolf geworden, und nur ein Blutaustausch hatte mich gerettet. An diesen Fall und an Lupina, die Königin der Wölfe, wollte ich nicht mehr erinnert werden. Es war einer der schlimmsten meiner bisherigen Laufbahn gewesen.

»Wie kommen wir zur Rückseite?« fragte ich Bill.

»Ich zeig's dir.«

Leider gab es zwischen den einzelnen Häusern keine Einfahrten. Wir mußten durch den Flur. Er war von Polizisten besetzt.

»Hat sich etwas getan?« fragte ich.

Kopfschütteln.

Ich nickte. Mit Bill ging ich zum Hinterausgang. Die Tür knarrte, als wir sie aufzogen.

Im Hof sah es ähnlich aus. Nur hockten die Beamten dort in sicherer Deckung. Hinter Mülltonnen, einem Auto und einem einsam dastehenden Baum.

Wir blieben im toten Winkel stehen, eingerahmt von zwei Beamten in Zivil.

Ich kannte die knochenharten Typen. Sie gehörten zur Einsatzgruppe der Terroristenbekämpfung und waren ausgezeichnete Scharfschützen.

Ich sah aber auch die Feuerleiter und die Gitterbalkone. Diesen Weg konnte ich nehmen.

Die harten Typen hatten etwas dagegen. Arrogant wurde ich angefahren, mich wieder zurückzuziehen.

Ich lächelte kalt. Auf meinen Sonderausweis bilde ich mir normalerweise nichts ein, aber jetzt zeigte ich ihn vor. Und plötzlich wurden auch die Typen stumm.

»Wenn Sie unbedingt wollen, aber wir übernehmen keinerlei Verantwortung.«

»Das brauchen Sie auch nicht.«

»Und ich?« fragte Bill.

»Bleib du hier.«

Bill zog zwar ein beleidigtes Gesicht, er fügte sich jedoch und sah das Notwendige ein.

Ich schaute an der Leiter hoch. Vertrauenerweckend sah sie nicht aus, aber sie hatte Bill ausgehalten, sie würde unter mir ebenfalls nicht zusammenbrechen.

Ich sprang hoch, packte die unterste Sprosse und zog mich mit einem Klimmzug höher. Das geschah unter den beobachtenden Augen der Scharfschützen.

Die erste Plattform war nicht weit entfernt. Ich hockte mich dort nieder und blickte nach oben.

Bill hatte mir die beiden Fenster gezeigt, hinter denen die

Wohnung lag. Vor einem Fenster sah ich einen Gitterbalkon. Ich nahm an, daß zum Balkon eine Tür führte.

Vorsichtig kletterte ich weiter. Die Feuerleiter schwankte immer dann, wenn ich mein Gewicht verlagerte. Hin und wieder ächzte sie in der Verankerung, dann rieselte Mörtel dem Boden entgegen oder Rost.

Drei Plattformen mußte ich hinter mich bringen, um mein Ziel zu erreichen. Ich hoffte, daß der Junge nicht vorher durchdrehte und irgendwie Amok lief. Auch die Scharfschützen sollten sich mit ihren Kugeln zurückhalten.

Drei Stockwerke schaffte ich, dann befand sich der Balkon mit mir in gleicher Höhe. Zum Glück war ich von der Wohnung aus gesehen im toten Winkel hochgeklettert. Wenn der Junge mich sehen wollte, mußte er erst auf den Balkon gehen.

Etwa zwei Yards hatte ich zu überbrücken.

Eine Distanz, die zu schaffen war.

Ich schaute nach unten. Obwohl ich mich nicht sehr hoch über dem Erdboden befand, war es doch ein wenig komisch, hinunterzusehen. Sehr klein sahen die im Hof versammelten Beamten von hier oben aus. Wenn ich stürzte, war es das Ende für mich.

Mal sehen.

Mit einer Hand hielt ich mich an der Leiter fest, dann beugte ich meinen Oberkörper zum Balkon hin vor. So weit es ging, streckte ich den Arm aus und berührte mit den Fingerspitzen das Gitter.

Es mußte klappen.

Welche Waffen trug ich bei mir? Da war erst einmal die Beretta und natürlich das Kreuz. Ich holte es hervor und ließ es offen vor meiner Brust baumeln. Die Beretta konnte ich sowieso sehr rasch ziehen.

Noch eine Idee streckte ich mich. Dann hatte ich den Handlauf umklammert.

Abstoßen!

Für einen Moment schwebte ich nur an einer Hand hängend in der Luft. Ich hatte das Gefühl, mein Arm würde mir aus der Schulter gerissen, doch dann konnte ich nachfassen und hing jetzt wie ein Reckturner am Handlauf des kleinen Balkons.

Wieder ein Klimmzug.

Im Hochschwingen sah ich, daß eine Gardine zur Hälfte vor der Balkontür hing. Die andere Scheibe war frei und gestattete mir einen Blick in das Innere der Wohnung.

Ich schwang die Beine über den Handlauf. Zuerst das rechte, dann das linke.

Im Schutz der Gardine hockte ich auf dem kleinen ovalen Balkon.

Hindernis Nummer eins war überwunden.

Durch die Stäbe peilte ich in den Hof. Die Beamten verhielten sich ruhig. Vielleicht vor Staunen, weil sie wohl selbst nicht damit gerechnet hatten, daß ich es schaffen würde.

Ich winkte ihnen beruhigend zu und schraubte mich vorsichtig in die Höhe.

Hören konnte ich nichts, sehen ebenfalls nichts. Als ich einen halben Schritt weiterging, schaute ich durch den freien Teil der Scheibe in das Zimmer.

Was ich sah, gefiel mir gar nicht.

Die grauhaarige Frau hockte in einem zerschlissenen Sessel. Die Hände hatte sie um die Lehnen gekrallt, auf ihrem Gesicht spiegelte sich die Angst wider. Die Züge wirkten wie eingefroren.

Neben dem Sessel lag der Tote. Die Kugel hatte ihn in die Brust getroffen. Der alte, graue Pullover war blutgetränkt. Das Gesicht des Mannes zeigte eine leichenblasse Farbe. In den Augen las ich noch den Schrecken, den er in den letzten Sekunden seines Lebens durchgemacht hatte.

Der Junge wandte mir den Rücken zu. Trotzdem sah ich das Gewehr. Er hielt es mit beiden Händen umklammert.

Ich trat wieder zurück und schaute mir die Tür an. Sie war fest verschlossen. Wenn ich etwas unternehmen wollte, mußte ich durch die Scheibe.

Keine angenehme Vorstellung.

Hier oben war es windig. Meine Haare wurden aufgewühlt, doch die äußeren Bedingungen spürte ich nicht. Ich konzentrierte mich voll auf meine Aufgabe.

Sie war schwer genug!

Die Frau blickte genau auf die Scheibe. Sie mußte mich eigentlich sehen, als ich wieder vortrat.

Mit der rechten Hand nahm ich das Kreuz, streifte die Kette über den Kopf und behielt es in der Hand. In die Linke nahm ich die Beretta.

Damit winkte ich auch.

Jetzt sah mich die Frau, und ihr Gesichtsausdruck veränderte sich schlagartig.

Aus dem Entsetzen wurde ungläubiges Staunen. Hoffentlich reagierte sie richtig und drehte nicht durch, denn dann war alles vorbei.

Die Frau schrie nicht, sie starrte nur auf mich, wobei ihre Augen noch größer wurden.

Ich legte meinen rechten Zeigefinger gegen die Lippen, und sie verstand dieses international bekannte Zeichen.

Dann zuckte sie zusammen. Ich nahm an, daß ihr Sohn sie angesprochen hatte. Hören konnte ich nichts.

Ich überlegte noch, wie ich am besten in die Wohnung eindringen und den Jungen mit dem Greisengesicht überraschen konnte, als das Schicksal mir die Entscheidung abnahm.

Der Junge wirbelte plötzlich herum. Instinktiv schien er gespürt zu haben, daß etwas nicht stimmte.

Jetzt sah er mich.

Ich schoß nicht. Wir starrten uns an, und die Mündung des Gewehres zeigte nicht auf mich, sondern zu Boden.

Sofort hob ich mein Kreuz.

Es befand sich in seiner Gesichtshöhe, er mußte es einfach ansehen, und ich blickte in sein Gesicht.

Es sah wirklich schrecklich aus.

Die Haut schimmerte grau, war rissig und eingefallen, erinnerte mich an alten Stein. Die Mundwinkel hingen lappig herab, das Kinn wuchs nach hinten und zeigte zahlreiche Farben.

Wirklich wie eine Mumie...

Nur die Augen lebten. Sie waren von einer erschreckenden Kälte. In ihnen wohnte das Böse.

Er schoß nicht, dafür saugte sich sein Blick an dem Kreuz fest. Plötzlich verzerrte sich sein Gesicht. Es schien, als hätte er ungeheure Qualen auszustehen, er wankte zurück, und ich hatte die Chance, die Tür einzutreten.

Mit dem rechten Fuß hämmerte ich gegen das Glas.

Splitternd ging die eine Hälfte der Balkontür entzwei. Ein wahrer Scherbenregen prasselte zu Boden, und mit den Scherben kam ich.

Ein schrecklicher Schrei empfing mich.

Der Junge hatte ihn ausgestoßen, während seine Mutter schreckensstarr im Sessel hockte.

Der Junge mit dem Greisengesicht war bis an die Wand zurückgewichen. Er konnte seinen Blick nicht mehr von meinem Kreuz lassen, es schien, als würde er von diesem Anblick magisch angezogen.

Aus den Augenwinkeln bemerkte ich, daß sich die Mutter erheben wollte. Ich zischte: »Bleiben Sie sitzen!«

Sie fiel wieder in den Sessel zurück.

Noch hielt der Junge das Gewehr, und noch war ich nicht aus der Gefahrenzone, aber ich glaubte plötzlich nicht mehr daran, daß er sein Gewehr gegen mich einsetzen wollte.

Mein Kreuz hinderte ihn daran.

Es hatte sich ein wenig erwärmt, strahlte allerdings nicht auf, sondern bannte den Jungen mit unsichtbaren Kräften.

Ich schritt noch näher.

Polternd fiel die Waffe zu Boden. Sie war ihm aus den Händen gerutscht.

Jetzt befand ich mich in einer noch besseren Position.

»Gib auf«, flüsterte ich, »gib auf...«

Er streckte seinen rechten Arm aus und spreizte die Hand. »Weg!« keuchte er. »Geh weg!« Dabei bewegte sich sein Kinn, und ich sah plötzlich etwas Grauenhaftes.

Von seinem Gesicht fielen Stücke ab.

Wie kleine, graue Steine klatschten sie zu Boden. Es begann am Kinn, erreichte die Wangen, die Nase, bröckelte an der Stirn, die Augen fielen heraus, die Ohren – alles!

Zum Schluß rieselte nur noch Staub zu Boden, und langsam kippte der kraftlose Körper um.

Schwer schlug er zu Boden.

Das kalte Grauen nagelte mich auf der Stelle fest. So etwas hatte ich noch nie in meinem Leben gesehen, und verdammt noch mal, ich hatte viel mitgemacht.

Doch das war schlimm.

Auch die Frau hatte es gesehen. Sie stierte mit einem Blick auf ihren Sohn, den ich nie vergessen würde.

Und dann begann sie zu schreien.

Sie schrie sich in einen Krampf hinein. Dieses gellende Geräusch trieb mir einen Schauer über den Rücken. Ich verpaßte ihr zwei Schläge ins Gesicht.

Das Schreien verstummte, die Frau sank im Sessel zusammen. Weinend blieb sie hocken.

Ich aber trat auf den Balkon und machte ein Zeichen, daß alles in Ordnung sei. Dann bat ich den Einsatzleiter, einen Arzt und Bill Conolly zu mir hoch.

Danach zündete ich mir eine Zigarette an, und meine Hände zitterten.

Sie waren alle entsetzt.

Der Einsatzleiter, ein Mann, der sich Smith nannte, Bill Conolly und der Arzt.

Er hatte der Frau eine Spritze zur Beruhigung gegeben. Sie war jetzt regelrecht in Lethargie gefallen. Dabei wollte und mußte ich mit ihr reden, denn nur sie konnte mir über das Schicksal ihres Sohnes Auskunft geben.

Über den Toten hatten wir eine Decke gelegt. Vom Kopf war nur Staub geblieben. Wir hatten ihn zusammengefegt, eine verdammt makabre Arbeit.

Smith, ein Mittvierziger von bulliger Gestalt, kaute auf einer Zigarre herum und musterte mich scharf.

»Da werden Sie verdammt viel zu erklären haben, Sinclair«, motzte er mich an.

»Sicher.« Ich lächelte. »Nur Ihnen nicht. Sie haben meinen Ausweis gesehen, Smith, und wissen, was Sie davon zu halten haben. Kraft meines Amtes weise ich Sie jedoch auf die Schweigepflicht hin, der Sie unterliegen.«

»Wie meinen Sie das?«

»Kein Wort zu Reportern oder anderen Außenstehenden. Wenn dieser junge Mann abtransportiert wird, ist alles in Ordnung. Okay?«

»Gut.«

»Sollten Sie mir nicht glauben wollen, dann setzen Sie sich bitte mit Superintendent Sir James Powell in Verbindung. Er wird Ihnen alles weitere sagen.«

Ich konnte diese Lippe riskieren, denn bei meinem Chef hatte ich volle Rückendeckung.

Für den Arzt galt das gleiche. Er war ein noch junger Mann mit schmalen Schultern und einer fahlen Haut. »Ich lasse Ihnen ein paar Tabletten hier. Die Patientin soll jeweils zwei pro Tag einnehmen.«

»Danke, Doc.«

Smith besorgte eine Bahre. Darauf wurde der Tote mitsamt der Decke gelegt und abtransportiert.

Ich hockte mich auf die Couch. Bill blieb am Fenster stehen. Er sog an seiner Zigarette und schaute ins Leere.

Die Frau hieß Edith von Ärssen. Sie war aus den Niederlanden eingewandert. Ihren Mann hatte sie vor zwei Jahren verloren, soviel wußte Bill durch Befragung der Hausbewohner. Nie war der 13jährige Phil negativ aufgefallen, bis zum heutigen Tag.

Und das mußte einen Grund haben, den ich herausfinden wollte. Mit welchen Mächten war der Junge zusammengetroffen?

Edith von Ärssen hob den Kopf. Ich lächelte ihr zu und fragte: »Sind Sie in der Lage, mir einige Fragen zu beantworten?«

Sie nickte.

»Es tut mir leid, was da mit Ihrem Sohn geschehen ist«, begann ich. »Aber wir können es nicht mehr ändern. Ich will jedoch herausfinden, warum er sich verwandelt hat, damit ich diejenigen, die eine Schuld daran tragen, bestrafen kann. Wollen Sie mir dabei helfen?«

Die Frau nickte.

»Haben Sie in der letzten Zeit Veränderungen bei Ihrem Sohn festgestellt?« wollte ich wissen.

»Nein.«

»Überlegen Sie genau. Mit wem hat er Umgang gehabt? Was hatte er alles erlebt?«

»Er war immer hier!«

»Hatte er keine Freunde, mit denen er mal wegging? Vielleicht in eine Disco oder so?«

»Kaum. Und in letzter Zeit schon gar nicht.«

»Wieso?«

»Phil war gar nicht hier. Ich hatte ihn zu meiner Schwester an die See geschickt.«

»Und wo ist das?«

»Der Ort liegt in Wales. Aberporth. Vielmehr in einem kleinen Dorf in der Nähe wohnt meine Schwester. Es heißt Grynexxa. Da war er eine Woche.«

Ich überlegte. Ausgerechnet Wales. Diese Provinz war für mich fast wie ein Ausland. Die Menschen waren anders, eigen, und zudem war Wales wie auch Schottland das Land der Sagen und Legenden.

»Wie lange war er da, sagten Sie?«

»Eine Woche.«

Ich warf Bill einen Blick zu. Der Reporter nickte nachdenklich. Er hatte wohl den gleichen Gedanken wie ich. Vielleicht sollten wir in Wales nachforschen.

»Und wann ist er zurückgekommen?«

»Gestern.«

»Ist Ihnen da etwas aufgefallen?«

»Ja. Er war stiller als sonst, und er hat auch im Schlaf gesprochen. So laut, daß ich es im Nebenzimmer hören konnte.«

»Was hat er gesagt?«

»Er redete von einem Nebel, der Angst verbreitet. Er würde kommen und alles fressen.«

»Sonst noch etwas?«

»Nein, Sir.«

Ein Nebel, der alles fraß. Vielleicht eine Spur? Ich wischte mir über die Stirn. »Aber gestern sah Ihr Sohn noch völlig normal aus, oder?«

»Ja. Das kam erst heute mittag. Urplötzlich schoß er dann um sich. Er traf meinen Bekannten und wollte auch mich umbringen.«

»Stimmt, Sie sagten ja, daß Sie Witwe sind.« Ich räusperte mich. »Haßte er Ihren Bekannten?«

»Nein, sie verstanden sich gut. Es war so harmonisch.« Sie senkte den Kopf und begann zu weinen.

Ich wollte die Frau nicht länger mit Fragen quälen und erhob mich. Bill verstand die Geste. Er löste sich vom Fenster und schritt mit mir auf die Tür zu.

Ich sprach der Frau noch einmal mein Beileid aus und verließ gemeinsam mit meinem Freund die Wohnung.

Im Flur standen noch immer die Neugierigen. Wo die Polizei nicht mehr da war, drängten sie sich an der Tür und wichen nur zögernd zurück, als wir zur Treppe gingen.

»Was war denn?« fragte eine rothaarige Frau mit Lockenwicklerschmuck.

»Nichts, Madam. Nichts, was Sie interessieren könnte. Bitte gehen Sie wieder in Ihre Wohnungen.«

Sie gingen nicht.

Bill und ich schritten die Treppe hinab. Die Holzstufen knarrten unter unserem Gewicht.

»Meinst du, daß dieser Nebel mit der Veränderung des Jungen zusammenhängt?« fragte mich der Reporter.

»Ich werde es herausfinden.«

»Nein, John, wir.«

Ich mußte lachen. »Gut, dann fahren wir eben zu dritt. Suko möchte ich auch gern dabeihaben.«

»Wir müssen schließlich auf dich achtgeben«, meinte der Reporter. »Nachher läuft dir noch eine Wölfin über den Weg, und du verliebst dich in sie.«

»Noch so einen kalten Witz, und wir haben Winter.«

Bill grinste. »Das dauert noch zwei Monate, aber der Fall kann nicht warten.«

»Damit hast du recht.«

Schon seit ewigen Zeiten donnerte die Brandung gegen die Felsen an der Steilküste. Und schon seit ewigen Zeiten brachte der Westwind Wolken, Regen und Schnee mit.

Es war ein wildromantisches, aber ein geheimnisvolles und düsteres Land, dieses Wales. Hier war die Geschichte noch lebendig, hier wurden Legenden Wirklichkeit, und die Menschen igelten sich vom übrigen Teil des Landes ab. Sie hatten ihre eigene Sprache, wenn sie unter sich waren. Dann redeten sie von Zauberern, Elfen, Trollen und Gnomen.

Doch seit einigen Tagen beherrschte nur ein Thema die Gespräche der Leute.

Der Nebel!

Wie eine Wand stand er auf dem Meer, etwa zwei bis drei Meilen vor der Küste, und er löste sich einfach nicht auf. Nicht durch den Wind oder durch den Regen. Es schien, als hätte ihn der Teufel persönlich auf der Oberfläche festgeleimt.

»Das ist etwas Böses«, warnten die Alten und falteten die rissigen Hände zum Gebet.

Jüngere Leute, sofern es sie noch gab und sie nicht ausgewandert waren, schoben die Nebelwolke der Verseuchung der Umwelt in die Schuhe. Sie glaubten, daß der Nebel durch irgendwelche Unterwasserarbeiten entstanden war.

Doch da war nichts.

Keine Industrie, kein Bohrturm reckte seine Stahlträger aus der Cardigan Bay. Es war alles normal, bis auf die Wolke.

Fischer hatten sie umfahren und auch ausgemessen.

Zwei Meilen breit, eine halbe Meile tief.

Hineingefahren war von den Einheimischen niemand. Nur ein 13jähriger Junge aus London, der bei seiner Tante zu Besuch weilte, wollte dieses Abenteuer eingehen.

Er war zurückgekehrt und einen Tag später wieder abgefahren. Viel hatte er nicht erzählt, nur seinem Freund Hayo hatte er ein paar Worte gesagt.

Der Nebel wäre anders gewesen, komisch, mehr wie Leim, und er hätte auch anders geschmeckt.

Diese Worte machten im Dorf die Runde, und man überlegte sich, was zu tun sei.

Der Bürgermeister war dafür gewesen, die Polizei zu alarmieren, doch andere hatten ihn überstimmt. Man suchte Mutige aus den eigenen Reihen, die das Phänomen untersuchen sollten.

Zwei Männer meldeten sich.

Gard Layton und Billy Hook!

Zwei Fischer, die gemeinsam ein Boot gekauft hatten und damit auf Fang gingen.

Sie wurden allgemein bewundert, daß sie es wagen wollten, in die Nebelwolke zu fahren.

Gard Layton war der Ältere. Er zählte 30 Jahre und glich vom Typ her einem Seewolf. Blondes, krauses Haar, breitschultrig gebaut, Pfeifenraucher, sonnenbraunes Gesicht.

Billy Hook war zwei Jahre jünger. Ein drahtiger schwarzhaariger Knabe mit Dynamit in den Fäusten. Er fürchtete weder die See noch seine Schwiegermutter, hatte aber Angst vor dem Teufel, wobei Layton immer meinte, zwischen dem Teufel und der Schwiegermutter gäbe es kaum einen Unterschied.

Sie wollten morgens hinausfahren, sobald der Frühnebel verschwunden war.

Die Wettermeldungen klangen gut. Erst gegen Abend sollte stärkerer Wind aufkommen. Die Menschen warteten schon auf die ersten Herbststürme. Bisher hatten sie sich in Grenzen gehalten.

Billy Hook nuckelte an seiner Pfeife. Die Glut wärmte seine Nase. Der Fischer hatte die Hände tief in den Hosentaschen vergraben und schaute die mit rohem Pflaster bedeckte Straße hoch, die direkt zur Kirche und damit auch zum Zentrum des Ortes führte.

Von dort mußte Gard Layton kommen, aber dieser Junggeselle verschlief oft.

»Einmal drehe ich ihm noch den Hals um«, murmelte Billy Hook.

Dann kam der alte Zybbak. Er war schon über 80 und kannte die alten Zeiten noch. Neben Hook blieb er stehen.

»Wollt ihr wirklich fahren?« krächzte er mit seiner rauchigen Stimme.

»Ja.«

»Den Nebel hat der Teufel geschickt, mein Junge!«

»Woher weißt du das?«

»Das spüre ich in meinen Knochen.« Der alte Zybbak schob die blaue Schiffermütze in den Nacken. »So etwas habe ich in all den Jahren noch nie erlebt, das geht einfach nicht mit rechten Dingen zu. Glaube es mir, mein Freund.«

Hook hob die Schultern. »Wenn wir jetzt kneifen, stehen wir im Ort als Feiglinge da.«

»Ihr hättet euch erst gar nicht melden sollen.«

»Das ist zu spät.«

»Leider, mein Junge, leider.« Der Alte schaute über den Hafen. Er lag in einer natürlichen kleinen Bucht. Davor wuchsen hohe Felsen aus dem Meer, die den größten Teil der Brandung abhielten, so daß es auch bei Sturm im Hafen ziemlich ruhig blieb.

Einige Schiffe dümpelten an der Mole. Meist Fischerkähne, keine modernen Yachten, diesen Flecken hatten die Playboys mit ihren Mädchen noch nicht entdeckt. Sie wären auch verscheucht worden.

»Bei Gard ist es ja nicht so schlimm, Billy, aber du bist verheiratet, hast eine junge Frau, und die willst du zur Witwe machen?«

»Davon hat keiner was gesagt.«

»Aber es wird eintreten, wenn ihr in die Wolke fahrt.«

»Hör doch mit dem Quatsch auf, Alter. Wir fahren, und damit ist die Sache erledigt.«

»Ich habe euch ja nur gewarnt.« Zybbak schüttelte bedächtig den Kopf. »So jung und schon so lebensmüde«, meinte er und ging schlurfend davon.

Billy Hook wollte ihm noch etwas nachrufen, doch da bog dicht an der Kirchenmauer eine Gestalt auf den Weg ein.

Es war Gard Layton.

Bedächtig schlenderte er näher. Als Billy Hook auf die Uhr schaute, grinste er nur. »So eilig werden wir es schon nicht haben. Was wollte eigentlich der alte Zybbak bei dir?«

»Uns warnen.«

»Wovor?«

»Ja, wovor wohl? Wir sollen nicht rausfahren. Der Nebel würde vom Teufel kommen, hat er gesagt.«

Gard verzog das Gesicht. »Normal ist er ja nicht.«

»Glaubst du auch daran?« fragte Billy.

»Nein, das nicht.«

»Aber?«

»Nichts. Laß uns abfahren.« Er deutete mit dem Daumen die Straße hoch. »Da stehen sie schon und schauen zu. Wir wollen sie nicht enttäuschen.«

In der Tat hatten sich am Ende der Straße einige Dorfbewohner versammelt. Der alte Zybbak stand auch unter ihnen und redete. Was die beiden jungen Männer vorhatten, war wirklich eine Sensation. So etwas hatte man in Grynexxa noch nie erlebt.

Gard und Billy gingen zu ihrem Boot. Es war ein stabiler Holzkahn. Versehen mit einem Segelmast und einem starken Motor, war er für die Küstenfischerei der geeignete Kahn. Das Steuerhaus neben der kleinen Kajüte befand sich am Heck, während der übrige Teil als Ladeeinrichtung diente. Mit Holzbohlen waren die einzelnen Kammern abgetrennt, in die die Fische geworfen wurden.

Das Netz lag zusammengelegt am Schiffsheck. Sie brauchten es heute nicht. Der Fischfang sollte erst am nächsten Tag wieder starten. Heute wollten die beiden Männer den Nebel untersuchen und anschließend ihre Beobachtungen im Ort bekanntmachen.

Es war alles sorgfältig geplant worden. Segel wurden nicht gesetzt, der Kahn sollte mit Motorkraft bis an das Objekt herangebracht werden.

Gard Layton bewegte sich sofort auf das Heck des Bootes zu und verschwand im Ruderhaus. Der Eingang war so niedrig, daß er den Kopf einziehen mußte. Zwei rohe Holzstufen führten hinunter, dann stand er vor dem Steuerrad.

Eine Radaranlage hatte das Boot nicht. Sie war auch nicht nötig, da sich Layton und Hook sowieso nur im Bereich der Küste aufhielten.

Billy Hook blieb für einen Moment auf der Reling stehen. Er hob den rechten Arm, ein Zeichen, daß er die Leinen gelöst hatte.

Layton stellte den Motor an, und Hook sprang auf Deck. Der Motor tuckerte wie ein Oldtimer-Fahrzeug und kam erst langsam auf Touren. Nach einer Weile lief er endlich rund.

Die beiden Männer waren gut aufeinander eingespielt. Es bereitete Layton keine Schwierigkeiten, das Schiff von der Mole weg und in das freie Gewässer hineinzulenken.

Der Wind blies von Südwest, er trieb die Wellen gegen den Kahn, und der Motor brauchte mehr Kraft, um das Schiff in Fahrt zu bringen.

Wer den Hafen nicht kannte, hatte seine Mühe, ihn zu verlassen, denn die brandungshemmenden Felsen wuchsen unter Wasser weiter und breiteten sich dort aus. Sehr leicht konnte ein Boot mit seinem Kiel über die Felsen schrammen und aufgerissen werden.

Doch Gard Layton steuerte lässig den Kahn aus dem Hafen. Danach wurden die Wellen stärker. Sie hoben den Bug an, der sich ein wenig schwerfällig wieder senkte. Spritzwasser gischtete über, quirlte in die Ablaufrinnen und vereinigte sich wieder mit dem Meer.

Beide Männer behielten die Nebelbank im Auge. Und Billy Hook hatte plötzlich das Gefühl, als würde sich der Nebel bewegen und wandern.

Er lief zum Ruderhaus hinüber, wo Gard Layton ihn fragend anschaute. »Ist was?«

Hook nickte. »Ich meine, der Nebel wäre näher an Land gekommen.«

»Unsinn.«

»Doch.«

»Das kann alles leicht täuschen«, sagte Layton, griff aber trotzdem zum Glas und schaute durch.

»Nun?« fragte Billy Hook gespannt.

»Kann man nicht so sagen.«

»Du würdest es aber auch nicht abstreiten.«

»Nein, nicht so direkt.«

»Dann stimmt etwas nicht.« Hook war von seinen Worten überzeugt.

»Und was, bitte?«

»Wenn der Nebel, der ja schon einige Tage vor der Küste liegt, bisher nicht gewandert ist, warum ausgerechnet heute? Kannst du mir das sagen?«

»Vielleicht ist er auch vorher gewandert, und wir haben es nur nicht bemerkt.«

»Ich traue dem Braten nicht. Am liebsten, Gard, würde ich wieder umkehren.«

Layton lachte. »Warum das denn? Hat dich die Rederei des Alten verrückt gemacht?«

»Nein, aber dieses Wandern.«

»Es steht doch noch gar nicht fest, zum Teufel.«

»Mit dem Teufel hat es sicherlich was zu tun«, bemerkte Billy Hook.

»Ach, hör auf.«

Billy warf einen Blick zurück. Sie hatten die Hafeneinfahrt längst passiert, die Küste blieb hinter ihnen zurück und auch das Dorf. Er fühlte sich plötzlich unwohl. Diese grauweiße Wand da auf dem Meer bereitete ihm körperliches Unbehagen. Billy warf einen Blick auf seinen Freund.

Gard Layton stand ruhig am Steuer. Nichts in seinem Gesicht regte sich. Er schien überhaupt nicht nervös zu sein. Es war auch alles abgesprochen. Sie wollten die Nebelwand durchfahren. Und zwar zweimal. Auf der Hinfahrt an der Ostseite und auf der Rückfahrt auf der Westseite. Das hatten sie sich vorgenommen.

Layton lachte plötzlich, und Billy Hook schaute ihn verwundert an. »Was ist los?«

»Ich amüsiere mich über deine Angst. Wirklich, du bist doch sonst keine Memme.«

»Ich habe auch noch nie solch eine Nebelwand gesehen.«

»Ja, ja, schon gut.« Wenn Layton so redete, war für ihn das Thema erledigt, das wußte Hook.

Er sprach auch nicht mehr weiter, doch die Angst vor dem Nebel blieb. Je näher sie herankamen, um so bedrohlicher wurde er. Aus der Ferne hatte er wie eine kleine, grauweiße Wand ausgesehen, die über dem Wasser lag, aber jetzt war die Wand gewachsen, sogar ziemlich hoch geworden.

Sie kam ihm vor wie ein Gebirge. Und sie stand nicht still. In ihr wogte und wallte es, pulsierte unruhig hin und her, bildete dicke Schlieren und Streifen, die wellenförmig aufeinander zuliefen.

Auch war das Meer hier ruhiger. Kein Seewasser gischtete mehr über, das Schiff fand wirklich eine fast glatte See vor.

Und noch etwas fiel Billy Hook auf.

In der Luft flogen keine Vögel. Nicht eine Möwe war zu sehen. Nur in der Ferne zogen sie ihre Kreise. Es schien, als hätten sie Angst, sich der Nebelwand zu nähern.

Billy Hook schlug mit der rechten Faust auf seine linke offene Handfläche. »Du kannst mir sagen, was du willst, Gard, aber hier stimmt etwas nicht.«

»Hör doch auf, Mensch.«

»Sieh doch mal raus.«

»Das tue ich die ganze Zeit, falls es dir nicht aufgefallen sein sollte.«

»So meine ich das nicht. Nicht ein Vogel begleitet unsere Fahrt, wo doch sonst die Möwen auf Deck herumsitzen.«

»Wir haben auch keine Fische geladen.«

»Heiliger Klabautermann, du willst dich einfach nicht überzeugen lassen.«

»Und du bist ein abergläubischer Narr«, sagte Gard. »Jetzt laß mich in Ruhe, ich muß mich konzentrieren.«

Billy Hook hob nur die Schultern. Er drehte sich um und warf einen abschiednehmenden Blick dem Land entgegen. Der Kirchturm war noch deutlich zu erkennen. Billy hatte das Gefühl, als würde von ihm eine stumme Warnung ausgehen, doch nicht weiterzufahren. Aber da ließ der Steuermann nicht mit sich reden.

Im Gegenteil, er war guter Dinge. »Bald haben wir's«, sagte er, nahm die Hände vom Ruder und blies gegen seine Knöchel. »Wollen doch mal sehen, was dieser verdammte Nebel wirklich ist. Der Junge hat ja nichts gesagt.«

»Wie es ihm wohl geht?« murmelte Billy.

»Was?«

Hook wiederholte seine Frage.

»Kann ich doch nicht riechen.«

»Er ist ziemlich plötzlich abgereist«, sagte Billy. »So ohne Übergang, weißt du.«

»Vielleicht war er es leid.«

»Oder es hing mit dem Nebel zusammen.«

Gard Layton atmete tief durch. »Jetzt übertreibst du wirklich. Wäre ich ein anderer Typ, könntest du mich noch mit so was nervös machen. Mann, Junge, bleib auf dem Teppich.«

»Sicher, Gard, sicher.« Billy Hook schaute nach vorn. Haushoch schien die Nebelwand vor ihnen aufzuragen. Sie verdeckte alles. Selbst die Sicht zum Himmel nahm sie. Das Wasser gurgelte und schmatzte, drehte Kreisel und bildete Strudel. Um das Schiff herum schien es von tausend Händen aufgewühlt zu werden.

»Achtung, gleich ist es soweit!« sagte der Steuermann.

Er hatte recht. Im nächsten Augenblick stach der Bug des Schiffes in die Nebelwand.

Billy Hook war leichenblaß geworden. Er schluckte. Sein Adamsapfel tanzte auf und nieder. Seine Hände waren ineinander verkrampft, die Lippen murmelten ein Gebet aus der Kinderzeit, weil ihm ein anderes nicht einfiel.

Er ahnte das Böse, er wußte, daß es vorhanden war, doch er konnte nichts dagegen tun.

Der Nebel verschluckte das Schiff.

»Und jetzt heißt es aufpassen«, sagte Gard Layton. Auch ihm war nicht wohl zumute, denn er konnte ebenfalls nichts sehen. Die weißgrauen Schlieren waren überall, und sie waren dicht. Nicht einmal der Mast hob sich aus der Brühe ab.

»Verdammt, verdammt, ob wir da jemals wieder rauskommen?« Hook war ein Pessimist.

»Klar, wir brauchen nur den Kurs zu halten. Und Felsen gibt es hier nicht mehr.«

»Du hast Nerven, Gard.«

»Die brauche ich auch bei dir.« Layton zog die Nase hoch. »Übernimm du mal, ich sehe mich ein wenig auf Deck um.«

»Aber sei vorsichtig«, warnte Billy.

An der Tür drehte Layton sich um. »Weshalb? Wir sind hier doch hier auf dem Schiff.«

»Nur so.«

Layton lachte mit blitzenden Zähnen und verschwand. Nach zwei Schritten schien sich seine Gestalt aufzulösen.

Billy Hook war allein. Allein mit seiner Angst und seinen Gedanken. Hart hielt er das Ruder umkrampft. Seine Zunge fuhr über die spröden Lippen, die Augen tränten fast vor Anstrengung, weil er so sehr in die graue Suppe starrte.

Er stand wie unter Strom. Lauschte auf jedes Geräusch. Der Motor lief ruhig, da war nichts, aber er hörte das Klatschen der Wellen nicht mehr, die ewige Musik, die den einsamen Schiffer begleitete und manchmal romantisch als auch wild klingen konnte. Statt dessen hatte er das Gefühl, mit dem Kiel des Schiffes über Watte zu gleiten. So lautlos...

Von seinem Freund war nichts zu sehen. Der turnte sicherlich vorn am Bug herum. Billy selbst hätte das Ruderhaus nie verlassen, dafür hatte er zuviel Angst. Hier fühlte er sich einigermaßen geschützt, obwohl der Nebel durch jede Ritze drang und als fahler Schleier in das Ruderhaus stieg.

Dieser Nebel war anders als normal. Er hatte nicht die Feuchtigkeit, und es kam Billy vor, als sei er schwerer geworden. Er quoll gegen das Glas, ließ sich dort nieder, kondensierte und bildete Tropfen. Aber keine Wassertropfen, nein, sondern gelbliche Punkte, die wie gefärbte Kristallkugeln schimmerten.

Seltsam...

Bill merkte, wie er schwitzte. Als Schicht lag der Schweiß auf seinem Gesicht. Er wischte über die Stirn. Wenn jetzt wenigstens Gard Layton hier gewesen wäre, aber er trieb sich irgendwo in der undurchdringlichen Suppe herum.

Ruhig fuhr das Schiff. Als würde es auf einer glatten Wasseroberfläche liegen. Keine Welle hob es hoch und drückte es wieder nieder. Die See war ruhig.

Minuten vergingen.

Und Gard war immer noch nicht zurück.

Billy Hook wurde immer nervöser. Wo trieb sich der Kerl herum? Da war doch nichts passiert...?

Hook gab noch eine Minute zu, dann hielt er es hinter dem Ruder nicht mehr aus. Da der Kahn sowieso kaum bewegt wurde, faßte er sich ein Herz und verließ das Ruderhaus.

Daneben blieb er stehen.

»Gard!« Laut rief er den Namen seines Freundes, doch der hörte ihn nicht, jedenfalls gab er keine Antwort.

Wieder der Ruf. »Garrrddd...!«

Der Schrei erstickte bereits nach wenigen Yards im dicken Nebel. Er drang erst gar nicht bis zum Bug des Bootes vor.

Wenn doch nur dieser verfluchte Nebel schon zu Ende wäre, dachte Billy, aber so fuhren sie immer weiter. Zwei Meilen konnten einfach nicht so lang sein...

Und die Geschwindigkeit war gleich geblieben. Billy war immer mehr davon überzeugt, daß hier etwas nicht mit rechten Dingen zuging. Nein, der Nebel war ein Geschenk des Teufels.

Er ging wieder zurück ins Ruderhaus.

Kaum hatte er das Ruder umfaßt und schaute wieder nach draußen, da sah er die Gestalt.

Gard Layton kam zurück.

Endlich!

Billy Hook fiel ein Stein vom Herzen. Er konnte auch wieder lächeln. Er wollte Gard keinerlei Vorwürfe machen, daß er so lange weggeblieben war, Hauptsache, er stand bald neben ihm.

Aber was war das?

Gard Layton ging so seltsam. Als hätte er getrunken. Und er hielt sich dabei dicht an der Backbordseite. Wenn er nicht achtgab, landete er noch im Wasser.

»Paß doch auf!« rief Billy.

Sein Freund hörte ihn nicht. Er ging weiter. Und er steuerte zielstrebig das Ruderhaus an.

Nur noch wenige Schritte.

Seine Gestalt wurde deutlicher. Jetzt mußte er sich nach links wenden, um in das Ruderhaus zu gelangen. Das tat er nicht. Er ging nach rechts und lief auf die große Sichtscheibe zu.

»Was tust du?« flüsterte Billy. »Mein Gott, was ist los?« Er verspürte plötzlich Angst. Mit Gard stimmte etwas nicht. Da war einiges anders.

Im nächsten Moment fiel Gard Layton nach vorn. Er streckte dabei die Arme aus, berührte mit den Händen die Scheibe und fächerte sie dann zur Seite.

Sein Gesicht befand sich dicht vor der Scheibe.

Billy Hook konnte es genau sehen.

Seine Augen wurden groß, er begann plötzlich zu zittern, das Grauen sprang ihn an.

Gard Layton hatte das Gesicht einer Mumie!

»Nein!« keuchte Billy. »Nein, das gibt es nicht. Ich träume, ich...« Doch das Bild blieb.

Jetzt preßte Layton sein Gesicht dicht an die Scheibe. Jede Einzelheit konnte Billy erkennen.

Und die waren schaurig genug.

Das Gesicht war zu einer wahren Monsterfratze geworden. Sie schien aus grauem Lehm oder Stein zu bestehen, so genau war die Farbe nicht zu erkennen. Nur die Augen lebten, und die waren es, die Billy mit unheimlicher Kälte anstarrten.

Hook ließ das Ruder los und wankte zurück. Seine Lippen bewegten sich, doch ein Laut drang nicht hervor. Zu sehr hielt das Entsetzen ihn gepackt. Erst als er mit dem Rücken gegen die Wand stieß, kam er wieder zu sich.

»Nein, das kann es nicht geben. Dieser Nebel, ich habe es gewußt. Dieser verdammte Nebel, ein Geschenk des Teufels. Der Satan steckt dahinter, der Satan...«

Wimmernd sank er in die Knie und hatte die Hände vor sein Gesicht geschlagen. Er wollte seinen Freund nicht mehr sehen, dieses – dieses Monster.

Erst als er Schritte hörte, hob er den Blick. Layton hatte die Tür des Ruderhauses aufgezogen.

Er kam.

Wieder ging er wie ein Betrunkener, wankte über die Schwelle und streckte den Arm aus.

»Komm her!« flüsterte er. »Los, komm zu mir!«

»Nein!«

Da war Layton plötzlich bei ihm. Mit beiden Händen riß er Billy hoch, wollte ihn zwingen, doch Hook überwand in einem wahren Anfall von Mut seine Angst und schlug zu.

Beide Fäuste hämmerte er in das Gesicht seines Freundes und bedachte nicht mehr, daß es sich verändert hatte. Er merkte es daran, daß er sich seine Knöchel blutig schlug.

Das Gesicht war aus Stein.

Gard Layton lachte nur.

Dann schlug er zu.

Und es war ein Hieb, der Billy voll traf, ihn quer durch das Ruderhaus schleuderte und fast an den Rand der Bewußtlosigkeit brachte.

Auf jeden Fall hatte Billy das Gefühl, sein Kopf wäre stark angeschwollen.

Er merkte nicht, wie der andere auf ihn zukam und ihn langsam hochzog. Wie eine Puppe schleifte er ihn hinaus. Auf Deck schleuderte er ihn zu Boden und blieb breitbeinig vor ihm stehen.

»Du wirst jetzt tun, was ich dir sage, Billy, oder sie werden dich zerreißen!«

»Wer sind sie?« keuchte Billy, der langsam wieder klar sah.

»Die Nebelgeister.« Layton lachte. »Gestalten aus dem Zwischenreich, die durch eine Beschwörung in diese Welt gelangt sind.«

»Wer hat sie beschworen?«

»Ein mächtiger Mann, habe ich mir sagen lassen.«

»Der Teufel?«

»Nein, ein anderer. Man nennt ihn auch Dr. Tod!«

Damit konnte Billy nichts anfangen, aber sein Freund fuhr mit seiner Erklärung fort. »Sie haben es mir erzählt, daß er ihr Herr ist, weil er sie aus den Tiefen des Zwischenreiches in die Welt gebracht hat. Endlich sind sie wieder frei, und sie suchen Opfer. Wir werden zu ihnen gehören und eingehen in ihren höllischen Reigen. Hast du mich verstanden, Billy?«

»Ja.«

»Dann komm zu ihnen.«

»Nein, nein. Ich will nicht. Du kannst mich nicht zwingen, Gard. Du bist nicht mehr mein Freund. Du bist ein Monster, ein Dämon, eine Gestalt des Grauens.«

Layton lachte. »Wie recht du hat, Billy. Wie recht du doch hast. Ich will auch kein Mensch mehr sein, im Gegenteil, ich werde die Menschen bekämpfen, und du wirst mir dabei zur Seite stehen.«

Billy Hook hatte seinen ersten Schrecken überwunden. Plötzlich konnte er wieder klar denken. Das, was sein Freund wollte, das konnte er nicht. Er wollte sich nicht in die Klauen dieser Ungeheuer geben. Auf keinen Fall.

Hastig sprang er auf.

Mit dieser Reaktion hatte Layton nicht gerechnet, und so gelang es Billy, wegzulaufen.

»Bleib stehen!« brüllte Layton. »Wir bekommen dich doch, Billy. Du hast keine Chance.«

Doch Billy wollte nicht hören. Er wollte nur weg von diesem verdammten Monster. Er sprang über die seitlichen Verstrebungen der kleinen Laderäume und gelangte an die Steuerbordseite des Schiffes.

Layton nahm die Verfolgung auf. Sein Lachen klang dumpf und hohl in dieser Nebelbrühe, aber auch siegessicher, denn er wußte, daß Billy nicht entkommen konnte.

Eine Waffe! Himmel, ich brauche eine Waffe! sagte sich Billy. Fieberhaft schaute er sich um. Irgendwo auf Deck lagen immer die scharfen Messer, mit denen sie die gefangenen Fische aufschlitzten, um ihnen die Innereien herauszunehmen.

Wo war es denn?

Layton kam immer näher. Noch immer lachte er. Er sah Billy bei der verzweifelten Suche zu, und da hatte Hook Glück.

Dicht neben seinem rechten Fuß lag eines der Messer. Schnell bückte er sich und umklammerte den Holzgriff. Die Klinge schimmerte bläulich, sie war an beiden Seiten geschliffen. Jetzt konnte Layton ruhig kommen.

Billy hob die rechte Hand. »Ich warne dich, Gard! Geh keinen Schritt mehr weiter!«

»Narr!« brüllte Layton. »Glaubst du, du könntest mir damit Angst einjagen? Mit diesem lächerlichen Messer?«

»Ich werde dich töten!«

»Dann versuche es doch!« Layton ging weiter, als wäre nichts geschehen. Waffenlos kam er auf Billy zu.

Hook duckte sich. Töten, dachte er. Das hatte er im ersten Augenblick so dahingesagt. Aber würde er es wirklich über sich bringen, einen Menschen zu ermorden? Denn das, was er vorhatte, war ja Mord. Und dazu noch an seinem Freund!

Er schluchzte auf. »Bitte, Gard, sei vernünftig. Geh nicht weiter. Ich müßte sonst...«

»Dann tu es doch, verdammt!« schrie Layton seinen Freund an. »Los, stich zu!«

Billy atmete schwer. Er brauchte nur den Arm auszustrecken, um seinen ehemaligen Freund zu töten. Und der legte es darauf an. Er wollte es so.

»Hast du Angst?« höhnte er.

»Sei vernünftig!« versuchte es Billy noch einmal.

»Ach, du Memme!« lachte Layton und sprang Billy Hook an.

Hook riß den rechten Arm hoch. Instinktiv ließ er ihn wieder herabfallen, wohl mehr eine Abwehrbewegung als ein gezielter Stich. Aber Layton wuchtete seinen Körper voll in die Klinge hinein. Sie drang ihm nicht in die Brust oder in den Magen, sondern schräg in die Wange, in seinen grauen, versteinerten Schädel.

Billy Hook rechnete mit allem, nur nicht damit, was plötzlich geschah.

Die Klinge drang kaum einen Zentimeter in die Wange ein, dann brach sie mit einem singenden Ton ab. Hook aber wurde zurückgestoßen, weil Layton gegen ihn fiel, und er krachte mit dem Kreuz gegen die Reling.

Dann war Layton über ihm. »Töten!« keifte er. »Töten wolltest du mich, nicht wahr?«

»Nein, das ist...«

»Versuche keine Ausreden, Billy. Du wolltest mich umbringen.« Laytons steinernes Gesicht war jetzt dicht vor Billys. Die Augen funkelten, während er sprach, und die graue, mumienhafte Haut bewegte sich.

»Töten, ja!« keuchte er. »Das werde ich dich. Da, nehmt ihn!« Layton riß seinen ehemaligen Freund hoch und schleuderte ihn mit einem einzigen Wurf über die Reling.

Billy Hook ruderte mit den Armen. Er dachte daran, daß er im nächsten Moment ins Wasser fallen müßte und die See über ihm zusammenschlagen würde – doch das geschah nicht.

Kein Wasser umgab ihn, keine Wogen schlugen über ihm zusammen, sondern sie waren plötzlich da.

Die Nebelgeister!

Fratzenhafte Gesichter, grausame Hände, Krallen, Arme, Heulen und Zähneknirschen.

Billy schrie.

Doch sie lachten nur.

Er wurde weiter gezerrt, tiefer in diesen grauenhaften Nebel hinein, wo die Geister ihre schaurigen Tänze aufführten. Er wußte plötzlich nicht mehr, wie ihm geschah, irgend etwas verwirrte seine Sinne, er sah nur noch ein grauenerregendes Gesicht, das Ähnlichkeit mit der Fratze des Teufels hatte – dann nichts mehr.

Die Ohnmacht hielt ihn umfangen, und er sah nicht, was die anderen mit ihm machten...

Irgendwann erwachte er.

Es war wie ein Auftauchen aus einem tiefen Loch, ein Hochsteigen durch einen Schacht und die Ankunft in einer anderen Welt.

Billy Hook schlug die Augen auf. Er merkte gleichzeitig das sanfte Wiegen des Boots, das Plätschern der Wellen, und ruckartig setzte er sich auf.

Sein Blick wanderte in die Ferne, er sah die graugrünen Wellen der See, die weißen Schaumkämme, die Möwen, hörte ihr Kreischen, und er verstand nichts.

Wo war die Wolke?

»He, träumst du?« drang die Stimme seines Freundes Gard an Hooks Ohren.

»Nein, wieso?«

»Sah mir so aus.«

Billy Hook erhob sich. Er schaute zum Ruderhaus hin. Dort stand Gard und grinste. Mit seinen kräftigen Händen hielt er das Ruder umfangen. Er war wirklich ein Optimist.

»Haben wir den Nebel wirklich hinter uns?« fragte Billy.

Gard lachte. »Sieh dich doch um.«

Das tat Billy auch. Die Nebelwolken hatten sie tatsächlich durchfahren, und sie lebten immer noch. Nichts war eingetreten, keiner hatte sie ermordet, alles war normal.

»Wir werden jetzt drehen«, erklärte Gard.

»Willst du noch einmal durch?«

»Warum nicht? So war es doch abgemacht.«

»Sicher. Fahr nur.« Billy warf einen Blick zum Himmel hoch. Ein Teil der Wolken hatte sich verzogen, so daß das Blau an einigen Stellen zu sehen war. Er sah auch wieder die Möwen, wie sie kreischend über die graugrüne Wasseroberfläche strichen, um dann in die Höhe zu steigen und den Wolken entgegenzufliegen.

Seltsamerweise jedoch mieden sie das Schiff. Eine unsichtbare Sperre schien sie davon abzuhalten, auf dem Mast oder direkt an Bord zu landen.

Gard Layton kurbelte am Ruder. Widerwillig, so schien es, folgte das Boot den Steuerbewegungen. Die Wellen liefen jetzt quer an, klatschten gegen die Bordwand, und wieder einmal gischtete Spritzwasser über.

Dann lag das Wendemanöver hinter ihnen, und abermals steuerten sie die Nebelwand an.

Wie auch an der Landseite, so ragte sie hier ebenfalls als grauweiße Wand in die Höhe. Dicht über der Oberfläche flatterte sie ein wenig auseinander, so daß faserige Nebelfetzen über die Wellen trieben.

Billy Hook dachte an die erste Begegnung mit dem auf dem Meer liegenden Nebel. Seltsamerweise verspürte er jetzt keine Angst mehr. Es machte ihm nichts aus, als der Bug des Bootes in die Wand einschnitt.

Sekunden später umgab die Männer wieder die gespenstische Stille. Da war das Rauschen oder Klatschen der Wellen nicht mehr zu hören, nur eine nicht normale Ruhe.

Es berührte die Männer nicht. Es schien, als wären sie schon immer durch den Nebel gefahren. Und es dauerte auch nicht lange, da faserten die Schleier vor ihnen auseinander. Das Ende der Nebelwand kündigte sich an.

Es wurde heller, die Sicht besser, dann hatten sie es geschafft.

Sie stießen aus der Wand.

Vor ihnen lag das Meer. Und gar nicht weit entfernt das Ufer, wo sie die wartenden Menschen erkannten. Aber erst mußten sie die Klippen umschiffen, was wiederum Gards volle Aufmerksamkeit kostete.

Er schaffte es.

Mit halber Kraft tuckerten sie in den Hafen ein. An der Mole standen zahlreiche Dorfbewohner und winkten ihnen zu. Die Männer und Frauen von Grynexxa waren froh, ihre beiden Helden gesund wiederzusehen.

Billy Hook war an Deck gegangen und winkte den Leuten schon von weitem zu. Diese Begrüßung wurde erwidert. Die Leute waren jetzt schon auf die Berichte gespannt.

Das Schiff näherte sich der Mole. Billy hielt bereits die Taue in den Händen. Er schleuderte sie rüber, dort wurden sie aufgefangen und um die dicken Poller gewickelt.

Zweimal geschah dies. Dann lag das Boot fest.

Billy sprang als erster von Bord. Er wurde mit zahlreichen Fragen bestürmt, doch er wartete ab, bis auch sein Freund das Schiff verlassen hatte.

Sie standen nebeneinander und schauten die Leute an. Der Bürgermeister hob die Hand.

»Also, Freunde, wir haben gesehen, daß ihr in die Nebelwolke gefahren und auch wieder herausgekommen seid. Wie ist es euch dort ergangen?«

»Gut.« Gard Layton lachte.

»Keine unheimlichen Dinge?« fragte der Bürgermeister.

»Doch, der Nebel«, antwortete Billy Hook.

Die Leute lachten über den Scherz. Einer fragte: »Er ist also völlig normal, dieser Nebel?«

»Ja.«

»Und warum wandert er nicht weiter?« wurde Layton gefragt.

»Er wandert doch.«

»Wieso?«

»Auf die Küste zu.«

Nach Laytons Antwort war es einen Moment still. Die Menschen schauten aufs Meer hinaus, sahen die Wolke, und manch einem rann ein Schauer über den Rücken. Auf der See lag der Nebel gut, da war es gar nicht so schlimm, aber an Land wollten sie ihn doch nicht haben.

»Da ist euch nichts geschehen?« erkundigte sich der Bürgermeister noch einmal. Ihm paßte es auch nicht, daß der verdammte Nebel auf Grynexxa zuwallte.

»Er ist auf jeden Fall nicht weiter gefährlich«, erklärten die beiden Zurückgekehrten noch einmal. »Ich meine, jeder von euch kann es ja versuchen.«

Die Menschen lachten unecht. Keiner traute sich jedoch, in den Nebel hineinzufahren.

Eine Frage wurde noch gestellt. »Wenn der Nebel mit dieser Geschwindigkeit weiterwandert, wann wird er dann wohl das Ufer erreicht haben?«

Ratlosigkeit auf den Gesichtern der Menschen. Auch Hook zuckte mit den Schultern.

Nur Layton meinte, und seine Stimme hatte dabei einen seltsamen Unterton: »Bestimmt am heutigen Abend. Vielleicht sogar noch vor dem Dunkelwerden.«

Die Versammelten sahen sich an. Vielen war es gar nicht recht, doch sie mußten den Tatsachen ins Auge schauen.

»Jetzt habe ich Durst«, sagte Layton und lachte. »Während wir durch den Nebel fuhren, habe ich immer von einem kernigen Whisky und einem Krug Bier geträumt.«

»Den habt ihr euch verdient!« rief der Bürgermeister, und es gab keinen, der nicht seiner Meinung war.

Sie machten sich auf den Weg zum Dorfgasthaus. Nur Billy Hook wollte nicht mit.

»Warum?« fragte Layton.

»Ich habe Harriet versprochen, sofort nach Beendigung der Fahrt zu ihr zu kommen.«

Layton schaute seinen Freund seltsam an. Plötzlich schien die Welt um sie herum vergessen zu sein. Zwischen ihren Blicken entstand eine stumme Brücke, ein Einverständnis, keiner brauchte ein Wort zu sagen.

Plötzlich tauchte der alte Zybbak auf. »Na, ihr beiden großen Helden?« sagte er.

Sie schauten ihn an.

Der Alte krauste die Stirn. »Wie ich sehe, habt ihr alles überstanden.«

»Ja, Alter«, grinste Layton. »Es ist alles klar.«

»Freut mich für euch.« Prüfend wanderten seine Blicke über die Gesichter der Männer. »Ihr habt euch also nicht verändert?«

»Nein!« fauchte Layton. »Was soll das?«

»Eure Augen, Freunde. Eure Augen sind anders. Es ist doch etwas passiert, mich könnt ihr nicht täuschen.« Und leise fügte er hinzu: »Diesen Nebel hat der Teufel geschickt. Ich bleibe dabei!«

Bevor Billy oder Gard etwas sagen konnten, machte der Alte kehrt und schlug den Weg zur Kirche ein, wo der Pfarrer vor der Tür stand und ebenfalls zum Hafen schaute.

Hook und Layton trennten sich. Sie nahmen verschiedene Wege. Das hatte seinen Grund. Keiner von ihnen wollte zu nahe an der Kirche vorbeikommen. Irgend etwas störte sie dort.

Während Gard Layton in einer Gruppe von Männern das größte Wirtshaus ansteuerte, ging Hook nach Hause. Er hatte seine Hände tief in den Hosentaschen vergraben, der stechende

Blick war vor ihm zu Boden gerichtet, kein Lächeln spielte um seine Lippen, und die Augen wirkten tatsächlich anders.

Kalt, gnadenlos...

Harriet erwartete ihn schon. Sie war ein etwas spröder Typ, hatte rotblondes Haar und eine blasse Gesichtsfarbe. Trotz ihrer 23 Jahre sah sie älter aus. Das Leben hier hinterließ seine Spuren auch bei jungen Menschen.

Harriet umarmte ihren Mann.

»Ich habe eine solche Angst gehabt«, stöhnte sie.

Billy lachte blechern. »Was sollte denn passieren?«

»Ich weiß nicht...«

»Eben«, sagte Billy und ging ins Haus. Nur er allein wußte, daß Harriet als erste auf seiner Liste stand. Wie viele andere Bewohner auch, sollte sie den nächsten Tag nicht mehr erleben.

So war es abgesprochen...

»Halte doch mal an«, sagte Bill Conolly.

Ich stoppte.

Und das mitten auf der Küstenstraße, die von Aberporth nach Grynexxa führte. Es war eine schmale Straße, und die Fahrbahn schlängelte sich hoch über den Klippen parallel zum Meer hin und fiel später ab, wenn wir Grynexxa erreichten. So war es jedenfalls auf der Spezialkarte zu sehen gewesen.

Bill Conolly löste den Gurt, öffnete die Tür und verließ den Wagen. Nicht zur Pinkelpause, das merkte ich daran, daß er am Rand der Klippen stehenblieb und aufs Meer hinausschaute. Er hatte dort irgend etwas entdeckt.

»Schätze, wir sehen uns das auch mal an«, meldete sich Suko aus dem Fond.

Ich war einverstanden.

Wenig später standen wir neben Bill.

Tief unter uns wuchteten die Wellen gegen die Felsen. Gischt spritzte hoch, und die Felsen schienen einen weißen Bart zu haben. Weiter draußen schimmerte das Wasser grüngrau. Zahlreiche Vögel schwebten krächzend und schreiend über den Wellen oder setzten zu eleganten Landungen auf den zerklüfteten Felsen an.

Es war ein wildromantisches Bild, das sich unseren Augen bot. Doch niemand von uns hatte dafür einen längeren Blick. Etwas anderes war interessanter. Und deshalb war der gute Bill Conolly auch ausgestiegen.

Mit dem rechten Arm deutete er in Richtung Nordwesten. »Da, Freunde, da ist die Wolke.«

Wir blickten genauer hin.

Der Reporter hatte recht. Noch schwach, aber gut zu erkennen, lag dort eine gewaltige Nebelwolke auf dem Wasser. Sie sah von unserem Standpunkt aus wie ein grauweißer Schemen, der direkt über dem Wasser schwebte.

Ich wünschte mir, jetzt ein Fernglas zu haben, doch so etwas hatten wir nicht mitgenommen, dafür waren wir mit Waffen gut eingedeckt.

»Deine Meinung, John?« fragte Bill.

»Da kann man noch nichts sagen. Es ist zu weit weg.«

Suko, der die schärfsten Augen von uns dreien hatte, meinte leise: »Es bewegt sich.«

»Wie?« fragte Bill.

»Die Wolke wandert.«

Ich schaute Suko an. »Du täuschst dich nicht? Denk an den Seegang, da hat man schon mal das Gefühl, als würden sich Gegenstände auf dem Meer bewegen.«

»Aber hier nicht.«

Wenn Suko dies mit solch einer Bestimmtheit sagte, dann hatte er auch recht.

Wir standen noch eine ganze Weile und beobachteten. Schließlich sagte Bill: »Bis Grynexxa sind es noch fünf Meilen. Wie ich das so einschätze, werden wir vom Ort aus die verdammte Wolke besser sehen können.«

Der Meinung waren wir auch.

Dann hörten wir hinter uns ein ratterndes Geräusch. Im nächsten Moment quietschte etwas, und alle drei fuhren wir herum.

Ich schloß unwillkürlich die Augen, doch es ging alles glatt. Eine Handbreit hinter dem Bentley kam der Wagen zum Stehen. Und sofort flog die Tür auf. Ein Mann stürzte aus dem Führerhaus und rannte auf uns zu.

»Sind Sie verrückt, hier zu parken!« fuhr er uns an. »Beinahe hätte ich Ihren Wagen gerammt.«

Bevor ich etwas sagen konnte, hatte Bill Conolly schon die Initiative übernommen. »Jetzt halten Sie mal die Luft an, Meister. Hier steht nirgendwo, daß das Parken verboten ist, und außerdem haben wir unseren Wagen nicht in einer Kurve abgestellt. Verstanden?«

»Trotzdem.«

Bevor es zu einer Auseinandersetzung kam, mischte ich mich schlichtend ein. »Wir entschuldigen uns ja«, erklärte ich. »Aber niemand von uns konnte wissen, daß die Straße so befahren ist.« Ich deutete auf den Wagen. »Vor allen Dingen nicht von solch großen Fahrzeugen.«

»Ich bin hier der Lebensmittelhändler«, erklärte der Mann schon wesentlich ruhiger.

Wie wir hörten, kam er aus Aberporth und fuhr zweimal in der Woche nach Grynexxa, um dort seine Waren zu verkaufen. Die große Ladefläche war ein kleines Geschäft. Wir konnten durch die Scheiben blicken und sahen dort zwei Regale, in denen sich die Lebensmittel stapelten. Zwischen den Regalen befand sich ein Gang.

Es war inzwischen Nachmittag, das wußte auch der Lebensmittelhändler. »Bin sowieso schon spät dran.«

»Wir fahren dann vor Ihnen her, weil wir denselben Weg haben wie Sie.«

Der Knabe, er war mittelgroß, trug einen weißen Kittel, hatte einen kleinen Bauch und eine Stirnglatze, schaute uns mißtrauisch an. »Sie wollen auch dorthin?«

»Ja«, lächelte ich. »Ist das verboten?«

»Nein, aber es wundert mich nur. Weil sonst kaum Fremde in diesen gottverlassenen Ort kommen.«

»Wir sind eben anders.«

Er schaute aufs Meer, machte »Hm«, und verengte plötzlich die Augen. »Oder sind Sie wegen der Wolke gekommen?«

»Woher wissen Sie das?«

Er warf sich in die Brust. »Man hat ja Augen im Kopf.«

»Wir sind vom Wetteramt«, erklärte ich. »Diese Wolke da ist ja nicht normal.«

Der Mann nickte heftig. »Da sagen Sie was, Mister. Wurde auch Zeit, daß mal jemand erscheint. Das ist ungewöhnlich, dieser Nebel. Die Leute haben schon Angst.«

»Warum?«

»Sie sagen, der Teufel habe den Nebel geschickt.«

»Das ist wohl leicht übertrieben.«

»Natürlich ist es nicht.«

»Wissen die Menschen im Dorf mehr?« erkundigte ich mich.

»Da müssen Sie fragen.«

Das hatten wir auch vor. Erst einmal mußten wir da sein. Der Lebensmittelknabe war einverstanden, daß wir vorfuhren. Suko, Bill und ich kletterten wieder in den Bentley.

»Komischer Knabe«, sagte Bill.

Ich lächelte. »In Wales sind die Leute eben anders als in London.«

»Das stimmt«, erwiderte Bill im Brustton der Überzeugung.

Breiter wurde die Straße nicht. Eher schmaler, und es grenzte schon an ein Wunder, daß man sie überhaupt asphaltiert hatte. Hinter jeder Kurve bot die Landschaft ein anderes Bild. Links fiel die Wand steil zum Wasser hin ab. Es gab keine eigentliche Begrenzung, nur ein paar graue Steine markierten den Rand der Fahrbahn. Rechts wuchsen Felsen in die Höhe, manche völlig kahl, andere wiederum von hartem, widerstandsfähigem Seegras bedeckt.

Und über all dem schwebten dicke, graue Wolken, die nur hin und wieder ein Stück vom blauen Himmel sehen ließen. Der Wind hatte etwas aufgefrischt. Er kam von der See her, und er würde auch die geheimnisvolle Nebelbank immer mehr auf das Land zutreiben.

Um diese Zeit im Oktober kündigte sich der Herbst wirklich mit aller Macht an.

Fünf Meilen können lang werden, wenn sie praktisch nur aus Kurven bestehen. Wir atmeten alle drei auf, als sich der Weg schließlich senkte, ein Zeichen, daß es jetzt dem Ort zuging.

Nach der nächsten Kurve konnten wir auf die Dächer schauen. Unwillkürlich ging ich vom Gas, weil ich den ersten Eindruck in mir aufnehmen wollte.

Grynexxa war wirklich nicht groß. Eine Ansammlung von

vielleicht zwei Dutzend Häusern. Die Hälfte von ihnen hatte rote Dächer, andere waren mit Ried bedeckt. Hervor stach der Kirchturm. Wie ein mahnender Finger wuchs er in die Höhe. Zum Hafen hin fiel der Weg ein wenig ab. Der Hafen lag geschützt in einer kleinen Bucht, und als mein Blick auf das Meer fiel, erschrak ich doch.

Der Nebel hatte sich dem Hafen bereits ziemlich weit genähert. Meiner Schätzung nach war er nur noch eine Meile entfernt.

»Der kriecht schneller, als ich dachte«, murmelte Bill.

»Sollte er wirklich unnatürlich sein, sind die Menschen in Gefahr«, bemerkte ich.

»Und was willst du unternehmen? Evakuieren?«

»Wenn es keine andere Möglichkeit gibt, dann ja.«

Die Straße wurde etwas breiter, die Kurven weniger eng. In sanften Serpentinen führte der Weg dem Dorf entgegen.

Wir fuhren an der dem Hafen gegenüberliegenden Seite nach Grynexxa ein. Die ersten Menschen, die den Bentley sahen, staunten nicht schlecht, daß jetzt plötzlich Besuch ankam. Sicherlich würde es sich schon herumgesprochen haben, noch bevor wir die Mitte des Ortes erreicht hatten.

Es gab einen kleinen Marktplatz. Einen Platz, mit holprigen Steinen gepflastert. Die breiteste Straße führte hinunter zum Hafen und direkt an der Kirche vorbei.

Als wir ausstiegen, hielten sich die Menschen in respektabler Entfernung.

Hinter uns läutete eine Glocke. Der helle Klang wurde als Echo von den Hauswänden zurückgeworfen. Der Lebensmittelhändler machte sich bemerkbar.

Einige Frauen mit großen Einkaufstaschen erschienen. Die Menschen warfen uns scheue Blicke zu.

»Sind wir Aussätzige?« fragte Bill Conolly grinsend.

»Wenn man dich so ansieht, könnte man es meinen«, erwiderte Suko.

»Du hast wohl lange nicht mehr mit einem Pfleger poussiert, wie?« konterte Bill.

»Nee, dem letzten war ich zu kräftig.«

Ich achtete nicht auf das Geplänkel der beiden, sondern schaute mich um.

Mich interessierte das Rathaus oder ein ähnliches Gebäude, wo ich mit einer verantwortlichen Person dieses Ortes reden konnte. Aber kein Bau sah mir irgendwie amtlich aus. Die Häuser wirkten uniform. Klein, mit schönen, sauberen Dächern und dunkelroten Ziegelsteinen. Die älteren waren auch aus grauen Basaltsteinen errichtet worden.

Ich rieb mir das Kinn, und mir blieb nichts anderes übrig, als jemand zu fragen.

Der Lebensmittelhändler bot mir die Chance. An seinem Wagen stand eine kleine Menschenschlange.

Ich sprach eine ältere Frau an, die zusammenzuckte, als sie meine Stimme vernahm. »Entschuldigen Sie, Madam, aber können Sir mir sagen, wo ich den Bürgermeister oder Polizeioberen von Grynexxa finde?«

Die Frau sah mich scharf an, entschloß sich jedoch zu einer Antwort, da ich mich schließlich nach dem Bürgermeister erkundigt hatte. Sie deutete schräg über die Straße auf das große Gasthaus mit den dicken Holzbohlen auf der Mauer.

Ich bedankte mich.

»Na, hat dein Flirt Erfolg gehabt?« fragte Bill.

»Und wie.« Ich zeigte auf das Gasthaus. »Dort können wir den Bürgermeister wahrscheinlich finden.«

»Klasse. Dann nichts wie hin.«

Wahrscheinlich hatte man unsere Ankunft bereits durch die Fenster beobachtet, denn als wir die Tür aufstießen, verstummten schlagartig alle Gespräche.

Es wurde still.

»Guten Tag!« Wir grüßten höflich. Eine niedrige Decke, ein langer Tresen, klobige Tische und ein leichter Fischgeruch. An einer Wand war ein Fischernetz aufgespannt.

Die Leute sagten nichts.

Ich aber hatte einen runden Tisch ins Auge gefaßt, an dem mehrere Personen saßen.

Ausnahmslos Männer.

Dort konnten wir sicherlich den Bürgermeister finden. Freundlich lächelnd steuerte ich den Tisch an. »Ich grüße Sie, meine Herren«, sagte ich und stellte meine Freunde und mich vor. »Wir kommen vom Wetteramt und haben gehört, daß über dem Meer und direkt vor Ihrem Ort die Nebelwolke liegen soll, die nicht verschwindet. Stimmt das?«

Schweigen.

Damit hatte ich gerechnet. Die Waliser sind ein Volk für sich. Wahrscheinlich stieß mein Londoner Dialekt sie bereits ab.

Ich fragte weiter: »Wer von Ihnen ist denn der Bürgermeister?«

Da stand ein Mann in blauer Stoffjacke auf. Er hatte ein etwas breitflächiges Gesicht und kurzgeschnittenes schwarzes Haar. »Ich bin Hank Sullivan, der Bürgermeister.«

»Dann bin ich bei Ihnen richtig.«

»Das ist noch die Frage.«

Begeistert von unserem Auftauchen schien auch er nicht zu sein. Ich gab trotzdem nicht auf. »Können wir uns irgendwo in Ruhe unterhalten, Mr. Sullivan?«

Er zögerte, warf einen Blick in die Gesichter der am Tisch sitzenden Männer, doch die senkten die Blicke. Das war allein seine Entscheidung.

Schließlich deutete er auf einen freien Tisch nahe am langen Tresen. »Setzen wir uns da hin.«

Wir nahmen Platz.

Bill bestellte eine Runde Bier. Auch für Suko, der ihn böse ansah. Die Getränke wurden serviert, wir nahmen einen Schluck, der Chinese nippte nur.

»Woher kommen Sie?« fragte mich der Bürgermeister.

»Aus London.«

»Hat sich das bereits bis London herumgesprochen?«

»Ja.«

»Woher wissen Sie das?«

Ich hatte mir bereits eine Ausrede zurechtgelegt. »In der Nähe vorbeifahrende Schiffe haben die Wolke auf dem Radarschirm gesehen. Die Kapitäne meldeten das Phänomen.«

Der Mann nickte. »Hätte ich mir auch denken können.«

»Können Sie sich einen Grund für dieses Auftauchen vorstellen?« wollte ich wissen.

»Nein, Sie sind doch der Wissenschaftler.«

Ich lächelte. »Das stimmt, nur weiß ich aus Erfahrung, daß Einheimische oft mehr Ahnung haben als wir. Sie besitzen viel mehr Erfahrung, kennen die Landschaft genau und sind besser informiert.«

Bürgermeister Sullivan nahm einen großen Schluck und wischte sich den Schaum von den Lippen. Solche Worte taten ihm gut, wenn die »Wissenschaftler« ihn fragten.

»Ich würde Ihnen ja gerne helfen, Gentlemen, aber ich kann es nicht. Diese Nebelwolke war plötzlich da.«

»Sie bewegt sich aber«, warf ich ein.

»Auch das.«

»Und sie nähert sich Ihrem Dorf«, sagte Bill.

Sullivan schaute den Reporter an. »Das stimmt, aber ich glaube, daß sie harmlos ist, obwohl...«

»Was ist mit obwohl?« fragte ich, weil ich bemerkte, daß Sullivan stockte.

»Nun ja, manche von uns meinen, daß sie keines natürlichen Ursprungs ist.«

»Wie das?« Ich tat unwissend.

»Sie kennen ja die Geschichten. Viele sagen, der Satan habe sie geschickt, und der Nebel würde uns alle fressen. Das sind so die üblichen Sätze.«

»Glauben Sie denn daran?« wollte Suko wissen.

»Ich?« Er lachte. »Also ich...«

»Ganz von der Hand weisen Sie es auf jedenfall nicht.«

Er schüttelte den Kopf.

»Sie haben noch nichts unternommen?« fragte ich.

Er blickte mich an. »Ich nicht.«

»Aber andere?«

»Ja.« Der Bürgermeister nahm noch einen Schluck, dann drehte er den Krug um, weil er leer war. »Heute morgen sind zwei Einwohner des Dorfes rausgefahren.«

»In die Nebelwolke?« fragte ich erstaunt.

Er nahm es mir ab. »Ja, in die Wolke.«

»Was ist geschehen?«

»Nichts. Sie kamen wieder zurück. Es ist ihnen nichts, aber auch gar nicht passiert. Sie erschienen so normal, wie sie auch hingefahren sind.«

Ich hob die Hand. »Noch mal von vorn. Sie fuhren also in die Wolke hinein und...«

»Zweimal. Sie fuhren erst von der Landseite aus hinein und dann von der Seeseite. Wir haben hier an der Mole gewartet und gezittert, aber es ist den beiden Fischern nichts passiert. Gard Layton und Billy Hook waren ebenso normal wie zuvor.«

»Was haben sie denn erzählt?« fragte Bill.

»Kaum etwas. Sie konnten ja nichts sehen.« Er lachte. »Bei soviel Nebel...«

»Kann ich mit den beiden reden?«

Diese Frage hatte ich gestellt, und der Bürgermeister kratzte sich am Kopf. »Sie haben Pech. Vor einer halben Stunde war einer von ihnen noch hier in der Kneipe.«

»Aber sie wohnen in Grynexxa?«

»Klar, nicht weit von hier.«

»Dann werden wir ihnen einen Besuch abstatten.« Ich lächelte Hank Sullivan zu. »Wenn Sie die Freundlichkeit hätten und uns begleiten würden?«

»Das kann ich machen.«

Suko hatte noch eine Frage. »Wie schnell wandert der Nebel eigentlich?«

»Das haben wir nicht genau festgestellt. Er bewegt sich auf die Küste zu. Aber das ist nicht tragisch. Er ist ja harmlos, wie wir jetzt wissen.«

Ich war von den Worten des Bürgermeisters nicht so überzeugt. Schließlich hatte er nicht den Jungen gesehen, wie er seine Mutter umbringen wollte, nachdem er sich so grauenvoll verändert hatte.

»Sonst ist niemand in die Nebelwolke hineingefahren?« forschte ich nach.

Sullivan druckste ein wenig herum. »Ja, doch. Ein Halbwüchsiger, der wie Sie aus London kam und hier zu Besuch war.«

»Ist ihm was geschehen?«

»Nein. Er kam ebenso normal zurück wie die anderen beiden Erwachsenen auch.«

»Kann ich den Jungen sprechen?«

Sullivan schüttelte den Kopf. »Das tut mir wirklich leid. Er ist abgereist.«

»Schade.«

»Was haben Sie eigentlich vor?« fragte der Bürgermeister.

»Wir werden die Nebelwolke wissenschaftlich untersuchen«, erwiderte ich. »Unser kleines Labor befindet sich im Kofferraum des Wagens. Da ist alles drin, was wir für eine wissenschaftliche Analyse benötigen.«

Sullivan nickte. »Dann wollen wir mal zu Layton gehen«, sagte er und erhob sich.

Wir standen ebenfalls auf.

Bill zahlte noch die Rechnung, und so warteten wir einen Moment. Am Nebentisch erhob sich ein alter Mann. Er war uns bisher kaum aufgefallen. Jetzt schaute er uns an.

»Aus London kommen Sie?« murmelte er.

Suko antwortete ihm. »Ja.«

»Was wollen Sie denn mit der Wolke machen? Sie untersuchen? Lächerlich, da gibt es nichts zu untersuchen, die hat nämlich keinen normalen Ursprung.«

»Welchen dann?«

Der Alte sah den Chinesen an. Und sein Bart zitterte dabei. »So wahr ich Zybbak heiße und schon 80 bin, diese verdammte Wolke hat der Satan geschickt.«

Ich horchte auf.

Der Bürgermeister mischte sich ein. »Jetzt hör aber auf, Alter, die Wolke ist normal. Schließlich haben Layton und Hook sie untersucht. Sie sind zurückgekommen, ihnen ist nichts geschehen. Das haben wir alle gesehen.«

Der Alte lächelte. »Äußerlich nicht, aber sie haben sich trotzdem verändert. Du brauchst nur in ihre Augen zu schauen, Bürgermeister. Da erkennst du es.«

»Quatsch.« Sullivan wandte sich an uns. »Gehen wir, Gentlemen. Um das Gerede brauchen Sie sich nicht zu kümmern.«

Wir wandten uns der Tür zu, die genau in diesem Augenblick aufgestoßen wurde.

Eine blutüberströmte Gestalt stolperte in die Gaststätte, lief drei Schritte und brach zusammen. Schwer fiel sie auf die rohen Bohlen, es war niemand da, der sie auffangen konnte.

Die Männer sprangen von ihren Sitzen hoch.

»Das ist der Küster!« rief jemand.

Suko und ich waren als erster bei ihm. Für mich stand fest, daß es jetzt mit der Ruhe vorbei war.

Ich schaute in das Gesicht. Der Mann war nicht bewußtlos. Angst flackerte in seinem Blick.

»Was ist geschehen?« fragte ich hastig.

»Layton!« keuchte er. »Layton will den Pfarrer umbringen und die Kirche zerstören...«

Das waren seine letzten Worte. Dann wurde er bewußtlos.

Ich aber jagte hoch. Noch bevor ein anderer reagieren konnte, war ich schon an der Tür...

»Was ist los mit dir?« fragte Harriet Hook ihren Mann Billy.

»Nichts.«

»Erzähl doch keine Märchen. Du sitzt hier rum, sagst kein Wort und stierst nur in die Gegend. Da kann doch was nicht stimmen, Billy.«

Hook schaute hoch. Er hockte vor dem Küchentisch, hinter ihm befand sich das schmale Fenster. Im Raum selbst standen alte Möbel. Harriet hatte sie von ihren Eltern übernommen. Eine Schalenlampe verbreitete gelblichen Schein.

»Sei ruhig!« fuhr Hook seine Frau an.

»Nein, ich bin nicht ruhig. Du hast dich verändert. Seit heute morgen, nach eurer Rückkehr, bist du anders geworden. Ich will wissen, was geschehen ist.«

Billy Hook sprang auf. »Nichts ist geschehen, gar nichts. Dich soll das alles nicht interessieren!« Er schrie plötzlich los und schaute sich wild um.

Harriet wich zurück. Die Tür stand halb offen. Mit dem Rücken drückte sie sie ins Schloß.

»Meine Güte, Billy, das – das kann doch nicht stimmen. Du hast doch sonst nicht geschrien.«

Hook schleuderte in einem Anfall von Wut den Stuhl um. Er fiel zu Boden, und ein Stück von der Rückenlehne splitterte ab. Das war Hook egal.

Er spürte plötzlich, daß sich etwas in seinem Innern verwandelte, daß die anderen da waren, die Nebelgeister, und seine Frau sah er als Feindin an.

Er starrte ihr ins Gesicht. Seine Augen veränderten sich. Ein brutaler Ausdruck trat in die Pupillen, die Mundwinkel hatte er herabgezogen, als er langsam um den Tisch herumkam.

»Billy! Himmel, was tust du, Billy?«

Hook schüttelte nur den Kopf. Neben der Tür sah er das schlichte Holzkreuz. Es ärgerte ihn, es mußte weg, er wollte es nicht mehr sehen. Der Pfarrer hatte es geweiht und ihnen zur Hochzeit geschenkt, aber nun konnte er den Anblick nicht mehr ertragen.

Hook marschierte auf das Kreuz zu. Dabei stand ihm seine Frau im Weg, er packte ihre Schulter und schleuderte Harriet zur Seite. Sie fiel gegen den Ofen und schrie auf, weil sie sich am Ellbogen verbrannt hatte.

Hook blieb unter dem Kreuz stehen.

Er hob den Blick, schaute hoch und stieß ein wildes Knurren aus. Das verdammte Kreuz war ein Übel!

Es mußte weg – weg!

Er sprang hoch, und Harriet sah mit weit aufgerissenen Augen, was ihr Mann tat.

»Du versündigst dich!« schrie sie, doch Billy hörte nicht. Mit einem heftigen Ruck riß er das Kreuz samt Nagel aus der Wand. Er hatte es mit der rechten Hand umklammert, doch plötzlich brüllte er auf und schleuderte den geweihten Gegenstand davon. Er spreizte die Finger und schaute auf seinen Handteller.

Dort befand sich der Abdruck, tief eingegraben in sein Fleisch. Ein heftiges Zittern durchlief Hooks Gestalt. Gleichzeitig spürte er die Hitze, die seinen Körper durchdrang. Sie stieg von den Beinen her hoch, pflanzte sich über die Gürtellinie fort, erreichte die Brust und vor allen Dingen seinen Kopf.

Und jetzt begann die Verwandlung.

Seine Haut veränderte sich, die frische Farbe wich, dafür trat ein fahles Grau an ihre Stelle, das aussah wie Stein.

Und brüchig war...

Billy Hook beugte sich nach vorn. Ein schweres Keuchen drang aus seinem Mund. Noch hatte seine Frau nicht genau mitbekommen, was mit ihrem Mann geschehen war, denn er wandte ihr den Rücken zu. Sie bemerkte aber, daß sich die Farbe seiner Haare veränderte. Das Schwarz verblaßte, die Frisur wurde grau, nahm die Farbe von Asche an.

Harriet zog sich am Küchentisch hoch. Etwas Schreckliches ging mit ihrem Mann vor, das spürte sie, und sie schlug in ihrer Verzweiflung ein Kreuz.

Prompt ging es ihr ein wenig besser.

Dann aber fiel ihr Blick wieder auf Billy, und der drehte sich langsam um.

Sein Körper war ein wenig in sich zusammengesackt. Rasselnd drang der Atem über seine Lippen, und er stieß ein unwilliges Knurren aus. Seine Hände öffneten und schlossen sich bei der Bewegung, deutlich sah Harriet das Brandmal.

Sie stöhnte auf.

Ein Zeichen – der Himmel hatte ihr ein Zeichen gegeben. Billy, ihr Mann, hatte sich an dem Kreuz versündigt.

Mein Gott...

Ihre Gedanken stockten, denn nun schaute sie in Billy Hooks Gesicht. Der Schock traf sie mit der Wucht eines Keulenschlags.

Das war nicht mehr ihr Mann – das war ein Monster!

Sein Gesicht erinnerte an eine verzerrte Steinfratze. Schief und grau. Die Nase wuchs nach links, ein Auge hing tiefer, als hätte es jemand in die Höhle hineingestoßen, und sein Mund war kaum noch zu sehen.

Aus dem Loch im grauen Gesicht drang ein fürchterliches Ächzen. »Die Nebelgeister!« keuchte er. »Sie werden kommen, und ich bereite ihnen den Weg!«

Er lachte auf. Kehlig und kratzig hörte sich das Lachen an. Aber auch schaurig. Schwer fiel Billy nach vorn und stützte seine Hände auf der Tischplatte ab.

Erst jetzt überwand Harriet ihre Erstarrung. Sie schüttelte den Kopf, zitterte und wußte, daß dieses Monster sie wohl nicht am Leben lassen würde.

Mit einem Ruck schleuderte er den Tisch zur Seite.

Jetzt hatte er freie Bahn.

Aus seinem Maul drangen Wortfetzen. »Kriege... dich... töten... Nebel... kommt...«

Er ging auf seine Frau zu. Ungelenk, mit steifen Schritten, aber mit einem Blick, in dem die Mordabsicht zu lesen stand. Er würde töten, und er würde sie töten.

Fieberhaft suchte Harriet nach einem Ausweg. Wie sollte sie das Monster stoppen?

Ihr Blick suchte das Kreuz. Ja, damit mußte sie es schaffen können. Schließlich hatte sich Billy daran verbrannt. Das Zeichen des Guten, das er nicht vertrug.

Innerhalb dieser wenigen schlimmen Sekunden hatte sich die Frau fast vollständig von ihrem Mann gelöst. Er bedeutete ihr nichts mehr, alles war vergessen, was sie in den letzten Monaten so aneinandergebunden hatte.

Irre lachte sie auf. Das Lachen wurde zu einem regelrechten Bellen, als Harriet sich nach vorn warf und das Kreuz zu fassen bekam, noch bevor ihr Mann zupackte.

Sofort riß sie es hoch.

Billy wollte sich auf seine Frau stürzen. Sie kniete am Boden, nichts konnte mehr schiefgehen, doch da hielt ihm Harriet das Kreuz entgegen.

»Stopp!« brüllte sie aus Leibeskräften. Sie wirkte in diesen Augenblicken wie eine rächende Furie. Das Haar hatte sich gelöst, fiel in die Stirn, und ihr Gesicht war eine Grimasse aus Angst und Panik.

Billy stoppte in der Tat. Das Kreuz irritierte ihn, allein sein Anblick bereitete ihm körperliches Unbehagen. Für ihn mußte dieses Kruzifix die Hölle sein.

Er wankte zurück.

Harriet stand auf. Sie wußte auch nicht, woher sie den Mut nahm, auf ihn einzureden, aber sie tat es.

»Zur Hölle mit dir, Verfluchter!« brüllte sie. »Fahr zum Teufel! Ich will dich nicht mehr sehen. Weg, weg...«

Billy ging zurück. Sein Gesicht bewegte sich. Der Stein, der früher seine Haut war, knisterte. Mit jedem Schritt, den seine Frau vorging, wich er zurück.

Harriet gewann Oberwasser. Sie wußte selbst, daß sie es nicht mehr lange durchhalten konnte. Dies hier war eine Streßsituation, die an ihren Nerven zerrte.

Sie standen dicht vor der Zerreißprobe!

Wann würde sie schlappmachen?

Ihre Lippen bewegten sich. Sie murmelte Gebete, der Herrgott mußte ihr doch helfen...

Sie trieb Billy quer durch die Küche bis zu dem alten Holzschrank, bei dem eine der Schubladen zur Hälfte offenstand.

Gegen die Kante stieß er mit der Hüfte.

Dieser Anprall setzte eine Idee in Billys Gehirn frei. In der Schublade lagen die Küchenmesser.

Ohne nachzuschauen, griff er hinein und bekam eines der Messer zu packen.

Ein besonders scharfes, mit dem sie das Fleisch teilten. Er wechselte es sofort in die linke Hand, da er an der rechten die Verletzung hatte.

»So!« knurrte er tief in seiner Kehle. »Jetzt bist du dran, Weib. Du entkommst mir nicht.« Er drehte das Messer so, daß die Klinge nach oben zeigte.

Harriet zitterte. Sie blieb wie angewurzelt stehen, denn trotz ihres Kreuzes bekam sie es mit der Angst zu tun. Ein Messer war gefährlich, damit konnte er sie töten, ohne daß ihr das Kreuz etwas nutzte.

Billy schlich näher.

Er wollte dicht an seine Frau heran, um sie mit einem einzigen Stoß vom Leben in den Tod zu befördern.

»Bleib stehen!« flüsterte Harriet. »Geh keinen Schritt weiter, oder ich...«

»Was willst du denn?« höhnte er, wobei sich sein Gesicht abermals verzog. »Sag schon, was willst du? Mich stoppen? Nein, Weib, das schaffst du nicht. Du fährst zur Hölle!« Er lachte böse und ging wieder einen Schritt vor.

Da schlug Harriet mit dem Kreuz zu.

Es war eine aus der Panik geborene Reflexhandlung, weil sie sich nicht anders zu helfen wußte. Sie drosch das Kreuz nach unten, wollte ihren Mann damit treffen, doch er warf sich im selben Moment nach vorn.

Kreuz und Klinge rasten aufeinander zu, sie berührten sich, und das Messer, das Harriet in die Brust treffen sollte, wurde abgelenkt und streifte ihre Schulter.

Die lange Klinge riß den Stoff auf und zog eine blutige Furche in das Fleisch.

Harriet schrie. Die Wunde brannte, als würde ihr Arm in Flammen stehen. Sie ging zurück.

Das war ihr Glück.

Von der Wucht des eigenen Stoßes getrieben, taumelte Billy Hook nach vorn, und er prallte nicht gegen seine Frau, sondern streifte den breiten Spülstein. Dabei rutschte er, fiel und hieb mit dem Kinn genau auf die Kante.

Doch Dämonen und deren Diener verspüren keine Schmerzen. Trotzdem benötigte er Zeit, um wieder auf die Beine zu gelangen, denn er hing in einer gebückten Stellung.

Diese wertvollen Sekunden nutzte Harriet. Ihre Reaktionen wurden vom reinen Überlebenswillen diktiert. Sie wollte diesem Monster entkommen, warf sich herum, riß die Küchentür auf und stolperte in den kleinen Korridor.

Sie wankte auf die Haustür zu. Dabei passierte sie auch die Kellertür. Zwischen beiden Türen befand sich nicht viel Platz. Und der wenige war noch mit Werkzeug vollgestellt worden.

Harriet sah eine Zange, einen Hammer und eine Axt.

Da hatte sie die Idee.

Sie ließ das Kreuz fallen und packte den Holzstiel der Axt. Hoch hob sie die Waffe. Ihre Augen waren blutunterlaufen, als sie mit der Axt herumwirbelte. Sie schwang sie weit nach hinten über ihren Kopf, traf dabei die Lampe, die splitternd zerbrach, doch Harriet achtete nicht auf die Scherben, als sie auf ihre Schultern regneten. Genauso unterdrückte sie den Schmerz – sie wollte überleben.

Billy kam.

Er rammte die Küchentür auf und torkelte in den Flur. Noch immer hielt er das Messer fest, stützte sich mit der freien Hand von der Wand ab und taumelte auf seine Frau zu.

Stoßbereit hielt er das Messer.

Aber Harriet hatte die Axt.

»Stirb!« brüllte sie und wuchtete die Axt nieder. Sie ging sogar noch einen Schritt vor, und schlug so schnell und genau zu, daß Billy keine Abwehrchance mehr blieb.

Die Klinge traf seinen Schädel.

Einen normalen Menschen hätte sie getötet, nicht aber einen

Dämon. Sie hieb zwar hinein, aber dieser Schlag hatte den gleichen Effekt, als hätte Harriet gegen Holz gezielt.

Die Axt blieb stecken! Und sie rutschte der Frau gleichzeitig aus der Hand.

Harriet wankte zurück. Sie konnte nicht begreifen, daß ihr Mann noch lebte. Er bot mit der in seinem Kopf steckenden Axt ein schauriges Bild, aber er lachte.

»Nein, nein...«, keuchte Harriet. »Du... du bist doch tot! Du mußt tot sein...«

Er jedoch grinste nur und schritt weiter.

Da wußte Harriet, daß auch die Axt nichts genutzt hatte. So war diesem Monster nicht beizukommen.

Sie warf sich auf dem Absatz herum.

Gleichzeitig schnellte Billy los. Hätte er das Messer geschleudert, so wäre alles okay gewesen, er aber wollte seine Frau packen und dann umbringen.

Deshalb erhielt Harriet die Galgenfrist. Sie riß die Tür auf, stolperte nach draußen, übersah dabei die beiden Stufen, fiel hin und raffte sich wieder auf.

Sie mußte ihm entkommen.

Billy war dicht hinter ihr, als Harriet durch den winzigen Vorgarten auf die Straße rannte.

Sie wohnten in einer kleinen, ungepflasterten Gasse. Der Weg führte bergab und mündete in die Hauptstraße.

Harriet schrie.

Ihre gellenden Schreie hallten von den Hauswänden wider und schreckten als schaurige Echos die Nachbarn hoch.

Fenster flogen auf, doch da war die Frau bereits weitergelaufen und hatte das Ende der Gasse erreicht.

Sie taumelte auf die Hauptstraße, wandte sich nach rechts, wo das große Gasthaus lag.

Und sie schrie weiter.

Ihre Stimme überschlug sich. Harriet hatte beide Hände erhoben, sie weinte, brüllte um Hilfe, doch das Monster, das einmal ihr Mann gewesen war, kam immer näher.

Schräg hetzte Harriet auf den Lebensmittelwagen zu. Dort war man längst aufmerksam geworden und starrte ihr entsetzt entgegen. Vor Harriets Augen verschwamm die Welt, undeutlich glaubte sie zwei Fremde zu sehen, als sich plötzlich die eiskalte Hand ihres Mannes auf ihre rechte Schulter legte und er sie mit einem Ruck zu Boden schleuderte.

Hart fiel sie auf den Rücken.

Billy lachte schaurig und hob das Messer...

Noch immer lag er auf dem Meer.

Aber diesmal wurde er von keinem beobachtet. Langsam, einer gewaltigen Woge vergleichbar, bewegte er sich voran. Er rollte auf das Ufer zu, wo er sich endlich die Menschen als Opfer holen konnte.

Und er lebte, dieser teuflische Nebel.

Er schien tausend Arme und Hände zu haben, er griff überall hin, breitete sich mal nach rechts aus, dann wieder nach links. Alles, was in seine Nähe geriet, wurde vernichtet.

So erging es einer Möwe. Sie paßte nicht auf und segelte in den Nebel hinein.

Ein schriller Schrei, dann spie die grauweiße Wolke Knochenteile aus. Sie hatte die Möwe zerfressen.

Wie eine Säure...

Und die grauweiße Wand rollte weiter. Längst hatte sie die Klippen vor dem Hafen überwunden. An den Seiten breitete sie sich aus, so daß die ersten Ausläufer bereits gegen die Steilwände stießen und langsam daran hochkletterten.

Die Hauptmacht aber nahm den direkten Weg auf den kleinen Hafen zu, um in den Ort zu gelangen...

Ich jagte über die Straße.

Wo sich die Kirche befand, das wußte ich, sie war schließlich nicht zu übersehen. Irgendwo in der Ferne vernahm ich gellende Schreie, doch ich achtete nicht darauf. Im Augenblick zählte nur die Hilfe für den Pfarrer.

Ich hatte selbst erlebt, wie gnadenlos diese Wesen vorgingen. Wenn der Pfarrer einem in die Hände gefallen war, hatte er keine Chance.

Vor der Kirche befand sich ein großer Platz. Zwei hohe Ulmen wuchsen dort, sie flankierten praktisch den Eingang. Die große Tür der Kirche war verschlossen, aber ich sah einen schmalen Weg, der um das Gebäude führte.

Den schlug ich ein.

Links von mir trennte eine hohe Hecke den Weg ab, rechts befand sich die Kirchenmauer.

Da hörte ich schon das Splittern der Scheibe. Und ich vernahm die dumpfen Schreie.

»Ich kriege dich, verdammter Kerl. Ich kriege dich!«

Im Laufen riß ich die Beretta hervor. Noch zwei Schritte, und der Weg lag hinter mir. Er endete vor einem Haus, das im Vergleich zur Kirche ungewöhnlich klein wirkte.

Ich nahm an, daß hier der Pfarrer wohnte.

Abrupt bremste ich meinen Lauf, um die Lage zu sondieren. Die Monstergestalt erschreckte mich nicht, ich kannte bereits den wie Stein aussehenden Schädel.

Das mußte Gard Layton sein. Er hielt eine armlange Eisenstange in der Hand. Einige Scheiben hatte er bereits zertrümmert, jetzt wuchtete er die Eisenstange gegen die Haustür. Und sie war nicht so stabil wie die der Kirche.

An der Seite war das Holz schon herausgebrochen. Einige Splitter standen ab wie die Zinken eines Kamms.

Ich hob die Pistole.

»Es reicht!« peitschte meine Stimme.

Der Kerl hörte sie genau. Er hielt inne, duckte sich und wirbelte gedankenschnell herum. Gleichzeitig schleuderte er seine verdammte Eisenstange, so wuchtig und zielgenau, daß ich es kaum schaffte, auszuweichen, geschweige denn zu schießen.

Die Stange wirbelte auf mich zu, wobei sie sich ein paarmal um die eigene Achse drehte.

Ich ließ mich einfach auf die Knie fallen, trotzdem war es eine Idee zu spät. Während der Drehung streifte mich die verfluchte Eisenstange seitlich am Kopf und berührte auch noch mein Ohr. Ich hörte zwar keine Engel singen, aber der Schmerz zuckte trotz allem durch meinen Schädel.

Für einen Moment war ich unkonzentriert und mußte mich erst wieder fangen.

Eine Zeitspanne, die das Monster nutzte.

Mit gewaltigen, grotesk anmutenden Sprüngen jagte es auf mich zu. Die Arme hielt es dabei ausgestreckt; wie der Junge in London, so wollte mich das Monster ebenfalls umbringen.

Doch dagegen hatte ich etwas.

Als die Hände zupacken wollten, warf ich mich zur Seite, so daß der Unheimliche ins Leere lief und zusätzlich über meine Beine stolperte.

Er fiel hin.

Jetzt hätte ich schießen können, doch ich zögerte. Wenn ich das Monster erst zwang, etwas zu verraten, konnte ich noch immer reagieren. Ich warf mich über die Gestalt und preßte ihr die Mündung der Silberkugel-Beretta gegen den steinernen Schädel.

»Halt still!« zischte ich.

Mein dämonischer Gegner dachte nicht im Traum daran. Er warf seinen Schädel hoch, so schnell und so wuchtig, daß er mir die Beretta aus der Hand prellte. Dann erwischte mich ein Rundschlag am Schlüsselbein, der mich hintenüber warf.

Jetzt standen die Chancen gleich. Nein, besser für ihn.

Denn er hechtete auf die Beretta zu. Und er hatte den kürzeren Weg. Wie die Kralle eines Geiers stieß die Hand vor, umkrallte den Griff der Waffe, und mit der Pistole im Anschlag rollte er sich hastig herum.

Ich blickte für den Bruchteil einer Sekunde in die drohende Mündung, doch er schoß erst einen Atemzug später.

Vielleicht hatte er noch nie eine Pistole in der Hand gehabt, auf jeden Fall verriß er den Schuß, und die Kugel jaulte dicht an meiner Stirn vorbei.

Ich stieß mich ab.

Zum zweitenmal kam er nicht dazu, den Stecher nach hinten zu ziehen, denn ich hatte ihn gepackt und herumgewirbelt. Dabei hielt ich sein rechtes Handgelenk umklammert.

Wie ein Wilder warf er sich gegen mich. Ich zog die Beine an und stieß ihn weg.

Er krachte zu Boden, war aber sofort wieder auf den Beinen, um mich ein weiteres Mal zu attackieren.

Weil ich Munition sparen wollte, nahm ich mein Kreuz. Layton griff an, und mitten im Angriff preßte ich ihm das Kreuz gegen die Stirn. Er schrie, zuckte zurück, und im selben Augenblick begann es aus den Ohren, den Nasenlöchern und der Mundhöhle zu qualmen. Layton starb auf eine andere Art und Weise wie der Junge.

Sein Schädel zerplatzte.

Er flog buchstäblich vor meinen Augen auseinander. Kleine graue Stücke, an Steine erinnernd, spritzten raketenartig nach allen Seiten weg. Zum Schluß puffte eine Staubwolke hoch, dann kippte der Körper langsam zur Seite.

Dicht vor der Tür zum Pfarrhaus blieb er liegen.

Ich holte tief Luft. Der Kampf war überstanden. Layton hatte mir doch mehr Schwierigkeiten bereitet, als ich angenommen hatte. Diese Menschen-Monster schienen ungeheuer gefährlich zu sein.

Demnach war der Nebel doch nicht so harmlos. Der Junge in London hatte recht gehabt.

Die Tür wurde geöffnet. Zitternd erschien der Pfarrer auf der Schwelle. Er lehnte sich an den Türrahmen und preßte seine Hand auf die linke Brustseite.

Ich ließ meine Beretta verschwinden und schritt auf den Pfarrer zu, wobei ich lächelte.

»Ihnen ist nichts passiert?«

»N-nein...«

»Darf ich hereinkommen?«

»Natürlich.« Der Pfarrer gab die Tür frei, und ich konnte an ihm vorbeigehen.

Ich hatte in meiner bisherigen Laufbahn schon zahlreiche Pfarrhäuser betreten. Irgendwie glichen sie sich. Vor allen Dingen im Geruch. Auch hier roch es nach Weihrauch und Blumen, so frisch, daß ich erst gar nicht in Versuchung kam, mir eine Zigarette anzuzünden.

»Was machen wir mit dem Toten?« fragte der Geistliche.

»Wir werden ihn später wegschaffen.«

Der Mann nickte. »Ich heiße Dempsey«, sagte er. »Und ich bin Ihnen zu Dank verpflichtet.«

Ich winkte ab. »Danken Sie Ihrem Küster, er hat mich mobilisiert.«

»Sie stammen nicht aus dieser Gegend?«

»Nein, London. Ich heiße John Sinclair und bin Oberinspektor bei Scotland Yard.«

»Oh. Und weshalb sind Sie gekommen?«

»Wegen des Nebels.«

Der Pfarrer atmete tief ein. »Dann glauben Sie auch das, was manche Leute sagen?«

»Was denn?«

»Daß der Nebel nicht normal ist.«

Ich winkelte meinen rechten Arm an und legte den Ellbogen auf eine Vitrine. »Ja, das glaube ich allerdings. Layton hat mit einem Freund den Nebel durchfahren. Sie sehen ja selbst, was dabei herausgekommen ist.«

Pfarrer Dempsey nickte. Er war noch verhältnismäßig jung, vielleicht ein paar Jährchen älter als ich. Trotzdem war sein Haar schon grau. Dicht und kräftig wuchs es auf dem Kopf.

»Der andere hieß Billy Hook«, sagte er leise.

»Und wo steckt er jetzt?«

»Keine Ahnung.«

Fieberhaft dachte ich nach. Als ich aus dem Gastraum gerannt war, hatte ich das Schreien gehört. Ob es etwas mit dem zweiten Mann, mit Billy Hook, zu tun gehabt hatte?

Möglich war es.

»Sie wissen etwas?« fragte der Pfarrer. Er schaute prüfend in mein Gesicht, als säße ich vor ihm zur Beichte.

»Wissen nicht, aber ahnen.« Ich berichtete ihm von meinem Verdacht.

»Ja, die beiden sind gefahren.« Der Pfarrer nickte. »Es ist schlimm gewesen, obwohl ich sie gewarnt hatte. Aber da kann man nichts machen, wirklich nicht.«

»Wollen Sie nicht gegen den Teufel kämpfen?« fragte ich ihn.

Seine Augen wurden groß. »Wie meinen Sie das?«

Ich beschloß, den Pfarrer über meine Funktion und meinen Beruf aufzuklären. Sein Gesicht nahm einen immer erstauneteren Ausdruck an. »Daß es so etwas gibt«, murmelte er immer wieder. »Ich kann es einfach nicht glauben.«

»Es ist aber so. Die höllischen Kräfte existieren, Herr Pfarrer. Das ist eine Tatsache.«

»Und was kann man dagegen unternehmen?«

»Viel und wenig.«

»Das verstehe ich nicht.«

»Man kann immer nur Teilerfolge erringen«, erklärte ich. »Mehr ist nicht für uns drin.«

»Aber in der Bibel steht, daß die Hölle endgültig besiegt wird, Mr. Sinclair.«

»Das ist wahr, nur hat die Bibel den Zeitpunkt nicht erwähnt.«

Der Pfarrer nickte. »Ich habe gehört, daß der Nebel wandert. Er wird also auf die Stadt zukriechen. Und sie haben gesehen, was mit den beiden Männern geschehen ist. Die Folge: Jeder Einwohner von Grynexxa kann in eine solche Situation geraten, oder nicht?«

»Sie haben den Nagel auf den Kopf getroffen.«

»Und was tut man dagegen?«

»Wir müssen die Menschen davon überzeugen, daß sie ihre Häuser verlassen.«

»Es wird schwer sein«, sagte der Pfarrer.

»Aber die einzige Möglichkeit.«

Der Geistliche nickte mir zu. »Kommen Sie mit. Hier halte ich es nicht mehr aus. Ich muß einfach zu den anderen.«

Der Meinung war ich auch.

Wir verließen das Pfarrhaus. Der Geistliche hatte noch eine Decke mitgenommen, die er über den Toten ausbreitete. Er schlug ein Kreuzzeichen. »Gott sei seiner Seele gnädig, trotz allem«, murmelte er.

Ich war schon vorgegangen, denn ich wollte sehen, wie weit sich der Nebel inzwischen voranbewegt hatte. Leider konnte ich keinen Blick aufs Meer werfen, weil sich die Kirchenmauer im Weg befand.

»Von wo aus kann man das Meer sehen?« erkundigte ich mich.

»Wir müssen noch ein Stück gehen.«

Wir schritten über den Kirchplatz. Die Ulmen verloren die Blätter. Lautlos segelten sie zu Boden, wo sich bereits ein bunter Teppich gebildet hatte. Ich hatte keinen Blick für dieses romantische Bild, sondern wollte den Nebel sehen.

Der Pfarrer schritt mit mir auf eine kniehohe Mauer zu.

»Wenn Sie da hinaufklettern, können Sie bis zum Hafen schauen.«

Ich folgte seinem Rat, stieg auf die Mauer und hatte tatsächlich einen freien Blick.

Im nächsten Augenblick glaubte ich, mein Herz würde stehenbleiben. Wie eine Wand stand der geheimnisvolle Nebel im Hafen. Er hatte sogar schon einen Teil der Schiffe verdeckt, seine Ausläufer krochen an den Felsen der Steilküste hoch, doch die Hauptmasse war dabei, wie mit tausend Armen und Beinen in das Dorf zu kriechen.

Eins war mir klar.

Die Zeit, das Dorf zu evakuieren, hatten wir jetzt nicht mehr!

Dem Schauplatz am nächsten befand sich der Lebensmittelhändler. Er hatte seinen Wagen dicht an der Einmündung der schmalen Gasse in die Hauptstraße geparkt.

Aus den Augenwinkeln nahm er wahr, wie Harriet Hook auf die Straße stürzte und eine gräßliche Gestalt sie verfolgte, an der Schulter packte und zu Boden warf.

Die Kundinnen ergriffen die Flucht. Sie ließen alles liegen und fallen. Da klatschten Tüten zu Boden, wurden zerrissen, und frisches Obst zerplatzte zu einem dicken Matsch.

Die Augen des Kaufmanns wurden riesengroß. Er konnte sich nicht vom Fleck rühren. Er sah die Axt im Kopf des Mannes und glaubte, einem bösen Traum erlegen zu sein.

Dann blitzte das Messer auf.

Das genau war der Moment, wo er aus seiner Erstarrung erwachte. Er befand sich nur wenige Schritte von der zusammengebrochenen Frau entfernt, und er mußte es einfach tun.

Der Kaufmann warf sich vor. Sein Kittel flatterte auseinander, als er schreiend auf das Monster zulief.

»Nein!« brüllte er. »Nein, um Himmels willen, lassen Sie das! Ich beschwöre Sie!«

Er ruderte mit den Armen, wollte den Unheimlichen stoppen, und der zuckte auch tatsächlich herum.

Er starrte den Lebensmittelhändler an.

Kalt und gnadenlos war sein Blick, und der Mann ahnte nicht, in welch eine Gefahr er sich begab.

Noch zwei Schritte.

Da hob der Unheimliche das Messer.

Er hatte ein neues Ziel gefunden, nicht mehr seine Frau, sondern den Mann, der den Mord verhindern wollte.

Er schleuderte die Klinge.

Das Messer wuchtete durch die Luft. Die Klinge überschlug sich dabei, bekam jedoch den richtigen Drall und hieb in die Brust des heranstürmenden Lebensmittelhändlers.

Der Lauf des Kaufmanns wurde gestoppt. Er riß beide Arme hoch, als wollte er sich an den Wolken festhalten, doch da war nichts, was ihm Halt geboten hätte.

Schwer stürzte er zu Boden.

Dicht neben der angststarren Frau blieb er liegen. Er hatte helfen wollen, dafür war er bestraft worden.

Der Unheimliche mit dem steinernen Gesicht lachte. Er ging zu dem Mann und zog das Messer wieder hervor. Er brauchte es noch für andere Opfer.

All diese Vorgänge waren innerhalb von Sekunden über die Bühne gelaufen. Eine Zeitspanne, die Suko und Bill benötigten, um sich erst einmal zu orientieren.

Sie waren hinter mir hergelaufen, allerdings hatte ich einen zu großen Vorsprung gehabt, denn als sie die Gaststätte verließen, war ich schon verschwunden.

Suko und Bill schauten sich um.

Leider nahm ihnen der parkende Lebensmittelwagen die Sicht auf die Vorgänge, sie sahen nur die flüchtenden Menschen und hörten auch die gellenden Schreie.

Bill und Suko spurteten los. Ihre Waffen lagen noch im Koffer, sie wollten aber keine Zeit verlieren, denn hier ging es wirklich um Leben oder Tod.

Suko war schneller. Nach wenigen Schritten konnte er an dem parkenden Wagen vorbeischauen.

Und was er sah, ließ ihm die Haare zu Berge stehen.

Ein Mensch-Monster, in dessen Schädel eine Axt steckte, war dabei, einem am Boden liegenden Mann ein Messer aus der Brust zu ziehen, schaffte es auch und wandte sich einer ebenfalls am Boden liegenden Frau zu, die den Arm erhoben hatte und so versuchte, den Stich abzuwehren. Sie würde keine Chance haben.

Suko flog fast über den Boden. Von der gegenüberliegenden Seite sah er aus, als bestünde er nur aus einem Paar wirbelnder Beine. Der Chinese wußte, daß er zu spät kommen würde, er konnte den Tod der Frau durch einen körperlichen Einsatz nicht verhindern, deshalb versuchte er es anders.

Suko stieß einen gellenden Kampfschrei aus.

Der Schrei zitterte über die Straße und erreichte auch die Ohren des verwandelten Billy Hook.

Dessen Kopf zuckte herum. Für einen Moment vergaß er seine grausame Absicht.

Die Zeit reichte Suko.

Mitten im Lauf schnellte er sich ab. Ein Bündel Mensch, ein Kraftpaket hechtete flach durch die Luft, die Beine hatte er ausgestreckt, und mit den Füßen zuerst, die wie ein gewaltiger Schatten vor den Augen Hooks auftauchten, rammte er das Monster am Kopf.

Billy Hook wurde von der ungeheuren Wucht des Treffers zur Seite geschleudert. Diesmal riß er die Arme hoch und krachte auf das Pflaster. Aber so war er nicht zu besiegen, denn sofort warf er sich herum und sprang auf die Füße.

Mit einem gewaltigen Ruck riß er sich die Axt aus dem Schädel. Er nahm sie in die linke Hand, während er in der rechten weiterhin sein Messer hielt.

Suko war ein paarmal um die eigene Achse gewirbelt. Sein Körper schien aus Gummi zu bestehen. Wie eine Katze federte der Chinese hoch und stellte sich dem Teufelsdiener.

Hook knurrte. Er sah gefährlich aus, und die beiden Waffen machten ihn zu einem mörderischen Gegner.

Suko hatte nur seine Fäuste. Aber er beherrschte Karate. Und damit hoffte er, das Monster auf Distanz halten zu können.

Er griff nicht an, sondern wollte den anderen kommen lassen. Und auch Hook zögerte, so daß sich die beiden Gegner umschlichen wie zwei Katzen den heißen Brei.

Sie zogen ihre Kreise. Jeder wartete auf einen Fehler des anderen. Wer würde zuerst eine Schwäche zeigen?

Die Umgebung war für Suko vergessen. Er konzentrierte sich nur auf den Schrecklichen. Aus den Augenwinkeln bemerkte er noch, wie die junge Frau aus der unmittelbaren Gefahrenzone kroch, sie hatte instinktiv richtig gehandelt.

Plötzlich griff Suko an.

Er rammte seinen rechten Fuß vor. Dieser Tritt war so blitzschnell geführt worden, daß er Hook an der Schulter traf und ihn herumschleuderte.

Sofort setzte Suko nach.

Ein zweiter Tritt traf den Hals des Monsters, doch Hook passierte nichts. Er drehte sich und hätte den Chinesen fast noch mit seiner Axt am Knöchel erwischt.

Dann stürzte er vor. Hook griff ohne Rücksicht auf Verluste an. Er stieß mit dem Messer nach Suko und schlug gleichzeitig mit seinem Beil zu. Dabei war er schnell, und ein normaler Mensch hätte diesem Angriff nichts mehr entgegenzusetzen gehabt.

Nicht aber Suko. Er lag plötzlich am Boden, rollte ein paarmal um seine eigene Achse, und bevor sich Hook versah, hatte er ihn mit einer Beinschere umklammert.

Hook fiel.

Und genau in sein Messer. Schräg drang ihm die Klinge in die Schulter. Doch die Axt in seinem Kopf hatte ihm schon nichts ausgemacht, das Messer war für ihn nicht mehr als ein Mückenstich. Es behinderte ihn nur insofern, daß er es nicht mehr in der Hand hielt.

Suko säbelte mit seiner Handkante zu. Auf halber Höhe traf er Billy Hook. Die Wucht des Schlages trieb ihn wieder zu Boden, wo er sich sofort herumdrehte und auf die Füße schnellte.

»Suko! Weg!« Bill Conollys Stimme gellte über die Straße. Der Reporter hatte den Bentley aufgeschlossen und sich mit Waffen versorgt. Jetzt konnte Hook wirksam bekämpft werden.

Bill rannte herbei.

Hook führte gerade mit der Axt einen verzweifelten Rundschlag, doch der Chinese steppte zur Seite, und der Schlag verfehlte ihn. Von der Wucht des eigenen Schlages wurde Hook nach vorn getrieben und hatte Mühe, sich auf den Beinen zu halten.

Für einen Moment achtete er nicht auf seine Umgebung.

Bill Conolly hatte freies Schußfeld. Er kniete auf der Straße, zielte genau und drückte dann ab.

Hell peitschte die Beretta auf. Ein kurzer Feuerstrahl zuckte aus dem Lauf, als die Kugel ausgestoßen wurde und mit tödlicher Präzision ihr Ziel fand.

Den Horror-Schädel des Monsters!

Billy Hook schien einen harten Schlag erhalten zu haben. Er wurde nach hinten getrieben, brüllte schaurig auf, und im nächsten Moment fiel sein Kopf auseinander.

Puffend löste er sich in eine Wolke von Staub auf, die träge über die Straße wehte. Nur sein Körper blieb liegen. In der Schulter steckte noch immer das Messer. Die Axt rutschte ihm aus der Hand. Dann bewegte er sich nicht mehr.

Das Monster war tot.

Langsam schritt Bill Conolly näher. Sekundenlang war es still geworden, wie die Ruhe vor dem Sturm.

Suko nickte dem Reporter zu. In gemeinsamer Arbeit hatten sie es geschafft, das gefährliche Wesen zu erledigen. Im nächsten Augenblick jedoch schrien zahlreiche Stimmen durcheinander. Männer und Frauen redeten, jemand kreischte gellend, und Flüche ertönten.

Bill und Suko kümmerten sich nicht um die Einwohner. Die Frau war wichtiger.

Und auch der Lebensmittelhändler, unter dessen Körper langsam eine Blutlache hervorrann.

Bill sprach beruhigend auf die Frau ein, die sich in Weinkrämpfen schüttelte. Er sah auch ihre Verletzung am Arm, holte ein sauberes Taschentuch hervor und band die Wunde notdürftig ab.

Suko hatte den Lebensmittelhändler behutsam gedreht und den Kopf leicht angehoben.

Hart preßte der Chinese die Lippen zusammen. Die Wunde sah verflucht böse aus. Noch lebte der Mann, doch es war fraglich, ob er durchkommen würde. Auf jeden Fall mußte er schnellstens in ärztliche Behandlung. Er hielt die Augen halb geschlossen, der Atem drang röchelnd über seine Lippen.

Suko richtete sich auf. »Einen Arzt!« rief er.

Der Arzt kam nicht, dafür jedoch der Bürgermeister. Sein Gesicht war kalkweiß und vor Entsetzen gezeichnet. Er zitterte und war kaum zu einer vernünftigen Reaktion fähig.

»Ich brauche einen Arzt!« rief Suko ihn an. »Gibt es in diesem Ort einen Arzt?«

Der Bürgermeister gab keine Antwort. Suko wiederholte seine Forderung.

Da schüttelte Sullivan den Kopf.

»Soll mir der Mann denn unter den Händen wegsterben?«

»Wir haben wohl einen Sanitäter...« Sullivan stockte und rang die Hände. »Ich meine, einen Mann, der im Krieg als Sanitäter ausgebildet worden ist und unsere Kranken behandelt.«

»Toll«, knirschte Suko. »Wirklich toll. Wahrscheinlich zittert der Knabe so sehr, daß er nicht einmal beim Spritzen eine Ader trifft.«

Der Bürgermeister senkte den Kopf.

»Wo kann ich den Schwerverletzten hinbringen?«

»In die Gaststätte.«

Suko enthielt sich einer Antwort. Anscheinend spielte sich in diesem Ort das offizielle Leben nur in der Gaststätte ab.

Bill hatte inzwischen Harriet Hook auf die Beine geholfen. Die Frau stand unsicher auf den Füßen. Hätte Bill sie nicht gehalten, wäre sie gefallen.

Auch sie brauchte Hilfe.

»Dann lassen Sie den Quacksalber holen!« fuhr Suko den Bürgermeister an.

Sullivan rannte weg.

Auch die anderen Einwohner hatten sich zurückgezogen. Viele waren wieder in ihre Häuser gegangen, dort aber hinter den Fenstern stehengeblieben.

Suko schaute die Straße hinunter. Da sie ein Gefälle hatte, konnte er bis zum Hafen sehen.

Plötzlich wurden seine Augen groß. »Bill!« rief er und deutete zum Hafen hin.

Der Reporter schaute ebenfalls. »Mein Gott«, flüsterte er. »Der Nebel. Er kommt...«

Am liebsten hätte ich mich weit weg gewünscht, aber ich mußte den Tatsachen ins Auge sehen.

Der Nebel war schneller als wir. Jetzt schafften wir es nicht mehr, die Einwohner des Dorfes zu evakuieren. Die unheimliche, grauweiße Masse würde uns immer einholen.

Schaurig...

Ich sprang wieder von der Mauer. Pfarrer Dempsey sah meinem Gesicht an, daß etwas nicht stimmte.

»Was ist los?«

Ich erklärte es ihm.

Der Pfarrer wurde bleich. »Mein Gott«, flüsterte er, »dann haben wir keine Chance.«

Ich hob die Schultern. »Es ist zu spät, das Dorf zu evakuieren. Wir müssen uns etwas einfallen lassen.«

»Und was?«

Mit dieser Frage hatte der Geistliche den Nagel auf den Kopf getroffen. Was sollten wir tun?

Mein Blick glitt in die Runde. Noch war von der drohenden Gefahr nichts zu spüren. Vielleicht blieb uns eine halbe Stunde, mehr aber nicht. Sollten wir rennen?

Ich schaute auf die Kirche. Sie stand dort wie eine Trutzburg, ein Symbol des Guten, des Schutzes vor den Mächten der Finsternis. Ja, das war die Möglichkeit.

Wir mußten in die Kirche.

Das sagte ich auch dem Pfarrer.

Der Geistliche schaute mich groß an, dann warf er einen Blick auf seine Kirche, und in die Augen des Mannes trat ein harter Glanz. »Ja«, sagte er mit fester Stimme. »Dieses Gotteshaus hat zahlreiche Stürme erlebt und ist nicht untergegangen, es wird auch heute dem Bösen trotzen. Unser Herr wird dafür sorgen, daß seine Feinde seinen Hort nicht zerstören können!«

Es tat gut, diesen Worten zu lauschen, sie gaben mir Kraft, weiterzukämpfen.

»Wie können wir die Menschen zusammenholen?« fragte ich den Pfarrer.

Jetzt lächelte er. »Ich werde die Glocke läuten. Die Sturmglocke wird sie hier auf dem Kirchplatz zusammenrufen, das ist unsere Chance. Gott sei uns gnädig.«

Ich verabschiedete mich.

Wohl war mir nicht, denn ich wußte nicht, wie es Suko und Bill ergangen war. Deshalb beeilte ich mich, auf die Hauptstraße zu gelangen.

Zwischendurch konnte ich wieder einen Blick auf den Hafen werfen. Der Nebel war weitergekrochen. Die dort ankernden Schiffe konnte ich schon nicht mehr sehen, und erste Ausläufer wallten bereits auf die Straße zu.

Wir mußten uns beeilen.

Bill und Suko sah ich bereits von weitem. Und auch den Bürgermeister. Dann wurde mein Blick abgelenkt. Auf der Straße lag ein Mensch, Bill kümmerte sich um eine Frau, und als ich ein paar Schritte weiterlief, sah ich eine zweite Person auf dem Boden liegen.

Ohne Kopf!

Da wußte ich, daß es meine Freunde geschafft hatten. Doch um welchen Preis? Hatte es vielleicht Opfer gegeben?

Ich lief jetzt schneller. Bill sah mich und winkte mir zu. Wenig später stand ich neben ihm und hörte mir seinen Bericht an.

Er war deprimierend.

»Wir konnten nichts machen«, sagte der Reporter und deutete auf den schwerverletzten Lebensmittelhändler. »Ich hoffe nur, daß wir ihn durchbringen.«

Ein älterer Mann kümmerte sich um ihn. Neben ihm stand eine aufgeklappte Tasche.

»Der Arzt?« fragte ich.

Bill schüttelte den Kopf. »Nur ein Sanitäter. Einen richtigen Arzt gibt es hier nicht.«

Verdammt, das war wirklich eine Schande.

»Wie geht es dem Küster?« wollte ich wissen.

»Es ist immer noch bewußtlos.«

Dann berichtete ich Bill, was ich mit dem Pfarrer vereinbart hatte. Suko und der Bürgermeister hörten zu.

»Ist es so schlimm?« fragte Sullivan.

»Schlimmer«, erwiderte ich.

Der Sanitäter hob den Kopf. »Ich hoffe, daß er durchkommt«, sagte er, »aber er braucht Ruhe und muß still liegenbleiben.«

»Wir werden ihn auf eine Kirchenbank betten«, sagte ich.

Suko hatte inzwischen unseren Einsatzkoffer geholt. Auch sein Gesicht war ernst.

Und der Nebel kroch weiter.

Himmel, wann endlich läutete der Pfarrer die Glocke?

Ich hatte den Gedanken kaum zu Ende gedacht, als der Glockenklang durch das Dorf hallte.

Nicht festlich oder feierlich, sondern hektisch und aufgeregt hörte es sich an. Kaum schwangen die ersten Echos zwischen den Häusern, da stürmten die Menschen ins Freie. Sie wußten um die Gefahr, erlebten dies nicht zum erstenmal.

Ich sah Männer, Frauen und Kinder. Die Frauen hielten ihre Kinder umklammert. Sie hatten die Kleinen auf den Arm genommen und rannten so schnell sie konnten. Manche trugen auch Taschen, in die sie rasch einige Habseligkeiten eingepackt hatten.

Wir mußten uns um die Verletzten kümmern.

»Ich nehme ihn«, sagte Suko und deutete auf den Lebensmittelhändler.

»Aber seien Sie vorsichtig«, warnte der Sanitäter.

»Denken Sie, ich trage einen Sack Kartoffeln?« fragte der Chinese zurück.

Er hievte den Mann hoch. Wie ein kleines Kind trug er ihn auf beiden Armen quer über die Straße, wobei der Sanitäter neben ihm herlief und keinen Blick von dem Verletzten ließ.

Ich kümmerte mich um den Küster. Er war inzwischen erwacht, hockte im Gastraum an der Wand und stöhnte. Jemand hatte seinen Kopf schon verpflastert.

»Können Sie laufen?« fragte ich ihn.

»Ver... versuchen.«

Ich half ihm hoch. Er stand und setzte dann ein Bein vorsichtig vor das andere.

Es ging einigermaßen.

Der Bürgermeister kümmerte sich um ihn und stützte ihn.

Noch immer läuteten die Glocken. Einige Nachzügler rannten noch aus den Häusern. Männer, die ihre vorsintflutlichen Gewehre aus Verstecken geholt hatten.

Ich mußte lächeln. Damit konnten sie wirklich kaum etwas anfangen, aber ich wollte ihnen den Mut nicht nehmen.

Drei Personen blieben zurück.

Harriet Hook, Bill Conolly und ich. Bill kümmerte sich um die Frau. Beruhigend sprach er auf sie ein, doch ihr Weinen war nicht mehr zu stoppen.

»Komm endlich!« drängte Bill.

Ich schüttelte den Kopf. »Nein, ich will noch mal zum Hafen runter.«

»Bist du verrückt?«

»Ich gehe ja nicht in den Nebel hinein.«

Bill schaute mich an, dann hob er die Schultern. Er nahm auch den Koffer mit.

Allein blieb ich auf der menschenleeren Straße zurück.

Es war still geworden nach all der Hektik der vergangenen Minuten. Und diese Stille lastete irgendwie schwer. Sie bedrückte mich. Ich ging ein paar Schritte vor und hatte jetzt einen besseren Blick auf den Hafen.

Der Nebel kroch heran.

Unaufhörlich, wie eine gewaltige Walze, die alles niederpreßte, was sich ihr in den Weg stellte.

Ein grauenhafter Anblick. Selbst der Wind schien eingeschlafen zu sein, er hatte sich zurückgezogen, als würde er sich vor der gewaltigen Nebelwand fürchten.

Ich wischte mir über die Augen. Dann ging ich langsam weiter. Mein Kreuz hatte ich vor die Brust gehängt. Ich hoffte, daß es mich schützen würde.

Dieser Nebel kam nicht von ungefähr. Er mußte tief im Verborgenen seinen Ursprung haben. Nur wo? Wer hatte ihn geschickt? Wirklich der Teufel oder einer seiner Diener? Bei der zweiten Möglichkeit kamen mehrere in Betracht, unter anderem auch Asmodina und Dr. Tod mit seiner Mordliga.

Ich wußte keine Antwort, hoffe jedoch, eine zu finden.

Vom Kirchplatz her wehten Stimmen zu mir herüber. Ich dachte an die zahlreichen Menschen, die sich in Gefahr befanden und sich deshalb in den Schutz des Gotteshauses begaben.

Würde es etwas nützen?

Scharf sog ich die Luft ein und drehte mich um, als ich in meinem Rücken hastige Schritte hörte.

Der Wirt aus dem Gasthaus hastete quer über die Straße. Der

dicke Mann hatte seine Geldkassette unter den Arm geklemmt und brachte sich und den Mammon in Sicherheit.

Eigentlich bezeichnend für die Menschen von heute. Der Wirt machte da keine Ausnahme. Allerdings hatte er es so eilig, daß er stolperte und der Länge nach hinfiel. Die Kassette überstand den Schlag nicht, sie sprang auf, so daß Münzen und Scheine auf die Straße rollten und flatterten.

Der Wirt schrie und raffte alles wieder zusammen. Dann rannte er weiter.

Auch ich ging.

Die Straße führte jetzt steiler bergab. Ich sah den kleinen Hafen direkt vor mir.

Was heißt Hafen?

Davon war kaum noch etwas zu sehen.

Der Nebel hatte sich so ausgebreitet, daß der kleine Hafen nur zu ahnen war. Auch die Masten der ankernden Schiffe sah ich nicht mehr, nicht mal als Schemen.

Mich interessierte vor allen Dingen, ob Menschen in der Nähe waren. Deshalb ging ich dem Nebel entgegen.

Ich hatte mich nicht getäuscht.

Weiter unten, schon dicht an den ersten Ausläufern des Nebels, flog plötzlich das obere Fenster eines kleinen Hauses auf. Im nächsten Augenblick erschien das Gesicht einer alten Frau. Sie beugte sich noch weiter vor, schaute auf den Nebel und schien in ihrer Haltung buchstäblich zu erstarren.

Ich brüllte. »Kommen Sie heraus!« Gleichzeitig begann ich zu rennen, und meine Füße hämmerten hart auf dem Kopfsteinpflaster. Die Geräusche wurden als Echos von den Hauswänden zurückgeworfen. »Beeilen Sie sich, schnell!«

Die Frau drehte den Kopf, sah mich und rief. »Ich kann nicht. Ich bin gelähmt.«

Verflixt.

Ich warf einen Blick nach vorn. Noch hatte ich eine kurze Galgenfrist, die ich unbedingt nutzen mußte. Ich rannte noch schneller. Das Kreuz flog von einer Seite zur anderen, klatschte mir buchstäblich rechts und links gegen den Kopf.

Endlich hatte ich das Haus erreicht. Ich sah eine winzige Tür, die zum Glück nicht verschlossen war, stolperte über die hohe Schwelle und entdeckte eine steile Holztreppe, die nach oben führte, wo sich das Fenster befand, aus dem die Frau geschaut hatte.

Ich jagte die Stufen hoch. Meine Sätze waren wirklich zirkusreif. Ich hörte das Rufen der alten Frau und wußte, wohin ich mich zu wenden hatte.

Nach links.

Zwei Schritte weiter stand die Tür eines Zimmers bis zum Anschlag offen.

Einen Atemzug später war ich im Raum. Die Frau hockte in einem Sessel vor dem offenen Fenster, durch das Kühle in den Raum drang. Sie schaute mir aus großen Augen entgegen. Über die Knie hatte sie eine Decke gelegt, das graue Haar war im Nacken zu einem Knoten gebunden.

»Der Nebel«, flüsterte sie. »Er wird uns fressen. Ich – ich merke es. Das Böse kommt...«

Da sagte sie mir nichts Neues. Ich war mit einem Satz bei ihr und fragte: »Können Sie laufen?«

Sie schüttelte den Kopf.

Ich bückte mich und hob sie hastig aus dem Sessel. Mit ihr auf den Armen verließ ich den Raum.

Schon beim Hochlaufen war es nicht einfach gewesen, die steile Treppe hinter sich zu lassen. Der Rückweg gestaltete sich wesentlich schwieriger.

Mit der Frau auf den Armen mußte ich vorsichtig und Schritt für Schritt die Stufen nehmen.

»Wir werden nicht fliehen können«, sagte sie mir. »Der Teufel ist stärker, auch meine Gebete haben nicht geholfen.«

Ich lachte, obwohl mir beileibe nicht danach zumute war. »Wir schlagen dem Teufel ein Schnippchen.«

»Sie sind sehr mutig, aber gegen die Hölle hat noch niemand gewonnen, glauben Sie mir.«

»Abwarten.«

Ich nahm die letzten drei Stufen. Die Haustür stand noch offen. Ich blickte jetzt an der Schulter der Frau vorbei auf die Hauptstraße von Grynexxa.

Mir stockte der Atem.

Die Frau hatte recht gehabt.
Der Nebel war schon da!

Zwei Sekunden blieb ich stehen!

Diesen Schock mußte ich erst einmal überwinden. Zwar hatten bisher nur die Ausläufer der gewaltigen Nebelwolke das Haus erreicht, aber wenn ich den Schutz verließ, umwallten die grauen Wolken meine Füße und die Schienbeine.

Allein hätte ich den Schritt gewagt, aber ich hatte eine Frau bei mir, und ich war mir nicht sicher, ob das Kreuz mich und wenn, auch die Frau schützen würde.

Eine verfluchte Zwickmühle, in der ich steckte.

Und der Nebel wurde dichter.

Deutlich sah ich die feinen Schlieren, die wie Bänder über den Boden streiften, als würde irgendwo jemand stehen und sie weiterziehen. Dabei quirlte und rollte es innerhalb der Wolken. Als würde der Nebel leben und keine tote Materie sein.

»Jetzt können wir nicht mehr weiter, nicht wahr?« hörte ich die Stimme der alten Frau dicht an meinem Ohr.

»Schwerlich. Gibt es eine andere Möglichkeit?«

»Über die Dächer.«

Holla, die alte Dame hatte gar nicht so unrecht. Vielleicht konnte ich wirklich über das Dach fliehen. Aber mit ihr auf den Armen?

»Versuchen wir es, junger Mann«, spornte sie mich an. Während dieser Worte erinnerte sie mich stark an Mrs. Goldwyn, die Frau, die ich vor einem Werwolf gerettet hatte und deren Hobby es war, Horror-Romane zu lesen.

Ich drehte mich um und stieg die Treppe wieder hoch. Langsam merkte ich auch das Gewicht der Frau, obwohl sie wirklich nicht sehr viel wog.

»Und nun?« fragte ich, als wir oben standen.

Mit ihrem dürren Finger deutete sie schräg in das Dämmerlicht unter dem Dach.

»Da ist eine Luke.«

Ich sah sie erst, als ich zwei Schritte davorstand.

»Mein seliger Mann hat sie nachträglich eingebaut, weil er immer auf das Dach kletterte, um die Sterne zu beobachten.«

Im nachhinein beglückwünschte ich den Mann zu seinem Hobby.

Die Luke ließ sich leicht ziehen. Nur das Klettern mit der Frau würde schwierig werden.

»Stehen kann ich«, sagte sie.

Da war ich beruhigt.

Ich setzte sie ab, machte einen Klimmzug und stieg als erster durch die Luke. Von hier oben hatte ich einen besseren Blick und konnte auch auf die Treppe sehen. Der Nebel quoll bereits ins Haus und umwölkte die ersten Stufen, wobei er immer höher getrieben wurde.

Langsam wurde es gefährlich, und wir mußten sehen, daß wir wegkamen.

Der Speicher war ziemlich niedrig und vor allen Dingen schmutzig. Ich legte mich lang hin und streckte den Arm durch das offene Fenster so weit, daß die alte Frau meine Hand umfassen konnte.

Sie griff zu.

Mit einem Ruck zog ich sie in die Höhe. Es ging leichter, als ich gedacht hatte. Als sie auf dem Boden hockte, funkelte sie mich an. »Sie sind ein richtiger Kavalier.«

Das Gefühl hatte ich nicht. Kopfschüttelnd lief ich über den Speicher auf ein schräges Fenster zu. »Wie ist Ihr Mann eigentlich immer durch die Luke gekommen?« fragte ich.

»Er hat die Leiter aus dem Keller geholt.«

Damit war alles gesagt.

Das Dachfenster war kleiner als die Luke, trotzdem größer als die normalen. Es bereitete mir keinerlei Schwierigkeiten, hinauszuklettern.

Ich holte die Frau nach.

Dann lagen wir dicht nebeneinander auf dem schrägen Dach. Himmel, war das ein Gefühl, aber ich konnte zum erstenmal richtig über das Dorf schauen.

Was ich sah, war nicht ermutigend.

Der Nebel war schon so weit fortgeschritten, daß es schwer

sein würde, die Kirche zu erreichen. Auf jeden Fall durften wir keine Sekunde mehr verlieren.

Hinter dem Dach befand sich ein Schuppen. Und sein Dach war nur zwei Yards entfernt.

Die Distanz überwand ich mit der Frau auf dem Rücken. Ich landete gut, doch das Gewicht warf mich nach vorn, so daß ich Mühe hatte, mich abzustützen.

Aber es ging alles glatt.

Hinter dem Schuppen sah ich in einen kleinen Garten, der noch nicht vom Nebel bedeckt war.

Wieder sprang ich.

Diesmal dämpfte Rasen meinen Fall. Trotzdem fiel ich der Länge nach hin, und die Frau rutschte von meiner Schulter. Sie schimpfte, aber nicht auf mich, sondern auf ihre Krankheit.

Ich packte sie mir, hievte sie wieder auf meine Arme und schlug einen gewaltigen Bogen durch die Gärten, um wieder an die Hauptstraße zu gelangen.

Ich blickte nach rechts und schluckte.

Vom Hafen her rollte der Nebel heran.

Lautlos wie ein gefährliches, schleichendes Gift. Er bedeckte jedes Haus, kroch durch jede Ritze, es gab praktisch nichts, wo er nicht hineinkam.

Schrecklich...

Ich schüttelte mich unwillkürlich, und die alte Dame merkte es. »Haben Sie Angst?«

»Ja.«

»Ich auch.«

»Dann sind wir uns ja einig.«

Humor hatte sie. Und das gefiel mir. Mit meiner menschlichen Last überquerte ich hastig die Fahrbahn und tauchte in eine schmale Gasse zwischen zwei Häusern ein.

»Jetzt nach rechts«, wies mich die Frau an. »Springen Sie einfach über den Zaun.«

Himmel, ich war doch kein Gaul, schaffte es dennoch und versank mit den Füßen im Hühnermist. Die Tiere hatten sich vor der drohenden Gefahr verkrochen.

Ich lief quer durch den ungepflegten Garten. Mein Atem ging

keuchend. Lange würde ich die Frau nicht mehr halten können, da verlangte man einfach ein wenig zuviel von mir.

Abermals sollte ich einen Zaun überklettern, doch er war so morsch, daß ich ihn kurzerhand durchbrach. Wir erreichten einen schmalen Weg, den ich keuchend entlangstolperte, und schließlich sah ich die Kirchenhecke vor mir.

Geschafft!

Ich wandte mich nach rechts. Parallel zur Hecke lief ich entlang, schlug an deren Ende einen Bogen nach links und gelangte auf den Platz vor der Kirche.

Er war noch frei!

Oder fast.

Von der gegenüberliegenden Seite krochen die langen Schwaden auf den Platz zu. Die Wand rollte immer näher, die grauweiße, gefährliche, lautlose, schleichende Hölle. Wenn man sie so anschaute, konnte man schon Angst bekommen, und auch ich schluckte.

Das Kirchenportal war noch nicht völlig geschlossen. Pfarrer Dempsey stand in der offenen Tür und winkte mir zu.

»Endlich, Mr. Sinclair, endlich!«

»Jetzt weiß ich wenigstens, wie mein Retter heißt«, sagte die Frau und lachte.

Ich gab keine Antwort, denn ich brauchte meinen Atem. Wie ein Betrunkener stolperte ich über den Platz. Trotz des herankriechenden Nebels lief der Pfarrer mir entgegen. Ohne etwas zu sagen, nahm er mir die Last ab.

»Wir hatten Sie schon vermißt, Mrs. Corcoran.«

»Ach, Unkraut vergeht nicht.«

Der Geistliche ließ mich vorbei. Erschöpft stolperte ich in die Kirche, wo die anderen angstvoll warteten.

Dann rammte der Pfarrer die Tür hinter mir zu.

Und der Nebel draußen kroch näher...

Viel sah ich nicht von der Kirche.

Die Gesichter der Menschen verschwammen vor meinen Augen, überhaupt schien sich alles zu drehen, und die Stimmen vernahm ich nur als fernes Gemurmel.

Auf dem Taufbecken stützte ich mich ab, blieb gebückt stehen und atmete erst einmal tief durch. Mein Herz pumpte wie das bei einem Langstreckenläufer, der Schweiß lag mir auf dem Gesicht, und so dauerte es einige Zeit, bis ich wieder voll da war.

Bill und Suko standen neben mir.

»Alles klar?« fragte der Reporter.

Ich nickte. »Himmel, das war ein Lauf!« keuchte ich noch immer schwer atmend. »Der hat mich ganz schön geschlaucht. Was ist mit der alten Dame?«

»Sie befindet sich bei den anderen«, sagte Suko.

Die anderen!

Ich sah mich um. Der Innenraum der Kirche hatte tatsächlich alle Einwohner aufgenommen. Sie standen bis oben hin zum Altar. Das große Holzkreuz war kaum zu sehen.

In sämtlichen Gesichtern sah ich den gleichen Ausdruck.

Angst!

Angst vor der ungewissen Zukunft.

»Wie geht es den Verletzten?« fragte ich Bill.

»Der Kaufmann lebt noch.«

Das war eine gute Nachricht.

»Und wie sieht es draußen aus?« wollte der Chinese wissen.

Ich winkte ab. »Verdammt schlimm. Der Nebel kriecht näher und näher.«

Ich senkte die Stimme, weil niemand etwas mitbekommen sollte.

»Das heißt, er wird auch die Kirche nicht verschonen«, meinte Bill.

Ich hob die Schultern.

Diese Geste war bezeichnend. Was wußte ich schon? Woher kam der Nebel? Welchen Ursprung hatte er? Keiner ahnte etwas, und auch die Einheimischen konnten mir nicht helfen.

»Hast du die Waffen?« wandte ich mich an Suko.

Der nickte. »Willst du den Dolch haben?«

»Nein, Kreuz und Beretta reichen.« Bei dem Wort Kreuz fiel mir etwas ein, und ich wandte mich an den Pfarrer. »Sie haben doch hier ein großes Kreuz in der Kirche?«

»Sicher.«

»Holen Sie es.«

»Wieso? Ich...«

»Bitte!«

Er schaute mich an, nickte und verschwand. Ich sah, wie er sich durch die Menge drängte.

»Was hast du vor?« erkundigten sich Bill und Suko wie aus einem Munde.

»Ich will sehen, ob das Kreuz den Nebel aufhält.«

Die Freunde schwiegen.

Leider konnte ich nicht sehen, wie weit der Nebel draußen schon vorgedrungen war. Die Fenster der Kirche lagen einfach zu hoch. Man hätte schon eine Leiter haben müssen.

Aber die Kirchenbänke taten es auch. Links vom Taufbecken standen zwei kleine Betbänke an der Wand.

»Faß mal mit an«, forderte ich Suko auf.

Der Chinese begriff sofort. Wir hoben die Bank an. Zahlreiche Blicke begleiteten uns, als wir die Bank unter ein Fenster trugen und dort abstellten.

Während Suko die Bank festhielt, kletterte ich hinauf. Das Fenster war lang und ziemlich hoch. Zudem hatte es gefärbte Scheiben, so daß es schwer war, nach draußen zu schauen. Ich hob meinen Körper noch etwas an, verlagerte das Gewicht auf die Zehenspitzen, kniff ein Auge zu und lugte durch einen helleren Spalt nach draußen.

So konnte ich besser sehen.

Der verfluchte Nebel hatte tatsächlich den Platz überschwemmt. Ich hatte das Gefühl, als würde die Kirche in einem gewaltigen, wogenden Meer stehen.

Und der Nebel wurde immer dichter. Er stieg ständig, kroch an den Mauern hoch und hatte schon fast die untere Seite des Fensters erreicht.

Ein Wahnsinn.

Ich sprang wieder nach unten.

»Und?« fragte mich Suko.

»Wir sind vom Nebel eingeschlossen«, erklärte ich.

Ich hatte leise gesprochen, aber die anderen hatten mich beobachtet. Ein Mann rief: »Wir wollen wissen, was geschehen ist. Wo ist der Nebel? Hat er sich verzogen?«

Lügen konnte ich nicht. Ich mußte ihnen die Wahrheit sagen,

denn sonst hätten sie sich selbst überzeugt, was unter Umständen tödlich für sie gewesen wäre.

»Der Nebel ist noch da!« rief ich. Meine Stimme hallte durch das kahle Kirchenschiff. »Niemand kann jetzt nach draußen. Wir müssen zusammenbleiben!«

»Und wenn er in die Kirche kriecht?«

Da wußte ich auch keine Antwort, hoffte jedoch, daß dies nicht eintrat.

»Seien Sie ruhig!« rief der Pfarrer.

»Sie können mir doch nicht das Wort verbieten!« schrie der andere zurück. »Wir sind Gefangene, wir werden vor die Hunde gehen. Da nützt auch diese Kirche nichts.«

Bill und ich warfen uns warnende Blicke zu. Wenn dieser Kerl weiter Terror machte, konnte er unter Umständen eine Panik unter den Menschen auslösen. Das war das Allerletzte, was wir brauchen konnten.

Ich stellte mich auf die Zehenspitzen, um besser sehen zu können. Doch dieser Krakeeler war bei Pfarrer Dempsey gerade an der richtigen Adresse. Der Geistliche stellte sein Kreuz zur Seite und schlug aus der gebückten Haltung heraus zu.

Seine flache Hand klatschte in das Gesicht des Mannes, der zurückfuhr und sich seine Wange rieb.

»Reicht das?« fragte der Pfarrer kalt.

Der Mann schwieg.

»Der Zorn der Gerechten geht oft unkomplizierte Wege«, erklärte der Pfarrer. Und zu den anderen gewandt meinte er: »Wir dürfen jetzt nicht den Mut verlieren, sondern müssen zusammenhalten, was immer auch geschehen mag.«

Die Gemeinde, von dem schlagkräftigen Beweis ihres Geistlichen noch beeindruckt, nickte.

Der Pfarrer nahm sein Kreuz auf und schritt in den hinteren Teil der Kirche, wo wir warteten.

Man machte ihm respektvoll Platz.

Vor uns blieb er stehen. Als er mein Lächeln sah, sagte er: »Ja, es ist so, Mr. Sinclair. In dieser Stadt gibt es gute und weniger gute Menschen. Gaylord war einer von den weniger guten. Hin und wieder muß ihn jemand in seine Grenzen weisen. Und warum nicht mal ein Pfarrer?«

Ich dachte daran, daß mich während meiner Kindheit auch immer unser Pastor verhauen hatte, und nickte. »Ja, das muß wohl mal sein«, erwiderte ich.

Das Kreuz nahm ich dem Geistlichen aus der Hand.

Es hatte sein Gewicht. Aus der Entfernung hatte es gar nicht so stabil ausgesehen, aber man hatte es aus massivem Holz gefertigt, das spürte ich.

»Was wollen Sie mit dem Kreuz?« fragte mich der Geistliche, obwohl er meine Antwort schon ahnte.

Ich deutete auf die Tür.

Der Pfarrer nickte. »Gottes Segen beschütze Sie«, flüsterte er.

»Und das hier«, sagte ich und zeigte auf mein geweihtes Kreuz. »Es ist mein sicherster Helfer«.

Ich ging.

Bill und Suko machten einen letzten Versuch. Sie wollten mich begleiten, doch ich lehnte ab. »Es ist ja nur ein Test.«

Sie ließen sich nicht beirren. Suko war als erster an der Tür, legte die Hand auf die Klinke und schaute mich an.

Ich nickte ihm zu.

Der Chinese zog das schwere Portal auf. Es gab keinen Vorraum, man gelangte direkt nach draußen, und sofort wehten die ersten Nebelfetzen in das Innere der Kirche. Es sah so aus, als würden sie von hinten Nachschub bekommen, und ich schlüpfte schnell durch den Spalt.

»Die Tür zu!« rief ich.

Suko drückte sie ins Schloß.

Ich aber sah mich einer gefährlichen, wallenden Wand gegenüber. Wie schon zuvor hatte ich das Gefühl, dieser Nebel würde leben. Er bewegte sich, er kroch, er wallte, aber seltsamerweise machte er um mich einen Bogen.

Trotzdem spürte ich das Fremde, das Unheimliche, das in dem Nebel lauerte.

Fest hielt ich das Holzkreuz umklammert, konzentrierte mich auf die bösen Stimmen aus dem Nebel und merkte, wie etwas in mein Gehirn dringen wollte, doch irgendeine Sperre hinderte es daran.

Mein silbernes Kreuz? Oder beide Kreuze zusammen? Wie dem auch sei, ich hielt dem Nebel stand.

Plötzlich hörte ich irgendwo ein Pfeifen, und im nächsten Augenblick wallte eine extrem große Nebelwolke hoch, die mich völlig einhüllte.

Einem ersten Impuls folgend, wollte ich zurück, doch ich verließ mich auf die Kräfte meines Kreuzes und blieb stehen.

Und nun begann ein mörderischer Kampf. Gut gegen Böse. Seit Urzeiten programmiert und immer wiederholbar.

Der Nebel attackierte mich. Und mit ihm die in ihm steckenden Boshaftigkeiten und Gestalten. Hatte nicht irgend jemand von Nebelgeistern gesprochen?

Ja, sie waren vorhanden, und ich sah sie auch. Schaurige Gestalten, Ausgeburten der Hölle. Verzerrte Fratzen, Schemen, Gebilde, unzählige Arme und Beine, vereint mit dem Nebel, die nach mir greifen wollten.

Ich war eisern und blieb stehen.

Mit beiden Händen hatte ich das schwere Holzkreuz gepackt. Ich stemmte es mit der unteren Kante gegen mein Knie, damit ich besser Halt hatte, meine Lippen waren fest zusammengepreßt, die Augen weit aufgerissen, damit sie den Nebel besser durchdringen konnten.

Aber ich sah nichts, nur die verdammten Gestalten, die den höllischen Reigen um mich herum tanzten. Noch materialisierten sie nicht, noch hielten sie sich zurück, aber sie wollten mir trotzdem an den Kragen, nur, da war das geweihte Silberkreuz, das als zusätzliche Kraftquelle um meinen Hals hing.

Das Kreuz strahlte. Ich sah es, wenn ich den Blick ein wenig senkte. Es hatte eine Aura um sich verbreitet, die auch mir Schutz gab. Doch das Holzkreuz wurde angegriffen. Es war zwar geweiht, aber es hatte nicht die Stärke wie mein Silberkreuz.

Ich konnte sehen, wie der Nebel regelrechte Spiralen um das Kreuz bildete, wie sich kleine, gelb schimmernde Tropfen auf das Holz setzten und damit begannen, es langsam, aber sicher zu zerfressen.

Säure!

Dieser Nebel wirkte wie Säure!

Das Holz begann zu qualmen, und ich mußte mit ansehen,

wie es sich auflöste. Das Holz wurde brüchig, der obere Teil des Kreuzes fiel nach vorn und kippte zu Boden.

Plötzlich entstand ein Knirschen, und im nächsten Augenblick riß das Gefüge auseinander.

Das Kreuz wurde zerstört.

Aus...

Ich hielt nur noch Reste in den Händen. Dieser Nebel hatte mir klargemacht, daß er sich durch ein einfaches Kreuz nicht stoppen lassen würde.

Wie aber dann?

Sich darüber Gedanken zu machen war müßig, jetzt ging es primär um die Rettung der Menschen, die sich in der Kirche so hoffnungsvoll versammelt hatten.

Der Nebel war höher gestiegen. Ich sah über mir nur die grau-weiße Wolkenbank, in der es quirlte und brodelte. Die Gestalten hatten sich zurückgezogen. Ich dachte auch darüber nach, wer diese Nebelgeister wohl waren.

Seelen aus dem Totenreich? Dämonenseelen? Kaum, denn die wurden in das Reich des Spuks verbannt, und der gab sie nicht frei, bis auf eine Ausnahme, Dr. Tod.

Plötzlich horchte ich auf.

Stöhnen, Heulen und Wehklagen war an meine Ohren gedrungen. Es kam aus dem Nebel. Ich stierte mir fast die Augen aus dem Kopf, um etwas sehen zu können, aber nichts ...

Oder?

Doch, da waren Gestalten. Und sie schwebten auch nicht, sondern schritten durch die Nebelwand, standen mit ihren Beinen fest auf dem Boden. Ich hörte auch Stimmen, Kommandos erschollen, häßliches Lachen ertönte, ein Schuß fiel ...

Ein Schuß?

Auf einmal wurde mir klar, daß der Schuß nicht draußen abgegeben worden war, sondern im Innern der Kirche.

Dort mußte der Teufel los sein.

Sofort drehte ich mich um, ließ das letzte Stück des Holzkreuzes fallen und rüttelte an der Klinke.

Das Portal war verschlossen!

Die Angst der Menschen steigerte sich!

Kaum jemand wagte noch zu sprechen – und wenn, dann taten sie es flüsternd. Sie hockten in den Bänken, hatten die Hände zum Gebet gefaltet und schauten ängstlich zu den Fenstern der Kirche hoch, als erwarteten sie jeden Augenblick den Einbruch des Mödernebels.

In der Tat hatte der Nebel bereits die Fenster erreicht. Er trübte die Scheiben, machte hinter den Fenstern alles unklar und verschwommen. Er war da, das wußten alle.

Der Pfarrer stand bei Bill Conolly und Suko. Auch sie sprachen nicht, sondern blickten angestrengt und betreten zu Boden. Niemand wußte einen Ausweg, und die Gedanken der Männer drehten sich um den, der die Kirche verlassen hatte, um sich den Nebelgeistern zu stellen.

Bill schlug mit der Faust gegen seine flache Hand. »Aber es muß doch ein Motiv geben«, sagte er. »Verdammt noch mal, es muß einfach.« Er schaute den Pfarrer dabei an.

Der Geistliche hob die Schultern. »Ich weiß es nicht.«

Niemand hatte bisher auf den alten Zybbak geachtet. Durch das Seitenschiff der Kirche hatte er sich angeschlichen und stand jetzt in der Nähe der Männer. Er räusperte sich und sagte: »Sie suchen nach einer Erklärung?«

Die drei Männer fuhren herum.

»Du, Zybbak?« fragte der Pfarrer.

»Ja, ich.« Der Alte grinste zahnlos. »Wie ich sehe, kommt ihr nicht weiter.«

»Stimmt.« Bill nickte.

Zybbak trat noch einen Schritt vor. »Ich weiß, weshalb uns dieses Schicksal beschert wird«, flüsterte er.

Der Geistliche schaute skeptisch, Bill und Suko jedoch waren interessiert. »Reden Sie schon«, sagte der Reporter.

»Die Geschichte liegt lange zurück, und die Leute von Grynexxa sind selbst daran schuld, daß sie dieses Schicksal getroffen hat, das mal vorweggenommen. Der Nebel ist eine Strafe für das, was vor langer Zeit einmal geschah.«

»Fang nur nicht mit der alten Geschichte an«, redete der Pfarrer dazwischen.

»Doch, das muß ich.«

»Unsinn!«

»Lassen Sie ihn doch«, sagte Bill Conolly. »Oft ist an diesen Legenden viel Wahres dran.«

»Wenn Sie meinen...«

Der alte Zybbak begann wieder zu sprechen. »Also, es ist so«, sagte er. »Vor hundertfünfzig Jahren, als dieser Ort hier noch in voller Blüte stand und sehr reich war, strandete draußen vor den Klippen ein Schiff. Die Menschen sahen es wohl, aber niemand half, weil es ein französisches Schiff war. Und die Franzosen waren verhaßt. Unsere Leute standen am Kai und schauten zu, wie das Schiff sank. Menschen, die sich retten wollten, wurden wieder ins Wasser gestoßen, man wollte keine Franzosen an Land haben. Nun, das Schiff sank, aber bevor es unterging, zeigte sich der Kapitän noch einmal an Deck und stieß einen schaurigen Fluch aus. Irgendwann würden sie zurückkommen und grausame Rache nehmen. Ihre Körper starben zwar, aber ihre Seelen würden sich mit den Geistern des Nebels verbünden, und wenn der Tag reif war, wenn einer sie aus dem Meer holte, dann sollten die Menschen dieses Ortes fürchterlich bestraft werden. Das ist geschehen, die Nebelgeister sind zurückgekehrt, wir müssen darunter leiden.«

Bill und Suko hatten zugehört, während der Pfarrer immer wieder abwinkte. »Das glaube ich einfach nicht«, sagte er. »Das können Sie mir nicht erzählen.«

»Es stimmt aber.« Der alte Zybbak schaute Bill und Suko an. »Glauben Sie mir?«

»Im Prinzip schon«, meinte der Reporter. »Was sagst du, Suko?«

Auch der Chinese nickte.

»Aber Sie sagten vorhin, daß noch ein anderer dahintersteht. Wer kann das sein?«

»Keine Ahnung. Irgendein Magier, der sich sehr gut auskennt und die Nebelgeister beschwören kann.«

Bill und Suko warfen sich einen Blick zu.

Zybbak bemerkte es. »Wissen Sie was?« fragte er.

»Vielleicht«, sagte Bill.

»Sagen Sie es.«

»Nein, es sind Spekulationen. Mit den Namen Dr. Tod oder Asmodina können Sie doch nichts anfangen.«

Der Alte nickte.

Zybbak wollte noch etwas hinzufügen, doch der Pfarrer mischte sich ein.

»Was ist das?« flüsterte er. Er schaute dabei zur Tür.

Bill, Suko und der alte Zybbak wandten ebenfalls den Blick. Und jeder von ihnen sah, wie der von innen im Schloß steckende Schlüssel herumgedreht wurde.

»Mein Gott, der Nebel ist in der Kirche«, hauchte der Geistliche.

Sofort waren Bill und Suko gespannt. Blitzschnell zog der Chinese die Dämonenpeitsche, schlug einmal einen Kreis über den Boden, und die drei Riemen rollten aus der Öffnung.

Bill holte die Beretta hervor.

»Eine Pistole?« fragte der Pfarrer. »In der Kirche?«

»Ja, sie ist mit geweihten Silberkugeln geladen.«

Der alte Zybbak wich zurück. Er zitterte am gesamten Körper, streckte den Arm aus und deutete auf einen feinen Nebelstreifen, der unter der Türritze hereingedrungen war und sich wie eine Schlange über den Boden wand.

Die Männer standen einen Moment lang starr.

Was sollten sie tun? Schießen? Das hatte keinen Sinn, sie konnten mit einer Kugel keinen Nebelfetzen vernichten.

Dieses verständliche Zögern wurde dem alten Zybbak zum Verhängnis. Blitzschnell bewegte sich der Nebelfetzen voran, erreichte den Alten, glitt daran hoch und direkt in seinen offenen Mund hinein.

Zybbak würgte.

Auf einmal schien er zu wachsen, er stellte sich auf die Zehenspitzen, seine Augen traten aus den Höhlen, und die Zähne klapperten aufeinander.

Der Pfarrer wankte zurück, während er ein Kreuzzeichen schlug. Er konnte das Grauen nicht fassen. Zum Glück deckte das große Taufbecken sie gegen die Blicke der übrigen Menschen. Sie bekamen nicht mit, wie Zybbak plötzlich stehenblieb, den Mund aufriß und mit veränderter Stimme zu sprechen begann.

Dumpf und hohl drang es aus seinem Mund hervor. »Ihr habt uns damals die Hilfe verweigert«, sagte er. »Und dafür werden wir uns rächen. Unser Schiff ist versunken, doch unsere Seelen haben wir dem Teufel verschworen. Sie vereinigten sich mit den Nebelgeistern, die jetzt unsere Schutzpatrone sind. Wir hatten Zeit, wir warteten, bis ein Mann kam, der sich zum Anführer unseres Reiches aufschwang und der Herr des Schreckensnebels geworden ist.«

»Wer ist es?« wollte Bill wissen.

»Dr. Tod!«

Da war es heraus. Beide, Bill und Suko, konnten nicht vermeiden, daß ihnen eine Gänsehaut über den Rücken lief. Wieder einmal hatte Dr. Tod, alias Solo Morasso, seine Hand im Spiel. Er mußte von diesem Fluch erfahren haben, und dank seiner Fähigkeiten hatte er dafür gesorgt, daß der Nebel erschien.

»Ist er hier?« wollte Bill wissen.

»Er wartet auf dem Meer!«

Das muß John wissen, dachte der Reporter, doch zuvor hörte er Zybbak weiter zu.

»Wir sind da, wir kommen. Wir holen uns die Opfer. Eins nach dem anderen. Unser Kapitän, Gerard de Lorca, wird sich schrecklich rächen. Er ist unterwegs und kommt mit dem Nebel. Er wird auch in die Kirche eindringen und sie zerstören. Wir sind da. Wir sind da!« Die letzten Worte brüllte er, und sie hallten als düsteres Echo innerhalb des Kirchenschiffes wider.

Jetzt wurden auch die übrigen Menschen aufmerksam. Sie sprangen auf, Panik drohte.

»Kümmern Sie sich um die Leute!« schrie Bill dem Pfarrer zu, der sofort loslief.

Bill und Suko aber blieben bei dem alten Zybbak. Und der veränderte sich.

Seine Gesichtsfarbe löste sich buchstäblich auf. Dafür überzog ein grauer Film die Haut.

Grau wie Stein...

Aus Zybbak wurde ein Monster. Ihn hatte die Rache der Nebelgeister voll getroffen.

»Schlag zu!« schrie Bill.

Es gab keinen anderen Weg. Das sah auch Suko ein. Er hob die

Dämonenpeitsche und hieb die drei Riemen gegen den steinernen Kopf des Dämonendieners.

Die Wucht des Treffers schleuderte den alten Zybbak bis gegen das Taufbecken. Er stieß sich hart den Rücken, riß seine Augen weit auf und brach langsam in die Knie. Gleichzeitig begann sich sein Kopf aufzulösen, er zerfiel zu grauer Asche, und nur der Torso blieb liegen.

Wieder ein Opfer, dachte Bill.

In der Kirche überschwemmte die Angst die Menschen. Zahlreiche Augen hatten mitbekommen, was in der Nähe des Taufbeckens geschehen war. Die mörderische Nebelpest befand sich also auch schon im Gotteshaus. Und das erschreckte die Flüchtlinge.

Der Pfarrer hatte seine Mühe und Not, die Leute zu beruhigen. Sie wollten einfach nicht. Viele hatten sich auf die Knie geworfen und den Kopf in den angewinkelten Armen vergraben. Von den kahlen Wänden hallten die Stimmen zurück.

Suko probierte es noch einmal an der Tür. Sie war und blieb verschlossen.

»Wir müssen sie auframmen«, sagte Bill.

»Oder ein Fenster zerschießen!«

Der Reporter schüttelte den Kopf. »Dann haben wir gleich den Nebel in der Kirche.«

Langsam beruhigten sich die Menschen wieder. Sie sahen, daß sie nicht direkt angegriffen wurden, daß die erste Attacke abgewehrt worden war.

Doch die andere folgte.

Schneller und härter, als jeder erwartet hatte.

Urplötzlich zerplatzte eine Scheibe. Die Splitter segelten in den Innenraum, knallten zu Boden und zersprangen dort in tausend kleine Scherben.

Die Köpfe aller Anwesenden zuckten herum. Zahlreiche Augenpaare richteten sich auf das Fenster, und alle sahen, wie der Nebel durch die Öffnung quoll.

Aber nicht nur der Nebel.

Auch eine halbverweste, mit Tang und Algen bedeckte Gestalt erschien am Fenster.

Eine der lebenden Leichen der Schiffsbesatzung. Ein Monster, das aussah wie eine Mumie und einen rostigen Säbel in der rechten Klaue hielt.

Gellende Schreie stachen gegen die Decke des Kirchenschiffs. Besonders die Frauen und Kinder hatten schreckliche Angst.

Niemand wußte, wie er sich verhalten sollte.

Bis auf Suko und Bill.

Sie ahnten, daß das Finale eingeläutet worden war. Wenn sie es jetzt nicht schafften, dann war alles vorbei.

Bill Conolly rannte vor, stieß einige Menschen zur Seite und sprang auf eine Sitzbank.

Die Beretta mit den Silberkugeln hielt er in der rechten Hand. Sein Schußwinkel war gut, und Bill zielte genau.

Das grün schillernde Monster hatte ein Bein angewinkelt und stützte sich auf dem schmalen Sims ab, um in die Kirche zu springen.

Da feuerte der Reporter.

Die geweihte Silberkugel raste aus dem Lauf und hieb mit einem trockenen Laut mitten in den Schädel der in der Fensteröffnung hockenden Bestie.

Der eine Schuß reichte.

Die Aufprallerwucht schleuderte den Unheimlichen zurück, und er fiel aus dem Fensterviereck nach draußen.

Bill nickte. »Das wär's«, sagte er.

Die übrigen Menschen hatten staunend den Schuß und die Reaktion beobachtet. Auf einigen Gesichtern spiegelte sich Erleichterung und banges Hoffen.

Beides jedoch wurde brutal zerstört.

Denn die Kirche hatte nicht nur ein Fenster, sondern insgesamt sechs. Und die restlichen fünf Scheiben wurden innerhalb weniger Sekunden aufgestoßen.

Fünf grausame Gestalten erschienen, und sie zögerten nicht. Sie sprangen gleichzeitig in das Innere der Kirche...

Ich konnte es mir nicht leisten, überrascht zu sein oder Zeit zu verlieren, denn hinter mir lauerten die Gegner.

Sofort wirbelte ich herum.

Höhnisches Lachen schallte mir entgegen. Lachen, das von

keinem Geist ausgestoßen wurde, sondern von einer furchterregenden Gestalt, von der ich bisher nur die Umrisse sah.

Die Gestalt war größer als ich, etwa einen halben Kopf. Im ersten Moment hatte ich an Tokata, den Samurai des Satans, gedacht, doch jetzt zeigte sich, daß die Gestalt zwei Arme hatte. Tokata hatte ja nur noch einen, den rechten, der andere war ihm von meinem magischen Bumerang vom Körper getrennt worden.

Die Gestalt kam nicht näher, sondern blieb stehen.

Warum?

Wollte sie mich locken?

All right, das konnte sie haben.

Ich streifte die Kette über meinen Kopf und behielt das Kreuz in der rechten Hand. Hart umklammerten meine Finger das geweihte silberne Metall.

Den rechten Arm streckte ich vor.

Der Nebel wich dort zurück, wo ihn das Kreuz berührte, so daß vor mir ein Loch entstand.

Ich ging weiter.

Mein Ziel war die unheimliche Gestalt. Dadurch, daß mich die grauweiße Suppe nicht mehr so stark behinderte, konnte ich meinen Gegner deutlicher erkennen.

Gleichzeitig hörte ich auch das Splittern von Glas, doch es drang irgendwie dumpf an meine Ohren, und ich achtete nicht weiter darauf. Der andere war wichtiger, und ich wurde das Gefühl nicht los, daß er der Anführer dieser Horde war.

Haut und Kleidung schillerten grünlich, sie waren mit einer Schicht aus Tang und Algen bedeckt. Wirklich ein Beweis dafür, daß er lange im Wasser gelegen haben mußte.

Aber warum war er den Fluten entstiegen?

Es war müßig, nach einer Antwort auf die Frage zu suchen, vielleicht fand ich sie später. Jetzt einmal mußte ich mich um ihn selbst kümmern. Er schien allein zu sein, denn ich sah keinerlei Hilfskräfte, die ihn unterstützten.

Um so besser.

Wie bei einem Roboter, so bewegte er seinen rechten Arm, und die Hand blieb auf dem Griff des Degens liegen, der an seiner linken Seite herabbaumelte.

Mit einem raschen Griff zog er den Degen aus der Scheide. Ich vernahm sogar das schleifende Geräusch, als dies geschah.

Dann kam er näher. Und er sprach mich an.

»Weiche!« klang es mir hohl entgegen. »Auch du kannst mich und meine Rache nicht aufhalten.«

Ich blieb stehen, den rechten Arm mit dem Kreuz weit ausgestreckt. »Warum willst du dich rächen?«

»Die Vorfahren dieser Menschen haben mich und mein Schiff absaufen lassen. Wir sind Franzosen, die Schande und die Schmach muß getilgt werden. Ein mächtiger Dämon hat die Nebelgeister aus den Tiefen der Verdammnis geholt, damit sie uns zur Seite stehen können, wenn sich die Rache erfüllt.«

»Wer ist der Dämon?« wollte ich wissen.

»Dr. Tod!«

Da hatte ich die Antwort. Er steckte also dahinter. Ich hätte es mir fast denken können. Wo immer Grauen und Entsetzen auftauchten, war er nicht weit. Demnach konnte man ihn für den Nebel verantwortlich machen.

Ich lachte der Gestalt ins Gesicht. »Du wirst mich nicht umbringen können, denn selbst der Nebel hat es nicht geschafft, aus mir ein Geschöpf der Hölle zu machen. Ich habe das Kreuz, das dich vernichtet, und ich stehe auf der Seite des Guten. Du wirst sterben!«

Er lachte schaurig. »Was soll's? Es macht mir nichts, denn dann wird sich mein Geist mit dem der Nebelgeister vereinigen. Der Nebel wird stärker, immer stärker. Jeder, den du getötet hast, wird als Geist in der Nebelwolke weiterhin existieren und irgendwann einmal zurückkehren. Jeder Tote stärkt den Nebel, denke daran. Schreckliche Zeiten werden anbrechen, denn der Nebel ist nicht zu vernichten. Auch durch dich nicht, obwohl du das Kreuz trägst. Aber vielleicht gelingt es mir doch, dich zu töten.«

Ich hatte noch eine Frage. »Werden alle Menschenköpfe zu Stein, wenn sie mit dem Nebel in Berührung kommen?«

»Nein, das ist unterschiedlich. Nur am Anfang. Wenn der Nebel stärker ist, wird er wie eine schreckliche Säure wirken und den Menschen die Haut von den Knochen lösen.«

Das war hart.

Ich glaubte ihm jedes Wort, deshalb mußte ich versuchen, den Nebel zu vernichten.

Dazu kam ich nicht, denn er griff an...

Die geweihte Zone der Kirche konnte die fünf Gestalten nicht stoppen, denn sie wurden nicht unmittelbar mit dem Bösen konfrontiert, das heißt, man berührte sie nicht körperlich.

Bill und Suko mußten entsetzt zuschauen, wie die Wesen zu Boden sprangen. Sie konnten nicht schießen, die Gefahr, andere zu treffen, war einfach zu groß.

Ein vielstimmiger, gellender Schrei aus zahlreichen Kehlen brandete gegen die Decke und pflanzte sich als panikerfülltes Echo durch die Kirche fort.

Jetzt war das Chaos da, niemand konnte es mehr stoppen, auch der Pfarrer nicht, der wild auf die Leute einredete, jedoch überschrien wurde.

Niemand der Anwesenden wußte wohin, denn die Gestalten waren nicht nur an einer Stelle in die Kirche gesprungen, sondern gleich an mehreren.

Die ersten Bänke, obwohl im Boden befestigt, kippten um. Menschen fielen über die Trümmer, während sich die grausamen Wesen erhoben und ihre Säbel und Messer zogen.

Der Tod sollte reichliche Ernte erhalten.

Suko und Bill – mit ähnlichen Ereignissen schon des öfteren konfrontiert – reagierten besonnen und überlegt.

»Du rechts, ich links«, schrie der Reporter, und schon waren die Fronten abgesteckt.

Suko bahnte sich seinen Weg. Er hielt die Dämonenpeitsche in der Hand, die Beretta hatte er noch im Holster stecken. Mit der Peitsche aber würde er ebensogut aufräumen können.

Dicht vor sich sah er drei angsterfüllte Frauengesichter. Die Augen waren verdreht, die Menschen wußten nicht mehr, was sie taten. Suko wollte sie nicht schlagen, obwohl sie ihn behinderten, und er verschaffte sich mit zwei Schulterstößen Luft.

Dann kippte ihm eine Bank entgegen. Als sie auf den Boden schlug und einige Menschen über sie fielen, hörte er auch zwei Schüsse. Bill hatte also schon in den Kampf eingegriffen.

Suko sah den ersten Gegner zwei Sekunden später. Um das grünlich schimmernde Wesen mit dem von Tang und Algen bedeckten Gesicht hatte sich praktisch ein Vakuum gebildet, denn der lebende Tote schlug mit seiner Waffe einen Kreis.

Schreiend waren die Menschen zurückgesprungen, niemand wollte getroffen werden.

Suko hechtete unter dem durch die Luft wischenden Degen hinweg. Er behielt die Nerven und rammte den Zombie.

Der kippte zurück. Noch bevor er den Steinboden der Kirche berührte, hatte der Chinese zugeschlagen.

Die drei magischen Riemen der Dämonenpeitsche wickelten sich um die Schulter des Untoten und rissen seinen feuchten, verfaulten Körper auf.

Sie spalteten ihn förmlich in zwei Teile. Der Untote verging. Nur die Waffe blieb liegen.

Den Degen schnappte sich der Pfarrer. Er hatte in der Nähe gestanden und Suko zugeschaut. In den Augen des Geistlichen blitzte ein wildes Feuer. Er würde die Kirche, die Gemeinde und sich verteidigen, bis zum Tod.

Suko hatte schon den zweiten Gegner angepeilt, doch Pfarrer Dempsey kam ihm zuvor. Er stieß einen wilden Schrei aus und stach der vermoderten Gestalt den Degen durch die Brust.

»Stirb!« brüllte er.

Doch der Zombie starb nicht. Im Gegenteil, er schritt weiter vor, auf den Pfarrer zu, der nicht begreifen konnte, daß so etwas möglich war.

Dann hieb der Zombie zu, obwohl der Degen in seiner Brust steckte und am Rücken sogar mit der Spitze herausgefahren war.

Suko bemerkte die Gefahr im letzten Augenblick. Er hämmerte seine Faust gegen die Schulter des Pfarrers. Der Geistliche kippte in eine Bankreihe hinein, und so traf ihn der Hieb nicht voll, sondern riß ihm nur die Kleidung an der Schulter auf und ritzte seine Haut.

Suko aber hämmerte zu. Diesmal traf die Peitsche den Kopf des Monsters, der sich sofort auflöste.

Ein gellender Schrei ließ ihn herumzucken. Eine Frau hatte ihn ausgestoßen. Sie stand neben einem Mann, der am Boden lag und aus zwei Wunden blutete.

Ein Zombie hatte ihn umgebracht, und er stach jetzt auch auf die Frau ein. Sie schaffte es ebenfalls nicht, auszuweichen. Suko kam nicht heran, weil andere Menschen ihm den Weg versperrten, und jetzt wandte sich die Horror-Gestalt zwei kleinen Kindern zu.

Da drehte Suko durch.

Auf der anderen Seite kämpfte Bill Conolly heldenhaft. Ein Zombie war bereits unter seinen Kugeln gestorben, und Bill hatte gesehen, wie ein heller Schemen aus dem Maul stieg und dem Fenster entgegenflatterte, wo der Nebel immer stärker in die Kirche quoll und sich langsam dem Boden entgegensenkte.

Zahlreiche Frauen hatten sich an die Wand gedrängt. Sie standen ganz in Bills Nähe. Der Reporter versuchte sie wegzuscheuchen, denn der Nebel näherte sich schnell.

»Weg!« schrie er, wobei sich seine Stimme überschlug. »Rennt zum Ausgang hin!«

Bis dorthin war der Nebel noch nicht vorgequollen.

Die Menschen liefen.

Bill sah eine grünliche Gestalt und die Klinge eines Degens, wie sie nach unten gezogen wurde.

Ein Schrei, ein Röcheln...

Die verdammten Zombies hatten wieder ein Opfer gefunden.

Bill Conolly sah eine Lücke und stürmte vor. Er mußte die Bestie kriegen, bevor sie noch mehr Unheil anrichtete.

Und der Zombie wollte weiter töten. Diesmal hatte er sich eine ältere Frau als Opfer ausgesucht. Sie wankte zurück, die Arme hatte sie halb erhoben, Todesangst verzerrte ihr Gesicht.

Das geschah etwa zwei Yards neben Bill Conolly. Und der Reporter sprang. Er warf sich förmlich in den Schlag hinein, denn schießen konnte er nicht, weil ein Kind seinen Weg kreuzte. Das kleine Mädchen wurde umgestoßen und schrie jämmerlich, doch es blieb am Leben.

Bill Conolly spürte einen scharfen Schmerz an der rechten Körperseite, und er wußte, daß er getroffen war. Aber er konnte noch kämpfen, gab nicht auf und riß die Hand hoch, während die ältere Frau ohnmächtig zu Boden sank.

Eine Armlänge trennte die beiden Gegner nur. Bill konnte gar nicht vorbeischießen.

Er visierte den Schädel an und schoß.

Der Kopf des Horror-Wesens fiel auseinander, während Bill zurückwankte. Er spürte, wie es naß an seiner Hüfte entlanglief. Das war sein Blut. Die Klinge hatte ihm ein Stück Haut aufgerissen.

Keuchend holte der Reporter Luft. Zwei Gegner waren es gewesen, er hatte sie geschafft.

Doch Suko hatte es mit dreien zu tun gehabt. Wie war es ihm wohl ergangen?

Der Chinese war ebenfalls mit dem Mut der Verzweiflung vorgestürmt. Er wollte und mußte die beiden Kinder retten. Sie sollten nicht unter den tödlichen Stichen des Monsters fallen.

Der Chinese stürmte wie ein Rammbock vor. Als die Bestie zustechen wollte, war Suko heran. Er fiel ihr in den Arm und schleuderte sie so weit herum, daß sie mit dem Rücken gegen die Wand krachte und erst einmal nicht daran dachte, anzugreifen.

An der Wand stand er richtig.

Von oben nach unten drosch der Chinese mit der Peitsche zu. Die drei Riemen hieben quer über das Gesicht des Zombies und zerstörten es in Sekundenschnelle.

Fünf Untote waren es gewesen.

Jetzt gab es sie nicht mehr.

Diesmal sah Suko ebenfalls den feinen Schemen, wie er aus dem Körper stieg und sich mit den Nebelschwaden vereinigte.

Der Nebel!

Er bildete nach wie vor eine Gefahr und drängte immer stärker durch die offenen Fenster in die Kirche.

Die Menschen hatten eine kleine Galgenfrist, denn es dauerte, bis die Schwaden nach unten krochen.

Bills brauner Schopf tauchte auf, und Suko schrie den Namen des Reporters.

»Alles klar«, antwortete Bill.

»Wir müssen nach hinten!« brüllte Suko.

Jetzt half ihm wieder der Pfarrer. Er, Suko und Bill scheuchten die Menschen in den rückwärtigen Teil der Kirche, wo sie dicht zusammengedrängt stehenblieben.

Die meisten hatten die Hände gefaltet.

Auch der Geistliche. Mit lauter Stimme betete er vor, während seine Blicke auf den noch immer durch die Fenster quellenden Nebel gerichtet waren.

Auch Suko und Bill blickten dorthin. Der Reporter verzog hin und wieder das Gesicht.

Suko fiel das auf. »Ist was?«

»Nur eine Schramme.«

Die Schramme war so groß, daß das Blut sogar zu Boden tropfte und eine makabere Spur hinterließ.

»Und so begeben wir uns in den Schutz unseres Herrn«, betete der Pfarrer. »Denn er ist unser Hirte, er wird uns leiten, und nur er allein weiß, welche Pflichten und Strafen er uns auferlegt hat...«

Diese Worte klangen laut durch das gewaltige Kirchenschiff. Jeder hörte sie, aber jeder starrte auch auf den Nebel, der in immer dickeren Schwaden durch die fünf Fenster kroch...

Ich sah die Spitze des Degens dicht von meinem Gesicht aufblitzen, wartete bis zum letzten Augenblick und tauchte zur Seite.

An meiner Schulter rasierten die Klinge und der untote Kapitän vorbei. Ich wollte es mir leicht machen und gleichzeitig mit dem Kreuz zuschlagen, doch irgendwie knickte ich um und verlor das Gleichgewicht.

Mist!

Bevor ich meine Balance wiedergefunden hatte, kreiselte der Untote bereits auf dem Absatz herum und setzte zu einem zweiten Angriff an.

Diesmal reagierte ich anders. Wirkungsvoller, aber auch spektakulärer. Ich schleuderte mein Kreuz samt Kette dem Untoten entgegen, und ich warf die Kette so raffiniert, daß sie sich um den Degen wickelte und daran hochrollte.

Der Kapitän schrie auf. Er sah das Unheil, konnte es aber nicht mehr aufhalten.

Die Kette wickelte sich um seine Hand, die geweihte Kraft berührte ihn, und die gesamte, konzentrierte Macht der Weißen Magie kam über ihn wie der rächende Geist eines Titanen.

Ein Blitz, hell wie die Sonne, platzte plötzlich vor meinen Augen auf und umloderte den Zombie. Er riß ihn förmlich auseinander. In den verwehenden Schrei puffte eine gewaltige Wolke aus Staub und Körperteilen hoch, welche sich noch in der Luft auflösten.

Dann gab es ihn nicht mehr.

Nur das Kreuz lag am Boden.

Ich hob es auf.

Jetzt mußte ich in die Kirche, denn was ich von dort gehört hatte, war schrecklich genug gewesen.

Auf halbem Weg stoppte ich.

Etwas Unerklärliches geschah.

Der Nebel zog sich zurück.

Ja, er löste sich auf.

Schneller, viel schneller, als er gekommen war, wanderte er wieder in Richtung Meer, als würden gewaltige Hände ihn voranschieben. Er wallte der Küste entgegen, zog sich aus der Kirche zurück, und schon bald war der Platz wieder frei.

Ich hörte die Jubelschreie, und im nächsten Augenblick wurde die Tür der Kirche aufgestoßen.

Unter den ersten, die das Gotteshaus verließen, waren Bill, Suko und der Pfarrer.

»John«, schrie der Reporter, »wie hast du das geschafft?«

Wie hatte ich das geschafft? Ich wußte es selbst nicht.

Das sagte ich auch Bill.

»Auf jeden Fall ist der Nebel weg!« Suko lächelte und wischte sich den Schweiß von der Stirn.

Die meisten Menschen waren vor der Kirche auf die Knie gesunken und murmelten Dankgebete. Auch der Pfarrer betete laut vor. Ich konnte die Menschen verstehen, doch richtig glücklich war ich nicht.

Als ich sah, daß Suko Bill stützte, wurde ich aufmerksam und sah seine Verletzung.

Bill lächelte. »Nur ein Kratzer.«

Das nahm ich ihm nicht ab. »Sage gleich dem Sanitäter Bescheid«, forderte ich ihn auf.

Dann ließ ich die anderen stehen und schritt mutterseelenallein dem Hafen zu.

Die Schiffe waren wieder zu sehen. Als hätte es den Nebel nie gegeben, doch ich entdeckte ihn noch.

Weit draußen auf dem Meer hatte er sich zu einer viel dichteren Wolke zusammengeballt. Er hatte Verstärkung erhalten, andere Seelen waren ihm zugeführt worden.

Nein, der war noch nicht verschwunden.

Inzwischen fiel die Dämmerung über das Land. Im letzten Licht des schwindenden Tages konnte ich noch die Konturen eines Bootes innerhalb der Nebelwolke erkennen.

Es war ein ziemlich großes Boot, geschaffen für eine Reise über das Meer.

Befanden sich dort meine Gegner? Dr. Tod, Tokata, Mr. Mondo, Lady X und auch Lupina, die Werwölfin?

Es war anzunehmen. Mir war klar, daß Dr. Tod es nicht bei einer Attacke belassen würde.

Er, der Mensch-Dämon, würde den Nebel weiterhin einsetzen, das hier konnte sicherlich nur als Test gewertet werden.

Es waren düstere Perspektiven, die sich mir boten, und der graue Himmel mit seinen wuchtigen Wolken paßte sich meiner Stimmung an.

Ich wartete am Kai, bis der Nebel verschwunden war. Er trieb nach Westen, weiter hinaus auf die See.

Welches Unheil würde er wieder anstellen?

In Gedanken versunken ging ich zurück.

Die Freunde kamen mir schon entgegen.

»Nun?« fragte Bill, dessen Hüfte verpflastert war.

»Er ist weg.«

»Ganz?«

»Ja, man kann ihn nicht mehr sehen.«

»Trotzdem müssen wir immer bereit sein.«

»Das werden wir auch«, erwiderte ich und nickte entschlossen. »Noch hat Dr. Tod nicht gewonnen.«

Gemeinsam gingen wir zurück ins Dorf, wo uns Glockenklang empfing. Diesmal hell und freundlich. Ein Fluch war genommen. Er hatte Opfer gekostet, doch die meisten Menschen hatten überlebt.

Und das war am wichtigsten...

ENDE

Keiner der zwanzig Männer auf der Bohrinsel ahnte, daß das Grauen bereits zu ihnen unterwegs war. Sie beschäftigten sich mit anderen Dingen.

Mit der Rückkehr!

Endlich hatte dieses Mistleben ein Ende, das Leben ohne Alkohol und Frauen, eingepfercht auf den wenigen Quadratmetern, mit dem immer stinkenden Ölgeruch, den schreienden Vorgesetzten, dem Quietschen und Kreischen des Bohrers, dem Summen der Generatoren.

Und dabei hatten die letzten zwanzig noch länger auf der Bohrinsel in der Nordsee bleiben müssen. Denn die Insel sollte aufgegeben werden. Sie war veraltet, hatte bei Stürmen schon bedrohlich gewankt, so daß sich die Verantwortlichen entschlossen hatten, das künstliche Monstrum aufzugeben.

Die Männer verrichteten nur Restarbeiten.

In zwei Tagen sollten sie abgeholt werden.

In allen Männern steckte die Vorfreude, an eine drohende Gefahr dachte niemand.

Sie war aber da!

Ein paar Meilen nur entfernt lauerte sie. Zuerst nur ein hauchdünner Schemen auf dem Wasser, verdichtete sie sich innerhalb von Minuten zu einer dicken Wolke, die auch ihre Form nicht beibehielt, sondern sich wie ein Teppich auf den graugrünen Wellen der Nordsee ausbreitete.

Der Todesnebel war wieder da!

Der unheimliche, gefährliche Nebel, den Dr. Tod bereits gegen eine kleine Stadt geschickt hatte, war einfach nicht zu vernichten. Ein mörderischer Hauch, ein Gruß aus der Hölle, ein Nebel, der sich aus den Seelen Getöteter gebildet hatte.

Eine furchtbare Waffe in der Hand eines Mensch-Dämons wie Dr. Tod. Denn er hatte den Nebel geschickt. In seinem Schutz wollte er operieren.

Denn er suchte ein Quartier.

Die Bohrinsel kam ihm gerade recht. Er hatte davon gelesen, daß sie aufgegeben werden sollte, und das sah Solo Morasso, wie Dr. Tod auch noch hieß, gar nicht ein.

Er wollte die Plattform besitzen. Und es entsprach seiner verbrecherischen Mentalität, daß er nicht erst wartete, bis die zwanzig Männer von der Insel verschwunden waren, sondern sofort seinen Todesnebel schickte.

Wie gesagt, er war erstarkt, die Seelen der Getöteten hatten ihm noch mehr Kraft gegeben.

Und er wogte heran.

Vom Westen her war der Wind sogar zu einem regelrechten Sturm geworden, der das Wasser aufpeitschte und riesige Wellen wie gläserne Berge aussehen ließ. Auf den Wellenkämmen gischteten helle Schaumstreifen, die hin und wieder in sprudelnden Tälern verschwanden und sich dann in langen Streifen auflösten.

Der Wind heulte und pfiff. Schiffe, die die Nordseeroute fuhren, stampften durch die aufgewühlte See.

Es herrschte typisches Herbstwetter. Und die Nordsee wurde zu einer kochenden, gischtenden Wasserhölle.

Den Männern auf der Bohrinsel gefiel dieses Wetter ebenfalls nicht. Wenn es anhielt, dann war es so gut wie unmöglich, sie abzuholen. Sie mußten warten, bis sich die See wieder ein wenig beruhigt hatte.

Das eben konnte die Emotionen der Leute hochpeitschen. Und das wußte auch Mark Brennan, Chef der Bohrinsel. Er war ein harter Bursche, dazu noch intelligent. Die Männer akzeptierten ihren Oberingenieur, der seinen Grips ebenso benutzte wie seine Muskeln. Brennan stammte aus Schottland und hatte sich vom einfachen Ölarbeiter hochgedient. Mit seinen weißblonden Haaren sah er eher aus wie ein Nordländer. Die Haut war sonnenbraun, die Augen blickten klar und hatten eine rauchgraue Farbe.

Es gab auf der Bohrinsel, die auf vier gewaltigen eisernen Pfählen stand, eine Art Brücke, auf der sich die Kommandozentrale der künstlichen Insel befand.

Und hier stand Mark Brennan wie ein Fels. Er hielt sein Glas vor den Augen, hatte sich breitbeinig aufgebaut, um die Schwingungen der Insel auszugleichen.

Sein Stellvertreter, Harry Poole, befand sich ebenfalls bei ihm. Poole gehörte zu den Typen, die das Abenteuer liebten und schon überall ihr Geld verdient hatten. Sei es bei einem Staudammbau, auf einer Bohrinsel oder bei der Seefahrt.

Die Wellen wuchteten gegen die Pfeiler, wurden gebrochen, und lange Gischtstreifen spritzten hoch bis zur unteren Plattform. Zum Glück regnete es nicht, so daß die Sicht wenigstens einigermaßen klar war.

»Ein Scheißwetter«, fluchte Poole und klopfte sich eine Zigarette aus der Packung. Hier oben war einer der wenigen Orte, wo geraucht werden durfte.

»Du sagst es«, erwiderte Brennan.

»Und auf mich wartet ein Weib«, grinste Poole.

Mark warf ihm einen schiefen Blick zu, den Poole über die Flamme des Feuerzeugs hinweg erwiderte. »Ist was?«

»Wenn die Frau dich liebt, dann wartet sie weiter.«

Poole lachte. »Die und Liebe. Nee, Freund, das ist nur was fürs Bett. Komm ich nicht, kommt ein anderer. Sie soll Zigeunerblut in den Adern haben.«

»Dann paß mal auf, daß du dich nicht verbrennst.«

»Ich doch nicht.« Poole spie einen Tabakkrümmel aus.

Brennan hatte wieder das Glas genommen und hielt es vor seine Augen. Er suchte das Meer ab.

Poole schlenderte näher und blieb neben ihm stehen. »Gibt's was Besonderes zu sehen?« erkundigte er sich.

Der andere schüttelte den Kopf.

»Warum schaust du dann?«

»Nur so.«

»Aha.«

Minuten vergingen. Der würzige Zigarettengeruch verdrängte für eine Weile den Geruch von kaltem Öl. Poole dachte an seine Zigeunerin und grinste.

»Da ist doch was!« Brennans Stimme riß ihn aus seinen Gedanken.

»Und?«

»Ich glaube...« Der Bohrinselchef zögerte. »Ja, ich glaube, das ist Nebel.«

»Was du nicht sagst.«

»Doch, es stimmt.«

»Zeig mal.« Poole drückte die Zigarette aus und griff bereits nach dem Glas.

Er schaute hindurch und ließ das Glas wandern. »Mehr nach links«, sagte der andere.

»Okay.« Poole kam der Aufforderung nach und zuckte plötzlich zusammen. »Stimmt, Mark. In der Tat ist da eine Nebelwolke. Aber das kann doch nicht sein.« Harry setzte das Glas ab und schüttelte verwundert den Kopf. »Nicht bei dem Sturm. Das widerspricht allen Gesetzen der Natur. Der Wind würde doch den Nebel zerreißen.«

»Man hat schon Pferde kotzen sehen«, erwiderte Brennan gelassen.

Poole reichte ihm das Glas wieder. »Ich bin da verdammt skeptisch. Dieser Nebel kommt nicht von ungefähr. Da muß irgend etwas los sein.«

»Und was?«

»Keine Ahnung.«

»Vielleicht ist es gar kein Nebel«, vermutete Mark Brennan.

»Sondern?«

»Gas oder Dampf. Es könnte ja sein, daß dort ein Unglück passiert ist. Möglich ist alles.«

Poole fuhr durch sein lackschwarzes Haar. »Deine Vermutung wäre zumindest eine Diskussion wert.«

Brennan grinste schief, hob das Glas wieder an und schaute hindurch. Dabei spannte sich seine Haltung, und Poole bemerkte die Veränderung sehr wohl.

»Mensch, der Nebel bewegt sich«, sagte Brennan.

»Soll wohl sein. Bei dem Sturm.«

»Er kommt genau auf uns zu.«

»Das ist weniger schön.«

»Eben«, sagte Brennan trocken.

Eine Weile schwiegen die Männer. Poole hustete trocken. Er hatte sich erkältet. Schließlich fragte er: »Wandert er immer noch?«

»Klar.«

Jetzt schaute auch Poole durch die breite Sichtscheibe. Seine Gesichtsmuskeln zuckten. Mit bloßem Auge hatte er jetzt die verdammte Wolke erkannt. Sie schwebte über den Wellen, schien von unsichtbaren Händen getragen zu werden, und der Wind tat ihr nichts. Das war es, was die beiden Männer so irritierte. Normalerweise hätte die Nebelwolke zerfetzt werden müssen – hier passierte nichts.

»Hast du eine Erklärung?« fragte Poole. Unwillkürlich hatte er seine Stimme gesenkt.

»Nein.«

»Sollen wir die Männer alarmieren?«

»Wozu? Wegen einer Nebelwolke?«

Poole hob die Schultern. Er war nur zweiter Mann und hatte nicht viel zu sagen. »Ich gehe mal nach draußen«, sagte er.

Brennan nickte. »Sieh nur zu, daß dich der Wind nicht wegbläst.«

»Keine Bange, ich bin sturmfest.« Poole zog die Metalltür auf und rammte sie sofort wieder hinter sich zu, weil der Wind sie ihm fast aus den Fingern gerissen hätte. Harry stellte den Kragen seiner gelben Windjacke hoch, duckte sich zusammen und bewegte sich auf die kleine Leiter zu, die auf eine der Plattformen führte.

Er kletterte die Sprossen hinab.

Der Wind zerrte und riß an seiner Jacke, und die Gummihaut knatterte. Poole schimpfte, sprang zu Boden, wurde von einer Bö erfaßt und fast zu Boden geworfen.

»Shit.«

Auf der Insel war wirklich der Teufel los. Der Wind heulte, jammerte und jaulte. Es sang in den eisernen Verstrebungen, fuhr um Ecken und Pfeiler und wollte das mitreißen, was nicht niet- und nagelfest war.

Poole suchte nach einem geschützten Platz, von wo er das Meer überblicken konnte. Er fand ihn in der Nähe der Unterkünfte. Dort klemmte er sich buchstäblich fest.

Und der Nebel kam näher.

Erschreckend sah die gewaltige Wolke aus, wie sie heranrollte und durch nichts aufzuhalten war. Sie schien sogar stärker als der Wind zu sein. Harry Poole, sonst ein Kerl, der selbst des Teufels Großmutter aus der Hölle holte, begann zu schlucken. Solch ein Nebel war nicht normal, das ging nicht mit rechten Dingen zu, und er, ein ehemaliger Seemann, glaubte, daß der Klabautermann seine Hand im Spiel haben mußte.

Wie weit war er noch weg? fünfhundert Yards? Mehr bestimmt nicht. Und er war einfach nicht aufzuhalten.

Zwei Arbeiter passierten seinen Standort. Auch sie sprachen über den Nebel, waren aber nicht weiter beunruhigt.

»Wir spielen eine Partie, Harry. Kommst du mit?«

»Nein.«

»Okay, dann nehmen wir eben das Geld einem anderen ab.«
Lachend gingen sie weiter.

Poole aber blieb.

Fünf Minuten, zehn Minuten – immer weiter näherte sich die gewaltige grauweiße Wand.

Bald mußte sie die Insel erreicht haben und sie wie ein riesiges Leichentuch einhüllen.

Poole starrte ihr entgegen. Aus der Ferne hatte der Nebel so ruhig ausgesehen, doch jetzt erkannte Poole, daß sich innerhalb dieser Wand alles in Bewegung befand. Schlieren rollten hin und her, langen Armen gleich schienen sie nach allem greifen zu wollen, was sich in ihrer Nähe befand. Poole glaubte auch, ein gelbliches Schimmern innerhalb der Nebelwand zu sehen, ein Phänomen, das ihm bisher unbekannt war.

Dann hatte der Nebel die Bohrinsel erreicht. Er kroch an den riesigen Pfeilern hoch, und im selben Augenblick erstarb auch der Sturm. Es wurde ruhig.

Auch das hatte Poole noch nie erlebt. Er hörte das Klatschen der Wellen gegen die Pfeiler und sah die ersten Wolken heranquellen.

Sie rollten über die Plattform, griffen mit ihren gierigen Fingern in jeden Winkel, und Harry Poole hielt es in seinem Versteck nicht mehr aus.

Er wollte hoch zu Brennan. Er mußte ihn warnen, das ging nicht mit rechten Dingen zu.

Poole lief auf die Leiter zu. Hoch über seinem Kopf befand sich die Arbeitsplattform, ein riesiges Rechteck, auf dem man eine kleine Siedlung hätte erstellen können.

Der Nebel verfolgte ihn.

Er kroch überall hin, in jede Ecke, in jeden Winkel. Nichts war vor ihm sicher.

Auf der Mitte der Leiter blieb Harry Poole stehen. Mit einer Hand hielt er sich fest und schaute zurück.

Der Nebel kroch heran.

Schlangengleich glitt er über die Plattform, erreichte das Ende der Leiter und stieg daran hoch, als würde er nur den einen Mann verfolgen.

Eine grauenhafte Vorstellung.

Harry hastete weiter hoch. Er ließ die Leiter hinter sich und blieb abrupt stehen.

Von links schob sich eine gewaltige grauweiße Wolke heran. Der Nebel hatte ihn also eingeholt und ihm den Weg abgeschnitten. Instinktiv fürchtete sich Harry, die grauweiße Wand zu durchqueren, aber es gab keine andere Möglichkeit, wenn er zu Brennan in die Brücke wollte.

Er faßte sich ein Herz und stolperte in die Nebelwolke hinein.

Zuerst geschah nichts, dann aber brach das Verhängnis schlagartig über Harry Poole herein.

Es begann mit schlimmen Schmerzen im Gesicht. Ein heißes Brennen wollte ihm die Haut zerreißen, er konnte plötzlich nichts mehr sehen und stolperte blind weiter.

Das Brennen blieb, es verstärkte sich sogar noch, und Poole stöhnte vor Schmerzen wild auf. Irgendwie fiel er gegen die Tür der Brücke, bekam die eiserne Klinke zu fassen und drückte sie nach unten.

Die Tür schwang auf, Poole stolperte auf die Brücke. Im selben Moment fuhr Mark Brennan herum, sah seinen zweiten Mann und stieß einen gellenden Schrei aus.

Mark Brennan erkannte seinen Freund kaum wieder.

Harrys Haut begann sich aufzulösen!

Es war grauenhaft.

Die Haut fiel von seinem Körper, da die Kleidung schon vernichtet worden war. Blanke Knochen waren zu sehen, und durch die offene Tür drangen weitere Nebelwolken.

Mark Brennan schloß die Augen. Er konnte es einfach nicht mehr mit ansehen, wie sich die Haut von den Knochen des Mannes löste. Dann hörte Brennan einen dumpfen Fall.

Er öffnete die Augen wieder.

Harry Poole lag am Boden. Sein Kopf befand sich nicht einmal weit von Marks Füßen entfernt, doch das war kein Kopf mehr, sondern ein Skelettschädel, an dem noch wie zum Hohn einige schwarze Haare klebten.

Eine Erklärung fand Mark Brennan nicht. Er wollte auch keine haben, das Grauen reichte ihm, und wild schluchzte er auf. Er wußte nur, daß dieser Nebel nicht normal war, daß sie ihm den ganzen Horror zu verdanken hatten.

Die Tür war offengeblieben. Immer dickere Wolken strömten auf die Brücke, und durch die offene Tür vernahm Mark Brennan gellende Schreie.

Sie waren in wilder Panik ausgestoßen worden. Er hörte verzweifelte Hilferufe, und er wußte, daß dieser schreckliche Nebel auch vor seinen Leuten nicht haltgemacht hatte.

Nur er war noch normal.

Doch wie lange?

Er schaute sich wild um. Die Hälfte der Brücke war bereits mit dem grausamen Nebel gefüllt. Nur wo er stand, gab es noch eine freie Zone.

Mark Brennan hatte während seines Lebens gelernt zu kämpfen. Er hatte sich nie vor irgendwelchen Schwierigkeiten gefürchtet, und er dachte auch nicht daran, aufzugeben.

Nein, er würde nicht kapitulieren.

Links von ihm, nur eine Armlänge entfernt, hing eine Rettungsweste. Die wollte er haben. Es war schon bald ein Miniboot. Wenn die Weste mit dem Wasser in Berührung kam, blies sie sich von selbst auf. Zudem leuchtete sie hellgelb.

Brennan riß die Weste von der Wand und legte sie sich um. Das geschah blitzschnell. Jeder Handgriff war geübt. Dann sprang er auf die Konsole und sah die große Scheibe dicht vor sich.

Er zögerte keine Sekunde.

Er nahm einen großen eisernen Würfel hoch, der als Briefbeschwerer diente, und donnerte ihn mit aller Kraft gegen die breite Scheibe. Diese Gewalt hielt auch das Spezialglas nicht aus, es brach.

Mit dem Ellbogen hieb Brennan die Splitter aus dem Rahmen,

sah sich noch einmal hastig um und bemerkte, daß der Nebel ihn schon fast erreicht hatte.

Jetzt kam ihm zugute, daß die Brücke ziemlich weit vorgebaut war. Das heißt, sie schloß praktisch mit dem Rand der Plattform ab, und mit einem gewagten Sprung konnte man es schaffen, im Wasser zu landen.

Brennan versuchte es. Er setzte alles auf eine Karte, schnellte sich wuchtig ab, holte in der Luft liegend Atem und streckte seinen Körper. Er tauchte in die Nebelwolke ein und schloß instinktiv die Augen. Jetzt konnte er nichts mehr sehen, sondern nur noch hoffen.

Er hatte Glück.

Mark Brennan prallte nicht auf den Rand der Plattform, sondern stieß wie eine Rakete in das Meer hinein.

Es war ein harter Schlag, der ihn regelrecht durchschüttelte.

Im selben Augenblick traf ihn die Erkenntnis wie ein Blitzstrahl: Die Schwimmweste würde sich aufblasen und ihn sofort an die Oberfläche tragen.

Kaum hatte er den Gedanken erfaßt, da geschah dies schon. Die Schwimmweste blies sich unter Wasser auf und trieb ihn in die Höhe. Wie ein Korken hüpfte sein Kopf aus dem Wasser. Mark hatte Angst, in den Nebel hineinzustoßen und dabei ebenso zerfressen zu werden, wie Harry Poole, doch das war nicht der Fall.

Der Nebel lag nicht mehr auf dem Wasser, er hatte sich voll auf die Bohrinsel konzentriert.

Brennan fiel ein Stein vom Herzen. Aber er war wieder in den Sturm geraten. Um diese Zeit war das Wasser der Nordsee verdammt kalt. Wellen packten ihn, hoben ihn hoch, trieben ihn gegen die künstliche Insel, rissen ihn gleich darauf wieder zurück oder überschütteten ihn mit gewaltigen Wogen.

Trotz der Weste hatte Mark Angst zu ertrinken. Es war ein Glücksspiel, und seine Chancen standen verdammt schlecht.

Wenn ihn eine Welle gegen einen der vier Träger warf, dann würde er zerschmettert.

Aber er hatte Glück. Als wieder eine Welle anrollte, diesmal von Südosten her, weil der Wind sehr oft wechselte, wurde er weiter von der Insel weggeschleudert. Fast eine Minute befand er sich unter Wasser, hielt verzweifelt die Luft an und spürte die Kälte, die seinen Körper durchdrang.

Nach einer schier endlosen Zeit wurde er wieder an die Oberfläche geschwemmt, wo er verzweifelt den Mund aufriß und nach Luft schnappte.

Gierig saugte er sie in die Lungen. Er keuchte und spie, rieb sich das Wasser aus den Augen und schaffte es sogar, zur Insel zurückzuschauen.

Dort waberte noch immer der gewaltige Nebel. Aber Mark Brennan sah schemenhaft die Gestalten, die wie Geister zwischen den Nebelschlieren auftauchten und sich dann kopfüber in die kochende See stürzten. Auch mit ihnen spielte das Wasser, trieb sie in alle Richtungen und auch auf Mark Brennan zu.

Plötzlich sah er dicht vor sich eine Gestalt auftauchen. Sie wurde regelrecht hochgepeitscht und prallte gegen Mark Brennan.

Der schrie gellend auf.

Denn die Gestalt, die ihn berührt hatte, bestand nur noch aus Knochen. Sie war ein Skelett!

Obwohl Mark Brennan ein harter Bursche war, traf ihn der Schock. Denn plötzlich wußte er, was mit seinen Kameraden geschehen war und welches Schicksal ihn erwartet hätte.

Eine nächste Welle riß den Knochenmann wieder weg und spülte ihn unter, während Brennan von der Schwimmweste gehalten wurde. Er wollte nichts mehr sehen, deshalb schloß er die Augen. Der Anblick der Skelette hatte ihn bis ins Mark getroffen.

So also wirkte dieser Nebel.

Wie eine Säure...

Die Strömung trieb ihn weiter. Und sie trieb ihn weg von der Bohrinsel, hinaus auf das weite, offene Meer. Hin und wieder vollführte er Schwimmbewegungen, er ruderte mit den Armen und Beinen, damit sich die Kälte nicht zu sehr in seinen Körper fraß, doch die niedrigen Wassertemperaturen konnte er einfach nicht ausgleichen.

Er merkte selbst, daß seine Bewegungen schwächer wurden, daß es ihm immer schwerer fiel, die Schwimmbewegungen überhaupt auszuführen. Hätte ihn die Schwimmweste nicht gehalten, so wäre Mark Brennan in dem kalten Wasser schon längst ertrunken.

So erhielt er eine Galgenfrist.

Die Kälte wurde immer schlimmer. Sie fraß sich in seine Knochen, fing an den Füßen an und stieg immer höher. Seine Haut war blau angelaufen, der Körper kühlte aus, und es gab für ihn Augenblicke, wo er mehr tot als lebendig war.

Wenn er in den nächsten Minuten nicht gerettet wurde, war es aus.

Noch einmal riß er sich zusammen, warf seinen Kopf hoch, als er auf dem Kamm einer Welle schwamm, und schleuderte sein nasses Haar aus der Stirn.

Für Sekunden sah und dachte er wieder völlig klar. Und er sah das Boot.

Es war gar nicht weit entfernt. Die dunkle Bordwand hob sich wie eine riesige Mauer vor ihm in die Höhe.

Die Rettung?

Er begann zu schreien, zu winken. Er glaubte wenigstens, daß er schrie, doch aus seiner Kehle drang nicht mehr als ein schwaches Krächzen.

Die Entdeckung des Schiffes hatte wieder Energie in ihm freigesetzt. Er kämpfte gegen den nassen Tod an, wollte nicht ertrinken und erfrieren, doch eine Welle schleuderte ihn wieder in ein Tal hinein, so daß das Schiff vor seinen Augen verschwand.

Das Wasser und die Strömung spielten mit ihm, sie wuchteten ihn herum, schleuderten ihn von einer Seite auf die andere und spien ihn kurzerhand wieder aus.

Er schnappte nach Luft.

Gurgelnd atmete er durch. Plötzlich wurde ihm schlecht, sein Magen drückte, aber er sah das Schiff wieder.

Und es hatte sich genähert.

Verzweifelt hob er den rechten Arm. Eine müde Bewegung nur, zu einer anderen war er nicht mehr fähig. Seine Hand klatschte sofort wieder zurück ins Wasser, und trotzdem hoffte er, daß man auf dem Schiff seine Bewegung gesehen hatte.

Ja, man mußte ihn einfach gesehen haben, denn dort an Bord blitzte ein Licht auf.

Ein Signal!

Wieder »schrie« er, doch diesmal gab er nicht acht, und ein Schwall Seewasser drang in seinen Mund. Gleichzeitig drückte ihn eine Welle wieder unter Wasser.

Die nächste spülte ihn hoch. Verzweifelt riß er den Mund auf, pumpte Luft in seine Lungen, würgte und spuckte.

Wild schlug er um sich. Das war kein konzentriertes Schwimmen mehr, sondern eher ein Paddeln, das den Bewegungen eines Hundes glich. Nur noch die gelbe Weste hielt ihn über Wasser.

Abermals hob ihn eine Welle hoch. Als er auf dem Kamm schwamm, schon mehr tot als lebendig, da klatschte etwas gegen seinen Kopf.

Ein roter Rettungsring.

Mark Brennan setzte seine Gedanken sofort um. Bevor eine Welle den Ring von ihm wegspülte, streckte er seinen Arm aus und griff zu. Er hatte Glück. Seine steifen, schon fast bewegungsunfähigen Finger umklammerten den dicken Korkwulst. Sofort griff er mit der anderen Hand nach.

Jetzt hing er fest.

Doch die Wellen spielten nach wie vor mit ihm, und Mark war klar, daß er auf keinen Fall loslassen durfte, denn dann war er verloren.

Eisern hielt er fest. Er holte wirklich die letzte Energie aus seinem Körper, denn mit seiner Rettung hatte er nicht mehr gerechnet. Hoffentlich überstand er auch noch die letzte Phase.

Sie zogen ihn an Bord. Sogar ziemlich schnell, daß es ihm vorkam wie ein Kielholen. Wieder schluckte er Wasser, keuchte, spie und würgte.

Wie ein Untier, so gewaltig tauchte die Bordwand vor seinen Augen auf. In den Pupillen klebte noch immer das Wasser, das Schiff sah er nur schattenhaft.

Eine gewaltige Welle erfaßte ihn, riß ihn mit Urgewalten hoch und schleuderte ihn direkt auf die riesige Bordwand zu. Alles ging rasend schnell, und Mark glaubte, sein letztes Stündlein hätte geschlagen, denn einen Aufprall an der Wand würde er nicht überstehen.

Und wieder hatte er Glück.

Dicht vor dem Aufprall riß ihn der Sog in ein Wellental, eine Welle überspülte ihn, drückte ihn noch mehr in die Tiefe, dem Kiel des Bootes zu, doch die Gegenkraft war stärker.

Man hievte ihn aus dem Meer.

Mark Brennan konnte selbst nichts mehr tun, er sah auch nichts, und merkte kaum, daß er zwischen Bord und Meeresoberfläche schwebte, er spürte nur den harten Aufprall auf die Schiffsplanken.

Völlig erschöpft, restlos erledigt. Jemand bog seine starren Finger auseinander und nahm ihm den roten Rettungsring weg. Mark Brennan spürte es kaum.

Er lag auf dem Bauch, die beste Stellung, denn als er jetzt würgte, quoll das Seewasser aus seinem Mund. In einem breiten Strahl schoß es auf die Decksplanken. Mark erbrach auch, er bekam kaum Luft, röchelte und keuchte.

Ihm ging es verdammt schlecht.

Er rollte sich auf den Rücken, breitete die Arme und Beine aus. Dann schnappte er nach Luft. Dabei glaubte er seinen Hals kaum noch zu spüren und war mehr tot als lebendig. In den nächsten Minuten durchlebte Mark Brennan eine grausame Tortur, von der er sich nur langsam erholte. Schließlich war er mehr tot als lebendig gewesen, als man ihn aus den Fluten rettete, und er war seinen Rettern ungeheuer dankbar. Das wollte er ihnen später sagen und ihnen auch die Geschichte von den Skeletten erzählen. Zudem mußte er sie warnen, denn sie liefen ja sicherlich auf die Bohrinsel und damit auch auf den Nebel zu.

Alles Vorsätze, die sich jetzt, in seinem Zustand, nicht verwirklichen ließen.

Mark Brennan war ein Mann mit eiserner Konstitution und ebenso eisernem Willen. Ihn warf so leicht nichts um. Auch wenn er total erschöpft war, er lebte noch.

Und er erholte sich.

Die Ruhe tat gut. Zudem lag er nicht mehr im kalten Wasser. An Bord war es zwar auch nicht warm, aber er würde nicht erfrieren, das war wichtig.

Noch immer atmete er rasselnd und keuchend. Als er Schritte hörte, drehte er seinen Kopf zur Seite.

Jemand näherte sich ihm. Es waren leichte Schritte, nicht die eines Mannes.

Dann sah er die Person.

Enge, rote Hosenbeine steckten in halbhohen Stiefeln. Eine dreiviertellange Jacke fiel bis zur Hüfte, und als Marks Blick weiter nach oben wanderte, sah er in das Gesicht einer schwarzhaarigen Frau.

»Meine Güte, ich bin im Himmel«, flüsterte er, schloß die Augen und öffnete sie wieder.

Das Gesicht blieb.

Schön wie ein Engel, wie von einem Künstler gemeißelt, so kam es ihm vor.

Unwahrscheinlich. Solch eine Frau auf diesem Schiff.

Etwas fiel ihm trotzdem auf. Die Frau lächelte nicht. Sie schaute ihn aus dunklen Augen kalt an, irgendwie abschätzend, als würde sie ihn taxieren.

Das konnte jedoch auch eine Täuschung sein. Man konnte nie wissen.

»Wie fühlen Sie sich?« wurde er angesprochen.

»Mies.«

Jetzt lachte die Frau zum ersten Mal, doch ihre Augen blieben kalt. »Das kann ich mir vorstellen. Sie wären fast abgesoffen wie eine Ratte.«

Wieder wunderte sich Mark Brennan, welch einen Ton diese Frau an sich hatte.

Mark dachte an die Warnung, die er aussprechen wollte, und sagte: »Ändern sie den Kurs, drehen Sie ab...« Ein Hustenanfall erstickte seine nächsten Worte.

»Warum?«

»Weil an der Bohrinsel der Nebel ist.«

»Vor Nebel hatten wir noch nie Angst.«

»Es ist besser, wirklich.«

Die Frau winkte ab und wechselte das Thema. »Können Sie aufstehen? Unser Kapitän will Sie nämlich gern sehen.«

»Ich versuche es.«

Die schwarzhaarige Frau reichte ihm die Hand. Auch sie mußte sich wegen des Seegangs breitbeinig hinstellen, damit ein plötzlicher Ruck sie nicht von den Beinen riß.

Mark ließ sich hochziehen und wäre sofort wieder gefallen, hätte die Frau ihn nicht gestützt.

»Reißen Sie sich zusammen, Mann. Sie sind doch keine Memme.«

»Okay, okay, es geht schon.« Mark biß die Zähne zusammen. Er wollte keine zweite Schwäche zeigen.

Die Frau lachte nur.

Mark hatte Schwierigkeiten, sich auf den Beinen zu halten, denn er schaffte es kaum, den Seegang auszugleichen.

Die Frau beobachtete ihn kalt. Zum Glück gab es genügend Gegenstände, an denen sich Mark abstützen konnte.

Sie gingen zum Vorschiff.

Mark Brennan merkte kaum, wie es um ihn herum aussah. Das Schiff war ziemlich verrottet. Überall nistete der Rost, und längst war der Anstrich abgeblättert.

Mark mußte trotzdem noch eine Pause einlegen, der Magen drückte wieder hoch.

Er blieb stehen, sah zufällig nach steuerbord, und entdeckte eine weitere Frau.

Oder vielmehr deren Kopf.

Diesmal helles, blondes Haar, das der Wind zerwühlte.

Brennan schüttelte den Kopf. Er begriff einfach nicht. »Bin ich denn nur von Frauen umgeben?« murmelte er.

Da trat die Frau auf ihn zu.

Plötzlich wurden Brennans Augen weit. Das... das konnte doch nicht wahr sein, was er sah. Die Frau, so schön ihr Gesicht auch war, hatte keinen normalen Körper, sondern den eines Raubtiers.

Mark Brennan hatte Lupina, die Königin der Wölfe, gesehen. Und damit stand eines fest: Er war in Dr. Tods Fänge geraten!

Ich fror und dachte daran, daß das Futter meines Mantels zu Hause im Schrank lag. Ich hätte es doch einknöpfen sollen. Jetzt war nichts mehr daran zu ändern. London lag einige Meilen weg, ich aber stand am Ufer der englischen Ostküste in der Grafschaft Suffolk. Vor mir ein grauer Strand, an den der Wind ununterbrochen die Wellen des Meeres schaufelte und sie dort auslaufen ließ.

Ich rauchte eine Zigarette. Der Qualm wurde mir von den Lippen gerissen und zerflatterte sofort. Umringt war ich von einigen Polizeibeamten und einem Fischer, dem ich meine Reise in diese Gegend überhaupt zu verdanken hatte.

Der Mann hatte die Knochen gefunden.

Jawohl, sie haben richtig gelesen: Knochen. Teile eines menschlichen Körpers waren hier an Land geschwemmt worden. Sie hatten sich am Strand in einem alten Drahtnetz verhakt, so daß das Meer sie sich nicht zurückholen konnte.

Zuerst hatte der gute Mann ja gemeint, daß es Tierknochen wären, doch ein hinzugerufener Arzt hatte bestätigt, daß es sich um Menschenknochen handelte.

Das war das Schlimme.

Der Landpolizei war der Fall zu heiß. Sie alarmierte Scotland Yard, und so gab man mir Bescheid.

Dies nicht von ungefähr. Ich war noch immer auf der Spur des geheimnisvollen Nebels.

Mein Chef, Superintendent Sir James Powell, hatte Order gegeben, daß alles, was irgendwie auf unerklärliche Vorgänge auf hoher See zurückzuführen war, sofort als Meldung auf seinem Schreibtisch landete. Und von seinem zu meinem Schreibtisch waren es eigentlich nur ein paar Schritte. Morgens traf die Meldung ein, nachmittags war ich bereits in Suffolk.

Nicht nur die Polizei stand am Strand, auch ein Arzt und ein Experte für Strömungstheorie, wie er sich nannte. Er war ein kleiner Typ mit abstehenden Ohren und Kugelbauch. Er hieß Dr. Peters und konnte nie ruhig auf der Stelle stehenbleiben. Als Gepäck hatte er einen Koffer an den Strand mitgenommen und wühlte darin herum. Er mußte achtgeben, daß ihm der Wind die Papiere nicht davontrug.

Der Arzt hatte die Knochen inzwischen zusammengesammelt und wie bei einem Puzzlespiel aneinandergelegt. Es fehlten einige, aber wir konnten deutlich erkennen, daß die Knochen zu zwei Leichen gehörten.

Also mindestens zwei Tote.

Leider hatten wir keine Kleidungsreste gefunden, und das war ungewöhnlich. Auch wenn eine Leiche lange im Wasser gelegen hat, sind meistens noch die Reste der Kleidung vorhanden.

Hier jedoch nicht.

Das wunderte nicht nur mich, sondern auch den Arzt. »Haben Sie eine Erklärung dafür, Doc?« wollte ich wissen.

»Nein.«

Ich trat die Zigarette aus. »Sie bleiben jedoch bei der Meinung, daß es sich hier um männliche Knochen handelt?«

»Ja.«

Der Arzt war ziemlich schweigsam. Er strich wie eine Katze um den heißen Brei um die beiden Skelette herum, schüttelte hin und wieder den Kopf und murmelte etwas, was keiner verstand.

»Lange können Sie noch nicht skelettiert sein«, meinte er.

»Wie lange?« fragte ich.

»Keinen Monat, vielleicht nur Tage. Und dann sind die Knochen so blank, als hätte man das Fleisch mit einer Säure vom Körper gelöst. Entschuldigen Sie den etwas zynischen Ausdruck.«

Ich winkte ab. »Ich weiß, daß Ärzte oft hart sind.« Das sagte ich so hin, denn mir war eine Idee durch den Kopf gezuckt.

Der Arzt hatte von einer Säure gesprochen. Jemand hatte mir in letzter Zeit doch schon mal etwas davon erzählt.

Wer war das nur?

Da fiel es mir ein. Dieser Kapitän, den ich getötet hatte, sprach davon, daß sich der Nebel noch verdichten und er dann wie eine Säure wirken würde.

Sollten diese Skelette, als sie noch lebende Menschen gewesen waren, vielleicht dem Todesnebel begegnet sein? Diese Vermutung war nicht so unwahrscheinlich, wie sie sich anhörte. Je mehr ich darüber nachdachte, um so überzeugter wurde ich von meiner Theorie.

Jetzt mußte mir Dr. Peters helfen.

Der Knabe hatte sich endlich hingesetzt. Er hockte auf einem Stein, hatte den Koffer auf seine angewinkelten Knie gelegt, hielt einen Schreibblock fest und gleichzeitig einen Taschenrechner, in dessen Speicherwerk er einige Zahlen tippte. Hin und wieder murmelte er etwas und wiegte den Kopf.

Als mein Schatten auf ihn fiel, hob er den Kopf und blickte mich irritiert an.

Ich lächelte. »Haben Sie vielleicht ein paar Minuten Zeit, Dr. Peters?«

»Gleich. Ich will erst noch etwas errechnen.«

»Tun Sie das.«

Ich schaute aufs Meer. Es war stürmischer geworden. Die grüngraue Fläche wogte vor und zurück. An der Kimm sah ich die Umrisse eines Öltankers. Er fuhr auf das Festland zu. Der Himmel war wolkenbedeckt. Hin und wieder stießen ein paar Möwen daraus hervor und segelten dicht über die rollenden Wellen, wobei sie krächzende Laute ausstießen.

»Jetzt habe ich für Sie Zeit« sagte Dr. Peters und rückte ein Stück zur Seite. »Wollen Sie nicht Platz nehmen?«

»Danke, sehr freundlich.« Ich setzte mich.

Von der Seite her schielte mich Dr. Peters an. »Sie wollen sicherlich wissen, wie die Strömungsverhältnisse in diesem Teil des Meeres sind?«

»Genau.«

»Das habe ich bereits ausgerechnet.«

Ich war überrascht. Der Junge war fixer, als er aussah.

Er wies auf einen Zettel, den er mit Zahlen vollgekritzelt hatte. Dazwischen sah ich einige Linien, und ich verstand erst einmal nur Bahnhof.

»Darf ich Ihnen erklären, wie...«

Ich hob die Hände, denn ich ahnte, was folgen würde. »Um Himmels willen, machen Sie es nicht wissenschaftlich.«

»Wie denn?«

»So, daß es auch ein Naivling wie ich verstehen kann.«

»Nun ja, das wird schwer.« Er wühlte sein Haar durch. Es gab noch ein kleines Hin und Her, doch schließlich erklärte er mir den Verlauf der Strömungen so, daß auch ich Bescheid wußte. Nach seiner Meinung konnten die Skelette von einem Platz ins Wasser geworfen worden sein, der ungefähr 200 Meilen entfernt in nördlicher Richtung lag.

»Aber nicht von der Küste«, sagte ich.

»Nein, das nicht.« Er lächelte. »Dann wären sie sehr schnell wieder angeschwemmt worden.«

»Gibt es in dem Gebiet denn Inseln?« hakte ich nach.

»Ja und nein.«

»Werden Sie bitte konkret.«

»Dort existieren Bohrinseln.«

Ich pfiff durch die Zähne. Mein lieber Mann, das war konkret. Genauer ging's wirklich nicht.

»Zufrieden?« erkundigte sich Dr. Peters.

»Und wie.«

»Der Rest ist dann Ihr Job.«

»Klar, wir brauchen nur noch die Inseln der Reihe nach abzufahren«, sagte ich und stand auf.

Damit hatte ich nicht einmal gelogen. Ich wollte in der Tat dafür Sorge tragen, daß zahlreiche Bohrinseln in der Nordsee kontrolliert wurden. Und zwar aus der Luft. Dieser Nebel war nicht nur gefährlich, sondern höllisch. Falls Dr. Tod irgendeine Teufelei vorhatte, durfte er um Himmels willen nicht merken, daß wir ihm bereits auf der Spur waren. Und wegen hoch fliegender Flugzeuge, die mit Spezialkameras ausgerüstet waren, würde er sicherlich keinen Verdacht schöpfen. So dachte ich, als ich langsam den Strand hochschritt und den schmalen Weg erreichte, wo mein Bentley stand. Ich wollte wieder zurück nach London fahren und dabei die Knochenteile mitnehmen, damit sie in unserem Labor untersucht werden konnten.

Der Arzt hatte die Teile freigegeben. Sie waren in einem Plastiksack verstaut worden, den ein Uniformierter in den Kofferraum lud. Ich klappte die Haube zu.

Dr. Peters trat noch einmal zu mir. »Ich wollte Ihnen etwas sagen, Mr. Sinclair.«

»Bitte.«

»Im Bereich der Bohrinseln herrscht, wie ich hörte, ziemlich mieses Wetter. Sie müssen schon mit Sturmböen rechnen und verdammt rauher See.«

Ich bedankte mich für die freundliche Warnung und stieg ein. Eine lange Fahrt durch eine reizvolle Landschaft lag vor mir. Ich hoffte trotzdem, gegen Abend in London zu sein. Und dort wollte ich dann weitersehen.

Die Spitze der Klinge tupfte unterhalb des Adamsapfels gegen Mark Brennans Hals.

Brennan hatte Angst. Höllische Angst sogar, denn was er erlebt hatte, glich einem Alptraum. Die letzte halbe Stunde war ihm wie eine Szene aus einem Horrorfilm vorgekommen.

Grausam, unwirklich, schrecklich...

Das Schiff war mitten in den Nebel hineingefahren, und Brennan hatte sich noch auf Deck befunden. Er rechnete damit, ebenfalls von dem verdammten Nebel gefressen zu werden, doch das trat nicht ein. Er passierte den Nebel, als wäre dieser völlig normal.

Ein Phänomen, eine unerklärliche Sache – er wußte keine Antwort. Für ihn war das Ganze nicht mehr begreifbar, es lag jenseits des Verstehens. Er hatte alles auf sich zukommen lassen. Das Schiff war an einem der Träger vertäut worden. Zwar bestand die Gefahr, daß hochlaufende Wellen den Kahn gegen den Träger schleuderten, doch dieses Risiko waren die Menschen eingegangen.

Menschen? Nein, Menschen waren das sicherlich nicht. Brennan wußte auch nicht, als was er sie bezeichnen sollte, denn der Begriff Dämonen wäre ihm nie eingefallen.

Und vor ihm stand der Schlimmste von allen. Wenigstens dem Äußeren nach zu urteilen.

Ein riesenhafter Kerl, der nur noch einen Arm hatte. Den rechten. Er war in dunkles, muffig riechendes Leder gekleidet mit einem dicken Brustpanzer. Sein Gesicht war hinter der Drahtmaske nur schwach zu erkennen, und Brennan hatte sogar geglaubt, einmal das Weißgelb irgendwelcher Knochen schimmern zu sehen.

Dabei wußte er nicht, daß Tokata, der Samurai des Satans, vor ihm stand und ihn durch sein gefährliches Schwert zur Bewegungsunfähigkeit verdammte.

Doch die anderen waren auch nicht besser.

Die Schwarzhaarige, die ihn gerettet hatte, sah zwar aus wie ein Engel, aber sie schien ein Herz aus Stein zu haben. So gefühlskalt kam sie Mark vor.

Dann war da noch die Frau mit dem Körper eines Tieres. Eine widerliche Mutation, vor der man sich auch fürchten konnte.

Den Kapitän oder Chef des Schiffes hatte er ebenfalls kennengelernt. Solo Morasso hieß er. Ein Mann mit Augen, in denen die gesamte Gnadenlosigkeit zu lesen stand, zu der er fähig war.

Ferner gab es auf dem Schiff noch einen kahlköpfigen Burschen, der Mark taxierte, als wollte er ihn jeden Moment töten. Unter seinem Blick fühlte sich der ehemalige Inselkomandant körperlich unwohl, denn er hatte etwas Sezierendes an sich.

Eine illustre Gesellschaft, in die er geraten war, denn mehr Personen gab es nicht auf dem Schiff. Keine Matrosen, nur die zwei Frauen und die drei Männer.

Und der gefährlichste von ihnen hatte sein Schwert gezogen und die Spitze gegen Brennans Hals gedrückt.

Mit dem Rücken stand Mark eng an die Wand gepreßt. Er hatte den Mund geöffnet und saugte nur ganz flach seinen Atem ein. Sie befanden sich bereits auf der Insel, in einem Raum unterhalb der ersten großen Plattform, dicht neben den Aufzügen. Dieser Raum diente als Lagerstatt für leere Ölfässer. Dementsprechend stank es hier unten. Eine trübe Hängelampe brannte an der Decke, die jedoch den größten Teil im Dunkeln ließ.

Der Samurai sagte kein einziges Wort. Er stand unbeweglich wie ein Denkmal und starrte den anderen nur an. Brennan merkte, daß die Spitze schon in sein Fleisch eingedrungen war, denn ein kleiner Blutstropfen war aus der Wunde getreten.

Trotz der großen Gefahr, in der sich Mark befand, begann er doch zu überlegen. Er dachte darüber nach, was die anderen wohl mit ihm vorhatten.

Sie brauchten ihn, denn sonst hätten sie ihn schon längst getötet. Aber wofür?

Mark nahm sich vor, nicht bei irgendeiner schmutzigen Sache mitzumischen. Das hatte er bisher noch nie getan, und das würde er auch nicht tun.

So jedenfalls lautete sein Vorsatz, doch er brauchte sich nur die vor ihm stehende Gestalt anzusehen, um schwankend zu werden. Sicherlich würde er zahlreiche Mittel und Methoden kennen, um Gegner zum Reden zu bringen und gefügig zu machen.

Folter, zum Beispiel.

Und davor hatte Brennan Angst. Er war zwar ein harter Mann, dennoch haßte er körperliche Gewalt. Er selbst setzte sie nur ein, wenn es keine andere Möglichkeit mehr gab, lieber verhandelte er.

Aber die Männer auf diesem Schiff sahen ganz danach aus, als würden sie auf so etwas keine Rücksicht nehmen.

Der Unheimliche vor ihm sprach kein Wort. Vielleicht konnte er auch gar nicht reden, und Mark fragte sich, was das überhaupt für eine Person war.

Er wurde einer Antwort enthoben, denn im Hintergrund klangen Schritte auf.

Es stieg jemand die Eisenleiter herunter. Schon fiel ein schwankender Lichtkreis auf den Boden, dann tauchte eine schattenhafte Gestalt auf, die eine Sturmlaterne in der Hand hielt. Wenn sie sich bewegte, tanzte auch der Lichtkreis.

Im nächsten Moment verschwand die Spitze vom Hals des Mannes. Mark atmete zum erstenmal seit langer Zeit richtig durch. Es tat ihm gut.

Doch Tokata verschwand nicht. Er hielt sich im Hintergrund auf und beobachtete lauernd das Geschehen.

Der Mann mit der Lampe trat näher. Mark schaute in die Laterne hinein. Er wurde geblendet, und deshalb konnte er nicht viel sehen. Er glaubte jedoch, daß der Anführer dieser Bande, der Kapitän, ihm einen Besuch abstattete.

Seine Hand fuhr hoch zum Hals und wischte den Blutstropfen von der Kehle.

»Er hätte auch zustechen können«, hörte er Solo Morassos Stimme, »dann wären Sie jetzt einen Kopf kürzer. Ist Ihnen das bewußt, Mister?«

»Ja.«

Dr. Tod lachte. »Wie schön. Aber er hat nicht zugestochen, und das aus einem bestimmten Grund. Es macht mir normalerweise nichts aus, Leute töten zu lassen, aber Sie haben eine Aufgabe zu erfüllen, eine Funktion. Sie werden nämlich unser Alibi sein, das wir wiederum benötigen.«

Mark Brennan nickte.

»Sie sind Chef dieser Bohrinsel?«

»Ja.«

»Sie kennen sämtliche Funktionen?«

Mark nickte.

»Sie wissen auch über technische Details Bescheid? Wie man den gewaltigen Bohrer anstellt, zum Beispiel?«

»Das weiß ich, Sir.«

»Gut, dann werden Sie das in die Hand nehmen.«

»Sie... Sie wollen weiterbohren?« fragte Mark.

»Natürlich.«

Brennan war erstaunt und überrascht. Man hatte den Bohrbetrieb eingestellt, weil es sich nicht mehr rentierte. Zudem war die Insel technisch längst nicht mehr auf dem neuesten Stand. Sie sollte aufgegeben werden, und jetzt verlangte dieser Kerl, daß weiter gebohrt wurde.

Unmöglich.

»Das... das geht nicht«, erklärte er dem im Schatten stehenden Mann. »Wir sind technisch gar nicht mehr dafür ausgerüstet. Außerdem finden Sie kein Öl mehr.«

»Reden Sie nicht!« zischte Dr. Tod. »Mir geht es nicht um dieses miese Öl. Ich weiß selbst, was mit der Bohrinsel los ist. Ich habe mich lange genug erkundigt. Ich will kein Öl, sondern etwas ganz anderes. Sie können uns helfen. Sie werden uns helfen, denn Ihnen bleibt keine andere Wahl. Weigern Sie sich, so wird Ihnen mein Diener Tokata den Kopf abschlagen.«

Die Worte waren lässig dahingesagt, aber sie machten Mark Brennan klar, daß er mit Gnade nicht zu rechnen brauchte. Deshalb nickte er. Und noch nie in seinem Leben war ihm eine Antwort so schwergefallen wie jetzt.

Es gibt gewisse Bereiche, wo auch Scotland Yard Grenzen gesetzt sind. So mächtig die Polizeiorganisation auch ist, aber bei einigen Fällen muß auch sie auf die Hilfe anderer Organisationen zurückgreifen.

Wie jetzt.

Ich hatte über Autotelefon einen Kurzbericht an meinen Chef abgegeben. Natürlich wußte auch Sir James Powell von der Existenz des Todesnebels. Er unterschätzte die Gefährlichkeit ebensowenig wie ich.

»Ich werde alles veranlassen, John«, sagte er mir. »Sobald Sie in London sind, melden Sie sich bei mir. Wir warten auf Sie.«

Wir, hatte er gesagt. Sir James war also nicht allein. Dieser Fall zog Kreise. Und vor allen Dingen durfte nichts an die Öffentlichkeit dringen, denn wenn das geschah, war es aus. Dann wurde unsere Arbeit behindert, und eine Massenpanik war möglich. Gerade auf der Insel, wo der Nebel zum Herbst gehörte wie die Nudeln zu einem italienischen Gericht.

Auch ich fuhr in den Nebel hinein. Hinter Colchester, etwa hundert Meilen vor London, lag er wie eine Wand. Ich mußte die Scheinwerfer einschalten und mit der Geschwindigkeit herunter. Dabei hoffte ich, daß der Nebel nur kurzfristig sein würde. Es war schon ein komisches Gefühl, dort hineinzutauchen, aber alles ging glatt.

Ich hatte Glück.

Nach etwa zehn Meilen wurde die Sicht wieder klar, und ich konnte ohne Licht fahren.

Die Zeit saß mir im Nacken. Niemand wußte, wann Dr. Tod und seine Mordliga zuschlagen würden. Daß sie aktiv waren, dafür waren die Knochen ein schauriger Beweis.

Ich fieberte London entgegen. Auch ich hatte bereits einen Plan, der nur mit Hilfe der Luftwaffe und der Marine zu verwirklichen war. Und ich hoffte, daß ich diese Unterstützung erhalten würde.

Ich sehnte London herbei. Mit Einbruch der Dämmerung erreichte ich die Riesenstadt, wühlte mich durch den Verkehr und erreichte das Yard-Gebäude, als es schon längst dunkel war.

Dort wußte man Bescheid. Zwei Kollegen von der wissenschaftlichen Abteilung standen bereit und nahmen mir den Sack mit den Knochen ab. Sie wurden sofort ins Labor geschafft.

Ich aber fuhr hoch zu meinem Chef.

Überrascht blieb ich in der Tür stehen, als ich die Männer sah, die in Sir James' Büro versammelt waren. Hohe Militärs und ein Mann vom Geheimdienst, den ich schon mal gesehen hatte. Da fiel es mir ein. Es war Colonel Ryker, einer der Chefs vom Secret Service. Vor Jahren hatte ich den Mann mit dem Hamstergesicht und den stahlharten Augen kennengelernt. Dieser Ryker war ansonsten ein mickriges Männchen und machte einen arroganten Eindruck. Er war es gewesen, der mich damals auf die Totenkopf-Insel geschickt hatte, und jetzt gestattete er sich sogar ein

Lächeln, als ich auftauchte. Anscheinend hatte sich seine Meinung über mich geändert, denn die Geheimdienstleute halten sich oft für den Nabel der Welt.

Ich wurde vorgestellt. Die Namen der Militärs vergaß ich. Es waren knochentrockene Führungstypen, für die alles Nichtmilitärische nur widerwillig geduldet wurde.

Sir James hatte sie bereits eingeweiht. Sie wußten auch über den Todesnebel Bescheid, und als ich meinen Bericht abspulte, verschwand die Skepsis aus ihren Gesichtern nicht. Sie glaubten mir nicht so recht. Kein Wunder, denn das Auftauchen des Nebels war rational nicht zu erklären.

Trotzdem war es Sir James Powell gelungen, die beiden Männer von der Wichtigkeit des Auftrages zu überzeugen.

An der Wand war die Atlantikkarte projiziert. Und man hatte die Standorte der Bohrinseln mit Kreuzen markiert. Diese stählernen Ungetüme fanden sich vor allen Dingen im Nordatlantik, zwischen Norwegen und Schottland, aber auch weiter südlich existierten einige Inseln.

»Nach dem, was Mr. Sinclair uns mitgeteilt hat, müssen wir davon ausgehen, daß sich die Nebelwolke irgendwo in der Nordsee befindet«, begann Sir Powell, nachdem ich Platz genommen hatte. »Ich habe den Air-Force-General gebeten, die Bohrinseln zu überfliegen und fotografieren zu lassen. Die Auswertungen der Fotos liegen bereits vor, die Luftwaffe hat sich da sehr kooperativ gezeigt. Bitte, General Cloud, Sie sind an der Reihe.«

Der General räusperte sich und zog seine Uniformjacke glatt. »Es ist so«, sagte er, »wir haben, wie Sir James schon erwähnte, die Inseln überfliegen lassen, fotografiert und sind auch fündig geworden. Ich kann Ihnen mitteilen, daß die Insel Norway von einer Nebelwolke eingeschlossen ist.«

»Und wo liegt sie?« fragte ich gespannt dazwischen.

Der General bedachte mich mit einem ungnädigen Blick. »Ungefähr dort, wo nach der Meinung dieses Strömungsexperten die Knochen ins Meer gefallen sind.«

»Dann haben wir die Insel«, sagte ich.

»Ja, das schon«, gab Cloud mir recht. »Und die Bohrinsel ist auch ideal für einen Plan, wie ihn sich dieser Solo Morasso ausgedacht hat. Sie soll nämlich demontiert werden, und die Menschen sollen die Insel verlassen.«

»Haben Sie das?«

Der General war ein Zyniker. »Höchstens als Skelette«, erwiderte er.

Ich senkte den Blick, weil die Wut in mir hochstieg, und Sir Powell übernahm das Wort. »Wir haben sofort geschaltet. Ein in der Nähe liegendes Schiff der Navy hat sich bis auf zehn Meilen der Insel genähert und über Funk Kontakt aufgenommen. Die Männer auf dem Schiff erhielten sogar eine Antwort. Und zwar von dem Chefingenieur der Insel. Es meldete sich Mark Brennan. Auf Anfrage erklärte er, daß alles in Ordnung sei und man sich keinerlei Sorgen zu machen brauchte. Nach dieser Antwort zog sich das Schiff zurück.«

Das war eine Überraschung, mit der ich nie im Leben gerechnet hatte. Sir Powell sah es auch meinem Gesicht an, und er lächelte. »Wir haben selbstverständlich weiterhin nichts unternommen, weil wir nicht sicher waren, ob dies nicht eine Falle ist, die man uns gestellt hat. Es kann durchaus sein, daß noch einige Leute leben und sich in der Gewalt des Solo Morasso befinden. Deshalb habe ich auch davon abgesehen, auf die Vorschläge der Militärs einzugehen. Keine Gewalt, das heißt, keine Bomben oder Sprengkörper, bevor wir nicht genau wissen, wer sich alles auf der Insel befindet.«

Da hatte mein Chef mir aus dem Herzen gesprochen. Dieser Fall war viel zu gefährlich, um ihn so anzugehen, wie es sich die Militärs sicherlich vorstellten. Nein, da mußten wir höllisch achtgeben, daß nichts schieflief. Eigentlich war es, wie damals bei der Totenkopf-Insel, ein Einmannjob. Und wer kam dafür nur in Frage?

Ich.

Sir Powell fuhr fort. »Wir haben aber weiter über den Fall geredet, John, und sind zu dem Ergebnis gelangt, daß Sie die Aufgabe übernehmen werden, die Insel sturmreif zu machen. Wir wissen nicht, weshalb sich Solo Morasso die Bohrinsel ausgesucht hat, wir können nicht einmal raten, aber Sie werden es herausfinden, John. Wenn wir wissen, wie viele Personen sich noch auf der Insel befinden und ob Geiseln darunter sind, dann erst werden wir etwas unternehmen.«

Ich war einverstanden, hatte aber noch Fragen. »Wie sieht es mit der Rückendeckung aus?«

»Die gibt ihnen die Navy und natürlich auch die Luftwaffe. Sie werden ein leistungsstarkes Funkgerät mitnehmen und sich notfalls mit unseren Leuten in Verbindung setzen. Aber die Hauptarbeit müssen Sie allein leisten.«

Ich krauste die Stirn. »Ohne Suko?«

Da erwiderte Sir James Powell etwas sehr Richtiges. »Besitzt er ein Kreuz, und ist er gegen den Nebel gefeit?«

Nein, das war er nicht, soviel ich wußte. Auch Bill Conolly nicht. Ich allein war es gewesen, der die Kirche von Grynexxa verlassen und sich dem unheimlichen Nebel gestellt hatte. Bill Conolly, Suko, der Pfarrer und die Einwohner von Grynexxa waren in der Kirche geblieben und hatten dort gegen die Monster gekämpft, die aus dem Nebel gekommen waren.

Der Nebel selbst hatte sie zum Glück nicht angegriffen, weil sie sich in einem Teil der Kirche versteckt gehalten hatten, wo er noch nicht hingekommen war.

»Wir haben uns auch schon Gedanken darüber gemacht, wie das alles vor sich gehen soll«, sagte mir mein Chef. »Sie werden von einem Kreuzer mit einem Hubschrauber starten. Der Pilot wird Sie in der Nähe der Insel absetzen, und Sie werden sich dem Bohrturm unter Wasser nähern. Sozusagen als Kampfschwimmer. Sind Sie damit einverstanden, John?«

Ich war es. Wir hatten nicht viel Zeit, und in der Kürze fiel mir wahrscheinlich keine andere Lösung ein.

»Gut«, sagte der Superintendent, »dann wäre das geklärt.« Seine Stimme zitterte etwas. Er wußte selbst, welch eine Verantwortung er mir da aufgeladen hatte. Unter Umständen stand ich mutterseelenallein gegen die Mordliga und Dr. Tod.

Ein Himmelfahrtskommando. Vielleicht der schwierigste Auftrag, den ich bisher übernommen hatte.

Wohl war mir nicht dabei. Ich spürte jetzt schon im Magen einen Klumpen, der immer dicker wurde. Trotzdem schaffte ich es, ein optimistisches Lächeln aufzusetzen.

»Wird schon schiefgehen, Sir.« Und dabei tastete ich nach meinem Kreuz. Das durfte ich unter keinen Umständen verlieren, denn dann war ich schutzlos, und meine Knochen würden irgendwann einmal an der Küste angeschwemmt werden.

Die beiden Offiziere reichten mir die Hand und wünschten mir viel Glück. Und verdammt, das konnte ich wirklich brauchen.

Solo Morasso, alias Dr. Tod, stand immer neben Mark Brennan. Die beiden Männer hielten sich auf der Brücke auf. Der Wind hatte nachgelassen, trotzdem wuchteten noch immer hohe Wellen gegen die vier Stützpfeiler der Insel. Es würde einige Zeit dauern, bis sich das Meer beruhigt hatte.

Durch die zerstörte Scheibe pfiff der Wind. Sie würde nicht wieder ersetzt werden, das stand fest. Mark hatte nur die Splitter beseitigt.

Seine Gedanken beschäftigten sich mit der Zukunft. Das konnte doch nicht glattgehen, was die anderen vorhatten.

Irgendwie würde man etwas merken, denn jetzt schon war ein Anruf erfolgt. Eine reine Routineüberprüfung. Mark hatte abgehoben, und er wußte genau, was er zu sagen hatte.

Kein falsches Wort drang über seine Lippen, so daß Solo Morasso sich sehr befriedigt zeigte.

Noch war er mit seinem Plan nicht herausgerückt, und bei Mark steigerte sich die Spannung.

Er schaute nach draußen, wo noch immer der Nebel lag. Seiner Meinung nach war er nicht mehr so dick wie am Anfang. Ihm schien es so, als würde er sich auflösen.

Zudem war dieser Nebel anders. Mark glaubte, Figuren darin tanzen zu sehen, schaurige Geschöpfe, die der Hölle entstiegen waren, um Angst und Schrecken zu verbreiten.

Zweimal hatten sie Flugzeuge gesehen, die die Bohrinsel in großer Höhe überflogen. Das war auch alles. Niemand kam, um zu helfen, um nachzusehen, alles blieb ruhig.

»Gehen wir!« befahl Dr. Tod. In seinem Granitgesicht war keine Spur von Gefühl zu lesen.

»Wohin?«

Dr. Tod gestattete sich ein schmales Lächeln. »Sie sollen endlich in Ihre eigentliche Aufgabe eingeweiht werden«, erklärte er und verließ die Brücke.

Mark schritt hinter ihm her. Morasso war kleiner als er, und er wandte ihm den Rücken zu. Am liebsten hätte Mark diesen Verbrecher niedergeschlagen, doch er wußte auch, daß so etwas nichts einbrachte. Er war auf der Insel ein Gefangener, und die anderen würden sich furchtbar rächen.

So sah die Sache aus.

Vor einem der Fahrstühle blieb Dr. Tod stehen. Und wie aus dem Nichts tauchte eine riesenhafte Gestalt auf.

Tokata.

Er blieb neben Mark Brennan stehen, und dem Ingenieur lief eine Gänsehaut über den Rücken, als er zu ihm hinschielte.

Mit der rechten Hand zog Tokata die Eisentür auf. Sie war doppelt so breit wie die normalen Aufzugstüren, weil mit diesem Lift auch Material transportiert wurde.

»Steig ein!« erklang der Befehl.

Mark stolperte in den Fahrstuhl. Er hatte sich inzwischen umgezogen, trug jetzt einen dicken Pullover, eine Breitcordhose und einen Parka.

Der Aufzug ruckte und bockte, aber das hatte er schon immer getan. Mark lehnte an der Wand, streng bewacht von Tokata und Solo Morasso, die ihn keinen Augenblick aus den Augen ließen.

Morasso hatte Brennan auch den Grund dafür erklärt. Mark sollte keine Zeit haben, irgend etwas zu manipulieren. Schließlich kannte er die Bohrinsel am besten und konnte so manche Falle stellen. Das sollte ausgeschlossen werden.

Mit einem Ruck hielt der Fahrstuhl. Tokata riß die Tür auf, und Mark sah die Schwarzhaarige, die ihn aus dem Wasser gezogen hatte. Sie hatte eine Maschinenpistole lässig über ihre Schulter gehängt und lächelte spöttisch, als Marks Blick sie traf.

Brennan senkte die Augenlider. Das Weib hatte sich als Pamela Barbara Scott vorgestellt, und der Name war Mark nicht unbekannt. Er stand auf den Fahndungslisten der Terroristenjäger. Die Scott, auch Lady X genannt, war eine der meistgesuchtesten Terroristinnen.

Sie hatte sich dem Verbrecher angeschlossen.

Hier unten befand sich das Herz der Bohrinsel. Die gewaltige technische Anlage, die nötig war, um den riesigen Bohrer in Betrieb zu setzen.

Auf den modernen Inseln lief das alles über Computer ab, aber hier mußte noch viel manuell gecheckt werden.

»Sie kennen sich ja aus«, sagte Dr. Tod.

Mark nickte. Der Bohrer hatte den Durchmesser eines Baumstammes. Wenn er sich einmal drehte und mit seiner ungeheuren Kraft den Meeresboden aufwühlte, war das schon gigantisch.

»Welcher Bohrer ist drin?« fragte Dr. Tod.

»Der Kernbohrer.«

Morasso nickte. Das war gut. Damit konnten sie den Meeresboden aufwühlen.

»Die genauen Zeichnungen sind greifbar?«

»Ja.«

»Dann holen Sie sie her.«

Mark Brennan trat auf den Stahlschrank zu, suchte den passenden Schlüssel und schloß auf.

Er brachte eine Rolle zurück. Dr. Tod entfaltete sie mit ihm. Auf dem Papier war der Meeresgrund zu sehen. Und auch genau die Stelle, wo der Bohrer angesetzt hatte. Eine gewaltige Wanne war ebenfalls strichlinienhaft eingezeichnet.

»Da haben wir das Öl gefunden« erklärte Mark. »Aber dann sind wir auf Stein gestoßen, es ging nichts mehr.«

Dr. Tod nickte zufrieden. »So ist es auch richtig.«

»Ich verstehe nicht...«

»Das brauchen Sie auch noch nicht«, sagte Morasso. »Ich will nur eins wissen: Schafft dieser Bohrer es, das Gestein zu durchdringen?«

»Ja, er müßte es. Aber warum sollen wir? Ich meine...«

Barsch winkte Morasso ab. »Sie haben hier nichts zu fragen und auch nichts zu vermuten. Ich will, daß weitergebohrt wird, weil da unten etwas liegt, das befreit werden muß.«

»Befreit?«

»Ja, dort gibt es nämlich einen Toten, den ich gern zum Leben erwecken möchte, denn dieser Tote liegt seit über 10 000 Jahren unter den Trümmern einer alten Stadt begraben, die hier einmal

gestanden hat. Und der Tote kann weiterleben, wenn ich ihm
den Pflock aus der Brust ziehe...«

Die See sah grau aus. Grau und aufgewühlt. Zwar hatte der
Wind nachgelassen, dafür jedoch fiel ein feiner Sprühregen vom
Himmel, der die Sicht verschlechterte. Die Soldaten auf dem
Schiff trugen dicke Ölkleidung, als sie den Hubschrauber start-
klar machten. Er wurde noch einmal aufgetankt.

Ich stand ebenfalls an Deck und wärmte mir meine Hände an
einem Teebecher.

Neben mir nuckelte der Pilot an seiner Cola. Er hieß Gordon
Granada. Woher sein Nachname stammte, wußte er selbst nicht,
denn beide Eltern kamen aus Blackpool, wie er mir beim ersten
Kennenlernen treuherzig versicherte. Granada war ein schlaksi-
ger, etwas cool wirkender Typ, dem alles egal zu sein schien.
Dieser Mann konnte im Stehen schlafen, aber auch sofort wieder
voll da sein, wenn es die Situation erforderte.

»Mieses Wetter«, sagte ich zu ihm und trank den Rest des Be-
chers leer.

Er nickte.

»Wir können aber trotzdem starten?«

Wieder ein Nicken.

»Können Sie auch sprechen?«

Noch einmal ein Nicken.

O Gott. Was andere zuviel redeten, das redete er zuwenig.
Nur gut, daß man ihn über seine Aufgabe bereits informiert hatte. Der Hubschrauber stand bereit. Es war eine wetterfeste Mi-
litärmaschine, keine kleine Libelle, wie sie von der Polizei bei
der Verkehrsüberwachung benutzt wird. Sie sah etwas unför-
mig aus. Nicht zuletzt durch die beiden zwischen den Schwim-
mern befestigten Zusatztanks. Denn auf zusätzlichen Treibstoff
hatte ich nicht verzichten wollen.

Gordon Granada rülpste und stellte die Flasche weg. Dann
warf er einen Blick in den Himmel und sagte genau das gleiche
wie ich. »Mieses Wetter.«

Ich sah ihm nach, wie er zu seiner Maschine stolzierte. Ein
hochaufgeschossener Knabe mit schwarzen Haaren und einer so

langen Nase, daß er den Spitznamen »Nose« erhalten hatte. Aber Nase sollte ein verdammt guter Pilot sein, und darauf kam es mir schließlich an.

In letzter Zeit war ich des öfteren mit dem Hubschrauber geflogen. Da brauchte ich nur an Dr. Tods Schreckensinsel zu denken. Jetzt hatte er sich allem Anschein nach wieder auf einer Insel breitgemacht. Allerdings auf einer Bohrinsel, wobei ich mich fragte, was er da zu suchen hatte.

Ich würde es schon herausfinden.

Mit Waffen war ich gut bestückt. Ich trug mein Kreuz bei mir, die Beretta, den Dolch und die Dämonenpeitsche. Das alles hatte ich unter meiner Parka-Jacke verstaut.

Unser Plan sah folgendermaßen aus: Ich wollte mich doch nicht wie ein Kampfschwimmer der Insel nähern, sondern der Hubschrauber sollte zuerst einmal die Insel überfliegen und dann einige Meilen entfernt auf dem Wasser landen. Von dort wollte ich in ein Schlauchboot umsteigen, das mich mit Hilfe eines Außenborders zu der Insel brachte. Das alles sollte im Schutz der Dunkelheit geschehen, denn wir gingen davon aus, daß sich Dr. Tod und seine Vasallen hüten würden, die Insel zu beleuchten.

So etwas war zu gefährlich.

Wie es dann weiterging, wenn ich erst einmal die Insel erreicht hatte, das lag an mir. Sollte ich Hilfe benötigen, konnte ich per Funk die Royal Air Force oder die Navy herbeiholen.

Aber so weit waren wir noch nicht. Erst einmal war es ungeheuer schwierig, überhaupt die Insel ungesehen zu betreten. Und dann hoffte ich, daß sich das Meer beruhigte.

Der Commander persönlich erschien und meldete, daß alles startklar wäre. Er hatte von höchster Stelle den Befehl erhalten, mir jegliche Unterstützung zu gewähren.

»Danke, Sir!« sagte ich.

»Guten Flug!«

Ich nickte und ging los.

Die Soldaten auf Deck schauten mich an. Ich glaubte, in ihren Augen Mitleid zu lesen, aber das war wohl nur eine Täuschung.

Gordon Granada hockte bereits auf dem Pilotensitz und checkte die Instrumente durch. Er hatte sich den Kopfhörer

übergestreift und beachtete mich nicht, als ich in den Hubschrauber stieg. Dafür malmte er mit Begeisterung auf einem
Kaugummi herum.

Er knurrte ein paar Worte in das vor seinen Lippen hängende
Mikrofon und nickte zufrieden.

Ich schaute auf das Deck.

Ein Mann mit einer Flagge stand etwa 50 Yards entfernt. Der
Sprühregen umwallte ihn wie eine graue Gardine.

Der Mann gab das Zeichen, und Granada startete. Der Rotor
ruckte ein paarmal und lief dann rund.

Wir hoben ab, und für mich begann ein Flug ins Ungewisse...

London!

Ebenfalls ein trüber Tag. Dicke Wolken am Himmel, leichter
Nieselregen, nasse Blätter auf den Straßen, die den Asphalt in
Rutschbahnen verwandeln konnten.

Das Wetter drückte auf die Stimmung der Menschen. Wer es
sich leisten konnte, blieb zu Hause, denn bei diesen Temperatu-
ren und Verhältnissen machte das Autofahren keinen Spaß.

Und wer da noch mit dem Motorrad fuhr, wurde bemitleidet.
So wie Suko.

Der Chinese hatte seine Harley aus der Garage geholt, nach einem langen Telefongespräch mit Bill Conolly.

Beide hatten verabredet, daß Suko Bill Conolly besuchen sollte. Und das nicht allein. Shao hockte auf dem Sozius und umklammerte Sukos Hüften mit beiden Armen. Sie trug wie er
dunkle Lederbekleidung und hatte das lange, rabenschwarze
Haar unter einem roten Sturzhelm verborgen.

Der Chinese fuhr durch London. Und er kam relativ zügig
voran, weil er sich zwischen den Fahrzeugen durchschlängelte.
Zeit hatte er nicht, denn wenn er und Bill noch etwas unternehmen wollten, dann war jede Sekunde wichtig.

Suko hielt sich an die Verkehrsregeln, er wollte nicht von einem Bobby angehalten werden, und als sie endlich vor dem
Bungalow der Conollys hielten, glänzte ihre Kleidung vor Näs-
se. Auch auf den Helmen perlte das Wasser.

In der ruhigen, baumbestandenen Straße war schon viel Laub

von den Bäumen gefallen. Es lag in den Rinnsteinen und auch auf der Fahrbahn, ebenfalls auf dem Rasen der Conollys, der den künstlich aufgeworfenen Hügel bedeckte.

Suko schellte am Tor. Er hörte Bills Stimme durch die Gegensprechanlage, dann glitt das Tor schon auf.

Im Schrittempo lenkte Suko die schwere Harley den Weg hoch. Bill stand in der Haustür. Er sah den beiden lächelnd entgegen und rieb sich die Hände, weil es doch ein wenig kühl war.

»Kommt rein, Kinder.«

Sheila erschien ebenfalls zur Begrüßung. Sie trug einen weinroten Pullover und einen Rock mit breiten Streifen, in dem sich die Farbe des Pullovers wiederholte.

»Ich habe Kaffee gekocht«, sagte sie lächelnd und half Shao aus der Kleidung. Suko begrüßte sie mit Handschlag. Die Männer gingen in den Livingroom, während Shao und Sheila in der Küche verschwanden.

Bill und Suko setzten sich gegenüber. Der Reporter sah die Sorgenfalten auf dem Gesicht des Chinesen. Er konnte ihn gut verstehen, denn wie Suko, so war auch er mit in Grynexxa gewesen und hatte das Auftauchen des Todesnebels erlebt.

Der Reporter kam sofort zur Sache. »Warum hat er dich diesmal ausgelassen?«

»Zu gefährlich.«

Bill lächelte nur.

»Im Prinzip hat John recht«, gab Suko zu. »Es ist auch gefährlich, denn wir sind ohne Schutz. Nur sein Kreuz kann gegen die Kraft des Nebels angehen.«

»Das heißt, wir sollen hier sitzenbleiben.«

»Nein, ich möchte zumindest in der Nähe sein«, erwiderte Suko. »Das habe ich dir ja am Telefon gesagt.«

Bill lächelte hintergründig. »Ich habe alles vorbereitet«, erklärte er. »Du weißt, es geht nichts über gute Beziehungen, und die habe ich nun mal. Für uns steht auf einem Flughafen an der Küste eine Maschine bereit, die wir nehmen können.«

»Heute noch?«

»Klar.«

»Und was sagt Sheila?«

»Nichts. Shao wird ihr Gesellschaft leisten. Wir müssen einfach zusehen, daß wir John den Rücken stärken. Weißt du überhaupt, wo diese Insel liegt?«

»Ja, John hat mir die Koordinaten gegeben.«

»Das ist gut.«

Die Frauen brachten den Kaffee, doch die beiden Männer lehnten ab. »Wir müssen fahren, Darling«, sagte Bill und lächelte dabei.

Sheila nickte. Sie war ein wenig blaß geworden, noch immer hatte sie große Angst um ihren Mann. »Willst du dich auch von Johnny verabschieden?«

»Laß ihn schlafen. Ich bin ja bald wieder zurück.«

»Hoffentlich.«

Wenig später saßen die beiden Männer in Bills Porsche. »Welche Waffen hast du?« fragte Suko.

»Nur die Silberkugel-Beretta.«

»Ich ebenfalls.«

»Verdammt wenig«, meinte Bill. »Wenn man bedenkt, was alles auf uns zukommen kann.«

Suko nickte. »Du sagst es, mein Lieber.«

Unter uns lag das Meer. Ich kannte inzwischen das Schauspiel schon, weil ich ein erfahrener Mitflieger bei Hubschraubereinsätzen war. Und es interessierte mich heute besonders. Ich beobachtete nämlich das Spiel der Wellen.

Wie hoch schlugen sie? Schlecht aus meiner Position zu schätzen, aber an den hellen Schaumkämmen sah ich doch, daß der Wind immer noch kräftig blies.

Granada hatte den Kopfhörer nach hinten geschoben, so daß seine Ohren frei lagen.

Auch er blickte hin und wieder skeptisch nach unten. Dann schob er immer seinen Kaugummi von einem Mundwinkel in den anderen.

»Sieht nicht gut aus«, sagte ich.

Wieder nickte er.

Vielleicht hatte er seine Stimme verloren. Man konnte ja nie wissen. Er war allerdings ein Könner. Denn hin und wieder wurde die Maschine von Windböen durchgeschüttelt. Granada fing sie elegant ab, so wie ein guter Autofahrer, der durch Gegenlenken schwierige Aufgaben meistert.

Ich fühlte mich in dieser luftigen Höhe nicht besonders wohl.

Wenn man Land unter dem Hubschrauber sieht, hat man immer das Gefühl, noch einigermaßen sicher nach unten zu kommen, aber im Wasser zu landen ist verdammt riskant, denn eine Maschine kann schnell wegsacken.

Wir sahen die erste Insel.

Wie ein gigantischer, abstrakter Koloß tauchte sie im Dunst des Sprühregens auf. Sie schien mit der Spitze die tiefliegenden Wolken zu berühren, und die vereinzelt brennenden Lichter blinkten wie ferne Sterne.

»Das ist sie noch nicht!« rief ich.

»Ich weiß.«

Er konnte also doch reden. Ich war direkt froh. Dann verlangte er die Karten und legte sie auf seine Knie. Er studierte sie einen Moment, nickte mir dann zu, so daß ich die Karte wieder wegnehmen konnte.

Dieser Pilot war schon ein Phänomen. Und dabei klebte immer ein etwas spöttisches Grinsen in seinen Mundwinkeln. Wir überflogen die Bohrinsel. In der Nähe wühlte sich ein Containerschiff auf die Insel zu. Schwer stampfte es durch die See.

Ich warf einen Blick auf den Kompaß.

Kurs Nord-Nordost.

Mitten hinein in die Nordsee. Auf der Karte waren die einzelnen Bohrinseln eingezeichnet, und ich wußte, daß die zweite, die wir anflogen, unser Ziel sein würde. Ein dichter Ring lag um die Insel. Das heißt, er war nicht zu sehen, aber die Schiffe der Royal Navy sollten dafür sorgen, daß niemand die Insel verließ.

Ganz entfernt hatte ich die Hoffnung, daß wir die Mordliga vielleicht sprengen konnten. Denn wenn sich außer Mark Brennan keine anderen Geiseln auf der Insel befanden, würde ich das Signal zum Angriff geben, falls es mir gelingen sollte, Brennan zu befreien.

Die Zeit verstrich. Längst war die erste Bohrinsel hinter uns verschwunden. Weit vorn verschmolz das Grau des Meeres mit dem Grüngrau des Wassers.

Dort irgendwo mußte unser Ziel liegen.

In mir stieg die Spannung. Es war wirklich eine verdammt harte Sache, die mir bevorstand. Kein Wunder, wenn man da nervös wurde, denn auch ich bin nur ein Mensch. Und ich hatte schon Niederlagen einstecken müssen. Zuletzt gegen Mr. Mondo, der es tatsächlich schaffte, mich durch eine Injektion in einen Werwolf zu verwandeln. Eines meiner schrecklichsten Abenteuer.

»Die Insel«, sagte der Pilot.

Ich war in den letzten Minuten mit meinen Gedanken beschäftigt gewesen und hatte nicht auf das Meer geschaut. Nun jedoch blickte ich hinunter.

Ich sah sie, und ich sah sie doch nicht. Denn dort, wo die Insel liegen mußte, hatte sich der Dunst verdichtet.

Nein, das war kein Dunst, sondern Nebel.

Der Todesnebel...

Das sagte ich Gordon Granada. »Umfliegen Sie die Insel lieber«, warnte ich. »Auf keinen Fall in den Nebel hinein.«

Er lächelte spöttisch. »Haben Sie vielleicht Angst, daß ich gegen den Bohrturm fliege?«

»Nein.«

»Warum soll ich den Nebel meiden?«

»Weil es besser ist, zum Henker.«

»Okay, okay, ich hätte die Insel sowieso umflogen.« Er zog die Maschine höher, damit sie in den Wolken verschwand. Dann mußte er wieder tiefer gehen, denn in den Wolken konnten wir überhaupt nichts mehr sehen.

Wir näherten uns aus südlicher Richtung. Irgendwie wirkte die Bohrinsel geisterhaft, und das nicht nur wegen des Nebels, sondern auch weil keine Lichter brannten. Bei den herrschenden Sichtverhältnissen waren die Inseln normalerweise beleuchtet, diese nicht.

Und das wunderte mich, denn damit lief Dr. Tod Gefahr, aufzufallen, doch das schien ihn nicht zu stören. Ich fragte mich nur, was er auf dieser Insel wollte.

»Soll ich näher ran?« rief der Pilot.

Ich nickte. »Aber überfliegen, nicht?«

Er grinste.

»Ja. Und geben Sie acht, daß Sie nicht in den Nebel geraten«, warnte ich ihn noch einmal.

Gordon Granada nahm die Sache viel zu wenig ernst. Aber wie hätte ich ihm auch begreiflich machen sollen, daß dieser über der Bohrinsel liegende Nebel gefährlich war?

Ich konzentrierte mich.

Von der Insel selbst war kaum etwas zu sehen. Der Nebel hüllte sie wie ein riesiger Wattebausch ein. Schemenhaft nur erkannte ich die gewaltigen Stahlträger oder Plattformen.

Wir flogen an.

Schräg rauschte der Hubschrauber auf die Bohrinsel zu. Die Nebelwolke wurde immer größer, gewaltiger, mein Herz klopfte schneller. War der Kerl denn wahnsinnig? Wollte er trotz aller Warnungen in den Nebel hineinrasen?

»Geben Sie acht!« brüllte ich.

Da zog er den Hubschrauber hoch. So steil und so schnell, daß sich mir fast der Magen umdrehte. Wir flogen über die Insel hinweg, ließen den Nebel unter uns.

Oder?

Ich peilte durch die Sichtscheibe und sah plötzlich, wie der Nebel förmlich explodierte. Eine dicke Wolke puffte auf, spritzte und schleuderte nach allen Seiten, und wie gewaltige Arme näherten sich zwei graue Schemen unserem Hubschrauber.

Gefahr!

Ich war sicher, daß der Hubschrauber uns nicht schützen würde, wenn der Todesnebel angriff.

»Weg!« brüllte ich.

»Was?«

Verdammt, zu spät!

Plötzlich sah ich die kreisenden, rotierenden Schleier dicht vor der Sichtscheibe, und ich wußte, daß der Todesnebel uns eingeholt hatte.

Jetzt sanken die Chancen rapide.

Hastig tastete ich nach meinem Kreuz, holte es unter dem Pullover hervor und versuchte, die in das Innere des Hubschraubers eindringenden Schwaden abzuwehren.

Zu spät.

Sie waren schon da.

Wie gierige Finger griffen sie nach uns. Ich spürte den Anprall des Bösen fast wie einen körperlichen Schlag. Sie wollten meinen Geist beherrschen, doch das Kreuz gestalteten sich als eine zu große Barriere.

Dafür fanden sie ein anderes Opfer.

Gordon Granada.

Er war dem verdammten Nebel hilflos ausgeliefert. Plötzlich hatten ihn die grauweißen Arme umfangen, sie krochen über seinen Körper, sein Gesicht und...

Der Pilot schrie.

Er spürte den Horror, denn was jetzt folgte, war der nackte Alptraum, das Grauen schlechthin.

Granada versteinerte nicht, sondern wurde zum Skelett. Seine Haut löste sich auf.

Ich wollte ihm helfen, wollte das Kreuz auf seinen Kopf legen, doch es war schon zu spät.

Dr. Tods Horror-Nebel war zu einem erbarmungslosen Instrument der Rache geworden.

Noch hielten die Hände des Piloten den Steuerknüppel umklammert. Allerdings war die Haut auf den Knöcheln längst abgeplatzt, und die weißen Knochen standen hervor.

Ein schauriges Bild.

Gordon Granada befand sich fest in den Klauen der anderen Macht, des Bösen.

Er schrie, brüllte und tobte. Hockte weiterhin auf dem Pilotensitz und schlug wild um sich. Dann schleuderte er den Hörer vom Kopf und löste seinen Anschnallgurt.

Auch ich war noch angeschnallt und wollte ebenfalls los. Dagegen hatte Granada etwas. Plötzlich warf er sich nach rechts, und ehe ich mich versah, krallten sich seine Knochenfinger um meine Kehle.

»Töten«, gurgelte er. »ich werden dich töten!«

Er war besessen, die Kräfte der Hölle hielten ihn unter ihrem Bann. Hinzu kam, daß der Hubschrauber jetzt noch steuerlos war und wir uns in der großen Gefahr befanden, abzustürzen.

Das schoß mir in Sekundenbruchteilen durch den Kopf, während ich in ein Gesicht starrte, das schon nichts Menschliches mehr an sich hatte.

Die Haut war dünn geworden. An der Stirn hatte sie sich bereits gelöst. Sie wurde zu einer schleimigen Masse, die langsam nach unten floß.

Zuerst verschwand die Nase, dann fielen die Lippen ein, und ich sah die bleckende Zahnreihe.

Inzwischen wurde der Hubschrauber durchgerüttelt, als wäre er in Windböen geraten.

Verdammt, ich mußte das Skelett ausschalten, dann selbst steuern, um einen Absturz zu verhindern.

Aber das Monster hielt eisern fest. Schräg lag es auf mir. In den jetzt leeren Augenhöhlen gähnte die Schwärze und Grausamkeit des Alls.

Die Luft war mir knapp geworden, ich röchelte, hatte meine Finger um die Knochengelenke geklammert und versuchte mich mit allen Mitteln zu befreien.

Ich schaffte es nicht.

Eisern hielt er fest.

Da ließ ich meine Arme kurzerhand fallen und fühlte nach meinem Kreuz.

Ich nahm es in die rechte Hand, hob den Arm und führte das Kruzifix zwischen seinen würgenden Händen hindurch gegen sein Gesicht.

Diesmal hatte ich Erfolg.

Der mutierte Pilot schien in einem Lichtblitz zu explodieren. Plötzlich war das Innere des Hubschraubers gleißend hell. Ein grauenhafter Schrei drang an meine Ohren, und unter meinen Fingern fühlte ich die Knochen zu Asche zerfallen.

Das Monster verging.

Der Kraft und der Macht des Kreuzes hatte es nichts entgegenzusetzen. Der Druck an meinem Hals verschwand. Ich konnte endlich wieder atmen und saugte die herrliche Luft in meine Lungen.

Die Helligkeit verschwand. Wo der Pilot gesessen hatte, lag nur noch Staub, sonst nichts.

Mehr nicht...

Ich erwachte zu einer fieberhaften Aktivität, löste erst einmal meinen Gurt und rutschte dann auf den Pilotensitz.

Dabei warf ich einen Blick nach draußen.

Fast drohte mir der Herzstillstand.

Der Hubschrauber, die letzte Zeit steuerlos gewesen, raste auf die wogende, graugrüne Fläche zu und würde in wenigen Sekunden zerschmettert sein...

Die Insel erzitterte.

Die Schwingungen des gewaltigen Bohrers übertrugen sich wegen der guten Leitfähigkeit des Metalls auch auf die Anwesenden. Manchmal schienen ihre Körper unter Strom zu stehen, so sehr wurden sie durchgeschüttelt.

Mark Brennan hob nur die Schultern.

»Was ist?« wollte Dr. Tod wissen. Er mußte laut rufen, um sich verständlich zu machen.

»Das Gestein ist verdammt hart. Wir müssen damit rechnen, daß der Bohrer bricht!«

Solo Morasso schaute Mark Brennan einen Augenblick lang kalt an. Dann sagte er: »Wenn das eintrifft, sind Sie ein toter Mann!«

Brennan zuckte zusammen. Er hatte die Worte wohl verstanden, und er wußte um deren Bedeutung. Ihm war klar, daß dieser Verbrecher sie auch in die Tat umsetzen würde, und seine Chancen sanken.

»Ich kann doch nichts dafür«, verteidigte er sich, doch Dr. Tod schüttelte unnachgiebig den Kopf. Für ihn war Brennan der Sündenbock.

Gemeinsam beobachteten sie einen Teil des gewaltigen Bohrgestänges. Lady X stand im Hintergrund und rauchte eine Zigarette. Ihre Gestalt wurde von Nebelschleiern umwallt, und wenn Mark genauer hinschaute, dann glaubte er, innerhalb des Nebels schreckliche Fratzen und Gestalten zu sehen.

Er fürchtete sich. Noch stand er unter dem Schutz dieses Morasso. Aber er wußte genau, daß der Schutz nicht halten würde, wenn seine Aufgabe erfüllt war.

Eine verdammt schreckliche Zukunftsaussicht. Noch immer hatte Mark die Szene vor seinem geistigen Auge. Er sah, wie sich die Skelette ins Wasser warfen. All seine Freunde und Kameraden – tot...

Ein Schauer durchlief ihn, und Dr. Tods Stimme riß ihn aus seinen Gedanken. »Was ist? Schlafen Sie?«

»Nein, nein.«

»Achten Sie auf den verdammten Bohrer, denn wenn er bricht, lasten wir Ihnen das an.«

Mark nickte.

Es war nichts gebrochen, und die erste Schicht des Gesteins hatten sie bereits durchbohrt, aber noch lag eine Hälfte vor ihnen. Würde der Bohrer halten?

Wenn ja, was erwartete sie tief unten im Meer? Dieser Morasso hatte von jemandem gesprochen, dem nur noch der Pflock aus der Brust gezogen werden mußte. Schon lange hatte er über die Worte nachgedacht, und war zu dem Schluß gelangt, daß es sich dabei nur um Vampire handeln konnte.

Vampire tötete man mit einem Pflock. Doch dieser Vampir schien nicht tot zu sein, trotz des Pflocks.

Wieder trafen sich seine und die Blicke der schwarzhaarigen Frau. Sie lächelte spöttisch und auch arrogant. Von ihr hatte er keine Hilfe zu erwarten, obwohl Mark schon darauf spekuliert hatte, sie auf seine Seite zu ziehen.

Aber die Terroristin war Dr. Tod verfallen, regelrecht hörig. Nein, seine Chancen waren gleich Null.

Diese Insel würde er nur noch tot verlassen.

Plötzlich horchte er auf. Selbst durch das Hämmern des Bohrers hatte er das Motorengeräusch vernommen.

Ein Hubschrauber flog über die Bohrinsel.

Auch Dr. Tod hatte das Geräusch gehört. Seine Augen verengten sich, er warf Mark einen kalten Blick zu. »Was hat das zu bedeuten?« wollte er wissen.

Mark Brennan hob die Schultern. »Ich weiß es nicht.«

Dr. Tods Augen verengten sich, und er ging einen Schritt vor. »Lüge nicht, verdammt!«

Mark wankte zurück, wobei er beide Hände hob. »Nein, nein, wirklich. Ich habe damit nichts zu tun.«

Wie Dr. Tod und Lady X lauschte er auf das Motorengeräusch des Hubschraubers. Es wurde leiser, und als alle aufatmeten, schwoll es wieder an.

Dr. Tods Gesicht wurde zu einer bösen Grimasse. »Nein!«

keuchte er. »Ich werde es ihnen zeigen!« Sein Gesicht schien im nächsten Augenblick zu erstarren. Jeder Muskel wurde ruhig. Man konnte das Gefühl haben, Solo Morasso wäre versteinert.

Nach etwa zehn Sekunden entspannte er sich wieder.

»Es ist alles klar«, sagte er.

Mark Brennan wollte wissen, was geschehen war.

Dr. Tod lächelte. »Ich habe mich auf den Todesnebel konzentriert«, erwiderte er. »Denn er ist mein Kind. Ich kann ihn lenken und steuern.«

»Und Sie haben ihn auf den Hubschrauber...«

»Ja.«

Brennan schüttelte den Kopf. »Unglaublich«, ächzte er. »Einfach unglaublich.«

»Ich will hier keine Störung haben«, sagte Morasso hart. »Der Nebel wird sie fressen, und das soll auch für die anderen eine Warnung sein. Haben Sie das verstanden?«

»Ja.«

»Dann ist es gut. Ich hoffe nur, daß Ihr Bohrer hält, denn ich muß ihn befreien. Die nächste Stunde wird entscheidend sein. Wenn es uns gelingt, ihn zu erwecken, um so besser. Gelingt es nicht, werden Sie sterben, Brennan.«

Mark gab keine Antwort. Er senkte den Blick. Dabei sah er wieder diesen riesenhaften Samurai, der sich in einer Nische verborgen hielt und nur noch zu ahnen war.

Dr. Tod blieb einige Sekunden wie überlegend stehen, dann drehte er sich um und schaute Mark an. »Sie wollten doch so gern wissen, weshalb der Bohrer das Gestein aufreißt?«

»Ja.«

»Ich zeige Ihnen etwas.«

Als Mark nicht voranging, winkte Dr. Tod hastig. »Kommen Sie, kommen Sie...«

Und die Frau machte eine Bewegung mit ihrer Maschinenpistole, sie war unmißverständlich.

Die Männer ließen das Bohrgestänge außer acht und gingen wieder zu den Fahrstühlen. Tokata folgte wie ein Schatten...

»Lange können wir nicht wegbleiben«, sagte Mark. »Sonst ist der Bohrer außer Kontrolle.«

»Ich weiß.«

Sie fuhren eine Etage tiefer, wo die Aufenthaltsräume der Arbeiter lagen. Die Leitenden schliefen hier ebenfalls. Allerdings in besseren Räumen.

»Gehen Sie in Ihr Zimmer!« wurde Mark befohlen.

Der führte den Schlüssel immer bei sich und öffnete die Tür. Sie schwang quietschend zurück und gab den Blick frei auf einen kärglich möblierten Raum, in dem das moderne Radio das einzig ausgefallene Stück war.

Normalerweise.

Doch dann entdeckte Mark Brennan den auf dem Tisch stehenden Gegenstand, der durch ein Tuch verdeckt wurde. Trotzdem ahnte er die viereckigen Formen.

»Bleiben Sie an der Tür stehen!« befahl Dr. Tod.

Mark gehorchte.

Tokata hatte sich neben ihm aufgebaut. Seine Hand lag auf dem Griff des Samurai-Schwertes.

Solo Morasso aber ging auf den Tisch zu, packte das Tuch an einem Zipfel und zog es mit einem Ruck ab.

Es war in der Tat ein Würfel, den das Tuch verdeckt hatte.

Aber was für einer!

Gläsern und an allen Seiten leicht bläulich schimmernd. Er strahlte irgend etwas Geheimnisvolles aus, etwas, das Mark Brennan unangenehm berührte.

Sofort trat er einen Schritt zurück. Er fürchtete sich plötzlich vor dem Würfel und hätte ihn um keinen Preis der Welt angefaßt.

Dr. Tod lachte. »Angst?« höhnte er und schritt auf den Tisch zu, wo der Würfel lag.

Brennan schwieg. Nur eine Gänsehaut rieselte über seinen Rücken.

Dr. Tod aber umfaßte den Würfel mit beiden Händen. »Er gehört mir«, sagte er flüsternd. »Verdammt, er gehört mir. Er ist ein Geschenk der Höllentochter Asmodina. Verstehst du?«

Mark Brennan schüttelte den Kopf.

»Ich glaube dir«, lachte Dr. Tod. In seine Augen war ein irres Glitzern getreten. »Dieser Würfel birgt die Geheimnisse vieler Welten, man kann durch ihn schauen. Man kann ihn aber auch zum Guten einsetzen, wenn er in die richtigen Hände fällt. Jetzt jedoch gehört er mir, und ich spanne ihn für meine Zwecke ein. Sie haben sich bestimmt gefragt, woher der Nebel stammt, oder?«

Mark nickte.

»Der Würfel hat ihn geschaffen. Dieser kleine Würfel hier ist für den Todesnebel verantwortlich, denn er tut das, was ich sage. Mit ihm in den Händen bin ich mächtig, ungeheuer mächtig sogar. Und das werde ich dir beweisen.« Dr. Tod hob den Würfel leicht an und kippte ihn auf die Kante. »Sieh her!« flüsterte er.

Es war still geworden. Kaum jemand wagte zu atmen, als Solo Morasso den Würfel blitzschnell drehte.

Plötzlich rotierte er auf der Kante, drehte sich um seine eigene Achse und bildete durch diese schnellen Umdrehungen einen Kreis, in dem es auf einmal flimmerte und zuckte.

Ein bläulicher Schleier legte sich um den Würfel, und Mark hatte sekundenlang die Befürchtung, daß wiederum der mörderische Nebel entstehen würde.

Das geschah nicht.

Dafür kam der Würfel plötzlich zur Ruhe. Seine Bewegungen wurden schwächer, und schließlich blieb er liegen.

Dr. Tod lachte. »Jetzt«, sagte er, »jetzt siehst du es!«

Mark Brennan starrte den Würfel an. Er schaute auf die ihm zugewandte Seite, und seine Augen wurden immer größer.

Er sah in dem Würfel ein Bild.

Aber nicht er selbst oder Dr. Tod spiegelten sich darin, wie vielleicht anzunehmen war, sondern eine andere, völlig fremde Szene.

Der Meeresgrund, aufgewühlt durch einen Bohrer, durch den Bohrer der Insel. Er riß das Gestein auf, um an sein Ziel zu gelangen.

Ziel?

Ja, das Ziel war zu erkennen. Ungeheuer schwach nur, aber es war vorhanden.

Ein Gesicht schimmerte hindurch. Ein schreckliches Gesicht, das war jetzt schon zu erkennen. Aber auch der Hals und ein Teil der Brust.

Und in der Brust steckte ein dicker Pfahl.

»Das ist er!« rief Dr. Tod. »Das ist Vampiro-del-mar, der Kaiser der Blutsauger und Nummer fünf meiner Mordliga!«

Ich hatte keine Zeit mehr, zu überlegen, denn jede Sekunde war kostbar. Zögerte ich, brachte mir das den Tod ein.

Ich warf mich nach links, enterte somit den Pilotensitz, und mein Blick flog über das Amaturenbrett mit seinen zahlreichen Anzeigetafeln und der Elektronik eines modernen Hubschraubers.

Zwar hatte ich schon einmal einen Hubschrauber geflogen, aber einen ganz anderen Typ. Was sollte ich tun?

Die Maschine trudelte weiter ab.

Der Rotor lief zum Glück, deshalb fiel sie nicht wie ein Stein dem Wasser entgegen. Der Nebel hatte sich inzwischen aus der Kabine verzogen, das spielte für mich keine Rolle, weil ich gegen ihm immun war, nicht aber gegen den Absturz.

Ich rief mir blitzschnell die Handgriffe ins Gedächtnis zurück, die Gordon Granada ausgeführt hatte.

Er hatte den Steuerknüppel gehalten, ihn angezogen oder von sich weggestemmt.

Das versuchte ich auch.

Vorsichtig umfaßte ich das Gerät mit beiden Händen, ohne dabei die zahlreichen Instrumente aus den Augen zu lassen. Ich wollte es sofort sehen, falls irgendwo eine Warnlampe aufflackerte.

Das geschah nicht – es blieb alles ruhig. Und der Hubschrauber gehorchte meinen Bewegungen.

Langsam, unendlich langsam stieg er in die Höhe. Für mich zu langsam, denn die graugrüne Fläche mit den langen, schaumgekrönten Wellen raste immer noch auf mich zu.

Verdammt, wann gehorchte mir das Ding endlich?

Ich geriet in leichte Panik, der Schweiß brach mir aus sämtlichen Poren. Ich hatte den Mund aufgerissen, atmete keuchend und zog das Steuer zu mir heran.

Der Vogel war zu schwerfällig. Ich schaffte es nicht. Und dann passierte es.

Plötzlich berührten die Schwimmer die Wasseroberfläche. Im

selben Augenblick wurde ich hin- und hergeschüttelt. Ich war nicht angeschnallt, und mein Körper flog von einer Seite zur anderen. Dabei starrte ich durch die breite Sichtscheibe, sah die gewaltigen Wellen vor mir, und die Angst wurde noch größer.

Das schaffst du nie! schrie es in mir. Du säufst ab!

Wieder das Schütteln. Ich fiel nach vorn, berührte mit der Brust das Steuer. Der Rotor über mir drehte wild durch. Unwillkürlich schrie ich auf, als ein Wellenberg den Hubschrauber überspülte.

In diesem Augenblick erstarb auch der Motor, und gleichzeitig fielen die Rotorblätter in sich zusammen.

Es wurde ruhig.

Relativ still, bis ich das Klatschen der Wellen vernahm, die gegen die Maschine anliefen und sie zu einem auf dem Meer tanzenden Gegenstand machten.

Noch hielten die Schwimmer den Hubschrauber über Wasser, aber ich mußte raus, denn die Maschine neigte sich bereits bedrohlich auf die rechte Seite.

Ich konnte die Panik unterdrücken, verließ den Sitz und griff das mehr im Heck liegende Schlauchboot mit dem kleinen Außenborder. Es war eine Meisterleistung der Technik und so verpackt, daß man den Motor nicht sah.

Ich schleppte das Schlauchboot an den Ausstieg.

Wieder rollte eine Welle heran, überspülte die Schwimmer und klatschte gegen die rechte Seite des Hubschraubers. Die Maschine wurde durchgeschüttelt. Gischt wallte hoch und übergoß als Sprühregen die Maschine.

Jetzt hatte ich Luft.

Ich rammte die Tür auf.

Im ersten Augenblick schoß Angst in mir hoch. Vor mir sah ich eine riesige Fläche mit hohen Wellen, und ich fühlte mich unendlich klein, hilflos und verloren.

Es half nichts.

Ich mußte hindurch.

Das Schlauchboot warf ich zuerst hinaus und hoffte, daß es nicht sofort abgetrieben wurde.

Es klatschte aufs Wasser, eine Welle hob es hoch, im nächsten Moment sprang ich.

Das Wasser der Nordsee war eisig. Als ich eintauchte, hatte ich das Gefühl, ein eiserner Ring würde sich um meine Brust legen. Ich strampelte mit Armen und Beinen, wühlte mich hoch an die Oberfläche und geriet in eine Welle, die über mir zusammenschlug. Zum Glück hatte ich kurz zuvor tief Luft geholt. Nach endlos erscheinenden Sekunden sah ich wieder klarer und erkannte das Schlauchboot auf den Wellen.

Es hatte sich seiner Funktion entsprechend aufgeblasen. Dabei trieb es gar nicht weit von mir entfernt, ein paar Yards nur. In einem Pool ist es kein Problem, die zu überbrücken, aber ich befand mich inmitten der Nordsee.

Zwei Kraulstöße brachten mich an das Boot heran, so glaubte ich wenigstens, doch eine nächste Welle trieb es wieder von mir weg.

Verdammt. Ich biß die Zähne zusammen, und kraulte weiter. Ich mußte es einfach packen, denn wenn ich das Schlauchboot nicht faßte, war ich verloren.

Mitten in der Nordsee, bei dieser Kälte und von Feinden umgeben, sanken meine Chancen.

Hart kämpfte ich gegen das Wasser an. Ich unterschwamm die Wellen, und meine Kleidung behinderte mich. Ich kam längst nicht so rasch voran, wie ich mir vorgenommen hatte.

Eine Welle hob mich hoch. Ich tauchte mit dem Kopf aus dem Wasser, sah vor mir das Schlauchboot und streckte meinen rechten Arm aus. Die Hand klatschte auf den Wulst, ich packte fest zu und zog das rettende Boot zu mir heran.

Bevor mich die nächste Woge unter Wasser drücken konnte, hatte ich das Boot so weit erreicht, daß ich mich hineinhieven konnte. Im nächsten Augenblick hatte ich das Gefühl, in einem Fahrstuhl zu sitzen, so hoch wurde ich durch die anrollende Welle geschleudert, doch zwei Sekunden später ging es schon wieder in rasend schneller Fahrt in das Wellental hinab.

Ich hielt mich, spie Wasser aus, hustete und keuchte, dann aber ging es mir besser.

Ich setzte mich auf.

Ein erster Rundblick, während das kleine Boot zu einem Spielball der Wellen wurde.

Die Insel war weit genug entfernt. Sehen konnte ich sie kaum, da sie oft genug von den Wellenbergen verdeckt wurde und der Sprühregen die Sicht noch verschlechterte.

Auf allen vieren bewegte ich mich in das Heck des Bootes, um an den Außenborder zu gelangen. Ich wußte nicht, ob ich die Kraft hatte, dem Meer zu trotzen, hoffte es aber.

Ich nahm die Leine zwischen drei Finger, zog kräftig daran und betete, daß mich der Motor nicht im Stich ließ.

Er sprang an.

Ich schickte ein zweites Dankgebet zum Himmel, als ich das Knattern vernahm: Es hörte sich an wie die reinste Engelsmusik.

Dann warf ich einen Blick zu dem Hubschrauber hinüber.

Noch befand er sich auf dem Wasser, da die beiden Schwimmer ihn hielten, doch er war schon so weit zur Seite gekippt, daß es nicht lange dauern würde, bis er absackte. Durch die von mir offengelassene Ausstiegstür drang Wasser in das Innere der Maschine und füllte es fast völlig aus.

Immer mehr neigte er sich zur Seite. Ich mußte sehen, daß ich rasch genug wegkam, denn ich hatte keine Lust, in den Strudel zu geraten, den der sinkende Hubschrauber verursachte.

Mein kleines Boot war weiterhin ein Spielball der Wellen.

Es war ein Wetter zum Heulen. Plötzlich nahm auch der Regen zu und fiel wie ein dichter grauer Vorhang vom Himmel.

Naß war ich schon, deshalb kam es auf ein bißchen mehr oder weniger auch nicht an.

Das Boot hatte es verdammt schwer, gegen die Wogen anzukämpfen. Die Sicht auf die Bohrinsel verschlechterte sich immer mehr. Ich sah in den Regenschleiern überhaupt nichts mehr.

Ein Vorteil, denn dann konnten sie mich auf der Insel auch nicht entdecken.

Für eine Heizung hätte ich zwei Jahre meines Lebens gegeben, da jedoch keine vorhanden war, mußte ich frieren. Schon bald klapperte ich mit den Zähnen und bewegte meine Arme wie Windmühlenflügel, um wenigstens etwas Wärme zu produzieren.

Hinter mir hörte ich plötzlich ein Gurgeln und Schmatzen. Ich warf einen hastigen Blick zurück.

Der Hubschrauber versank.

Auch die Schwimmer hatten ihn nicht halten können, das Gewicht des einströmenden Wassers, addiert mit dem der beiden Zusatztanks, war zu groß.

Die Maschine verschwand. Und wo sie versank, stiegen zahlreiche Blasen an die Oberfläche, die sofort zerplatzten oder vom Strudel zerrissen wurden.

Irgendwie hatte ich ein komisches Gefühl. Dort versank ein Stück Hoffnung. Unser Plan, den wir mühsam ausgeknobelt hatten, war völlig durcheinandergeraten. Mit dem Tod des Piloten und dem Absturz hatte wohl niemand gerechnet.

Der Wind stand für mich günstig. Er trieb die Wellen auf das Heck des kleinen Schlauchbootes zu und mich damit in Richtung Bohrinsel. Was mich dort erwartete, konnte ich nicht einmal ahnen.

Ich wollte einen Versuch starten. Noch immer trug ich mein Walkie-talkie unter der Jacke. Hoffentlich hatte es das unfreiwillige Bad überstanden.

Ich holte es hervor, schob die Antenne aus der Öffnung, kickte einen kleinen Hebel hoch und meldete mich. Wir hatten ein Erkennungswort vereinbart.

»Hallo, Seeschwalbe! Hier Meernixe.«

Die Nixe war ich.

Sofort kam die Antwort.

»Was ist geschehen, Meernixe? Wir haben den Hubschrauber nicht mehr auf dem Radarschirm.«

Ich hatte eine trockene Kehle, als ich die Antwort gab. »Die Maschine ist abgestürzt.«

»Was?«

»Ja, es tut mir leid.«

»Und der Pilot?«

»Tot.«

Schweigen auf der anderen Seite. Dann die Stimme des Commanders. »Ist er ertrunken?«

Was sollte ich antworten? Sollte ich ihm sagen, daß der Nebel ihn buchstäblich gefressen hatte?

»Ja, er ist ertrunken«, gab ich zurück.

»Und Sie?«

»Ich habe mich retten können.«

»Dann befinden Sie sich jetzt in Ihrem Schlauchboot?«

»Ja.«

»Und Sie haben es nicht geschafft, den Piloten auch noch hineinzuziehen?« erklang die skeptische Stimme.

»Nein!« Meine Antwort klang ziemlich schroff.

»Dann melden Sie sich wieder, falls sich etwas Neues ereignet hat«, sagte der Commander.

»Ja.«

Damit war die Verbindung unterbrochen. Ich hätte dem Commander gern etwas anderes gesagt, aber dazu war ich nicht in der Lage gewesen. Mit den Problemen mußte ich allein fertig werden. Später sah die Sache anders aus.

Falls ich überlebte...

Die Wellen hatten mich inzwischen näher an die Bohrinsel herangetrieben. Ich konnte sie wieder mit bloßem Auge erkennen. Himmelhoch ragte das Gestänge aus den Regenschleiern. Dieses wuchtige, moderne Bauwerk, das so überhaupt nicht in die See paßte und wie ein Fremdkörper wirkte. Unüberwindbar kam mir die Bohrinsel vor, und ich stellte mir die Frage, wie ich sie je entern sollte.

Um mich herum gurgelte und schmatzte es. Die Wellen krachten oft zusammen, Strudel und Strömungen entstanden, die das Schlauchboot von einer Seite zur anderen zerrten. Ich war heilfroh, den kleinen Motor bei mir zu haben.

Er trotzte zwar nicht den Wellen, aber ich kam besser voran.

Noch immer fiel der Regen. Die Wolken waren noch tiefer gesunken, so daß die oberste Spitze der Bohrinsel in dem unwirklich erscheinenden Grau verschwand.

Langsam steigerte sich mein Herzschlag, denn in den nächsten Minuten würden mich die Wellen unter die gewaltige Plattform spülen. Ich hoffte nur, daß ich nicht gegen einen der vier Pfeiler krachte, dann war es aus mit der Herrlichkeit.

Plötzlich wurden meine Augen schmal. Ich hatte unter der Plattform etwas entdeckt. Einen großen unförmigen Gegenstand, der auf dem Wasser schwamm, und als ich näher heran war, erkannte ich das Schiff, das an einem Pfeiler vertäut war und von den Wellen auf und niedergedrückt wurde.

Ich kniete mich breitbeinig hin, um etwas besser sehen zu können. Wie kam das Schiff hierher?

Eine Antwort fand ich schnell. Damit mußten Dr. Tod und seine Vasallen eingetroffen sein, bevor sie die Bohrinsel besetzten. Sofort stand mein Plan fest. Ich wollte das Schiff entern, mich dort umschauen, um dann auf die Bohrinsel zu gelangen.

Hoffentlich klappte es.

Ich kroch zum Heck, setzte mich und hielt das Ruder so, daß der Kahn in direktem Kurs gegen das am Pfeiler vertäute Schiff anlief.

Alles ging glatt, bis ich noch etwa 50 Yards von der Insel entfernt war.

Da geschah es.

Und es trat ohne Vorwarnung ein, so daß auch ich völlig überrascht wurde.

Plötzlich ertönte irgendwo in der Tiefe ein mächtiges Grollen. Wie bei einem See- oder Erdbeben. Einen Augenblick später wurde links von mir die See so aufgewühlt, als hätte man Tonnen von Gestein hineingeworfen. Gleichzeitig bildeten sich gigantische Wellen, als hätte der Teufel seinen Rachen aufgerissen und das Wasser ausgespien. Gläserne Berge wuchsen hoch, mörderische Wassermassen, herausgeworfen aus gefährlichen Strudeln.

Mein Boot und ich wurden zu einem Spielball der Wellen. Wir wurden hochgeschleudert, und in einer verzweifelten Rettungsaktion warf ich mich auf den Bauch und versuchte, mich irgendwo festzuklammern. Die Wellenberge schlugen so hoch, daß ich fast bis gegen die erste Plattform geschleudert wurde.

Dann ging es in rasender Schußfahrt in ein Wellental, wo mich bereits die nächste anlaufende Welle erwartete.

Sie überschüttete mich und das kleine Boot.

Eine unvorstellbare, noch nie erlebte Kraft riß und zerrte an meinem Körper, unterspülte mich, schleuderte mich hoch und wuchtete mich aus dem Boot und hinein in die kochende, gefräßige See...

Sie waren wieder zurückgegangen. Zuvor hatte Dr. Tod den Würfel noch abgedeckt.

»Ein fantastisches Instrument in der Hand eines wahren Meisters«, lobte er sich selbst.

Mark Brennan schwieg.

Dr. Tod hatte ihm allerdings nicht gesagt, daß ihm der Würfel nicht allein gehörte. Er mußte ihn praktisch mit Asmodina, der Teufelstochter, teilen. Das ärgerte ihn, denn mittlerweile war Solo Morasso zu der Überzeugung gelangt, daß Asmodina eigentlich überflüssig war. Er brauchte sie nicht, und Dankbarkeit kannte man im Reich der Dämonen sowieso nicht. Denn allein auf Asmodinas Drängen hin hatte der Spuk überhaupt Dr. Tods Seele freigegeben.

Wenn die Mordliga vollständig war, dann würde er sich intensiv mit Asmodina beschäftigen, und er hatte da auch schon einen Plan. Aber das war Zukunftsmusik. Erst einmal mußte Vampiro-del-mar erweckt werden, dieses gigantische, schwarzblütige Monster, das lange genug in den Tiefen der Nordsee gelegen hatte.

Lady X wartete dort, wo das Bohrgestänge unter ihr im Eisenboden verschwand.

Der Bohrer arbeitete.

Noch...

Er lief längst nicht mehr so glatt wie zu Beginn. Das Gestänge ruckte und zitterte, die Spitze schien große Schwierigkeiten zu haben, das harte Gestein aufzureißen.

Hatte sie sich festgebissen?

Dr. Tod schaute Mark Brennan scharf an. »Sie wissen, was geschieht, wenn wir es nicht schaffen?«

»Ja.«

»Dann wünschen Sie sich, daß die Spitze des Bohrers nicht abbricht.«

»Ich kann nichts dafür.«

Dr. Tod winkte schroff ab.

Lady X aber lachte. »Du scheinst doch große Angst vor dem Sterben zu haben, mein Junge, wie?«

Mark nickte heftig. »Das habe ich auch.«

»Es ist wie ein Pokerspiel. Vielleicht bleibst du am Leben, vielleicht auch nicht.«

Mark Brennan gab keine Antwort. Er hatte den Bohrer im Auge behalten und merkte plötzlich, daß er nicht mehr so stockend lief, sondern ruhiger.

»Geschafft«, sagte er schnell.

»Was ist geschafft?« wollte Dr. Tod wissen.

»Der Bohrer ist durch.«

»Wirklich?«

»Ja, er läuft sehr glatt und ruhig.«

»Dann stopp ihn!« schrie Morasso. »Los, halte ihn an. Ich will nicht, daß er den Vampir durchbohrt.«

Mark Brennan tat, was man ihm befohlen hatte.

Zum Glück war alles so technisiert, daß er den Bohrer mit wenigen Handgriffen an der großen Schalttafel zur Ruhe bringen konnte.

Er ruckte noch ein paarmal, dann stand er still.

»Tokata!«

Der Samurai kam sofort, nachdem Dr. Tod ihn gerufen hatte.

»Du wirst ihn holen!«

Tokata nickte. Er machte kehrt und verschwand.

»Was geschieht jetzt?« fragte Mark Brennan.

»Tokata taucht in die Tiefe und holt Vampiro-del-mar aus seinem Grab. Das ist alles.«

Mark schüttelte den Kopf. »Aber das geht nicht. Das ist unmöglich. Diesen Druck hält niemand aus.«

Solo Morasso stieß ein kicherndes Lachen aus. »Tokata lag Jahrhunderte unter Tonnen von Gestein begraben, und es hat ihm nichts ausgemacht. Er ist kein Mensch, verstehen Sie?«

Mark Brennan nickte nur, obwohl er es nicht verstand. Aber seit einigen Stunden begriff er überhaupt nichts mehr...

Ich kam mir vor wie in einer Zentrifuge. Wurde hochgeschleudert, gedreht, gerüttelt und gestoßen.

Dann stieß ich ins Wasser.

Ich merkte es kaum, hielt nur die Luft an und versuchte, möglichst kein Wasser zu schlucken.

Um mich herum tobte die Hölle.

Eine kochende, mörderische, gewaltige Hölle aus Wasser, Gischt und Strudeln. Ich wußte nicht, wo oben noch unten war und verlor jegliche Orientierung. Und gleichzeitig auch den Willen zum Überleben. Mir war alles egal, für mich gab es nichts mehr auf der Welt, nur diese verdammte Wasserhölle.

Instinktiv ruderte ich mit den Armen. Es war das gleiche, als würde eine Mücke gegen den Elefanten kämpfen, wobei ich die kleine Mücke war.

Auf einmal war alles vorbei. Wie aus einem gierigen Schlund wurde ich ausgespien, hoch in die Luft, wo ich den Mund aufriß und atmen konnte.

Danach klatschte ich wieder in die Wellen. Aber diesmal war ich nicht so unvorbereitet, da ich wußte, was mich erwartete. Tief tauchte ich ein, streckte meinen Körper und stieß in einem Bogen der Oberfläche entgegen.

Mein Kopf tauchte auf.

Wieder riß ich den Mund auf und saugte meine Lungen voll mit Luft. Wenige Sekunden hatte ich Zeit, mich umzusehen.

Die gigantische Welle hatte mich unter die Plattform gespült, wo ich im Augenblick relativ sicher war, denn zahlreiche Wogen wurden von den Pfeilern gebrochen. Hier jedenfalls konnte ich besser schwimmen als weit draußen.

Wo war mein Boot?

Verschwunden. Ich sah es nicht mehr. Das Meer mußte es gefressen haben.

Es blieb mir keine andere Möglichkeit, als mit eigener Kraft die Bohrinsel zu erreichen.

Ich mußte – und das war die einzige Chance – auf das Schiff.

Aber wie hochkommen, wenn die Wellen mich hin- und herwarfen wie einen Spielball?

Auf und nieder wurde ich getragen. Mal befand ich mich in der Nähe der Bordwand, dann riß mich eine Woge wieder weg. Ein ewiges Wechselspiel.

Ich erkannte an der Backbordwand eine Leiter. Sie war in das Metall eingelassen. Wenn ich sie erreichte, war das schon die halbe Miete.

Wieder rollte eine Welle an. Diesmal höher als die anderen. Sie hob mich hoch, ich hatte für einen Moment die Befürchtung, gegen die Bordwand geworfen zu werden, doch im nächsten Augenblick riß mich die Welle wieder zurück.

Und diesmal begann ich zu schwimmen. Ich kämpfte wütend

und verzweifelt gegen die zurücklaufende Welle an, kraulte wild und schaffte es in der Tat, nicht wieder völlig zurückgerissen zu werden. Ich fing mich gut, und bevor die nächste Woge anrollte, schwamm ich auf die Leiter zu.

Die Welle überholte mich, prellte mich vor, ich sah die Wand riesengroß auftauchen und steckte beide Arme aus.

Dann packte ich zu.

Und ich hatte Glück.

Meine beiden Hände erfaßten die Leiter. Sie klammerten sich um eine Sprosse in genau dem Augenblick, als mich die Ausläufer der Welle packten und nach vorn schleuderten.

Ich prallte gegen die Bordwand.

Instinktiv zog ich den Kopf ein, spürte den Schlag an der Stirn und den beißenden Schmerz. Doch eisern hielt ich mich an der Sprosse fest. Ich wollte jetzt nicht loslassen.

Die Woge rollte zurück.

Und wie sie das machte.

Ihre Geschwindigkeit und Kraft wirkte wie ein Saugnapf, der an meinem Körper riß und zerrte. Ich wurde zurückgeschleudert und hatte Mühe, mich an der Sprosse festzuklammern.

Das Meer wollte mich, sein Opfer, nicht aus den Krallen lassen. Es zog und zerrte. Saugend, schmatzend und gurgelnd glitten die Wassermassen nach einer mir schier endlos erscheinenden Zeit wieder zurück, und ich hing noch immer an der Sprosse.

Geschafft!

Allerdings war ich ziemlich ausgelaugt. Es kostete Mühe und Qual, mich an die Leiter heranzuziehen, und mehr Mühe kostete es, die Sprossen hochzuklettern.

Schon war die nächste Welle heran.

Ihr konnte ich nicht mehr widerstehen, das war mir klar. Irgendwie erreichte ich die Bordwand und ließ mich genau in dem Moment über die Reling fallen, als die Welle gegen das Schiff donnerte.

Gischt wallte hoch, Wasser lief über, quirlte auf Deck, bildete dort kleine Strudel und lief wieder ab.

Ich aber hatte mich endgültig in Sicherheit gebracht. In vorläufige jedenfalls. Dabei ging ich von der Voraussetzung aus, daß sich keiner meiner Feinde auf dem Schiff aufhielt. Ich gönnte mir eine Pause, um Atem zu schöpfen.

Dann stemmte ich mich langsam hoch. Der Kahn war wirklich kein Schmuckstück, aber das hatte ich auch nicht erwartet. Ich tastete meinen Körper ab, die Knochen waren heil. Bis auf die kleine Platzwunde an der Stirn konnte ich keinerlei Verletzungen feststellen. Allerdings traf mich der Schreck, als ich bemerkte, daß ich mein Walkie-talkie verloren hatte.

Es mußte mir während der verrückten Schwimmerei aus der Tasche gerutscht sein, vielleicht hatte ich es auch nicht richtig eingesteckt. Es war müßig, sich darüber Gedanken zu machen. Ändern konnte ich nichts mehr.

Über die Reling hinweg schaute ich aufs Meer. Es hatte sich wieder beruhigt.

Aber was war geschehen? Welch einen Grund hatte es für dieses gigantische Aufwühlen gegeben?

Eine Frage, auf die ich noch keine Antwort wußte. Vielleicht fand ich auch nie eine.

Ich sondierte die Lage.

Über mir sah ich die untere Seite der ersten Plattform. Sie war gewaltig und erinnerte mich an einen Himmel aus Metall. Mein Blick glitt hinüber zu der großen Säule, an der das Schiff vertäut lag.

Dort sah ich eine Leiter.

Über sie konnte ich auf die Bohrinsel gelangen.

Vorerst jedoch mußte ich meinen Plan verschieben, denn von der ersten Plattform aus hechtete eine riesige Gestalt in die schäumenden Wellen. Obwohl ich sie nur kurz gesehen hatte, erkannte ich sie.

Es war Tokata, der Samurai des Satans!

Tokata tauchte ein.

Er hatte seinen festen Auftrag von Dr. Tod, und er würde ihn auch durchführen.

Tokata sollte auf den Grund des Meeres tauchen und von dort aus Vampiro-del-mar an die Oberfläche holen. Für einen Menschen eine Sache ohne Überlebenschance.

733

Tokata war kein Mensch, er war ein Zombie, eine Bestie, mörderisch, erbarmungslos und gefährlich.

Je tiefer er tauchte, um so ruhiger wurde die See. Danach umgab ihn nur noch die Stille der Tiefe.

Obwohl er nur einen Arm hatte, den rechten, bewegte er sich geschmeidig voran. Sein schwarzer Körper verschmolz mit der Dunkelheit der Tiefsee. Fische schwammen erschreckt davon, wenn sie die große Gestalt entdeckten.

Immer tiefer tauchte der Samurai.

Und immer dunkler wurde es.

Tokata allerdings fand sich auch in der Finsternis zurecht. Haargenau wußte er, wo er hinzuschwimmen hatte.

Die Sicht wurde immer schlechter. Dazu trug nicht nur die Finsternis bei, sondern auch der aufgewirbelte Staub und Dreck, der im Wasser schwamm. Tokata allerdings fand mit traumwandlerischer Sicherheit sein Ziel.

Er schwamm schnell. Seine Beine bewegten sich im gleichen Rhythmus, so daß er wie ein Pfeil in die Tiefe stach.

Dann hatte er sein Ziel erreicht.

Schemenhaft war der gewaltige Bohrer zu erkennen, wo er sich im Boden festgehakt hatte. Die Umgebung sah aus wie nach einem Erdbeben. Überall lagen gewaltige Gesteinsbrocken auf dem Meeresgrund herum, als hätte ein Riese sie aus dem Verbund gerissen und voller Wut weggeschleudert. Die Steine türmten sich auf- und übereinander. Sie bildeten regelrechte Formen und Figuren, waren aber auch hinderlich für Tokatas Suche.

Doch er machte kurzen Prozeß. Die Steine, die ihn hinderten, räumte er zur Seite. Daß er zentnerschwere Felsbrocken so kurzerhand wegschaffte, bewies, wie gewaltig seine Kräfte waren.

Er schaufelte und räumte sich den Weg frei. Wo Vampiro-delmar lag, das wußte er genau.

Plötzlich kippte über ihm eine Platte zur Seite. Sie fiel ganz langsam nach unten. Tokata merkte es nicht, dann wuchtete die Platte gegen seinen Rücken.

Der Samurai wurde auf den Boden gedrückt. Sand wallte hoch, als die Platte zur Seite rollte, während Tokata sich dennoch drehte und sie wegstemmte, als wäre sie nur ein lästiges Steinchen.

Dieser Untote besaß eine urwelthafte Kraft, vor der man sich fürchten konnte.

Mit der bloßen Hand wühlte er den Meeresboden auf.

Er arbeitete schnell und geschickt, kannte keine Pause, denn bei ihm gab es keinen Kräfteverschleiß wie bei einem normalen Menschen. Und er kam rascher voran als ein Mensch mit zwei Händen.

Irgendwie glich Tokata einer Maschine, aber einer gefährlichen Mordmaschine.

Verbissen schaufelte er ein Loch und schleuderte Sand und Steine so weit weg, daß nichts mehr nachrutschte. Der Bohrer befand sich ein ganzes Stück entfernt, er behinderte den Samurai nicht im geringsten.

Der Bohrer und das leichte Seebeben hatten bereits den größten Teil des Schuttes entfernt, der das Grab des Vampirs schützte. Wahrscheinlich hatte die Kraft des Bohrers die Materie so verändert, daß es zu dieser Verschiebung gekommen war. Und zwar so stark, daß man sie an der Oberfläche noch bemerkte.

Plötzlich hielt Tokata inne.

Er war auf eine dunkle Steinplatte gestoßen. Eine Teufelsfratze war darauf abgebildet. Blutrot und schaurig anzusehen. Sie hatte die lange Zeit überdauert und war nicht verwischt worden. Sie sah so aus, als wäre sie erst vor wenigen Tagen frisch gemalt worden.

Der Samurai des Satans befand sich dicht vor dem endgültigen Ziel. Es gelang ihm, die gesamte Felsplatte vom Sand und auch vom Geröll zu befreien. Dann sah er den steinernen Griff in der Mitte der Platte.

Die Finger der rechten Hand krallten sich darum.

Tokata wartete noch ein paar Sekunden und riß danach die Platte hoch. Mit einer einzigen Bewegung schaffte er dies, und man konnte diese Arbeit schon als phänomenal bezeichnen.

Vampiro-del-mar war befreit.

Sofort strömte das Wasser in den steinernen Sarkophag, in dem der Vampir auf dem Rücken lag.

Er bot ein schauriges Bild. In der Größe stand er Tokata in nichts nach. Doch sein Körper war knochiger. Die weißgrün schimmernde Haut war an einigen Stellen aufgerissen, so daß die Adern und Knochen hindurchleuchteten. Das unförmige Gesicht mit den kugeligen Augen war eine einzige Fratze.

Und mitten in seiner Brust steckte der gewaltige Pflock. Ungefähr so dick wie der Stamm einer Birke. Etwa eine Armlänge ragte er aus der Brust hervor, und noch im Todeskampf hatte der Riesenvampir beide Fäuste um den Pflock gekrallt.

Er bot ein Bild des Schreckens.

Nicht für Tokata, denn schließlich sollte Vampiro-del-mar sein Verbündeter werden.

Der Samurai des Satans bückte sich und griff mit beiden Händen in den uralten Sarkophag. Er klemmte seine Finger unter die Schulterblätter des Vampirs und hob ihn an.

Es war ein leichtes für den riesenhaften Samurai, den Untoten aus dem Sarkophag zu hieven. Als er es geschafft hatte und sich umdrehte, geriet links von ihm die gewaltige Felswand plötzlich ins Rutschen. Tonnenschwere Gesteinsmassen flossen auf den jetzt offenen Sarkophag zu, füllten ihn, verdrängten das Wasser, und es schien, als wollten sich die Schleier des Vergessens über diese traurige Grabstätte legen.

Tokata aber schwamm mit seiner Last langsam der Oberfläche entgegen...

Ich nieste.

Verdammt, ich hatte es einfach nicht mehr aushalten können. Und dieses Niesen war wie eine Explosion, die sich einfach Luft machen mußte.

Danach ging es mir besser. Ich kriegte etwas besser Luft und konnte wieder durch die Nase atmen. Eine Erkältung hatte ich mir zumindest geholt, das stand schon mal fest. Hoffentlich kam keine Grippe oder Lungenentzündung hinzu, denn so etwas hatte mir gerade noch gefehlt.

Zudem hatte ich langsam die Nase vom Meer voll. Zu oft hatte ich in letzter Zeit im Wasser gelegen, und wenn es nur der Tümpel einer norddeutschen Moorlandschaft gewesen war, als ich den Zyklop des Teufels jagte.

Ich befand mich in einer Zwickmühle. Tokata war sicherlich nicht ohne Grund getaucht. Er schien einen Auftrag erhalten zu haben, vielleicht sollte er irgend etwas aus dem Meer holen, wer konnte das schon wissen?

Auf jeden Fall wollte ich warten, bis er wieder auftauchte. Deshalb traute ich mich auch nicht, meinen Beobachtungsplatz zu verlassen, um das Schiff zu durchsuchen, denn wenn Tokata dann erschien, war ich der Gelackmeierte.

Die Minuten vergingen.

Zwischendurch warf ich immer einen Blick auf die am Träger hochführende Leiter. Es konnte sein, daß Dr. Tod oder einer seiner Vasallen dort auftauchte. Und die sollten mich nun nicht gerade überraschen.

Es blieb alles ruhig.

Ich dachte an den Commander und seine Leute. Was würden sie wohl unternehmen, wenn sie gemerkt hatten, daß ich mich nicht mehr meldete?

Hoffentlich hielten sie sich noch zurück.

Wieder schaute ich aufs Meer.

Graugrüne Wellen, Regen, Schaumkämme, Ölpfützen. Wahrlich kein Bild für eine Postkarte.

Und dazwischen ein Kopf.

Tokata!

Er tauchte auf.

Plötzlich stand ich unter Strom. Ich preßte die Lippen zusammen und schaute zu dem Monster hin, das sich jetzt rücklings auf die Wasseroberfläche legte und sich mit den Beinen voranbewegte. Das hatte seinen Grund.

Tokata brachte Beute mit. Ich konnte leider nicht erkennen, wen oder was, aber daß er etwas im Schlepp hatte, war sicher.

Am liebsten hätte ich mein Kreuz genommen und es ihm gegen den Körper geworfen, aber bei diesem Seegang war es fraglich, ob ich überhaupt traf.

So mußte ich mich leider in Deckung halten. Und einen Nahkampf im Wasser konnte ich nicht riskieren. Dafür war auch, da bin ich ganz ehrlich, meine Angst zu groß, denn ich hänge am Leben und werfe es nicht einfach weg.

Tokata schwamm nicht auf das Schiff zu, was mich einigermaßen beruhigte, sondern auf die an der Säule befestigte Leiter. Dort wollte er also nach oben klettern.

Wie ein Luchs seine Beute, so behielt ich ihn im Auge, sah, daß er seinen Körper aus dem Wasser wuchtete und dabei etwas nachzog.

Leider trübten der Wellengang und der schräg fallende Regen die Sicht, aber es schien sich ebenfalls um eine große Gestalt zu handeln.

Groß wie Tokata selbst.

Wer war das? Ein zweites Ungeheuer von Tokatas Sorte? Hatte sich Dr. Tod einen weiteren Verbündeten geholt?

Es wies alles darauf hin.

Tokata kletterte mit seiner Last die Leiter hoch. Jetzt sah ich ihn deutlicher. Über seiner rechten Schulter lag die riesige Gestalt. Ihr Oberkörper war weit nach vorn gebeugt, und Tokata hatte Mühe, die Beute im Gleichgewicht zu halten.

Er schaffte es.

Dann war er so weit entfernt, daß ich ihn nicht mehr sehen konnte. Zu dicht fiel der Regen.

Aber ich hatte genug gesehen. Vor allen Dingen genug, um neugierig zu werden. Ich mußte wissen, wen Tokata da aus den Tiefen des Meeres befreit hatte.

Dazu mußte ich auf die Bohrinsel.

Ich lief quer über das Schiff, damit ich dorthin gelangte, wo ich über die Reling hinweg die Leiter erreichen konnte.

Das war schwierig, denn der Kahn lag nicht still. Er schwankte hin und her, die Wellen klatschten gegen ihn, und ich konnte wirklich nur mit einem Sprung die Leiter erreichen.

Dazu paßte ich mich den Wellenbewegungen an. Dann versuchte ich es.

Absprung!

Für Sekunden hatte ich Angst, es nicht zu schaffen, bis mein Körper schmerzhaft gegen die Leiter prallte, und ich mit beiden Händen zugriff.

Ich hielt mich eisern an den Sprossen fest.

Meine Knie taten mir weh und mein Brustkorb auch.

Aber das ließ sich alles ertragen, gebrochen war nichts. Wie zuvor Tokata, kletterte auch ich die Leiter hoch. Nur taten wir das an jeweils verschiedenen Stellen.

Die Kälte hatte sich in meinen Knochen festgesetzt. Ich war

längst nicht so gelenkig wie sonst. Das mußte anders werden. Als ich die erste große Plattform erreicht hatte, schwitzte ich schon, und leichter Dampf stieg aus meiner Kleidung.

Dann war da noch der Nebel.

Unter der Plattform hatte ich ihn nicht gesehen, doch hier lag er wieder in greifbarer Nähe. Zwar nicht so dick wie in Grynexxa, sondern mehr schleierhaft, aber er hatte sich über die gesamte Bohrturmanlage ausgebreitet.

Einerseits ein Vorteil – er deckte mich nämlich, andererseits ein Nachteil, denn dieser Nebel war unberechenbar, er konnte angreifen wie ein Tier.

Und er lebte.

Jawohl, Freunde, dieser verdammte Nebel war nicht tot. Wie und wo er entstanden war, das wußte ich nicht, aber wenn ich genauer hinschaute, dann sah ich nicht nur wallende Schleier, sondern auch die Fratzen und Gestalten darin.

Geister, Nebelgeister. Schattenwesen, die aufgehört hatten, dreidimensional zu existieren, denn dieser Nebel konnte auch in seiner stärksten Form durch Wände dringen.

Mich griff er nicht an, denn das Kreuz schützte mich. Das war mein großes Plus.

Er wich sogar zurück, wenn er die magische Ausstrahlung des Kruzifixes spürte.

Ich ging ein paar Schritte vor. Zum erstenmal in meinem Leben befand ich mich auf einer Bohrinsel und war von der Größe und Ausdehnung doch überrascht. So gewaltig hätte ich sie mir nicht vorgestellt.

Wo steckte Tokata? War er hier, oder hatte er sich auf eine andere Plattform begeben?

Ich konzentrierte mich vorerst auf die mich umgebenden Geräusche. Irgendwo in der Nähe summte etwas. Wahrscheinlich die Energiegewinnungsanlagen der Bohrinsel. Der Bohrer jedoch arbeitete nicht mehr. Er stand still.

Ich sah zahlreiche Ausgänge, Eisentreppen, kleine Plattformen, Gitter, barackenähnliche Bauten – überall konnten sich Dr. Tod und seine Vasallen verborgen halten.

Hinzu kam natürlich noch die Geisel.

Mit Sorgenfalten auf der Stirn stellte ich fest, daß mir wohl

nichts anderes übrigbleiben würde, als die gesamte Insel abzusuchen, wenn ich Erfolg haben wollte.

Aber auch ich hatte einmal Glück.

Plötzlich hörte ich ganz in der Nähe einen dumpfen Knall, als
wäre eine Tür zugeschlagen worden.

Und dann Stimmen.

Frauenstimmen.

»Er wird ihn gleich erwecken.« Das sagte Pamela Barbara
Scott, besser bekannt unter dem Namen Lady X.

»Ja, ich warte schon darauf!«

Als ich diese Worte vernahm, gab es in meiner Brust einen
Stich. Das war niemand anderes als Lupina, die Königin der
Wölfe, die Mensch-Bestie, in die ich mich einmal unfreiwillig
verliebt hatte.

O Gott, beide in meiner Nähe!

Auf einmal brach mir der Schweiß aus. Ich versuchte, meine
Erinnerung an dieses schreckliche Abenteuer zurückzudrängen,
doch so ganz gelang es mir nicht, es war einfach zu grauenhaft
gewesen.

Sollte ich die beiden stellen und mich auf einen Kampf mit ihnen einlassen?

Wie ich die Scott kannte, ging sie nie unbewaffnet. Bestimmt
trug sie ihr Lieblingsinstrument bei sich.

Die Maschinenpistole.

Nein, ich stellte mich ihnen nicht. Zudem wurde mir die Entscheidung abgenommen, denn ich hörte die Stimme meines Erz-
feindes Dr. Tod.

»Sie kommen jetzt!«

Die Warnung erreichte mich gerade noch zur rechten Zeit,
denn mein Standort war ziemlich gefährlich. Zu leicht hätte man
mich hier entdecken können.

Was tun?

Vor mir wuchs eine Leiter hoch. Ich faßte die Gelegenheit
beim Schopf und enterte die Sprossen in die Höhe. Dabei
berührte ich jede einzelne nur mit den Zehenspitzen, ich wollte
um Himmels willen keinerlei Geräusche verursachen.

Es klappte vorzüglich.

Nach etwa zehn Yards hatte ich eine kleine, viereckige Plattform erreicht. Durch ein hüfthohes Gitter war sie geschützt, und von meinem Platz aus konnte ich auf Deck schauen.

Nun kam mir gelegen, daß der Nebel wirklich nicht mehr so dicht war wie vor Tagen noch. Ich konnte erkennen, was unter mir geschah.

Dr. Tod erschien. Aber nicht allein. Bei ihm waren Mr. Mondo, dieser eiskalte Verbrecher, Tokata und die Gestalt, die er aus den Tiefen des Meeres geholt hatte.

Ein Monster.

Ein Vampir sogar...

Ich erschrak heftig. Das Blut strömte mir in den Kopf, als ich den gewaltigen Körper sah, der dem Tokatas in nichts nachstand. Vielleicht sah er sogar noch schrecklicher aus, denn an einigen Stellen war die Haut abgeschürft, gar nicht mehr vorhanden, als hätte sie jemand weggeätzt.

Schlimm, wirklich...

Und in seiner Brust steckte ein Pfahl.

Der Vampir, der nur einen Lendenschurz trug, war also tot.

Noch, mußte ich sagen. Für mich gab es keinen Zweifel, daß er zum Leben erweckt würde.

»Leg ihn nieder!« befahl Dr. Tod, und Tokata gehorchte. Er tat immer das, was sein Meister befahl.

Ich war längst in die Knie gegangen und peilte über den Rand der Plattform hinweg. Unten hatten sich meine Erzfeinde versammelt. Ich hockte über ihren Köpfen. Wenn sie gewußt hätten, wer da saß, ich glaube, sie hätten durchgedreht.

So aber beobachtete ich weiter.

Ich vermißte die Geisel. Von dem Commander hatte ich gehört, daß der Mann Mark Brennan hieß.

Tokata verschwand wieder. Im nächsten Augenblick hörte ich eine schrill klingende Stimme.

»Nein, bitte, ich will nicht!« Dann ein Ächzen. Zwei Atemzüge später taumelte Mark Brennan über die Schwelle.

Ja, er mußte es sein.

Er blutete am Hals und hatte seine linke Hand auf die Stelle gepreßt. In mir wallte Zorn hoch. Doch ich konnte es nicht riskieren, jetzt schon einzugreifen.

Tokata schleuderte den Mann nach draußen, wo er gegen einen Aufbau prallte und stehenblieb. Von dem unheimlichen Sa-murai wurde er keine Sekunde aus den Augen gelassen.

Dr. Tod aber trat dicht an den Vampir heran und blieb neben ihm stehen. »Vampiro-del-mar!« rief er. »Lange genug hast du in deinem feuchten Grab gelegen. Du, der vor zehntausend Jahren Kaiser der Blutsauger gewesen ist, du wirst wieder auferstehen. Man hat dich töten wollen, aber man hat es nicht geschafft. Ein starker Gegenzauber bewirkte dies, und nun ist der Zeitpunkt da, wo du wieder ins Leben zurückgerufen wirst, um deine Herrschaft fortzusetzen!«

Ich war völlig perplex.

Dr. Tod hatte von zehntausend Jahren gesprochen. Himmel, das mußte zu Atlantis-Zeiten gewesen sein. Aber da war doch Myxin, damals der Gegenspieler vom Schwarzen Tod, der über die Vampire herrschte.

Oder gab es da noch ein anderes Land?

»Vampiro-del-mar«, fuhr Dr. Tod fort, »Herrscher über das Land der Vampire, das den Fluten des Meeres zum Opfer gefal-len ist. Du wirst es schaffen, allein durch meine Hilfe. Und du wirst mir gehorchen, so wie die Vampire dir gehorchen wer-den!«

Solo Morasso bückte sich und legte beide Hände um den in der Brust steckenden Pflock.

Dann zog er ihn mit einem Ruck heraus!

Dr. Tod schrie wild auf, als er den Pflock zwischen den Händen hielt. Mit einer wütenden Bewegung schleuderte er ihn weit weg, hinein ins Meer.

»Den brauchen wir nicht mehr!« brüllte er und lachte.

Nein, den brauchte er wirklich nicht, denn Vampiro-del-mar war erwacht!

Ich sah es deutlich, und es schien, als wollte mir der Nebel ei-nen Gefallen tun, denn die dünnen Schleier wehten zur Seite, so daß die Sicht noch besser wurde.

Der Mordvampir öffnete die Augen. Das geschah, als würde man eine Klappe hochziehen, es ging schnell, und er starrte die ihn umstehenden Menschen an.

Sekundenlang geschah nichts.

Jeder geriet irgendwie unter den Bann des Neuen, des völlig Anderen.

Es war die Wiedergeburt eines Monsters. Und ich erlebte es mit. Wäre es nur einer gewesen oder zwei, dann hätte ich eingegriffen, so aber konnte ich es mir nicht erlauben, denn wenn ich jetzt nach unten sprang, würde Tokata mir den Kopf abschlagen, denn darauf wartete er schon lange.

So sah ich zu.

Vorerst...

Vampiro-del-mar. Welch ein Name, welch eine Gestalt. Und er richtete sich auf.

Zuerst hob er seinen zerschundenen Oberkörper an und schüttelte den Kopf, auf dem lange, dunkle Haare wuchsen, deren Spitzen die Schultern berührten.

Im nächsten Moment drang ein schreckliches Röcheln aus seiner Kehle. Er schüttelte sich, als würde er frieren, und schlug mit der rechten Hand auf die Plattform.

Dann stand er ganz.

Hoch richtete er sich auf, zu seiner vollen Größe, und in der Tat überragte er Tokata noch ein wenig. Dr. Tod wirkte gegen ihn direkt klein. Ebenso die anderen.

Lady X konnte nicht anders. Als sie sah, daß sich der Vampir umschaute und sein Blick auf ihr hängenblieb, hob sie unwillkürlich die Maschinenpistole an.

Dr. Tod lachte nur. »Keine Sorge, er wird dir nichts tun. Du stehst unter meinem Schutz.« Morasso trat auf den Unheimlichen zu und legte ihm die Hand gegen die Brust. »Ich bin dein Herr, dein Meister. Und nur mir hast du zu gehorchen. Verstanden?«

Der gewaltige Blutsauger nickte.

Dr. Tod lächelte. »Dann ist es okay.«

Mr. Mondo nahm seine randlose Brille ab und putzte die Gläser. »Wirklich einmalig«, sagte er, »ein interessantes Objekt.«

»Das stimmt«, gab Morasso ihm recht.

Und die Königin der Wölfe umschlich das neue Monster wie die Katze den heißen Brei. Lupina sah sich den Vampir von allen Seiten an, in ihren schönen Augen flimmerte es.

Dann öffnete Vampiro-del-mar sein Maul. Zum erstenmal sah ich seine Zähne.

Mein Gott, welch ein Grauen!

Er hatte nicht nur zwei spitze Hauer wie die meisten Vampire, sondern mehrere. Alle liefen vorn spitz zu, doch die beiden Eckzähne waren besonders lang.

Sie reichten, wenn er den Oberkiefer vorschob, bis zum Kinn. Ein schreckliches Bild. Ich konnte mir gut vorstellen, daß dieser Supervampir Angst und Schrecken verbreitet hatte.

Wie auch jetzt, denn zum ersten Mal sprach er einige Worte, und die waren schlimm genug.

»Blut!« röchelte er. »Ich brauche Blut!« Er drehte sich im Kreis und schaute jeden an.

Ich zog mich zurück, noch war der Zeitpunkt zu früh, entdeckt zu werden.

Dann hörte ich den Schrei.

Gellend und angsterfüllt hallte er in meinen Ohren wider. Ich schaute abermals über den Rand der kleinen Plattform und sah den Grund für das Geschrei.

Mark Brennan hatte sich bemerkbar zu machen versucht. Diesen Mann hatte sich der Vampir als Opfer ausgesucht. Was für ihn natürlich auf der Hand lag. Die übrigen waren seine Verbündeten, es blieb nur noch Mark Brennan übrig.

Der Blutsauger stand vor ihm. Seinen rechten Arm hatte er ausgestreckt. Der Zeigefinger deutete auf seinen Kopf. »Ihn will ich!« knirschte er. »Ihn allein!«

Wieder schrie Brennan. Dabei schaute er sich fieberhaft um, suchte nach einem Ausweg, aber es gab keinen. Er war eingekreist. Umzingelt von Feinden.

Schluß! Aus.

Keine Chance!

Und dann war da noch Tokata. Er zog mit einer glatten Bewegung sein Samurai-Schwert aus der Scheide. Dieses Schwert, von dem die Sage umging, daß es in der Hölle geschmiedet worden sei. Es war auf beiden Seiten messerscharf geschliffen, und mit einem einzigen Schlag konnte Tokata damit den Kopf einer Kuh abschlagen.

Blitzschnell bewegte er seinen rechten Arm. Einen Herzschlag

später befand sich die Klinge dicht an der Kehle des völlig wehr-
losen Mark Brennan.

Der Mann verdrehte die Augen so weit, daß bereits das Weiße
darin zu sehen war. Dabei riß er den Mund auf, als wollte er jeden Moment anfangen zu schreien, aber nicht ein Laut drang
über seine Lippen. Das Entsetzen schnürte ihm die Kehle zu.

Er warf Dr. Tod einen verzweifelten Blick zu, in dem all die
Angst lag, die er in diesem Augenblick empfand.

Morasso lächelte nur.

Kalt, kühl und überheblich.

Das war so typisch für ihn. Dieser Mann kannte keine Gnade,
Menschlichkeit war für ihn ein Fremdwort. Er gebrauchte die
Menschen als Schachfiguren, und wenn er sie nicht mehr
benötigte, entledigte er sich ihrer.

So auch hier.

»Bitte!« Röchelnd holte Mark Brennan Luft. »Bitte, ich habe
doch alles getan, was Sie wollten. Ich flehe Sie an. Lassen Sie
mich leben. Bitte...«

Dr. Tod lächelte nur. Es war kein freudiges Lächeln, sondern
ein hinterhältiges, gemeines. Typisch für ihn. Wenn Mark Brennan hoffte, so konnte er dieses Gefühl bald begraben, denn ich
kannte Solo Morasso besser.

Er würde kein Pardon kennen.

»Natürlich werden Sie leben«, sagte er und machte eine Handbewegung, die Tokata galt.

Der Samurai trat daraufhin sofort zurück.

Aus Angst wurde Hoffnung. Mark Brennan lachte schrill auf.
»Ich... ich danke Ihnen. Ich wußte doch, daß Sie mich nicht im
Stich lassen werden. Danke...«

»Augenblick noch.« Dr. Tod hob den Arm. »Ich sagte Ihnen
zwar, daß Sie leben werden, doch ich sagte Ihnen nicht, wie Sie
leben werden. Wenn Vampiro-del-mar Blut braucht, dann muß
er es haben, und er wird es sich bei Ihnen holen. Danach leben
Sie weiter. Allerdings als Untoter, als Vampir!«

Mark Brennan begriff die Worte erst gar nicht. Doch als sie
ihm endlich klar wurden, zerfaserte sich sein Lächeln. Es zersprang wie Glas, und wieder beherrschte das Entsetzen sein Gesicht.

Jetzt gab es keinen Ausweg mehr.

Mark Brennan blieb nur noch die reine Verzweiflung.

»Pack ihn!« befahl Dr. Tod und gab dem Vampir das Signal. Er kreiselte sofort herum und stürzte sich auf Mark Brennan.

Mark sah den riesenhaften Körper, vernahm das gierige Fauchen und hechtete zur Seite. Er wollte weg, kurzerhand von der Plattform springen und abermals versuchen, irgendwo im Meer zu landen.

Er stieß sich ab.

Vampiro-del-mar erwischte ihn mitten im Sprung. Sein Schlag traf ihn hart an der Schulter und schleuderte ihn zu Boden. Mark Brennan schrie auf. Instinktiv riß er die Hände vor sein Gesicht und versuchte, sich zu schützen.

Ein zweiter Hieb fegte die provisorische Deckung zur Seite. Damit lag sein Hals frei.

Vampiro-del-mar bückte sich und riß ihn hoch. Weit öffnete er sein Maul, die spitzen Zähne blitzten. Die Vorstellung, bald das Blut des Menschen zu trinken, ließ den Vampir rasend werden.

Da griff ich ein!

Bill Conolly drückte dem Flugwart die Hand und ließ gleichzeitig einen Schein verschwinden.

»Danke, Carlos, das haben Sie gut gemacht.«

»Ist doch Ehrensache, Mr. Conolly.«

Zehn Minuten später erhielten Suko und Bill die Starterlaubnis. Es herrschte trübes Wetter. Die grauen Wolken hingen sehr tief.

Es war Irrsinn, bei dem Wetter zu starten, denn zusätzlich verschlechterte einige Meilen entfernt noch der Nebel die Sicht.

Aber die beiden Männer wollten mich nicht alleinlassen, sondern rausholen.

Die Maschine hatte zwei Schwimmer, so daß sie auch auf dem Wasser landen konnte. Das war natürlich wichtig, denn auf der Bohrinsel gab es keinen Platz.

Bill Conolly besaß einen Flugschein. Er kannte sich bei den Sportmaschinen aus und hatte schon fast sämtliche Typen geflogen. Suko hockte neben ihm auf dem Copilotensitz und starrte ebenfalls in die vor ihnen liegende graue Wand.

»Über dem Meer wird es noch schlimmer« meinte der Chinese.

Bill nickte. Er hatte den Kopfhörer zurückgeschoben und sich nur auf den Flug konzentriert.

Das Land unter ihnen verschwand, und die Nase der Maschine stieß in die grauen, feuchten Wolken, aus denen ununterbrochen der Nieselregen rann.

Zum Glück war die Maschine ausgezeichnet in Schuß. Der Propeller lief ruhig und gleichmäßig, kein Hacken, keine Störung, alles ging glatt.

Das Wasser war nicht zu sehen. Der Dunst verdeckte es.

Die Maschine war nicht mit Radar ausgerüstet, deshalb wollte Bill aus den Wolken heraus, um im Tiefflug über das Wasser zu streichen. Ein riskantes Unternehmen, das einem Könner alles abverlangte. Bill senkte die Nase des Vogels und stieß aus den Wolken.

Jetzt konnten sie das Wasser sehen.

Eine schmutzig wirkende, wogende Fläche, auf der hin und wieder Schaumkronen blitzten. Einmal flog sie so dicht über ein Schiff hinweg, daß die Männer an Bord erschreckt die Köpfe hoben.

Bill grinste. »Denen haben wir einen Schrecken eingejagt.«

Sie änderten den Kurs. Bisher waren sie nach Osten geflogen, jetzt flogen sie mehr nördlich.

Bill wußte ungefähr, wo die Bohrinsel lag, und er hoffte stark, daß er sie finden würde.

Vor ihnen schienen die Wolken in das Meer zu tauchen, so tief hingen sie, aber es gab zum Glück doch noch einen Zwischenraum, in den die Maschine stoßen konnte.

»Was machen wir, wenn wir die Insel erreicht haben?« fragte der Chinese.

»Wir wassern.«

»Einfach so?«

»Genau.«

»Du mußte es wissen.«

»Wieso? Hast du Angst?«

»Nein, nur ein unbehagliches Gefühl. Wir sind praktisch ohne Waffen.«

»Da sagst du mir nichts Neues«, knirschte Bill. »Aber deswegen können wir John nicht im Stich lassen.«

»Genau.«

Sie wußten, auf was sie sich eingelassen hatten, aber es hatte für sie kein Zögern gegeben. Ein Freund war in Gefahr, da mußte man helfen.

Je mehr Zeit verstrich, um so entspannter wurde Bill. Er hatte sich an seine Pilotenrolle gewöhnt, setzte wieder den Kopfhörer auf und hörte den Funkverkehr ab.

Beide wußten nichts von dem Riegel, den die Royal Navy um das betreffende Gebiet gelegt hatte, und so flogen sie mitten hinein.

Bill wurde erst aufmerksam, als eine quäkende Stimme durch den Kopfhörer drang. Und sie redete gar nicht verbindlich, und sie hielt sich noch weniger an den internationalen Flugsprachtext.

»Was zum Teufel, fliegen Sie da rum?« wurde Bill angebrüllt, daß er regelrecht zusammenzuckte.

»Meinen Sie mich?«

»Ja, wen sonst? Sie sind schließlich die einzige Maschine, die den Kreis durchbrochen hat.«

»Was kann ich dafür?«

»Kehren Sie um.«

»Ich denke nicht daran.« Bill kniff Suko ein Auge zu.

»Damit gefährden Sie eine militärische Operation, deren Folgen nicht auszudenken sind.«

»Die Sache ist mit John Sinclair abgesprochen«, startete der Reporter seinen Bluff.

Er erntete verblüfftes Schweigen.

»Glauben Sie mir nicht? Dann fragen Sie John Sinclair doch selbst, mein Lieber.«

»Er meldet sich nicht.«

»Seit wann?«

»Wir versuchen ihn seit einer halben Stunde über Sprechfunk zu erreichen. Er gibt keine Antwort.«

Dieser Satz festigte Bills Plan, jetzt erst recht alles auf eine Karte zu setzen. Er mußte John Sinclair unbedingt finden, denn wenn er sich tatsächlich nicht gemeldet hatte, war einiges schiefgelaufen.

»Wir sehen nach«, meldete Bill.

»Nein, das erlaube ich nicht.«

»Ach leck mich«, sagte Bill und stellte die Funkverbindung kurzerhand ab. Dafür nickte er Suko zu. Sein Gesicht war blaß geworden. »Ich glaube, John hat es erwischt.«

»Verdammt«, sagte der Chinese nur.

Erwischt hatte es mich zwar nicht, aber wohl war mir auch nicht. Ich stand allein gegen sechs Gegner und warf mein Leben in die Waagschale, um das eines anderen zu retten.

Alle konzentrierten sich auf den Supervampir und Mark Brennan. Niemand kam auf die Idee, in die Höhe zu schauen, wo ich hockte und meine Beretta gezogen hatte. Ihr hatte der Aufenthalt im Wasser nichts ausgemacht.

Rechts hielt ich die Waffe, links das Kreuz.

Dann peitschte meine Stimme. »Laß ihn los!«

Es war wirklich eine Bombenüberraschung für die dämonischen Kreaturen.

Dr. Tod zog seinen Kopf ein, als hätte ihn ein Geschoß am Schädel getroffen. Er konnte nicht begreifen, daß ich plötzlich auf seiner Horror-Insel aufgetaucht war.

Auch Tokata erstarrte. Aber seine Hand war schon auf dem Griff des Schwertes gelandet.

Nur Mondo kicherte, während Lady X die Augen halb zusammenkniff und Lupina ein wildes Fauchen ausstieß.

Da hatte ich sie alle zusammen, die gesamte Mordliga, doch ich stand allein, hatte keine Hilfe, und es war fraglich, ob ich es überhaupt schaffte, Mark Brennan zu retten.

Als nichts geschah, schrie ich noch einmal: »Laß ihn los, verdammt. Oder Morasso bekommt eine Kugel in seinen Schädel!«

Es war mir ernst mit der Drohung. Das mußte auch Dr. Tod gemerkt haben, denn er gab dem Vampir einen Wink.

»Tu, was er gesagt hat!«

Vampiro-del-mar gehorchte. Seine Hände lösten sich von den Schultern des Mannes.

Mark Brennan klappte zusammen. Vor Schwäche und Angst konnte er sich nicht auf den Beinen halten. Er fiel mit dem Rücken gegen das Gitter und holte krampfhaft Luft.

»Reißen Sie sich zusammen!« fuhr ich ihn an, ohne die anderen aus den Augen zu lassen.

»Ja«, krächzte Brennan, »ja«. Er rieb sich den Hals, wo die Klinge gesessen hatte.

»Das Spiel werden Sie nie gewinnen, Sinclair!« lachte Dr. Tod. »Gegen uns kommen Sie nicht an!«

»Das lassen Sie nur meine Sorge sein. Denn hier führe ich Regie. Und Sie werden meinen Befehlen als erster folgen, Morasso. Kommen Sie her! Los, zu mir!« Ich ließ ihn genau in die Mündung der Beretta schauen, wobei ich die Waffe um eine Idee nach rechts schwenkte.

»Ich?«

»Ja, versuchen Sie nur nicht, Zeit zu schinden!«

Solo Morasso schaute sich um. Er blickte seine Vasallen an, doch die rührten sich nicht. Auch nicht der Riesenvampir, der mit gefletschten Zähnen dastand und nicht fassen konnte, daß ihm sein Opfer im letzten Augenblick noch entrissen worden war.

Solo Morasso hob die Schultern und grinste. »Gut, Sinclair, ich komme!«

»Das wollte ich Ihnen auch geraten haben. Lange hätte ich nicht mehr gewartet.«

Auch ich stand unter Strom. Das Ganze war ein reines Nervenspiel. Oder eine Wahnsinnstat, wobei ich glaubte, daß letzteres eher zutraf. Ich hatte einfach nicht anders gekonnt, es ging mir gegen den Strich, einen Menschen in den Klauen eines blutrünstigen Vampirs zu sehen. Dabei hatte ich sowieso vor, auf dieses eben erweckte Monster eine Silberkugel abzufeuern.

Vielleicht nutzte es etwas.

Dr. Tod kam. Er schritt auf die schmale Leiter zu, die an meiner Plattform endete.

Noch immer lag das böse Lächeln auf seinem Gesicht, doch

die Blicke, mit denen er mich bedachte, redeten eine völlig andere Sprache. Darin las ich den reinen Mordwillen.

Er kam wirklich.

Damit hatte ich nicht gerechnet. Um ihn weiterhin in Schach halten zu können, mußte ich die Waffe senken, denn der Winkel hatte sich verändert.

Die Spannung wuchs.

Ich glaubte, die Luft zwischen uns förmlich knistern zu hören. Trotz der Kälte brach mir der Schweiß aus. Es war unheimlich gefährlich, auf was ich mich da eingelassen hatte. Eine falsche Reaktion, und ich konnte mir selbst eine Kugel durch den Kopf schießen. Wenn die anderen mich einmal hatten, würden sie mich erbarmungslos auslöschen. Schließlich stand ich ganz oben auf ihrer Liste.

Ich hörte Lupinas Schnaufen. Es sollte mich wohl ablenken, aber ich riß mich zusammen und konzentrierte mich einzig und allein auf Solo Morasso.

Vielleicht war das mein Fehler, der die nächsten Folgen unweigerlich nach sich zog.

Drei Sprossen hatte Dr. Tod bereits erklommen. Er schritt bewußt langsam, was mir wiederum nicht paßte.

»Schneller!« fuhr ich ihn an.

»Ich bin nicht mehr so jung wie Sie, Sinclair. Ich kann nicht schneller.« Er hob den rechten Arm, um seine Worte mit dieser Bewegung zu unterstreichen.

Das dachte ich.

Doch diese Bewegung war ein Signal.

Und zwar für Pamela Barbara Scott, alias Lady X.

Eine knappe, kaum mit den Augen zu verfolgende Bewegung nur, und plötzlich befand sich die Maschinenpistole in Hüfthöhe, und der Lauf zeigte schräg nach oben.

Auf mich.

Bevor ich die Gefahr erkannt, eingeschätzt und die Waffe herumgerissen hatte, feuerte sie.

Auf einmal tanzten Flämmchen vor der Mündung. Ich hörte das harte Tack-tack der Waffe und warf mich auf der schmalen Plattform nach hinten.

Soviel Platz hatte ich gerade noch, und ich hatte auch Glück.

Nur knapp wischten die bleiernen Grüße an meinem Gesicht vorbei und jaulten irgendwo gegen das Bohrgestänge.

Die nächste Salve lag schon besser, aber da befand ich mich nicht mehr an meinem Platz.

Ich hatte mit einem gewaltigen Sprung den Rückzug angetreten. Und im Hintergrund hörte ich Dr. Tods Stimme, die sich beinahe überschlug.

»Holt mir den Bastard! Tot oder lebendig, das ist mir egal. Nur holt ihn her!«

Zum Glück hatte ich mir meine unmittelbare Umgebung während meines Hergangs genau angesehen. Ich wußte einigermaßen Bescheid und wischte um einen Träger, bevor Lady X hinter mir freie Schußbahn hatte.

Sie zog noch einmal ab, aber die Salve jagte nur über den Boden, wo sie lange Funken aufwarf.

Ich rannte.

Denn nicht vor Lady X hatte ich den meisten Horror, sondern vor Tokata, dem Samurai des Satans.

Fieberhaft suchte ich nach einem Ausweg, schaute auf das Gewirr aus Leitern, Brücken und Rohren.

Dicht neben mir zischte etwas. Dampf strömte aus einem schlecht schließenden Ventil. Ich sah die Düse, und ich erkannte, daß man sie drehen konnte.

Schon hörte ich Schritte.

Blitzschnell drehte ich die Düse nach links und das Ventil auf. In diesem Moment lief Lady X um die Ecke – und genau in den Heißluftstrom hinein.

Sie schrie auf, riß beide Arme hoch und ließ die Maschinenpistole fallen.

Das war die Gelegenheit. Mit einem Sprung hatte ich die Waffe erreicht, tauchte unter dem Heißluftstrom weg und nahm die MPi an mich. Das Kreuz hatte ich mir wieder um den Hals gehängt. Es baumelte frei vor meiner Brust. Im Augenblick brauchte ich es nicht einzusetzen.

Barbara Scott aber taumelte zurück. Sie hatte sich im Gesicht verbrüht und schrie unaufhörlich.

Wäre ich ein Gangster gewesen, hätte ich die Frau jetzt als Geisel genommen, doch so etwas war mir zuwider.

Ich wollte nur weg.

Über einen schmalen Steg rannte ich weiter. Die Maschinenpistole hatte ich mir unter den Arm geklemmt. Der Steg führte dicht an der äußeren Seite der Plattform vorbei. Rechts von mir ging es steil in die Tiefe. Ein Geländer schützte mich vor dem Fall.

Ich rannte über Stahlplatten. sie waren aneinander genietet, und meine Füße riefen ein hohles Echo hervor.

Immer wieder warf ich einen Blick in die Höhe, denn meine Gegner konnten überall auftauchen. Sie kannten diese Bohrinsel schließlich besser als ich.

Der Steg endete vor einer Leiter. Ich hatte Mühe zu bremsen, denn die Eisenplatten waren ziemlich rutschig. Halb fiel ich gegen die Sprossen.

Sollte ich wieder hoch?

Die Antwort auf diese Frage nahm mir ein anderer ab. Denn urplötzlich tauchte eine Gestalt am Ende der Leiter auf.

Tokata!

Nicht alle beteiligten sich an der Verfolgung. Einer hatte sich zurückgehalten, bewußt zurückgehalten..

Vampiro-del-mar.

Er war noch nicht richtig erstarkt, obwohl seine Kräfte bereits die eines Menschen übertrafen. Ein Mensch war in seiner Nähe, er hatte ihn gefühlt, hatte seine Haut gespürt, dort, wo das Leben wuchs und das Blut durch die Adern pulsierte.

Blut!

Ja, das brauchte er.

Während sich die anderen verteilten und den Flüchtling einkreisen wollten, blieb Vampiro-del-mar stehen. Aus seinen großen Augen schaute er sich wild um, und er sah sein Opfer.

Mark Brennan war zu sehr verblüfft und geschockt gewesen. Er hatte die Gunst der Sekunde nicht genutzt. Anstatt wegzulaufen, klebte er auf der Stelle fest.

Als er es dann versuchte, war es zu spät. Aus großen Augen sah er, daß der Blutsauger ihm den Weg versperrte.

»Nein!« flüsterte Mark. »Bitte nicht...«

Der Vampir knurrte nur. Noch weiter riß er sein Maul auf. Modergeruch traf Mark Brennan, und er zuckte zurück. Diese widerliche Gestalt verbreitete das nackte Grauen, sie wollte nur eines.

Töten!

Und wenn sie ihn gebissen und sein Blut ausgesaugt hatte, dann wurde auch er zum Vampir.

Zum lebenden Toten...

Mein Gott. Deutlich hatte er die Worte Morassos in Erinnerung. Ein lebender Toter.

Schrecklich...

Zurück. Ihm blieb nur noch der Weg nach hinten. Dort wußte er einen Steg. Von ihm aus konnte er vielleicht ins Meer hechten.

Vampiro-del-mar folgte ihm. Er war nicht zu stoppen. Jetzt ließ er sein Opfer nicht mehr aus den Klauen.

Plötzlich stolperte Mark Brennan mit der Hacke über einen harten Gegenstand. Zusätzlich entstand ein klirrendes Geräusch, und als Mark nach unten schielte, entdeckte er einen unterarmlangen Schraubenschlüssel.

Eine Waffe!

Die Idee sprang ihn an. Blitzschnell bückte er sich, ging dabei zurück, und bevor der Vampir zugreifen konnte, hatte er den Schraubenschlüssel aufgehoben.

Schlagbereit hielt er ihn in der rechten Hand. Entfernt hörte er die Schüsse der Maschinenpistole, und er wußte, daß sein unbekannter Helfer kam mehr Chancen gegen seine Gegner hatte als ein Schneeball in der Hölle.

Dann schlug er zu.

Es war ein Hieb, in den er alle Kraft hineingelegt hatte. Und er traf auch. Der schwere Schlüssel wuchtete gegen die Schulter des Unheimlichen, doch der steckte den Schlag weg wie nichts. Er kümmerte sich gar nicht darum und schüttelte nur den Kopf.

Er ging weiter.

Noch ein Schlag.

Diesmal gegen den Arm.

Und dann packte der Vampir zu. Mit der linken Klaue bekam er Marks Gelenk zu fassen. Ruckartig riß er den Mann zu sich heran. Mark schrie auf, als er gegen den Blutsauger prallte. Er wurde wieder weggestoßen, aber nur, damit der andere Platz für seinen Konterschlag hatte.

Und der traf Mark mitten ins Gesicht. Er hatte das Gefühl, eine Sonne würde vor seinen Augen aufplatzen, alles war grell, doch diese unnatürliche Helligkeit verwandelte sich im nächsten Augenblick in eine Finsternis, wie er sie nie erlebt hatte.

Mark Brennan wurde bewußtlos.

Er merkte nicht mehr, daß ihm der Vampir die Waffe aus den Fingern drehte und seinen Kopf herumdrehte, damit der Hals freilag.

Dann warf sich der Blutsauger über ihn. Und er tat das, wonach er Tausende von Jahren vergeblich gelechzt hatte.

Er trank Blut!

Wild schwang der Samurai des Satans sein Schwert. Die Klinge schlug einen blitzenden Kreis über seinem Kopf. Tokata selbst brüllte auf, dann ließ er sich fallen.

Ich warf mich zurück, und es war eine rein instinktive Reaktion, als ich die Maschinenpistole hochriß und abdrückte. Bei einem Menschen hätte ich das nie fertiggebracht, aber Tokata war kein Mensch, er war ein Dämon, eine von den Toten erweckte Bestie, die ausgeschaltet werden mußte.

Nicht mit normalen Kugeln, nein, diese Vorstellung strich ich aus meinem Denken, aber vielleicht konnte die Garbe ihn stoppen, aufhalten zumindest.

Ich sah, wie die Kugeln in seinen Körper einschlugen, wie sie ihn durchschüttelten und seinem Flug eine andere Richtung gaben. Hätte ich Idiot nur die Beretta in der Hand gehabt, so hätten die Silbergeschosse ihn schwächen können.

Und doch verzeichnete ich einen Erfolg. Die Wucht der Einschläge warf den Körper aus seiner ursprünglichen Flugrichtung. Er kam nach links ab, schlug gegen das Geländer, verlor das Gleichgewicht und verschwand, ohne mir ein Haar zu krümmen.

Ich hörte den Aufschlag. Es klang, als hätte jemand einen Gong angeschlagen.

Mir sträubten sich die Nackenhaare. Doch Zeit, um lange nachzudenken, hatte ich nicht.

Ich mußte hier weg, denn die Schüsse hatten mich sicherlich verraten. Dabei nahm ich den gleichen Weg, den Tokata herabgefallen war. Die Maschinenpistole hängte ich mir dabei über die Schulter und stieg hastig die Sprossen hoch.

Zwölf waren es.

Dann stand ich auf einem Zwischendeck, schon in ziemlich luftiger Höhe.

Vor mir wuchs eine breite Eisenwand hoch, und ich sah auch eine Tür. Schnell riß ich sie auf.

Hinter der Tür lag kein Raum, sondern ein Fahrstuhl.

Sollte ich ihn benutzen?

»Er muß da oben sein! Irgendwas ist mit Tokata!« Dr. Tod brüllte die Worte. »Holt ihn euch!«

Ich schlüpfte in den Fahrstuhl.

Aus den Augenwinkeln bemerkte ich noch, daß sich der Nebel wieder verdichtet hatte. Dr. Tod schickte ihn also abermals als Waffe aus.

Sollte er.

Ich drückte den untersten Knopf. Der Aufzug ruckte ein paarmal, dann fuhr er an.

Ich wollte möglichst weit nach unten, denn wenn ich trotz allem wieder ins Wasser springen mußte, dann war es besser, wenn ich nicht aus zu großer Höhe fiel.

Nur – wo würde die Fahrt enden? In der Zeit hätte ich auch einen normalen Weg über die Treppen oder Leitern laufen können.

Endlich stoppte er.

Ich war schon an der Tür und wollte sie aufstoßen. Sie klemmte. Nach einem erneuten Ruck endlich schwang sie auf.

Vor mir lag ein kahler Raum. Oder fast kahl. Die kärgliche Einrichtung konnte man wohl kaum als solche bezeichnen. Nur das moderne Radio fiel mir auf.

Und noch etwas.

Der Würfel!

Er stand auf dem Tisch. Wirkte irgendwie verloren, als hätte er hier nichts zu suchen.

Ich kannte ihn, denn ich sah ihn nicht zum erstenmal. Als Tokata erweckt wurde, hatte er auch eine große Rolle gespielt. Enträtselt hatte ich das Geheimnis des Würfels noch nicht. Ich wußte wenig über seine Funktion, ahnte aber, daß er sich seinem jeweiligen Besitzer und dessen Plänen anpaßte.

Das hieß: Befand er sich in Dr. Tods Hand, wie jetzt, dann gehorchte er nur ihm und gab ihm eine große Macht. Befand er sich jedoch in meinem Besitz, würde er mich mit seiner Machtfülle ausstatten.

Und jetzt lag er greifbar vor mir.

Ich ging auf ihn zu.

Einen Schritt, den zweiten.

Mein Herz klopfte dabei vor Erregung.

Bis ich das Geräusch hörte. Und da kreiselte ich auf dem Absatz herum.

Vor mir stand Mark Brennan.

Er grinste mich an. Und dabei sah ich deutlich die beiden spitzen Eckzähne.

Mark Brennan, die ehemalige Geisel, war zu einem Vampir geworden. Und damit zu meinem Feind...

Der Würfel war vergessen. Jetzt mußte ich mich erst einmal um Brennan kümmern, denn er als Vampir brauchte Blut, um weiterhin existieren zu können.

In mir sah er seinen großen Spender.

Doch dagegen hatte ich einiges.

Meine Hand rutschte in den Parkaausschnitt. Es war eine fließende Bewegung, und sie lief blitzschnell ab.

Ebenso schnell reagierte der Wiedergänger. Er sprang mich an. Ich brachte die Beretta nicht mehr aus dem Holster, meine Hand rutschte ab und ertastete den Griff des silbernen Dolches.

Die Finger schlossen sich darum.

Zum Ziehen kam ich nicht mehr, denn der Vampir preßte mich an sich und öffnete sein Maul.

Da brüllte er auf.

Ich zuckte zusammen, weil sich sein Mund nicht weit von meinem Ohr entfernt befand.

Er taumelte zurück, schüttelte sich, und ich sah aus seiner Kleidung, etwa in Brusthöhe, Qualm aufsteigen. Das hatte seinen Grund. Der Vampir hatte mich ohne Rücksicht auf Verluste angesprungen, dabei allerdings nicht bedacht, daß ich mein Kreuz frei vor der Brust trug. Das geweihte Kruzifix hatte ihn berührt – und ausgeschaltet.

Ich wußte es nicht, wollte aber ganz sicher gehen und zog den silbernen Dolch.

Damit schritt ich auf den Vampir zu, dessen Augen immer größer wurden.

Krächzende Laute schleuderte er mir entgegen, er hob den rechten Arm, winkelte ihn an und schützte sein Gesicht.

Da stach ich zu.

Ein Stich reichte. Der Vampir stöhnte noch einmal auf, bevor er zu Boden sackte.

Er zerfiel nicht zu Staub, aber ein kleines Lächeln lag auf seinen Mundwinkeln.

Mark Brennan hatte den Frieden gefunden.

Blieb der Würfel!

Ich drehte mich um.

Da traf es mich wie ein Blitzschlag. Der Würfel drehte sich um seine eigene Achse, wobei er auf der Kante stand. Er war zu einem wirbelnden Etwas geworden, wobei er das blaue Licht abstrahlte wie eine starke Lampe.

Geblendet fuhr ich zurück. Ich mußte die Augen schließen, konnte einfach nicht in die Helligkeit hineinschauen.

Ich stolperte gegen die Tür, stieß mich wieder ab und wollte auf den Würfel zu, weil ich bemerkt hatte, daß sein Licht schwächer geworden war.

Der Würfel des Unheils war verschwunden.

Ich schaute auf einen leeren Tisch.

Verfluchter Mist. Die Kräfte der Schwarzen Magie waren doch überstark gewesen.

Nichts zu machen.

Die Kraft der anderen Magie hatte den Würfel vor mir in Sicherheit gebracht.

Die Probleme blieben.

Einen Gegner hatte ich erledigt, den schwächsten. Die stärksten standen weiterhin gegen mich. Und mit Tokata mußte ich auch rechnen, denn er hatte sich bestimmt von seinem Fehlschlag wieder erholt und war auf der Suche nach mir.

Ich sah eine weitere Tür.

Vorsichtig öffnete ich sie und schaute in einen schmalen Gang, der etwas hundertzwanzig Yards weiter ins Freie führte. Dort stand eine weitere Tür halb offen.

Durch sie zogen träge die Nebelschwaden in den Gang.

Ich lief dem Nebel entgegen, tauchte hinein, und abermals sah ich das gleiche Bild wie in Grynexxa.

Wirbelnde, fratzenhafte Gestalten. Schlimme Gesichter, Geister aus dem Schattenreich. Klauenhände, unförmige Körper, die lautlos zurückwichen, als sie die magische Ausstrahlung meines Kreuzes spürten.

Vor mir entstand ein regelrechtes Loch, das sich hinter mir wieder schloß.

Schließlich stand ich wieder im Freien.

Ich nahm die Maschinenpistole von der Schulter und schaute mich um. Viel zu sehen war nicht.

Der dicke Nebel verdeckte alles. Nur schemenhaft sah ich die Aufbauten. Da ich mich selbst auf dieser Bohrinsel nicht auskannte, würde ich mich unter Garantie verlaufen.

Irgendwo vor mir schlug etwas dumpf an. Dann hörte ich die helle Stimme.

»Ich fahre nach unten!«

Lady X hatte die Worte gerufen, während ich von Lupina nichts hörte. Sie hielt sich seltsamerweise zurück.

Ich bewegte mich vorsichtig weiter und gelangte wiederum an eine Treppe.

Die einzelnen Sprossen glänzten matt. Die Feuchtigkeit hatte einen Film über sie gelegt. Sie waren noch rutschiger geworden.

Vorsichtig schlich ich an der Treppe vorbei. Ich wollte nicht mehr nach oben klettern, sondern hatte mir einen anderen Platz ausgedacht.

Zurück zum Schiff.

Ich hoffte stark, daß mich meine Gegner dort nicht suchten.

Vielleicht konnte ich an die Funkanlage gelangen und Hilfe herbeirufen. Jetzt ärgerte ich mich, daß mir das nicht früher eingefallen war, als ich mich das erste Mal auf dem Kahn befunden hatte.

Ich rief mir die Lage der Bohrinsel ins Gedächtnis zurück und auch meinen ungefähren Standpunkt. Allzu weit befand ich mich nicht vom Rand der Insel entfernt, ich mußte nur noch den richtigen Pfeiler finden, an dem ich hinabklettern konnte.

Dabei rechnete ich jeden Augenblick mit einer höllischen Überraschung, aber es geschah nichts.

Alles blieb ruhig. Keiner meiner Gegner lief mir über den Weg. Und das wunderte mich. Wenn ich an deren Stelle gewesen wäre, hätte ich die verdammte Bohrinsel von oben bis unten auf den Kopf gestellt.

Ich bewegte mich weiter.

Minuten vergingen. Eine Zeit, in der ich wie unter Strom stand. Trotz der Kälte schwitzte ich; die innere Nervosität machte sich doch bemerkbar.

Ich mußte doch irgendwann mit einem Gegner zusammentreffen!

Ich gelangte in eine mir unbekannte Region der Insel. Und immer wieder wich der Nebel vor mir zurück, so daß ich ein paar Yards weit sehen konnte.

Ich kletterte über kleinere Leitern, duckte mich unter Rohrgestänge hindurch und war plötzlich am Ziel.

Unter mir entdeckte ich die Umrisse des an dem Pfeiler vertäuten Kahns.

Ich kletterte die Leiter hinunter. Als ich die Hälfte der Sprossen hinter mich gebracht hatte, stieß ich mich ab.

Federnd landete ich auf dem Deck des Kahns.

Und hier lag der Nebel nicht. Das Deck des Schiffes war frei. Es gab keine Schwaden wie auf der Bohrinsel, und ich mußte hinter den Aufbauten verschwinden.

Dort wartete ich vielleicht eine Minute und lauschte.

Niemand ließ sich blicken.

Anscheinend war der Kahn doch leer. Mein Plan schien aufgegangen zu sein.

Ich schlich auf den Bug zu, passierte die abgedunkelte Brücke und merkte gleichzeitig den Windstoß, der über das Wasser fuhr, meine Haare zerwühlte und an der Kleidung zerrte.

Gleichzeitig wurde auch der Nebel zerrissen. Unwillkürlich warf ich einen Blick in die Höhe und sah Dr. Tod auf einem Steg stehen. Er starrte auf das Schiff, sah mich und lachte.

Dann verschwand er.

In meinem Kopf schrillten die Alarmglocken. Das war sinnbildlich gemeint, denn sonst hätte ich das Geräusch in meinem Rücken nicht hören können.

Keine Schritte, sondern ein verräterisches Ticken.

Leise und gleichmäßig.

Meine Augen wurden groß.

Eine Uhr war das bestimmt nicht. Die tickte längst nicht so laut. Es gab für das Geräusch nur eine Erklärung.

Eine Zeitbombe!

Jetzt wußte ich auch, warum Dr. Tod so hämisch gelacht und nicht eingegriffen hatte.

Ich verlor keine Sekunde mehr.

Drei Sprünge brachten mich bis an die Reling. Ich stellte mich darauf und schnellte mich ab.

Wie ein Pfeil flog ich dem Wasser entgegen und tauchte ein. Tief ging es hinab, und ich, Oberinspektor John Sinclair, schwamm um mein Leben...

Natürlich behinderte mich die Kleidung und auch die schweren Waffen trugen nicht gerade dazu bei, meine Schnelligkeit zu fördern. Wenn die Bombe jetzt explodierte, reichte die Entfernung nicht, die ich vom Schiff zurückgelegt hatte.

Unter Wasser kam ich allerdings besser voran. Hier störten mich die hohen Wellen nicht so sehr, und ich tauchte so lange, bis ich wirklich nicht mehr konnte.

Schräg schoß ich hoch zur Oberfläche. Dabei riß ich weit den Mund auf und jappste nach Atem. Der Wellengang war etwas niedriger geworden, dafür fiel der Regen dichter.

Ich schwamm weiter.

Ein rascher Blick über die Schulter zurück zum Schiff zeigte mir, daß ich wirklich keine große Entfernung zwischen mich und den Kahn gebracht hatte.

Ich schwamm weiter. Dabei beherrschte mich nur ein Gedanke. Ich wollte möglichst weit weg von diesem brisanten Explosionsherd. Wenn das Schiff in die Luft flog, würden auch mich noch die Trümmer treffen.

Wie ein Pfeil stieß ich in ein Wellental hinein, nachdem ich zuvor tief Luft geholt hatte.

Unter Wasser bewegte ich mich voran.

Diesmal schwamm ich etwas schneller, aber nicht allein die Sorgen um die Explosion quälten mich, sondern auch andere. Was geschah, wenn ich die Explosion überstand? Ich befand mich auf freiem Wasser, inmitten der Nordsee, ein einsamer Schwimmer, verloren in der unendlichen Wasserwüste.

Das nächste Auftauchen.

Abermals holte ich Luft.

Eine quer laufende Welle überspülte mich, ich tauchte wieder auf, und dann geschah es.

Der Kahn explodierte!

Genau in dem Augenblick, als ich wieder in die Tiefe des Meeres glitt. Ich konnte nicht sehen, wie das Schiff auseinanderflog, aber es war nicht schwer, es sich vorzustellen.

In der Mitte wurde der Kahn förmlich hochgehoben, eine irrsinnige Kraft schien ihn aus dem Wasser zu drücken, dann glühte eine Stichflamme auf, loderte gegen die Unterseite der breiten Plattform und verteilte sich dort fauchend.

Die Brücke des Kahns zerplatzte wie eine überreife Frucht. Hoch wurden die Trümmer gewirbelt, sie krachten gegen die Plattform und zischten raketenartig nach allen Seiten weg.

Die Angst steigerte meine Bemühungen. Ich schwamm wie selten zuvor in meinem Leben, tauchte dabei noch tiefer und merkte, wie um mich herum die Teile des Schiffes in das Wasser klatschten.

Etwas hieb gegen mein rechtes Bein, ich spürte einen scharfen Schmerz und konnte das Bein im ersten Augenblick nicht mehr bewegen. Panik wollte mich überfluten, dann aber riß ich mich zusammen und schwamm weiter, trotz der Schmerzen.

Ich mußte aus Luftmangel auftauchen.

Ich schoß der Oberfläche entgegen. Vor meinen Augen drehten sich bereits rote Kreise. Ich war einer Ohnmacht nahe. Als ich mit dem Kopf die Oberfläche durchstieß, befand sich hinter mir eine Hölle.

Das Meer brannte.

Treibstoff hatte sich entzündet und einen Flammenteppich auf das Wasser gelegt. Um die Explosionsteile herum kochte und brodelte die See. Das Schiff war in der Mitte gebrochen, es lag schief im Wasser.

Ich hatte unwahrscheinliches Glück gehabt, daß herumfliegende Trümmer mich nicht getötet hatten.

Gerettet war ich längst nicht. Denn ich schwamm mutterseelenallein auf dem Meer.

Mein Bein schmerzte noch immer. Ich zog es an und warf einen schrägen Blick zur Seite.

Irgendein scharfer Gegenstand hatte meine Hose aufgefetzt und eine tiefe Wunde hinterlassen.

Blut rann daraus hervor. Ich war nur froh, daß es in der Nordsee keine Haie gab.

Aber etwas anderes gab es.

Tokata!

Ich sah seinen Schädel gar nicht weit entfernt im Wasser. Und er war nicht allein.

Neben ihm schwamm der eben erst zum Leben erweckte Supervampir.

Zwei Gegner, die mich töten wollten.

Mein Schreck dauerte nur Sekunden. Länger durfte ich mir keine Zeit lassen.

Ab jetzt ging es um alles oder nichts!

Bill Conolly kümmerte sich nicht um die warnenden Worte des Commanders. Er flog tiefer in den von der Navy angelegten Kreis hinein. »Die sollen mich doch mal kreuzweise«, sagte er zu Suko.

»Hoffentlich schießen sie nicht auf uns.«

Bill sah den Chinesen schräg an. »Das werden sie nicht wagen. Glaub mir.«

Der Reporter senkte die Fluggeschwindigkeit. Er schaute auf das graugrüne Meer.

Schemenhaft erkannte er im Dunst die Umrisse eines Zerstörers. Wahrscheinlich hockte dort der Commander, der mit ihm gesprochen hatte.

Von ihrem eigentlich Ziel war noch nichts zu sehen. Kein Bohrturm in Sicht.

Bis Suko einen Pfiff ausstieß.

»Was ist?« fragte Bill.

»Da haben wir ihn!« Der Chinese deutete nach vorn.

Auch Bill Conolly sah jetzt genauer hin und entdeckte tatsächlich die Umrisse der Bohrinsel.

Gleichzeitig jedoch quoll eine dichte Nebelwolke hoch, die den Turm einhüllte.

»Der Todesnebel«, sagte Bill und wurde blaß.

Auch Suko schwieg. Beide wußten sie, was das zu bedeuten hatte.

»Da können wir auf keinen Fall hineinfliegen«, meinte der Reporter nach einer Weile.

»Willst du wassern?«

»Ja.«

»Und wo?«

»Dicht vor der Insel.«

»Was geschieht dann?«

»Ach, hör auf, verdammt. Ich weiß es nicht. Wenn John noch lebt und sich auf der Bohrinsel befindet, wird er uns sicherlich sehen. Wenn nicht, dann...« Bill verstummte und drückte den Steuerknüppel zu hastig von sich weg, so daß die Schnauze der Maschine steil abkippte. Die beiden Männer wurden von den Gurten gehalten, und Bill zog die Maschine wieder höher. Er behielt jedoch den Sinkflug bei.

Je tiefer sie flogen, um so mehr wurde ihnen bewußt, daß es verdammt schwierig sein würde, auf dem Wasser zu landen. Der Wellengang war sehr hoch, es bestand durchaus die Möglichkeit, daß die Maschine kippte.

»Das wird verdammt hart«, flüsterte Bill Conolly. »Halt dich fest, Partner, sonst geht's ab in den Bach.«

Die ersten Wellen klatschten gegen die Schwimmer. Gischt

sprühte an die Scheibe, die Wischer schafften es nicht mehr, das Flugzeug wurde durchgeschüttelt, kippte von rechts nach links und wieder zurück. Dann krängte es auf die rechte Seite. Die Spitze der Tragfläche wühlte das Wasser auf, zog einen schaumigen Streifen, und Bill hätte selbst kaum etwas unternehmen können, doch eine anrollende Welle warf sie wieder herum, so daß ihre Fahrt über das Wasser einigermaßen glatt verlief.

Ein paar Sekunden ging alles gut. Die Schwimmer glitten über die Wellen, bis eine hohe Woge frontal gegen sie schlug und die beiden Freunde auf ihren Sitzen durchschüttelte.

Bill fluchte wie ein alter Fuhrmann. Er hatte Angst, daß die Maschine letzten Endes doch noch absackte.

Da sahen beide den Flammenpilz.

Vor ihnen stieg er hoch. Eine gewaltige Feuerwand flackerte auf, stieß gegen die Plattform der Bohrinsel, ein Schiff zerbrach, als hätte ein gewaltiges Schwert es zerteilt, und im nächsten Moment erfaßte die Druckwelle die Maschine.

Es war ein höllischer Schlag.

Bill und Suko hatten das Gefühl, von der Wasserfläche abzuheben. Mit der Schnauze wurde die Maschine hochgerissen, es bestand die Gefahr, daß sie abkippte. Die Tragflächen ächzten und bogen sich, aber sie hielten.

Wie auch das Flugzeug.

Es fiel zurück auf die Wasserfläche.

Bill Conolly und Suko konnten aufatmen. Die erste große Gefahr war gebannt.

Die Maschine befand sich immer noch in Bewegung. Bill drosselte jetzt die Geschwindigkeit auf Null. Er hatte keine Lust, bis dicht an die Bohrinsel heranzugleiten, denn der Nebel würde sie nicht verschonen und sie vernichten.

Weiterhin rollten die Wogen gegen das Wasserflugzeug an.

Endlich stand es. Nur noch durch die Wellen wurde es bewegt. Bill atmete auf. Er war leicht grün im Gesicht. Die ersten Anzeichen einer Seekrankheit.

Suko schnallte sich los.

»Was willst du?« fragte der Reporter.

»Nach John Ausschau halten.«

»Willst du auf die Insel?«

»Wenn es sein muß...«

»Das überstehen wir nicht.«

Suko war schon an der Tür, während Bills Blicke zur Insel und damit auch über das Meer glitten. Er sah die Trümmer des explodierten Schiffes auf der Oberfläche treiben und sah auch, wie sie im Wasser versanken.

Da stieß Suko die Tür auf. Gischt, Kälte und Sprühregen wirbelten in die Maschine.

Am Griff hielt der Chinese sich fest und schaute in Richtung Bohrinsel.

Wie auch Bill Conolly blickte Suko über die wogende Fläche. Er sah ebenfalls die Trümmer des versunkenen Schiffes, er sah aber auch noch mehr.

Drei Köpfe auf der Wasseroberfläche.

Einer davon war mit blondem Haar bedeckt.

John Sinclair!

Hatte ich noch eine Chance?

Kaum! Zum Schiff konnte ich nicht zurück, das sank. Auf die Bohrinsel konnte ich ebenfalls nicht, denn dort erwarteten mich andere Feinde.

Blieb das offene Meer.

Wenn ich dort hinausschwamm, konnte ich mir jetzt schon ausrechnen, wann meine Kräfte erlahmten und ich kurzerhand ertrank.

Nur würde sich dieses Sterben noch länger hinauszögern.

Diese Möglichkeiten hatte ich, und ich entschied mich für die letzte.

Ich schwamm.

Auch meine Gegner blieben nicht auf der Stelle und traten Wasser. Sie fächerten auseinander und wollten mich in die Zange nehmen. Zwei untote Wesen, deren Kräfte niemals erlahmten, die keine Kälte spürten, die bereits tot waren und nicht mehr sterben konnten. Wenigstens nicht wie ich, ein normaler Mensch.

Eine Welle trug mich hoch und weiter.

Sofort begann ich zu kraulen.

Meine Arme und Beine durchpflügten das Wasser, aber auch meine Verfolger waren schnell.

Zu schnell sogar.

Sie holten auf.

Ich sah es, als ich einen Blick über eine Schulter warf. Dabei war Tokata schneller als der Supervampir.

Der Samurai schwamm rechts von mir, er wollte mir im spitzen Winkel den Weg abschneiden.

Ich strengte mich noch mehr an, obwohl mir eine innere Stimme sagte, daß es völlig sinnlos war.

Das schaffte ich nicht.

Ich hörte das Klatschen der Wellen, meinen eigenen, keuchenden Atem, und ich vernahm noch ein anderes Geräusch.

Das Brummen eines Flugzeuges.

Hastig riß ich den Kopf hoch, obwohl ich dadurch wertvolle Zeit verlor.

Riesig erschien mir das Wasserflugzeug, das aus der Luft zu fallen schien, über die Wellen tanzte und dann aufsetzte.

Woher kam es? Wer hatte es geschickt?

Für mich war es wie ein Geschenk des Himmels. Oder wie der rettende Strohhalm.

Die Maschine gab mir wieder Kraft. Ein neues, herrliches Gefühl durchströmte meinen Körper, gab mir Mut, mobilisierte meinen Willen, und vergessen war die Angst.

Ich schwamm.

Doch auch Tokata und Vampiro-del-mar hatten das Flugzeug gesehen. Sie ahnten, daß dies für mich die Rettung bedeuten konnte, und sie legten noch zu.

Es ging wirklich um Sekunden.

Da wurde die Tür des Flugzeugs aufgestoßen. Ich befand mich soeben auf einem Wellenkamm und hatte deshalb eine einigermaßen gute Sicht.

Ein Mann erschien im offenen Ausstieg.

Suko!

Ich schrie seinen Namen. Es war ein Schrei der Erlösung, dabei gab ich nicht acht, und eine Woge spülte mir Wasser in den Mund. Verzweifelt winkte ich, schrie noch einmal, krächzte und keuchte.

Suko verschwand.

Hatte er mich nicht gesehen?

Meine Hoffnung zerplatzte, verschwand in den Tiefen des Meeres, und Tokata holte auf.

Sein Kopf schien wie ein Korken auf der Wasseroberfläche zu hüpfen. Er war schon so nah, daß ich hinter seiner Maske die verzerrten Gesichtszüge erkennen konnte. Weißlich schimmerten die Knochen. Diese Bestie wollte mich töten.

Ich war geschockt und vergaß, weiterzuschwimmen, bis mich ein Ruf herumriß.

»John!«

Das war nicht Sukos Stimme, sondern die von Bill. Hastig wandte ich den Kopf.

Die beiden Freunde standen dicht nebeneinander in der offenen Tür. Und Suko schleuderte einen Rettungsring in meine Richtung.

Er hatte eine knallrote Farbe. An ihm war die Leine befestigt, und er flog wie ein Diskus. Bis eine Windbö ihn packte und zur Seite driftete.

Das war schlecht.

Ich hatte schon die Hand erhoben gehabt, um den Ring zu fangen, doch jetzt klatschte er ein paar Yards neben mir entfernt auf die Wasseroberfläche.

Etwa zehn Schritte entfernt, aber für mich eine verdammt große Distanz.

Denn Tokata saß mir im Nacken.

Und wie.

Er war getaucht. Ich sah ihn nicht mehr, aber ich hatte ungeheure Angst vor seinem Schwert. Ohne daß ich etwas dagegen tun konnte, würde er mich von unten aufschlitzen.

Daran mußte ich denken.

Ich schwamm wie ein Sportler, bei dem es um die Goldmedaille geht. Meine Arme durchpflügten das Wasser, auf Atemtechnik konnte ich keine Rücksicht nehmen. Ich spie, keuchte, krächzte und brach das Seewasser aus.

Aber ich hatte den Ring.

Gleichzeitig peitschten Schüsse auf. Ich hörte die Detonationen nur schwach, weil immer wieder Wellen über meinem Kopf zusammenbrachen, doch als ich für den Bruchteil einer Sekunde wieder klar sah, da entdeckte ich Bill Conolly.

Er feuerte.

Die Kugeln peitschten ins Wasser. Hinter mir vernahm ich einen urigen Laut, dann gab es einen Ruck, und Suko zog mich auf das Flugzeug zu.

Das letzte, was ich von Tokata sah, war die blitzende Schwertklinge, die aus dem Wasser tauchte und auf mich niederstieß, jedoch fehlte, weil Suko mich mit einem enormen Ruck an der Leine noch schneller auf die rettende Maschine zuriß.

Wie eine Wand stand das Wasser vor mir, schlug über mir zusammen, dann wußte ich nichts mehr.

Ich zahlte dem Kräfteverschleiß meinen Tribut und wurde ohnmächtig!

Zwanzig Minuten später!

Ich war wieder voll da. Bis auf die Wunde am Bein hatte ich keinerlei Blessuren davongetragen. Auf der Schramme klebte jetzt ein Pflaster aus der Bordapotheke.

Von Vampiro-del-mar war nichts mehr zu sehen gewesen. Er hatte das Feld ganz Tokata überlassen. Aber auch er war verschwunden. Zurück zur Insel geschwommen.

»Jetzt erledigen wir sie!« knirschte Bill, der bereits Verbindung mit dem Zerstörer aufgenommen hatte. »Und wenn wir das ganze Ding in die Luft sprengen!«

Ich schüttelte den Kopf. »Nie.«

»Und warum nicht?«

»Schau selbst!«

Die Nebelwand stieg einer gigantischen Wolke gleich in die Höhe. Und innerhalb des Nebels strahlte ein kaltes blaues Licht.

»Der Würfel des Unheils«, murmelte ich. »Es bringt sie in Sicherheit.«

Bill starrte mich erstaunt an. »Meinst du, daß sie sich wegteleportieren?«

»Ja, der Würfel macht's möglich. Schwarze Magie, von Asmodina gesteuert.«

Wir beobachteten das Schauspiel minutenlang. Bis der Nebel nicht mehr zu sehen war.

Schluß, aus, Ende, so dachte ich.

Wieder einmal hatte ich einen Fehlschlag erlitten. Ich hatte nicht verhindern können, daß Vampiro-del-mar, der Supervampir, erweckt worden war. Er bereicherte jetzt die verfluchte Mordliga um ein weiteres Mitglied.

Dr. Tod gewann immer mehr an Boden.

Endlich kam ich dazu, mich bei meinen Freunden für die Rettung zu bedanken, aber davon wollte niemand etwas wissen.

Daß keiner mehr auf der Insel zu finden war, bewiesen die nächsten Stunden, als Soldaten die Bohrinsel durchsuchten. Sie fanden keine lebenden Personen.

Nur einen Toten. Mark Brennan. Er würde ein christliches Begräbnis erhalten.

Der Kampf ging weiter. Das war uns allen klar. Während wir noch Dr. Tod und seinen Vasallen nachgejagt waren, betrat in London ein Mann die Bühne des Schreckens, mit dem ich und meine Freunde in der Zukunft noch so manchen harten Strauß würden auszufechten haben: der Mafia-Boß Logan Costello …

ENDE